Astrid Ruppert

Ein Ort, der sich Zuhause nennt

AF638358

ASTRID RUPPERT

EIN ORT, DER SICH ZUHAUSE NENNT

ROMAN

dtv

Von Astrid Ruppert
sind bei dtv außerdem erschienen:
Leuchtende Tage
Wilde Jahre
Obendrüber, da schneit es

MIX
Papier | Fördert gute Waldnutzung
FSC® C083411

3. Auflage 2024
Originalausgabe 2021
© 2021 dtv Verlagsgesellschaft mbH & Co. KG, München
Dieses Werk wurde vermittelt durch die literarische Agentur
Thomas Schlück, Hannover
Umschlaggestaltung: www.buerosued.de
Umschlagmotiv: SuperStock
Satz: Uhl + Massopust, Aalen
Gesetzt aus der Rotation LT Std/
Gill Sans MT Pro/Caecilia LT Std
Druck und Bindung: CPI books GmbH, Leck
Printed in Germany · ISBN 978-3-423-26301-6

Für Sophia und alle Ruppertfrauen

Wohin gehen wir?
Immer nach Hause.

Novalis

Die Winterfrauen

Dora Winter *1860	Lisettes Mutter
Lisette Winter *1888	Doras Tochter
Charlotte Winter *1917	Lisettes Tochter
Paula Winter *1949	Charlottes Tochter
Maya Winter *1977	Paulas Tochter

1937

Das Ladenglöckchen an der Tür der Buchhandlung klingelt unbeschwert, als sie aus dem Geschäft nach draußen tritt. Doch Lotte fühlt sich alles andere als unbeschwert. Mit einem Ruck fällt die Tür hinter ihr ins Schloss. Das Glöckchen verstummt. Jetzt ist sie ganz auf sich gestellt.

Vor wenigen Minuten hat sie sich noch vorgestellt, wie sie aus dem Laden tritt und einfach weitergeht, weil es ganz normal ist, bei schönem Herbstwetter durch Wiesbaden zu schlendern. Doch jetzt hat sie das Gefühl, jeder müsste ihr ansehen, was sie gerade wirklich tut. Angst steigt in ihr auf und sie versucht, tief durchzuatmen, gegen die Enge anzuatmen, die ihr schier den Hals zuschnürt. Sie darf jetzt keine Angst haben. Nicht jetzt. Sie hat doch nur ein Buch umgetauscht, sagte sie sich. Es ist nur ein Buch, dem man nicht ansieht, dass es so viel mehr ist als das.

Sie lässt zwei gut gekleidete Damen vorübergehen, deren blumiges Parfum einen Moment in der Luft schwebt, bevor es sich verflüchtigt, und mischt sich unauffällig unter die Menschen auf der Straße. Den rechten Arm, an dem ihre Tasche hängt, presst sie fest an den Körper.

Schon wieder hat sie jemand gestreift. Das macht sie ganz nervös. Heute macht sie alles nervös. Hat dieser Mann, der ihr gerade entgegenkam, sie nicht auch seltsam prüfend angeschaut? Oder hat sie sich das nur eingebildet? Sie bleibt vor einem Geschäft stehen und tut so, als würde sie interessiert die Ware im Schaufenster betrachten. Hoffentlich fällt niemandem auf, wie schnell ihr Atem geht. In der Spiegelung des Fensters erkennt sie erleichtert, dass der Mann die Straße kreuzt und in einem der Läden verschwindet. Es war nur ein Passant. Einen Moment lang verharrt sie vor dem Schaufenster, um sich wieder zu beruhigen. Ihr Spiegelbild zeigt eine ganz normale junge Frau. Welch gefährliche Entscheidung sie getroffen hat, kann niemand erahnen. Trotzdem beginnen ihre Beine zu zittern, als sie sich vorstellt, was passieren würde, wenn sie … nein, sie verbietet sich, daran zu denken, und geht weiter.

Die Tasche an ihrem Arm wird mit jedem Schritt schwerer und der Weg erscheint ihr endlos. Sie hat erst die Hälfte der Strecke zurückgelegt, und ihr Arm schmerzt schon richtig, weil sie ihn so krampfhaft anwinkelt. Am liebsten würde sie einfach nach Hause rennen. Aber das wäre wirklich das Auffälligste, was sie tun könnte. Jetzt reiß dich zusammen, sagt sie sich. Geh einfach.

Schritt für Schritt geht sie, setzt fast mechanisch einen Fuß vor den anderen, dabei gelingt es ihr kaum, die Fragen zu unterdrücken, die in ihr aufsteigen. Warum ist sie hier? Warum hat sie bloß angeboten, diese Aufgabe zu übernehmen? Sie hat einen freien Tag. Sie könnte ihren Muck treffen oder gemütlich zuhause sitzen und mit ihrer Mutter Tee trinken. Sie könnte so vieles tun. Aber sie hat sich entschieden, jetzt, in diesem Augenblick hier zu sein, und sie weiß, dass es die richtige Entscheidung ist, für den richtigen Weg. Auch wenn es ein Weg ist, auf dem kleine hübsche Ledertaschen plötzlich schwer wie Blei werden. Auch wenn der Weg mitten hinein führt in eine ihr bisher unbekannte Angst.

1

2007

Bist du glücklich? Wenn mich das heute Nachmittag jemand gefragt hätte, hätte ich erstaunt Ja gesagt. Vielleicht hätte ich dieses Ja sogar gesungen. Oder getanzt. Denn alles hatte sich so gut angefühlt. So richtig. Vielleicht sogar zum ersten Mal. Als ob sich Türen geöffnet hätten und ich plötzlich eine hellere Welt betreten hätte, in der so viel mehr möglich war. Eine Welt, in der alles, ja, sogar ich einen Platz hatte und einen Sinn. Was für ein tröstliches Gefühl: mein Leben als Aufwärtsbewegung!

Und dann stürzte meine Großmutter zu Boden, und alles war mit einem Schlag vorbei. Vielleicht gehörte ich eben doch nicht hinein, in diese hellere Welt. Nicht auf Dauer. Da hatte ich ein paar Stunden Glück gehabt, auf und ab blubberndes, buntes Glück, und jetzt verbrachte ich meinen dreißigsten Geburtstag im Wartebereich der Notaufnahme, unter grellem Neonlicht, innerlich zitternd. Mein Kopf war schwindelerregend leer, und die Ängste, die darin Karussell fuhren, hatten viel Platz. Omas Schwarzwälder Kirschtorte lag steinschwer in meinem Magen, und ich hatte Angst, dass dies die letzte Erinnerung an meine Oma sein könnte. Die Torte, das plötzliche Auftauchen des fremden Mannes mit dem seltsamen Namen, der Moment, in dem ihre Beine einfach wegknickten. Wie klein und zerbrechlich sie auf dem Wollteppich in der Diele gelegen hatte. Heute Mittag hatte Lukas' Gegenwart mir den Tag noch verzaubert, aber jetzt war es mir unangenehm, dass Lukas hier war. Es war alles viel zu dicht. Dass er meine schwitzige kalte Hand hielt, dass er sah, wie sich Paulas Gesicht verschloss. Dass er sich plötzlich mitten in dieser Familienkrise befand. Wir hatten nur nachmittags zusammen mit meiner Mutter Paula und meiner Großmutter in Lerchenrod meinen Geburtstagskaffee trinken wollen, um uns dann zu verabschieden und in unsere herrliche unbeschwerte neue Liebe hineinzufallen, wie in ein prickelndes Bad. So hatte ich mir das vorgestellt. Das hier war das glatte Gegenteil von all dem. Konnte irgendetwas in meinem Leben einmal bleiben? So etwas wie dieses Glücksgefühl von heute Vormittag, als Lukas unangemeldet vor der Tür gestanden hatte und wir uns plötzlich in den Armen lagen und uns nur fragten, warum wir das nicht schon längst getan hatten. In diesem Gefühl wäre ich gerne verweilt.

Paula tigerte unruhig auf dem Gang auf und ab, während wir warteten, dass endlich ein Arzt kam, um uns zu sagen, was mit Oma passiert war. Ich war nicht in der Lage herumzulaufen wie sie, ich saß reglos auf einem dieser Krankenhausstühle, auf dessen Sitzfläche aus Kunststoff ich allmählich festklebte. Seit Oma auf dem Boden gelegen hatte, so klein und krumm und blass, fühlte ich mich schwach. Meine Oma war nie krank, und wenn sie wirklich einmal krank war, dann tat sie trotzdem so, als wäre nichts. Sie gehörte in diese Generation, für die ein Bett nur zum Schlafen da war. Da legte man sich doch am hellen Tag nicht hinein. Nicht, wenn man krank war, und schon gar nicht, um es mal gemütlich zu haben, zu lesen oder einen Schlechtwettertag wegzulümmeln. So etwas gab es im unerschütterlichen Leben meiner Oma nicht. In ihrem Leben hielt man durch. Sie hatte einen Krieg erlebt, was war dagegen schon ein bisschen Fieber, eine Grippe? Und dann hatte sie doch etwas so sehr erschüttert, dass ihre Beine einfach wegknickten und sie dann viel zu lange mit geschlossenen Augen auf dem Boden lag. Wer war dieser Fremde, der plötzlich vor der Tür gestanden hatte und bei dessen Anblick meine Großmutter in sich zusammengesackt war, als hätte ein Marionettenspieler plötzlich die Fäden losgelassen? *Ich bin's, der Muck.* Was immer das auch bedeutete.

Paulas Schritte klackten unruhig auf dem Krankenhausflur auf und ab. Irgendwann blieb sie vor mir stehen.

»Hast du diesen Namen schon mal gehört? Ich habe ihn noch nie gehört. Muck! Was ist das überhaupt für ein Name?«

»Irgendjemand von früher? Ein Spitzname?«

Ich hatte ja auch keine Ahnung.

»Es gab niemanden im Dorf, der so hieß.«

»Vielleicht eine alte Liebe?«

»Meine Mutter und eine alte Liebe? Das glaubst du doch selbst nicht.«

Meine Mutter und meine Großmutter hatten sehr unterschiedliche Herangehensweisen an das Thema Liebe. Meine Mutter hielt sich an dem Gedanken fest, dass man eine große Liebe auch mehrfach suchen und leben konnte, meine Großmutter hatte sich in ihrem Leben lieber auf eine ruhige, beständige Zuneigung zu meinem Großvater verlassen. Meine Mutter hatte das schon immer als viel zu klein empfunden und benutzte in dem Zusammenhang auch schon mal Worte wie *kläglich* oder *armselig*. Wie ich selbst zum Thema Liebe stand, war mir noch nicht so klar. Ich hatte durchaus romantische Träume, die bisher jedoch meist an der Realität gescheitert waren. Irgendwie schien meine Vorstellung von Liebe nicht richtig in mein Leben hineinzupassen. Ich glaube, mir fehlte das Vorbild für die glückliche Beziehung, die ich gerne führen würde. Die wechselnden Lieben meiner Mutter und ihr daraus resultierendes Himmelhoch-jauchzend-zu-Tode-betrübt hatten in meinem Leben für viel Unruhe gesorgt und nicht unbedingt zur Nachahmung eingeladen. Vielleicht fühlte ich mich meiner Oma in dieser Hinsicht sogar näher. Obwohl es auch nicht gerade erstrebenswert war, sich so eine kleine stille Zuneigung zu wünschen. In meinem Alter sollte man doch Großes hoffen, Leidenschaft ersehnen, Hand in Hand im Gegenlicht lachend über Wiesen rennen. So endeten Liebesfilme. Aber ich wünschte, es gäbe einen Film, der genau damit anfing und mir erzählte, wie es weitergehen könnte. Denn genau das interessierte mich am meisten, ob es möglich war, eine Liebe zu leben, die groß war und trotzdem beständig.

»Es scheint jedenfalls um etwas sehr Wichtiges zu gehen, wenn es sie so erschüttert, oder?«

Die Schritte verstummten. Paula war vor uns stehengeblieben.

»Ich weiß nicht, ob ich jetzt noch irgendwelche Geheimnisse meiner Mutter wissen will. Sie hat früher nie geredet, dann braucht sie jetzt auch nicht mehr damit anzufangen.«

Das war typisch für meine Mutter. Paula hatte furchtbare Angst, dass ihre Mutter ihr etwas erzählen könnte, was sie nicht hören wollte. Schon immer warf sie ihr vor, nie wirklich von sich erzählt zu haben, und vor allem nie davon erzählt zu haben, was sie während des Krieges gemacht und gedacht hatte. Und weil sie so beharrlich darüber schwieg, befürchtete Paula, dass ihre Mutter auch viel zu verschweigen hatte. Die beiden hatten sich eingerichtet in einem Zustand, in dem sie nicht viel voneinander wussten, in dem Paula sich mit Omas Standardantwort zufriedengab: *Ach Kind, es waren schlimme Zeiten. Das kann man sich heute gar nicht vorstellen.* Sie rüttelte nicht mehr an der Tür, hinter der sich vielleicht andere Erinnerungen, andere Geschichten verbargen. Genauso gab Oma sich mit kürzesten Antworten von Paula zufrieden. Wenn sie fragte, wie es ihr ginge, und Paula mit einem knappen *gut* antwortete, dann reichte ihr das. Irgendwann hatten sie sich in dieser Art von stenografischer Kommunikation eingerichtet. Und wenn ich ehrlich war, machte ich dabei mit und verschwieg ihnen auch das meiste, was es über mich zu sagen gab.

Paulas Schritte hallten weiter durch den kahlen Flur. Das gleichmäßige Ticken der großen Uhr und Paulas Ledersohlen gaben einen Rhythmus vor, gegen den mein Herz in doppeltem Tempo anschlug. Lukas und meine Hand waren jetzt wahrscheinlich komplett und für immer aneinandergeklebt. Es musste so unangenehm für ihn sein. Wahrscheinlich wusste er nicht, wie er meine Hand höflich loslassen sollte, und ich beschloss, uns zu erlösen. Ich murmelte etwas von Toilette, und es gelang mir tatsächlich, meine schwitzige Hand aus Lukas' Hand zu lösen. Bestimmt kam der Arzt genau in dem Moment, in dem ich hinter der Tür zu den WCs verschwand. Das war ja immer so. Also beeilte ich mich, seifte meine Hände trotzdem gleich zweimal ein und spülte einmal warm und einmal kalt ab, bevor ich sie auch noch doppelt gut abtrocknete. Wenigstens meine Hände waren jetzt wieder in Ordnung, auch wenn der ganze Rest von mir sich schlecht fühlte. Und ausgerechnet heute trug ich dieses Kleid. Es gab wohl kaum etwas Unpassenderes, das man unter dem Neonlicht einer Krankenhausnotaufnahme tragen konnte, als ein hundert Jahre altes Seidenkleid, dessen Stoff allmählich brüchig wurde. Ich hätte gerne etwas an, was man nach Verlassen des Krankenhauses bei sechzig Grad waschen konnte und was mich stabil und kompetent fühlen ließ. In dem Kleid fühlte ich mich verletzlich, empfindlich wie die alte Seide. Meine Urgroßmutter Lisette war davon überzeugt gewesen, dass ein einziges Kleid ein Leben verändern kann. Tatsächlich hat dieses grüne Seidenkleid, das mein Urgroßvater Emile ihr zu ihrem achtzehnten Geburtstag vor genau hundertundeins Jahren geschenkt hatte, ihr Leben damals komplett auf den Kopf gestellt: Nachdem Lisette das Kleid anprobiert und darin die schönste Version ihrer selbst gefunden hatte, lief sie kurz darauf mit Emile, ihrem damaligen Hausschneider, davon. Sie ließ Familie, Villa, Korsett, Stand und alle damit zusammenhängenden Erwartungen hinter sich und landete mit ihrem grünen Seidenkleid in Freiheit, in wilder bunter Fülle und in einer sehr, sehr großen Liebe, die das Leben von uns

Winterfrauen noch immer überstrahlte. Oder überschattete. Je nachdem, von welcher Seite man das betrachtete. Als ich das Kleid heute Morgen übergestreift hatte, hatte ich mich auch ganz wunderbar gefühlt. Aber die wunderbaren Gefühle hatten in meinem Leben wohl wirklich nur eine kurze Haltbarkeitsspanne.

Oma lag bleich in ihrem weißen Krankenhausbett und nahm Paula und mich erst wahr, als wir direkt vor ihr standen. Ein Lächeln zog über ihr Gesicht, und ihre blauen Augen leuchteten, als sie uns sah. Ich griff nach ihrer Hand und setzte mich auf die Bettkante. Paula machte das Gleiche auf der gegenüberliegenden Seite, und so hielten wir sie zwischen uns, waren gleichzeitig über sie miteinander verbunden.

»Jetzt sagt mir doch mal, was genau passiert ist. Ich habe so wirre Bilder im Kopf und krieg es nicht mehr zusammen. Lag ich wirklich auf dem Boden?«

Ich war erleichtert. Sie klang wie immer.

Paula erzählte ihr, wie wir zusammen Kaffee getrunken hatten, Geburtstagskaffee. Sie ließ das Wort einen Moment im Raum stehen, und Oma nickte.

»Ich weiß doch, dass Maya heute dreißig geworden ist. Und dass sie einen neuen Freund hat. Lukas. Ich weiß das. Natürlich!«

Sie lächelte mich an.

»So natürlich ist das nicht … nach allem, was passiert ist.«

»Einen netten Freund hast du, Kind. Aber was ist dann passiert?«

Paula erzählte, wie sie die Haustür geöffnet hatte, mit Schwung, weil sie dachte, die Nachbarn kämen zum Gratulieren, und wie dann stattdessen ein erschrockener älterer Herr vor der Tür gestanden und nach Lotte Winter gefragt hatte.

»Das war der Muck? Der Muck war wirklich da? Ich habe das nicht geträumt?«

Wir schüttelten den Kopf.

»Ich dachte, ich hätte das geträumt. Ich dachte …«

Sie verstummte, und wir wagten nicht, nachzufragen, wer dieser Mann war. Der Arzt hatte gesagt, wir sollten sie nicht aufregen, nichts fragen, am besten lächeln und einfach da sein. Paula hatte theatralisch die Augen gerollt, *einfach da sein* gehörte nicht gerade zu ihren Kernkompetenzen. Ich hatte dem Arzt versichert, dass wir gut aufpassen würden.

»Und da bin ich zusammengebrochen?«

»Du lagst auf dem Boden. Und es hat ein paar Minuten gedauert, bis du die Augen wieder aufgemacht hast. Und dann hast du nach ihm gefragt, er hat sich zu dir auf den Boden gekniet, und ihr … ihr habt euch angeschaut.«

Dieser Blick, ich bekam jetzt noch eine Gänsehaut, wenn ich an diesen Blick zwischen den beiden dachte, der uns und alles um sie herum ausgeschlossen hatte. Oma nickte und schwieg wieder eine lange Zeit, und es war schwer, das Offensichtliche nicht zu fragen.

»Er ist wirklich hier?«

Wieder nickten wir. Sie schloss die Augen, seufzte tief, und ihr Gesicht entspannte sich. Aber dann begann sie, Fragen zu stellen.

»Und wo ist er jetzt?«

»Er wollte wieder in sein Hotel.«

»Wisst ihr, wo das ist? Könnt ihr ihn holen?«

»Mama … du musst jetzt erst mal zu …«

Paula versuchte, sie zu beruhigen, aber erreichte das Gegenteil. Oma versuchte den Kopf aus dem Kissen zu heben, als wollte sie gleich aus dem Bett springen und am liebsten direkt zu ihm laufen.

»Ich muss ihn sehen. Er soll herkommen. Hierher.« Ihre Augen funkelten energisch.

»Das wird er«, versicherte ich ihr. »Wir haben seine Telefonnummer und rufen ihn an. Und er wartet, bis er dich besuchen kann. Aber heute nicht mehr. Der Arzt sagt, keine Aufregung mehr heute.«

»Er muss hierbleiben. Er darf nicht wegfahren. Ich muss ihn wiedersehen!«

Oma klang so dringlich, wie ich sie noch nie gehört habe. All ihr Gleichmut, all ihre Ruhe schienen dahin, und ihre blauen Augen füllten sich mit Tränen. Erst als ich versprach, ihn sofort anzurufen, sobald wir aus dem Krankenhaus herausgekommen waren, und noch dreimal versprach, dass er nicht wegfahren würde, bevor sie ihn wiedergesehen hatte, beruhigte sie sich ein wenig.

Ich muss ihn sehen. Das war das letzte Satz, bevor sie vor Erschöpfung wieder einschlief.

Als wir auf dem Gang standen, schüttelte Paula den Kopf.

»Meine Güte … Wer das bloß ist?«

Wir hatten sie beide noch nie so erlebt, und es beunruhigte mich. Heute Nachmittag war ich mir noch sicher gewesen, wenn ich einen Menschen auf der Welt kannte, dann war das meine Großmutter. Der verlässlichste Mensch, an einem verlässlichen Ort. Es war verwirrend für mich, dass diese Gewissheit plötzlich völlig durcheinandergeraten war, durch einen Fremden, von dem noch nie die Rede gewesen war. Der rätselhafte Muck.

»Es klingt irgendwie doch nach großer Liebe, vielleicht, bevor sie Opa kennengelernt hat, oder?«

Paula sah mich zweifelnd an.

»Meinst du, meine Mutter hatte mal ein anderes Leben, bevor sie in Lerchenrod gelandet ist?« Paula schüttelte den Kopf. »Das glaube ich nicht. Warum sollte sie dann in Lerchenrod geblieben sein?«

»Warum nicht? Du hattest auch ein ganz eigenes und anderes Leben, bevor du Mutter geworden bist, und hast mir ja auch lange genug nichts davon erzählt …«

Paula sah mich stirnrunzelnd an, und ich fantasierte weiter.

»Oder stell dir so etwas vor wie *Brücken am Fluss*. Sie hat Opa und dich nicht verlassen, aber vielleicht hat sie den Muck geliebt? Bis heute.«

»Ich glaube, wir haben früher zu viele Liebesfilme angeschaut. Andererseits kann ich das gut verstehen, dass du heute nur an Liebesgeschichten denken willst …«

Sie nickte in Richtung Lukas, der am Ende des Flures auf uns wartete.

»Es tut mir so leid, dass das gerade heute passiert ist, ich hätte euch wirklich eine andere Art von Tag gewünscht.«

Irgendwie rührte es mich, dass Paula das sagte, dass sie an mich dachte in dem ganzen Gefühlswirrwarr, und ich schaute sie dankbar an.

»Stimmt. Ich habe ja Geburtstag. Aber das ist jetzt auch egal.«

»Wollt ihr nach Frankfurt zurückfahren und euch noch einen schönen Abend machen? So wie ihr das geplant hattet? Ich bleibe hier und kümmere mich um alles. Mach das ruhig, mein Schatz.«

Ich schüttelte den Kopf, ich würde sowieso an nichts anderes denken können.

»Ich bleibe hier, und wir machen uns zusammen einen schönen Abend. Vor dreißig Jahren, als ich auf die Welt gekommen bin, haben wir zwei ja auch einfach gemütlich zusammen abgehangen, oder? Hauptsache, Oma geht es gut.«

Paula lächelte. »Ich bin froh, wenn du bleibst.«

Wie versprochen rief ich die Handynummer an, die uns dieser Muck gegeben hatte. Er musste schon auf den Anruf gewartet haben, denn kaum dass es geklingelt hatte, war er schon dran und fragte sofort nach Lotte. *Wie geht es Lotte?* Jeder in Lerchenrod nannte meine Oma Charlotte. Selbst Opa hatte sie immer mit ihrem ganzen Namen angesprochen. Lotte und Muck. Das klang vertraut. Ich erzählte ihm, dass sie wohl einen Schwächeanfall hatte, aber noch ein paar Tage im Krankenhaus bleiben musste, um durchgecheckt zu werden. In ihrem Alter konnte ein Zusammenbruch viele Gründe haben, hatte der Arzt gesagt. Sie dürfe sich vor allem nicht aufregen, aber ich erzählte ihm auch, dass wir ihr versprechen mussten, dafür zu sorgen, dass er nicht wegfährt, ohne sie noch mal gesehen zu haben. Ich konnte hören, dass er lächelte, als er antwortete. Es gäbe keinen Grund zur Sorge, sagte er. Er habe sie so lange gesucht, niemals würde er wegfahren, ohne sie zu sehen, und wenn er monatelang warten müsste.

»Das hat er gesagt?« Paula schaute mich ungläubig an. »Am Ende hast du doch noch recht mit deiner Liebestheorie.«

Wenn ich ehrlich war, war es mir zu viel, dass Lukas da war. Es war, als ob zwei Welten kollidierten, die nicht zusammengehörten. Oder noch nicht zusammengehörten. Ein Bilderbuch hatte ich für ihn aufschlagen wollen. Kaffeetrinken mit Omas Torte, der alte Bauernhof auf dem Land, wo ich als Kind im Heu gespielt hatte, meine Mutter in Bestform. Ich hatte ihm alle schönen Seiten zeigen wollen. So hatte ich mir das vorgestellt. Ich wollte nicht, dass er mitbekam, wie das Auftauchen eines Fremden uns alle erschütterte, wie ich verheult unter kaltem diffusen Krankenhauslicht aussah. Ich wollte schön sein für ihn. Und trockene warme schlanke Hände haben.

»Wenn du zurückfahren willst, dann bringen wir dich zum Bahnhof, das könnte ich gut verstehen. Du musst wirklich nicht …«

»Ich würde gerne bei dir bleiben. Wenn das okay ist.«

Er schaute fragend zwischen Paula und mir hin und her, und Paula sagte, dass es natürlich okay war. Sie lächelte ihn an, und ich hatte wieder dieses altbekannte Gefühl, sonderbar zu sein. Dass ich diese Frage überhaupt gestellt hatte. Dass ich anscheinend die Einzige war, die sich überfordert fühlte.

In Omas Speisekammer fand sich keine einzige Flasche Wein.

»Guck doch mal im Keller«, sagte Paula. »In diesem niedrigen Kabuff hinter dem Regal mit dem Eingemachten.«

»Oma macht schon ewig nichts mehr ein.«

»Aber daneben liegt noch der Wein, oder?«

»Ich hab keine Lust, jetzt in den Keller zu gehen.«

Paula wusste doch ganz genau, wie ungern ich in den Keller ging. Ich mochte weder die Dunkelheit, in die man hineintreten musste, bis man das Licht angeschaltet hatte, noch die Tatsache, dass man ins Dunkel hineingreifen musste, um den Lichtschalter überhaupt zu finden. Und dann dieser modrige Kellergeruch und das Gefühl, unter der Erde zu sein, weit weg von allem. Das alles legte sich wie eine Bleidecke auf meine Brust, und ich bekam kaum Luft, wenn ich nur daran dachte. Paula nahm meine Hand.

»Komm, wir gehen zusammen, mein kleiner Hasenfuß. Du suchst dir einen Wein aus, und ich kämpfe die Monster nieder. Lukas, wenn du Schreie hörst, kommst du zur Verstärkung.«

»Das ist nicht witzig.«

Sie kannte doch meine Angstattacken und musste sich nicht gleich vor Lukas darüber lustig machen.

»Was trinkst du denn gerne?«, fragte Paula, und Lukas war nett, er meinte, ich würde bestimmt das Richtige aussuchen.

Paula ging vor und schaltete das Licht an. Ich atmete tief durch. Mein sauberer Frankfurter Neubaukeller sah fast aus wie eine Wohnung, allein die Tatsache, dass er fensterlos unter der Erde lag, genügte bereits, das Kellergefühl in mir auszulösen. Ich lagerte dort so gut wie nichts, damit ich nie hinuntergehen musste. Der Gewölbekeller des bestimmt zweihundert Jahre alten Bauernhauses meiner Großmutter, mit seinem gestampften Lehmboden, war wesentlich schlimmer. Und schlimm war auch, dass dort einfach alles lagerte, was man überhaupt lagern konnte, so dass man ständig hinunterlaufen musste.

Paula ging zielstrebig zu dem Weinregal, das in der düstersten Ecke des Kellers stand. Man konnte sofort erkennen, dass Oma hier alle Weinflaschen aufbewahrte, die sie geschenkt bekam. An manchen hing sogar noch eine kleine Karte. *Wohl bekomm's! Dein Otto* oder *Frohe Weihnachten aus Willingshausen.*

»Gar nicht so dumm«, sagte Paula. »Vom Schenkenden kann man Rückschlüsse auf die Qualität des Weins ziehen. Was ist eigentlich dahinten los?«

Sie kniff die Augen zusammen und deutete auf ein komplett verstaubtes Weinregal, das fast im Dunkel einer Ecke verschwand und mir noch nie aufgefallen war. Das war kein Wunder, denn in Kellern hielt ich mich keine Sekunde länger auf als unbedingt nötig.

»Komm, lass uns wieder hochgehen.«

Allein der modrige Geruch hier unten setzte mir schon zu, aber Paula zog schon neugierig eine Flasche aus dem Regal hervor.

»Die sehen ja aus, als wären sie ein Vermögen wert.«

Sie strich über das Etikett und entfernte den dicken Staub. »Weingut Richter. Das ist das Weingut von Onkel Henri.«

Sie zog mehrere Flaschen hintereinander heraus und schaute auf die Etiketten. »Die sind alle von ihm. Er hat ihr jedes Jahr Wein geschickt. Guck dir das an, das sind ja bestimmt …«

Ich zählte eine Reihe ab und überschlug die Menge.

»Das sind fast zweihundert Flaschen?«

»Hier, Wein aus den Fünfzigern, Sechzigern. Sie hat immer Wein von ihm bekommen und ihn nie getrunken? Wusstest du davon?«

Ich schüttelte den Kopf. »Aber einige Flaschen fehlen.« Ich deutete auf leere Stellen. »Manche hat sie doch getrunken. Oder meinst du, es ist Zufall?«

»Keine Ahnung«, murmelte Paula und lächelte, als sie den dicken Staub von einem Etikett wischte. »Schau mal, ein Riesling, Spätlese 1977. Dein Jahrgang. Wenn die Flasche hier tatsächlich dreißig Jahre unberührt gelegen hat, dann kann der durchaus noch gut sein. Das wäre doch ein würdiges Getränk für deinen Geburtstag, oder?«

Wir nahmen uns zwei Flaschen davon mit und suchten zur Sicherheit noch einen Weißwein aus, den Oma vor kurzem zu ihrem Neunzigsten geschenkt bekommen hatte.

»Der ist vom Bürgermeister.« Paula hielt eine Flasche Grauburgunder hoch. »Der müsste doch in Ordnung sein.«

Ich holte die guten Weingläser aus der Anrichte und rutschte zu Lukas auf die Eckbank in der Küche, während Paula einen Korkenzieher suchte. Wir betrachteten die staubigen Flaschen von Onkel Henris Weingut.

»Wie aus einem Schlosskeller, oder?«

Lukas nickte. »Und so einen besonderen Tropfen können wir jetzt wirklich einfach so trinken? Ohne deine Oma?«

Paula nickte. »Meine Mutter trinkt selten Wein. Und wenn, dann bestimmt nicht den von Onkel Henri.«

»Warum eigentlich nicht?«

»Wenn ich das mal wüsste.«

»Ich dachte, bei euch in der Familie gäbe es irgendwie gar keine Männer.« Lukas sah uns fragend an. »Zumindest klang das immer so, wenn du davon erzählt hast.«

Paula lachte. »Das hat dich sicher sehr beunruhigt?«

»Schon ein bisschen.« Lukas lächelte. »Also: Wie kommt man jetzt von Lisette, die mit dem Schneider ausgerissen ist, und ihrem antiken Seidenkleid an diesen Tisch in diesem Dorf und zu diesen alten Flaschen Wein?«

»Das wüsste ich eigentlich selbst gerne.« Ich runzelte die Stirn und sah Paula fragend an. »Wir wissen nur, dass meine Oma nach dem Krieg irgendwie hier gelandet ist und meinen Opa geheiratet hat.«

»Du weißt schon von Lisette?«

Paula schaute ihn erstaunt an, und Lukas nickte.

»Maya trägt heute ihr Kleid. Und sie hat mir oft von ihr erzählt. Sie bedeutet euch doch viel, oder?«

Paula schaute mich verwundert an. »Das wusste ich gar nicht, dass Lisette dich so interessiert.«

»Weil du mir nicht zuhörst.«

»Das stimmt nicht.«

Ich seufzte. Lukas verfolgte den Disput lächelnd.

»Obwohl, richtig, du wolltest ja das Kleid haben. Und du hast mich nach der Hausnummer in Rauenthal gefragt, wo das Haus steht. Haben wir uns eigentlich schon darüber unterhalten, was du da gemacht hast? Du hast mir gar nicht erzählt, warum du das eigentlich wissen wolltest.«

»Ist ja auch egal. Es gab ja genug anderes, was uns beschäftigt hat.«

»Nein, ist es nicht!«

»Komm, lass uns anstoßen«, sagte ich und deutete auf die Flasche in ihrer Hand. Sie hatte den Korken fast am Stück aus der Flasche bekommen, machte aber keine Anstalten, den Wein auszuschenken, sondern sah mich noch immer fragend an. Ich hätte einfach antworten können, hätte ihr sagen können, dass ich da gewesen bin, sogar zusammen mit Lukas. Aber ich war noch sauer, dass sie mich vor ihm als Angsthase hatte hinstellen müssen. Maya, die sonderbare Angsthäsin, die sich nicht in den Keller ihrer Oma traut.

»Du hättest ja nachfragen können. Aber das müssen wir jetzt wirklich nicht erörtern. Gieß ein. Bitte.«

Lukas schaute von mir zu Paula und wieder zurück und dachte sich wahrscheinlich seinen Teil, und ich hatte Angst, dass er es inzwischen schon bereute, dass er mich überhaupt geküsst hatte. Ich war nicht beschwingt, nicht interessant, ich war verklemmt und beleidigt. So sehr hatte ich es mir vorgenommen, freier, lockerer, erwachsener, mutiger aufs Leben zuzugehen, meine Gefühle zuzulassen. Stattdessen war ich verstockt und befangen wie immer und stritt mit meiner Mutter wie ein Teenager. Paula schnupperte an der Flasche, bevor sie einschenkte. Goldgelb und fast wie Sirup floss der Wein in die Gläser.

»Lisette war jedenfalls mein größtes Vorbild … sie war meine Großmutter und Mayas Urgroßmutter. Und sie hatte zwei Kinder: nämlich Henri, dessen Wein wir jetzt gleich trinken, und Charlotte, die nun im Krankenhaus liegt. Ich bin hier aufgewachsen und wollte immer weg.«

»Und für dich war es ein Zuhause.« Lukas lächelte mich an, und ich fühlte mich etwas besser. Er wusste schon so viel von mir, und vielleicht war es ja doch alles gut, wie es war.

Wir nahmen die Gläser. Der Wein duftete würzig und intensiv und wunderbar.

»Auf Maya«, sagte Paula und lächelte mich an.

»Und auf dich«, erwiderte ich. »Und Charlotte. Und auf die Lotte, die Oma einmal war.«

»Auf alle Winterfrauen zusammen.« Lukas hob sein Glas und stieß mit mir an. »Und auf die Männer auch. Sie scheinen zum Glück ja doch irgendwie dazuzugehören.«

Der Wein schmeckte süß, harzig und seltsam.

»Aber sie geben uns Rätsel auf, die Männer, oder?« Ich hielt das Glas ins Licht und betrachtete den Wein. »Warum hat Oma diesen Wein nicht getrunken, und warum hatte sie überhaupt keinen Kontakt zu ihrem Bruder? Warum kennen wir ihn gar nicht?«

»Na, ich kannte ihn schon.« Paula zuckte die Achseln. »Onkel Henri war lustig. Er hat immer Witze gemacht und immer Wein auf den Tisch gestellt. Man kam selten nüchtern wieder weg. So wie man sich einen Winzer vorstellt. Ich glaube, es war so ein

Konkurrenzding zwischen den beiden. Er war Lisette näher als Charlotte. Vielleicht hatte es auch mit seiner Frau zu tun? Sie war seltsam, sein Sohn auch. Man hat sich nicht willkommen gefühlt. Ich glaube, mir war das gar nicht richtig klar, dass Onkel Henri Mamas Bruder war. Sie hat sich halt nie so benommen, als hätte sie einen Bruder. Und irgendwie war es auch immer traurig, aber ich weiß nicht, warum. Wir müssen sie fragen.«

»Wir müssen sie eine ganze Menge fragen.«

Die erste gemeinsame Nacht mit Lukas hatte ich mir deutlich anders vorgestellt. Mehr ausgelassene Verliebtheit und deutlich weniger Panikattacke. Kaum hatten wir in meinem Zimmer die dicke Federbettdecke über uns gezogen, kam die Angst. Mein Herz begann zu rasen, und Adrenalin rauschte durch meine Adern. Ich rang nach Luft und musste mich auf den kalten Fußboden legen, musste spüren, dass ich festen Boden unter mir hatte, der mich hielt, musste mir sagen, dass ich jetzt nicht sterben würde. Mir sagen, dass es nur Chemie war, die meinen Körper in Panik versetzte, wie ich es in der Therapie gelernt hatte. Dass es keinen Grund dafür gab, jetzt genau in diesem Moment solche Angst zu haben. Dass die Angst es doch eigentlich gut mit mir meinte, mich vor etwas warnen wollte. Dass es an mir war, der Angst zu sagen, dass es gerade keinen Grund gab. Ich war doch sicher. Ich lag doch auf festem Boden. Lukas fragte, ob er etwas tun könne, und als ich es verneinte, wartete er einfach ruhig ab, bis der Anfall vorbei war. Ich war kalt und erschöpft und dankbar, dass er mich einfach in die Arme nahm und mich an sich zog, um mich zu wärmen. Als auch meine Füße endlich warm wurden, schlief ich ein. Aber war das gut, wenn eine Beziehung so begann? Brauchte man nicht den unbeschwerten Schwung der Verliebtheit, weil alles sowieso von selbst schwerer werden würde? War das der Anfang unserer Geschichte? An was würden wir uns einmal erinnern, später?

1927

In Mutters Atelier brannte Licht, sie arbeitete also noch immer. Nach dem Abendessen hatte sie gesagt, sie müsse nur noch schnell etwas fertig machen und dann würde sie kommen und Lotte ins Bett bringen. Das war schon zwei Stunden her. Lotte stand am Küchenfenster und schaute in den dunklen Garten, an dessen hinteren Ende sich das Atelier befand, wo ihre Mutter Kleider entwarf und nähte. Eigentlich sollte sie einfach schon alleine ins Bett gehen. Mutter hatte so viel Arbeit und verdiente das Geld für sie alle. Tante Henriette, die bei ihnen wohnte, kümmerte sich um den Haushalt und die Wäsche, kaufte ein und kochte, damit Mutter genug Zeit hatte für die feinen Damen, die hier oft ein und aus gingen, nach Maiglöckchen dufteten und sich von ihr schöne Kleider fertigen ließen. Mutter war so fleißig und gab sich so viel Mühe, damit es ihnen allen gutging. Henriette war auch fleißig, und Henri erst. Ihr Bruder war schon fünfzehn und half Mutter bei allen schweren Arbeiten im Garten. Er kümmerte sich um das Holz, er schleppte die Kohlen und hievte für Henriette die schwere, nasse Wäsche zur Mangel. Das konnte Lotte alles nicht, dafür war sie noch zu klein. Es ärgerte sie, dass sie erst zehn Jahre alt war. Sie wäre gerne so groß und nützlich wie Henri. Wenn sie bei etwas half, dann war es niemals so wichtig wie all das, was Henri tat. Sie würde ja sogar am liebsten noch jeden Abend ins Bett gebracht werden wie ein kleines Mädchen.

»Du bist ja noch wach!«

Henri war neben sie getreten und folgte ihrem Blick hinaus aus dem Fenster zu dem hellen Viereck, das hinten im Garten leuchtete. Sofort wurde es auch in ihr heller und leichter. Wenn Henri da war, wurde immer alles ein bisschen besser.

»Mutter findet wieder kein Ende. Bestimmt hat sie gar nicht gemerkt, wie spät es schon ist. Soll ich rübergehen und fragen, ob sie zum Gute-Nacht-Sagen kommt?«

Henri wusste genau, dass Lotte im Dunkeln Angst hatte und sich nicht traute, allein durch den Garten zu gehen, obwohl das Licht aus dem Atelier hell und freundlich herüberstrahlte. Und er wusste auch, dass Lotte nicht gut einschlafen konnte, wenn Mutter ihr nicht Gute Nacht sagte. Aber Lotte schüttelte tapfer den Kopf. Es war viel wichtiger, dass Mutter ihre Arbeit fertigbekam, damit auch sie irgendwann schlafen konnte.

»Ich kann ja auch alleine ins Bett gehen.«

Das war denn eben ihre Art, der Mutter zu helfen. Sie war groß genug, um das zu verstehen, auch wenn es gar nicht so einfach war, sich davon selbst zu überzeugen. Henri schien das zu spüren.

»Dann husch mal hoch, und ich komme gleich und schaue nach, ob du auch schön zugedeckt bist.«

Lotte zog ihr warmes Nachthemd an, das Mutter aus weichem Flanell für sie genäht hatte, und schlüpfte ins Bett. Sie wartete, bis Henri kam, der ihr die Decke bis zur Nasenspitze zog und dann mit gespieltem Ernst ihre beiden langen blonden Zöpfe sorgfältig unter die Bettdecke stopfte.

»So, damit sie auch nicht frieren …«

»Das sind doch Haare! Die frieren doch nicht!«

»Was weißt du denn schon, du kleine Reblaus!« Henri riss seine Augen ganz weit auf. »Letzte Nacht haben sie so laut geschlottert, dass ich davon aufgewacht bin!«

Er drückte ihr einen Kuss auf die Stirn, und Lotte hoffte, dass er nicht gleich wieder ging. Am besten konnte sie schlafen, wenn alle hier oben unterm Dach in ihren Betten lagen und Lotte sie atmen hörte. Dann fühlte sie sich geborgen wie in einer Höhle.

Das Haus, in dem sie zu viert lebten, war klein. Im Erdgeschoss gab es eine Küche und die gute Stube und den Anbau mit dem Badezimmer. Wenn man die Treppe hinaufging, befanden sich unter den steilen Dachschrägen zwei Zimmer, eines links und eines rechts. Durch Vorhänge, die sie in die Mitte unter dem First aufgehängt hatten, wurden die beiden Zimmer in vier Schlafstübchen aufgeteilt, so dass jeder eine eigene kleine Kammer hatte. Mutter und Henriette schliefen auf der einen Seite und Henri und sie auf der anderen. Am liebsten hätte Lotte gar keine eigene kleine Kammer gehabt. Am schönsten hätte sie es gefunden, wenn alle vier Betten, ohne trennende Wände und Vorhänge, nebeneinanderstehen würden und sie wie eine Bärenfamilie zusammen in ihrer Höhle ihren Winterschlaf hielten. Und sie als Kleinste mittendrin. Aber Mutter war oft traurig, und dann fand Lotte es besser, alleine in ihrem Bett zu liegen. Es war besser, sich vorzustellen, dass ihre Mutter lächelte, als hilflos danebenzustehen, wenn sie weinte, und nichts tun zu können, um sie zu trösten. Manchmal war es einfach schöner zu träumen.

»Schlaf schön, Lottchen, und ich sag der Mama, dass sie nachher noch reinkommt und dir einen Schlaf-weiter-Kuss geben soll.«

»Schlaf du auch schön, Henri. Und lass die Tür auf, ja?«

»Na klar …«

Henri nickte und ließ die Tür einen großen Spalt aufstehen, damit etwas Licht vom Treppenhaus hereinscheinen konnte. Lotte mochte die Dunkelheit nicht. Wenn es in mondlosen Nächten so dunkel war, dass man die Hand nicht vor Augen sehen konnte, kroch die Angst in ihr hoch. Sie hatte Angst davor, dass alle weg waren und vergessen hatten, sie mitzunehmen. Angst davor, ganz alleine und verlassen zu sein. Sie schaute auf den Streifen Licht, der in ihr Zimmer fiel, und flüsterte ihr Nachtgebet, in dem sie den lieben Gott bat, auf sie alle aufzupassen. Auf Mama und Henriette, auf Henri und auf ihren lieben Vater, der irgendwo im Himmel wohnte, ganz nah beim lieben Gott. Und auf ihre Freundinnen Käthe und Rosi und bitte auch auf sie selbst.

Rosi wartete schon vor dem Gartentor. Am liebsten hätte Lotte sich einfach ihren alten Mantel und ihren Schulranzen geschnappt und wäre hinausgelaufen, um mit Rosi zur Schule zu gehen. Aber sie konnte nicht hinauslaufen. Mutter stand vor ihr mit dem neuen kornblumenblauen Wollmantel und schaute sie mit freudiger Erwartung an. Der Mantel war wirklich schön, da hatte Mutter recht. Sehr schön. Und auch, dass sie einen Wollstoff in genau ihrem Lieblingsblau gefunden hatte, der überhaupt nicht kratzte, war einfach ein Wunder. Wo sie den bloß wieder aufgetrieben hatte. Niemand hier hatte einen Mantel aus so schönem Stoff. Aber genau das war ja das Problem. Unglücklich schaute Lotte auf den neuen Mantel. Mutter hatte die halbe Nacht daran genäht, um sie heute Morgen damit zu überraschen. Einfach so. Lotte hatte weder Geburtstag noch Namenstag noch war es Weihnachten. Niemand in ihrer Klasse bekam einfach so einen neuen Mantel. Und dann noch einen so auffälligen, leuchtend blauen Mantel. Niemand würde sie mögen, wenn sie in diesem Mantel zur Schule ging. Besonders die Mädchen am Fenster nicht. Aber ihre Mutter war so stolz und hatte so müde Augen und konnte überhaupt nicht verstehen, dass sie überhaupt zögerte. Also ließ Lotte den braunen Mantel, den sie immer trug, hängen und schlüpfte in den neuen Mantel.

Rosi riss die Augen auf, als Lotte damit aus dem Haus kam.

»Der ist genauso blau wie deine Augen! Ach, ist das ein schöner Mantel, ich wünschte, ich hätte auch so einen schönen Mantel!«

»Und ich wünschte, ich könnte ihn dir schenken ich will ihn gar nicht haben.«

Rosi sah sie ungläubig an. Rosi bewunderte alle Kleider, die Lisette für Lotte nähte. Am liebsten würde Lotte ihrer Freundin alle diese Kleider schenken, die immer so viel bunter und ungewöhnlicher waren als die Kleider, die alle anderen Mädchen trugen. Sie wollte nicht anders sein. Sie wollte einfach nur dazugehören. Aber mit den außergewöhnlichen Kleidern, die ihre Mutter für sie anfertigte, war es unmöglich, einfach dazuzugehören.

Es war natürlich genau so, wie Lotte es erwartet hatte. Alle steckten die Köpfe zusammen, als sie in ihrem neuen kornblumenblauen Mantel auf den Schulhof kam.

»Siehst du«, sagte sie zu Rosi, die den Mädchen, die am Fenster saßen und dumm glotzten, die Zunge rausstreckte, »ich hätte meinen alten Mantel anziehen sollen.«

Rosi sah sie ungläubig an: »Die sind doch nur neidisch! Das kann dir doch egal sein, du hast einfach den schönsten Mantel vom ganzen Dorf!«

Aber es war ihr nicht egal. Es war ihr überhaupt nicht egal. Sie wollte kein Paradiesvogel sein, und sie wollte auch nicht die Tochter eines Paradiesvogels sein. Bei ihnen zuhause war alles anders. Bei ihnen waren die Wände und die Möbel bunt gestrichen, im Garten wuchsen Blumen in allen Farben zwischen dem Gemüse, und ihre Mutter hatte oft ungewöhnlichen Besuch, über den im Dorf viel geredet wurde. Schauspielerinnen und Künstler, die sich von ihr ungewöhnliche Kleider nähen ließen, aus besonderen Stoffen, die sie eigens in Wiesbaden bestellte. Französische Seide, die weich und kühl über die Haut glitt, raschelnder Taft oder zarter Batist. Aus den Resten nähte sie Kleider für Lotte, und wenn dann immer noch etwas übrig war, verwendete sie die kleinen Stücke für bunte Kissen für die gute Stube. Lotte versuchte sich zu sagen, dass es nicht wichtig war, viele Freundinnen zu haben. Dass die Eschbachmädchen von nebenan ihre besten Freundinnen waren und dass man nicht mehr brauchte. Aber trotzdem. Die Mädchen, die die besten Plätze am Fenster ihres Klassenraums hatten, waren eine große Clique, und sie würde so gerne dazugehören. Sie verstand es ja, wenn ihre Mutter ihr sagte, dass es wichtig war, das zu tun, was man selbst für richtig hielt. Dass es wichtig war, seinen eigenen Weg zu gehen und so zu sein, wie man eben war, ganz egal, was die anderen sagten. Sie schämte sich dafür, dass sie lieber genauso sein wollte wie die anderen, um in die Gruppe der Mädchen am Fenster aufgenommen zu werden.

Als sie nach der Schule zusammen mit Rosi nach Hause ging, überholten die Fenstermädchen sie lachend. Hanne, die so etwas wie die Anführerin der Gruppe war, zeigte mit dem Finger auf sie. »Dass das Bankert sich auch noch rausputzt wie ein Pfau. Dass die sich nicht schämt! Also, meine Mutter sagt immer …«

Was Hannes Mutter immer sagte, konnte Lotte nicht

mehr verstehen, denn die anderen hatten laut aufgejohlt. Rosi blieb empört stehen und zog ihre Freundin in den Kolonialwarenladen, vor dem sie gerade standen.

»So ein dummes Zeug, komm, hör gar nicht hin. Ich habe gestern zwei Pfennig gefunden, wir fragen jetzt nach Bonbons.«

Lotte ließ sich in den Laden ziehen, wo Rosi zielstrebig auf die Theke zusteuerte, ihre zwei Pfennige hinlegte und Herrn Rosenkrantz fragte, wie viele Bonbons man dafür denn bekommen könne. Er schaute auf das Geldstück und erwiderte, er würde eigentlich nur Tütchen zu fünf Pfennigen verkaufen. Rosi blickte seufzend auf die bunt bedruckten Papiertütchen, die alle Kinder liebten, weil sie eine Überraschungsmischung aller Bonbons enthielten. Lotte schaute gar nicht auf, sie betrachtete ihre Schuhspitzen und fragte sich, was wohl schlimmer war. Ein herausgeputzter Pfau zu sein oder ein Bankert?

»Aber ohne Ausnahmen ist das Leben ja langweilig.«

Er reichte jedem der Mädchen ein buntes Tütchen über die Theke und zwinkerte Lotte zu, als sie die Tüte in ihre Manteltasche gleiten ließ. »Und das ist bei Menschen übrigens genauso. Langweilig, wenn alle gleich wären, oder?«

Lotte schaute ihn dankbar an und hielt das Tütchen in ihrer Manteltasche ganz fest.

Henriette hatte die Linsensuppe schon auf den Tisch gestellt, und Lotte sah, dass kleine gelbe Eierklößchen darin schwammen. Eierklößchen waren das Beste. Heute war doch noch ein richtig guter Tag.

»Rufst du rasch deine Mutter, dass das Essen fertig ist?«

Lotte lief durch den Garten, um Lisette zu holen, die überrascht von ihrer Näharbeit aufsah, als Lotte ins Atelier kam. Sie hatte wieder die Zeit vergessen, so sehr war sie in ihre Arbeit versunken. Zusammen gingen sie zurück in die Küche, wo die Suppe schon in den Tellern dampfte.

»Und? War es jetzt schlimm, mit einem schönen Mantel in die Schule zu gehen?«

Lisette sah sie fragend an, und Lotte schüttelte den Kopf, als sie ihren Mantel auszog, um ihn in den Flur zu hängen. Mutter musste ja nicht wissen, was die Mädchen gesagt hatten. Es würde sie nur traurig machen. Aber als sie aus den Ärmeln schlüpfte, fiel das Bonbontütchen aus der Tasche.

»Wie kommst du denn zu den Bonbons? Und woher hast du das Geld dafür?«

Lisette und Henriette sahen sie beide fragend an. Lotte hob das Tütchen auf, legte es auf das Küchenbuffet und setzte sich an den Tisch. Stumm rührte sie in ihrer Suppe.

»Lotte?«

»Hab ich geschenkt bekommen.«

»Und wer schenkt dir einfach so Bonbons? Du weißt, dass du keine Bonbons annehmen sollst, wenn niemand dabei ist.«

»Rosi war dabei.«

Lotte druckste herum, sie wollte ihrer Mutter nicht erzählen, wie sie zu den Bonbons gekommen war. Aber natürlich ließ sie nicht locker. So erzählte Lotte eine sehr kurze Fassung, in der zwar der nette Herr Rosenkrantz vorkam, die Worte ›Pfau‹ und ›Bankert‹ jedoch genauso wenig erwähnt wurden wie die Fenstermädchen oder der neue blaue Mantel, mit dem schließlich alles angefangen hatte.

Bevor Lotte nach dem Essen zu den Eschbachs ging, um mit Rosi zu spielen, lief sie zu ihrer Mutter ins Atelier.

Das Atelier war wie ein Gartenzimmer, dessen gesamte

Front aus Fenstern bestand, so dass man direkt in den Garten schaute. Im Sommer standen alle Fenster und Türen offen, und Licht und Blütendüfte durchfluteten den Raum. In der kalten Jahreszeit war es hier um einiges kühler als im Haus, nur direkt am Ofen war es richtig warm. Deshalb hatte Lisette ihren Nähtisch nahe an den Ofen gerückt. Im Schrank hinter ihr stapelten sich die Stoffe. Schwerer Samt lag neben kariertem Kattun, buntem Jacquard und schimmernder Seide. Manche Stoffe lehnten auf Rollen gewickelt an der Seite. Lotte liebte besonders die große Kommode, deren Schubladen Samtbänder beherbergten, gestickte und gewebte Borten, Litzen, Knöpfe in allen Größen, die unterschiedlichsten Perlen, funkelnde Pailletten, Seiden- und Tüllblüten in allen Farben. Lotte schaute zu, wie ihre Mutter eine Bluse mit kleinen Perlen bestickte.

»Das wird so schön.«

»Ich wünschte, ich hätte mehr Geduld.« Lisette streckte seufzend den Rücken, der vom langen, gebeugten Sitzen schmerzte. »Oder eine Stickerin, der ich diese Sachen bringen kann.«

»Wenn du willst, lerne ich das, und dann sticke ich alles für dich. Kann man das denn lernen, so schön zu sticken?«

Mutter lächelte sie an. »Das kann man. Wenn du Lust dazu hast, bringe ich es dir bei.«

»Mutter, können wir ein Kleid für Rosi nähen?«

Lisette sah von ihrer Stickerei auf.

»Einfach so? Ein Kleid?«

Lotte nickte.

»Das nächste Kleid, das du für mich nähen würdest, könntest du doch einfach für Rosi nähen?«

»Und was ist mit Käthe?«

Daran hatte Lotte nicht gedacht. Rosis große Schwester Käthe wäre bestimmt traurig, wenn sie kein Kleid bekommen würde.

»Und wenn du das übernächste Kleid dann für Käthe nähen würdest?«

»Du willst für deine Freundinnen auf zwei Kleider verzichten?«

Lotte nickte. »Ich bekomme viel öfter neue Kleider als die beiden. So viele brauche ich gar nicht.«

»Dann hoffen wir mal, dass du nicht so schnell wächst, wenn die nächsten zwei Kleider nach nebenan gehen …«

»Heißt das Ja?«

»Ja. Und du hast recht. Die beiden werden sich bestimmt darüber freuen.«

»Und wenn ich doch wachse, dann setzen wir einfach etwas an.«

Lisette lächelte. »Weißt du, was wir machen? Wir nähen ihnen schöne Kleider für Henriettes Hochzeit. Das wird sie freuen, wenn sie für das Fest etwas Neues anziehen können, oder?«

Lotte strahlte. »Ja! Und ich habe ja schon zwei feine Kleider, ich brauche gar kein neues. Rosi und Käthe brauchen das viel eher.«

»Möchtest du mal eine Überraschung sehen?«

Lotte nickte, und Lisette trat mit ihr hinter den Vorhang, der einen kleinen Raum für Anproben abtrennte. Jetzt stand darin eine Schneiderpuppe, auf der weiße zusammengesteckte Stoffbahnen drapiert waren.

»Wird das Henriettes Hochzeitskleid?«

Lisette nickte, legte einen Finger auf die Lippen, und Lotte tat es ihr lächelnd nach. Sie würde bestimmt nichts verraten.

»So etwas Schönes hatte ich noch nie.« Henriette sah ungläubig an sich herunter, und Lisette ermahnte sie, gerade zu stehen. »Das ist ja wie für eine Prinzessin.«

Henriette stand in ihrem Brautkleid im Atelier, und Lisette betrachtete prüfend, wie das Kleid fiel.

»Oder eine Fee!«, sagte Lotte und sah sich nach dem Nadelkissen mit den Stecknadeln um, weil sie schon ahnte, dass Mutter irgendetwas sehen würde, was noch perfekter werden sollte. Lisette sah immer etwas, was noch perfekter werden sollte. Mit zusammengekniffenen Augen trat sie ein paar Schritte zurück, und genau wie Lotte es erwartet hatte, streckte sie die Hand aus und lächelte, als sie sah, dass Lotte das Kissen schon in der Hand hatte.

»Siehst du es auch? Dieser Ärmel hier sitzt noch nicht so schön, wie er sollte …«

»Ich hatte noch nie schönere Ärmel«, seufzte Henriette und fragte Lotte, wie ihr das Kleid gefiel, während sie sich vor dem Spiegel drehte und versuchte, sich von hinten zu sehen. Das Kleid war wunderschön. Mutter konnte wirklich zaubern. Sie dachte sich Kleider aus, die jeden Menschen schöner machten, ohne ihn zu verkleiden. Henriettes Kleid war zauberhaft und ungewöhnlich, und trotzdem passte es zu ihrer stillen und bescheidenen Art. Es rahmte sie ein wie ein Gemälde. Das konnte ihre Mutter richtig gut. Für jeden das richtige Kleid finden. Nur für sie, für ihre Tochter, bekam sie es nie richtig hin. Lotte wusste nicht, was ihre Mutter in ihr sah, sie wusste nur, dass sie anders war als die Kleider, die Mutter für sie nähte. Der blaue Mantel, das Kleid mit der bunten Borte am Saum. Es waren wirklich schöne Kleider, an jedem anderen Mädchen hätten sie Lotte gefallen. Aber sie fand, sie passten nicht zu ihr.

Mutter zog und zupfte an allen möglichen Nähten herum, überall, wo der Stoff keine Falten warf, wo sich ihrer Meinung nach aber Falten befinden sollten, befestigte sie Nadeln, um die Stellen zu markieren.

»Ich glaube, so ist es gut, oder?«, fragte Henriette, die langsam nicht mehr stillstehen konnte.

»Die zwei Brautkleider, auf die es ankommt in meinem Leben, die müssen perfekt sein, da setze ich all meinen Ehrgeiz dran. Und das ist einmal dieses hier, für die beste Freundin, die man haben kann, und das andere wird das Brautkleid für Lotte. Falls sie mal heiraten sollte.«

»Ich will genau so eines, wie Henriette hat …«

»Du bekommst mal genau das Hochzeitskleid, das perfekt zu dir passt!«

»Warum hast du nie geheiratet?«

Lisette seufzte und antwortete nicht. Stattdessen konzentrierte sie sich sehr darauf, einige Nadeln umzustecken, und Henriette bedeutete Lotte mit Blicken, nicht weiter davon zu sprechen. In dem Augenblick polterte Henri zur Tür herein.

»Oh, was ist das denn?«, rief er erstaunt und blieb wie angewurzelt stehen. »Eine Prinzessin in unserer Mitte!«

Henriette strahlte ihn an. »Ach, Unsinn!«

Lotte konnte jedoch genau sehen, wie sehr es sie freute, dass Henri das sagte.

»Schade, dass ich dich nicht heiraten kann, der Toni hat's gut!«

»Nein, ich habe es gut, dass der Toni mich nimmt, so alt, wie ich schon bin. Und ohne Aussteuer und alles.«

Lisette schüttelte energisch den Kopf.

»Nein! Er kann wirklich froh sein, eine Frau wie dich zu bekommen. Diese ganze Familie kann froh sein, dich zu bekommen. Aber du vergisst uns nicht vor lauter Toni und Weingut in deinem neuen Leben, oder?«

Henriette lächelte kopfschüttelnd. »Niemals. Ihr seid doch meine Familie.«

Henriette war Mutters älteste Freundin, die bei ihnen wohnte, seit Lotte zur Welt gekommen und ihr Vater im großen Krieg in Verdun gefallen war. Lotte kannte es nicht anders, als dass Henriette bei ihnen wohnte. Sie konnte es sich gar nicht vorstellen, wie es ohne sie hier zuhause sein würde.

Henri schaute ihnen bei der Anprobe zu, aber nach einer Weile rückte er mit seinem Anliegen heraus. Er wollte unbedingt zur Versammlung der Nationalsozialisten, die heute Abend im Ort stattfand.

»Du bist viel zu jung, um das alles zu verstehen.«

Lisette war es nicht recht, dass Henri dorthin ging.

»Ich bin jedenfalls alt genug, um zu verstehen, dass uns alles genommen wurde im letzten Krieg!« Henri brauste sofort auf. »Das kann doch nicht so weitergehen? Sollen sie uns ewig weiter demütigen?«

»Toni geht auch hin«, warf Henriette ein. »Er kann Henri ja mitnehmen, es schadet doch nichts, wenn er sich das alles mal anhört.«

»Unser Vater ist in Frankreich gefallen, und jetzt trampeln sie auf uns herum, als ob das immer noch nicht reicht, was sie uns angetan haben! Und wir müssen sie auch noch durchfüttern. Kistenweise trinken sie unseren Wein! Irgendwann ist auch mal Schluss. Wir müssen unsere Väter rächen.«

Lisette steckte schweigend einige Nadeln fest. »Rache war noch nie ein guter Ratgeber.«

»Wie sollen wir denn wiederbekommen, was uns zusteht? Wann sollen unsere Weinberge denn wieder uns gehören?« Henris Wangen waren rot, weil er sich so aufregte.

»Was diese Sturmabteilung überall anrichtet, das hilft Deutschland aber auch nicht weiter. Man kann nicht einfach auf jemanden draufhauen, nur weil er anderer Meinung ist. Vor allem wird dieser jemand niemals seine Meinung ändern, im Gegenteil!«

»Das werden wir ja sehen.«

Lisette steckte die Nadeln zurück in das Kissen, und Henriette schaute sie fragend an. »Sind wir fertig?«

Lisette nickte, und Henriette drehte ihr den Rücken zu, damit sie ihr die Knöpfchen am Rücken lösen konnte, und zwinkerte Henri zu, ohne dass Mutter es sah.

»Diese Schlägertrupps, das sind doch dumme Jungen, die nur nicht wissen, wohin mit ihrer Kraft, die wird Hitler schon noch zurückpfeifen. Und mit denen will Henri ja bestimmt nichts zu tun haben, oder?«

Henri war Henriette dankbar, dass sie für ihn Partei ergriff.

»Bestimmt nicht! Aber Deutschland war mal ein stolzes großes Reich. Und das muss es doch auch wieder werden. Die Linken sind da keine Hilfe.«

»Es zeigt aber, wes Geistes Kind dieser Hitler ist, dass er solche Leute um sich schart. Und ob das der Weg ist, Deutschland zu Größe zu verhelfen? Schlägereien? Ich weiß nicht.«

»Ich will ja nicht in die SA, ich will mir anhören, was sie zu sagen haben.«

»Gut.« Lisette hatte die Knöpfchen nun alle geöffnet. »Dann geh halt hin. Du hast ja recht, man muss sich auskennen. Aber weißt du«, sagte sie und wandte sich ihm ernst zu, »dein Vater und ich waren immer der Meinung, dass Nationalismus niemals wichtiger sein darf als Frieden. Krieg ist grausam. Und zu großer Nationalismus ist der Beginn davon. Wir sind alle Menschen, egal wo wir aufwachsen. Genau das hätte Emile jetzt zu dir gesagt.«

»Der von Franzosen umgebracht wurde. Das hat ihm nicht geholfen, oder?«

Lotte hielt die Luft an. So etwas hatte Henri noch nie gesagt. Er wurde rot, denn er wusste selbst, dass er zu weit gegangen war.

Lisette sah ihn traurig an und lief dann abrupt aus dem Atelier hinaus in den Garten. Henri blieb stocksteif stehen.

»Geh dich entschuldigen, lauf ihr nach«, sagte Henriette. »Mach schon.«

»Ist doch wahr«, brummte Henri, während er sich langsam in Bewegung setzte, um seiner Mutter zu folgen. Henriette sah ihm mit besorgtem Gesicht nach und streckte Lotte eine Hand entgegen. »Das wird schon wieder, meine Kleine. Mach dir keine Sorgen.«

Aber Lotte wusste genau wie Henriette auch, dass das nicht unbedingt der Fall sein würde. Vielleicht würde Mutter in einer Stunde wiederkommen und alles wäre so wie vorher. Vielleicht würde sie aber auch tagelang in Kummer versinken. Kaum aus ihrem Zimmer kommen, nicht essen, nicht sprechen, nicht nähen. Es kam jetzt seltener vor, dass Mutter in ihr dunkles Trauerloch fiel und das ganze Haus plötzlich gedämpft und still wurde und alle nur noch flüsterten. Aber wenn es passierte, dann war es so, als wäre Mutter verschwunden. Dann war Lotte ganz allein und musste warten. Warten, bis Lisette von selbst wieder auftauchte. Und man wusste nie, wie lange es dauern würde und wie viele Versprechungen dem schwarzen Loch zum Opfer fallen würden. Der Ausflug zum Rhein? Kakaotrinken in Schlangenbad am Wochenende? Zusammen in die Heidelbeeren gehen? Alles fiel dann aus. Alles. Oder der schreckliche Tag, als sie mit Mutter hier alleine gewesen war und die Künstlergesellschaft aus Wiesbaden vorbeigekommen war. Eine Schauspielerin aus Berlin war in einem Stück im Wiesbadener Theater zu sehen und hatte spontan beschlossen, sich von Mademoiselle Winter eine neue Garderobe entwerfen zu lassen. Aber Mutter hatte stumm im Bett gelegen und nicht reagiert, und Lotte hatte nicht gewusst, was sie den wartenden Künstlern sagen sollte, die unterm Pfirsichbaum lagerten und Wein tranken. Irgendwann hatte der netteste von ihnen, Jakob Scheerer mit dem großen Schnäuzer, nach Mutter geschaut. Der Maler kam oft vorbei auf seinen langen Spaziergängen und machte Skizzen im Garten, den er in wildflammenden Farben malte. Lotte war es oft ein bisschen unheimlich, wie ihr Garten auf den Bildern aussah. Jakob war traurig von oben wieder heruntergekommen, hatte Lotte übers Haar gestrichen und alle dazu gebracht, wieder zu gehen. Wenn Mutter in das Trauerloch fiel, blieb nur eines: abwarten.

»Jetzt musst *du* mir wohl helfen, das Kleid auszuziehen, schaffen wir zwei das zusammen?«

Lotte nickte und stieg auf einen Stuhl, um das Kleid behutsam an den Schultern festzuhalten, während Henriette vorsichtig aus dem Kleid schlüpfte, ohne dass die Nadeln sie piksten oder herausfielen. Zusammen hängten sie es über die Schneiderpuppe, und Lotte zupfte es wieder in Form, so wie Lisette es immer machte, während Henriette sich ihr Alltagskleid aus Waschkattun wieder anzog.

»Sie wird doch jetzt ganz bestimmt nicht traurig, weil du doch bald heiratest und dein Kleid brauchst, oder?«

»Da wirst du recht haben, mein Lottchen. Komm, wir

räumen hier noch ein bisschen auf, dann füttern wir Berta, und dann richten wir das Abendbrot.«

Berta hatte immer Hunger. Die Ziege senkte den Kopf und stupste Lotte an, wenn sie ihr alles aus den Händen gefressen hatte. Doch nie stupste sie so fest, dass es wehtat. Es war ihrer beider Spiel. Und nichts fand Lotte so lustig wie Berta, wenn sie den Kopf schief legte und ungläubig meckerte, weil Lottes Hände leer waren. Wann immer Lotte Kummer hatte, pflückte sie Bündel von Spitzwegerichblättern, weil Berta die am liebsten mochte, und schaute bei ihr vorbei. Und wenn Berta dann wieder den Kopf schief legte, musste Lotte einfach lachen. Bei schlechtem Wetter stand die Ziege in ihrem kleinen Verschlag und freute sich besonders über Lottes Besuch, manchmal so sehr, dass sie tolle Sprünge machte. Bei gutem Wetter war sie draußen irgendwo angebunden, und man musste immer aufpassen, dass das Seil nicht so lang war, dass sie Mutters Salatbeet erreichen konnte. Henriette hatte Lotte beigebracht, wie man sie melkte, und auch, wie man erst Sahne und dann Butter aus der Milch machte, und Lotte kannte alle Geschichten, wie die Ziege ihnen während der Hungerszeiten mit ihrer Milch geholfen hatte. Jetzt half die Ziege Lotte auch, mit ihren lustigen Grimassen und tollen Sprüngen. Und Lotte fand das genauso gut, wenn nicht sogar besser als die weiße Ziegenbutter.

Am Tag vor der Hochzeit saß Lotte auf Henriettes Bett und schaute ihr beim Packen zu. Mit jedem Stück, das Henriette einpackte, wurde Lotte ein wenig schwerer zumute. Henriette besaß nicht viel. Alles, was ihr gehörte, passte in eine Tasche und in eine leere Weinkiste, die sie von Tonis Weingut mitgebracht hatte. Als Henriette alles verstaut hatte, setzte sie sich neben Lotte. Sie schwiegen und betrachteten die gepackte Tasche, die Henriette nun mitnehmen würde in ihr neues Leben. Lotte lehnte stumm ihren Kopf an ihre Schulter, ihr Herz war schwer wie Blei. Henriette schlug den Arm um sie und zog sie an sich. Natürlich wusste Lotte, dass Henriette glücklich war, einen Mann gefunden zu haben, der sie heiratete und in seine Familie aufnahm. Obwohl sie keine Mitgift hatte und obwohl sie schon beinahe vierzig Jahre alt war. Henriette hatte immer gedacht, sie würde mal eines von den alten Fräuleins werden, aber jetzt würde sie eine Winzersfrau sein und mit Toni und seinen Eltern auf deren Weingut im Ort leben. Natürlich freute sie sich. Aber es war so traurig, dass Henriette sie deshalb verlassen musste.

»Ich bin ja nicht weit weg«, versuchte Henriette sie zu trösten. »Der Hof ist keine fünf Minuten von hier, du kommst mich jeden Tag besuchen, hm? Sonst vermisse ich dich doch viel zu sehr.«

Lotte nickte stumm.

»Und du weißt, dass du immer zu mir kommen kannst, auch mitten in der Nacht, wenn es sein muss, das vergisst du niemals, ja?«

Was Henriette damit meinte, wusste Lotte genau. Denn in den Zeiten, in denen Mutter nicht aus den dunklen Löchern herausfand, war Henriette immer diejenige gewesen, die für Lotte und Henri gesorgt und sich darum gekümmert hatte, dass ihre Mutter genug aß und trank. Dabei konnte ihre Mutter so lustig sein. Wenn sie doch immer so wäre. Erst vor ein paar Tagen hatte sie das Grammofon angestellt, hatte die Sessel in der guten Stube beiseitegerückt und Henriette, Henri und Lotte beigebracht, wie man Walzer tanzte. Damit sie alle auf Henriettes Hochzeit tanzen konnten. Mutter sagte niemals, dass sie noch zu klein für irgendetwas sei oder dass sie ins Bett gehen müsse, während die anderen sich herrlich amüsierten. Obwohl sie erst zehn war, durfte Lotte an solchen Abenden genauso lange aufbleiben wie Henri. Sie waren kichernd über ihre eigenen Füße gestolpert, hatten sich gedreht, bis ihnen schwindelig war, und gelacht bis tief in die Nacht. Sie hatten es oft wunderschön miteinander gehabt, machten Picknicks unterm Pfirsichbaum, spazierten zum Rhein und erfanden Geschichten, sangen Lieder, sammelten Blumen, und alles war hell und bunt und lustig. Bis dann plötzlich alles mit einem Schlag sehr viel dunkler und trüber wurde. Mutter war wie das Wetter. Man konnte es nicht voraussagen, und es war unmöglich, sich ihrer Stimmungslage zu entziehen. Ob es Sommer oder Winter war, das lag alleine an Lisette. Lotte wollte schon alleine deshalb nicht, dass Henriette auszog. Genauso wenig gefiel ihr der Gedanke, dass auch ihr Bruder Henri nicht mehr oft zuhause sein würde. Er war jetzt fast sechzehn und wollte Winzer werden. In wenigen Wochen würde er nach der Schule seine erste Stelle auf einem Weingut bei Rüdesheim antreten und hier ausziehen. Dann würde Lotte ganz alleine mit ihrer Mutter sein. Was für eine winzig kleine Familie hier übrig blieb. Nur Mutter und sie. Bei den Eschbachs nebenan war das ganz anders. Die hatten als Erstes schon mal eine Großmutter, Thea Eschbach. Und Nanchen, die älteste der Eschbachtöchter, wohnte mit ihrem Mann und ihren Kindern mit im Haus. Wenn Lotte mit Käthe und Rosi dort im Garten spielte, dann kamen oft auch noch die Cousinen und Cousins dazu, die auf der anderen Seite im Ort wohnten. So etwas hatten sie gar nicht in ihrer Familie. Keine Großmutter, keine Onkel und Tanten, keine Cousinen. Und einen Vater gab es auch nicht. Solange Henriette und Henri immer da waren, hatte sie das noch nie so richtig bemerkt, denn das Haus war ja immer voll gewesen. Aber jetzt würde sich das alles ändern.

In den ersten Tagen, in denen Mutter und sie alleine waren, kauften sie zu viel ein, kochten zu große Portionen und aßen nicht selten zwei, drei Tage lang davon. Deshalb hatte Lotte sich angewöhnt, Herrn Rosenkrantz zu fragen, wie viel man brauchte, wenn man nur für zwei kochte.

»Du bist jetzt also bei euch die Köchin?«, fragte er schmunzelnd, während er die bunten dicken Bohnen für sie abwog, und Lotte hoffte, dass er besonders viele von den hübschen rosa Bohnen mit den schwarzen Flecken in die Tüte packen würde.

»Wir wechseln uns ab«, sagte Lotte. »Ich kann ja noch nicht viel. Ich kann nur Suppe kochen. Und Kartoffeln.«

»Das ist doch viel, dann bist du schon eine richtige kleine Köchin«, rief Dorle, die aus dem Hinterzimmer auftauchte. Lotte mochte alle Mitglieder der Familie Rosenkrantz, aber Dorle mochte sie am allerliebsten. Es gab drei Händler im Ort, aber die Rosenkrantzens waren das Geschäft ihrer Wahl. Das war schon immer so gewesen. Mutter fand den Kaffee hier am besten, sie war der Meinung, dass hier mehr als anderswo auf Qualität geachtet wurde, und außerdem hatte die Familie ihr immer weitergeholfen, als es nicht viel gab, und zu ihr gehalten, als das ganze Dorf sie zu Beginn als Fremde misstrauisch beäugt hatte. So etwas darf man nie vergessen, hatte Mutter oft genug gesagt. Aber auch wenn Mutter das nicht betont hätte, würde Lotte nur bei den Rosenkrantzens einkaufen. Sie fand Dorle wunderschön und schwärmte für sie und ihren Verlobten Wilhelm, die den Laden nach der Hochzeit übernehmen wollten, damit ihre Eltern mehr Ruhe hatten. »Die müssen doch auch mal auf der Bank sitzen dürfen und ihre Nase in die Sonne halten, oder?«

Und dann hatte Dorle ihr noch anvertraut, dass sie den Laden modernisieren wollten. »Aber das darfst du niemandem erzählen, das werde ich meinem Herrn Papa sehr schonend beibringen müssen ... wir haben ja auch unsere Träume, und ich weiß genau, dass es ihm letzten Endes dann doch richtig gut gefallen wird!«

Genauso wie Dorle wollte Lotte auch mal sein, wenn sie groß war. Auf dem Heimweg träumte sie davon, all das auch einmal sagen zu können. Sie würde nähen lernen, um das Atelier zu übernehmen, damit Mutter auf der Bank sitzen könnte, um die Nase in die Sonne zu halten. Sie würde einen Mann finden und mit ihm eine Familie gründen und so glücklich zusammenleben, wie ihre Mutter und ihr Vater zusammengelebt hatten, bevor der Krieg gekommen war. Und viele Kinder wollte sie haben, damit keines ihrer Kinder je alleine war. Es gab jedoch auch Tage, an denen sie dachte, es sei vielleicht besser, sich niemals zu verlieben. Weil man dann bestimmt auch niemals so traurig sein würde wie ihre Mutter, wenn die Liebe einmal vorbei war. Andererseits war es bestimmt sehr schön, eine Braut zu sein. Wie Henriette. Wie sie gestrahlt hatte an ihrem Hochzeitstag. Und Dorle würde bestimmt auch eine wunderschöne Braut sein, wenn sie ihren Wilhelm heiratete. Schade, dass sie nicht hier in der Kirche heirateten, weil sie die jüdische Hochzeit in Wiesbaden feiern würden, bei Wilhelms Eltern, am Ende könnte sie Dorle gar nicht in ihrem Brautkleid sehen.

Einträchtig fädelten Lotte und Lisette am Küchentisch Steinpilzstücke auf, die sie bei einem langen Waldspaziergang gesammelt hatten. Es duftete nach Pilzen und nach Waldboden, als hätten sie den Wald selbst mit nach Hause gebracht. Später würden sie die Pilzketten in der Küche zum Trocknen aufhängen und unter Girlanden sitzen wie bei einem Fest.

»Weißt du, was wir morgen machen?«

Lotte sah fragend von ihrer Arbeit auf.

»Wir malern unsere Schlafkammern oben und machen uns alles neu und schön. Ich habe bei Eschbachs schon Farbe bestellt. Du bekommst einen Himmel aus deinem Lieblingsblau, und bei mir streichen wir alles grün, wie findest du das? Und dann gibt es noch eine Überraschung für dich …«

»Was für eine denn?«

»Sag ich nicht!« Lisette legte einen Finger an ihren Mund. »Ich sag's nicht, aber es wird wunderbar … glaub mir.«

Die Dachschräge von Lottes Teil des Zimmers unterm Dach wurde kornblumenblau wie der Mantel der Heiligen Maria. In dem Gesangbuch, das Lotte zur Kommunion bekommen hatte, sammelte sie ihre kleinen Heiligenbildchen, die der Pfarrer manchmal verschenkte. Am liebsten mochte sie die Bildchen mit den heiligen Frauen und am allerliebsten die, auf denen Maria zu sehen war. Auf ihrem Lieblingsbild stand sie inmitten rosa blühender Rosen, Marias Mantel leuchtete kornblumenblau, und am dunklen Himmel funkelten Sterne. Es war so schön. Und es passte jetzt genau zur Wand. Lotte versuchte, das kleine Papierbild mit einer Nadel über ihrem Nachttisch zu befestigen. Als ihre Mutter mit einem Stapel silberner Sterne aus glänzendem Stanniolpapier in der Hand in ihre Kammer kam, schaute sie überrascht auf.

»Wofür sind die schönen Sterne?«

»Na, für dich! Ab jetzt schläfst du unter einem Sternenhimmel, komm, hilf mir, wir lassen alle Sterne der Welt für dich am Himmel funkeln.«

Sie bat Lotte, ihr die Sterne zu reichen, und begann, sie mit kleinen Tupfern von Leim an die Dachschräge zu kleben. Einer war schöner als der andere, und alle schillerten hell.

»Wann hast du die gemacht?«

»Letzte Woche. Da habe ich das Stanniolpapier in der Kommode unten gefunden.«

»Das haben wir eigentlich für Weihnachten gesammelt.«

»Ach, bis Weihnachten ist, bekommen wir wieder neues Papier. Ich habe gedacht, ein Himmel für mein Lottchen ist wichtiger. Und wir zwei müssen es uns doch jetzt besonders schön machen, oder?«

Lotte beobachtete ihre Mutter genau. Sie wusste nicht, wie es zusammenhing, aber oft kamen die besonders guten Einfälle ihrer Mutter kurz vor der besonders großen Traurigkeit. Als wollte sie mit viel Farbe und Glanz, mit Musik, Blumen oder Sternen noch einmal mit aller Kraft versuchen, alles Dunkle zu verbannen. Hoffentlich gelang es ihr.

Als Lotte abends im Bett lag, wollte sie die Augen auf keinen Fall schließen, sondern so lange wie möglich wach bleiben, um ihren schillernden Sternenhimmel zu betrachten. Der Lichtschein, der aus dem Treppenhaus hereinfiel, ließ die Sterne glänzen. Sie war in einer Wunderwelt gelandet. Und Mutter war bisher weder stiller noch traurig geworden. Vielleicht ging dieses Mal ja alles gut?

Unter den Sternen ließ es sich noch besser träumen.

Vor dem Einschlafen träumte Lotte sich in Tage hinein, die sie gerne erleben würde. Die Träume fanden meistens in ihrer Schulklasse statt, und immer tat Lotte etwas, wodurch alle auf sie aufmerksam wurden und sie bewundernd anschauten. Und immer wollten alle sie danach zur Freundin haben. Auch die Mädchen am Fenster. Mal hatte sie den besten Aufsatz geschrieben, und als er vorgelesen wurde, lauschten alle andächtig. Mal war sie diejenige, die wusste, wie eine Wunde bei einem Kind versorgt werden musste, das schlimm gestürzt war, und rettete ihm damit das Leben. Oder sie träumte von der Weinlese. Sie träumte davon, das Mädchen zu sein, das die letzte Rebe schnitt, während die Trompete das Ende der Lese verkündete. Denn dieses Mädchen bekam den Platz auf der letzten Fuhre. Hoch oben auf einem geschmückten Wagen sitzend wurde das Mädchen dann von Ochsen zurück ins Dorf gezogen, mit einem Rebenkranz im Haar, und alle aus dem Weinberg begleiteten singend den Wagen. Die Dorfbewohner standen vor den Häusern und winkten. Es waren immer die beliebtesten Mädchen, um die sich sowieso alle scharten, die diesen Platz ergatterten. Lotte wusste genau, dass sich diese Träume niemals erfüllen würden. Doch in dieser kurzen Zeit vor dem Einschlafen war alles möglich.

Obwohl sie nahe an den bollernden Holzofen im Atelier herangerückt waren, trugen Lotte und ihre Mutter warme Wollkleider. Lisette saß in eine Decke gewickelt, während sie ein Kleid versäumte, und Lotte sortierte die durcheinandergeratenen Knöpfchen nach Größen in der Knopfschublade. Sie schwiegen einträchtig, und das einzige Geräusch war das gemütliche Knistern des Holzes im Ofen. Seitdem auch Henri ausgezogen war, verbrachte Lotte ihre

Nachmittage oft hier bei Lisette im Atelier. Nun war sie diejenige, mit der Mutter alles besprach. Dass sie bald Holz und Kohle brauchten, wann sie als Nächstes wegen neuer Stoffe nach Wiesbaden fahren sollten und was einzukaufen war. Obwohl es auch gemütlich war, an diesen stillen Nachmittagen mit Mutter alleine zu sein, dachte Lotte oft daran, wie es bei den Eschbachs jetzt wohl gerade zuging. Rosis Großmutter Thea stand wahrscheinlich in der warmen Küche und kochte für alle eine Abendsuppe, während der Rest der Familie rund um den Küchentisch saß und entweder beim Kochen half oder sich mit irgendetwas anderem beschäftigte. Es waren immer viele, die sich dort in der Küche versammelten.

»Warum haben wir eigentlich keine Großeltern?«, fragte Lotte und wunderte sich im gleichen Moment darüber, dass sie noch nie darüber gesprochen hatten, wer eigentlich Lisettes Eltern waren. Von ihrem Vater wusste sie nur, dass er eine französische Mutter hatte, die früh gestorben war. Sie hieß Charlotte, und nach ihr war sie benannt worden. Aber von den Eltern ihrer Mutter wusste sie gar nichts.

Mutter ließ die Näharbeit sinken und sah nachdenklich aus dem Fenster ins Dunkel des Gartens.

»Wir haben eine Großmutter«, sagte sie dann, und Lotte fiel vor Überraschung der Knopf herunter, den sie gerade in der Hand hielt. Er kullerte über den Holzboden, tanzte einen Kreis und blieb irgendwann liegen. Sie war zu erstaunt, um ihn aufzuheben.

»Aber sie wünscht keinen Kontakt zu uns«, sagte Lisette und wandte sich wieder ihrer Näharbeit zu.

»Aber warum denn nicht?«, fragte Lotte überrascht. »Sie kennt uns doch gar nicht.«

Ihre Mutter nickte. »Das stimmt …«

»Warum will sie uns denn nicht kennenlernen?«

»Ich weiß es nicht.«

Lotte hatte das Gefühl, dass das nicht stimmte. Dass Mutter sehr wohl wusste, warum. Dass es einen Grund gab, den ihre Mutter ihr aber nicht verriet.

»Aber sie ist doch deine Mutter!« Lotte konnte nicht verstehen, dass man eine Mutter haben konnte, die man überhaupt nie traf, von der man gar nichts wusste und die irgendwie nicht zur Familie dazugehörte. Das konnte doch eigentlich überhaupt nicht sein.

»Manchmal verstehen sich Mütter und Töchter nicht.«

Was bedeutete das? Lotte hatte das Gefühl, dass sie aus irgendeinem Grund nicht weiterfragen sollte, obwohl es sie brennend interessierte. Es war doch eine wundervolle Neuigkeit, dass sie eine Großmutter hatte. Der Tag begann ganz unverhofft zu glänzen. Sie wollte sofort mit Henri darüber reden oder mit ihrer Freundin Rosi oder mit Henriette. Vielleicht würde Mutter ihr ja noch mehr davon erzählen? Aber gerade heute war sie besonders still. Lotte befürchtete schon, Mutter mit ihrer Frage traurig gemacht zu haben, und beschloss, lieber nicht weiterzufragen. Seit sie hier alleine waren, war Mutter in keine dunklen Löcher mehr gestolpert, und Lotte tat alles dafür, dass es dazu auch gar nicht erst kam. Also schwieg sie lieber.

Berta freute sich, als Lotte mit etwas Grünzeug in der Hand in den Ziegenstall kam, und stupste mit dem Kopf nach ihr. Während sie ihr Blatt für Blatt aus der Hand fraß, dachte Lotte darüber nach, dass die meisten Menschen, die sie hier im Ort kannte, von hier stammten und seit Generationen mit ihren Familien im Ort lebten. Irgendwie schien es auch so, als wären fast alle miteinander verwandt oder verschwägert. Nur sie waren hier mit niemandem verwandt, und bis heute hatte Lotte gedacht, sie hätten deshalb auch woanders keine Angehörigen. So, als ob nicht nur ihr Vater, sondern die ganze Familie im Weltkrieg geblieben wäre. Großeltern, Onkel, Tanten, Kusinen, alle, und nur sie waren übrig. Mutter, Henri und Mutters Freundin Henriette. Und die Ziege Berta. Die gehörte auch dazu.

Abends lag sie im Bett unter ihren Sternen und träumte einen neuen Traum. Sie stellte sich vor, dass sie eine gütige, freundliche Großmutter hatte, die sich freuen würde, sie kennenzulernen. Irgendwo gab es noch eine Familie, zu der sie gehörte. Irgendwann würde sie mehr darüber erfahren.

1928

Stolz schob Lotte den Kinderwagen durchs Dorf. Dorle Rosenkrantz, die jetzt Dorle Simon hieß, hatte vor drei Monaten das süßeste Kind der Welt bekommen, das kleine Ännchen. Lotte war zwar erst elf Jahre alt, aber sie durfte Ännchen jeden Tag eine Stunde durchs Dorf schieben, damit die Kleine frische Luft bekam, während sie schlief. Manchmal ging Rosi mit ihr spazieren. Dann unterhielten sie sich darüber, wie schön der Kinderwagen war oder die Decke, die Dorles Mutter für ihr erstes Enkelkind gestrickt hatte, oder wie modern das Kolonialwarengeschäft geworden war, seit das junge Ehepaar renoviert hatte. Der Laden strahlte hell in einem eleganten sahnigen Cremeton. Auch die Regale waren frisch lackiert worden. Die Theke war schwarz abgesetzt, und darauf prangte eine silbern glänzende Kasse, die mit einem herrlichen Pling aufsprang, wenn man den kleinen Hebel an der Seite betätigte. Eine neue Lampe hing von der Decke, deren gläserner Schirm in vielen Orangetönen schimmerte. Es war alles sehr schick. Herr Rosenkrantz schimpfte manchmal, dass es ein Vermögen gekostet habe und nun völlig unnötig das ganze Ersparte aufgebraucht war. Der Laden hatte doch auch in seinem alten Gewand alles verkauft, was er verkaufen konnte. Aber auch wenn er vor sich hin grummelte, Lotte wusste, dass es ihm sehr gut gefiel und er insgeheim auch sehr stolz war auf Dorles guten Geschmack.

»Lotte, hilf mir mal!«, rief Dorle, als Lotte von der kleinen Ausfahrt mit Ännchen zurückkam. »Mein Vater glaubt nicht an die Picknickkörbe, kannst du ihm nicht sagen, dass es eine gute Idee ist? Er findet, ich soll den Korb wieder wegräumen. Dabei ist es so hübsch arrangiert.«

»Es ist doch eine wirklich gute Idee!«

Lotte sprang Dorle sofort zur Seite. Dorle wollte Wanderern gefüllte Picknickkörbe anbieten, mit denen man dann zu einem schönen Aussichtspunkt oder einer schattigen Waldlichtung aufbrechen konnte, um im Grünen zu picknicken. Dorle war ganz begeistert von ihrer Idee. Natürlich hatten sie schon zusammen überlegt, was alles unbedingt mit in die Körbe wandern müsste. Wein natürlich, Brot und Käse, Fleischpastetchen und Obst, schönes Geschirr und ein Tischtuch, vielleicht auch kleine Kuchen. Genau dies prangte in dem einladend gefüllten Korb, der auf einem Tisch vor einem der Regale aufgebaut war.

»Wer will sich denn freiwillig zwischen die Ameisen ins Gras setzen, wenn er an Tischen bedient werden kann?« Herr Rosenkrantz hob aufgebracht die Hände und ließ sie wieder sinken. »Ach, was rede ich, ihr macht ja sowieso, was ihr wollt! Wer hört denn noch auf die Alten? Ihr wisst ja doch alles besser ...«

Damit verschwand er brummelnd im Hinterzimmer. Dorle zwinkerte Lotte zu und lief ihm nach, um ihn zu besänftigen.

Zusammen mit der Tatsache, dass sie ihr Ännchen anvertraute, gab Dorle ihr das Gefühl, schon ziemlich erwachsen zu sein. Wie selbstverständlich blieb Lotte im Laden, während Vater und Tochter im Hinterzimmer diskutierten, und begrüßte die eintretenden Kunden. Zwei Wanderer fragten, ob sie eine Empfehlung für eine Straußenwirtschaft mitten im Grünen hätte, und Lotte beschloss, die Gelegenheit beim Schopf zu packen und ihnen den Picknickkorb anzubieten.

»Damit können Sie sich niederlassen, wo es Ihnen am besten gefällt. Und wenn Sie noch etwas zusätzlich wünschen, packen wir es Ihnen dazu. Sie müssen uns nur den Korb wiederbringen.«

»Also, dir schenk ich noch mal Bonbons!«

Herr Rosenkrantz schüttelte lächelnd den Kopf. »Fällt mir die kleine Göre so in den Rücken, ach, die jungen Damen, die haben es einfach faustdick hinter den Ohren.« Damit reichte er Lotte ein Tütchen Bonbons und küsste seine Tochter auf die Stirn.

»Am besten, ich halte den Mund …«

»Am besten! Ich erinnere dich nachher daran. Es dauert keine Stunde, dann hast du das doch wieder vergessen! Und Lotte hat sich heute eine Tafel Schokolade verdient.« Damit gab Dorle Lotte eine von den wunderbaren hellblau eingepackten Schokoladentafeln, die es immer nur zu ganz besonderen Anlässen gab.

»Aber ich habe doch schon Bonbons bekommen.« Lotte hielt Dorle beide Schätze hin.

»Na, dann ist heute wohl dein Glückstag! Lauf mal nach Hause, sonst wundert sich deine Mama noch, wo du bleibst. Nicht, dass ich noch Ärger mit ihr bekomme und meine beste Mitarbeiterin hier verliere … danke, mein Lottchen. Sehen wir uns morgen wieder?«

Lotte nickte und ging glücklich nach Hause, ziemlich sicher, dass ihre Mutter kaum bemerkt hatte, dass sie länger weg gewesen war als sonst.

Und so war es auch. Mutter unterhielt sich im Garten mit Frau Gernsdorff, die den blühenden Pfirsichbaum bewunderte. Nach einer Weile kam ihre Mutter in die Küche und bat Lotte, mal rasch zu Eschbachs rüberzulaufen, um Käthe zu holen, und ihre Mutter solle am besten auch gleich mitkommen.

»Frau Gernsdorff sucht ein Mädchen für ihren Haushalt, sie ist sehr nett, das wäre schön für Käthe.«

Die Frau des Badearztes aus Schlangenbad ließ sich schon seit langem die Kleider für besondere Anlässe von Lisette entwerfen. Auch in den mageren Zeiten nach dem Krieg war sie eine treue Kundin gewesen, und jetzt hatte sie nicht nur gleich mehrere neue Kleider in Auftrag gegeben, sondern auch nachgefragt, ob sie ein zuverlässiges und gescheites Hausmädchen empfehlen könnte.

Alle wurden sich schnell einig, dass man es miteinander versuchen würde, und Käthe war glücklich, in so einem feinen Haushalt arbeiten zu können, von einer guten Köchin zu lernen und vor allem nicht so weit weg von zuhause zu sein. Von Schlangenbad aus konnte sie an ihren freien Nachmittagen nach Hause laufen.

»Und es sind nette Menschen, sie werden dich gut behandeln«, bestärkte Lisette die aufgeregte Käthe, deren Wangen glühten. »Und wenn nicht, sagst du mir sofort Bescheid. Dann bekommt die werte Frau Gernsdorff keine Kleider mehr von uns!«

Alle lachten.

Nanchen küsste Lisette und sagte, dass sie ihr ewig dankbar dafür wäre. Lisette schüttelte lächelnd den Kopf. »Du weißt genau, wer hier wem dankbar zu sein hat, und ich auch … und glaube bloß nicht, dass ich das jemals vergesse.«

»Was hast du damit gemeint?«, wollte Lotte später von ihrer Mutter wissen, als sie wieder alleine waren.

»Ach, das gute Nanchen, von ihr habe ich gelernt, wie man einen Haushalt führt. Ich hatte ja keine Ahnung, als wir hierherkamen! Ich konnte nur Butterhörnchen backen, sonst gar nichts.«

»Aber die kannst du ziemlich gut, sollen wir nicht gleich welche backen?«

Lotte wünschte, sie hätte die Frage nicht gestellt. Das hätte sie sich ja auch denken können, dass Nanchen Mutter an glückliche Zeiten erinnerte, aber auch an ganz und gar nicht glückliche. Und beides konnte schlecht ausgehen.

»Und dann hat Nanchen damals Henriette geholt, als du, als ich …« Sie brach ab und seufzte. Da war es. Erst kam die Erinnerung an die guten Zeiten und dann an die schlechten. Sie war aber auch dumm. Warum stellte sie so dumme Fragen? Es war gerade so lustig gewesen. Sie musste einfach besser lernen, an den richtigen Stellen den Mund zu halten. Ihre Mutter schaute aus dem Fenster und hatte Lottes Frage wahrscheinlich gar nicht gehört. Auf jeden Fall wurden an diesem Tag keine Butterhörnchen mehr gebacken.

1931

Lotte kam aus dem Staunen nicht mehr heraus. Ihre Großmutter Dora Winter war eine wahrlich feine Dame, die in einer prächtig mit Stuck verzierten Etagenvilla an der Ringallee in Wiesbaden lebte. Durchs herrschaftliche Treppenhaus tönten Klavierklänge aus der Musikschule, die sich im Parterre befand, und die Wohnung war voller glänzend polierter dunkler Möbel, funkelnder Kronleuchter, schwerer Teppiche, Samt und Brokat überall. Die Wohnung an sich war schon beeindruckend, aber was Lotte überwältigte, war die Freude, die über das Gesicht ihrer Großmutter zog. Ihre Augen begannen zu strahlen, das ganze Gesicht schien zu leuchten, als sie Lotte zum ersten Mal sah. So sehr hatte sich noch nie irgendjemand gefreut, sie zu sehen. Ihre Großmutter strich ihr übers Haar und schwärmte, wie seidig es war, wie hübsch sie war und was für ein liebes feines Mädchen. Gebannt lauschte Lotte, wie ihre Großmutter sie mit Komplimenten und Zuneigung überschüttete. Es war wie ein Bad in warmer Sonne. Seltsam war nur, dass ihre Großmutter sie Viktoria nannte und nicht Lotte. Aber Mutter und Henriette hatten ihr ja erklärt, dass die Großmutter Sachen vergaß oder verwechselte und sie sich nicht grämen sollte, wenn die Großmutter nicht so wäre, wie sie es sich vielleicht erhoffte. Alles war auf wunderbare Weise seltsam. Wie die Großmutter sie ansah, wie sie vom lieben Kaiser sprach, den es doch schon lange nicht mehr gab, wie elegant sie mit den silbernen Buttermesserchen über die weichen Hefebrötchen strich. Seltsam war auch, dass Mutter ganz anders war als sonst. Ganz still, fast verlegen und schüchtern. Und wann immer Lotte zu ihrer Mutter sah, lächelte sie ebenfalls, und ihre Augen leuchteten fast türkis. Immer wenn ihre Mutter weinte, veränderten sich ihre grünen Augen und wurden fast blau. Bedeutete das nun, dass sie beinahe weinte? Es schwebte so viel schönes Gefühl durch den Raum, dass sie sich fragte, warum sie erst jetzt hierhergekommen waren.

Auf dem Heimweg war ihre Mutter noch immer sehr schweigsam. Als sie in Eltville aus dem Zug stiegen, hielt Lotte es aber nicht länger aus, und nachdem sie einmal angefangen hatte zu fragen, sprudelte eine Frage nach der anderen hervor. Ihre Mutter sah sie ernst an und nickte dann.

»Komm, wir laufen von hier nach Hause und ich erzähle dir etwas.«

Mutter erzählte ihr, wie streng ihre Mutter immer gewesen war und dass man als Mädchen in dieser Zeit wenig Freiheit hatte. Dass sie weder in die Schule gehen durfte noch im Garten helfen, dass sie feine Kleider tragen musste und Korsetts, in denen man keine Luft bekam und sich nicht bewegen konnte. Als sie Emile kennenlernte und die beiden sich ineinander verliebten, hatte sie sich entscheiden müssen. Denn ihre Eltern hätten Emile als ihren Ehemann niemals akzeptiert. Sie waren schon auf halber Höhe auf dem Weg durch die Weinberge zu ihrem Dorf, das auf dem Hügel hoch über dem Rhein lag, als Lisette stehen blieb. Sie waren sehr schnell gelaufen und mussten beide erst wieder zu Atem kommen.

»Dein Vater war unser Schneider, meine Eltern wollten mich aber mit einem Baron verheiraten. Ihnen war nur wichtig, dass ich eine gute Partie mache, es war ihnen egal, ob ich dabei glücklich bin oder nicht. Und deshalb kam es zum Bruch.«

Die Trauben hingen prall zwischen dem Laub, das schon begann, sich zu verfärben. Die Lese würde jetzt bald beginnen. Mutter brach ihnen ein Ästchen aus einer Rebe, und sie zerdrückten die Trauben im Mund, spuckten die harte Schale aus, und für den Moment löschte der noch saure Traubensaft auf der Zunge ihren Durst. Langsam gingen sie weiter.

»Und du hast in dieser schönen Wohnung gewohnt?«, fragte Lotte. »Es war alles so fein bei meiner Großmutter.«

»Als ich noch ein Mädchen war, war alles noch viel feiner. Damals haben wir in einer Villa gewohnt, oberhalb vom Kurpark, mit Bediensteten, und wir hatten noch ein Sommerhaus außerhalb. Im Taunus. Dort haben wir die Sommer verbracht. Der Garten war riesig, und man konnte sich richtig frei fühlen. Da war ich gerne. Sehr gerne.«

»Zeigst du mir das?«

»Die Villa? Wir können mal dort vorbeispazieren, wenn wir das nächste Mal nach Wiesbaden fahren. Da lebt jetzt eine andere Familie.«

»Und das Sommerhaus?«

»Das würdest du auch gerne sehen?«

Lotte nickte, und Lisette lächelte.

»Meine Güte, ich hoffe, dass ich das noch finde. Ich war ja ewig nicht dort. Aber wir können es suchen. Ich würde es auch gerne wiedersehen. Was wohl daraus geworden ist? Wir werden zusammen einen Ausflug machen.«

»Wir beide?«

»Wenn du willst?«

Lotte nickte. Es war etwas Besonderes passiert heute. Ihre Mutter hatte ihr etwas erzählt, was sie noch nie zuvor erzählt hatte. Und sie würden zu einer Sommervilla fahren. Und die Großmutter wieder besuchen. Es gab nun etwas, was sie beide verband. Eigentlich war sie schon zu alt dafür, trotzdem ergriff sie in einem Impuls die Hand ihrer Mutter. Zusammen liefen sie Hand in Hand das letzte Stück durch die Weinberge nach Hause.

»Du hast gelebt wie eine Prinzessin … mit so schönen Sachen …«

»Ja, das stimmt. Aber Prinzessinnen leben in goldenen Käfigen, ich bin lieber der freie Spatz. Auch wenn es nicht immer leicht ist, ein freier Spatz zu sein.«

Am nächsten Tag lief Lotte zum Kolonialwarenladen, um Dorle von diesem Ausflug nach Wiesbaden zu erzählen. Dorle, Ännchen und der kleine Hans, den sie ganz besonders liebte, weil sie ihn seit dem ersten Tag kannte, den er auf dieser Welt verbrachte, waren für Lotte wie eine zweite Familie geworden. Dorle hatte sich nach Hans' Geburt letztes Jahr noch lange schwach gefühlt, und während Frau Rosenkrantz sich um den Haushalt und Herr Rosenkrantz sich zusammen mit Dorles Mann Wilhelm um den Laden gekümmert hatte, war Lotte jeden Nachmittag vorbeigekommen, um mit den Kindern zu helfen. Sie fütterte dem kleinen Ännchen den Nachmittagsbrei und brachte ihr bei, den Löffel selbst zu halten, während Hans in ihrem Arm schlief. Bei schönem Wetter gingen sie spazieren, und wenn es regnete, dachte Lotte sich kleine Spiele für Ännchen aus oder sang Lieder und Reime mit ihr. Und Hänschen schlief selig in ihrem Arm. Immer wenn sie ihn aus seiner Wiege hochnahm und das warme kleine Gewicht in ihrem Arm spürte, wurde ihr selbst ganz warm. Meistens bekam sie etwas aus dem Laden zugesteckt, bevor sie wieder nach Hause ging. Mal gab es zwei Orangen oder ein Tütchen Mandeln. Manchmal gab es ein Päckchen Kakao oder ein Viertel Pfund Kaffeebohnen. Aber das war nicht der Grund, weshalb Lotte, sooft sie konnte, in die Mittelgasse ging. Sie fühlte sich dort einfach geborgen. Jetzt spielte Ännchen mit ihrer Puppe im Hinterzimmer des Geschäfts und Hans lag in Lottes Arm, während sie Dorle von ihrem Ausflug nach Wiesbaden berichtete.

»Papa hat mir mal erzählt, dass deine Eltern damals mit einem vollbepackten Fahrrad hier ankamen. Darauf war alles festgeschnürt, was sie besaßen, und dass deine Mama erst lernen musste, was man alles kochen kann und was die Dinge kosten. Meine Eltern haben sie wohl oft beraten, wenn sie hier im Laden stand und nicht wusste, was sie kaufen sollte.« Deshalb, so fuhr sie fort, hatte er vermutet, dass sie aus einem feinen Haus stammte. Das halbe Dorf hatte gerätselt, woher die beiden kamen, die in das kleine Haus einzogen, in dem zuletzt eine alte Frau Metz gelebt hatte, bevor es dann eine Zeit leerstand. Es wurde sogar vermutet, Lisette wäre eine junge Gräfin oder eine Baroness, und später waren alle sehr neugierig, wenn sie hohen Besuch bekam und all die feinen Damen bei ihr ihre Garderobe fertigen ließen, für die großen Bälle. »Ich habe auch immer gerne geschaut, wer zu euch kam, als ich klein war, ich habe für deine Mama geschwärmt. Weil sie so schön und besonders ist. Anders als alle hier im Ort.«

»Ich wünschte aber, wir wären gar nicht anders. Mir wäre es lieber, wir wären ganz normal und niemand würde über uns reden oder spekulieren, woher wir kommen.«

»Na, inzwischen gehört ihr doch hierher wie alle hier.«

»Findest du?« Lotte betrachtete Dorle zweifelnd.

Dorle nickte. »Natürlich.« Sie betrachtete den schlafenden Hans in Lottes Arm. »Und du solltest wirklich Kinderschwester werden. Bei dir schläft Hänschen immer sofort ein. Du hast das gewisse Etwas, das Kinder brauchen. Du bist ein guter Mensch, so etwas spüren Säuglinge.« Lächelnd setzte sie nach: »Bei mir macht er das nie.«

»Aber du bist doch auch ein guter Mensch!«

»Ach, wenn man diese Nationalsozialisten so reden hört, die finden, dass Juden schlechte Menschen sind.« Das Lächeln war jetzt aus Dorles Gesicht verschwunden.

»Das sagen doch nur so ein paar Dummköpfe. Das darfst du nicht glauben!«

»Na, hoffen wir's, dass es nur ein paar Dummköpfe sind. Und du erzählst mir unbedingt, wie es mit deiner Großmutter weitergeht, ja?«

Damit stand Dorle auf und ging in den Laden, wo die Türglocke einen Kunden angekündigt hatte.

Lotte blieb still sitzen und betrachtete den kleinen Hans in ihrem Arm. Dorle hatte recht. Sie konnte den Kleinen beruhigen wie niemand sonst. Schon am Tag seiner Geburt hatte sie ihn im Arm halten dürfen, den winzigen Säugling, der er war. In diesem Moment war etwas passiert. Sie wusste gar nicht, was es war. Aber es hatte etwas mit ihrem Herzen zu tun. Und mit seinem. Sie hatten sich verbunden, waren einander ans Herz gewachsen. Seitdem durfte sie ihn wickeln und baden und ausfahren und später auch füttern. Sie liebte es, wenn er nach süßem Brei duftete. Aber am schönsten war es, wenn er danach in ihrem Arm einfach einschlief. Wenn Lotte den kleinen Hans im Arm hielt, fühlte sie sich aufgehoben. Obwohl er noch so klein war, gab er ihr ein Gefühl von Geborgenheit. Mit ihm zusammen war sie nicht allein.

Das Sommerhaus zu finden war viel leichter, als sie gedacht hatten. An zwei Abbiegungen war Lisette sich unsicher gewesen, und sie hatten zunächst den falschen Weg gewählt und umkehren müssen, aber eigentlich war es gar nicht so weit, wie Lisette erstaunt feststellte. Sie hatten mit den Fahrrädern zwei Stunden gebraucht, waren über schattige Waldwege und entlang der sich auf und ab windenden Straße nach Bad Schwalbach gefahren, wo sie eine kleine Rast einlegten und eine Limonade tranken, um dann weiter in die waldigen Hügel hineinzufahren. Man musste ordentlich treten, und Lotte musste einige Male aus dem Sattel steigen, um die Steigungen auf Henris altem Rad zu bewältigen, das noch ein bisschen zu groß für sie war.

Das Haus sah aus, als ob es schlief, als sie dort ankamen. Sie lehnten ihre Fahrräder an die Remise, in der früher die Kutschen und später die Automobile geparkt wurden, und schauten sich um. Niemand wohnte hier. Die grünen Fensterläden waren geschlossen, und der Wald hatte begonnen, sich die einst kultivierten Gartenflächen zurückzuerobern. Alles, was man hörte, war das Gezwitscher der Vögel.

Die Franzosen hatten die Villa nach dem Ersten Weltkrieg besetzt, aber seitdem sie abgezogen waren, schien sie leer zu stehen. Zusammen gingen sie ums Haus herum, und auch wenn alles überwachsen war, konnte man noch die ursprüngliche Anlage der Beete erkennen.

»Machen wir doch hier unser Picknick«, schlug Mutter vor, und sie breiteten ihre Decke auf den Stufen der Treppe aus, die von der Terrasse in den Garten führte. Während sie ihre Butterbrote auspackten und die hartgekochten Eier pellten, die kleinen Tomaten aus dem Garten aus einem Tuch wickelten und zu essen begannen, erzählte Mutter, wie sie auf dieser Terrasse in weißen Spitzenkleidchen gesessen hatte, sich nicht bewegen, nicht sprechen durfte, wenn die Erwachsenen sprachen, wie sie voller Sehnsucht immer nur darauf gewartet hatte, in den Garten zu laufen, um mit dem Gärtner zusammen in der Erde zu wühlen.

»Schau, wenn ich dahinten hingelaufen bin, da konnte mich von hier aus niemand mehr sehen. Da war ich ganz frei und konnte hüpfen und springen.«

Sie deutete an das Ende des Gartens, wo die Bäume höher wurden.

»Und hier durftest du nicht hüpfen und springen?«

»Nein! Um Gottes willen! Mutter wollte ein sehr braves Mädchen haben, das anmutig über die Wege schreitet.«

»Und wenn du doch gehüpft bist?«

»Dann musste ich in mein Zimmer und dort alleine zu Abend essen. Aber soll ich dir mal was verraten? Manchmal war das viel schöner.« Lisette zwinkerte ihr zu und stand auf.

»Komm, wir schauen mal, ob das Gartenhaus noch steht. In dem hat der Gärtner den Sommer über gewohnt und alles in Ordnung gehalten.«

Das Gartenhaus stand noch, aber es war völlig versteckt und eingewachsen im hinteren Teil des Gartens. Wenn Lisette sich nicht daran erinnert hätte, wäre man nie darauf gekommen, dass sich hier unter den Bäumen noch ein kleines Haus verbarg. Es war mehr eine Hütte als ein Haus. Lisette war begeistert, als sie es entdeckte, und wischte mit ihrem Ärmel über die Scheiben, die wahrscheinlich jahrelang nicht geputzt worden waren, um hineinzuschauen. Lotte war es nicht ganz geheuer hier in dem dunkleren Teil des Gartens, und sie wünschte, Mutter würde wieder mit ihr zurückgehen und von früher erzählen. Hoch über ihnen rauschte der Wind in den Kronen, und ab und zu knackte irgendwo ein Ast.

»Wollen wir nicht lieber wieder in die Sonne?«

Sie zupfte am Ärmel ihrer Mutter, die sich zu ihr drehte und sie an sich zog.

»Das machen wir gleich, mein Schatz, schau mal hier, es ist alles noch da, genau wie früher. Der gute Albert. Von ihm habe ich alles gelernt, ich würde zu gerne hineingehen.«

Sie versuchte an der Tür zu rütteln, aber sie ließ sich nicht öffnen. »Er hat sich immer so viel Zeit genommen, mir alles zu erklären. Und er hat mir immer eine Blüte geschenkt.«

»Bist du deshalb so gerne im Garten?«, fragte Lotte, als sie über die hochgewachsene Wiese zurück zum Haus gingen und sie sich vorstellte, dass eine elegante Gesellschaft auf der Terrasse saß und von feinem Geschirr aß, so fein, wie sie es bei ihrer Großmutter gesehen hatte. Und dazwischen ein kleines Mädchen. Ein kleines Mädchen, das sie gerne gewesen wäre.

»Vielleicht«, sagte Lisette nachdenklich.

»Und warst du nie traurig, dass du nicht mehr hier sein konntest?«

Wieder schaute ihre Mutter sie nachdenklich an.

»Ach, Kind, du stellst heute ja Fragen, aber doch, natürlich war ich traurig. Und ich bin immer noch manchmal traurig, dass es keine Verbindung mehr gibt zwischen damals und heute. Aber ich bereue es keine Sekunde, dass ich den Weg gewählt habe. Ich glaube, man hat es in der Hand, wie man leben will. Man kann doch immer alles aufgeben und man kann neu anfangen.«

Sie schwieg, und Lotte schaute ihre Mutter fragend an, weil sie das Gefühl hatte, sie würde noch etwas sagen.

»Zumindest meistens. Manchmal wird man auch gezwungen, neu anzufangen. Ob man will oder nicht. Aber auch das bekommt man hin. Mehr oder weniger. So, und jetzt wird es aber Zeit, dass wir uns auf den Heimweg machen …«

Nach diesem Ausflug waren sie abends beide sehr müde, und Lottes Beine waren schwer wie Blei, als sie früh ins Bett ging. Und zu Lottes Träumen, in die sie sich unter den Stanniolsternen treiben ließ, gesellte sich ein neuer dazu. Der Traum vom Sommerhaus in den Taunushügeln.

2007

»Und ihr ward tatsächlich in diesem alten Sommerhaus?« Paula schaute mich fragend von der Seite an. »Und es steht leer? Wie kamt ihr denn bloß darauf?«

Dahinter hörte ich natürlich die Frage: Wie kamst du, Maya-Hasenfuß, bloß darauf, dir eine alte verlassene Villa im Wald anzuschauen? Es stimmte ja, ich war ein ängstlicher Mensch. Das war sogar noch untertrieben. Ich machte in Buchläden einen Bogen um die Tische, auf denen die Thriller lagen, aus Angst, ich würde aus Versehen einen Titel lesen, der mich verfolgen würde. Im Fernsehen schaltete ich sofort um, wenn ein Film lief, der für Zuschauer unter sechzehn nicht geeignet war, und leere Gebäude machten mir besonders viel Angst. Deswegen war es wirklich verrückt, dass gerade ich in leere Häuser einstieg und diesem seltsamen Hobby nachging. Seit einer Weile gehörte ich zu einer Gruppe von Urban Explorern, Fotografen, die sich verlassene alte Häuser anschauten und die Verlorenheit dieser Lost Places mit der Kamera festhielten. Die meisten der Leute in der Gruppe waren auf der Suche nach einem Abenteuer, sie mochten die Aufregung, suchten die Spannung und den Kick. Andere wurden von der morbiden Ästhetik angezogen, dem Verfall, dem Schimmel, der allmählichen Zersetzung der Dinge, die einmal ein Leben ausgemacht haben. Die verlorenen Orte waren alle einmal das Zuhause von jemandem gewesen. Mehr als die Ästhetik und der Kick faszinierte mich die Frage, was mir das Haus über dessen letzte Besitzer erzählte. Die anderen faszinierte meist erst einmal die Frage, ob man in ein leeres Haus überhaupt hineinkam. Es gab einen strengen Ehrenkodex: Man durfte niemals etwas zerstören oder sich gewaltsam Einlass verschaffen. Vielmehr musste man schauen, ob das Haus einen hineinließ, und einen Weg hinein suchen. Manchmal war ein Schloss durchgerostet und ließ sich einfach öffnen, manchmal war eine Scheibe kaputt, manchmal gab es eine morsche Tür oder ein Loch in einer Mauer. Wenn es gut lief, wenn wir mehrere waren und ich nicht alleine gelassen wurde auf einem der Ausflüge, wenn vielleicht sogar die Sonne schien, dann überwog auch bei mir die Faszination. Dann dachte ich mir Geschichten aus, die nie erzählt worden waren, ersann Figuren, die dort gelebt, Schicksale, die in diesen Räumen vielleicht durchlebt worden waren. Ich suchte die Geschichten, die in diesen verlorenen Räumen schlummerten. Auf den Spannungskick konnte ich dabei jedoch gut verzichten. Das Interessante war, dass ich durch dieses Hobby auf unsere Geschichte gestoßen war. Denn sobald ich das alte Sommerhaus im Wald gefunden hatte und mit Lukas dort eingestiegen war, hatte ich begonnen, aus all den verschiedenen Bruchstücken, die ich sammelte, ein Mosaik unserer Familiengeschichte zusammenzusetzen, ein Mosaik der Botschaften, die die Mütter in unserer Familie an ihre Töchter weitergaben.

Vielleicht hatte ich mich in Lukas verliebt, weil er an diesem Tag in dem alten Sommerhaus meine Angst einfach so angenommen hatte. Genau wie gestern, in unserer ersten Nacht. Als wäre es etwas ganz Normales, fast Selbstverständliches. Als hätte ich

Schluckauf und er wartete ab, bis er vorbei war. Wenn ich daran dachte, erfüllte mich ein warmes, ruhiges Gefühl. Aber sollte Liebe nicht absolut berauschend sein? Berauschend war das nicht, was wir gestern Nacht erlebt hatten, aber vielleicht war es ja trotzdem okay, so wie es war. Ich fragte mich, ob ich schon unter dem gleichen Druck stand wie meine Mutter Paula, für die eine Liebe überwältigend und für ewig sein musste. Die Legende von Lisettes einzigartiger Liebe zu ihrem Emile konnte doch nicht über vier Generationen bin in mein Leben heute hineinwirken. Ich dachte eigentlich, ich sei frei davon. Aber vielleicht gehörte ein warmes und ruhiges Gefühl doch eher zu Freundschaft und nicht zu neuer großer Liebe?

Beim Abschied am Bahnhof standen Lukas und ich voreinander, küssten uns und verabredeten, dass wir telefonieren würden.

»Ich will dich ganz schnell wiedersehen«, sagte er und strich mir die Haare aus der Stirn. Warum glaubte ich ihm das nicht? Niemand zwang ihn, es zu sagen, er müsste es auch gar nicht sagen, wenn er es nicht genauso meinte. Aber wenn ich schon meinen eigenen Erwartungen nicht entsprach, konnte es doch unmöglich sein, dass ich seinen Erwartungen genügte. Jahrelang war ich mir sicher gewesen, dass ich mit dreißig endlich meinen Platz in einer tröstlich sinnvollen Welt gefunden hätte. Jetzt war ich dreißig und fühlte mich davon genauso weit entfernt wie eh und je. Schon als kleines Mädchen hatte ich über Freundinnen gestaunt, die genau wussten, was sie werden wollten, und auch später stets einen Sinn und ein Ziel für sich und ihr Leben sahen. Ich dagegen stolperte. Mein Leben bescherte mir eine Panikattacke anstatt einer Liebesnacht, obwohl ich so sicher gewesen war, dass meine Angstzustände sich verflüchtigen würden. Jetzt, da ich endlich wusste, wer mein Vater war, da ich mir vorgenommen hatte, meinen Brotjob als Übersetzerin von Betriebsanleitungen zu kündigen, um etwas Richtiges zu machen. Jetzt hatte ich ein Ziel, wollte alle Halbherzigkeiten beenden, all die vorgeschobenen Aber-das-geht-nicht, Aber-wie-soll-ich-denn, Aber-ich-kann-das-nicht. Wenn ich all die leeren Häuser in mir und meinem Leben mit Bedeutung, mit Geschichten füllen könnte, müsste die Angst doch verschwinden.

»Ich wollte in dieses Sommerhaus, weil ich wissen wollte, woher wir kommen. Bei uns gab es nie Familiengeschichten. Außer der einen, dass Lisette weggelaufen ist, aus Liebe.«

Ich versuchte Paula zu erklären, dass es mit dem Haus angefangen hatte. Weil Häuser Orte waren, in denen Geschichte stattfand, weil sie Träumen und Menschen ein Zuhause gaben. Die Villa in Wiesbaden, die Lisettes aufstrebender Vater der Familie gebaut hatte. Das Sommerhaus im Taunus, Lisettes Haus im Rheingau. Lisette, Paula und ich. Wovon wir träumten, was wir ersehnten, darüber hatte ich im letzten Jahr viel erfahren. Nur wer meine Oma wirklich war, wusste erstaunlicherweise niemand, denn Schweigen gehörte zu unseren herausragenden familiären Fähigkeiten, und Oma beherrschte dies am besten.

Das beruhigend beschaulich geordnete Leben meiner Oma hatte noch nie Fragen aufgeworfen. Als kleines Mädchen hatte mich die Regelmäßigkeit des Alltags in Lerchenrod immer fasziniert. Es fing bereits beim Frühstück an. Jeden Morgen standen zur gleichen Zeit die gleichen Dinge auf dem Tisch. Es gab Marmeladenbrot für Oma und Wurstbrot für Opa und am Wochenende Brötchen. In verlässlicher Regelmäßigkeit nahmen die Tage ihren Lauf. Man glitt sicher und aufgehoben durch die bewährten Abfolgen. Vormittags erledigte Oma den Haushalt und ging zum Einkaufen. Nachmittags ging sie in den Garten. Im Frühjahr wurde gesät und gesetzt, im Sommer und Herbst gehackt, gejätet, gegossen, geerntet und eingemacht. Und dazwischen zog sie die Schürze aus und ging durchs Dorf, um Trauer-, Geburtstags-

oder Krankenbesuche zu machen. Es war eine kleine geordnete Welt, deren Überschaubarkeit ich liebte und in der ich mich völlig frei bewegen konnte, weil ich mich darin auskannte. Fälschlicherweise hatte ich das auf Oma übertragen. Ich dachte, ich kannte mich bei ihr aus, und fand es so beruhigend, dass nichts anderes sie zu bewegen schien als der Lauf eines Tages, der Lauf der Woche, der Jahreszeiten, des Jahres. Doch was ich kannte, war nur die Oberfläche, die glatte Fassade der Regelmäßigkeit.

Ich erzählte Paula, dass Oma sich zu meinem großen Erstaunen an das Sommerhaus tatsächlich erinnern konnte, obwohl sie wochenlang das Gegenteil behauptet hatte. Ihre Wegbeschreibung war ziemlich gut gewesen. Vor allem, wenn man bedachte, dass sie nur einmal als Kind mit Lisette dort gewesen war.

»Also, ich könnte dir keine Wege mehr beschreiben, die ich als Kind ein einziges Mal gegangen bin. Und ich bin noch nicht mal sechzig! Das ist doch seltsam.« Paula schüttelte den Kopf.

»Vielleicht erinnert man sich an die alten Wege, wenn nicht so viele neue Wege und Orte dazukommen? Überleg mal, wie oft du umgezogen bist. Oma kannte nur Rauenthal und Lerchenrod, woanders hat sie nie gelebt, oder?«

»Von einem Dorf ins nächste. Irgendwie traurig, wie wenig sie erlebt hat.«

Im ersten Moment, in dem ich ein Krankenhaus betrat, war ich stets versucht, die Luft anzuhalten und nicht mehr einzuatmen, um diesen Geruch zu umgehen. Aber natürlich dauerte es immer nur Sekunden, bis ich wieder atmen musste. Bis wir in Omas Zimmer kamen, hatte ich schon so viel ein- und ausgeatmet, dass ich den Geruch kaum noch wahrnahm.

An Omas Seite saß der Muck. Sie hielten sich an den Händen und flüsterten miteinander. Es sah vertraut aus. Beide hatten geweint, das war deutlich zu sehen. Paula und ich schauten uns an, und seltsamerweise hatten wir das Gefühl zu stören, dabei waren wir ihr doch am allernächsten. Hatten wir zumindest bis eben gerade gedacht. Aber zwischen diesen beiden Menschen gab es Blicke, gab es eine Innigkeit, die wir nicht teilten und die uns fremd war. Ich spürte, dass meine Atmung abflachte, der Vorbote einer Panikattacke, und versuchte tief durchzuatmen. Nicht schon wieder. Bitte. Wenn es mir gelang, früh genug tief zu atmen, ließ sich das Ganze manchmal aufhalten. Paula atmete neben mir ebenfalls tief durch. Das Bild, das sich uns bot, irritierte sie genauso.

Der Muck sprang auf, als er uns sah, und entschuldigte sich.

»So sorry …«

»Aber wofür denn?«, fragte Paula, und er entschuldigte sich für seine Ungeduld, die ihn verfrüht hierhergeführt habe, und dass er sich sogleich wieder verabschieden wolle. Er sprach umständlich, und man konnte jetzt deutlich wahrnehmen, dass er einen Akzent hatte.

»Du bist doch gerade erst gekommen«, sagte Oma enttäuscht und sah ihn mit ihren großen, blauen Augen an. »Du musst mir doch so viel erzählen.«

»Ich komme ja wieder«, sagte er. »Jetzt habe ich dich endlich gefunden, jetzt wirst du mich nicht mehr leichtens los.«

»Ein Glück«, sagte Oma. Hatte ich sie je so glücklich gesehen? ›Leichtens‹. Das Wort rührte mich. Irgendwie lag darin mehr Bedeutung, als wenn er einfach ›leicht‹ gesagt hätte.

Nachdem er gegangen war, verschwand Oma erst mal im Bad, und Paula und ich schauten uns an. Paula guckte genauso verwundert wie ich, dann zuckte sie die Achseln und verließ das Zimmer auf der Suche nach einer Vase für die Blumen, die wir ihr mitgebracht hatten, während ich die Tasche mit ihren Sachen für sie auspackte.

»Willst du dein Nachthemd, Omi, oder lieber deinen Kuschelanzug? Soll ich dir was ins Bad reichen?«

Ich rief durch die geschlossene Tür, die sich als Antwort öffnete. Sie saß auf dem Klodeckel, hielt die Hände unters laufende Wasser, das an ihren Armen heruntertropfte. Ihr Krankenhaushemd war davon schon ganz nass, und ich half ihr beim Umziehen. Wir wechselten Worte über die Creme und wohin mit dem Handtuch, aber sie sagte kein Wort über das, was eigentlich gesagt werden musste. Paula und ich sagten ebenfalls nichts, obwohl all die Fragen uns wahrscheinlich ins Gesicht geschrieben standen. Oma sah anders aus als sonst. Etwas in ihrem Gesicht hatte sich verändert, ohne dass ich sagen konnte, was es genau war.

»Ich erzähle euch alles«, sagte sie nach einer Weile. »Ich weiß, dass ihr wissen wollt, wer das ist, aber ich weiß nicht, wo ich anfangen soll. Es ist so viel … es ist …«

Sie schaute aus dem Fenster und sprach nicht weiter.

»Mach dir keine Sorgen, Mama, Hauptsache, es geht dir gut, und dann fängst du einfach irgendwo an. Wir haben ja Zeit.«

Das war ein sehr ungewöhnlicher Satz für meine sonst immer drängende, unwillige, ungeduldige Mutter. Aber es war der richtige Satz für diesen Moment.

»Ich dachte immer, man könnte vergessen … alles einfach vergessen. Das war ja auch der einzige Weg. Aber das jetzt, das ist das größte Geschenk. Ich ruh mich nur mal kurz ein bisschen aus, ja? Und dann … dann …«

Sie schloss die Augen und war binnen Sekunden eingeschlafen. Paula stand auf, trat ans Fenster und schwieg. Ich stellte mich neben sie und legte den Kopf auf ihre Schulter.

2

1933

So viele Menschen. Aus allen Straßen, von allen Kreuzungen strömten sie auf dem Schlossplatz zusammen. Lotte klammerte sich an Henris Arm, um ihn im Gedränge nicht zu verlieren. Er ging voraus und versuchte ihnen einen Weg zu bahnen, damit sie weiter nach vorne kamen und eine bessere Sicht hatten auf die marschierenden Gruppen und die Flaggen, die heute in den neuen Reichsfarben gehisst wurden. Mutter war nicht ganz damit einverstanden gewesen, dass sie mit ihrem Bruder zusammen nach Wiesbaden fuhr, aber Henri hatte versprochen, gut auf seine kleine Schwester aufzupassen und sie nicht alleine zu lassen.

»Ich bin doch alt genug, um alleine auf mich aufzupassen«, hatte Lotte erwidert, sie war schließlich schon sechzehn, und selbst wenn sie sich in der Menge verloren, wusste sie genau, wie sie alleine wieder nach Hause kommen würde.

»Wenn es wieder eine dieser Schlägereien gibt? Und ihr plötzlich mitten hineingeratet?«

Seit Hitler Reichskanzler geworden war, konnte man in den Zeitungen fast jeden Tag von Schlägereien lesen. Und irgendjemand kannte immer jemanden, der wiederum jemanden kannte, der von den SA-Truppen verprügelt worden war.

»Die Kommunisten werden sich schon nicht dahin trauen heute«, sagte Henri.

»Als ob sie nur die Kommunisten verprügeln. Die verprügeln alles, was ihnen nicht passt.«

Aber sie hatten beide so lange auf Mutter eingeredet, bis sie es schließlich erlaubte. Denn Lotte wollte so gerne dabei sein, wenn die neuen Fahnen in Wiesbaden gehisst wurden. Das war doch ein historischer Moment! Weg mit der Fahne der Republik, die nichts anderes verkörperte als die bittere Schmach, von der sich Deutschland nun endgültig befreien musste. So hatte Henri es ihr jedenfalls erklärt. Weg mit den alten Farben, weg mit Schwarz-Rot-Gold und hoch mit den Fahnen des Kaiserreichs, das Deutschland einst Ruhm gebracht hatte, hoch mit der Fahne des Hakenkreuzes, das Deutschland neuen Ruhm bringen würde.

»Und zwischen der Vergangenheit und der Zukunft, mein Lottchen, da stehen wir, genau da stehen wir, und hier entscheidet sich jetzt Geschichte.«

Und sie war dabei. Sie war ein Teil dieser Geschichte. Ihr war sehr feierlich zumute. Die Menschen ringsum begannen laut zu jubeln, als die neuen Fahnen gehisst wurden. Die Kinder aus den Wiesbadener Schulen standen in Blöcken geordnet auf dem Platz und stimmten die Nationalhymne an. Es klang gewaltig. Es klang, als ob alle Stimmen auf dem Platz sich zu einer einzigen Stimme verbanden. Lotte wurde von einem Schauder erfasst. Das war ein bisschen wie Weihnachten, wenn in der Kirche alle gemeinsam *O du fröhliche* sangen und es einem so ans Herz griff, dass man fast weinen musste. Es war so erhebend. Danach hoben alle den rechten Arm und riefen laut »Sieg Heil!«. Und Henri lächelte sie stolz an, weil sie versuchte, lauter als alle um sie herum zu rufen.

Natürlich verloren sie sich nicht, weil Henri die ganze Zeit ihre Hand festhielt, und es gab auch keine Schlägereien.

»Siehst du«, sagte Lotte zu ihrer Mutter, als sie wieder zuhause war und mit glühenden Wangen von dem wundervollen Ausflug mit ihrem großen Bruder berichtete. »Es ist gar nichts passiert. Alle Menschen haben friedlich Sieg Heil gerufen. Alle waren glücklich und vereint.«

Lisette nickte. »Aber warum rufen friedliche Menschen Sieg Heil? Gegen wen wollen sie siegen? Das klingt mir nicht friedlich, oder?«

»Ach, Mutter, denke doch nicht immer gleich an das Schlechteste. Wir werden alle zusammen siegen, weil wir alle zusammen wieder ein großes ruhmreiches Land aufbauen. Das ist doch etwas Schönes.«

Mutter sah müde aus, und Lotte bekam ein schlechtes Gewissen, dass sie sie den ganzen Tag mit ihrer Arbeit alleine gelassen hatte. »Jetzt sagst du mir, was ich dir helfen kann, und in der Zeit gehst du ein wenig frische Luft schnappen.«

»Das ist eine gute Idee«, sagte sie und streckte sich. »Und dann essen wir. Es ist so schön, dass wir zu dritt sind, das wollen wir heute ein bisschen feiern.«

Henri hatte wenige freie Tage und kam selten nach Rauenthal, aber wenn er denn kam, war es immer wunderbar. Seine Anwesenheit füllte das Haus, und Lotte genoss es, sich von ihm mitreißen zu lassen. Oft nahm er sie mit zu den Jugendtreffen, wo er gegenüber seinen Freunden gerne mit ihr angab. Sie fand, dass er fürchterlich übertrieb, aber gleichzeitig genoss sie es, dass sie durch Henri dort einfach dazugehörte. Ihrer Mutter war es nicht recht, dass Henri sie mitnahm, wenn er ausging, aber zusammen gelang es ihnen meist, sie zu überzeugen, dass ein junges Mädchen auch mal ein wenig Abwechslung brauchte. Nicht dass Lisette etwas gegen Abwechslung gehabt hätte, das konnte sie nur zu gut verstehen. Nur die Art der Abwechslung war ihr nicht geheuer. Hitler war ihr nicht geheuer. Seit er Reichskanzler geworden war, hatte er mit wenigen, aber drastischen Gesetzen alles geändert, was bis dahin gegolten hatte. Warum war es denn nötig, den alten Sozialismus und alle anderen Parteien auf übelste Weise mundtot zu machen? Und wenn er wirklich die Interessen des Volkes vertreten wollte, warum legte er dann das vom Volk gewählte Parlament lahm?

»Nur wenn ihm nicht das ganze Parlament ständig reinredet, kann sich überhaupt etwas verändern!«

Henri brauste schnell auf und verteidigte alle Maßnahmen, sobald seine Mutter sie kritisierte. Nicht dass Lotte sich besonders für Politik interessierte, sie verstand auch nicht alles, worüber Henri und Mutter stritten, aber instinktiv war sie immer eher auf Henris Seite, denn das war die Seite der Jugend und des Aufbruchs. Natürlich konnte Mutter das nicht wirklich verstehen. Mutter dachte nicht an die Zukunft, Mutter lebte in der Vergangenheit. Vielleicht war das ja normal, dass man lieber an die Zeit zurückdachte, in der alles schön und glücklich gewesen war. Aber das Jetzt, das war nun eben ihre Zeit. Die Zeit, in der sie glücklich sein wollte, wenn es doch nur möglich wäre.

Abends lagen Henri und sie in ihren Kammern unterm Dach nebeneinander, nur von dem Vorhang getrennt. Lotte hatte sich schon so daran gewöhnt, alleine hier oben einzuschlafen, dass sie es ganz ungewohnt fand, wenn Henri da war.

»He, Kleine, schläfst du schon?«

»Nein, warum?«

»Wir müssen mal darüber reden, was aus dir werden soll.«

Sie antwortete nicht sofort.

»Lotte?«

»Ja«, sagte sie.

»Du kommst jetzt bald aus der Schule. Ich denke, du solltest hier bei Mutter bleiben und ihr helfen.«

Henri erklärte ihr, dass er im Arbeitsdienst nur wenig Geld verdienen würde. Nach Abzug von Kost und Logis käme er gerade auf drei oder vier Mark in der Woche, die er für die Weinbauschule sparen musste. »Ich kann hier nichts zugeben, es wäre also am besten, wenn du hierbleibst und Mutter hilfst.«

Natürlich klang alles sehr vernünftig, was Henri sagte. Henri war immer vernünftig. Er sprach davon, dass es sich höchstens um drei Jahre handeln würde, dann käme er wieder, um bei Henriette und Toni, die ja keine eigenen Kinder hatten, ins Weingut einzusteigen. Bis dahin könnte sie bei Mutter alles lernen, was sie wissen musste, um die Schneiderei einmal selbst zu führen. Wenn sie das wollte. Sie bekäme damit doch in den Schoß gelegt, was die Eltern sich hart erarbeitet hatten.

Lotte schwieg. Gerade heute war Wiesbaden ihr so schön erschienen, und sie hatte gedacht, wie wunderbar es doch wäre, dort zu arbeiten. Wie sollte sie ihrem Bruder erklären, dass sie, wenn sie Rauenthal verließ, in der Stadt eine von vielen sein konnte, die niemand kannte, die niemand anstarrte, weil sie das falsche Kleid trug. In Wiesbaden nach getaner Arbeit unbeschwert entlang der schönen Alleen mit ihren Geschäften und Konditoreien spazieren zu gehen, das war einer ihrer vielen Träume.

»Lottchen, wir wechseln uns ab.« Henris Stimme war eindringlich geworden, weil sie noch immer schwieg. »Wir können Mutter nicht alleine lassen, das weißt du genau.

Und jetzt musst du eben auf sie aufpassen, hörst du? Und wenn ich bei Toni im Weingut mit einsteige, dann geht es uns allen richtig gut. Abgemacht?«

Sie schluckte. Über ihr funkelten noch immer die Sterne, die Mutter ihr ausgeschnitten hatte. Sie kannte jeden einzelnen und fand sie viel zu schön, um sie abzuhängen, auch wenn sie eigentlich zu alt war für Sterne über dem Bett. Aber sie wusste, dass Henri recht hatte.

»Abgemacht«, sagte sie und versuchte, zuversichtlich zu klingen.

Henri fuhr zurück nach Rüdesheim zu dem Winzer, bei dem er arbeitete, und Mutter und sie waren wieder alleine. Im Garten kamen die ersten kleinen Frühlingsblumen hervor, die Blausternchen und die Krokusse, und die Sonnenstrahlen besaßen schon eine wärmende Kraft, die man spürte, wenn man das Gesicht in die Sonne hielt. Die Amseln sangen abends in der Dämmerung, und die Spazierfahrten, die Lotte mit Ännchen und dem kleinen Hans unternahm, dauerten immer länger, weil es so viel zu entdecken gab. Zusammen pflückten sie Blümchen für Dorle, streichelten Weidenkätzchen und suchten die ersten duftenden Veilchen im Gras.

Das einzig Gute daran, nach Beendigung der Schule zuhause zu bleiben, war, dass sie dann immer in der Nähe von Ännchen und Hans sein konnte und weiter in Dorles schönem Geschäft aushelfen durfte. Trotzdem spürte sie diese Unruhe in sich, wenn sie von den Plänen ihrer Klassenkameraden erfuhr. Natürlich blieben viele in Rauenthal, vor allem, wenn die Eltern einen Betrieb oder ein Geschäft hatten. Aber es klang immer so aufregend, wenn jemand erzählte, er würde zu seinem Onkel nach Mainz ziehen, wenn jemand als Zimmermädchen im Kurhotel in

Schlangenbad anfing oder als Laufjunge im Büro der Sektkellerei Henkell in Wiesbaden. Alles klang aufregender, als jeden Tag im Atelier am hinteren Ende des Gartens zu nähen, keine Freundinnen mehr zu haben, weil Rosi natürlich eine Stellung suchte, und von den hier verbleibenden Mädchen, die nie zu ihren Freundinnen gehören würden, schräg angeschaut zu werden.

Lotte hatte im letzten Jahr einen großen Schub gemacht und war jetzt schon etwas größer als ihre Mutter. Es fehlte nicht mehr viel, dann würde sie vielleicht sogar Henri noch einholen. Sie war unglücklich darüber. Wer wollte denn schon ein großes schlaksiges Mädchen? Meist versuchte sie, sich kleiner zu machen, obwohl Mutter sie oft ermahnte, aufrecht zu stehen, den Kopf gerade zu halten, und ihr immer wieder sagte, dass sie eine richtige Schönheit werden würde. Von Schönheit konnte sie jedoch selbst nichts an sich entdecken. Was war an einer Bohnenstange schon schön? Sie stand vor dem Spiegel und versuchte, etwas mit ihren Haaren zu machen. Wenn sie ihre Haare offen trug und nur mit einer Spange zur Seite steckte, ließ sie das noch größer und dünner wirken, als sie sowieso schon war. Sie wollte hübsch aussehen heute Abend, denn Henri war da und wollte sie in den Gemeindesaal mitnehmen zu einem Vortrag über die Jugend und die Kraft des Zusammenhalts. Um sie würde es gehen. Um ihre Generation. Sie würden Rosi mitnehmen, sie würden Henris Freunde treffen und einen schönen Abend zusammen haben.

»Was soll ich denn bloß machen mit diesem ewigen Schnittlauch auf dem Kopf?« Lottes Haare waren glatt und dünn und ließen sich nur schwer in Frisuren verwandeln, die lange hielten. Zöpfe lösten sich auf, Knoten sprangen auseinander. Wenn sie versuchte, Locken zu wickeln, hingen sie sich innerhalb von zwei Stunden aus, und die Wasserwellen, die Rosi sich mithilfe von Klammern legte, hielten bei ihr gerade mal fünf Minuten. Ihre Mutter war neben sie getreten, und sie schauten sich im Spiegel an.

»Hast du schon einmal daran gedacht, sie abzuschneiden? Ein Pagenkopf?«

»Steht mir das denn?«

Lisette kniff die Augen zusammen, hob Lottes Haare auf Kinnlänge an und nickte.

»Was meinst du, wie schön das bei dir fällt, es wird schimmern wie Gold. Und du musst dir nicht immer überlegen, wie du es zusammenhältst. Es ist einfach praktisch.«

Mutter trug ihr Haar ebenfalls kinnlang. Aber während Charlottes blondes Haar seidig und fein war, sprangen Lisettes kastanienbraune Locken meist störrisch in alle Richtungen. Lisette strich ihr übers Haar. »Du hast genau die gleiche Haarfarbe wie dein Vater, und du hast seine Augen. Ich hatte mir das so gewünscht, dass ich ein Kind mit blauen Augen bekomme.«

Mutter lächelte traurig. Lotte hatte immer das Gefühl, dass Mutter Henri lieber mochte. Ob das der Grund dafür war? Ob ihre Augen und ihr Aussehen ihre Mutter jeden Tag daran erinnerten, was ihr fehlte und was sie dadurch nicht einfach vergessen konnte?

»Manchmal sehe ich ihn in dir. Bestimmt wärst du sein Augenstern gewesen.«

Warum bin ich denn nicht dein Augenstern? Das hätte Lotte gerne gefragt. Aber natürlich stellte sie die Frage nicht. Sie kannte die Antwort ja. Mutters Augenstern war Henri. Auch wenn sie in letzter Zeit öfters stritten, Henri war Mutters Liebling. Und das konnte sie ihr noch nicht einmal verdenken. Ihr Bruder war ja auch ihr Liebling.

»Schneidest du sie mir ab? Jetzt?«

»Sofort?« Mutter sah sie überrascht an. »Du solltest lieber zum Friseur gehen, bei deinen glatten Haaren sieht man jeden schiefen Schnitt. Bei meinem Wischmopp auf dem Kopf macht das nichts, da kann ich selbst mit der Schere hantieren. Aber bei dir muss es schön geschnitten sein, damit es den feinen Schwung bekommt, der zu dir passt.«

Lotte sah ihre Mutter fragend an. »Zu mir passt ein feiner Schwung?«

»Ja. Du bist ein feines Wesen. Sehr fein.« Mutters Blick war liebevoll. »Ich mache mir manchmal Sorgen, weil du nicht so stabil im Leben stehst wie Henri. Auch wenn ich mir oft wünsche, er wäre nicht ganz so ... stabil. Aber du wirst deinen Weg finden, und bis dahin werden wir gut auf dich aufpassen, mein feines Mädchen. Komm, ich flechte dir einen hohen Zopf, und nächste Woche gehst du zum Friseur.«

Charlotte setzte sich auf einen Stuhl, ihre Mutter benetzte den Kamm mit Wasser und begann ihr Haar in Strähnen zu teilen und es behutsam zu flechten. Es war schön, wie ihre Hände über ihren Kopf tanzten und ihr Haar straff zusammenzogen, damit ihr Zopf den Abend überdauern würde.

Als sie später zusammen mit Henri das Haus verließ, trug sie ihren Kopf gerade, damit der schöne Zopf, den Mutter ihr geflochten und hochgesteckt hatte, nicht gleich verrutschte, und Henri bot ihr galant seinen Arm.

»Schade, dass ich dich nicht heiraten kann. Ich würde glatt um deine Hand anhalten, so hübsch, wie du bist!«

Lotte knuffte ihn lachend in die Seite. »Rede bloß nicht so einen Unsinn, du Spinner!« Aber stolz war sie natürlich schon, dass er das sagte und dass er, nachdem sie Rosi abgeholt hatten, Arm in Arm mit ihnen beiden durchs Dorf ging. Er ließ sie auch nicht los, als sie den Saal betraten, der voller junger Menschen war, deren Gespräche und Geräusche durch den Raum summten. Lotte fühlte sich davon umfangen wie von einer Decke, es war so anders als die Stille in Mutters Atelier. Die meisten Plätze waren bereits besetzt, wahrscheinlich würden sie hier hinten stehen müssen, so groß war der Andrang. Sie sah, dass Hanne und die anderen Mädchen aus ihrer Klasse, die immer am Fenster saßen, ebenfalls im Saal waren und neugierig zu ihr schauten, und sie wechselte einen schnellen Blick mit Rosi, die sie auch schon entdeckt hatte. An Henris Arm fühlte sie sich den Fenstermädchen heute gewachsen. Mindestens. Als zwei von Henris Freunden sich zu ihnen gesellten und sie freudig begrüßten, konnte sie aus dem Augenwinkel sogar so etwas wie Neid in den Gesichtern der Mädchen entdecken. Die beiden Erichs waren Henris älteste Freunde, mit denen er schon zur Schule gegangen war. Um sie zu unterscheiden, hatten sie die beiden den großen und den kleinen Erich getauft. Den großen Erich hatte sie immer etwas lieber gemocht, er war der ruhigere und schüchterne von beiden. Sie hatten eigentlich nie viel miteinander gesprochen, aber stets eine stille Sympathie füreinander gehegt. Heute genoss sie es, dass auch der mehr nach außen strahlende kleine Erich ihr und Rosi Komplimente machte.

»Dass die kleine Lotte sich zu so einem schönen deutschen Mädchen entwickelt, wer hätte das gedacht?«

»Na, ich«, sagte Rosi. »Ich wusste das schon immer!«

»Und wer hätte gedacht, dass aus dir auch so ein Prachtmädel wird?«

Jetzt grinste er Rosi an, und Lotte musste lachen.

»Das war wahrscheinlich jedem klar, außer dir!«

Die beiden Erichs nahmen Rosi und Lotte in ihre Mitte und zogen sie zusammen mit Henri in die vorderste Stuhlreihe, wo sie Plätze für sie alle freigehalten hatten.

»Pass mal auf, der kann unheimlich gut reden. Der Saal hier wird nachher toben vor Begeisterung.« Der große Erich rückte ihr fürsorglich den Stuhl zurecht und nahm links neben ihr Platz.

»Kennst du denn den Redner?« Lotte fühlte sich sehr erwachsen, ihr hatte noch nie jemand den Stuhl zurechtgerückt.

Der große Erich nickte. »Hab ihn schon zweimal gehört. Er ist sehr mitreißend. Ich bewundere das, wenn jemand sich so gut ausdrücken kann.«

»Ich auch«, sagte Lotte. »Ich muss immer so lange überlegen, bis ich weiß, wie ich etwas sagen soll. Und abends liege ich dann im Bett und denke mir aus, wie ich es viel besser hätte sagen können.«

»Das geht mir ganz genauso.«

Die beiden lächelten sich an.

»Bunte Reihe!«, rief der kleine Erich, der sich nun rechts von Lotte platzierte und für Rosi auf den anderen freien Platz neben sich klopfte. Er freute sich, dass er den besten Platz zwischen den Mädchen erwischt hatte, und Rosi freute sich, dass sie gleich zwischen zwei jungen Männern sitzen konnte. Sie schwärmte ein bisschen für Henri. Und damit war sie nicht allein. In Rauenthal schwärmten einige Mädchen für Henri. Er hatte dichte blonde Locken und die grünen Augen von Lisette. Durch die Arbeit in den

Weinbergen war er braungebrannt und kräftig. Dazu war er stets gut angezogen. Denn er trug jetzt die zwei guten Anzüge seines Vaters auf, die Lisette ihm der Mode entsprechend geändert hatte. Ein junger Mann konnte froh sein, wenn er in diesen Zeiten überhaupt einen Anzug besaß, der einigermaßen passte. Henris Anzüge waren aus feinem englischen Garn und wie für ihn maßgeschneidert, weil er die Statur seines Vaters geerbt hatte. Lisette hatte zu seinem Bedauern in den letzten zehn Jahren bereits einige von Emiles Kleidern für sich selbst umgeändert. In der Zeit nach dem Krieg war es so gut wie unmöglich gewesen, an warme Wollstoffe zu kommen, und sie hatte sich damals überlegt, wie man einen Herrenmantel durch buntes Futter, neue Knöpfe und einigen Schnittänderungen in einen Damenmantel verwandeln konnte. Aber einige Stücke hatte sie ganz bewusst für Henri aufgehoben. Und in der Wirtschaftskrise war das gerade recht gekommen. Er fiel damit immer auf. Auch hier im Saal.

Rosi beugte sich vor und rief Lotte zu, ob sie es nicht wunderbar hätten, und auch noch in der ersten Reihe. Im Laufe des Abends konnte Lotte beobachten, dass Rosi immer seltener mit Henri, dafür öfter mit Erich etwas zu flüstern hatte. Sie lächelte und dachte, dass das doch wunderbar passen würde, Rosi und sie hätten dann beide einen Erich.

Wie der große Erich prophezeit hatte, löste die Rede Jubel und Begeisterung aus. Denn es ging an diesem Tag um sie alle hier, um die Kraft der deutschen Jugend, die sich nun im ganzen Land verbündete, auf Treu und Ehr und in Einheit, ganz ohne Klassenunterschiede. Zusammen würden sie mit der Kraft einer Bewegung Deutschland wieder zu Glanz verhelfen. Sie waren die Zukunft, sie waren die

Hoffnung. Es war ein wunderbares Gefühl, das sie im Saal einte, sie alle würden zusammen an einem Strang ziehen.

Draußen umfing sie die kühle Abendluft. Lotte spürte, dass ihre Wangen glühten. Die frische Luft tat gut nach der stickigen Wärme im Saal, wo die Begeisterung sie alle aufgeheizt hatte. Sie hakte sich bei ihrem Erich und Henri unter, der andere Erich und Rosi liefen schon eingehakt nebeneinander direkt vor ihnen.

»Willst du uns nicht einen deiner netten Begleiter vorstellen?«

Hanne aus ihrer Klasse war mit zwei Freundinnen neben ihr aufgetaucht und schaute sie und vor allem Henri kess an. Lotte war so erstaunt, dass sie erst kein Wort herausbrachte. Henri strahlte die Mädchen an, die ihm unverhohlen schöne Augen machten, und fragte Lotte amüsiert, warum sie ihm ihre hübschen Freundinnen denn nicht schon längst vorgestellt hätte. »Ich wusste ja gar nicht, dass meine Schwester so hübsche Damen kennt!«

Rosi und sie wechselten einen überraschten Blick, und Rosi zuckte fast unmerklich die Achseln.

Also stellte Lotte alle einander vor und beobachtete verwundert, dass alle drei Fenstermädchen so taten, als wäre nie etwas gewesen, als wären sie schon immer beste Kameradinnen. Wie seltsam. War das nicht genau der Moment, auf den sie immer gewartet hatte? Warum war sie dann nicht zufrieden? Oder sogar glücklich? Da hatte sie es sich jahrelang vor dem Einschlafen unter ihrem Stanniolsternenhimmel ausgemalt, wie es sein würde, wenn die Fenstermädchen sie einmal beachteten. Jetzt war es passiert, und sie wünschte sich, sie hätte den Mumm gehabt, einfach Nein zu sagen und weiterzugehen. Aber das war doch ein missgünstiges Gefühl, das sie nicht hegen sollte. Vor allem nicht an so einem berauschenden Abend, an dem es doch um die edlen Werte der Einheit ging. Also lächelte sie freundlich, beschloss, ihnen alles zu verzeihen, und ließ sich von Hanne unterhaken, als wäre es das Normalste von der Welt.

Sie waren eine große Gruppe, die nun fröhlich zusammen durchs Dorf zog, und weil Henri der Meinung war, dass kein Mädchen unbegleitet durch die Gassen laufen sollten, liefen sie alle zusammen von Haus zu Haus, um jedes Mädchen bis an die eigene Haustür zu begleiten. Natürlich unterhielten sie sich über die Rede und waren sich einig, dass jetzt doch wirklich eine wunderbare, neue Zeit anbrach. Deshalb verabredeten sie sich gleich alle zu einem Ausflug am übernächsten Sonntag. Henri versprach, am übernächsten Wochenende wieder nach Hause zu kommen, und sie planten, gemeinsam nach Schlangenbad zu laufen, Kuchen zu essen und das Konzert im Kurpark zu hören. Es waren ja noch fast zwei Wochen, bis dahin hatten sie sich das Geld dafür gewiss alle zusammengespart. Als Lotte abends im Bett lag, war sie glücklich. So hatte sie sich das immer vorgestellt, das Leben. Genau so.

Ungläubig starrte Lotte auf das Schild, das an der Ladentür von Rosenkrantzens Geschäft angebracht war. *Kauft nicht bei Juden!* Sie riss die Tür auf und stürmte in den Laden. Dorle winkte sie schweigend ins Hinterzimmer, wo sie mit Wilhelm und ihren Eltern saß. Alle hatten betroffene Gesichter.

»Das kann nicht sein«, sagte Lotte, als sie erzählt hatten, dass überall, an allen jüdischen Geschäften, solche Schilder angebracht waren. »In Wiesbaden stehen sie sogar mit Fotoapparaten vorm Blumenthal und versuchen, die Leute daran zu hindern, einzutreten. Und sie fotografieren diejenigen, die es trotzdem tun.«

Ausgerechnet heute war Mutter nach Wiesbaden gefahren, um bei Blumenthal ihre Entwürfe für die Sommerkleider abzugeben, die dort als Konfektionsware gefertigt wurden. Ob sie am Ende gar nicht hineinkam? Und was passierte mit den Fotografien der Menschen, die doch hineingingen? Was sollte das?

Wilhelm erzählte, dass er gerade von seinen Eltern in Biebrich zurückgekommen war, vor deren Druckerei hatten sich zwei Männer postiert und die Kundschaft einfach vertrieben. Unter Androhung von Schlägen. Wilhelms Mutter glaubte, dass es noch schlimmer werden würde, sein Vater meinte, das würde sich wieder legen. Das wären nur junge Krawaller, die ihre Muskeln spielen lassen. »Und bei uns hier ist es umgekehrt«, sagte Wilhelm. »Hier befürchten die Männer, dass es mehr ist als ein Kräftespiel, und unsere Frauen sagen, es wird vorbeigehen.«

»Aber natürlich wird es das!« Lotte schaute verzweifelt von einem zum anderen.

»Kind, wie auch immer, es ist besser, du kommst erst mal nicht mehr zu uns.«

Herr Rosenkrantz sah sie traurig an.

»Natürlich komme ich weiter zu euch. Seid ihr nicht mehr meine Freunde? Nur weil ich keine Jüdin bin? Ich kann doch nichts dafür?«

»Eben. Wir ja auch nicht«, seufzte Dorle.

»Wir wollen dich nicht in Schwierigkeiten bringen. Du sollst dich nicht schwertun müssen mit der Entscheidung, deshalb entscheiden wir für dich. Komm nicht mehr her, Lotte. Es ist besser für dich, und für deine Mutter auch.«

Lotte starrte ungläubig von einem zum anderen.

»Nein, das könnt ihr nicht machen. Ihr seid meine Freunde. Ihr seid wie meine Familie. Und Ännchen und Hans ... niemals lasse ich euch alleine!« Es schnürte ihr die Kehle zu, und Tränen traten ihr in die Augen. »Bitte schickt mich nicht weg.«

Dorle schaute ihren Vater vorwurfsvoll an. »Jetzt muss unser Lottchen auch noch weinen, nur weil du so übertreibst. Du bist jetzt ruhig und hörst auf, so schwarzzusehen.« Sie füllte den Wasserkessel auf und schaltete die Gasflamme an. »Jetzt trinken wir alle erst einmal zusammen Tee.«

Lotte stellte wie immer die Tassen auf den kleinen Tisch im Hinterzimmer des Ladens, doch dann hielt sie inne und sah Herrn Rosenkrantz traurig an. »Oder darf ich das gar nicht mehr?«

»Lottchen, wir wollen doch nur dein Bestes«, sagte er traurig. »Es wird schlimmer werden. Wir haben Briefe aus Berlin bekommen, sie wollen nicht nur die Linken aus dem Weg räumen, sie wollen auch keine Juden mehr in Deutschland haben. Von Reinigung reden sie.«

»Aber das kann doch nicht sein. Die Nationalsozialisten wollen ein starkes Deutschland, es gehören doch alle dazu in unser Volk. Juden, Christen, alle!«

»Das wird auch so sein«, sagte Dorle. »Papa sieht immer so schwarz. Und macht alles düsterer, als es ist. Es ist doch schon immer so! Wenn es den Menschen schlecht geht, dann sind sie ganz besonders gegen uns. Sie brauchen halt immer einen, der schuld ist.«

»Ja, das tun sie schon immer, aber sie haben noch nie an jedem Geschäft im ganzen Reich solche Zettel angebracht. So eine Aktion muss vorbereitet werden. Das ist kein Streich von dummen Jungen.«

Wilhelms Gesicht war voller Sorge, und Dorle strich ihm liebevoll die Haare aus der Stirn.

»Diese Bande von der SA wütet böse, aber das kann ja nicht so bleiben. Die müssen irgendwann mal zur Räson gezogen werden.«

»Ganz bestimmt«, sagte Lotte. »Die schaden sonst ja der ganzen Bewegung. Und diese Zettel, also, wo kämen wir denn hin, wenn es all diese Geschäfte nicht mehr gäbe? Das macht doch gar keinen Sinn!«

»Die Nachbarn meiner Eltern in Wiesbaden, die Wassermanns, wollen hier nicht mehr bleiben. Die wandern aus.«

»Man kann es auch übertreiben«, antwortete Dorle ihrem Mann. »Die Wassermanns sind sowieso Menschen, die sich wahrscheinlich nirgends wohlfühlen. Denen ist es im Sommer zu warm und im Winter zu kalt. Wir haben es so schön hier. Und unsere Kunden mögen es genau deshalb. Du hörst ja, was Lotte sagt: Sie werden weiter zu uns kommen. Niemand wird sich auf Dauer von so einem Zettel dirigieren lassen.«

Der Teekessel pfiff, und Dorle goss den Tee auf, den sie immer nachmittags tranken. Mit ein klein wenig Kandiszucker, der sich allmählich am Tassenboden auflöste und den letzten Schluck versüßte. Während sie zusammen den Tee tranken, beruhigten sich die Gemüter. Und als sie den letzten süßen Schluck tranken, redete niemand mehr davon, dass Lotte nicht mehr kommen dürfe.

»Ich habe gehofft, das wäre ein Aprilscherz. War es aber nicht. Es war bitterer Ernst. Du glaubst ja nicht, was da los war!«

Als Lotte nach Hause kam, war Lisette gerade aus Wiesbaden wiedergekommen und erzählte ihr, dass die Schilder in ganz Wiesbaden hingen, dass man nicht bei Juden kaufen sollte. Das Kaufhaus Blumenthal hatten sie regelrecht umstellt.

»Und was hast du gemacht?«

»Na, ich bin natürlich reingegangen. Ich lasse mich doch von diesen Matronen nicht von der Arbeit abhalten. Diese Hausfrauen von der NS-Frauenschaft! Standen da, mit ihren selbstgerechten Gesichtern und ihren Fotoapparaten und haben sich dabei gefallen, die Menschen zu beschimpfen. Schlecht erzogen sind sie. Nichts anderes.«

»Und haben sie dich fotografiert?«

»Bestimmt. Aber mit mir zusammen sind dann noch einige andere zu Blumenthal reingegangen. Und danach bin ich noch zu Salomon Feldmann. Wir brauchen eigentlich gerade gar keine Seide, aber ich wollte unbedingt nach ihm schauen. Er ist so zusammengefahren, als er mich gesehen hat, stell dir vor, dann hat er geweint, der gute Mann, sie hatten ihn festgenommen.«

Lotte schaute ihre Mutter erschrocken an. »Warum wurde er denn festgenommen?«

»Das weiß kein Mensch. Er selbst auch nicht. Weil er Jude ist, im Zweifelsfall. Schutzhaft haben sie es genannt, nachdem sie ihm den Laden beschmiert hatten. Schau mal, er hat uns ein Stück Seide geschenkt. Das ist genau dein Blau. Daraus nähen wir mal etwas dich.«

Sie wickelte den Stoff aus dem Papier, und Lotte strich vorsichtig darüber.

»Das ist ein wunderschöner Stoff. Aber so kräftig blau sind meine Augen gar nicht.«

Lisette hob den Stoff an Lottes Gesicht und lächelte. »Wenn du ein Kleid daraus trägst, dann sind sie es.«

»Warum schenkt er uns denn Stoff?«

Lisette schwieg, dann hob sie hilflos die Schultern.

»Ich glaube, er wird den Laden schließen … es war wie ein Abschiedsgeschenk. Er sah so traurig aus. Er war nicht mehr der Alte.«

»Aber so kann das doch alles nicht weitergehen?«

»Hoffen wir das Beste. Vielleicht heben wir den Stoff für ein Tanzkleid auf, wenn du mal auf einen Ball gehst? Der gute Mann. Wenn wir das nächste Mal nach Wiesbaden fahren, bringen wir ihm eine schöne Flasche Wein mit.«

Keine vier Wochen nachdem Lisette an diesem denkwürdigen ersten April bei Feldmann gewesen war, um ihn über den Boykott hinwegzutrösten, hatte man sein schönes Geschäft komplett zerschlagen. Das Schaufenster, die Theke, die Schränke, das Stofflager, alles war zerstört worden. Als Lisette davon in der Zeitung las, fuhr sie wieder nach Wiesbaden, und als sie zurückkam, verkroch sie sich im Atelier und schwieg den ganzen Tag. Und auch den ganzen Abend. Lotte stand hilflos vor ihr, wollte wissen, was war, aber ihre Mutter sprach einfach kein Wort. Nachdem sie dreimal vor ihrer schweigenden Mutter gestanden hatte, war sie zu Simons gegangen, um sich mit Dorle zu unterhalten und den Kindern zu spielen. Die redeten wenigstens mit ihr und freuten sich, sie zu sehen.

Als Henri am letzten Tag des April nach Hause kam, weil alle am ersten Mai freihaben würden und gemeinsam wandern gehen wollten, gab es Streit. Henri war wütend, weil er wegen seiner Mutter beinahe nicht in der Partei aufgenommen worden wäre.

»Und dann lässt du dich auch noch dabei fotografieren! Hättest du dich nicht zurückhalten können?«

»Die Aufträge von Blumenthal haben uns sehr geholfen, als du früher Hunger hattest. Und ich kaufe da ein, solange ich mich erinnern kann. Als kleines Mädchen bin ich schon dort gewesen, und für dich war es auch immer das Schönste, wenn wir nach Wiesbaden gefahren sind. Warum sollte ich nicht mehr dort einkaufen?«

»Ich weiß ja, dass es hier nicht so schlimm ist mit den Juden. Jedenfalls nicht so schlimm wie in Berlin.«

»Und das weißt du, weil du schon so oft in Berlin warst?«

Mutter war streng mit ihm, und Henri seufzte laut. Es sei gewiss nicht gerecht, alle Juden über einen Kamm zu scheren, aber irgendwo müsse man ja anfangen. Ob sie sich nicht ein wenig zurückhalten könne? Am besten wäre es, wenn sie beide sich zurückhielten. Er sah nun auch Lotte an.

»Bis sich das alles beruhigt hat, müsst ihr die jüdischen Geschäfte einfach meiden. Lotte, du darfst dich nicht mehr ständig mit den Simonskindern sehen lassen. Das spricht sich herum und…«

Bevor Lotte ihm widersprechen konnte, fiel ihm Mutter scharf ins Wort.

»Es spricht sich auch herum, dass dem alten Herrn Feldmann das Herz stehen geblieben ist, als diese Schläger sein Geschäft zertrümmert und ihn bedroht haben. Die haben ihn auf dem Gewissen.«

Lotte stockte der Atem. Herr Feldmann lebte nicht mehr? Deshalb war Mutter so schweigsam gewesen, als sie aus Wiesbaden zurückgekommen war. Lotte versuchte sich nicht vorzustellen, wie liebevoll seine Hand immer über die Stoffe gestrichen hatte, wenn er sie auf dem schönen glattpolierten Holz des Schneidetisches ausgebreitet hatte. Sie versuchte, nicht an den blauen Stoff zu denken. Es schnürte ihr den Hals zu. Sie schwiegen alle drei.

»Woher willst du das wissen? Das ist linke Propaganda.«

»Seine Frau hat es mir erzählt.«

»Du warst bei seiner Frau?« Henri starrte Mutter entsetzt an. »Warum um Himmels willen warst du da?«

»Macht man plötzlich keine Kondolenzbesuche mehr bei alten Bekannten, die einem immer geholfen haben? Ist man nicht mehr loyal und höflich? Ich höre immer von Werten, von deutscher Ehre und Größe. Gehört das etwa nicht dazu, zu den guten, deutschen Werten?«

»Mutter, ich weiß, dass es oft die Falschen trifft, aber wir müssen jetzt an uns denken. Es wird alles gut, es wird sich alles zurechtrücken. Zum Wohle des großen Ganzen.«

Lotte war verwirrt. Sie bekam das alles nicht zusammen. Aber bestimmt hatte Henri recht. Es musste sich alles erst einmal zurechtrücken. Und diese Schlägertrupps, das musste wirklich aufhören. Bis dahin war es vielleicht tatsächlich besser, sich etwas zurückzuhalten, gerade in Wiesbaden. Aber zu den Simons würde sie ganz bestimmt weiterhin gehen. Zum Glück gab es hier bei ihnen im Ort ja niemanden, der so etwas machen würde. Der Pfarrer hatte erst letztens gepredigt, dass man als Christ dazu verpflichtet sei, allen Menschen zu helfen, weil alle Kinder Gottes waren, ganz egal, welchem Glauben sie folgten. Maria, die so gütig lächelte, wenn sie zu Bett ging, breitete ihren Mantel aus, damit alle Menschen darunter Schutz fanden. Alle.

Mutter sprach nie wieder über diesen Tag, aber sie verbrachte Stunden im Garten. Stunde um Stunde pflanzte sie um, schnitt zurück und widmete sich ihren Blumen, bis sie das schreckliche Erlebnis vergessen konnte und sich einfach nur noch an ihrem Garten erfreute. Auch als sie wenige Tage später in der Zeitung davon lasen, dass Bücher verbrannt wurden, weil sie angeblich krank und undeutsch sein sollten, verlor Mutter kein Wort darüber. Stattdessen säte sie noch ein Streifen mit Zinnien aus, in allen Farben, und Ringelblumen und Löwenmäulchen dazwischen.

»Was meinst du, sollen wir noch einen Kranz von Kapuzinerkresse drum herumsetzen?«

Sie schaute Lotte grübelnd an und runzelte die Stirn. Als ob diese Frage im Moment das wichtigste Problem war, das gelöst werden musste. Und Lotte nickte und half ihrer Mutter, indem sie feinen Sand über die kleinen Samenkörner streute, damit sie nicht austrockneten und die Vögel sie nicht wegpickten.

Seit sie mit der Schule fertig war, half Charlotte ihrer Mutter jeden Tag im Atelier. Sie übernahm all die kleinen Arbeiten, die sie bereits alleine bewältigen konnte, und Mutter brachte ihr immer wieder etwas Neues bei. Sie ergänzten sich gut. Denn während Mutter Entwürfe machte oder Kundinnen beriet, die für ein speziell von ihr maßgeschneidertes Kleid vorbeikamen, stickte Lotte fein säuberlich Knopflöcher, bezog Knöpfe und nähte sie an. Sie lernte blind zu versäumen und saß, sooft es ging, an der Nähmaschine, um alle Arten von Nähten zu üben. Zuerst die schnurgeraden, die immer irgendwelche Kurven schlagen wollten, dann die geschwungenen Nähte, die seltsam starr und eckig blieben, und die Ziernähte, die besonders schön werden mussten. Sie nähte Puppenkleider für Ännchen, neue Schürzen für Mutter und für sich selbst, und auch noch eine hübsche Schürze für Dorle und für Henriette. Wenn sie am Ende eines Tages sehen konnte, was sie gefertigt hatte, erfüllte sie das mit Freude. Genauso gefiel es ihr, zusammen mit ihrer Mutter im Atelier vor sich hin zu werkeln. Lotte liebte es, wenn ihre Mutter Geschichten von früher erzählte. Wie sie ganz zu Anfang drüben im Haus in der guten Stube die ersten Kundinnen bewirtet und beraten, alles entworfen und genäht hatten. Anproben und Änderungen hatten dort auf engstem Raum stattgefunden, selbst die Stoffe hatten sie dort gelagert. Nachdem sie das Atelier gebaut hatten, weil ihre Kleider in Wiesbaden und über Wiesbaden hinaus berühmt geworden waren, hatten sie endlich Schneiderinnen einstellen können. Sie schaute auf und sah sich im Atelier um.

»Damals war so viel los hier. Als wärst du in einen Taubenschlag geraten, drei bis vier schnatternde junge Frauen und dein Vater und ich dazwischen, und dann noch die klappernden Nähmaschinen. Und im Sommer standen alle Fenster offen, und wir haben auf der Terrasse alle zusammen Mittag gemacht.«

Versonnen blickte sie über die Terrasse in den Garten.

»Vielleicht wird es ja wieder so wie früher? Wenn es jetzt wieder bergauf geht mit der Wirtschaft, dann kommen all deine reichen Kundinnen zurück, und wir stellen auch noch jemanden ein, und es geht wieder rund.«

Das war eine schöne Vorstellung, an der sich Lotte gerne besonders dann festhielt, wenn Mutter wieder ihre stilleren Tage hatte, an denen sie kaum sprach und ihren Gedanken nachhing. Tage, an denen Lotte das Gefühl hatte, besser ganz leise zu sein und unbemerkt vor sich hin zu arbeiten. Das waren die Tage, an denen sie oft früher verschwand, um die Simons zu besuchen und von Dorle, Ännchen und ihrem kleinen Hänschen angestrahlt zu werden. Sobald er sie nur hörte, rannte er schon auf sie zu und wollte auf ihren Schoß, lehnte sich zufrieden bei ihr an. Wenn sie das Gewicht seines Kopfes an ihrer Schulter spürte und er ihr vertrauensvoll alles erzählte, was ihm in den Sinn kam, dann fühlte sie sich selbst geborgen. Als würde nicht er sich an sie anlehnen, sondern sie sich an das kleine Kind.

Henriette hatte sie ebenfalls gebeten, nicht so oft zu den Juden zu gehen. Ihr Mann Toni war nun auch in der Partei, und Henriette fand, wenn man Deutschland helfen wolle, müsse man sich eben auch mit den deutschen Geschäften solidarisieren.

»Aber es ist doch ein deutsches Geschäft«, hatte Lotte geantwortet, und Henriette hatte die Achseln gezuckt. Das dachte sie wohl auch, aber Toni hatte ihr erklärt, dass es eben kein *richtig* deutsches Geschäft war, kein arisches Geschäft. Die Richters hatten schon immer bei der Konkurrenz eingekauft, das hatte Henriette seit der Ehe mit Toni Richter dann übernommen. Nur den Kaffee kaufte sie noch immer bei Rosenkrantz, weil er einfach besser war. Und alle Richters waren seitdem erstaunt und begeistert, wie gut Henriette Kaffee kochen konnte. Das war ihr kleines Geheimnis. Sie verriet keinem, dass es ganz einfach am Kaffee lag.

Lotte nickte nur, als Henriette das sagte. Das tat sie jetzt meistens. Dann musste sie nicht streiten, musste sich nicht rechtfertigen und hatte trotzdem das Gefühl, das Richtige zu tun. So machten es jetzt eigentlich auch die meisten. Man nickte. Das war am einfachsten. Bei den Gruppennachmittagen beim Bund deutscher Mädchen, zu dem Lotte jetzt auch gehörte, war es genauso. Manchmal nickte sie einfach, auch wenn sie anderer Meinung war. Aber besonders nach den ruhigen Tagen im Atelier genoss Lotte es sehr, unter Gleichaltrigen zu sein und zusammen mit den anderen zu kichern. Sie genoss es, dazuzugehören. Nach den ersten großen Aufregungen begann im Sommer alles wieder etwas normaler zu werden. Oder kam es ihr nur so vor, als wäre alles normal?

Als der Führer Wiesbaden besuchte und auf dem früheren Schlossplatz erschien, der jetzt nach ihm benannt worden war und Adolf-Hitler-Platz hieß, da war Lotte stolz, dass sie zusammen mit ihrer Mädchenschaft dort stand und Hitler grüßen durfte. Das war eben normal.

2007

Paula stapfte aufgebracht neben mir her. Die Unruhe in ihr war riesig, und sie musste sich bewegen. Wir liefen zusammen über Feldwege, und nach einer Weile merkte ich, dass es mir auch guttat, draußen zu sein und nach der farblosen Krankenhauswelt den Frühling zu spüren. Die windgekrümmten Schlehenhecken an den Feldrändern trugen schon zarte weiße Blütenschleier, und der Geruch aufbrechender Erde lag in der Luft. In Lerchenrod waren die Jahreszeiten so viel präsenter als in Frankfurt. In den Jahren, in denen ich hier bei Oma gelebt hatte, um während der Oberstufe und dem Abitur an einem Ort zu leben, anstatt meiner umhervagabundierenden Mutter nach Berlin zu folgen, hatte ich genau das gemocht und die Jahreszeiten erst richtig kennengelernt. Meine Oma hatte ich in dieser Zeit offenbar nicht kennengelernt. Dass mir das gar nicht aufgefallen war, irritierte mich. Die beruhigenden kleinen Routinen des Alltags, die sich täglich aufs Neue wiederholende Gegenwart hatte mir einfach gutgetan nach all den Umzügen und dem unregelmäßigen Leben, das ich mit Paula geführt hatte. Ich hatte nichts hinterfragt.

Paulas Schritte waren stumm und energisch. Sie hatte Omas

Gummistiefel angezogen, und jeder Schritt von ihr war wie ein Hammerschlag.

»Und ich hab's doch immer geahnt. Sie war ein Nazi! Meine Mutter fand Hitler gut, ich will überhaupt nichts mehr wissen, ich will es gar nicht mehr hören, was sie uns erzählen will. Sie hat ihr Leben lang darüber geschwiegen, dann soll sie jetzt damit weitermachen und den ganzen Mist für sich behalten. Stell dir das doch mal vor? Willst du wissen, was da jetzt alles noch kommt? Ich nicht.«

Sie lief mit großen Schritten weiter, und ich hatte Mühe, ihr zu folgen.

»Und wer dieser Muck ist, will ich auch nicht mehr wissen. Ein alter Nazifreund. Der sich nach Südamerika abgesetzt hat, wahrscheinlich. Selbst wenn er ihre große Liebe war, ich will überhaupt nichts davon hören!«

Ich wollte es hören. Alles. Auch wenn ich überrascht war. Als ob ich ein Buch aufgeschlagen hätte und eine ganz andere Geschichte erzählt bekam, als der Umschlag versprochen hatte. Etwas rührte mich an diesem stillen Mädchen, an der Lotte, die unter Sternen aus Stanniolpapier träumte. Das hätte auch ich sein können. Vielleicht war es das, was mich bewegte? Lottes Mutter Lisette war der Star in Paulas Kindheitserzählungen gewesen. Doch Lisette, die in ihrem grünen Seidenkleid die Mode revolutioniert hat und Frauen zu neuer Bewegungsfreiheit verholfen hat, schien ihrer Tochter nicht zur gleichen Freiheit verholfen zu haben. Ich fand es verrückt, dass Mütter etwas wollten für ihre Töchter und es dann genau dadurch verhinderten. Paula hatte auch so viel für mich gewollt, und ich hatte genau dadurch immer das Gefühl gehabt, zu versagen. Das beflügelte einen auch nicht gerade, wenn man die Enttäuschung spürte, die sich hinter dem gutgemeinten Lächeln verbarg. Ich glaube nicht, dass ich fähig wäre, es besser zu machen. Deshalb war es wahrscheinlich auch am besten, überhaupt keine Kinder zu bekommen. Die Gefahr, all das aufs Neue weiterzugeben, war viel zu groß.

Mit einer trauernden Mutter aufzuwachsen, war bestimmt nicht einfach gewesen für die kleine Lotte. Wahrscheinlich war es für Paula auch nicht leicht, diese Variante der Erzählung anzunehmen. Wenn man ein Leben lang von etwas überzeugt ist, nämlich, dass Lisette ein wundervoller Freigeist war, dann war es bestimmt schwer zu akzeptieren, dass sie auch problematische Seiten haben konnte.

Natürlich schreckte es mich genauso ab wie Paula, dass meine Oma den Nationalsozialismus anscheinend ganz gut gefunden hatte, aber im Gegensatz zu Paula war ich neugierig und wollte mit ihr darüber reden. Jeder hätte lieber Großeltern, die damals nicht mitgelaufen waren oder, noch schlimmer, aktiv mitgemacht haben. Aber irgendwo müssen sie ja gewesen sein, all diejenigen, die an die Nazis geglaubt haben, und im Zweifelsfall waren es dann eben unsere Großeltern. Natürlich wäre es großartig, eine Heldengeschichte in der eigenen Familie zu haben. Aber wenn jeder eine beeindruckende Widerstandsgeschichte in der eigenen Familie hätte, wäre es wahrscheinlich nie zu zwölf Jahren menschenverachtender Diktatur und sechs Jahren Weltkrieg, Konzentrationslagern und Massenvernichtung von Juden und Andersdenkenden gekommen. Dann könnten wir alle zusammen stolz sein auf unsere Vorfahren, die durch ihren mutigen Einsatz all das verhindert hätten. Nicht nur die Nachkommen der Stauffenbergs, Moltkes oder derjenigen, in deren Familien jemand zur Weißen Rose oder zur Roten Kapelle gehört hatte oder in der Résistance aktiv war. Nicht nur die wenigen könnten stolz sein, sondern wir alle. Wir waren aber kein Land des Widerstands. Wir waren Menschen, deren Vorfahren sich offenbar nicht genug gewehrt hatten. Aus welchen Gründen auch immer. Aber genau das wollte ich erfahren. Ich hatte mich außerhalb des Schulunterrichts höchstens noch durch das Lesen einiger Romane, die in der Zeit spielten, mit dem Nationalsozialismus beschäftigt. Aber das war es dann auch gewesen. Natürlich kannte ich die Bilder, die zu den Jahrestagen gezeigt wurden, las die Artikel in den Zeitungen zum 20. Juni, 9. November, 1. September und zum 8. Mai. Mit diesen Daten und den dazugehörigen Bildern war ich aufgewachsen, aber ich wusste nicht, was meine Oma an diesen Tagen gemacht hatte. Sie hatte es nie erzählt, ich hatte nie gefragt. Ich ahnte, dass wir jetzt nicht darum herumkommen würden, mit meiner Oma in diese Zeit einzutauchen. Wir waren Töchter unserer Mütter, und wir waren Kinder unserer Zeit.

Mit Paula war an diesem Tag nicht mehr zu reden. Sie schwieg viel und überlegte sogar, zurück nach Berlin zu fahren und erst am nächsten Wochenende wiederzukommen. Als ich sie bat zu bleiben, bis wir wüssten, was mit Oma ist, seufzte sie abgrundtief.

»Was ist denn jetzt so schlimm daran, sie ist deine Mutter?«

»Ich weiß ja«, sagte sie und versank wieder in Schweigen.

Später fuhren wir in den Nachbarort, wo es eine ganz gute Pizzeria gab, wir bestellten Rotwein und zwei Pizzen. Als der Wein kam, drehte Paula das Glas in der Hand.

»Jetzt hat sie uns so viel erzählt, und trotzdem wissen wir weniger als zuvor, oder? Ich dachte, wenn sie wirklich mal anfängt, etwas von sich zu erzählen, irgendetwas, irgendwann, dann werde ich endlich schlauer aus ihr. Und jetzt? Es tauchen immer mehr Fragezeichen auf! Warum trinkt sie Henris Wein nicht? Warum steht der Keller voll davon, und sie tut so, als hätte es ihren Bruder nie gegeben?«

Sie schüttelte den Kopf und trank einen großen Schluck. Wir hatten einen guten Griff gemacht, der Montepulciano war in Ordnung.

»Kannst du fahren?«

Ich nickte. Paula schien heute etwas mehr Rotwein zu brauchen, denn sie bestellte schon das nächste Glas.

»Und das Nähen! Warum hat sie immer steif und fest behauptet, nicht nähen zu können? Sie hat es auch noch bei ihrer Mutter gelernt! Ich verstehe überhaupt nichts mehr.«

Oma hatte tatsächlich immer behauptet, sie könnte nicht nähen, dazu hätte sie keine Geduld. Das war wirklich seltsam.

Paula seufzte, und wir schwiegen beide in unsere eigenen Gedanken versunken, bis die Pizza kam. Und auch dann aßen wir die ersten Stücke schweigend.

»Weißt du, was mir einfach nicht aus dem Kopf geht?«

Paula wischte sich die Finger an ihrer Serviette ab und suchte nach Worten.

»Wie sie von dem kleinen Hans erzählt hat. Und Ännchen. So liebevoll habe ich sie noch nie von jemandem sprechen hören. Und dass sie so ein Talent für Kinder hatte, dass sie bei ihr so ruhig wurden, dass sie sogar Kinderschwester werden wollte.«

Sie verstummte und trank noch einen Schluck Wein.

»Und ich kann mich an keinen Moment erinnern, in dem sie mal so zu mir gewesen wäre. Sie hatte keine … Wärme, sie war niemand, der mich in den Arm nahm, wenn ich Kummer hatte. Mich hat sie nicht halb, nein, nicht viertel so umsorgt wie ihr Hänschen. Ich bin richtig eifersüchtig auf diesen Jungen. Verrückt, oder? Zu dir war sie auch immer viel herzlicher als zu mir. Das hat mich gerührt, damals. Aber dieses Hänschen. Wir wissen ja gar nicht, ob er das überhaupt überlebt hat. Und trotzdem bin ich eifersüchtig. Das ist schon absurd.«

Sie stellte das Glas ab und säbelte weiter an ihrer Pizza. Sie hatte recht. Oma war niemand zum Kuscheln, keine, die ihr Enkelkind ständig beschmuste und küsste. Wenn ich sie umarmte, klopfte sie mir auf den Rücken oder tätschelte mir die Hand. Es war immer liebevoll gemeint, wirkte aber oft unbeholfen. Das schien einmal anders gewesen zu sein.

»Der kleine Hans war ja nicht ihr Kind, den konnte sie verwöhnen, dich musste sie erziehen. Außerdem war sie doch eigentlich selbst noch ein Kind, ein trauriges Mädchen. Ich glaube, die Kinder haben sie getröstet. Für das, was ihr gefehlt hat.«

»Ich hätte nie gedacht, dass einem etwas fehlen kann, wenn man mit einer Mutter wie Lisette aufwächst.«

Wir gingen beide früh zu Bett. Ich kuschelte mich unter die Decke, unter der ich zusammen mit Lukas gelegen hatte, und schrieb ihm, dass ich ihn vermisste. Denn ich vermisste seine Wärme wirklich. Eine halbe Stunde lang schrieben wir uns noch Nachrichten hin und her, und es machte mich jedes Mal richtig glücklich, wenn mein Handy aufleuchtete, weil wieder eine Nachricht von ihm ankam. Weil es bis in mein Herz leuchtete.

»Paula ist nicht mitgekommen?«

Oma schaute mich mit ihren blauen Augen an, und ich glaubte, Enttäuschung darin zu erkennen. Ich zögerte kurz, bevor ich log, dass wir einiges zu organisieren hatten, damit wir noch hierbleiben konnten.

»Paula hat Termine und muss telefonieren, wie sie das jetzt alles hinbekommt, weißt du. Und ich muss auch nach Frankfurt ins Büro, aber ich komme natürlich, so schnell ich kann, wieder.«

Dass Paula sogar am liebsten morgen gleich wieder nach Berlin fahren wollte, das konnte sie ihrer Mutter allerdings auch selbst sagen. Ich weigerte mich, die Überbringerin schlechter Nachrichten für Oma zu sein.

»Hab ich euch alles durcheinandergebracht, hm?« Sie drückte meine Hand. »Ich habe es mir schon gedacht, dass sie heute nicht kommt. Es gefällt ihr nicht, wie ich von damals geredet habe. Ich weiß das.«

Sie erwartete keine Antwort, es war eine Feststellung.

»Es ist nicht einfach, das zu beschreiben. Als das anfing damals, mit dem Nationalsozialismus, da war man nicht hundert Prozent dafür oder dagegen. Wenn man heute zurückschaut, sieht es so aus, als hätte man das exakt einteilen können, aber das war viel verschwommener. Später war das vielleicht anders, aber anfangs gab es keine scharfe Trennung. Man fand etwas richtig, und man fand etwas falsch. Die einen waren eher dafür, die anderen eher dagegen Es war halt etwas Neues. Etwas anderes, etwas, das alle mehr oder weniger ergriffen hat, und man wollte dazugehören. Man dachte ja auch immer, man könnte seine Meinung wieder ändern. Aber als man gemerkt hat, dass das gar nicht mehr ging, war es zu spät …«

»Aber Lisette war eher dagegen, von Anfang an, oder?«

»Meine Mutter war immer gegen Gleichmacherei. Ganz grundsätzlich. Sie hatte ihr eigenes Programm, keine Partei konnte es ihr recht machen. Bei den Kommunisten gefiel ihr eine Sache, bei den Nationalisten eine andere, und in der Religion war es genauso. Sie war ja kein Heidenkind, aber sie hatten auch in wilder Ehe gelebt, Himmel, das war schlimm damals für mich, als Bankert, im Dorf. Sie fand es aber nicht schlimm. Für sie war es richtig. Sie hat es sich ja auch so ausgesucht. Ich nicht.«

»Ein Freigeist.«

»Wenn sie nicht einsah, warum, hat sie Vorschriften nicht befolgt, egal, wer sie gemacht hat. Und davon gab es ja gleich viele. Sehr viele! Deshalb war sie vielleicht früher misstrauisch als andere. Aber hintenraus … na ja, sie hatte halt ihren Garten. Und ihre Entwürfe. Das war eine heile Welt, die hat sie immer wieder gerettet.«

Sanft strich sie über meine Hand, ohne es zu merken.

»Weißt du, für mich war das erst mal schön. Sie haben ja gesagt, alle sind gleich wichtig und dass wir zusammen eine neue

Zukunft aufbauen können. Glaub nicht, dass ich mich nicht schäme dafür, und auch damals habe ich mich schon geschämt. Irgendwann konnte ich es besser überblicken. Wahrscheinlich hätte ich es schneller verstehen können, was sich da anbahnte. Aber ich habe lange geglaubt, dass das doch nicht sein kann, dass sie die Juden so systematisch verfolgten. Und alle anderen, die nicht in das System passten. Wenn die Simons erzählt haben, dass Freunde auswandern, dreiunddreißig war das, da dachte ich, jetzt übertreiben sie aber.«

Omas Blick war schmerzlich.

»Das Schlimme war ja, dass Dorle den Laden so schön gemacht hatte. Ein richtiges Schmuckstück. Aber da steckte eben auch das ganze Geld drin. Die Männer wollten weg, die Frauen wollten bleiben. Die wollten ihr schönes Zuhause behalten. Sie haben gedacht, das legt sich doch wieder. Und mit den Bekannten von den Simons, das war auch traurig.«

Großmutters Hand wischte immer wieder über die glatte Bettdecke, als ob sie irgendwelche unsichtbaren Fussel wegwischen wollte.

»Die hatten alles verkauft, was sie besaßen, und mussten sehr hohe Steuern bezahlen. Fluchtsteuer, stell dir mal vor. Da musste man dafür bezahlen, dass sie einen rauslassen. Das wollte Dorle alles nicht. Sie war so stolz auf den Laden.«

Stockend erzählte Oma weiter. Es strengte sie an, so viel zu sprechen. Dass es noch schwieriger wurde, als Dorles Mutter erkrankte, dass die nichtarischen Patienten irgendwann keine Ärzte mehr hatten, weil die arischen Ärzte sie nicht behandeln wollten oder durften, und den jüdischen Ärzten war die Erlaubnis entzogen worden zu behandeln. Der armen alten Frau Rosenkrantz war es gar nicht gutgegangen, irgendwas mit den Nieren oder dem Herz, sie wusste es nicht genau, aber nein, sagte sie, es war nicht gut, und sie lag viel im Bett, wie sollte man da an Ausreise denken?

Oma schloss die Augen, und ich traute mich nicht zu fragen, was aus den Simons geworden war, ich wollte es gar nicht wissen.

»Müde«, murmelte sie, und der Griff ihrer Hand wurde weicher. Es strengte sie an, sich zu erinnern.

»Ich hole uns Kuchen in der Cafeteria«, flüsterte ich, und dass ich gleich wieder da sei. Sie solle einfach ein Weilchen schlafen, ich würde warten.

Als ich mit dem Streuselkuchen zurückkam, schlief sie noch. Ohne das Leuchten ihrer blauen Augen, das sie zusammen mit ihrem blonden Haar viel jünger machte, sah man ihre dünne knittrige Haut, sah man ihr Alter. Meist glaubte niemand meiner neunzigjährigen Großmutter, dass ihr weizengelbes Blond natürlich war. Nur die vereinzelten Silberfäden, die es erst seit einigen Jahren durchzogen, bewiesen, dass hier nicht gefärbt wurde.

Ich pickte ein paar Butterstreusel vom Kuchen und dachte an die Simons und wie schwer es gewesen sein musste, den Zeitpunkt zu erkennen, an dem man hätte handeln müssen. Wie schwer musste das sein, ein Leben, das man liebte, einfach einzupacken und in eine fremde, ungewisse Zukunft zu gehen, in ein fremdes Land. Im Nachhinein hat man leicht reden. Wärt ihr lieber mal alle gegangen, will man ihnen zurufen. Und ich erinnerte mich sogar an einen Geschichtslehrer, der uns das Märchen vom duldsamen Juden erzählt hatte, der das alles einfach hinnahm wie ein unabwendbares Schicksal. Als ob sich irgendjemand hätte wehren können. Was hätte Salomon Feldmann denn machen sollen, als sie seinen Laden zerschlugen? Von heute aus lässt sich Geschichte leicht beurteilen, weil man weiß, wie es weiterging. Aber wie sicher konnte man damals die Zeichen deuten? Herrn Feldmann hatte es getroffen, aber den Herrn Steiner nebenan nicht. Und dann war es vielleicht naheliegend zu hoffen, dass man doch eher zu den Steiners gehörte und schon nichts passieren würde. Zu hoffen war so viel einfacher, weil es keine Handlung erforderte. Wenn ich versuchte mir vorzustellen, was ich getan hätte, kam ich zu keiner Lösung. Lisette pflanzte Blumen. Wer weiß, was ich gemacht hätte, hätte ich einen Garten gehabt.

Paula saß in der Küche und grübelte. Sie hatte es nicht über sich gebracht, zusammen mit Maya ins Krankenhaus zu fahren. Natürlich fühlte sie sich deshalb schlecht. Ihrer Mutter ging es nicht gut, und sie ließ Maya auch noch alleine damit. Aber sie hatte das Gefühl, noch nicht bereit dazu sein, mehr von der Vergangenheit zu hören. Es hatte viele Zeiten gegeben in ihrem Leben, da hatte sie darauf gebrannt, etwas zu erfahren. Früher hatte sie ihre Mutter oft gefragt, was sie während des Krieges gemacht hatte, was sie in diesen Jahren erlebt, gedacht, gefühlt hatte. Auf welcher Seite ihre Eltern gestanden hatten. Paula wusste nichts. Die Antworten waren ausweichend bis nichtssagend gewesen.

Sei froh, dass die Zeit vorbei ist.

Natürlich war sie froh, dass die Zeit vorbei war.

Es waren schwere Zeiten.

Ja, das glaubte sie sofort.

Ach, Kind …

Irgendwann hatte sie begonnen, das Schlimmste zu befürchten, und nicht mehr nachgefragt. Denn was hätte sie gemacht, wenn sie erfahren hätte, dass ihre Mutter mitgemacht hatte? Vielleicht als winzig kleines Rädchen in der Maschinerie des nationalsozialistischen Systems, aber eben doch als eines der vielen Rädchen, die den Laden am Laufen gehalten haben. Vielleicht hatte sie eine Führerinnenrolle beim BDM innegehabt und den jüngeren Mädchen erzählt, wie man ein gutes deutsches Mädel war, für den Führer. Vielleicht war sie deshalb in diesem seltsamen Vakuum aufgewachsen, weil ihre Mutter gar nicht wusste, wie man ein Mädchen erziehen kann, jenseits von Hitler und dem Vorbild des deutschen Prachtmädels, das sie offensichtlich selbst gewesen war? Blond und blauäugig und hochgewachsen. Vielleicht war sie auch nicht nur beim BDM gewesen, vielleicht war sie tiefer eingestiegen. Das System hatte viele Möglichkeiten der Beteiligung geboten. Und ihre Mutter kam aus dem Rheingau, wo in der Klinik auf dem Eichberg einer der wichtigsten Befürworter des Euthanasieprogramms gearbeitet hatte. Natürlich hatten dort viele junge Frauen aus der Region gearbeitet. Später gab es Außenlager der KZs, es gab Rüstungsindustrie, Zwangsarbeiterinnen, die beaufsichtigt werden mussten. Weil ihre Mutter nie von diesen Jahren gesprochen hatte, hatte Paula sich an den Gedanken gewöhnt, dass es wohl seinen Grund hatte und es dann auch für sie besser wäre, nichts zu wissen. Denn wie hätte sie reagiert?

Oh, interessant. Wie spannend, erzähl weiter, Mama?!

Sie war schließlich jemand, der aufstand und den Raum verließ, sobald nationalistische oder chauvinistische Sprüche gemacht wurden. Sie hasste jede Äußerung von Deutschtümelei, lange Zeit war sie richtiggehend allergisch gegen Trachten und alte Volkslieder gewesen, weil sie dahinter immer eine Art von Heimatliebe vermutet hatte, hinter deren Deckmantel oft genug Rassismus und Fremdenhass miteinander kuschelten. Und müsste sie dann auch konsequenterweise den Raum verlassen, wenn sie erführe, dass ihre Mutter ein Teil des menschenverachtenden Systems gewesen war? Aus Angst vor der Wahrheit hatte sie sich zur Komplizin des Schweigens gemacht. Daran knabberte sie jetzt. Denn sobald ein Komplize im Team begann auszupacken, betraf es alle. Maya war einfach neugierig, und sie wünschte, sie könnte genauso unbefangen damit umgehen wie ihre Tochter. Einfach neugierig sein auf das Leben ihrer Mutter. Aber Maya hatte nicht genau hier in der Küche in der bedrückenden Stille gesessen, die manchmal sogar bedrohlich geworden war, wenn ihr Vater auf den Tisch gehauen hatte, wenn sie des Tisches verwiesen und angebrüllt worden war, sie solle ihr freches Mundwerk halten, wenn von ihrer Mutter nur stumme, bittende Blicke als Antwort gekommen waren.

Was würde sie jetzt machen? Natürlich würde sie nicht mit ihrer neunzigjährigen Mutter brechen. Aber sie war unsicher, ob der kleine Frieden, den sie stillschweigend geschlossen hatten, andauern könnte. Paula wusste genau, dass sie nicht in der Lage sein würde, interessiert, neutral und gelassen zuzuhören. Sie kannte sich gut genug.

Ob sie wohl versuchen könnte zuzuhören, als wäre es die Geschichte von jemand ganz anderem? Von einer Frau, der sie im Zug gegenübersaß, ganz zufällig, die nichts mit ihr zu tun hatte. Da würde sie auch einfach interessiert zuhören.

Paula stand auf und räumte den Tisch ab, an dem sie zusammen etwas zu Mittag gegessen hatten, bevor Maya alleine ins Krankenhaus gefahren war. Es war schon seltsam. Sie aß eigentlich nie zu Mittag, genauso wenig wie Maya. Das Hauptessen des Tages fand bei ihnen beiden abends statt. Aber hier in Lerchenrod, wo immer zu Mittag gegessen wurde, regelmäßig, so wie alles regelmäßig stattfand, hatten sie beide um die Mittagszeit Hunger bekommen und sich ein paar schnelle Nudeln gekocht. Sie hatten gelacht, dass ein Hausgeist sie hungrig machte und für Ordnung sorgte, damit wie immer um zwölf Uhr das Essen auf dem Tisch stand. Gut, zwölf Uhr hatten sie nicht geschafft, es war schon fast zwei gewesen, bis sie fertig waren.

Sie dachte an die Mittagessen ihrer Kindheit. Von der Schule heimzukommen und schon draußen auf der Treppe den Duft des Mittagessens zu erschnuppern, gebratener Speck, Zwiebeln. Es hatte meistens deftig gerochen. Darin hatte sich die Liebe ihrer Mutter immer gezeigt. Nicht beim Kuscheln, nicht bei der Unterstützung, wenn der Vater einen seiner Anfälle bekommen hatte, nicht durch interessiertes Nachfragen, was sie erlebt hatte. Dass sie mit dem Notwendigen versorgt wurde, dass sie Essen bekam, das war der Ausdruck von Liebe gewesen. Und während sie das dachte, wurde ihr mit einem Schlag klar, dass es unmöglich sein würde, der Lebensgeschichte ihrer Mutter so zuzuhören wie der Geschichte einer fremden Frau in irgendeinem Zug. Denn der Unterschied war: Liebe. Sie wollte ihre Mutter lieben. So bedingungslos, wie sie ihre Tochter liebte, seit dem ersten Moment, in dem sie sie im Arm gehalten hatte. Paula traten Tränen in die Augen. Natürlich wusste sie, dass sie sich schon immer nach der Liebe ihrer Mutter gesehnt hatte. Aber jetzt spürte sie plötzlich, dass sie mit der gleichen Sehnsucht ihre Mutter lieben wollte. Sie wollte ihre Mutter lieben. Aber wie könnte sie sie lieben, wenn sie erfuhr, dass sie nicht nur ein schwacher, sondern vielleicht auch noch ein schlechter Mensch gewesen ist? Denn dieser Mensch hätte sich ja nicht verflüchtigt. Der würde ja noch immer in ihr stecken. Paula riss sich ein Stück von der Küchenrolle ab und putzte sich die Nase. Und wo war das Mädchen, das mit den Kindern der Simons so glücklich und ausdauernd gespielt und gekuschelt hatte?

Im Buffet im Wohnzimmer bewahrte ihre Mutter alle alten Fotos und Unterlagen auf. Neben den guten Weingläsern und dem guten Service mit dem Goldrand, die hier ungesehen und unbenutzt auf ihren seltenen Einsatz warteten, gab es ein

Fach, in dem zwei, drei alte, in ausgeblichenem Papier gebundene Fotoalben lagen, und eine Schachtel, in der sie alle losen Bilder sammelte. Paula stellte die Schachtel auf den Esstisch und legte die Alben daneben. Eines war von der Familie ihres Vaters, die Lerchenroder Familie, in die ihre Mutter hineingeheiratet hatte. Es gab nicht viele Bilder in diesem Album. Ein Fotograf war einmal im Jahr über Land gekommen, und manchmal hatte man Bilder bestellt, oft genug aber auch nicht. Dunkle Trachten, schwere Wollröcke, ernste Gesichter, die in die Kamera schauten. Das Lachen war hier gewiss nicht erfunden worden. Und das Posieren vor der Kamera auch nicht. *Nu mach ma hinne, das Vieh hat Hunger. Kann hier nicht ewig stehen, bis der Herr Fotograf fertig ist.* Die Kamera, das war etwas für eitle Gemüter, und eitel, oh, das war ein schlimmes Schimpfwort. Wer eitel war, der musste sich schämen. Wie sie diesen Sprung bloß bewältigt hatte? Vom Mädchen, das sich schämen musste, wenn es sang und sich im Spiegel betrachtete, zu einer Sängerin und Schauspielerin, die auf Bühne stand. Ja, sie hatte den Sprung gemacht. Aber sie wusste, dass die Verzweiflung, die sie befiel, wenn sie nicht gut war, genau daher rührte. Da steuerte sie auf die sechzig zu und pendelte innerlich immer noch zwischen Scham und Trotz.

Sie nahm Lisettes Album in die Hand, das ihre Mutter damals mitgenommen hatte, als sie zusammen das Haus im Rheingau ausgeräumt hatten, bevor sie es an die Nachbarn vermietet hatte. Natürlich war es mit Stoff bezogen. Ein bunter Stoff, vielleicht war er sogar handbedruckt? Auch in Lisettes Album gab es nicht viele Bilder. Man hatte ein Album für ein Leben. Wenn man das mit heute verglich! Für welche Bilder ihres Lebens würde sie sich wohl entscheiden, wenn sie nur ein einziges Album hätte? Dabei war sie noch nicht einmal jemand, der Bilder sammelte. Vielmehr hing sie an den Bildern, die sie in sich trug, die waren nicht starr, die waren lebendig. Augenblicke, die in ihrer Erinnerung immer wieder funkelten. Andererseits stellte sie sich oft die Frage, ob sie sich an mehr erinnern würde, wenn sie sich an den Bildern ihres Lebens entlanghangeln könnte? Vergaß man leichter? Bestimmt wäre es ihr nicht gelungen, Maya fast dreißig Jahre lang zu verschweigen, wer wirklich ihr Vater war und wie sehr sie ihn geliebt hatte, wenn es Fotografien gegeben hätte. Im gleichen Moment wurde ihr klar, dass sie hier nichts Neues finden würde. Ihre Mutter würde natürlich dafür gesorgt haben, dass hier nichts auftauchte, über das sie nicht reden wollte. Sie selbst hatte ja auch gut dafür gesorgt, dass kein Bild von Harry mehr existierte. Harry. Die Rose, die Maya ihr aus dem Strauß mitgebracht hatte, den er ihr zum Geburtstag geschickt hatte, öffnete langsam ihre Blüte. Er wollte sich melden, hatte Maya gesagt. Wie es wohl zu seinem Sinneswandel gekommen war? Er musste mit Liz geredet haben, anders konnte sie es sich nicht erklären. Liz hatte die ganze Zeit über von ihrer Schwangerschaft gewusst und Harry gegenüber verschwiegen, dass Paula ein Kind von ihm erwartete. Dass er Paula nicht mit einem Kind sitzenlassen würde, hatte Liz bestimmt geahnt. Wie man wohl mit diesem Wissen dreißig Jahre leben konnte? Ob Liz immer Angst gehabt hatte, dass es herauskommen könnte, oder ob sie es irgendwann vergessen hatte? Eigentlich würde sie sie gerne fragen: Was hast du dir eigentlich dabei gedacht?

Das war viel Vergangenheit, die sie hier plötzlich von allen Seiten einholte, und am liebsten wäre Paula losgerannt, um so viel Abstand wie möglich zwischen sich und all das zu bringen, was sie von hinten zu überholen drohte.

Beim Blättern durch das Fotoalbum stieß sie auf Bilder

von der Weinlese. Das war eine schwere Arbeit, vor allem an den steilen Hängen. Aber irgendwie sahen die Menschen auf den Bildern fröhlicher aus als die Lerchenroder bei der Kartoffelernte. Vielleicht dachten sie alle schon an das Ergebnis. Und allein das sorgte schon während der Lese für eine gewisse Weinseligkeit. Sie blätterte weiter durch das Album auf der Suche nach Bildern von ihrem Onkel Henri und dessen Weingut, fand aber keine. Und dann fiel es ihr plötzlich ein. Der Muck. Sie hatte dieses Wort schon einmal gehört. Es war ein Wort aus dem Rheingau, und es hatte irgendetwas mit Wein zu tun. Aber was es genau bedeutete, wusste sie nicht mehr. Sie stand auf, um nochmals in das Fach im Schrank zu schauen, aus dem sie die beiden Alben hervorgezogen hatte. Vielleicht würde sie noch irgendetwas finden, was ihrer Erinnerung auf die Sprünge half. Es gab einen Ordner mit Versicherungen und Rentensachen, den uralten Straßenatlas von Deutschland, der immer bei ihrem Vater hinten im Auto gelegen hatte und dessen Karten gut hundert Kilometer weiter östlich von Lerchenrod aufhörten. Ein Buch mit Sinnsprüchen. An das konnte sie sich auch noch erinnern. Das wurde hervorgeholt, wenn man Karten zu schreiben hatte und einem nichts Passendes einfiel. *Immer wenn du glaubst, es geht nicht mehr, kommt von irgendwo ein Lichtlein her.* Oder *Im Unglück ist die Erinnerung an das, was man zusammen erlebt hat, der beste Trost.* Das alte Gesangbuch ihrer Großmutter, die Hausbibel. Darunter fand sie ein Buch über Kindererziehung. Dass es so etwas hier gegeben hatte, überraschte sie. Hatte ihre Mutter das gelesen? Es war von 1949, wie sie feststellte, als sie es aufschlug, dem Jahr ihrer Geburt. Vielleicht hatte man es der jungen Mutter geschenkt. Bücher hatten in ihrem Elternhaus nie eine große Rolle gespielt. Aber diese Bücher hier wurden wie Versicherungspolicen zu den unbedingt aufzubewahrenden Unterlagen eines Lebens gezählt. Eigentlich wollte Paula nur kurz einmal hineinschauen, sie war ja auf der Suche danach, was das Wort Muck bedeutete. Aber dann las sie sich fest und schaute erst auf, als Maya vom Krankenhaus zurückkam. Erstaunt blickte sie auf die Uhr. Der Nachmittag war verflogen. Sie hatte das Buch fast durchgelesen.

»So wurde ich erzogen! Es ist unglaublich, wenn man das heute liest! Dieses Bild, das man von Kindern hatte, es ist zum Weinen. Hier, warte … Hier wird es beschrieben: Säuglinge soll man am besten nur anfassen, wenn man sie wickelt oder badet, sonst verwöhnt man sie. Nur nicht auf den Arm nehmen, bloß nicht herumtragen! Und wenn sie schreien, dann ist das nur gut. Eine Stunde ausdauerndes Schreien kräftigt nämlich die Lungen, und das ist ja allemal besser als die gefährliche Lungenentzündung. Also, liebe Mütter, lasst die Kinder schreien! Das tut ihnen gut.«

»Wie grausam«, sagte Maya, die sich zu Paula setzte und ihr zuhörte. »Eine Stunde? Steht da wirklich eine ganze Stunde? Das hält man doch überhaupt nicht aus.«

»Ja, deswegen soll man das Bettchen auch schön weit wegstellen, damit man es gar nicht hört. Nur nicht nachgeben. Nur nicht hochnehmen und kuscheln. Dann fordern sie das nämlich immer, diese kleinen Tyrannen, die wollen nur ihren Willen durchsetzen, und den gilt es unbedingt zu brechen. Und die Mütter, die nicht hart genug sind, werden zu Sklaven dieser kleinen Biester. Das ist das Bild, das hier vermittelt wird.«

»Und sie riskieren noch, dass sie krank werden. Was für ein schrecklicher Gedanke. Ein Kind ist ein Tyrann, wenn es kuscheln will?«

Paula nickte.

»Härte ist wichtiger als Liebe, und ganz schlimm, wirklich ganz, ganz schlimm ist Affenliebe.«

Affenliebe. Affen versorgten ihre Kleinen intuitiv, aber wenn eine Mutter intuitiv handelte, dann verzärtelte sie ihr Kind und es konnte nicht gedeihen. Weil ein Zuviel an Liebe ebenso schädlich war wie gar keine Liebe. Als ob es zu viel Liebe geben konnte! Man durfte dem Kind weder Wünsche erfüllen noch es bewundern oder loben, wenn es etwas richtig gemacht hatte. Weil es dann stolz wurde, eingebildet und hochnäsig.

»Deshalb hat niemand geklatscht, wenn du früher gesungen hast.«

Paula nickte nachdenklich.

»Wenn ich das lese, tue ich mir richtig leid. Ich kann nur hoffen, dass meine Mutter sich nicht an alles gehalten hat, was hier vorgeschrieben wird. Dass ich auch mal auf den Arm genommen wurde ...«

»Meinst du, Oma ist deshalb so ... so unverschmust? Weil es als schlecht galt?«

Paula zuckte die Achseln. Vielleicht war das der Grund. Vielleicht war ihre Erziehung auch besonders drastisch ausgefallen, weil sie ein Einzelkind war. Denn Einzelkinder, das hatte sie gerade gelesen, waren das Unnormalste überhaupt. Sie mussten am allerstrengsten erzogen werden, denn die Gefahr, sie zu verwöhnen, war so viel größer. Und aus verwöhnten Kindern wurden laut dieses Buches nervöse, überspannte, quengelige und tyrannische Wesen, die nichts taugten. Und eitel waren.

»Kein Wunder, dass ich mich immer geschämt habe, wenn etwas aus mir herauswollte, Töne, Gefühle, Geschichten ...«

Paula vermochte die Gefühle, die in ihr auf und ab wogten, nicht genau auseinanderzuhalten. Das kleine Kind, das sie einmal gewesen war und das noch immer in ihr steckte, das bedauerte sie ganz fürchterlich. Diese arme kleine Paula! Gleichzeitig war sie so wütend auf dieses Buch und auf ihre Mutter, die sich nicht auf ihren Instinkt, sondern auf solche Ratgeber verlassen hatte.

»Das sind alles noch Erziehungsmethoden von den Nazis, schwarze Pädagogik! So etwas hat das Kriegsende einfach überlebt. In den Köpfen hatte sich ja nichts geändert.«

Paula sah Maya an. »Ich war auch unsicher, als du auf die Welt gekommen bist. Wie man das richtig macht, wie man eine gute Mutter sein kann. Aber so ein Buch hätte ich doch in die Ecke gefeuert! Das hätte ich doch instinktiv erkannt, dass das Käse ist.«

Paula schüttelte den Kopf.

»Warum machen Mütter bloß so viele Fehler? Denkst du eigentlich an Kinder?«

»Das hast du mich noch nie gefragt.«

»Stimmt.«

Maya schaute Paula nachdenklich an.

»Als du so alt warst wie ich jetzt, da hattest du schon eine kleine zweijährige Maya. Ich denke manchmal, ich bin doch eigentlich genau in dem Alter, in dem man langsam mal Kinder bekommen müsste …«

»Aber?«

»Genau. Aber. Ich komme doch noch nicht mal mit mir selbst klar, wie soll ich denn dann mit einem Kind klarkommen?«

»Ich glaube, wenn das eine Bedingung wäre, dass jede Frau, die ein Kind bekommen will, erst mal gut mit sich selbst klarkommen muss, würde die Menschheit aussterben.«

»Und ich habe keine Ahnung, wie man alles richtig macht.

Wie würde man überhaupt merken, dass ein Kind Hunger hat oder warum es weint? Außerdem braucht es ja auch eine Beziehung.«

»Lukas?«

»Lukas ist toll. Aber ich weiß doch gar nicht, wie das überhaupt weitergeht mit uns. Wir sind ganz verliebt gewesen, einen Tag lang, und sind es wahrscheinlich immer noch, aber wer weiß denn, wie lange das hält.«

»Das weiß man nie. Das stimmt.«

»Und du sagst jetzt wahrscheinlich gleich: *Ach, Maya, sei doch mal ein bisschen mutig!* Manchmal denke ich, wenn ich schon als Frau zur Welt gekommen bin, dann wäre es ja auch schön, diese Erfahrung zu machen, aber … wie schon gesagt. Aber.«

Aber. Maya dachte immer so viel nach. So viele Gedanken. So viele Aber. Was wäre wohl aus ihr, Paula, geworden, wenn sie sich jemals so viele Gedanken gemacht hätte wie ihre Tochter? Ob sie überhaupt eine Tochter hätte? Sie schaute Maya an, diese schöne junge Frau, so vertraut und gleichzeitig in vielem so fremd. Sie wünschte es ihr so sehr, dass sie doch einfach mal aufs Leben zulaufen würde, um es beim Schopf zu packen.

1934

Nachmittags wurde es richtig warm in den Weinbergen. Lotte zog ihren Wollpullover aus und band ihn sich um die Hüften. Wenn zur Lese die Sonne schien, dann war das die schönste Zeit im ganzen Jahr. Niemand im Dorf ging jetzt in die Schule oder seiner normalen Arbeit nach. Im Wingert wurden alle gebraucht, und jeder half dabei mit. Alles war anders und besonders.

Lotte liebte den Geruch dieser Tage. Es roch nach Laub, nach Traubensaft und vergorenen Beeren, nach taunassem Gras, das mittags in der Sonne trocknete, und nach feuchten Wollpullovern. Der Weinlesegeruch gehörte dazu wie die nassen Lederstiefel und die schmerzenden Hände. In der Früh waren die Finger klamm und kalt, mittags waren sie warm, und wo die Schere an den Fingern rieb, bildeten sich abends Blasen. Nach ein paar Tagen hatten alle Pflaster an den Händen und konnten die Finger kaum noch strecken. Aber das gehörte genauso zur Lese dazu wie das bunte Weinlaub, die Sonne über dem Rheintal und die schnatternden Freundinnen in den Reihen. Mittags rief eine Trompete sie zum Essen, und alle Pflücker versammelten sich an den Tischen, die im Weinberg aufgebaut wurden. Es gab Brot und Käse, heißen Pfefferminztee und Blechkuchen, und Lotte fand, dass kein Essen so gut schmeckte wie das Essen im Weinberg.

Henri war zum Herbsten nach Hause gekommen. Sein Arbeitsdienstjahr war vorbei, und die Kursisten der Weinbauschule waren während der gesamten Weinlese vom Unterricht freigestellt. Er sah gut aus, wenn er mit kräftigen Schritten und der Kippe auf dem Rücken zwischen den Reihen auf und ab stieg, und sie konnte ganz genau erkennen, dass nicht nur Hanne oder Rosi hofften, dass er es wäre, der zu ihnen käme, um ihr Büttchen zu leeren. Es gab etliche Mädchen, die jetzt ihre Gesellschaft suchten, weil sie die Schwester von Henri war, und Lotte genoss diese neue Aufmerksamkeit.

Am letzten Tag der Lese gab es den traditionellen Tanz in der Winzerhalle. So müde sie auch waren und sosehr die Beine schmerzten, so sehr wollten sie doch alle ausgelassen durch die Halle walzern. Die Vorfreude hielt sie besonders in den Nachmittagsstunden des letzten Tages der Lese aufrecht. Aber noch etwas anderes sorgte an diesem Tag für Aufregung. Denn am Ende der Weinlese wurde der Herbstmuck gekürt. Schon seit sie ein kleines Mädchen war, träumte Lotte davon, einmal im Leben der Herbstmuck zu sein und geschmückt mit Blumen und Weinlaub auf dem letzten Wagen ins Dorf zu rollen. Das war ihr Traum, seit sie denken konnte. Wenn die Büttchen der Leserinnen fast alle geleert waren und die Männer begannen, ihre Kippen abzusetzen, legten die Frauen ihre Arbeit nieder und versammelten sich am Erntewagen. Dann wurde es spannend im Weinberg. Die ein, zwei Burschen, die noch die restlichen Trauben aus den Büttchen der jungen Frauen in ihre Kippen leerten, wurden dann nicht mehr aus den Augen gelassen. Genauso wenig wie der Trompeter, der dann irgendwann mit seinem Instrument in der Hand neben dem Wagen wartete. Während alle tagelang so schnell gearbeitet hatten, wie sie nur konnten, wurden dann plötzlich alle immer langsamer. Spielten mit der Schere, schauten, wie viel Trauben sie noch vor sich hatten, wie viel Trauben die anderen noch vor sich hatten. Denn diejenige, die gerade die letzte Traube schnitt, wenn die Trompete das Ende der Lese verkündete, wurde der Herbstmuck. Sosehr Lotte es auch immer versucht hatte, den richtigen Moment abzupassen, es war ihr noch nie gelungen.

Lotte sah sich um, wie weit sie eigentlich waren. Die älteren Frauen begannen, die Ochsen, die den Wagen zogen, mit Weinlaub zu schmücken. Den Wagen verzierten sie ebenfalls, und auch den Umhang, den der Muck tragen würde, schmückten sie mit buntem Laub. Für den Kranz, mit dem der Muck gekrönt werden sollte, flochten sie Blumen zwischen das Weinlaub. Wie jedes Jahr strengte Lotte sich an, besonders langsam zu sein. Sie überlegte, eine Rebe einfach hängen zu lassen und dann so lange nur noch so zu tun, als ob sie erntete, bis sie sehen konnte, wie der Trompeter sein Instrument ansetzte. Dann würde sie schneiden. Aber sie wusste auch, wenn alle das so machen würden, dann würde man warten bis in die Dunkelheit und niemals fertig werden, und niemand wäre die Letzte. So schnitten sie alle langsam weiter, schielten immer wieder zu dem Trompeter hin. Alle, außer den jungen Frauen und Mädchen, hatten nun schon ihre Scheren beiseitegelegt, saßen im Gras oder lehnten am Wagen, während die letzten Büttchen geleert wurden.

Es konnte nicht mehr lange dauern. Lotte versuchte, überall gleichzeitig hinzuschauen. Zu den anderen Mädchen, zu dem Trompeter, zu der Rebe, die sie schneiden wollte. Käthe, die neben ihr in der Reihe stand, lächelte die ganze Zeit und wurde auch immer langsamer. Lotte sah, dass in Käthes Rebstock schon gar keine Trauben mehr waren, die sie schneiden könnte. Ach, es würde doch nicht klappen, und es war ja auch egal. Hauptsache, sie könnte den ganzen Abend tanzen. Denn wenn sie etwas liebte, dann war es das Tanzen. Wenn Lotte tanzte, war sie nicht mehr groß und schlaksig oder ungelenk, dann war sie keine Bohnenstange mehr, dann war sie Musik und Schwung. Sie dachte an den Abend, machte einen Schnitt, und plötzlich erklang der Ton, hell und durchdringend. Vor Schreck fiel Lotte die Traube aus der Hand. Käthe riss ihren Arm hoch und rief laut: »Wir haben den Muck! Unsere Lotte ist der Muck!«

Ungläubig sah sie sich um. War das wahr? Sollte sie dieses Jahr wirklich der Muck sein? Sie konnte es nicht fassen. Es war so schön, es war so unwirklich schön wie ein Traum unter ihren Stanniolsternen, und sie hatte Bange, jeden Moment zu erwachen. Doch Henri, der sich dieses Jahr die Trompete geschnappt und geblasen hatte, kam auf sie zugerannt und wirbelte sie im Kreis, ließ sie gar nicht mehr los und schleppte sie theatralisch keuchend den Hang hinauf. Wie in Trance ließ sie sich den grünen Umhang umbinden und den Kranz auf den Kopf setzen. Wie schwer er war, dieser Kranz aus Weinlaub und Reben, sie hielt den Kopf sehr aufrecht, damit er nicht verrutschte. Und dann saß sie auf dem geschmückten Wagen, und alle winkten ihr zu. Henri, Rosi und Käthe winkten und johlten, Hanne und die anderen Mädchen aus ihrer ehemaligen Klasse, aus dem BDM, die beiden Erichs, die gesamte Dorfjugend winkte, Henriette und Toni klatschten und jubelten ihr zu. Jetzt war es doch wahr geworden. Denn wenn sie träumen würde, dann könnte sie es doch sicher nicht riechen. Diesen intensiven Geruch der Trauben, der Geruch von Most und gegorenen Früchten, der sich mit dem leicht herben Duft des welkenden Weinlaubs vermischte, den konnte man nur hier oben auf dem Wagen riechen. Den konnte man sich nicht erträumen. Wie eine Königin thronte Lotte auf dem letzten Wagen. Und alle, an denen sie auf dem Weg ins Dorf vorbeikamen, winkten ihr zu, und sie winkte strahlend zurück. Sie war der Herbstmuck.

Jeder wollte mit ihr tanzen. Lotte trank nur wenige Schlucke von dem Wein aus dem großen, goldenen Römerglas, das traditionell für den Muck gefüllt wurde, aber Henri ließ es sich dafür ganz gut aus ihrem Glas schmecken. Sie brauchte keinen Wein. Auch ohne das Getränk war ihr schwindelig, war sie berauscht vor Glück. Nach dem üppigen Essen, das an langen Bänken und Tischen im Hof des Weinguts aufgetischt worden war, begann der Tanz. Der erste Tanz gehörte natürlich Henri. Er hatte sie schließlich mit seinem Trompetensignal zum Herbstmuck gekrönt. Das Akkordeon spielte auf, der Fiedler fiedelte dazu, und Lotte lächelte glücklich, während Henri mit ihr über den Hof tanzte. Ihre Beine müssten eigentlich müde sein und bleischwer von der tagelangen Lese, dem stundenlangen Stehen, dem Bücken und Hocken. Aber ihre Müdigkeit verflog, sobald sie tanzte. Dann schienen ihre Füße zu schweben, dann wurde sie von der Musik gewiegt und fühlte sich leicht und sicher zu gleich.

»Ich will auch ein Muck sein!«

Hänschen hatte konzentriert zugehört, als sie ihm davon erzählte, und dann beschlossen, unbedingt auch ein Muck sein zu wollen.

»Nur Mädchen können das werden.« Dorle zuckte die Achseln, als sich sein Gesicht verdüsterte. »Das ist die Regel.«

»Nur Ännchen kann ein Muck sein?«

Dem Kleinen schossen die Tränen in die Augen.

Dorle lachte bitter. »Nein, das glaube ich nicht, dass Ännchen das jemals sein kann, mein Bobbele. Andere Mädchen, ja. Wir nicht. Wir gehören ja nirgends mehr dazu.«

»Es wird sich doch alles wieder ändern.« Lotte zog das unglückliche Hänschen auf ihren Schoß und versuchte ihn abzulenken. Dorle schien heute aber auch wieder einen sehr schwarzen Tag zu haben.

»Hoffen wir's, Lottchen, hoffen wir's.«

Sie saßen zusammen im Hinterzimmer und schauten in

den Laden, der jetzt öfter leer blieb und auch nicht mehr so viele Waren führte wie früher. Es gab eine treue Stammkundschaft, die weiterhin kam, aber es gab auch viele, die überhaupt nicht mehr bei Juden kaufen wollten und einen großen Bogen um den Laden machten.

»Vielleicht haben Vater und Wilhelm doch recht.« Dorle wirkte verloren, als sie dies sagte. »Vielleicht sollten wir wirklich verkaufen, zusammenpacken und weggehen. Irgendwohin, wo wir nicht verachtet werden. Aber, ach …«

Lotte wusste, wie sehr Dorle an dem Laden hing und wie schwer es ihr fiel, so etwas zu sagen. In diesem Moment hörten sie die Ladenglocke. Dorle sprang auf und versuchte, sich den sorgenvollen Blick aus dem Gesicht zu wischen, um die Kundschaft zu bedienen. Doch als sie hinter die Theke trat, war niemand da. Der Laden war leer. Es dauerte einen Moment, bis sie den Zettel auf dem Boden liegen sahen, den offensichtlich jemand hineingeworfen hatte. Und es dauerte noch einen weiteren langen Moment, bis Dorle sich überwinden konnte, hinzugehen und ihn aufzuheben. Sie schaute ihn an und warf ihn in den Müll.

»Was ist es denn?«, fragte Lotte und trat neben Dorle hinter die Theke.

»Belaste dich nicht damit, Lottchen.«

Damit straffte sie den Rücken und begann, die auf der Theke ausgestellten und bereits sehr ordentlich aufgeschichteten Schokoladen neu zu schichten. Als Dorle kurz darauf nach oben in die Wohnung über dem Laden ging, um etwas zu holen, eilte Charlotte zum Papierkorb und zog den zusammengeknüllten Zettel heraus. Sie schaute auf das Wort, das in großen Druckbuchstaben daraufstand. Ihr wurde heiß, und ihr Herz begann heftig zu pochen. Es war so gemein. Wie konnten Menschen nur so gemein sein? Sie schaute ihr Hänschen an. Er kniete auf dem Boden und spielte mit seinen Bauklötzen, die sie ihm hingelegt hatte. Immer, wenn sie umkippten, begann er von Neuem, sie aufeinanderzustapeln, unermüdlich. Ihr kleiner Liebling. Er war doch ein Kind wie alle anderen Kinder auch, warum sollte denn ausgerechnet er beschimpft werden? Sie hoffte, dass niemals jemand dieses Wort zu ihm sagen würde. Dass das Wort ganz verschwinden würde aus der Welt.

Im Garten hinter dem Geschäft flocht Lotte einen Kranz für Hänschen. Aus Weinlaub und kleinen Zweigen und allem, was dort jetzt im Oktober noch wuchs. Sie kniete sich vor ihm hin und setzte ihm den Kranz vorsichtig auf den Kopf.

»Und jetzt bist du auch ein Muck, und zwar *mein* Muck.«

Er schaute sie mit großen Augen an und zog sich den Kranz tief in die Stirn. »Für immer?«

»Für immer.«

»Dann musst du jetzt auch immer Muck zu mir sagen. Und nie mehr Hänschen.«

»Gut, mein kleiner Muck, dann hast du jetzt einen neuen Namen.«

Auf dem Weg nach Hause war ihr Herz schwer. Es durfte nicht sein, dass irgendjemand ihrem kleinen Muck dieses schreckliche Wort ins Gesicht sagte. Sie würde ihn davor beschützen. Niemals sollte ihr süßer kleiner Muck hören müssen, dass jemand *Judensau* zu ihm sagte.

In der Diele hing ein Spiegel, den einer von Mutters Künstlerfreunden einmal gefertigt hatte. Es handelte sich dabei vielmehr um ein Bild als um einen Spiegel. Bunte geschliffene Glasstücke und Stücke von Spiegelglas waren kunstvoll zusammengefügt worden, und wenn man davorstand und hineinschaute, konnte man sein Gesicht nie im Ganzen erkennen. Es schien wie in viele bunte Teile zersplittert. Lotte stand davor und sah ihren rechten Haaransatz, ihr linkes Auge, ihre rechte Wange und ihren linken Mundwinkel, und dazwischen spiegelte sich funkelndes Licht. Sobald sie sich bewegte, verschob sich alles. Was soeben noch sichtbar war, schien im bunten Glas zu verschwinden, andere Stellen tauchten dafür auf. Wer war sie, fragte sie sich. Sie fühlte sich genauso zusammengesetzt wie das Spiegelmosaik, das sie von sich sah. Der eine Ausschnitt hatte mit dem anderen nichts zu tun. Und dazwischen schwammen bunte Scherben, die gar nichts über sie aussagten. Wer war sie?

Sie war das deutsche blonde Prachtmädel, wie der große Erich sie immer nannte. Sie war Lotte im gutgelaunten Sextett mit Rosi und den beiden Erichs, mit Hanne und Henri. Sie war die treue Kameradin im Bund deutscher Mädel, die lernte, wie man als Mädchen einen wichtigen Beitrag für das Land leistete. Sie war Lotte, die schon lange nicht mehr in die katholische Jugendgruppe ging, weil sie aufgelöst worden war. Sie wurde bestimmt trotzdem von ihrer Maria beschützt, die seit früher Kindheit über ihrem Bett hing und den blauen Mantel ausbreitete. Sie war Lotte, die Kirchgängerin. Sie war die Freundin von Dorle und den Simons und den Rosenkrantzens, die sie unbedingt beschützen wollte vor allen Beschimpfungen. Sie war die pflichtbewusste Tochter, die mit ihrer Mutter zusammen im Atelier arbeitete, oft stundenlang schweigend, während jede von ihnen ihren eigenen Gedanken nachhing. Sie war die Tänzerin, die manchmal, auch heimlich, Melodien summte und dazu alleine tanzte, mit ausladenden mutigen Schritten, während sie sich vorstellte, dass es einen Tänzer geben würde, der sie im Arm hielt und sie sicher und kraftvoll übers Parkett wirbelte.

Wer war sie?

3

1935

Lotte musste den Griff ihres Schirmes mit beiden Händen umklammern, damit der Wind, der in kräftigen Böen über den Adolf-Hitler-Platz fegte, ihn nicht aus ihrer Hand riss. Hoffentlich brach er nicht entzwei, sie wollte schließlich halbwegs trocken zum Bahnhof kommen. Doch der Regen prasselte immer stärker, es war der reinste Wolkenbruch, der hier gerade über Wiesbadens Innenstadt niederging. Lotte konnte gar nicht mehr erkennen, wo sie war, und flüchtete sich in einen Hauseingang, in dem schon zwei, drei Menschen Schutz gesucht hatten und ihr Platz machten. Sie lächelte dankbar, klappte den Schirm vor sich zusammen und fuhr sich über die Haare. Es war sicher besser, hier abzuwarten, bevor sie noch klitschnass wurde. Das Wasser verwandelte die Straße in einen See, und Lotte bereute es bereits, die neuen Schuhe angezogen zu haben. Sie hatte einer Kundin zwei geänderte Röcke vorbeigebracht und sich darauf gefreut, noch ein wenig durch Wiesbaden zu flanieren und bei Kunder Ananastörtchen für Mutter einzukaufen.

In den Pfützen tanzten die Regentropfen. Es regnete jetzt so stark, dass sie selbst unter dem Dach allmählich nass wurde. »Ach«, hörte sie eine Stimme hinter sich sagen. »Wenn man nähen könnte, stell dir doch mal vor, man könnte hier arbeiten …«

Lotte drehte sich zu der Sprecherin um und bemerkte

erst jetzt, in welchen Hauseingang sie gelaufen war. Sie stand vor Meissner, einer der bekanntesten Maßschneidereien der Stadt. Und dann sah sie, dass die beiden jungen Frauen, deren Gespräch sie unfreiwillig mithörte, auf einen Zettel starrten, der seitlich im Fenster hing. *Näherin gesucht.*

Lotte vergaß den Regen, ja, sie bemerkte ihn gar nicht mehr. Sie konnte nähen. Sie könnte anfragen. Sie könnte sich hier und jetzt sofort bei Meissners vorstellen. War das nicht vielleicht Schicksal, dass der Regen sie genau hierher getrieben hatte? Sie schaute an sich herunter. Wie immer, wenn sie nach Wiesbaden fuhr, trug sie ein hübsches Kleid. Auch wenn Mutter immer meinte, sie könne doch mehr aus sich machen, und versuchte, ihr außergewöhnlichere Schnitte oder Farben nahezulegen, sie fand, dass sie allein durch ihre Größe und ihr hellblondes Haar schon genug auffiel, und kleidete sich lieber schlicht. Niemand sollte ihr noch einmal nachsagen, sie wäre ein Pfau.

Sie könnte sich jetzt für die Stelle vorstellen, so wie sie war. Aber es war ja Unsinn. Was würde Mutter dazu sagen? Oder Henri? Schließlich hatte sie eine Abmachung mit ihrem Bruder getroffen. Und sie konnte zwar nähen, aber eine Maßschneiderin war sie deshalb noch lange nicht. Es war Unsinn. In den Pfützen sprangen die Tropfen auf und nieder, wenn sie noch lange hier stehen musste, würde sie ihren Zug verpassen.

Der Platzregen endete so plötzlich, wie er gekommen war. Die Menschen, die mit ihr unter das Dach des Eingangs geflüchtet waren, gingen weiter, aber Lotte blieb noch einen Moment stehen. Sie trat näher an den Aushang und las immer wieder die wenigen Worte. *Näherin gesucht.* Näherin. Nicht fertige Maßschneiderin. Fragen könnte sie einmal. Sie zögerte. Meissners würden sie sowieso niemals einstellen, da brauchte sie es doch gar nicht erst zu probieren. Was für eine Schnapsidee das war. Gerade wollte sie sich abwenden und weitergehen, da öffnete einer der gutgekleideten Verkäufer die Tür.

»Wertes Fräulein, darf ich davon ausgehen, dass Sie die Stelle interessiert?«

Überrascht sah Lotte ihn an und stellte dann fest, dass nicht nur er, sondern anscheinend alle, die sich in dem elegant eingerichteten Verkaufsraum befanden, sie bereits die ganze Zeit beobachtet hatten. Sie wurde rot. So konzentriert hatte sie auf den Zettel gestarrt, dass sie gar nicht bemerkt hatte, dass hinter der Scheibe Menschen waren. Nun konnte sie nicht mehr zurück.

»Ja, tatsächlich«, antwortete sie zögernd. »Ich habe mich gefragt, welche Fertigkeiten man wohl vorweisen müsste.«

»Fräulein Beckmann, möchten Sie der jungen Dame alles erläutern?«

Er nahm ihr zuvorkommend den Schirm und den Mantel ab, und Lotte folgte Fräulein Beckmann durch den Laden und durch ein beeindruckendes Stofflager, an dessen Ende sich ihr Büro befand. Als Lotte ihren Namen nannte, wurde sie direkt gefragt, ob sie denn etwas mit dem Modeatelier Winter im Rheingau zu tun hätte.

»Und Ihre Mutter würde Sie gehen lassen?«

Lotte zögerte nur kurz, bevor sie log, dass ihre Mutter der Meinung war, dass man mehr kennenlernen müsse als den eigenen Betrieb. Gut, es war nicht direkt gelogen, es war sogar ganz bestimmt ihre Meinung. Im Allgemeinen. Nur leider hatten sie nicht darüber gesprochen. Fräulein Beckmann fragte kurz ab, welche Arbeiten sie im heimischen Atelier ausführte, nickte zufrieden und bot ihr die

Stelle an. Sie musste keine Zeugnisse vorweisen, keine Arbeitsprobe abgeben, die Stelle wurde ihr einfach angeboten. Weil sie die Tochter ihrer Mutter war. Wie seltsam es doch in der Welt zuging. Jahrelang war sie in ihrem Dorf genau aus diesem Grund gehänselt worden, und nun bekam sie deshalb eine gute Stelle. Als sie zögerte, runzelte ihre zukünftige Chefin die Stirn und erhöhte ihren Monatslohn um zehn Mark. Das war zwar beileibe nicht der Grund ihres Zögerns gewesen, aber ablehnen konnte sie nun erst recht nicht mehr. Beim anschließenden Gang durch die Arbeitsräume wurde Lotte ganz mulmig. In der großen Werkstatt arbeiteten über ein Dutzend Näherinnen, und über ein Dutzend Augenpaare sahen sie neugierig an. Was, wenn es ihr hier genauso erginge wie in der Schule? Unsicher schaute sie zum Fenster. Ob es auch hier so war, dass die beliebten und besten und schönsten Mädchen ihre Plätze am Fenster hatten?

Lotte sah von ihrer Näherei auf und merkte, dass ihre Mutter ihr zuschaute. Ob sie ihr ansah, was sie gemacht hatte?

Wie sollte sie ihrer Mutter bloß sagen, dass sie in Wiesbaden bei Meissner anfangen könnte? Wie würde sie reagieren? Ihr war recht bang zumute, dabei müsste sie sich eigentlich freuen. Stattdessen lag diese Zusage wie ein Stein auf ihr.

»Was ist denn?«, fragte Lotte. »Mache ich etwas falsch?«

Ihre Mutter schüttelte den Kopf, und Lotte bemerkte, dass ihre Mutter sie gar nicht angeschaut, vielmehr nachdenklich durch sie hindurchgeschaut hatte.

»Überhaupt nicht. Ich überlege gerade, wir sollten Elisabeth Dillmann einmal wieder einladen. Sie hat geschrieben.« Lisette schaute wieder auf den Stoff, den sie gerade säumte. »Sie hat Berufsverbot bekommen. Sie darf nicht mehr malen.«

Lotte schaute ihre Mutter betroffen an. »Aber warum denn das? Sie malt doch so schöne Bilder!«

»Den Herren von der Reichskulturkammer gefallen sie nicht. Sie sind ihnen zu undeutsch. Im Museum ist auch schon die ganze moderne Kunst ins Depot gewandert. Kirchhoff hat zum Glück vorher seine ganze Sammlung holen können. Man sagt, der neue Direktor habe dort gut aufgeräumt.«

Elisabeth Dillmann war eine alte Freundin von Lisette, eine Hofheimer Malerin, die ihr damals beim Aufbruch in ihr neues Leben geholfen hatte. Ein Bild von ihr hing in der guten Stube in einem schlichten Rahmen. Es zeigte Lisette als junge Frau, als sie so alt war wie Lotte jetzt. Sie saß an einem Tisch vor einem Fenster und zeichnete konzentriert. Ihr Haar flammte tiefdunkelrot, ihr Gesicht an der dem Fenster zugewandten Seite leuchtete rosa, die dem Fenster abgewandte Seite schimmerte lila. Und trotzdem sah es aus, wie ein Gesicht aussehen musste, und wirkte kein bisschen seltsam. Seit die Dillmann einen gewissen Ruhm erlangt hatte und ihre Werke in einigen Museen hingen, war das Bild Lisettes ganzer Stolz. Wenn wir mal in Not geraten, sagte sie oft, haben wir immer noch dieses Bild. Kirchhoff, der sich als Sammler und Mäzen in Wiesbaden einen Namen gemacht hatte, hatte ihr sogar ein Angebot dafür gemacht. Natürlich war klar, dass sie es niemals verkaufen würde. Genauso wenig wie etliche andere Bilder, die Lisette von befreundeten Künstlern und Künstlerinnen bekommen hatte, für die sie Kleider entworfen und gefertigt hatte. In den Zwanzigerjahren waren sie noch alle hier in ihrem Gartenatelier ein und aus gegangen. Doch seit der Wirtschaftskrise hatte sich der Kundenkreis verändert. Das Einkommen mancher ihrer alten Wegbegleiter war versiegt. Nur wenigen war es gelungen, weiterzumachen und auch in der nun neu entstehenden Gesellschaft ihren guten Ruf zu behalten. Lisette war froh über jede neue Kundschaft, froh, wieder individuelle Kleidung entwerfen zu können für Künstler und Schauspielerinnen, die plötzlich gefragt waren, weil sie die Gesichter einer neuen Zeit verkörperten. Und alle wollten schön gekleidet sein auf den Wiesbadener Bällen, die ja zum Glück wieder stattfanden.

»Diese Kunstseide!« Lisette stöhnte oft über das neue Gewebe, das gefragter war denn je und so schwierig zu verarbeiten. »Dieser Stoff und meine Ungeduld, das passt einfach nicht zusammen.«

Sie ließ ihre Arbeit sinken, und Lotte bot an, den Saum fertig zu machen. Lisette lächelte dankbar, schüttelte aber den Kopf.

»Jetzt habe ich es schon begonnen, da mache ich es auch fertig. Deine Geduld hätte ich manchmal gerne. Wie war es denn in Wiesbaden?«

Lotte erzählte, dass sie die Röcke abgeliefert hatte, dass sie schöne Grüße bestellen sollte, und von dem plötzlichen Platzregen erzählte sie auch. Und dann stockte sie. Dass ihre Mutter das sofort bemerkte und sie stirnrunzelnd ansah, machte die Sache nicht leichter.

»Ich habe mich zum Glück rechtzeitig unter ein Vordach flüchten können. Und stell dir vor, es war das Dach von Meissner, und sie hatten einen Zettel im Fenster hängen, dass sie eine Näherin suchen.«

Jetzt war es raus. Lotte sah, wie die Lippen ihrer Mutter kurz zitterten und wie sie versuchte, es zu überspielen und zu lächeln. Lotte sah auch, dass Mutter bereits wusste, was sie ihr gleich sagen würde, dass sie es ihr ansah, weil sie in ihr lesen konnte wie in einem offenen Buch.

»Ich weiß, dass ich es nicht hätte machen dürfen, ohne mit dir zu sprechen. Ich will dich auch wirklich nicht alleine lassen. Aber es war plötzlich da, und ich, ach Mutter, ich konnte einfach nicht anders. Aber ich kann auch absagen. Ich werde absagen. Natürlich. Es war unvernünftig. Du brauchst mich hier, und ich habe ja auch die Abmachung mit Henri. Ich werde gleich morgen hinfahren und sagen, dass ich natürlich nicht annehmen kann.«

»Sie haben dir schon zugesagt, dass sie dich nehmen wollen?«

Lotte nickte.

»Ab wann?«

»Am liebsten ab sofort, aber ich habe gesagt, nach der Lese. Frühestens.«

Lisette streckte die Hand nach ihr aus. Lotte griff danach und spürte den liebevollen Händedruck ihrer Mutter. Gleichzeitig sah sie, dass die Augen ihrer Mutter verdächtig glitzerten.

»Ich bin stolz auf dich«, flüsterte sie.

Lotte lächelte. Hatte ihre Mutter das schon einmal gesagt? Sie konnte sich nicht erinnern. Auf Henri war sie so oft stolz, das war sehr einfach zu sehen. Henri hatte viele Fähigkeiten, und auch wenn sie manchmal stritten, verstanden die beiden sich meist blind, während sie oft genug das Gefühl hatte, ihre Mutter zu enttäuschen. Und jetzt war Mutter stolz auf sie. Aber eigentlich gab es dafür gar keinen Grund. Sie hatte die Stelle ja nicht bekommen, weil sie so besonders gut nähen konnte, sondern weil Mutters guter Ruf ihr den Weg geebnet hatte. Wenn man es genau nahm, konnte Mutter also vor allem stolz auf sich selbst sein.

»Und was ist das eigentlich für eine Abmachung mit Henri, von der ich nichts weiß? Was hat dein Bruder mit dir ausgeheckt?«

Lotte seufzte.

»Raus mit der Sprache«, setzte sie nach, weil Lotte nicht sofort antwortete.

»Nun, wir dachten, wir wechseln uns ab. Bis Henri an der Winzerschule fertig ist, bleibe ich hier und helfe mit. Und wenn er dann wieder hier ist und bei Toni und Henriette ins Weingut einsteigt und dich mit unterstützen kann, damit du nicht so viel arbeiten musst, dann, dachten wir, dann kann ich ja schauen, was ich mache.«

Lisette schwieg.

Lotte war verunsichert, dass sie gar nicht antwortete.

»Mutter?«

»Ja …«

Mehr sagte sie nicht, stattdessen stand sie auf und trat durch die bodentiefen Türen des Ateliers nach draußen in ihren blühenden Garten. Dort stand sie ganz still zwischen den Beeten, die Hände in den Rücken gestützt, und Lotte wusste nicht, was sie tun sollte. Nach einigen Minuten hielt Lotte es nicht mehr aus und ging ihr nach, trat neben sie und fragte, was sie denn falsch gemacht habe.

»Du hast gar nichts falsch gemacht. Sieht eher so aus, als hätte ich allerhand falsch gemacht.«

Sie seufzte tief.

»Aber nein …« Lotte sah sie fragend an. »Was meinst du denn damit?«

»Henri und du, ihr macht euch solche Sorgen um mich,

dass ihr euer Leben danach richtet, um mich nicht alleine zu lassen.«

Lotte nickte.

»Und du lässt Henri den Vortritt. Weil er älter ist, natürlich, und weil du hier von mir erst einmal viel lernen konntest. Das klingt alles ganz vernünftig, das gebe ich zu.«

»Ja, das ist es ja auch. Henri hatte ja recht ...«

»Vielleicht, ja. Aber ich hatte mir das eigentlich anders vorgestellt.«

Lotte sah ihre Mutter fragend an.

»Ich dachte immer, Kinder müssen fliegen können. Und dafür muss ich sorgen. Sie müssen flügge werden und müssen doch ihren Träumen folgen. Du bist jetzt ungefähr so alt wie ich, als ich damals meinen Träumen gefolgt bin, und ich dachte immer, ich möchte eine Mutter sein, die ihren Kindern alles ermöglicht, nicht wie meine ...« Sie brach ab. »Aber meine Kinder machen sich solche Sorgen um mich, dass sie ihre eigenen Träume aufschieben. Das ist nicht gut. Träume werden schal und farblos, wenn man sie zu lange aufschiebt.«

Lisette wandte sich zu Lotte und ergriff die Hände ihrer Tochter.

»Wovon träumst du, mein Schatz? Und kannst du deiner Mutter verzeihen, dass sie dich das noch niemals gefragt hat?«

»Unsinn, das musst du doch auch nicht.«

Lotte schüttelte den Kopf.

»Es ist alles gut, wie es ist. Ich bin doch zufrieden, und du hast es selbst gesagt, es ist alles nur vernünftig.«

Lisette lächelte wehmütig.

»Kinder sollten aber unvernünftig sein, und ihre Eltern sollten sie zur Vernunft ermahnen müssen! Ich ermahne dich jetzt zur Unvernunft! Also, sag mir, ob ich recht habe: Du möchtest gerne in Wiesbaden arbeiten, und du willst gerne mal mit jungen Mädchen in deinem Alter in einer Nähstube plaudern und lachen und etwas anderes sehen, das verstehe ich doch. Und das sollst du auch.«

»Aber ich bin auch gerne hier bei dir... wir haben es doch schön. Und ich weiß gar nicht genau, ob ich das wirklich kann...«

»Du sagst auf keinen Fall ab. Du fängst dort an, und ich rede mit deiner Großmutter und mit Anni, ob du nicht die Woche über in Annis Zimmer wohnen kannst. Dann brauchst du nicht jeden Tag die lange Fahrt auf dich zu nehmen, gerade im Winter, wenn es früh dunkel wird.«

Anni, Großmutters Hausmädchen, brauchte ihr Zimmer unterm Dach nicht mehr, weil sie seit längerem sowieso in der Wohnung in der Nähe der Großmutter schlief. Diese war oft so verwirrt, dass sie nachts alles Mögliche anstellen würde, wenn Anni nicht gleich im Nebenzimmer wäre und sich um sie kümmern könnte.

»Ich möchte aber nicht, dass du hier so viel alleine bist.«

Lisette drückte ihr einen Kuss auf die Stirn.

»Was meinst du, wie viel wir uns dann am Wochenende immer zu erzählen haben!«

»Ich kann ja auch in der Woche kommen und dir helfen, damit nicht zu viel liegen bleibt.«

»Das sehen wir dann.«

Als Lotte abends unter ihrem blauen Sternenhimmel, unter Marias blauem Mantel lag, musste sie plötzlich weinen. Es waren so viele Gefühle in ihr. Eine große Freude. Und eine genauso große Angst. Was hatte sie eigentlich geritten, dass sie sich einfach dort vorgestellt hatte? Sie war ein Dorfkind, sie würde doch in der Stadt überhaupt nicht zurechtkommen, und bestimmt würden die anderen sie nicht mögen. Die vielen Augenpaare hatten vielleicht nur freundlich geschaut, weil Fräulein Beckmann neben ihr gestanden hatte. Schon im nächsten Moment freute sie sich und schämte sich gleichzeitig, wie sehr sie sich darüber freute. Und in all das mischte sich die Angst um ihre Mutter, die dann ganz alleine sein würde. Es war doch ihre Pflicht als Tochter, auf sie aufzupassen. Es war nicht gut, wenn Mutter alleine war. Oder war Mutter am Ende sogar froh darüber? Und was würde Henri zu alldem sagen? Er wäre sicher sehr böse auf sie. Und ihr kleiner Muck und Ännchen, die würden ihr sehr fehlen. Was hatte sie bloß angerichtet?

Ihr Koffer war schon voll, als Mutter noch einmal kam und ihr Schokolade hinlegte. Kurz darauf kam sie mit einem Viertel Pfund Kaffee für die Großmutter. Dann brachte sie Lotte noch die warmen Wollstrümpfe, die sie unbedingt mitnehmen sollte, falls sie nachts kalte Füße bekäme. Lotte musste sich schon auf den Koffer setzen, um alles so zusammenzudrücken, dass er sich überhaupt schließen ließ.

»Ich gehe doch nicht auf Weltreise! Ich komme am Wochenende schon wieder!«

»Das weiß ich doch.« Lisette lächelte. »Trotzdem, es ist ein besonderer Schritt. Mein Mädchen fliegt heute aus dem Nest.«

Und es stimmte. Wiesbaden war nicht weit, und sie könnte jederzeit nach Hause kommen, wann immer sie wollte. Aber zum ersten Mal in ihrem Leben würde sie in einem fremden Zimmer schlafen und nicht zuhause, sie würde eigene Wege gehen.

»Mutter, es passt nichts mehr in den Koffer!«, rief sie, als Lisette wiederkam und noch etwas für sie in Händen hielt. Es war ein sehr feines, sehr leichtes dunkelrotes Wollplaid, das sie mit einer Borte aus Weinlaub und Reben bestickt hatte. Lotte sollte doch etwas haben, das sie wärmen würde an den Abenden, die sie vielleicht alleine in ihrem kalten Mansardenzimmerchen saß. Aber der Koffer war bereits voll, und das Zimmer war winzig, und außerdem wäre es doch viel besser, wenn Mutter das Tuch selbst behielte. Im Atelier war es im Winter oft so kühl, und wenn sie alleine war, vergaß sie bestimmt oft genug, das Feuer im Auge zu behalten. Sie konnte es hier doch viel besser gebrauchen. Mutter sah sie unglücklich an. Aber sie wollte den unglücklichen Blick nicht sehen, sie wollte auch kein schlechtes Gewissen haben. Sie wollte jetzt los, wollte ausprobieren, ob es einen neuen Anfang geben könnte. Ob sie dabei vielleicht selbst ganz neu werden könnte.

Mutter schaute eine Weile unglücklich auf das Wolltuch, und sie wollte schon sagen, gut, dann nehme ich es eben mit, auch wenn es gar keinen Platz mehr hat, da machte ihre Mutter das Verrückteste, das sie je erlebt hatte. Sie ließ Lotte in der Küche stehen, bat sie, sich nicht vom Fleck zu bewegen, und verschwand im Garten. Nach einer ganzen Weile schob sich ein riesiger bunter Blumenstrauß in die Küche, er passte kaum durch die Tür. Lisette musste solche Mühe haben, ihn überhaupt zu halten. Mit beiden Händen hielt sie ihn ihr entgegen und verschwand komplett hinter all den kunterbunten Herbstblumen, die sofort einen Glanz in die Küche zauberten. Rote Dahlien, Astern in allen Farben, dunkler Eisenhut, Zinnien, Kosmeen und Sonnenblumen.

Lotte schlug die Hände vor den Mund. »Das ist ja dein halber Garten!«

»Das sind all meine Wünsche für dich.«

»Das ist die reinste Verschwendung, Mutter, du hast deinen schönen Garten geplündert.«

Lisette schüttelte den Kopf. »Nicht geplündert. Für dich gepflückt. Weil ich dir das wünsche. So viel bunte Fülle, wie ich gar nicht in Händen halten kann. Bewahre dir diesen Blumenstrauß im Herzen. Und träume immer so groß und bunt. Und wo immer du es finden wirst, ob ich es verstehe oder nicht, das hier ist, was ich dir wünsche: diese Fülle, diese wilde bunte Fülle.«

Sie mussten laufen, um den Bus zu bekommen, der sie nach Eltville bringen würde, wo sie in den Zug nach Wiesbaden steigen wollten. Das Laub in den Weinbergen leuchtete golden in der Herbstsonne, und dahinter glitzerte silbern der Rhein. Plötzlich verstand sie, was ihre Mutter ihr mit dem Blumenstrauß hatte schenken wollen. Jetzt ging es los, das Abenteuer Leben. Alles lag vor ihr, alles würde neu und aufregend und bunt sein. Sie würde alle Blumen haben können, in wilder bunter Fülle. Das Leben würde Blumen für sie bereithalten. Sie musste sie nur mutig pflücken. Lotte lächelte ihre Mutter an und nahm ihre Hand.

»Danke für diesen Blumenstrauß. Den werde ich nie vergessen.«

1936

Die hohen Fenster der hellen und geräumigen Werkstatt der Maßschneiderei Meissner befanden sich direkt über dem Ladengeschäft und zeigten nach vorne zur Straße. Seit den ersten warmen Frühlingstagen standen sie mittags offen, dann vermischten sich die Geräusche der Stadt mit den plaudernden Stimmen der Frauen, dem Lachen der Mädchen, dem Klappern und dem Surren der Nähmaschinen, dem Geräusch, wenn Scheren durch Stoff schnitten. Lotte liebte dieses Klangkonzert, das mehrmals am Tag durch Fräulein Beckmanns Klatschen unterbrochen wurde. Wenn sie klatschte, verstummte alles sofort, bis auf das Geräusch der Nähmaschinen, denn das Klatschen bedeutete, dass Kundschaft auf dem Weg zu ihnen nach oben war. Um die Kabinen für die Anproben zu erreichen, musste man quer durch das Atelier hindurchlaufen. Manche Kundinnen waren gesprächig und schauten den Näherinnen neugierig über die Schulter, andere interessierten sich nur für sich selbst. Lotte erkannte schon an der Haltung, mit der eine Kundin den Raum betrat, zu welcher Sorte sie gehörte.

Fräulein Beckmann leitete die Werkstatt mit ähnlicher Strenge, mit der sie ihr graues Haar in einem Knoten nach hinten steckte und stechende Blicke über den oberen Rand ihrer Brille schoss, wenn ihr etwas nicht gefiel. Als sie quer durch die Werkstatt zu dem Tisch ging, an dem Lotte und Hilde ihren Platz hatten, blickte Lotte unsicher auf ihre Arbeit. Hatte sie etwas falsch gemacht, dass die Beckmann so zielsicher auf sie zusteuerte? Sie blieb direkt vor ihr stehen. Unsicher schaute Lotte nach oben, doch der Blick ihrer Chefin war freundlich.

»Fräulein Winter, Frau Gruner möchte Sie kennenlernen, sie war sehr zufrieden mit ihrem Kleid. Das hellblaue, erinnern Sie sich? Kommen Sie mit nach unten.«

Im Gehen strich Lotte sich hastig die Fädchen vom Rock, die sich dort unweigerlich sammelten, und bevor sie das Ladengeschäft betraten, wandte sich Fräulein Beckmann zu ihr um.

»Sie ist eine Verwandte des Gauleiters und könnte ab jetzt Ihre persönliche Kundin werden, Sie wissen, was das heißt.«

Lotte wusste natürlich, was das bedeutete. Es bedeutete Trinkgeld, Hausbesuche, etliche Vergünstigungen und kleine Geschenke, aber es bedeutete auch, absolut immer zur Verfügung zu stehen und der persönlichen Kundin jeden Wunsch nicht nur von den Augen abzulesen, sondern auch sofort zu erfüllen.

Frau Gruner musterte Lotte wohlwollend, fragte sie aus, woher sie kam, ob sie denn schon verlobt sei, wie es ihr bei Meissner gefiel, und als sie anfing, ihr blondes Haar zu loben und ihr gesundes deutsches Aussehen, ahnte Lotte schon, dass sie Frau Gruner ab jetzt öfter sehen würde. Fräulein Beckmann wirkte jedenfalls äußerst zufrieden, als sie Lotte wieder nach oben schickte.

»Und?« Hilde sah sie fragend an, als sie an ihren Tisch zurückkam und sich wieder an ihre Arbeit setzte.

»Ich denke schon«, antwortete Lotte und fädelte einen neuen Faden ein.

»Kannst du stolz drauf sein. Erst wenige Monate hier, und schon in den höchsten Kreisen der Politik angekommen.«

»Ach, das sind auch nur Menschen, oder?«

»Menschen«, raunte Hilde leise, »wegen denen sofort alle Juden hier entlassen wurden.«

Lotte sah Hilde überrascht an.

»Sie wollten nicht, dass ihre Kleider von Judenhänden besudelt werden.«

»Sie sollten sich erst mal selber gut die Hände waschen«, flüsterte Lotte und erschrak im gleichen Moment. Wie konnte sie nur so etwas sagen? Sie kannte Hilde ja kaum. Was, wenn ihre Kollegin nur versuchte, sie auszuhorchen? So ein unbedachter Satz konnte sie nicht nur die Stellung kosten. Aber es ärgerte sie einfach so sehr, wie ungerecht Juden behandelt wurden. Sie musste besser aufpassen und fügte schnell hinzu: »Wenn sie befürchten, Flecken in ihre Kleidung zu bekommen.«

»Wie recht du hast«, flüsterte Hilde und nickte.

»Man sollte sich immer gut die Hände waschen, bevor man feinen Stoff anfasst, oder?«

Lotte spürte, wie sie rot wurde, als sie das sagte, vertiefte sich in ihre Näharbeit und schwieg. Der Schreck saß ihr noch den ganzen Tag in den Gliedern. Eigentlich hatte sie das Gefühl, dass Hilde ihr zustimmte. Aber was, wenn sie nur so tat, um sie zum Reden zu bringen und sie dann zu melden? Natürlich könnte sie immer noch alles abstreiten. Aber sie musste vorsichtiger sein. Hilde war sehr freundlich zu ihr, aber Lotte war jetzt auf der Hut. Man war schnell als *Judenküsser* verschrien, nur wenn man sich ganz normal und höflich verhielt. Aber Lotte war davon überzeugt, dass auch ein guter und treuer Nationalsozialist nicht gegen Juden sein musste. Trotzdem hatte auch Henri ihr letztens erst wieder nahegelegt, die Simons nicht mehr aufzusuchen. Das müsste sie doch verstehen mit ihrem schlauen Köpfchen, dass die deutschen Geschäfte mehr verdienten, wenn es die Juden nicht mehr gäbe. Sie hatte darauf nichts erwidert. Es hatte wenig Sinn, mit Henri darüber zu streiten. Trotzdem besuchte sie die Simons jedes Mal, wenn sie in Rauenthal war. Sie besuchte die Eschbachs, sie besuchte Henriette und Toni auf ihrem Weingut, sie ging mit Hanne spazieren, und natürlich spielte sie mit Ännchen und ihrem kleinen Muck, der nun schon gar nicht mehr so klein war und dieses Jahr in die Schule kommen würde. Letzte Woche hatte sie ein Federmäppchen entdeckt, das sie ihm zur Einschulung schenken wollte. Es war schön, die Kinder zu sehen, aber die Stimmung der Erwachsenen war oft trübe. Zwar hatte Lotte das Gefühl, dass sie sich freuten, sie zu sehen, aber sie fragten wenig nach ihrem Leben in Wiesbaden und erzählten wenig aus ihrem eigenen Alltag.

»Es gibt nicht viel zu berichten«, sagten sie meist und schauten Lotte hilflos an, und sie ahnte, dass sie ihr vieles vorenthielten, um sie nicht zu belasten. Und gerade das fand Lotte besonders traurig.

Als sie am gleichen Abend die Näherei verließ, schloss Hilde mit ihr auf. »Hätte gar nicht gedacht, dass ein arisches Mädel wie du so einen undeutschen Satz sagt.«

»Das habe ich natürlich nicht so gemeint.«

Lotte musste unbedingt besser aufpassen. Aber Hilde zwinkerte ihr zu und bot ihr ihren Arm. Zögernd hakte Lotte sich unter.

»Keine Angst, Lotte. Ich weiß auch nicht, was an den Menschen verkehrt sein soll, wir haben jüdische Nachbarn im Haus, die trauen sich schon kaum mehr auf die Straße. So nette Leute. Bei denen haben wir als Kinder immer Mittag gegessen, wenn unsere Mutter arbeiten war. Hast du auch jüdische Freunde?«

Lotte nickte.

»Sie sollten auswandern.«

»Meinst du nicht, das ist übertrieben? Es wird doch wieder besser.«

Hilde zog eine Grimasse.

»Überleg doch mal, erst wurden alle Beamten entlassen, die Geschäfte wurden boykottiert, die Ärzte dürfen nicht mehr praktizieren, die Krankenschwestern, die ganze Juristerei. Man soll nicht mehr mit ihnen sprechen, sie dürfen in ihren Berufen nicht arbeiten, wie soll das weitergehen?«

»Aber es gibt nicht mehr so viele Schlägereien. Ich glaube, sie haben schon gemerkt, dass sie nicht einfach alle verprügeln können.«

»Vielleicht wird auch nicht mehr so viel darüber berichtet, immerhin schaut die ganze Welt dieses Jahr auf Deutschland.«

»Du meinst wegen der Olympiade?«

Hilde zuckte die Achseln.

»Ich habe das Gefühl, ganz dumm zu sein, wenn ich dir zuhöre, ich habe wenig Ahnung von der Politik.«

Mit Henri redete Lotte in letzter Zeit immer seltener über Politik. Seit er bei der Lehr- und Versuchsanstalt in Geisenheim Weinbau studierte, wurde er regelrecht fanatisch und sprach davon, zur SS gehen zu wollen. Es gefiel ihr nicht, dass er an Weihnachten demonstrativ die Kirche verlassen hatte, als der Pfarrer gepredigt hatte, dass jeder Mensch ein Kind Gottes sei, egal, an welchen Gott er glaubte. Lotte war froh gewesen, dass Henri nicht mehr gehört hatte, wie der Pfarrer diejenigen streng verurteilte, die sich nicht an die christlichen Gebote hielten. Dass er damit die Nationalsozialisten gemeint hatte, war in diesem Moment jedem in der Kirche klar. Man hatte mit Sorge beobachtet, dass der Pfarrer schon kurz nach Neujahr zu einem Verhör abgeholt worden war. Seitdem predigte er zwar noch immer von Nächstenliebe und Barmherzigkeit, aber seine Predigten wurden deutlich milder. Lotte hatte Henri nie gefragt, ob er es gewesen war, der den Pfarrer angeschwärzt hatte. Vielleicht hatte sie Angst, die Antwort zu hören. Andererseits, versuchte sie sich zu beruhigen, hatte er die Kirche ja bereits verlassen, als der Pfarrer noch deutlicher geworden war. Zwar stand Henri eisern zu seinen Überzeugungen, aber sie war sich sicher, dass es ihm fernlag, andere in Schwierigkeiten zu bringen. Sie konnte sich nicht vorstellen, dass Henri jemanden denunzieren würde. Er war ihr großer Bruder, ihre Familie, auf ihn war immer Verlass. Sie konnte nachvollziehen, dass nur die Solidarität unter den Menschen das Deutsche Reich wieder stärken und groß machen würde. Was sie nicht verstand, war, warum ihre jüdischen Freunde und auch alle, die vielleicht anders darüber dachten, dazu nicht auch beitragen konnten. Warum die katholische Jugend dafür aufgelöst werden musste, obwohl es doch gerade dort darum ging, ein guter Mensch zu sein.

»Ich war früher mal bei der Sozialistischen Arbeiterjugend, bevor sie verboten wurde, das war halt meine Jugendgruppe.«

»Bist du denn Sozialistin?«

Lotte sah Hilde neugierig an.

»Natürlich nicht!« Hildes Antwort kam sehr schnell und energisch. »Es gibt ja gar keine Sozialisten mehr. Wir haben viel diskutiert, über alles Mögliche. Was für Lebensziele man haben kann, oder wir haben über Gerechtigkeit gesprochen, für Familien in Not gesammelt, sind gewandert und haben gesungen.«

»Das war in meiner katholischen Jugendgruppe ganz ähnlich. Und beim BDM eigentlich auch. Jetzt sind eben alle

Gruppen vereint, als Nationalsozialisten. Das ist eigentlich auch schön, dass alle zusammengehören, oder?«

»Na ja, fast alle«, seufzte Hilde.

»Stimmt.« Lotte gab ihr recht. »Nur fast.«

»Ich weiß jedenfalls bis heute nicht, ob die Meissners die jüdischen Näherinnen entlassen haben, um sie vor Familie Gauleiter zu schützen oder um die deutsche Ehre ganz besonders hochzuhalten. Ist ja beides möglich.«

»Wie viele Näherinnen haben sie eigentlich entlassen?«

»Vier. Neben mir saß immer die Lilly, das war eine sehr erfahrene Näherin. Und sie hat das Einkommen der Familie nach Hause gebracht, weil ihr Mann dreiunddreißig schon entlassen wurde. Der war Beamter, und die haben ja zu den Allerersten gehört, die gehen mussten.«

»Und was macht die Familie von Lilly jetzt?«

»Sie helfen alle in einer Gärtnerei aus. Immerhin kommen sie über die Runden. Auch wenn es nicht mehr das Leben ist, das sie mal gewohnt waren.«

Lotte blieb abrupt stehen. Ihr war ein schrecklicher Gedanke gekommen. »Wurden deshalb bei Meissner Näherinnen gesucht? Habe ich deshalb letztes Jahr die Stelle bekommen?«

Hilde nickte, und Lotte schaute sie unglücklich an.

»Na, nun gräm dich nicht. Du kannst ja nichts dafür.«

Es stimmte, sie konnte nichts dafür. Aber sie grämte sich trotzdem. Sie hatte Glück gehabt, weil jemand anderes keines hatte.

Aus der Musikschule im Parterre klangen immer noch Klaviertöne durchs Treppenhaus. Wer auch immer gerade am Klavier saß, spielte richtig gut. Lotte lehnte sich ans Treppengeländer und blieb einen Moment stehen, um der

Musik zu lauschen, bevor sie langsam nach oben ging. Sie musste sechs Stockwerke nach oben steigen, um ihr Mansardenzimmerchen zu erreichen. Vor der Wohnungstür ihrer Großmutter blieb sie kurz stehen und überlegte, ob sie klingeln sollte. Vielleicht würde ihre Großmutter Lotte heute erkennen und sich freuen. Anni war immer dankbar, wenn sie ein wenig plaudern konnte und Ablenkung hatte, seit die Großmutter ganz und gar seltsam geworden war.

Obwohl Lotte müde war, schlug sie den blankpolierten Messingring gegen die Tür. Anni würde sich doch freuen. Sie musste ja nicht den ganzen Abend bleiben.

Als sie zwei Stunden später die restlichen Stufen nach oben bis unters Dach erklomm, war sie satt, weil Anni ihr Essen aufgehoben hatte, und auch froh, ihr ein wenig Gesellschaft geleistet zu haben. Es war wahrlich keine leichte Aufgabe, sich tagaus, tagein alleine um die verwirrte alte Dame zu kümmern. Lotte hatte Anni versprochen, am nächsten Wochenende erst am Sonntagmittag nach Rauenthal zu fahren, damit Anni am Vormittag einmal freihatte und einen Spaziergang machen konnte, falls das schöne Frühlingswetter hielt.

2007

Die Stationsärztin hatte uns schon eine vorsichtige vorläufige Entwarnung gegeben. Sie hatten Großmutter auf Herz und Nieren überprüft und die meisten ernsthaften Erkrankungen bereits ausgeschlossen, die zu einem Zusammenbruch hätten führen können. Ihr Blutdruck sei noch extrem niedrig, die Prellungen an der Hüfte schmerzhaft, für morgen standen noch einige Untersuchungen an, danach würde man weitersehen. Wir sollten uns nur schon darauf einstellen, dass sie vorerst nicht alleine bleiben sollte.

»Wie sollen wir das denn machen?«

Paula sah mich ratlos an. Die Ärztin war mit kompetenten schnellen Schritten weitergeeilt, und wir schwankten zwischen Erleichterung und dem Gefühl, dass es nun etwas zu klären gab, was nicht ganz leicht sein würde.

»Wir müssen einen Pflegeplatz für sie suchen.«

»Sie wird natürlich nach Hause wollen. Niemals geht sie irgendwohin, wo sie versorgt und gepflegt wird und man nach ihr schaut.«

»Meinst du nicht? Wenigstens vorübergehend?«

Paula wusste, dass diese Frage eine rein theoretische war.

»Du kennst sie doch! Eigentlich war klar, dass so etwas mal auf uns zukommt.«

»Wir haben noch nie mit ihr darüber gesprochen, was wäre, wenn … Oder hast du mal mit ihr über so etwas geredet?«

Natürlich nicht. Ich schüttelte den Kopf.

»Sie hat ihre Schwiegermutter jahrelang gepflegt, und die beiden konnten sich noch nicht mal gut leiden. Das hat sie klaglos getan, unglaublich, oder? Natürlich wird sie das von uns auch erwarten. Das wird im ganzen Dorf so gemacht. Schon immer und immer noch. Aber in Lerchenrod geht auch keiner weg von zuhause, da leben sie alle noch in Großfamilien, in *intakten* Großfamilien.«

»Du musst gar nicht so zynisch werden … eine Großfamilie ist nicht automatisch fürchterlich. Dass wir vereinzelt und verstreut leben, ist auch nicht ideal. Zumindest im Moment nicht.«

Paula schwieg. Dass wir überhaupt ohne Streit alle drei zusammen in Lerchenrod sein konnten, war schon eine große Leistung.

Dass wir nun noch länger zusammen sein müssten, sprengte wahrscheinlich ihre Vorstellungskraft, während mir genau das gut gefiel. Wir drei als Familie, als Winterfrauen-Familie, zusammen in Lerchenrod. Aber meine Mutter schüttelte schon vehement den Kopf.

»Wir haben beide Berufe und leben in anderen Städten. Wie stellst du dir das denn vor? Soll ich meine Angebote absagen, und du nimmst deinen Jahresurlaub?«

»Keine Ahnung. Aber irgendwas werden wir organisieren müssen, oder?«

Ich schaute Paula achselzuckend an, und sie seufzte abgrundtief.

»Das machen meine Nerven nicht mit, das weiß ich ganz genau. Ich bin immer noch dabei, diesen Erziehungsratgeber und Omas seltsame Geschichten von früher zu verdauen. Ich bin wirklich noch sauer auf sie!«

Ich konnte nicht fassen, dass meine Mutter noch nicht einmal in so einer Notsituation von sich absehen konnte.

»Weil ich immer von mir absehen musste, früher«, gab sie zurück. »Weil ich mühsam lernen musste, dass es okay ist, eigene Bedürfnisse zu haben.«

»Aber das ändert sich doch nicht. Vielleicht müssen wir mal vier Wochen überbrücken? Das würden wir doch hinbekommen, das ist doch kein Drama?«

»Aber du hast dich gerade frisch verliebt!?«

»Ja, und? Was hat denn das damit zu tun?«

Paula und ich sahen uns beide völlig verständnislos an. Unterschiedlicher konnte man wirklich nicht reagieren. Meine Mutter stöhnte auf.

»Jetzt bin ich hier doch wieder die Böse. Die frisch verliebte Enkelin übernimmt Verantwortung für ihre Großmutter, während die egoistische Tochter sich alles vorstellen kann, nur nicht, für vier Wochen in ihr altes Zuhause zurückzukehren. Anscheinend wurde ich doch zu sehr verwöhnt, deshalb ist auch nichts aus mir geworden.«

»Lass uns doch erst mal abwarten, um was es überhaupt geht.«

»Warum ist eure Generation bloß so zuverlässig?«

»Das klingt aus deinem Mund wie ein Schimpfwort. Sei mal froh, dass ich so bin.«

Wie schnell meine Mutter über ihr eigenes Befinden reden konnte. Oft wusste ich noch gar nicht, welche Position ich eigentlich einnehmen könnte, da gelang es ihr schon, sich abzugrenzen und ihre Meinung kundzutun.

»Du hast ja völlig recht.« Paula schüttelte den Kopf über sich selbst. »Komm, gehen wir erst mal zu ihr.«

Natürlich wollte sie, genau wie ich, unbedingt wissen, was passiert war zwischen der Zeit, von der Oma bereits erzählt hatte, und der Zeit, in der Paula auf die Welt gekommen war. Was hatte die junge Lotte damals so verändert, und was hatte sie überhaupt nach Lerchenrod geführt? Das, was wir von ihr wussten, und das, was wir gerade erfuhren, passte alles nicht zusammen.

Als wir Omas Krankenzimmer betraten, saß der Muck wieder an ihrem Bett, und sie hielten sich an den Händen. Innig sah es aus. Sehr innig, und meine Oma hatte wieder diesen Gesichtsausdruck, den ich noch nie vorher bei ihr gesehen hatte. Ich spürte, dass jetzt auch bei mir so etwas wie Eifersucht aufkam. Der Muck irritierte uns. Vielleicht irritierte uns auch vielmehr, was der Muck bei Oma auslöste.

»Schau, jetzt müsst ihr euch doch alle mal richtig kennenlernen«, sagte sie. »Das ist Hans Simon, den habe ich früher gehütet, da war ich selbst noch ein ziemlich junges Mädchen. Ach, das würde man heute ja gar nicht mehr machen. Mein kleiner Hans, mein kleiner Muck.« Sie tätschelte seine Hand. »Sind wir so alt geworden. Mein Gott, es ist so lange her.«

Sie schauten sich wieder lächelnd an und Paula trat einen Schritt auf die beiden zu.

»Hallo, Herr Simon. Wir haben Sie einfach so stehen lassen in all dem Durcheinander, das tut mir natürlich leid, aber wir waren … einfach durch den Wind vor lauter Sorge.«

»Das verstehe ich gut, dafür müssen Sie sich nicht entschuldigen. Aber bitte, sollen wir nicht Du sagen? Sag bitte Hans zu mir. Für mich ist es doch so, als hätte ich meine Familie wiedergefunden.«

»Das ist für mich anders, denn wir wussten nichts von Ihrer … also, von deiner Existenz.« Paula schaute ihre Mutter an, deren blauer Blick von ihr zum Muck und wieder zurück wanderte. »Aber wir lernen dich ja jetzt kennen. Also: Willkommen, Hans.«

Sie streckte ihm ihre Hand entgegen.

»Ich bin Paula.«

»Paula?«

Der Muck starrte meine Mutter völlig verblüfft an und vergaß, ihre Hand zu schütteln.

»Ach, Lotte«, rief er voller Freude. »Dann hast du ihn ja doch gefunden? Dann ist das alles gut geworden …?«

Oma schüttelte den Kopf.

»Nein.«

Dieser stumme, schmerzliche Blick, die Tränen, die beiden gleichzeitig in die Augen traten. Paula und ich standen daneben, völlig ausgeschlossen, als schauten wir zwei Figuren in einem Theaterstück zu. Es war bewegend und anrührend, aber es hatte nichts mit uns zu tun, vor allem verstanden wir nicht, um was es ging. Von was, um Himmels willen, sprachen sie? Paula und ich schauten uns verwirrt an.

»Wir können auch wieder gehen«, sagte Paula. »Dann könnt

ihr euch in Ruhe über alles unterhalten. Über Paul. Und über früher. Und … Maya und ich machen uns in der Zeit Gedanken, wie es mit dir weitergeht, wenn du nach Hause kommst. Oder macht das dann jetzt auch dein Muck? Hans, kümmerst du dich um sie?«

Sie ging mit fluchtartigen Schritten nach draußen, und wenn die Tür des Krankenzimmers nicht so schwer wäre, hätte sie sie wahrscheinlich hinter sich zugeknallt.

Oma und der Muck, es fiel mir schwer, ihn nicht mehr Muck zu nennen, sondern Hans Simon, sahen mich beide verzweifelt an.

»*I am sorry!* Was habe ich falsch gemacht? Ich wollte nicht … es tut mir so leid, was …?« Hans sah unsicher von Oma zu mir und wieder zurück.

»Du kannst ja nichts dafür«, flüsterte Oma. »Es ist meine Schuld. Ganz alleine meine Schuld.«

Sie war blass geworden und atmete schwer, als sie mich ansah. »Holst du sie zurück, Kind? Bitte hol sie zurück.«

Ich nickte und ging nach draußen. Da sollte sich Oma nicht aufregen, und alles war plötzlich eine einzige Aufregung, und niemand verstand mehr irgendetwas. Paula und ich am allerwenigsten.

Paula stand am geöffneten Fenster am Ende des Ganges. Ich ging zu ihr und stellte mich neben sie.

»Oma tut es leid. Ich soll dich zurückholen. Sie ist verzweifelt. Richtig verzweifelt. Komm wieder rein.«

Schweigend sah sie aus dem Fenster.

»Was hat er bloß damit gemeint?«

»Das frage ich mich auch.«

Paula legte ihren Arm um meine Hüfte und lehnte ihren Kopf an meinen. »Ich frage mich eine ganze Menge … Ich glaube, das ist alles eine Nummer größer, als ich dachte.«

Ich nickte. Auch ich hatte das Gefühl, mich von meiner Oma Charlotte, wie ich sie kannte, verabschieden zu müssen. Aber genau das wollte ich am allerwenigsten. Wir hörten Schritte, und als wir uns umdrehten, sahen wir, dass Hans Simon Omas Zimmer verließ und im Aufzug verschwand.

»Geh du mal alleine zu Oma rein. Und ich versuche, den Muck einzuholen. Also, den Hans, okay?«

»Ich glaube, mir ist das alles zu viel. Ich will wieder nach Berlin.«

»So ein Quatsch, du willst doch wissen, wie alles gekommen ist, du kannst doch jetzt nicht einfach wieder wegfahren?«

Sie zuckte die Achseln und lächelte mich traurig an.

»Gerade wünsche ich mir, ich wäre mehr wie du.«

»Wieso denn das?«

In den Tiefen ihrer Handtasche suchte sie nach einem Taschentuch und schaute nach oben an die Decke des Krankenhausflures, als würde dort eine Antwort auf meine Frage stehen.

»Du bist die Einzige, die sich den Dingen wirklich stellt. Wir laufen alle am liebsten weg und reden nicht drüber. Das können wir gut. Ich vor allen Dingen. Aber so kommt man nie an.«

Wenn es nicht so traurig wäre, dachte ich, müsste ich lachen. Im Weglaufen war ich doch die Allerbeste.

Als ich das Foyer des Krankenhauses erreichte, konnte ich durch die Glastüren gerade noch sehen, wie Hans in ein Taxi einstieg. Ich beschleunigte meine Schritte und erreichte das Taxi noch, bevor es losfuhr. Er ließ das Fenster herunter, als er mich sah.

»Ich habe einen Fehler gemacht, oder? Ich habe deine Mutter gekränkt. Das wollte ich nicht.« Er sah sehr traurig aus. »Dabei dachte ich, dass ihr euch freut, Lotte ist so *happy* … aber ich bringe viel Unruhe. Und ihr wollt das nicht.«

»Wir wissen so wenig. Das heißt, wir wissen überhaupt nichts über die Zeit, bevor meine Mutter geboren wurde, das war 1949.

Wir haben keine Ahnung, was passiert ist. Und meiner Mutter tut es sicher leid, dass sie eben so patzig war. Aber wir verstehen das alles nicht.«

»Lotte hat euch das … Lotte hat nichts erzählt? Von früher?«

Er schaute mich ungläubig an.

»Überhaupt nichts?«

Ich schüttelte den Kopf.

»Nein, nie. Meine Oma war einfach immer meine Oma.«

»Ich verstehe.« Er nickte traurig. »Ihr braucht mehr Zeit. Natürlich. Ihr müsst mit ihr reden. Sie war ein *hero*, Lotte war meine Heldin. Das ist Unsinn. Was rede ich? Das ist ja nicht Vergangenheit. Das ist jetzt, *present tense*. Lotte *ist* eine Heldin. Und sie wird es immer bleiben. Auch in der Zukunft. Immer.«

»Hans, können wir uns morgen vielleicht treffen? Und ein bisschen reden?«

Er nickte, und wir verabredeten uns für den morgigen Nachmittag in der Krankenhauscafeteria. Ich sah dem davonfahrenden Taxi nach und setzte mich auf eine der Bänke, die vor dem Klinikeingang standen. Es war alles sehr verwirrend. Meine Oma, eine Heldin. In der Vergangenheit, im Präsens und sogar im Futur? Kurz überlegte ich, wieder hochzugehen zu Oma und Paula, aber vielleicht war es gut, die beiden einmal alleine zu lassen. Es lag viel Spannung in der Luft. Mir tat es auf jeden Fall gut, einfach einen Moment alleine zu sein. Ich hatte einfach nicht so viel Energie wie Paula. In so einer spannungsgeladenen Situation wie vorhin an Omas Bett konnte sie aufbrausen, aber es fiel ihr leichter, alles einfach wieder abzuschütteln. An mir blieb die Spannung hängen. Lukas. Oma. Paula. Der Muck. Dazu diese Aufregung, die wie ein andauerndes Hintergrundtrommeln meinen Herzschlag antrieb und mich innerlich zittrig machte und unsicher. Ich kramte nach einem Papier und einem Stift und versuchte zu planen, wie es jetzt weiterging. Ich brauchte jetzt einen Plan, um mich zu beruhigen. Wahrscheinlich würde Oma morgen oder übermorgen entlassen und dann Hilfe brauchen. Meine Hilfe. Denn auf meine Mutter war kein Verlass. Ein falscher Satz von Oma und sie würde spontan nach Berlin zurückfahren. Auf und davon. Das konnte sie gut. Ich wünschte manchmal, ich könnte es auch. Einfach ausreißen. Aber eine musste ja die Stellung halten. Wenn ich also nachher nach Frankfurt zurückfuhr und alles so regelte, dass ich eine Weile bleiben konnte, könnte ich morgen Nachmittag schon wieder zurück sein. Vielleicht konnte ich mit meinem Chef vereinbaren, eine Weile unbezahlten Urlaub zu nehmen. Eigentlich hatte ich ja darüber nachgedacht zu kündigen, aber in dieser momentanen Situation voller aufgeregter Unsicherheiten sollte ich das besser noch einmal verschieben. Nicht zu viele Unsicherheiten auf einmal. Ich rief in der Firma an, um einen Termin für ein Gespräch zu vereinbaren, und dachte, ich könnte es auch bei meiner Therapeutin versuchen. Vielleicht hatte ich Glück und sie hatte morgen spontan einen Termin für mich frei. Es würde mir bestimmt guttun. Während ich ihr auf den Anrufbeantworter sprach, hörte ich, dass eine Nachricht auf meinem Handy ankam. Lukas wollte wissen, wie es mir ging, wie es Oma ging und ob ich schon wüsste, wo ich am Wochenende sein würde.

Ich möchte so gerne bei dir sein. Soll ich kommen?

Was sollte ich ihm antworten? Ich fühlte mich zerrissen. Einerseits wollte ich Lukas gerne sehen. Aber dann müsste ich mich teilen. In die eine Maya, die besetzt war von der Geschichte um Paula, Oma und den Muck, und in die andere Maya, die verliebt sein wollte. Die sich Lukas in Bestform zeigen wollte. Ja, ich wollte für Lukas in Bestform sein. Ich wollte nicht noch einmal zitternd auf dem Boden liegen, ich wollte schön und anziehend sein, damit er auch merkte, dass man mich durchaus lieben konnte. Frei und unbelastet wollte ich sein, ohne Herzrasen und ohne Angst. Ich wollte ein schönes, ruhiges Herz haben, das kräftig für ihn schlug.

Lass uns erst mal abwarten.

Ich löschte die Worte wieder. Das klang zu abwehrend.

Ich habe Sehnsucht nach dir.

Das stimmte für die eine Maya, aber nicht für die andere.

Ich habe Angst.

Natürlich löschte ich auch diesen Satz.

Das wäre schön. Kann ich dir morgen Bescheid sagen?

Ich drückte auf Senden. Bis morgen würde es mir gelingen, eine Entscheidung zu treffen. Fast konnte ich schon ein wenig tiefer einatmen. Fast konnte ich durchatmen.

Die Augen ihrer Mutter leuchteten auf, als Paula zögernd das Krankenzimmer betrat. Sie blieb vor ihrem Bett stehen und schaute ihre Mutter traurig an.

»Was wirst du mir jetzt wohl erzählen, Mama?«

»Setz dich her zu mir. Komm.«

Charlotte winkte sie zu sich, und Paula setzte sich zu ihr aufs Bett. Sie schwiegen beide eine ganze Weile. Paula wusste nicht, was sie sagen sollte. Das kam nicht oft vor. Stumm schaute sie auf die Hände in ihrem Schoß und fragte sich, was sie nun erfahren würde. Und wenn sie ehrlich war, hatte sie Angst. Ihr war richtiggehend übel vor Angst. Wie gelähmt saß sie auf der Bettkante und erkannte sich selbst nicht wieder. Irgendwann griff ihre Mutter nach ihrer Hand und zog sie zu sich. Paula blickte auf und sah, dass ihre Mutter mit sich rang, dass ihr alles schwerfiel, was sie sagen oder auch nicht sagen wollte. Ihr Magen zog sich noch enger zusammen. Aber sie ertrug die Stille nicht mehr.

»Es gab also den Muck, und es gab einen Paul? Und sie waren dir wichtig.«

Charlotte nickte.

»Ich wollte alles vergessen, weißt du. Ich wollte so tun, als hätte es die Lotte von damals nie gegeben. Ich dachte, wenn ich diese Lotte mit all ihren Erinnerungen aus mir rausschneide, dann kann ich vielleicht weiterleben. Überleben. Und es ist mir ja auch gelungen. Ich habe weitergelebt, über sechzig Jahre. Viel länger, als ich es je für möglich gehalten hätte.«

»Und was war das für eine Lotte? Wer warst du, Mama, bevor du meine Mutter geworden bist?«

»Ich war … ein anderer Mensch.«

Ihre Mutter lächelte traurig, löste eine Hand und wischte sich über die Augen, bevor sie wieder nach Paulas Hand griff und sie festhielt, als könnte sie unmöglich weitersprechen, ohne dass ihre Hände einander hielten.

»Ich habe Angst«, gestand Paula. »Ich will das alles wissen, aber ich habe furchtbare Angst.«

Charlotte nickte. »Dann sind wir schon zwei.«

Sie holte tief Luft und atmete lange aus.

»Paul war meine Liebe. Meine große Liebe. Und deshalb heißt du Paula. Wegen der Liebe, die es einmal gab.«

4

1937

Lotte streckte den Rücken durch, als sie auf die Straße trat. Es war ein langer Tag gewesen. Bis eben noch hatte sie an einem Kleid für Frau Gruner gesessen, das unbedingt bis zum Wochenende fertig werden musste. Ein Abendkleid mit einem komplizierten Faltenwurf über der Schulter. Frau Gruners Wunsch und Begehr widerspruchslos zu erfüllen, war oberstes Gesetz. Aber wenn sie es bis Freitagnachmittag fertig anpassen konnte und Frau Gruner zufrieden war, durfte sie nach Hause fahren und den Samstag freihaben. Dafür lohnte es sich. Morgen war Mittwoch, da würde sie gleich ganz früh in die Werkstatt kommen. In der morgendlichen Stille des Ateliers, bevor alle anderen kamen, ließen sich gerade die schwierigen Nähte viel besser bewältigen. Die, bei denen man erst dreimal nachdenken musste, bevor man wusste, wie man sie hinbekommen würde. Um dann festzustellen, dass man doch falschgelegen hatte und alles wieder neu zusammenheften musste. Rosi würde auch ein freies Wochenende haben, und sogar ihre Schwester Käthe hatte angekündigt, dass sie Neuigkeiten habe und nach Rauenthal käme. Vielleicht könnten sie eine kleine Wanderung durch die Weinberge unternehmen. Nur sie drei, wie früher. Es war lange her, dass sie sich zu dritt getroffen hatten. Rosi war in letzter Zeit oft missmutig. Lotte wusste nicht genau, warum, vermutete aber, dass sie ihre Stelle einfach nicht mochte, dass der kleine

Erich sich mit ihr alleine selten verabredete, und auch auf Hilde schien sie eifersüchtig zu sein. Vielleicht lag es aber auch daran, dass Lotte als Angestellte nicht nur besser entlohnt wurde als Rosi, sondern auch noch über mehr Freiheiten verfügte. Ob sie Rosi ermuntern sollte, sich eine Stelle als Verkäuferin zu suchen? Ob sie damit zufriedener wäre?

Als sie aufs Trottoir trat, umfing sie die laue Luft eines Frühlingsabends, und Lotte beschloss, noch einen Spaziergang zu machen. Etwas Bewegung würde ihr guttun nach dem langen Tag, den sie sich über diesen elendigen Faltenwurf gebeugt hatte. Sie überlegte, ob sie nach links abbiegen sollte, um am Lyzeum vorbeizugehen und gleich am Theater in den Park einzubiegen, oder ob sie einfach rechts weiter durch die Straßen nach Hause bummeln sollte. Aus einer Nebenstraße kamen ihr zwei Polizisten entgegen, die einen Mann, dessen Hände am Rücken gefesselt waren, grob zwischen sich hin und her stießen. Er war gut gekleidet. Lotte erkannte sofort, ob ein Stoff von guter Qualität war, sein Anzug musste eine Stange Geld gekostet haben. Sie blieb wie erstarrt stehen. Als er an ihr vorbeiging, trafen sich ihre Blicke für einen kurzen Moment. In seinen hellen Augen stand blanke Angst, und Lotte schauderte. Was hatte er bloß getan? Sie konnte sich überhaupt nicht vorstellen, dass dieser Herr wirklich etwas Schlimmes verbrochen hatte. Nein, die Runde durch den Park würde sie vielleicht doch ein anderes Mal machen. Sie wandte sich nach rechts und versuchte, in die Schaufenster zu schauen und nicht mehr an den Mann zu denken, versuchte dem Vogelgezwitscher zu lauschen und sich an dem milden Abend zu freuen. Es gelang nicht so richtig.

Die Kastanienbäume auf dem Platz, der sich vor ihr zwischen den Häuserreihen öffnete, standen in voller Blüte. Eigentlich war sie schon fast zuhause. Aber wie schön die Amseln sangen. Sie beschloss, noch einen Moment hier zu verweilen, legte ihren Mantel sorgfältig über die Lehne der Bank unter dem blühenden Baum und schloss kurz die Augen. Vielleicht war sie sogar eingenickt, denn als sie die Augen wieder öffnete, hatte sich die Dämmerung schon über den Platz gesenkt. Es war Zeit, heimzugehen. Sie stand auf und griff nach ihrem Mantel, als ein junger Mann ohne Jacke über den Platz rannte. Er lief direkt auf sie zu und deutete auf ihren Mantel.

»Sie würden mich retten, wenn ich Ihren Mantel umlegen dürfte. Wenn nicht, ist es sowieso zu spät…«

Er stieß die Worte atemlos hervor und deutete auf den Mantel in ihrer Hand. Seine hellbraunen Augen sahen sie erstaunlich ruhig an. Obwohl er so schnell gerannt war, dass sein ganzer Körper bebte, war sein Blick ruhig und seltsam gefasst. Ohne auch nur eine Sekunde nachzudenken, reichte sie ihm den Mantel. Vor ihrem inneren Auge sah sie den Blick des Mannes, den die Polizisten weggezerrt hatten. Kaum hatte der junge Mann ihren hellen Mantel angezogen, hörten sie Schritte, die näher kamen. Kurz zuckte er zusammen, wollte weglaufen, doch die Schritte waren schon zu nah. Er öffnete die Arme und flüsterte: »Darf ich?«

Sie verstand sofort, warf sich in seinen Arm, schlang die Arme um seinen Hals und verdeckte mit ihrem Körper nicht nur die Brosche, die am Revers des Mantels befestigt war, sondern gab ihm auch die Gelegenheit, sein Gesicht an ihrem Hals zu vergraben. Sie standen ganz still, fest und eng umschlungen, und Lotte betete, betete stumm, dass die Schritte vorbeilaufen würden. Sie klammerte sich an den fremden Mann, spürte, wie schnell sein Herz schlug, spürte, dass ihr eigenes Herz ebenso schnell pochte, und begann zu zittern vor Angst. Oh, Gott, betete sie stumm, liebe Maria, steh uns bei und breite deinen Mantel schützend über uns. Wenn sie doch nur Zuflucht suchen könnten, unter dem blauen Mantel der gütigen Maria, unter dem sie Nacht für Nacht geschlafen hatte. Wenn Sie doch unsichtbar werden könnten. Sie hörte das Pochen ihrer Herzen, spürte den Atem des Mannes an ihrem Hals. Ihr war eiskalt und heiß zugleich vor Angst, als die Schritte ganz in ihrer Nähe auf dem Platz stehen blieben. Reglos standen sie da, wagten kaum zu atmen. Ein Liebespaar, wie zur Salzsäule erstarrt. Im Kino sah das anders aus, wenn Liebespaare nachts umschlungen unter Bäumen standen, dachte Lotte. Sie hob ihre zitternde Hand und strich ihm über sein Haar, spürte, wie er verstand und auch sie enger umfasste.

»Verzeihen Sie mir«, murmelte er und legte seine Lippen an ihren Mundwinkel, als wären sie in einem innigen Kuss versunken.

Die Schritte entfernten sich, aber sie blieben noch immer zusammen stehen, ohne sich zu rühren, voller Angst, dass die Schritte zurückkehren könnten und dass man hören würde, wie ihrer beider Herzen viel zu schnell und viel zu heftig pochten. Nach einer Weile, als er sich wohl sicher war, dass niemand mehr zurückkommen würde, hob er den Kopf und schaute Lotte an.

»Ich danke Ihnen. Sie haben mir eben mit sehr großer Wahrscheinlichkeit das Leben gerettet. Können Sie mir verzeihen, dass ich Sie in diese Lage gebracht habe?«

Er löste sich aus der Umarmung und verbeugte sich knapp. »Paul Eckner. Für immer tief in Ihrer Schuld.«

»Ach, Unsinn«, flüsterte Lotte und merkte erst jetzt, da er sie nicht mehr festhielt, wie weich ihre Knie waren. »Lotte Winter.«

»Ich war noch nie so froh, jemanden wie Sie kennenzulernen, Fräulein Winter.«

»Aber warum … was haben Sie denn getan, dass …?«

Sie suchte fragend seinen Blick.

»Bei Gott, nichts Schlimmes.«

Er sah sie ernst an, und Lotte nickte. Mehr würde er ihr nicht sagen, und es war ja vielleicht auch gut so.

»Aber wo gehen Sie jetzt hin? Sind Sie denn sicher … brauchen Sie meinen Mantel noch?«

»Wenn ich ihn mir heute noch borgen dürfte? Im Hemd würde ich tatsächlich auffallen. Meine Jacke und den Hut habe ich weggeworfen. Ich bringe Ihnen den Mantel natürlich zurück.«

Es handelte sich um ihren neuen Mantel, einen hellen Trenchcoat, für den sie lange gespart hatte. Kurz zögerte sie.

»Sie sollten ihn sich aber über die Schultern legen, die Ärmel sind viel zu kurz, und darf ich?«

Sie lächelte verlegen und nahm die Brosche vom Revers.

»Nicht, dass ich annähme, dass Sie sie versetzen würden. Sie würde Ihnen wahrscheinlich auch nicht viel einbringen. Aber es sieht seltsam aus, bei einem Mann.«

»Sie tun es ja schon wieder.«

»Was denn?«

»Mich retten.«

Er lächelte sie an.

»Darf ich Sie nach Hause begleiten, damit ich weiß, wohin ich den Mantel schicken kann? Oder möchten Sie lieber allein gehen? Ich habe Sie bereits mehr als bedrängt.«

»Tatsächlich wäre ich dankbar, wenn Sie mich begleiten

würden, meine Beine fühlen sich an wie Gummi, es ist gar nicht weit.«

Er bot ihr seinen Arm, und sie hakte sich unter. Langsam liefen sie zur Ringallee zum Haus ihrer Großmutter. Sie schwiegen beide. Worüber sollten sie auch reden? Man konnte jetzt doch nicht einfach über den schönen Frühlingsabend reden. Lotte kam alles so unwirklich vor. Vielleicht würde sie gleich aufwachen und hätte all das nur geträumt, hätte einen Albtraum und einen schönen Traum zugleich gehabt. Sie zitterte noch immer innerlich, und wahrscheinlich drang das Zittern auch nach außen, denn Paul Eckner hielt ihren Arm sehr fest. So fest, als würde er sie halten können, auch wenn sie fiel, als könnte er jeden schwachen Moment in ihr abstützen, und so sicher hielt er sie, dass ihr Zittern sich langsam beruhigte. Es war doch geradezu absurd, dachte sie, dass sie sich ausgerechnet am Arm eines jungen Mannes, der sich offensichtlich in Gefahr befand, so sicher fühlte.

»Hier sind wir«, sagte sie, als sie vor dem prächtig verzierten Eingang des Eckhauses am Alleenring standen. »Ich habe hier unter der Woche ein Mansardenzimmer.«

Sie schloss die Haustür auf und wandte sich zu ihm um, um sich zu verabschieden, als sie sah, dass ein ganzer Trupp Uniformierter den Ring entlangzog. Und zwar in ihre Richtung.

»Kommen Sie schnell mit hinein.«

Sie stieß die Tür auf, zog Paul hinter sich in das Treppenhaus und schloss die Tür hinter ihnen beiden.

»Was ist denn nur los heute da draußen?«

»Scheint sich um eine große Säuberungsaktion zu handeln.«

In Lottes Kopf schlugen die Gedanken Salto. Natürlich

durfte sie niemanden mit ins Haus bringen. Und schon gar keine Herren. Im Treppenhaus könnten sie jetzt auch nicht lange herumstehen, über kurz oder lang würde jemand an ihnen vorbeigehen. Hörte sie nicht sogar schon, wie sich weiter oben eine Tür öffnete? Mit vor Angst geweiteten Augen sah sie Paul an, dessen Blicke schon hinter ihr nach einem dunklen Winkel suchten, in dem er sich verbergen könnte. Die Tür schloss sich wieder, ohne dass Schritte zu hören waren. Sie atmeten auf. Das war noch einmal gutgegangen. Die Tür zum Keller und auch die zum Hinterhof war gewöhnlich abgeschlossen, und sie hatte keine Ahnung, unter welchem Vorwand, sie den Schlüssel von Anni leihen könnte. Paul musste so schnell wie möglich aus dem Hausflur verschwinden.

»Ich laufe schnell nach oben, und Sie warten einen Moment, und dann laufen Sie mir nach bis in die Mansarden, ganz leise, bitte, sonst …«

Sie sah ihn flehend an. Er nickte stumm, und Lotte lief rasch die Treppe hoch. Als sie an der Wohnungstür ihrer Großmutter vorbeikam, öffnete die sich plötzlich und Anni steckte den Kopf heraus.

»Lottchen! Ich hab schon nach dir Ausschau gehalten! Du bist ja so spät, haben sie dich wieder so lange dabehalten?«

Ausgerechnet jetzt musste Anni sich sorgen. Die gute Seele würde keine Ruhe geben, bis sie Lotte mit Essen versorgt hatte nach dem langen Tag, das wusste sie. Was sollte sie bloß machen? Zwei Treppen weiter unten wartete Paul Eckner. Was machte sie hier überhaupt? Plötzlich wurde ihr das ganze Ausmaß dessen bewusst, was sie da gerade tat. Sie könnte sich einfach von Anni in die Wohnung ziehen lassen. Sich an einen Tisch setzen, den Anni rasch für sie decken würde, und ihr beim Essen von dem komplizierten Kleid erzählen, an dem sie gerade nähte. Es wäre alles sofort ganz einfach.

»Kind, du bist ja ganz blass, komm erst mal rein, wie siehst du denn aus?«

Es wäre so leicht, jetzt einfach zu nicken. Aber dann sah sie das Bild des Mannes wieder vor sich, den die Polizisten mit sich gezerrt hatten.

»Ich bin so müde Anni«, hörte sie sich sagen. »Ich glaube, ich lege mich lieber gleich hin. Ich kann gar nicht mehr geradeaus gucken.«

»Aber du musst doch etwas essen …«

»Ich bin ganz satt, ich habe mein Mittagsbrot sehr spät gegessen, und jemand hat heute Kuchen spendiert … wirklich Anni, ich will nur schlafen.«

»Warte mal, Kind …«

Anni verschwand in der Wohnung, und Lotte lauschte nervös ins Treppenhaus. Alles war still, zum Glück. Aber wie lange noch? Jede Sekunde, die sie hier stand, erschien ihr wie eine Ewigkeit. Dabei dauerte es bestimmt nur wenige Minuten, bis Anni mit einem Körbchen zurückkam.

»Das nimmst du dir mit, vielleicht bekommst du ja später noch Hunger. Lassen die ihre Mädchen so lange schuften! Nicht, dass ich noch Ärger mit deiner Mutter bekomme. Ich habe ihr doch versprochen, auf dich aufzupassen. Schlaf gut, mein Kind.«

»Gute Nacht und danke, Anni, es gibt niemanden, der besser auf mich aufpasst.«

Sie nahm das Körbchen und lief nach oben. Als das Treppenhauslicht ausging, drückte sie den Knopf nicht erneut, damit Pauls Augen sich wieder an das Dunkel gewöhnen und er sich im Schutz der Dunkelheit hinter ihr herschleichen konnte. Hoffentlich fand er sich zurecht. Ihr waren die Stufen vertraut, und sie eilte nach oben, ließ die Tür zum Flur zu den Mansarden wie versehentlich offen stehen und hoffte, dass niemand bemerkte, dass Lotte streng verbotenen Besuch mitbrachte. Von einem Fremden, von dem sie nichts wusste, außer dass die Polizei hinter ihm her war, dass er höflich war und gut roch. Und dass er weiche Lippen hatte und sie halten konnte, festhalten konnte, wie sie noch nie zuvor jemand gehalten hatte. Und seinen Herzschlag kannte sie auch. Als sie auch nach Minuten nichts hörte, war sie erleichtert. Wahrscheinlich hatte er sich entschieden, doch zu verschwinden. Vielleicht war er gegangen, nachdem er gehört hatte, wie sie mit Anni gesprochen hatte. Vielleicht war es ihm zu riskant geworden, oder er wollte sie nicht in Gefahr bringen. Gerade als die Erleichterung begann, sich in ihr auszubreiten, dass es vorbei war, dieses gefährliche Abenteuer, in das sie so unvermittelt hineingeraten war, stand er plötzlich in der Tür. Sie hatte keinen Laut gehört, er war auf leisen Sohlen hochgeschlichen.

Als er ihren erschrockenen Blick sah, schien er ihre Gedanken zu lesen, denn er bot sofort an, wieder zu gehen. Sie war hin- und hergerissen. In den Minuten, in denen sie zur Ruhe gekommen war, war ihr das ganze Ausmaß ihrer Handlung bewusst geworden. Wenn er nun doch erkannt worden wäre und sie ihn gestellt hätten, in ihrer Umarmung? Sie wäre mit ihm verhaftet worden und hätte noch nicht einmal gewusst, wofür. Was, wenn doch jemand gesehen hatte, wie er ihr ins Haus gefolgt war? Was wäre, wenn …? Sie sah seine Augen und erinnerte sich an seinen Herzschlag und traf erneut eine Entscheidung.

Leise schloss sie die Tür hinter ihm. Ihr Mansardenzimmer war sehr klein. Jetzt, da sie zu zweit darin standen, wurde es Lotte erst richtig bewusst, wie klein es eigentlich war. Er sah sie unverwandt an.

»Warum tun Sie das?« Er sagte es so leise, dass sie ihn kaum verstand.

»Ehrlich gesagt, ich weiß es nicht. Es wäre mir auch lieber, das alles wäre nicht passiert. Aber ich habe doch keine Wahl.«

Paul sah sie ernst an. »Doch«, flüsterte er. »Sie hatten eine Wahl. Und Sie haben gewählt. Sie haben sich dafür entschieden, mir zu helfen. Zweimal, nein dreimal, Sie können mich wegschicken, und ich verschwinde wie ein böser Traum.«

»Genau das habe ich vorhin gedacht. Das ist wie ein Albtraum, aber auch wie ein …«

Sie brach ab und hatte das Gefühl, schon zu viel gesagt zu haben. Sie beschloss, sich aufs Bett zu setzen, und bedeutete ihm, auf dem einzigen Stuhl Platz zu nehmen.

»Haben Sie Hunger?«

»Ich will Sie wirklich nicht kompromittieren.«

»Und ich will wirklich nicht, dass Ihnen etwas geschieht.«

Sie schauten sich ernst an, und Lotte musste daran denken, wie seine Lippen ihren Mundwinkel berührt hatten. Er hätte die Situation ausnützen können. Aber das hatte er nicht. Sie hatte keine Ahnung, woher sie das Gefühl nahm, aber sie war sicher, ihm vertrauen zu können, und begann, den Korb auszupacken. Es gab eine Flasche Limonade, ein Stück Kartoffelkuchen, eine Brezel, zwei kleine kalte Frikadellen und sogar ein Schälchen Erdbeeren. Die gute Anni. Wie geschwind sie das alles zusammengepackt hatte. Während sie beide mit großem Hunger alles miteinander teilten, erzählte Lotte leise flüsternd, warum sie hier wohnte und woher sie kam. Paul erzählte, dass er Apotheker werden wollte und jetzt als Vorexaminierter in Frankfurt in einer Apotheke arbeitete. Auch er wohnte in einem Mansardenzimmer, das er sich mit einem Kunststudenten der Städelschule teilte, das war allerdings etwas größer.

»Es passen immerhin zwei Betten hinein, so dass wir nicht in Schichten schlafen müssen.«

»Dann sind Sie nicht aus Frankfurt?«

Paul kam aus dem Weiltal im hinteren Taunus und war nicht sonderlich traurig, zuhause keine Arbeit gefunden zu haben, weil sein Vater und er ständig stritten. Ob sie sich denn mit ihrer Mutter verstehe? Lotte nickte.

»Zumindest kann man mit ihr nicht streiten. Also, ich kann es nicht.«

»Ich glaube, mit Ihnen könnte ich auch nie streiten. Sie strahlen viel zu sehr. Wenn ich Sie malen würde, wie mein Zimmergenosse das bestimmt gut könnte, dann würde ich Sie mit viel Gold malen und Gelb, wie ein Weizenfeld in der Sonne, sehr hell würde das Bild sein.«

Er schaute sie mit seinen braunen Augen unverwandt an.

»Es würde strahlen. Wie Sie.«

Lotte wurde rot. All ihre Angst war in der Zeit, in der sie hier flüsternd in ihrem kleinen Kämmerchen saßen, immer mehr einem ganz wunderbaren Gefühl gewichen, das sich in ihr ausbreitete, das sie ruhig werden ließ. Dem Gefühl, dass alles richtig war. Und ganz aufgehoben in diesem Gefühl glaubte sie Paul Eckner sogar, was er sagte. Wenn die beiden Erichs von ihr als dem deutschen Prachtmädel sprachen, glaubte sie eigentlich immer an eine Verwechslung. Und dass es nicht mehr lange dauern könnte, bis sie herausfanden, dass sie überhaupt gar nicht das Prachtmädel war, das sie in ihr sahen. Paul jedoch glaubte sie jedes Wort. Und selbst in diesen schrecklichen Sekunden der geteilten Angst, als ihre Herzen laut zusammen geschlagen hatten, hatte sie sich dem Fremden näher gefühlt als allen Menschen, die sie bisher kennengelernt hatte. Sie kannte seine warmen braunen Augen, in denen kleine Honigpünktchen schimmerten, seine Hände, die sie voller Verzweiflung fest und vorsichtig zugleich gehalten hatten und die jetzt die Garnrolle für sie hielten, während sie die herausgelassenen Ärmel ihres Trenchcoats neu säumte, damit er ihn tragen konnte, ohne dass es gleich auffiel, dass die Ärmel viel zu kurz waren.

Sie flüsterten lange miteinander. Sehr lange. Irgendwann musste sie eingeschlafen sein. Als sie mitten in der Nacht aufwachte, war der Stuhl, auf dem er gesessen hatte, leer. Obwohl sie froh war, sich keine Sorgen mehr darüber machen zu müssen, ob man ihn hier bei ihr am Ende noch entdecken würde, spürte sie die Leere, die er hinterließ. Und noch etwas anderes spürte sie: Enttäuschung. Es wäre schön, wenn er noch da gewesen wäre.

Ob alles in Ordnung sei, fragte ihre Nachbarin aus dem Zimmer nebenan, als sie ihr morgens auf der Treppe begegnete.

»Aber ja, warum?«

Lotte sah sie abwartend an. Ob sie etwas gehört hatte?

»Ich habe mitten in der Nacht deine Tür gehört, ich wollte schon nach dir schauen, ob etwas ist.«

»Wie lieb von dir«, sagte Lotte lächelnd und war erleichtert, dass ihre Nachbarin genau das nicht getan hatte. »Ich hatte vorm Schlafen wohl zu viel Wasser getrunken, da musste ich in der Nacht raus. Ach, ich mag es überhaupt nicht, wenn man aus dem warmen Bett rausmuss.«

Sie rollte die Augen und dachte, dass sie wirklich mehr Glück als Verstand gehabt hatte. Jetzt, bei Tageslicht betrachtet, konnte sie selbst kaum glauben, was sie getan hatte. Beim bloßen Gedanken an alles, was in der Nacht geschehen war, hatte sie ja schon das Gefühl, vor Angst sterben zu müssen. Trotzdem würde sie Paul gerne wiedersehen. Natürlich nur, um ihren Mantel wiederzubekommen, sagte sie sich. Doch sie wusste selbst, dass sie sich belog.

Die nächsten Tage traumwandelte sie durchs Leben. Sie bekam diesen Faltenwurf hin, sie hatte den Samstag freibekommen, sie schwebte durch das Wochenende. Rosis misstrauische Blicke perlten an ihr ab, genau wie Mutters neugierige Blicke. Zum Glück konzentrierte sich alles auf Käthe. Bei goldgelber Traubenschorle in einer Straßenwirtschaft am Ortsrand eröffnete Käthe ihnen strahlend, dass der Flötist des kleinen Kurorchesters, das sonntagnachmittags im Schlangenbader Kurpark spielte, um ihre Hand angehalten habe.

»Er hat unter meinem Fenster gestanden und hat mir ein Ständchen gebracht. ›Reich mir die Hand mein Leben‹ hat er gespielt, und jetzt bin ich verlobt, stellt euch das mal vor!«

»Oh, Käthchen!«

Lotte ergriff Käthes Hand und drückte sie fest.

»Und wann ist Hochzeit?«

»Das wird sicher noch dauern. Ich muss ja dafür sparen, die Eltern können das nicht alleine, die haben ja noch eine Tochter …«

Sie zwinkerte ihrer Schwester Rosi zu.

»Dann wirst du bei Gernsdorffs aufhören, oder?«

Käthe nickte.

»Heinz ist Flötist an der Oper in Frankfurt. Im großen Orchester dort. In Schlangenbad spielt er ja nur im Sommer an den Wochenenden, zum Zeitvertreib. Um etwas zu sparen. Wir werden nach der Hochzeit in Frankfurt wohnen, und ich werde nicht mehr arbeiten müssen.«

Rosi schwieg, und Lotte wusste genau, dass sie sich für ihre Schwester freute, aber dass es auch Salz in die Wunde rieb. Sie würde bald als Einzige noch als Hausmädchen bei einer Familie arbeiten. Lotte war angestellt und hatte bedeutende Kundschaft, und Rosis Schwester war bald die Frau eines Opernflötisten. In Frankfurt. Lotte konnte ihrer Freundin richtiggehend ansehen, dass ihr das zusetzte.

»Ihr müsst euch auch verlieben. Und verloben«, rief sie selig. »Es ist einfach herrlich!«

»Na, wir haben ja unsere Erichs«, bemerkte Rosi.

»Aber in die Erichs sind wir doch nicht richtig verliebt? Nicht so jedenfalls ... oder?« Lotte schaute Rosi fragend an. »Das sind halt die beiden Erichs, mit denen wir manchmal etwas zusammen unternehmen?«

Rosi machte großen Augen.

»Ich glaube, das sieht dein großer Erich aber anders.«

»Hat einer von denen jemals richtig um uns geworben? Wir sind Kameraden, ein lustiges Grüppchen. Aber das ist doch keine verliebte Liebe?«

»Ach, schau an«, sagte Käthe neckend, »unser Lottchen redet von Liebe!«

Lotte musste lachen.

»Euer Lottchen glaubt eben, dass das mit den Erichs nicht die Art von Liebe ist, die zu einer Verlobung führt.«

Rosis Gesicht verdüsterte sich zunehmend. Sie schwieg, während ihre Schwester Käthe glücklich erzählte, was Heinz ihr alles versprochen hatte und wie sie sich ihr zukünftiges Leben vorstellte. Auf dem Heimweg kamen sie am Laden der Simons vorbei. Dorle stand mit einem Eimer Seifenwasser und einer Bürste davor und versuchte, die neuen Schmierereien an den Wänden abzuwaschen. Als sie Lotte sah, wandte sie das Gesicht ab. Sie hatten miteinander vereinbart, dass sie sich nicht mehr auf der Straße grüßen würden. Dorle selbst hatte es vorgeschlagen, weil sie Lotte nicht in Schwierigkeiten bringen wollte. Dennoch gab es Lotte immer wieder einen Stich, und sie versuchte, Dorles Blick zu erhaschen, um ihr wenigstens heimlich zulächeln zu können. Wenn Lotte in Rauenthal war, ging sie erst, wenn es schon dämmerte, zu den Simons. Meist klopfte sie an die Hintertür, damit man sie auf der Straße nicht vorm »Jud« stehen sah. Es bedrückte Lotte sehr, dass sie ihre Freunde nicht mehr besuchen konnte wie früher. Und nicht nur das. Sie musste auch feststellen, dass sie zusehends verarmten. Ihr ganzes Geld steckte in dem Laden, den sie schon längst hätten schließen müssen. Nur Dorles Mann Wilhelm hatte noch Arbeit und brachte als Einziger Geld nach Hause. Wenn auch nicht in dem Beruf, für den er ausgebildet war. Dem Bürovorsteher fiel es schwer, sein Einkommen als Hilfsarbeiter zu verdienen. Aber sie waren alle schon froh, dass man in der Metallfabrik, die etwas außerhalb von Rauenthal lag, überhaupt nichtarische Menschen einstellte. Wilhelm erzählte nie davon, was er eigentlich arbeitete, aber die Furchen, die sich durch sein immer magerer werdendes Gesicht zogen, wurden tiefer. Früher hatte Lotte von ihnen Schokolade geschenkt bekommen, jetzt war sie es, die ihnen mitbrachte, was sie sich sonst nicht mehr leisten konnten. Kaffee, Schokolade oder Zuckerwerk für die Kinder.

Es gelang ihr nicht, Dorles Blick zu erhaschen, und sie gingen schweigend an dem Laden vorbei.

»Ist doch eine Schande.« Rosi war erbost. »Die Juden haben Geschäfte und horten ihre Reichtümer, und wir Deutsche können es uns nicht einfach so leisten, ein eigenes Geschäft aufzumachen.«

»Ich weiß nicht, welche Reichtümer das sein sollen?«

Käthe warf Lotte einen Blick zu, sie solle lieber den Mund halten, und Lotte verstummte. Käthe hatte recht. Sie durfte nicht so unvorsichtig sein. Rosi war ganz und gar nicht guter Dinge und wetterte schon weiter.

»Warum putze ich den Reinickes hinterher und habe keinen eigenen Laden? Man sollte sie enteignen. Wem nutzt es denn, dass der Laden so gut wie leersteht? Man sollte es verbieten, dort überhaupt noch was zu kaufen. Jemand wie ich sollte einen eigenen Laden haben. Eine gute Deutsche. Für gute deutsche Kunden.«

Käthe schnitt hinter dem Rücken ihrer Schwester eine Grimasse, und Lotte hob hilflos die Schultern. Lotte wusste, dass Käthe Rosi durchaus etwas zu eifrig fand, wenn es um die Hitlertreue ging. Und es war ja auch nicht alles verkehrt, außer, ja, außer, wenn es um die Juden ging. Und um Paul. Wenn es um Paul ging, war es doch auch verkehrt. Ob er auch Jude war? Ob er deshalb vor jemandem hatte fliehen müssen? Oder Sozialist? Oder am Ende ein Kommunist? Oder ob er wirklich etwas Schlimmes ausgefressen hatte? Sie seufzte tief.

»Zum Glück gehst du nicht mehr hin.«

Rosi schaute sie direkt an, und Lotte zuckte die Achseln und schwieg. Aber dann kam es ihr doch falsch vor, gar nichts dazu zu sagen. Das konnte sie nicht so stehen lassen, auch wenn sie Rosi bestimmt nicht verraten würde, dass sie die Familie abends heimlich durch die Hintertür besuchte.

»Aber es ist doch schon seltsam«, sagte Lotte und versuchte, es möglichst beiläufig klingen zu lassen, »dass man alte Freunde nicht mehr grüßt, findest du nicht?«

»Judenfreunde?«

»Ach, Rosi«, Lotte hakte sie unter und zog sie weiter. »Wir haben damals den Kinderwagen so oft zusammen durchs Dorf geschoben, da war uns das doch auch völlig egal.«

»Daran kann ich mich nicht erinnern.«

Rosis Gesicht blieb verschlossen, und Lotte fragte sich, wie es sein konnte, dass eine Erinnerung an den gleichen Moment sie so sehr voneinander trennen konnte.

In der kommenden Woche wurde ein Paket für Lotte abgegeben. Als sie es öffnete, lag darin ihr Mantel. Sie zog ihn aus dem Papier, in das er eingeschlagen war, schlüpfte hinein und stutzte. Die Ärmel waren nicht mehr zu lang. Sie drehte den Saum um, den sie herausgelassen hatte, und entdeckte, dass er wieder umgeschlagen war. Sie musste lächeln. Man sah überhaupt nicht mehr, dass sie die Ärmel für Paul herausgelassen hatte. Aber es gab keinerlei Nachricht. Keinen Brief, keine Karte. Sie schüttelte das Papier und drehte die Schachtel um, nichts. Die Enttäuschung war größer, als sie gedacht hatte, und ließ sich nur schwer herunterschlucken. Gut, der Mantel war wieder da. Und wie nett, dass auch die Ärmel passten. Aber gerade weil er so nett war, hätte sie sich doch sehr gefreut, wenn er um ein Wiedersehen gebeten hätte. Vielleicht, versuchte sie sich zu trösten, würde er ihr später noch einmal schreiben.

Vielleicht hatte er ja einfach kein Papier zur Hand gehabt. Aber wie sollte sie ihn jemals wiederfinden, wenn er sich nicht meldete?

Am Morgen war der Himmel bedeckt, es war windig, und sie war froh, ihren Mantel wiederzuhaben. Genau für diese Art von Wetter brauchte man diese Art von Mantel. Sie schlüpfte hinein, verschloss die Knöpfe und zog den Gürtel eng um ihre Taille. Als sie den Schlüssel in die Manteltasche gleiten ließ, spürte sie einen Widerstand. Sie griff in die Tasche und zog ein Kuvert heraus. Ihr Herz hüpfte. Er hatte doch geschrieben! Sie zog eine Karte aus dem Kuvert, auf die ein goldener Kreis gemalt war. Eine Sonne? Ein Vollmond? Bestimmt hatte er die Farbe von seinem Zimmergenossen, dem Maler, bekommen. Um den Kreis herum stand in winziger Schrift: *Würden Sie am Sonntag mit mir spazieren gehen, liebes Fräulein Lotte? Eine gute Nachricht von Ihnen würde meinen Tag vergolden. Ganz und gar der Ihre, Paul Eckner*

Sie musste das Papier in ihrer Hand einige Male drehen, weil er in einer Spirale um die Sonne herum geschrieben hatte. Am liebsten hätte sie ihm sofort geantwortet, aber sie musste loslaufen, sie hatte jetzt keine Zeit mehr, ihm eine Notiz zu schreiben. Hätte sie den Brief doch nur gestern Abend entdeckt, sie hätte die halbe Nacht überlegen können, mit welchen Worten sie dem freudigen Ja, das in ihr hüpfte, Ausdruck verleihen konnte. Eigentlich hatte sie am Sonntag wieder nach Hause fahren wollen, um Mutter zu helfen. Vielleicht würde sie besser am Sonnabend schon nach Rauenthal fahren, um Sonntagmittag wieder zurück in Wiesbaden zu sein. Aber dann müsste sie Mutter erzählen, warum sie schon so früh wieder zurückfuhr.

»Na, sag mir mal, was ist denn mit dir los heute?«

Lotte schaute erschrocken auf, weil Hilde sie kopfschüttelnd ansah.

»Warum? Was soll los sein?«

»Ich rede und rede, und du reagierst gar nicht! Stattdessen lächelst du deinen Stoff an.«

»Wirklich … du hast …? Was hast du denn gesagt?«

»Man könnte glauben, du hättest dich verliebt.«

»Ach, Hilde«, flüsterte Lotte. »Ich glaube, das ist tatsächlich passiert.«

Hilde riss die Augen weit auf.

In diesem Augenblick ertönte das berühmte Händeklatschen, und sie verstummten sofort. Beinahe hätte Lotte lachen müssen, weil Hilde sie so entgeistert ansah. Als Fräulein Beckmann mit der Kundschaft wieder verschwunden war, erzählte Lotte, dass sie Paul auf einer Bank unter einer Linde kennengelernt hatte, letzte Woche, als sie auf dem Nachhauseweg noch den Frühlingsabend hatte genießen wollen. Gelogen war das nicht. Und den Rest verschwieg sie.

Hilde riet ihr, Paul unbedingt zu treffen und dann doch lieber am Wochenende darauf nach Hause zu fahren.

»Und wenn du willst, komme ich am Samstag nach der Arbeit mit zu dir nach Hause und helfe auch beim Nähen, dann kommen wir den ganzen Sonntag richtig schnell voran und machen es wieder wett.«

»Das würdest du tun?«

»Natürlich. Ich platze doch vor Neugier, das Atelier deiner Mutter einmal zu sehen!«

Die Tage bis zu dem Sonntag dehnten sich in eine schreckliche Länge. Doch als es dann endlich so weit war und sie eigentlich die Treppe hinuntereilen müsste, um ihn zu treffen, stand sie plötzlich doch unschlüssig vor ihren Kleidern und zog sich rasch noch einmal um. Sie entschied sich für eine Hose. Die hatte mehr Pfiff als der Rock. Für Paul wollte sie nicht so unauffällig gekleidet sein wie sonst, für ihn wollte sie interessanter aussehen.

Und er wollte das anscheinend auch.

»Ich wollte Ihnen doch beweisen, dass ich auch ganz ordentlich angezogen daherkommen kann.«

Er bot ihr seinen Arm, und sie schob lächelnd ihre Hand unter. Es fühlte sich so vertraut an, als würden sie sich schon ewig kennen, als wüssten sie alles voneinander, und nicht, als sei es ihre erste Verabredung.

»Und das Jackett, das Sie wegwerfen mussten?«

»Habe ich wiedergefunden.«

»Ist es das hier?« Lotte betrachtete es. »Wäre schade drum gewesen. Es ist ein schöner englischer Wollstoff.«

»Nein, das ist eine andere Jacke, ich dachte, es ist kein gutes Omen für unsere Begegnung. Sie soll unter einem besseren Stern stehen als die letzte. Vergessen wir doch bitte diesen unseligen Abend und fangen hier und heute neu an.«

Lotte blieb stehen. »Der Abend war wunderbar, ich könnte ihn niemals vergessen.« Sie spürte, wie ihr die Wärme ins Gesicht stieg. Jetzt wurde sie auch noch rot.

»Ich auch nicht«, sagte er leise. »Wie könnte ich? Trotzdem müssen wir es tun. Es war nichts als ein dummer Zufall, dass ich mich zum falschen Zeitpunkt an falscher Stelle befand. Und ein sehr glücklicher Zufall, dass wir uns begegnet sind. Ich stehe für immer in Ihrer Schuld. Doch lassen Sie uns jetzt einen Strich ziehen. Bitte.«

»Wie soll das denn gehen?«

Lotte blieb stehen und sah ihn fragend an. »Wir lernen

uns doch nicht erst jetzt kennen! Wir haben doch etwas geteilt? Und ich will alles von Ihnen wissen.«

Seine Blicke wanderten über ihr Gesicht, während sie sprach, und erzählten eine ganze Menge, während sein Mund jedoch verschlossen blieb. Er sah traurig aus, als er schließlich antwortete.

»Sie müssen es hinnehmen, Fräulein Lotte, dass es so ist, wie es ist. Anders geht es nicht, sonst… So schwer es mir auch fiele, sonst müsste ich jetzt gehen.«

Der bloße Gedanke riss schon an ihrem Herz, und sie wusste, dass sie allem zustimmen würde. Hauptsache, er blieb da, blieb hier neben ihr und sah sie an und gab ihr dieses Gefühl. Das Gefühl, dass alles richtig war und gut. Nein, er durfte nicht wieder gehen. Auf keinen Fall. Sie nickte stumm, und er beugte sich zu ihr und küsste ihren Mundwinkel. Er küsste genau die Stelle, an der seine Lippen nur Millimeter entfernt gewartet hatten, dass seine Verfolger verschwinden würden, weil sie sie für ein Liebespaar hielten. Die Stelle, die sein aufgeregter hastiger Atem gestreift hatte. Es war ein sehr zarter Kuss, und während seine Lippen einen Augenblick verweilten, drehte sie den Kopf nur ein wenig, so dass ihre Lippen sich fanden.

Sie spazierten den ganzen Nachmittag durch den Park und unterhielten sich. Erzählten sich alles, nur das nicht, was zu ihrer Begegnung geführt hatte. Lottes Herz schlug in einem anderen Takt. Sie lachte öfter, sie strahlte heller. Als sie sich am frühen Abend trennten, trafen sie gleich die nächste Verabredung, und als Lotte durchs Treppenhaus all die Stockwerke nach oben unters Dach lief, drehte sie sich auf jedem Treppenabsatz einmal um sich selbst. Als würde sie tanzen.

Nach einigen Wochen wunderbarer Spaziergänge, wunderbarer Küsse und vertrauter werdender Gespräche erzählte Paul, dass er in der Wiesbadener Bergkirche gewesen war.

»Weil ihr in Frankfurt keine eigenen Kirchen habt?«, neckte Lotte, aber Paul war ernst, als er antwortete.

»Man mag manche Pfarrer vielleicht lieber als andere.«

»Du bist also evangelisch«, stellte Lotte fest.

»Ja. Ist das denn ein Problem?«

»Aber nein!«

»Und für deine Mutter? Wäre es für die ein Problem?«

Lotte schaute nach unten in ihren Schoß, damit er ihr nicht gleich ansehen konnte, wie sehr sie sich freute, dass er nach ihrer Mutter fragte. Wenn er sich Gedanken darüber machte, ob er ihrer Mutter wohl gefallen würde, dann, oh, sie konnte in diesem Moment gar nicht mehr richtig denken. Dann meinte er es doch offensichtlich ernst mit ihr.

»Meine Mutter hat ihre ganz eigene Religion. Für sie zählt nur, ob jemand ein guter Mensch ist, was er glaubt oder was er wählt, ist ihr egal.«

»Keine leichte Haltung in diesen Zeiten. Vielleicht auch, weil es eben nicht egal ist, was man wählt. Wie man ja gesehen hat.«

Lotte nickte. »Früher hat sie immer gesagt, dass es ihr gleich ist, ob jemand ein Kommunist oder ein Kapitalist oder ein Sozialist oder ein Atheist ist. Das sieht sie jetzt auch anders. Glaube ich zumindest. Wir reden nicht mehr über Politik. Vor allem nicht, wenn mein Bruder zuhause ist.«

»Im Rheingau ist man eher katholisch, oder?«

Lotte nickte und fragte lächelnd, ob das denn ein Problem für ihn sei.

Natürlich war es das nicht.

»Und magst du euren Pfarrer? Was sagt er denn zur allgemeinen Lage?«

»Unser Pfarrer wurde schon einige Male abgeholt und verhört.«

»Hat er die Enzyklika des Papstes verlesen?«

Erstaunt sah sie Paul an.

»Woher weißt du davon, ich dachte, wenn man evangelisch ist, interessiert man sich überhaupt nicht für den Papst?«

»Für die Enzyklika schon. Es wurde höchste Zeit, dass die katholische Kirche aufwacht. Lange genug sah es so aus, als ob sie mit Hitler paktieren. ›Mit brennender Sorge‹ ist endlich das deutliche Bekenntnis *gegen* Hitler. So deutlich, dass die meisten Pfarrer, die die Enzyklika in ihren Kirchen verlesen haben, verfolgt werden. Genau wie die evangelischen Pfarrer, die sich der Bekennenden Kirche angeschlossen haben und sich von den Deutschen Christen distanzieren. Die klüngeln mit Hitler.« Seine Lippen wurden schmal. »Aber wenn man Christ ist, kann man nicht mit Hitler klüngeln.«

Lotte nickte.

»Wenn man über Nächstenliebe spricht, sollte man dafür nicht verhaftet werden, oder? Und wenn man sagt, dass wir alle Kinder Gottes sind, auch nicht.«

»Und es ist schon gefährlich, dass wir beide darüber so sprechen, das weißt du?«

Er sah sie fragend an, und sie hielt seinen Blick.

»Ist das der Grund, warum du weglaufen musstest, an dem Abend? Kamst du da aus der Bergkirche?«

»Lass uns von etwas anderem reden, Lotte. Es war dumm von mir, es dir überhaupt zu erzählen.«

»Es ist dumm von dir, es mir nicht zu erzählen. Nimmst du mich mit, wenn du wieder hingehst?«

»Ich habe schon zu viel erzählt. Wir werden nicht zusammen hingehen. Du sollst dort überhaupt nicht gesehen werden.«

»Vertraust du mir denn nicht?«

Seine braunen Augen betrachteten sie stumm. Aber er wirkte jetzt verschlossen. Als wären die Fensterläden zugeklappt, um ihr den Blick in sein Innerstes zu verwehren.

»Du hast dich mir sogar anvertraut, als du noch gar nichts von mir wusstest. Ich hätte doch auch schreien können.«

»Es ist und bleibt ein Wunder, dass du es nicht getan hast.«

Er schaute sie liebevoll an.

»Und dass ich dich gefunden habe, ausgerechnet dich in dieser Lage … Das ist das allergrößte Wunder. Du bist mein Engel.«

Lotte spürte, wie ihr die Röte ins Gesicht stieg, als er ihre Hand nahm und fest in seiner hielt.

»Ich glaube ja, dass Maria etwas damit zu tun hatte.«

Er schaute sie fragend an. »Maria?«

Lotte nickte. »Du darfst jetzt nicht über mich lachen, wenn ich dir ein Geheimnis erzähle. Versprich es.«

»Aber wenn du nun etwas sehr Lustiges erzählst und ich lachen muss?«

»Es ist nicht lustig. Es ist einfach ein Geheimnis. Aber schon gut. Ich erzähle es besser nicht.«

»Jetzt bin ich aber neugierig.«

»Nein, ich erzähle es dir nicht, du erzählst mir ja auch dein Geheimnis nicht.«

»Das ist etwas anderes. Ich will dich einfach beschützen. Bitte, ich schwöre, dass ich nicht lache. Bei meiner Ehre.«

»Ich glaube, dass … und du lachst wirklich nicht?«

»Ich verspreche es.«

»Also, ich glaube, dass die Heiligen uns beschützen. Ich glaube, sie sind immer um uns. Und wenn wir in Not sind, kommen sie zu Hilfe. Weil sie selbst in ihrem Leben in Not waren. Sie stehen uns dann bei. Das glaube ich jedenfalls.«

Paul lachte nicht, er schaute sie ernst an.

»Auch jetzt? Hier? Wie gute Geister?«

»Ja. Und wenn man daran glaubt, dann ist man nicht mehr so alleine.«

Fast traurig schaute er sie an, hob ihre Hand und küsste sie.

»Du sollst nicht mehr alleine sein. Auch ohne die guten Geister sollst du dich niemals alleine fühlen.«

»Ich bin gar nicht mehr so alleine, seit ich dich kenne«, gestand sie ihm leise, und er zog sie näher an sich, so nah, dass sie seinen Herzschlag fühlte.

»Und was«, fragte er nach einer Weile, »hatte Maria damit zu tun, dass du mich gerettet hast?«

Sie suchte seinen Blick.

»Ich habe Angst, dass du mich albern findest. Weil ich ein katholisches dummes Mädchen vom Dorf bin.«

»Ich denke, du bist ein katholisches mutiges und besonders gutes und besonders schönes Mädchen vom Dorf.«

Sie musste lächeln.

»Als ich zur Kommunion ging, haben wir kleine Heiligenbildchen bekommen, für unser Gesangbuch. Und das schönste Bild war das von Maria, vor einem Himmel voller Sterne, und unter ihrem blauen Mantel können alle Zuflucht suchen, die beladen sind mit Kummer und Angst.

Und ich glaube, dass Maria mich dir in den Weg gestellt hat und mich und meinen Mantel benutzt hat, um dich zu schützen.«

Paul sah sie ernst an und küsste ihre Stirn.

»Also, nur damit du das weißt und damit es mal gesagt ist: Du bist das beste Mädchen, dem ich jemals begegnen konnte. Ich weiß gar nicht, was schöner ist, dein Gesicht oder dein ganzes Wesen.«

»Und wenn ich dir doch nun ein großes Geheimnis verraten habe, kannst du mir nicht deines auch verraten?«

»Mein Geheimnis könnte dich in Gefahr bringen. Und das ist das Letzte, was ich will. Bitte versprich mir, nicht mehr nachzufragen.«

Lotte schwieg. Sie fühlte sich zerrissen. Zum einen freute es sie, dass er sie beschützen wollte, aber gleichzeitig fühlte sie sich nicht ernstgenommen. Das ärgerte sie.

Viel zu schnell flog auch dieser Sonntagnachmittag an ihnen vorbei oder sie durch ihn hindurch, egal, wie sie es nannte, die Zeit war auf jeden Fall zu flüchtig. Wie immer begleitete er sie bis vor die Tür, und wie immer schwiegen sie beide darüber, dass er wusste, wie das Zimmer aussah, in das sie nun hinaufsteigen würde.

»Heute machen wir es umgekehrt«, beschloss Lotte, als der Moment des Abschieds gekommen war. »Heute begleite ich dich zum Zug.«

Sie nahm seinen Arm und zog ihn weiter, um mit ihm zusammen zum Bahnhof zu gehen, der keine zehn Minuten entfernt war.

»Aber das gehört sich nicht. Dann müsstest du ja alleine zurückgehen.«

»Und stell dir vor, das wird mir gelingen! Komm, dann haben wir doch noch ein paar Minuten zusammen.«

Als der Zug mit Paul aus dem Bahnhof rollte, spürte Lotte, wie es an ihrem Herzen riss und dass sie es kaum erwarten konnte, ihn bald wiederzusehen. Sie blieb im Bahnhof stehen, bis der Zug, der Paul davontrug, nur noch ein kleiner Punkt war und schließlich verschwand.

Lotte hatte sich die Bergkirche schon angeschaut, weil sie sehr schön war und so hübsch auf dem kleinen Berg thronte. Aber einem Gottesdienst hatte sie dort noch nie beigewohnt. Vielleicht sollte sie auch ohne Paul einmal dort hingehen. Hatten die Evangelen nicht so etwas wie eine Abendvesper? An der könnte sie ja auch einmal nach der Arbeit teilnehmen. Schon wenige Tage später spazierte sie an der Bergkirche vorbei, um zu schauen, ob es einen Aushang gab, wann die Gottesdienste stattfanden. Als sie sah, dass die Kirchentüren geöffnet waren und viele Menschen über den Kirchhof strömten und in der Kirche verschwanden, ging sie einfach mit hinein. An den hinteren Reihen blieb sie stehen, unschlüssig, wohin sie sich setzen sollte. Die Kirche war fremd und groß und erhaben und schüchterte Lotte ein. Am Altarende des hohen Kirchenschiffs leuchteten die Fenster, weil das Abendlicht das bunte Glas von außen erhellte. Sie setzte sich in eine der hinteren leeren Bänke und staunte, als sich die große Kirche nach und nach immer mehr füllte und sich auch links und rechts von ihr Menschen hinsetzten. Als sie sich umdrehte, sah sie, dass immer mehr Menschen hereinkamen und hinten stehen blieben, weil jetzt alle Plätze in den Bänken besetzt waren. Ihr Herz sank, als sie sah, dass eine Gruppe von Uniformierten ebenfalls in die Kirche kam und sich direkt gegenüber der Kanzel positionierte. Die kamen doch nicht, um zu beten. Lotte schaute sich unruhig um.

In manchen Bänken um sie herum wurde getuschelt, aber besondere Notiz nahm niemand von ihnen. Die Frau, die neben Lotte Platz genommen hatte, schien ihre besorgten Blicke zu bemerken, denn sie flüsterte ihr zu, dass die immer kämen.

»Jedes Mal stehen die da und gucken unseren Pfarrer an, rufen auch mal dazwischen, aber er lässt sich nicht beirren. Er ist unser Fels.«

Lotte nickte dankbar und beruhigte sich etwas. Wenn die Polizei immer hierherkam, dann würde es ja bestimmt auch heute gutgehen.

In der Gottesdienstordnung kannte Lotte sich nicht aus, sie machte einfach alles nach, was die Frau neben ihr auch machte. Manche der gesungenen Lieder kannte sie nicht, anderes war ihr wiederum ganz vertraut. Aber als der Pfarrer auf seiner Kanzel zu predigen begann, hörte sie erst erstaunt und dann atemlos zu, als er über das Gleichnis vom Senfkorn predigte. Dass das Himmelreich und auch der Glaube jedes Einzelnen dem winzigen Senfkorn gleiche, das man kaum sehen konnte, so klein, wie es war. Dass es aber zu einem großen Baum heranwachsen könnte, in dem die Vögel des Himmels nisteten.

»Und auch wenn manche den Irrglauben hegen, die Pflanze, die aus dem Senfkorn wächst, sei nicht gut und man müsse sie herausreißen und am Wachsen hindern.«

Er machte eine bedeutsame Pause und schaute die Polizisten, die gegenüber seiner Kanzel standen, direkt an. Lotte stockte der Atem. Die ganze Kirchengemeinschaft schien gleichzeitig die Luft anzuhalten.

»So gibt es doch viele Senfkörner«, fuhr der Pfarrer fort. »Sehr viele. Und sie lassen sich nicht vernichten. Ganz im Gegenteil. Sie werden wachsen. Der Glaube wird weiterwachsen. Denn auch da, wo man die Aussaat nicht sieht, vielleicht *noch* nicht sieht, weil das Senfkorn so klein ist, wird es im Stillen wachsen.«

Es war wie eine Drohung, die er den braunen Abgesandten mitten ins Gesicht gesprochen hatte. Lotte bewunderte seinen Mut, mit dem er laut und öffentlich aussprach, was andere höchstens hinter vorgehaltener Hand tuschelten, aus Angst vor Konsequenzen. Sie bewunderte alle, die in dieser Kirche saßen und nicht mit der Wimper zuckten und zu ihrem Pfarrer hielten. Aufgewühlt lief Lotte nach Hause, und auch als sie später im Bett lag, konnte sie lange nicht einschlafen. Das, was sie gehört hatte, klang alles so richtig, und sie nahm ein Echo in sich wahr. Jedes Wort dieser Predigt hatte sie überzeugt, der unglaubliche Mut des Pfarrers hatte sie überzeugt. Und dass es anscheinend sehr viele Menschen gab, die es wagten, ihm öffentlich zuzuhören, das beeindruckte sie. Und wenn sie ehrlich war, dann wollte sie dazugehören. Wenn sie Paul das nächste Mal traf, musste sie unbedingt mit ihm darüber reden.

»Aber was ist denn …?«

Lotte kniete vor ihrem kleinen Muck, der ihr schluchzend in die Arme fiel und sein heißes tränennasses Gesicht an ihren Hals schmiegte. Während sein Schluchzen langsam verebbte, schaute Lotte seine ältere Schwester Ännchen fragend an. Aus dem früher lebendigen Ännchen war ein stilles, blasses Kind geworden. Lotte fiel plötzlich auf, dass die ganze Familie so blass geworden war. Sie hielt den kleinen Kerl fest an sich gedrückt, bis er allmählich ruhiger wurde. Ännchen zuckte die Achseln und deutete auf den Tisch.

»Die Kinder sind halt so.«

Lotte schaute sie fragend an, dann folgte sie Ännchens Blick zum Tisch, auf dem Mucks Schulranzen lag, in dessen Lederklappe jemand mit einem scharfen Gegenstand das Wort »Drecksjude« hineingeritzt hatte. Alles, was sich im Rucksack befunden hatte, lag daneben ausgebreitet. Und alles war kaputt, zerstört, zerrissen. Von den Buntstiften, die sie ihm zur Einschulung geschenkt hatte, waren nur zerbrochene Holzsplitter übrig, das Federmäppchen war zerschnitten, das Tintenfass war hineingeleert worden, die Hefte zerrissen. Tränen der Wut stiegen Lotte in die Augen. Fassungslos schaute sie auf die brutale Zerstörung, die sich ihr darbot. Das war kein Hänseln, so wie sie es von früher kannte. Das war gemeine, mutwillige Zerstörung.

»Wer war das?«

»Meine Klassenkameraden …« flüsterte der Muck.

»Wenn es mal Kameraden wären.« Ännchen schaute starr auf die zerstörten Sachen. »Sie machen alles kaputt, was uns gehört. Und ich glaube, am liebsten würden sie uns kaputtmachen. Genau so.«

Sie deutete auf die zerbrochenen Stifte.

Lotte presste die beiden Kinder an sich. Das durfte doch nicht wahr sein. Da hatten sich Schulkinder verabredet, Kinder im Alter von ihrem kleinen Muck! Siebenjährige Kinder hatten sich zu so einer hinterhältigen und bösartigen Tat verabredet.

»Aber dann könnt ihr doch nicht mehr in die Schule gehen! Das darf doch nicht sein!«

Sie dachte an das Senfkorn aus dem Gleichnis in der Kirche. Auch die böse Saat ging auf. Und wie bitter, wenn sie ausgerechnet in Kinderherzen keimte und sie zu solchen Taten befähigte. Dorle kam zu ihnen in die Küche. Sie lächelte kaum, als sie Lotte sah.

»Das Leben ist so schwer geworden. Sehr schwer. Wir treten kaum vor die Tür. Manchmal gehen wir abends spät noch spazieren, einfach, um mal an die Luft zu kommen, aber nur, wenn wir sicher sind, niemandem mehr zu begegnen.«

Deshalb waren sie alle so blass. Sie gingen gar nicht mehr nach draußen.

»Aber warum ist es denn plötzlich alles so schlimm geworden?«

»Es ist nicht plötzlich passiert. Es passiert jeden Tag ein Stückchen mehr, ich mache mir solche Vorwürfe.«

Dorle biss sich auf die Lippen und wandte sich ab, damit die Kinder nicht sahen, dass sie weinte. Aber ihre Schultern bebten, und Lotte wusste, dass die Kinder alles sahen. Sie wusste, wie es war, eine traurige und verzweifelte Mutter zu haben. Und sie wusste, dass Dorle sich an allem die Schuld gab.

»Jeden einzelnen Tag wird es schwerer. Hätte ich nur niemals all unser Geld in den Laden gesteckt. Und hätte ich nur auf Wilhelm gehört. Und Papa. Wenn ich wenigstens die Kinder vor alldem bewahren könnte …«

Am nächsten Sonntag wanderte Lotte zusammen mit Paul auf den Wiesbadener Neroberg. Erst wollten sie mit der wasserbetriebenen Nerobergbahn nach oben fahren. Aber bei dem schönen Wetter war der Andrang groß, und sie beschlossen, über die gewundenen Wege durch den Wald ganz allmählich den Berg hinaufzulaufen. Bald hatten sie die Ausflügler hinter sich gelassen und liefen unter schattigen Buchen. Lotte hatte die ganze Zeit schon an sich halten müssen. Seit sie Paul am Bahnhof abgeholt hatte, waren sie immer von zu vielen Menschen umgeben gewesen. Aber jetzt, da sie alleine waren, sprudelte es aus ihr heraus. Sie musste ihm doch erzählen, dass sie in der Bergkirche gewesen war und wie sehr es sie beeindruckt hatte, und fast im gleichen Atemzug fragte sie ihn, ob er einen Rat hätte, ob er wüsste, was sie am besten tun könnten, um ihren Freunden zu helfen. »Gibt es denn nicht irgendetwas, was ich tun kann?«

Paul schwieg. Er schwieg lange. Mit plötzlich verschlossenem Gesicht schritt er neben ihr her. Sie schaute ihn fragend an. Warum antwortete er nicht? Warum schaute er so ernst und fast grimmig geradeaus?

»Paul?«

»Lotte, ich möchte dir nicht antworten.«

»Du möchtest mir nicht antworten?«

»Ich möchte nicht, dass du dich da in etwas hineinbegibst, ich möchte nie um dich bangen müssen.«

Er blieb stehen und nahm ihre Hände. Sein Blick war ernst. »Glaube mir, es ist besser so. Außerdem, ich wüsste wirklich nicht, was man tun könnte.«

Damit war das Thema für Paul erledigt, er zog sie lächelnd weiter. Aber für Lotte war das Gespräch noch lange nicht beendet. Sie blieb entrüstet stehen.

»So bin ich aber nicht. Ich finde es nicht richtig, dass du das einfach bestimmst. Dass du diese Grenze zwischen uns ziehst. Ich durfte dich retten, als du Hilfe brauchtest, aber jetzt bitte ich dich um Hilfe, und du verweigerst sie mir?«

»Es stimmt. Es ist …«

»Ungerecht.« Lotte sah ihn an und nickte. »Es ist ungerecht. Und du weißt es.«

Paul nickte.

»Du hast recht. Aber manchmal ist es eben, wie es ist.«

»Und du willst das für mich entscheiden?«

Er nickte wieder.

»Weil du nicht glaubst, dass ich richtige Entscheidungen treffen kann? Meine Entscheidung hat dich gerettet. Auch wenn du diesen Abend vergessen willst … ich werde ihn nie vergessen.«

»Aber ich möchte dir das nicht zumuten.«

»Dann hältst du offensichtlich nichts von mir.«

»Du weißt, dass das nicht stimmt, Lotte.«

»Nicht genug. Was habe ich denn falsch gemacht? Was habe ich falsch gemacht, dass du mir nicht vertraust?«

»Es hat mit Vertrauen nichts zu tun, Lotte.«

»Womit denn sonst? Du vertraust mir also nicht? Du hast mir dein Leben anvertraut, und jetzt bin ich nicht gut genug?«

»Du bist zu gut.«

»Das verstehe ich nicht«, flüsterte sie. »Ich verstehe dich nicht …«

»Du müsstest dein Herz verschließen.«

»Macht uns genau das nicht zu Menschen?«

»Ja. Aber es gibt zu viele Unmenschen, die uns dazu zwingen.«

»Wenn du sagst, du willst nicht um mich bangen müssen, dann heißt das aber doch auch, dass ich um dich bangen muss. Das will ich genauso wenig.«

»Deshalb wünschte ich ja auch, wir hätten dieses Gespräch niemals begonnen. Und deshalb beenden wir es jetzt. Bitte. Bitte Lotte, glaube mir einfach. Vertrau mir.«

»Ich soll dir vertrauen, und du vertraust mir nicht? Wir drehen uns im Kreis, Paul.«

Er schaute sie traurig an und schwieg. Er schwieg sehr beharrlich, und sie gingen still weiter bergauf. Lotte überlegte, ob sie nicht einfach umdrehen sollte, ob das nicht alles völlig sinnlos war, wenn er sie so wenig ernstnahm, ihr so wenig zutraute. Es war ein riesiger Widerspruch, der sie verwirrte. Die Nähe zwischen ihnen war so groß. Das hatte sie wirklich gedacht, ja, tief in sich gefühlt. Hatte sie sich so sehr getäuscht? Aber jetzt, in diesem Moment, könnte die Entfernung zwischen ihnen nicht größer sein.

»Dann werde ich den Pfarrer von der Bergkirche aufsuchen und ihn fragen, wie ich meinen Freunden helfen kann. Vielleicht kann er mir einen Rat geben.«

Paul reagierte nicht, eher beschleunigte er seine Schritte noch ein wenig, als wolle er vor ihr und vor diesem Gespräch davonlaufen.

Sie musste sich getäuscht haben, als sie diese große Nähe empfunden hatte. Es tat weh, das zu denken, aber es würde doch viel weher tun, wenn sie noch mehr Zeit mit ihm verbringen würde. Wenn sie nur daran dachte, dass sie ihn vielleicht nie wiedersehen könnte, schnürte es ihr bereits den Hals zu. Sie wollte doch das Gegenteil, in seiner Nähe wollte sie sein und nirgendwo sonst. Aber wenn er ihr seine Nähe verwehrte, wenn er sie nicht gut genug fand, dann sollte sie jetzt gehen. Das war nicht der große bunte Blumenstrauß, den Mutter ihr gepflückt hatte. Das waren zwar wunderschöne Blumen, die das Leben ihr hinhielt, aber wenn sie mehr wollte, wenn sie mit ihm zusammen den ganzen Garten betreten wollte, dann sperrte er sie aus? Sie überlegte, ob sie nicht auch damit zufrieden sein könnte, ein paar wunderschöne Blumen zu haben und den Garten einfach zu vergessen, wie Paul es vorschlug. Vielleicht war das Leben mit ein paar wenigen Blumen auch schön. Was hatte es ihrer Mutter denn gebracht, die volle bunte Fülle zu leben mit ihrem Emile? Mit dem Verlust ihres Vaters war schließlich alles verlorengegangen. Vielleicht sollte sie zufrieden sein mit dem, was Paul ihr anbot. Vielleicht war es ja genug?

»Wie war deine Woche? Was hast du genäht?«

Lotte blieb abrupt stehen und sah Paul fassungslos an. Hatte er das jetzt wirklich gefragt? Da kämpfte sie innerlich diesen Kampf, und er wollte so tun, als wäre nichts? Sie spürte, wie Tränen ihr in die Augen stiegen. Nein, nicht auch noch das. Nicht auch noch vor ihm weinen. Sie sah noch seinen überraschten Blick, bevor sie sich einfach umdrehte und schnellen Schrittes zurückging. Immer schneller lief sie. Die Tränen flossen ihr übers Gesicht, und sie wischte sie ärgerlich ab. Sie wollte nicht weinen. Sie wollte jetzt wütend sein und stolz und sich das nicht gefallen lassen. Anscheinend lief er ihr nicht nach, versuchte noch nicht einmal, sie zurückzuhalten, sie konnte keine Schritte hinter sich hören. Selbst das Vogelgezwitscher im Wald schien verstummt. Sie hörte nur das aufgebrachte Rauschen ihres Herzschlags und der Wut. Je länger sie lief, desto mehr schwand die Wut, und sie begann, sich schwach und weinerlich zu fühlen. Der Tag hatte so schön begonnen. So ein schöner Sonntag im Mai, ihrem Lieblingsmonat Mai, auf den sie sich tagelang gefreut hatte, und jetzt? Jetzt wollte sie sich am liebsten nur noch in ihrem Bett verkriechen und weinen.

Sie konnte sich nicht erinnern, wie sie eigentlich nach Hause gelaufen war, aber plötzlich war sie in ihrer Mansarde, zog die Schuhe von den Füßen und ging in das kleine Badezimmer auf halber Treppe, das sie sich mit den anderen Mädchen hier oben teilte, um sich am Wasserhahn zu erfrischen und sich das heiße Gesicht zu kühlen.

So, sagte sie sich, als sie ihr Gesicht abtrocknete. Das

war nun vorbei. Und es war doch auch gut, dass es vorbei war. Sie hängte ihre Kleider, die ordentlich in dem kleinen Schrank auf Bügeln hingen, noch ordentlicher auf, sortierte die hellen Sachen nach links, die dunklen nach rechts. Dann legte sie ihre Wäsche neu zusammen, rollte die Strümpfe fein säuberlich auf und überlegte, was sie als Nächstes tun könnte. Sie könnte zu ihrer Großmutter gehen und ihr ein wenig Gesellschaft leisten. Dann könnte Anni noch einen schönen Spaziergang machen und den Sonntag genießen. Genau, das würde sie machen. Entschlossen zog Lotte die Tür hinter sich zu, um sich auf den Weg nach unten zu machen, als plötzlich im Durchgang zum Haupttreppenhaus ein Blumenstrauß vor ihr auftauchte.

»Blumenlieferung für Fräulein Winter«, sagte Paul.

Lottes Herz schlug einen Salto. Dabei sollte es das doch gar nicht. Sie versuchte, nicht zu lächeln, aber sie befürchtete, dass ihr das nicht gut gelang.

»Du meinst es ernst.«

Paul flüsterte, während sie den Strauß in ihren Wasserkrug stellte. Es war plötzlich wieder wie in der Nacht, als sie heimlich in diesem Zimmer miteinander geflüstert hatten. Lotte nickte.

»Deine Freunde sollten sich überlegen, wohin sie gehen wollen, und wenn sie noch keine Pässe haben, sollten sie sich welche besorgen. Und eventuelle Visa beantragen. Die Wartezeiten werden immer länger, immer mehr Juden wollen Deutschland verlassen.«

»Und es muss sein? Sie müssen weggehen? Es gibt keinen anderen Weg?«

Paul nickte.

»Es wird immer schlimmer. Je länger sie warten, desto

schwieriger kann es werden. Nur im Ausland sind sie in Sicherheit. Haben sie Freunde oder Familie irgendwo?«

Lotte nickte. »Ich glaube schon.«

»Haben sie Geld?«

Lotte zuckte die Achseln. »Kein Vermögen. Wenn sie den Laden verkaufen, vielleicht…«

»Sie werden nicht das bekommen, was er wert ist. Aber versuche, sie davon zu überzeugen, es trotzdem zu tun. Das ist das, was du jetzt tun kannst. Es gibt jemanden, der ihnen dann helfen wird.«

»Wo können sie diesen Jemand finden?«

»Du musst lernen, keine Fragen zu stellen. Du musst lernen, nichts wissen zu wollen. Alles, was du weißt, ist gefährlich. Für dich und denjenigen, über den du etwas weißt. Lotte, es ist lebensgefährlich.«

Lottes Magen krampfte sich bei Pauls letztem Wort zusammen. Sie dachte an den Blick des Mannes, den die Polizisten an ihr vorbeigezerrt hatten und in dessen Augen sie die nackte Angst gesehen hatte, sie dachte an die Bemerkungen, die hinter vorgehaltener Hand gemacht wurden. *Den haben sie abgeholt … die kommt nicht wieder. Den hat die eigene Mutter nicht mehr erkannt, so haben sie den zugerichtet.* Lotte hatte immer gedacht, es handele sich dabei um maßlose Übertreibungen, die sich immer gefährlicher aufbauschten, je öfter sie weitererzählt wurden.

»Du musst von jedem Menschen das Schlimmste denken. Der treueste Kamerad verrät dich, wenn ihm Gewalt angetan wird, keiner weiß, wie ein Mensch unter Druck reagiert. Und niemand, der es nicht selbst erlebt hat, kann das von sich selbst wissen. Man hofft einfach, dass man es nie herausfinden muss. Je weniger man weiß, desto wertvoller ist man für die Sache.«

Lotte war blass geworden. Jetzt nickte sie langsam.

»Es war dumm von mir, vorhin wegzulaufen, ich dachte ... mir war das nicht klar.«

»Wie auch. Du kannst auch jetzt sagen, dass du nichts weiter wissen willst. Ich werde deshalb niemals schlechter von dir denken. Es wäre mir eigentlich am liebsten ...«

Lottes Gedanken wirbelten in ihrem Kopf. Ihrem kleinen Muck sollte es doch gutgehen. Er sollte nicht gequält werden, und er sollte nicht mitansehen müssen, wie seine Mutter sich weinend abwandte. Das war einfach nicht richtig.

»Ich will helfen«, sagte sie und wusste, dass sich in diesem Moment etwas ändern würde in ihrem Leben.

Paul nahm ihre Hand und schaute sie ernst an.

»Wenn du nicht mehr in die Bergkirche gehst und dort nicht gesehen wirst, ist das besser. Sei das unbescholtene arische deutsche Mädel, das Hitler treu und redlich folgt. So jemanden werden wir brauchen.«

»Dann halte ich mich dafür bereit.«

»Und auch dann kannst du noch Nein sagen. Und Lotte, kein Wort zu niemandem. Wir haben jetzt ein Geheimnis.«

Dorle fand tausend Gründe, warum es unmöglich war, einfach auszuwandern. Der Gesundheitszustand ihrer Mutter, die inzwischen fast nur noch im Bett lag. Der Laden, für den sie niemals das bekommen würden, was er wert war. Der Brief von Wassermanns, die schrieben, wie schwer es war, in der Fremde zurechtzukommen. Und war nicht Milli Steinmann aus Eltville sogar zurückgekommen, weil sie in Österreich nicht mehr bleiben wollte? Und da sprachen sie immerhin unsere Sprache. Wie würde das erst in einem Land sein, dessen Sprache sie nicht beherrschten?

»Kannst du nicht mal mit den Simons reden? Sie müssen etwas tun.«

Lisette stand an ihrem Zuschneidetisch und breitete eine Stoffbahn aus. Einige Male strich sie über den Stoff, damit er glatt lag. Als sie sich zu Lotte umwandte, war ihr Blick traurig. Mutter antwortete, dass sie es schon versucht hatte, mit ihnen zu reden, hatte ihnen von ihrem Hausarzt in England erzählt, der gelegentlich schrieb, dass er sich wohlfühlte.

»Aber die Simons glauben, es würde schon nicht so schlimm kommen. Und bestimmt haben sie recht. Wen interessiert es denn schon, hier auf dem Land, wer wie lebt? In Berlin, in den großen Städten, da ist das anders, aber hier? Selbst als wir vor dreißig Jahren hier ankamen, haben sie uns letztendlich akzeptiert, obwohl wir fremd waren und dein Vater und ich nicht verheiratet.«

»Das war aber etwas anderes.«

»Da haben sich noch alle vorm Kaiser verbeugt, das war schlimm. Weißt du, Lottchen, das ist das Schöne am Wein und bei den Winzern hier. Hier wird nichts passieren. Hier kann man den lieben Gott einen guten Mann sein lassen.«

Lotte betrachtete ihre Mutter seufzend. Kurz überlegte sie, ob sie ihr erzählen sollte, wie schlimm es für die Kinder in der Schule war und wie oft Dorle und Wilhelm böse Beschimpfungen von der Hauswand abwaschen mussten. Aber dann dachte sie daran, dass ihre Mutter nicht immer alles wissen wollte, dass sie sich die Dinge manchmal ein wenig zurechtbog, um dann wieder einfach beruhigt auf das Schöne zu schauen. Sie hatte schon festgestellt, dass das in letzter Zeit zugenommen hatte, dass ihre Mutter sich seltener empörte und sich mehr zurückzog in eine Welt der Farben und der Blumen. Vielleicht half es ihr, mit allem fertigzuwerden, wogegen sie nichts auszurichten vermochte. Und sollte ausgerechnet ihre Tochter jetzt versuchen, ihr die Augen zu öffnen, um dann wieder nach Wiesbaden zu fahren und sie hier alleine zu lassen?

Lotte hatte gestern Abend überraschend freibekommen, weil sie fast zwei Wochen durchgearbeitet hatte, um den Ausfall einer erkrankten Schneiderin wettzumachen. Sie und Hilde hatten die meisten Arbeiten zusammen übernommen und oft bis in die Nacht an ihren Nähmaschinen gesessen. Fräulein Beckmann war streng, aber gerecht und hatte sie nun beide dafür belohnt. Lotte freute sich, weil sie dadurch zum Geburtstag ihrer Mutter nach Hause fahren konnte. Jetzt half sie ihr mit allem, was zu tun war, damit Mutter wenigstens an ihrem Geburtstag freihaben konnte. Dafür waren sie heute sehr früh aufgestanden, um möglichst viel vorzuarbeiten.

»Wenn Hilde auch freihat, könntest du sie doch fragen, ob sie kommen will. Henriette bäckt einen Kuchen, und wenn das Wetter hält, können wir Sonntag hier auf der Terrasse fürstlich Kaffee trinken. Und Käthe hat auch freibekommen.«

»Wäre dir das recht? Wir könnten ihr telegrafieren.«

»Mach das«, sagte Lisette. Lotte spürte, dass ihre Mutter sie betrachtete, und schaute auf.

»Was?«

Lisette lächelte.

»Es gefällt dir gut in Wiesbaden, oder? Du strahlst in letzter Zeit so schön.«

Lotte freute es, dass ihre Mutter das sagte, und vor allem, dass sie es überhaupt sah. Vielleicht hatte sie ja doch nicht nur Augen für Henri, um den sie sich fürchterlich sorgte. Es war nicht so, dass Lotte das nicht verstand. Auch sie machte sich ständig Sorgen um Henri. Seit er in Geisenheim war, hatte er sich sehr verändert. Bestimmt hatte es auch schon vorher begonnen, aber jetzt fiel es ihr jedes Mal, wenn sie ihn sah, besonders auf.

»Ich habe jemanden kennengelernt, den ich sehr mag.«

»Ach, Lottchen, wie schön! Wie habt ihr euch denn kennengelernt? Wer ist es? Erzähl mir alles!«

»Er hat mich auf einer Bank unter einer Linde angesprochen, aber sehr höflich, nicht dass du denkst, also, er heißt Paul.«

Sie spürte, dass sie rot wurde, weil sie ihrer Mutter nicht die ganze Wahrheit sagte, und redete schnell weiter, dass er in Frankfurt wohnte und in einer Apotheke arbeitete.

»Sollen wir ihn auch einladen? Er könnte doch auch zum Kaffee kommen? Was meinst du? Würdest du ihn mir gerne vorstellen?«

»Du willst ihn kennenlernen?«

»Natürlich, ich platze vor Neugier! Aber das entscheidest du, ob du das möchtest und ob es schon so weit ist.«

»Dann hinterlasse ich ihm in der Apotheke eine Nachricht!«

Lotte hatte den Frühstückstisch für ihre Mutter im Garten gedeckt und einen bunten Rosenstrauß aus den ersten duftenden Rosen geschnitten, die bereits blühten. Daneben legte sie ein Büchlein mit Sommergedichten, das sie für ihre Mutter in Wiesbaden gekauft und hübsch verpackt hatte.

Mutter war still, aber das war sie oft an ihrem Geburtstag, weil sie Emile wahrscheinlich an diesem Tag mehr vermisste als an anderen. Zum ersten Mal konnte Lotte sie sogar ein bisschen besser verstehen. Konnte nachempfinden, dass man einen bestimmten Menschen ganz besonders vermisste.

Hilde kam schon vormittags, um zu helfen. Sie mochte Lisette und ihr buntes Haus, das helle Atelier, dessen hohe Glastüren sich zum blühenden Garten öffneten. Gemeinsam schleppten sie Stühle und Tische auf die Terrasse, damit alle an einer langen Tafel Platz fanden. Lotte wollte Paul nach dem Mittagsessen in Eltville am Bahnhof treffen und mit ihm hoch ins Dorf laufen, während Hilde zusammen mit Henriette das Kaffeetrinken vorbereitete, den selbstgebackenen Bienenstich auf Kuchenplatten anrichtete und Brote für später belegte.

Paul ließ Lottes Hand nicht mehr los. Seit er am Bahnhof aus dem Zug gestiegen war und während sie die Eltviller Rheinpromenade entlangliefen und den Weg durch die Weinberge hinaufstiegen, hielt er ihre Hand fest in seiner. Es war ein sehr warmer Tag, kaum ein Lüftchen wehte, und Lotte war es peinlich, dass Paul ihre schwitzige Hand hielt. Aber wann immer sie sie ihm entziehen wollte, weil sie dachte, er müsste das doch schrecklich finden, hielt er sie noch fester. Es war wunderbar und peinlich zugleich, hätte sie doch nur trockene Hände, ausgerechnet jetzt.

»Es ist so warm … meine Hände … kleben.«

»Wir kleben aneinander fest. Das gefällt mir.«

Lotte musste lachen. »Sag doch so was nicht! Das ist mir unangenehm!«

»Meine Hand ist dir unangenehm? Soll ich loslassen?«

»Nein, *meine* Hand ist *dir* unangenehm!«

»Hallo, Paul, hier ist Paul. Ich habe eine Frage.«

Er verstellte die Stimme.

»Und die wäre?«

»Ist Lottes kleine wunderbare warme klebrige Hand dir unangenehm?«

Lotte musste so sehr lachen, dass sie kaum weitergehen konnte. Paul blieb stehen, und seine Hand griff noch fester um ihre, damit sie sie ihm nicht entziehen konnte.

»Oh, keineswegs«, antwortete Paul sich selbst mit wieder leicht verstellter Stimme. »Es ist sehr, sehr wunderbar warm und klebrig. Und ich weiß überhaupt nicht, ob ich diese wunderbar warme und klebrige Hand jemals wieder loslassen möchte.«

Sie sahen sich an, und Lotte spürte, wie die Wärme ihr ins Gesicht schoss. Jetzt wurde sie auch noch rot. Schwitzige Hände und rot im Gesicht. Aber er hielt sie fest, ganz fest, und sein Blick war so warm und liebevoll, dass es plötzlich alles egal war.

»Das hat noch nie jemand zu mir gesagt, dass eine schwitzige Hand wundervoll ist.«

»Das will ich hoffen.«

»Mein Bruder Henri hat mich immer an die Hand genommen, wenn wir irgendwo hingelaufen sind, früher. Damit ich nicht verlorengehe. Und wenn es warm war und unsere Hände schwitzten, dann hat er aufgeschrien und seine Hände im Gras abgewischt, weil er das so eklig fand.«

»Wahrscheinlich war er einfach nicht so verliebt in dich, wie ich das bin.«

Sie erschraken beide. Paul blieb stehen und sah sie an.

»Ich wollte es dir eigentlich in einem richtig feierlichen Moment sagen.«

»Mir ist gerade sehr feierlich zumute.«

»Ich liebe dich.«

»Meinst du das denn wirklich?«

»Ja. Ich weiß es.«

»Paul. Ich auch. Ich liebe dich auch. Ich will dich nie mehr loslassen.«

Der Nachmittag war wunderbar. Lisettes bunt blühender Garten war eine Insel, in der man Sorgen vergessen, das Leben genießen und mit den Vögeln zusammen um die Wette zwitschern konnte. Es kamen immer wieder neue Gäste zum Gratulieren, und wann immer das Gespräch auf Politik zu kommen drohte, bat Lisette darum, nicht davon zu sprechen, sonst würden ja die Blumen alle sofort die Köpfe hängen lassen. Es wurde viel gelacht, auch darüber.

Lottes Blicke wanderten immer wieder zu Paul. Sie liebte es, ihm dabei zuzusehen, wie er mit Hilde sprach, mit ihrer Mutter, mit Tante Henriette oder Käthe, wie er Kuchen aß, wie er half, Stühle zu holen, wenn noch ein unvorhergesehener Gast kam. Das ganze Leben war plötzlich so viel schöner als je zuvor. Wenn sich ihre Blicke trafen, war es Lotte, als träfe ein goldener Pfeil ihr Innerstes. Er liebte sie. Er hatte gesagt, dass er sie liebte.

Sie trugen zusammen mit Käthe und Hilde das Kaffeegeschirr ins Haus, und Lotte zeigte Paul die Küche und die gute Stube, damit er sehen konnte, wo sie aufgewachsen war. Paul staunte über die Farben, die bunt angemalten Möbel, die Kunst an den Wänden. Neugierig trat er an das Porträt heran, das die Dillmann einst von ihrer Mutter gemalt hatte. Dann betrachtete er das Bild eines leuchtenden Gartens, an dessen Zaun eine traurig graue Gestalt stand, das direkt daneben hing. Das Bild war von Jakob Scheerer, einem der Künstlerfreunde ihrer Mutter. Er hatte es Lisette vor einiger Zeit zum Abschied geschenkt, als er weggegangen war. Wohin, das wusste Lotte gar nicht.

Ihr fiel jetzt erst auf, dass sie nie gefragt hatte, warum er eigentlich weggegangen war. Früher hatte er sie oft besucht. Paul deutete auf die Signaturen der Künstler und fragte erstaunt, ob das echte Gemälde seien? Eine Dillmann und ein Scheerer? Lotte nickte und erklärte ihm, dass durch die Mode ihrer Mutter hier schon immer viele Künstler ein und aus gegangen waren. Ungläubig schüttelte er den Kopf. Wenn er das seinem malenden Mitbewohner Franz erzählen würde, würde dieser wahrscheinlich morgen schon hier vor der Tür stehen. Er drehte sich um, ob auch niemand in der Tür stand und ihm zuhörte, und sprach leise weiter.

»Scheerer hat an der Städelschule unterrichtet, er wurde 1933 entlassen. Weiß deine Mutter denn, dass diese beiden Künstler und ihre Bilder als entartet verschrien sind?«

Lotte nickte.

»Aber es sind Bilder ihrer Freunde. Hier sieht sie ja niemand, außer uns.«

»Ich sehe sie gerade. Zur Sicherheit solltet ihr sie abhängen.«

»Meine Mutter ist sehr eigenwillig.«

»Du solltest sie warnen.«

»Ich dachte, du wärst…« Lotte brach ab, weil er einen Finger auf seine Lippen legte. Jetzt hörte auch sie Schritte im Flur. Käthe und Hilde gingen zurück nach draußen. Lotte nickte. Sie durften hier nicht einfach so reden, als wären sie alleine, und sie musste wirklich mit ihrer Mutter darüber sprechen. Manchmal war Lisette in diesen Dingen so sorglos. Zu sorglos vielleicht.

»Du hast recht«, sagte Lotte. »Ich rede mit ihr.«

Als die kleine Gartengesellschaft am frühen Abend allmählich begann, die ersten Weinflaschen zu öffnen, kam

Henri zusammen mit Toni. Lisette strahlte, als sie ihren Sohn sah, und sprang aus ihrem Stuhl auf.

»Henri! Du hast es geschafft, zu kommen. Wie schön!«

»Heil Hitler!«

Henri hob seinen Arm und blieb neben dem Tisch stehen. Da niemand so reagierte, wie er es offensichtlich erwartet hatte, schaute er auffordernd in die Runde und wiederholte noch lauter als zuvor: »Heil Hitler!«

Heil Hitler antworteten alle mit mehr oder weniger Schwung.

»Also, Henri, bitte, wir sind doch hier unter uns!« Lisette hielt ihm ihre Wange hin, die er gehorsam küsste.

»Alles Gute zum Geburtstag, Mutter, lang lebe der Führer. Und du natürlich auch! Aber der deutsche Gruß muss überall gerufen werden, bis in die privatesten Winkel hinein soll er wirken. Dafür müssen wir alle sorgen.«

Als Henri dann auch noch begann, Paul einem Kreuzverhör zu unterziehen, sobald er verstanden hatte, dass Paul als Begleiter seiner Schwester hier war, schmolz die Schönheit dieses Nachmittags wie Butter in der Sonne dahin. Henri nutzte die erstbeste Gelegenheit, Lotte ins Haus zu folgen, um sie zu fragen, woher sie diesen Paul kenne und was sie sich dabei denke, ihn zu Mutters Geburtstag mitzubringen.

»Ach, Henri.« Lisette war ihnen nachgegangen und hatte die letzten Sätze gehört. »Freu dich doch für deine Schwester. Und ich freue mich so sehr, dass du kommen konntest. Das macht den Tag erst richtig schön.«

Sie nahm ihn in den Arm, bedankte sich für die kleine Brosche, die er für sie ausgesucht hatte, und zog ihn mit sich nach draußen.

»Sie sind in der Partei, nehme ich an?«

Jetzt fing auch noch Toni damit an, Paul auszufragen. Aber da legte Henriette die Hand auf den Arm ihres Mannes.

»Jetzt lasst den armen jungen Mann doch mal in Ruhe seinen Wein trinken.«

»Mein Antrag wartet schon lange darauf, bearbeitet zu werden«, erwiderte Paul. »Aber man kann Deutschland auch unterstützen, wenn man kein Parteimitglied ist. Der Wein ist übrigens wunderbar.«

Er prostete Henriette und Toni zu. Lotte war beeindruckt, wie ruhig und gelassen Paul blieb.

»Und wo haben Sie Ihren Wehrdienst absolviert?«

Henri hatte anscheinend noch eine ganze Liste von Fragen, die er stellen wollte.

»Bisher wurde ich noch nicht einberufen. Wie steht es bei Ihnen?«

Henri schüttelte den Kopf. »Ich auch nicht. Leider. Aber auch unsere Zeit wird kommen.«

»Davon ist auszugehen.«

»Was heißt denn da ›leider‹?« Lisette sah Henri tadelnd an. »Du kannst froh sein, dass du erst deine Ausbildung in Ruhe abschließen kannst. Und jetzt ist Schluss mit diesem Verhör. Wir werden bestimmt noch viele Gelegenheiten haben, Herrn Eckner besser kennenzulernen. Wir müssen ihn jetzt nicht gleich mit allzu vielen Fragen in die Flucht schlagen.« Sie lächelte Paul an. »Sie sind uns immer sehr willkommen.«

Paul deutete eine Verbeugung vor Lisette an und antwortete mit einem entwaffnenden Lächeln. »Sie glauben gar nicht, wie sehr mich das freut.«

Man wusste nie, welche Jahrgänge es als Nächstes treffen würde, seit der Wehrdienst wieder in Kraft getreten war. Lotte befürchtete, Paul könnte bald eingezogen werden. Und es beunruhigte sie, dass diejenigen, die momentan eingezogen wurden, nur noch eine dreimonatige Grundausbildung erhielten und nicht, wie die vorherigen Jahrgänge, volle zwei Jahre absolvieren sollten. Warum wollte man wohl so viele junge Männer möglichst schnell grundausbilden? Das alles sprach dafür, dass Deutschland sich auf Krieg vorbereitete. Und im Gegensatz zu Henri, der begeistert losziehen würde, um den Dienst an der Waffe zu erlernen, würde sich Paul keineswegs darüber freuen.

Ihrer Mutter gelang es, die Gespräche wieder auf die schönen Dinge des Lebens zu lenken, und weil es ihr Geburtstag war, sprach keiner mehr von Politik. Erst später fiel Lotte auf, dass Paul sehr geschickt kein einziges Mal eine Unwahrheit gesagt hatte. Er hatte nur an den richtigen Stellen geschwiegen. Und es dauerte nicht lange, bis Lotte herausfand, wie viel er wirklich verschwieg.

5

2007

Paula war voller Fragen. Sie wusste, dass sie abwarten musste, denn ihre Mutter war völlig erschöpft und unfähig, weiterzusprechen. Ihre Augenlider flatterten, und sie hatte Mühe, die Augen offen zu halten.

»Ruh dich aus, Mama.«

Sie lächelten sich an.

»Ich gehe Maya und deinen Muck suchen, und dann kommen wir morgen wieder. Schlaf schön.«

Ihre Mutter ließ ihre Hand nur langsam los. Während Charlotte erzählt hatte, hatten sie sich die ganze Zeit an der Hand gehalten. Paula konnte sich nicht erinnern, dass ihre Mutter ihre Hand jemals zuvor so lange gehalten hatte. Als ob die Erinnerung an früher sie mit einem Mal Halt und Nähe suchen ließ. Paula streichelte die Hand ihre Mutter sanft und küsste sie auf die Wangen. Hoffentlich hatte sie das nicht zu sehr angestrengt. Als sie sich in der Tür noch einmal umdrehte, war Charlotte schon eingeschlafen und atmete regelmäßig und ruhig.

Paula trat auf den Flur und fragte sich, ob Maya und Hans wohl in der Cafeteria saßen. Sie musste sich dringend bei Hans entschuldigen. Sie hatte sich benommen wie ein eifersüchtiges Kleinkind. Das war es wohl, was die Psychologen Regression nannten. Offensichtlich steckte sie noch voller alter, kindischer Gefühle. Durch diese lange überfällige Reise in die Vergangenheit, die ihre Mutter mit neunzig Jahren antrat, wurde

Paula mit ihrer eigenen Vergangenheit konfrontiert. Plötzlich tauchten Gefühle in ihr auf, die sie längst glaubte ad acta gelegt zu haben. Den Weg zur Cafeteria legte sie sehr langsam zurück. Sie benötigte noch etwas Zeit, um ihre Gedanken zu sortieren. Paul war also die große Liebe gewesen. Die aus einem Grund, den sie noch nicht kannte, verlorengegangen war. Etwas war passiert, was die verliebte junge Lotte von 1937 in die Frau verwandelt hatte, die 1949 in Lerchenrod eine Tochter zur Welt gebracht hatte. Als Frau eines Mannes, den sie offensichtlich nie so sehr geliebt hatte wie Paul. Es musste etwas Schlimmes passiert sein in diesen zwölf Jahren. Das Leben einer jungen Frau zwischen zwanzig und zweiunddreißig. Das waren wichtige Jahre. Hatte Paul den Krieg nicht überlebt? Alles war plötzlich so bedeutungsvoll und schicksalshaft, sie wusste nur nicht, welche Rolle sie darin spielte. Warum hatte ihre Mutter sie Paula genannt? Weil sie sie lieben wollte? Weil sie eine Erinnerung gebraucht hatte, zwischen all dem Vergessen, zwischen all dem, was sie aus sich herausschneiden musste, um zu überleben, wie sie es genannt hatte? Ob sie bei jeder Erwähnung ihres Namens immer an ihn gedacht hatte? Ob ihr Vater davon gewusst hatte?

Was sie erfahren hatte, machte sie traurig. Ihr Vater, ihre Mutter und das Leben, das sie geführt hatten, waren so anders, als sie es stets gesehen hatte. Und eine Welle heißer Scham wogte in ihr auf. Wie oft hatte sie ihre Mutter verurteilt für diese »viel zu kleine« Liebe. Hatte sich über sie gestellt, sich toll gefühlt, weil sie, Paula, größer liebte. Wilder liebte. Als ob sie es besser wüsste. Als ob sie in Sachen Liebe diejenige wäre, die irgendeine Ahnung hatte. Gleichzeitig fühlte sie sich so haltlos. Als ob der feste Boden, auf dem sie gestanden hatte, schwankte, als ob die Wände, gegen die sie immer angerannt war, in Wahrheit nur aus Pappe waren.

Sie fühlte sich betrogen. Sie hatte ihr Leben lang gegen eine Mutter angekämpft, die in Wahrheit jemand ganz anderes war. Eine Frau, die Liebe kannte, Glück und Unbeschwertheit und offensichtlich auch Schicksalsschläge. Große Liebe, großes Schicksal. Warum hatte sie nie davon erzählt? Plötzlich kam ihr ein Gedanke, bei dem ihr ganz heiß wurde. Ob Paul ihr Vater war? Es wäre keine ungewöhnliche Geschichte. Das hatte es doch oft gegeben. Eine Frau war schwanger, ihr Mann oder auch ihr Freund oder Verlobter war im Krieg gefallen, und dann wurde aus Vernunft geheiratet, um nicht alleine zu bleiben, um einen Vater für das Kind zu haben. Hatte ihre Mutter sie Paula genannt, weil Paul ihr Vater war, und war sie der Grund für die lieblose Ehe ihrer Eltern? Der Gedanke zog ihr den Boden unter den Füßen weg. Sie konnte plötzlich keinen Schritt mehr gehen, streckte eine Hand zur Wand, um sich abzustützen, um eine Wand zu fühlen, um etwas Festes zu spüren in dieser plötzlichen Auflösung aller Gewissheiten.

»Alles in Ordnung?«

Eine der flinken kompetenten Krankenschwestern, die hier über die Flure rasten, immer geschäftig, immer im Eilschritt, blieb neben ihr stehen. Paula schüttelte den Kopf. Nein. Nichts war in Ordnung.

Sekunden später saß sie auf einem Stuhl, hatte eine Manschette am Arm, die sich aufpumpte, und ein Glas Wasser in der anderen Hand und schämte sich für den Aufwand, der hier wegen ihr betrieben wurde.

»Es ist nur … ich … es tut mir leid, ich habe mich nur ein bisschen schwach gefühlt, es geht schon wieder.«

»Sie bleiben jetzt hier sitzen.« Die junge Schwester schaute sie streng an. »Das wäre ja noch schöner, wenn Sie mir hier auf meiner eigenen Station zusammenklappen. Immer langsam mit den jungen Pferden.«

Paula hasste diese Sprüche. Diese zupackenden Pragmatikerinnen, die solche Sprüche in scheinbar unerschöpflichem Ausmaß bereithielten, waren ihr eigentlich schon immer suspekt. Aber gerade tat dieser Spruch sogar gut. Ja, immer langsam mit den jungen Pferden. Nichts überstürzen. Vielleicht war die Geschichte ja auch eine ganz andere? Sie musste einfach abwarten. Dankbar schaute sie die Schwester an, als diese ihr die Manschette vom Arm nahm.

»Bisschen niedrig, der Blutdruck. Ist noch irgendetwas seltsam? Lächeln Sie mal, Zunge rausstrecken. Arme heben.«

Paula befolgte alle Kommandos, und die Schwester nickte zufrieden, ordnete an, dass sie noch zwei Minuten sitzen bleiben und das Wasser austrinken sollte, und dann nicht gleich losrennen, bitte.

»Nicht so schnell wie Sie … es tut mir leid, dass ich Sie aufgehalten habe.«

Im Davoneilen schüttelte die Schwester den Kopf und drehte sich rückwärts weitergehend noch mal zu Paula um.

»Unsinn! Achten Sie auf sich. Man kann auch mal schwach sein … das ist völlig in Ordnung. Ganz langsam, wenn Sie aufstehen!«

»Immer langsam mit den jungen Pferden.«

»Genau!«

Paula trank den Becher mit kleinen Schlucken aus. *Man kann auch mal schwach sein.* Das war wirklich nicht das Motto, nach dem sie lebte. Und ihre Mutter auch nicht. Es war nie in Ordnung gewesen, schwach zu sein. Für ihre Mutter nicht. Und für sie selbst auch nicht. Und wenn sie ehrlich war, dann musste sie sich eingestehen, dass sie schon oft gedacht hatte, dass Maya doch auch mal ein bisschen besser durchhalten könnte, nicht so schnell schlapp machen, sich mehr durchsetzen, mehr Elan an den Tag legen könnte. Wenn

Maya jetzt hier an ihrer Stelle säße, hätte sie wahrscheinlich zu ihr gesagt: Komm, wir gehen weiter, das geht schon wieder vorbei. Sie hätte nicht gesagt: Achte auf dich. Man kann auch mal schwach sein. Wer wollte denn schon schwach sein?

»Schade, dass du nicht bleibst.«

Maya war nur kurz mit hineingekommen, um etwas zu trinken, weil sie gleich losfahren wollte, und Paula war enttäuscht, dass Maya so plötzlich wieder nach Frankfurt zurückwollte.

»Ich dachte, dann bin ich morgen wieder da, falls Oma morgen schon nach Hause kommt. Ich wusste ja gar nicht, ob du noch hierbleibst. Gestern wolltest du unbedingt weg, und vorhin wolltest du auch weglaufen … ich habe gedacht, dass es vernünftig wäre, wenn ich …«

»Schon gut. Du hast ja recht.«

Es war ja auch vernünftig von Maya. Sie konnte ja nicht wissen, dass ihr spontaner Entschluss, nach Frankfurt zu fahren, um Kleider zu holen und diverse Dinge zu erledigen, Paula richtiggehend überrumpelte. Weil sie gerade jetzt mit all diesen Gedanken nicht alleine sein wollte. Aber natürlich benötigte Maya Kleidung. Sie war ja einfach nur in dem alten Seidenkleid hierhergekommen, weil sie dachte, sie wäre ein paar Stunden später schon wieder zurück. Aber gerade heute hätte sie bei einem Glas Rotwein am Abend gerne mit ihr über alles gesprochen, was ihr durch den Kopf ging. Über Paul, über ihre Vermutungen, ihre Angst.

»Sehen wir uns denn dann morgen im Krankenhaus? Bleibst du noch so lange?«

»Ich bleibe, ja, ich bleibe erst mal hier.«

Als ihre Tochter vom Hof fuhr, fühlte Paula sich plötzlich furchtbar alleine und verunsichert. Fast so unsicher wie früher, als sie noch ein Kind gewesen war. Zum ersten Mal verstand sie etwas von dem Gefühl, das Maya wahrscheinlich immer begleitet hatte, weil Paula ihr nie erzählt hatte, wer ihr Vater war. Weil sie ihr nicht erzählen wollte, wie sehr sie ihn geliebt hatte, wie er sie verlassen hatte, wie schlecht es ihr gegangen war. Hatte ihre Mutter ihr auch all das nicht erzählen wollen?

Maya war so verantwortungsvoll. Natürlich, weil Paula so oft die Flucht ergriff. Und jetzt war ihr verantwortungsvolles Kind weggefahren, um weiter hier die Stellung halten zu können, weil Maya davon ausging, dass auf ihre Mutter kein Verlass war. Sie hatte ihr gar nicht mehr sagen können, dass auch sie jetzt die Stellung halten würde. Unmöglich könnte sie jetzt wegfahren. Am liebsten wäre sie sogar gleich wieder zurück ins Krankenhaus gefahren.

Paula fühlte sich verloren auf dem Hof. Ob ihre alte Freundin Doro oder ihre Mutter nebenan noch irgendetwas von damals wussten? Lemmers waren schon immer da, schon immer Nachbarn. Nachbarn wussten ja manchmal mehr, als einem lieb war.

»An was ich mich erinnern kann? Hm. Irgendwann war sie da. Keine Ahnung, wie sie hergekommen ist. Ich war da ja noch so jung. Wahrscheinlich wäre sie mir eher aufgefallen, wenn sie ein fescher Bursch gewesen wäre!«

Doros Mutter schüttelte lachend den Kopf, bevor sie wieder ernst wurde. »Meine Mutter könnte sich bestimmt noch daran erinnern. Aber in der Zeit sind so viele Leute durchs Land gezogen, die Flüchtlinge, die Ausgebombten, wir hatten ja eine richtige Schwemme hier. Jeden Tag kamen Leute vorbei. Denen konnten wir nicht allen was geben. Hunger hatten die alle, und eine Bleibe haben sie gesucht. Die hatten ja oft alles verloren. Aber so viel Platz hatten wir ja nicht, dass wir alle aufnehmen konnten. Meine Mutter hatte viel Mitleid. Wir standen mal im Garten an den Kirschen, da kam ein ganz dürrer Mann vorbei. Wie eine Vogelscheuche sah der aus, ich hatte richtig Angst vor ihm. Das weiß ich noch, als wäre es gestern gewesen.«

Fast erstaunt schaute sie uns an.

»Der hat die Kirschen angestarrt und bat um eine Handvoll. Um Gottes willen, hat meine Mutter gesagt, und ich dachte noch, wie gemein, ein paar Kirschen können wir ihm doch abgeben. Sie hat ihm dann ein Stück Brot geholt, eingeweicht in einer Tasse Blümchenkaffee mit Milch, in der kleinen Schüssel mit den blauen Punkten, weißt du?«

Doro nickte.

»Und dann hat sie es ihm löffelweise über den Zaun gegeben. Immer nur ein Löffelchen, das hat er ihr richtig aus der Hand gerissen. Und eine Kirsche hat sie ihm dann noch gegeben am Schluss. Und dabei hat sie geweint. Keine drei Schritte, dann hat er alles wieder rausgebrochen. Sie hat mir hinterher erklärt, es hätte ihn umbringen können, wenn sie ihm die Kirschen gegeben hätte.«

»Das hast du noch nie erzählt.«

Doro runzelte die Stirn, und ihre Mutter nickte.

»So war das damals. Ich glaube, die Charlotte kam aus Frankfurt, als da die schlimmen Angriffe waren, ach, Gott, da sind sie scharenweise gekommen aus den Städten.«

»Dann ist sie schon während des Krieges hierhergekommen?«

»Ja, ja«, die alte Frau Lemmer nickte. »Das war vielleicht 1944. Aber wann genau? Da müsste ich lügen.«

»Na, das wollen wir ja nicht«, sagte Doro zu ihrer Mutter, die jetzt grübelnd vor sich hin starrte und sich zu erinnern versuchte.

»Als der Krieg zu Ende war, war sie jedenfalls schon richtig lange da. Als der Fritz aus der Gefangenschaft zurückkam, hat die Charlotte den Laden hier schon im Griff gehabt, ich weiß nicht, was die ohne sie gemacht hätten. Hat das Mädchen geschuftet! Für zwei, immer für zwei … Ach, da fällt mir noch etwas ein. Wir haben Lotte zu ihr gesagt, und da ist sie ganz streng geworden. Ich heiße Charlotte! Wir haben alle gedacht, *oho, das Fräulein Charlotte ist aber eine ganz Vornehme.* Aber so, wie sie mit angepackt hat, die hat nie vornehm getan. Sie hat uns nie erzählt, woher sie kam. Eigentlich hat keiner etwas erzählt. Von all denen, die hier durchkamen, hat keiner erzählt, wo er herkommt.«

»Habt ihr denn nicht gefragt?«

Die alte Frau Lemmer schüttelte den Kopf.

»Man wusste das ja, dass jeder seine Last zu tragen hatte. Wer hier durchs Dorf kam, hatte meistens alles verloren, daran willst du nicht ständig erinnert werden. Und nicht zurückschauen. Wir wollten doch nach vorne schauen, hier hatte ja auch jeder seinen Kummer. Von dem Kummer, den die anderen mit sich herumschleppten, wollten wir nichts wissen.«

Sie unterhielten sich noch eine Weile darüber, wann Charlotte wieder nach Hause kommen würde aus dem Krankenhaus und was für ein Glück, dass doch alles ganz gut aussah und dass sie gerade hier gewesen waren, als es passiert ist. Paula erwähnte den Muck mit keinem Wort. Und Paul auch nicht. Das waren Geheimnisse, die sie erst einmal selbst ergründen mussten, bevor sie darüber sprach. Doro trat mit ihr nach draußen auf den Hof und strich ihr über den Arm.

»Schön, dass du noch ein bisschen bleibst. Meine Mutter hat noch nie davon erzählt, von dem Mann und den Kirschen, aber es muss sie beeindruckt haben, oder? Dass sie sogar noch wusste, welche Schüssel die Oma genommen hatte. Wie alt war sie da? Vierzehn, fünfzehn?«

»Ich war immer ein bisschen neidisch auf deine junge Mutter. Sie war so lustig, und sie hatte Lippenstift. Weißt du noch, wie wir den heimlich ausprobiert haben und gar nicht daran dachten, dass es ja jeder sehen würde?«

»Sie hat immer noch einen Lippenstift, für besondere Gelegenheiten. Eigentlich war sie viel zu jung, um schon zu heiraten und Kinder zu bekommen. Aber sie war immer gut gelaunt.«

»Meine Mutter war dagegen immer so alt. Und ernst.«

Wie ungerecht Paula ihrer Mutter gegenüber gewesen war. Warum begann sie das erst jetzt zu verstehen? Doros Mutter war den ganzen Krieg über fast noch ein Kind gewesen, und ihre Mutter hatte zu dem Zeitpunkt schon ein ganzes Leben hinter sich lassen müssen. Ein Leben mit Paul. Sie hatte ihre Last geschleppt und nie über ihren Kummer geredet. Mutter hatte alles für sich behalten, genau wie ihre eigene Mutter. In ihren Kummerphasen war Lisette auch verstummt. Und Paula selbst hatte es ganz genauso gemacht. Dabei hatte sie immer gedacht, sie wäre völlig anders als ihre Mutter. Wenn Maya nicht letztes Jahr einfach nach England gefahren wäre, um Harry zu suchen, hätte sie ihrer Tochter die ganze Geschichte niemals erzählt. Sie hätte ihre große Liebe vor ihr verschwiegen, genau wie ihre Mutter alles vor ihr verschwiegen hatte.

In der Küche stand die Rose, die Maya ihr aus Harrys Strauß mitgebracht hatte, in der schmalen Vase, in die ihre Mutter immer nur einzelne Blüten stellte. Einzelne Blüten, niemals ganze Sträuße. Wo war die Üppigkeit geblieben, die Lisette ihr hatte schenken wollte, die wilde bunte Fülle eines reichen vollen Lebens? Paula vermutete, dass sie sich genau da befand, wo auch Paul geblieben war. Weit weg in einer geheimen Vergangenheit. Einem Lost Place, den die Erinnerung nur langsam aufdeckte. Sie schnupperte an der Rose, die nicht duftete. Kein Vergleich zu den Rosen in Lisettes Garten. Sie würde mal wieder hinfahren müssen. Vielleicht zusammen mit Maya? Seit sie das Haus in den Achtzigern an eines der Eschbachmädchen vermietet hatte, die sich zuverlässig um alles kümmerte und regelmäßig die Miete überwies, war sie nie mehr da gewesen. Von Berlin war es so weit.

Warum war Maya nur immer so ängstlich und verhalten? Warum rannte sie nicht mutig los ins Leben? Sie hatte es ihr doch immer vorgemacht? Ob es wirklich daran lag, dass sie nie gewusst hatte, wer ihr Vater war? War sie schuld an der Angst, die Maya mit sich herumschleppte? Dabei hatte sie doch alles versucht, ihr Mutter und Vater zu sein, ihr Mut zu machen, ihre Lust aufs Leben zu wecken. Paula fragte sich, wie es nur hatte passieren können, dass sie, die so gut wie nie Angst hatte, eine solch zaghafte Tochter hatte. Sie hatte sich für Maya immer von allem mehr gewünscht. Mehr Mut, mehr Erfolg, mehr Liebe. Mehr Gesang und Spiel und Tanz.

Als ich das Büro meines Chefs betrat und er vom Schreibtisch aufsah, entstand sofort dieses Gefühl in der Magengegend. Mir wurde fast übel, sobald ich Autoritätspersonen begegnete. Chefs, Professoren, Lehrer, Sachbearbeiter beim Arbeitsamt, Steuerberater. Es war ein Wunder, dass ich mein Studium überhaupt beendet und vor allem die Prüfungen bestanden hatte. Lange genug hatte es ja gedauert. Eigentlich war es auch ein Wunder, dass ich diese Stelle hier ergattert hatte, weil ich in Bewerbungsgesprächen mit schöner Verlässlichkeit durchfiel. Ich war nie diejenige, der man viel zutraute. Aber für diesen

Job schien es gereicht zu haben. Auch wenn dies von meinem Traumjob weit entfernt war, ernährte er mich zumindest. Und da es eine Teilzeitstelle war, hatte ich immer genug Zeit, von einer relevanten Arbeit zu träumen, mir vorzustellen, dass ich wichtige Geschichten von wichtigen Schriftstellern übersetzte. Dass ich irgendwann einen Beitrag zu Verständigung und Miteinander liefern würde, der Sprachgrenzen aufhob und einen Dialog mit fremdsprachlichen Texten ermöglichte. Ja, irgendwann, wenn ich dann einmal so weit war.

»Frau Winter, gut dass Sie da sind.«

Er bedeutete mir, Platz zu nehmen, und mir wurde noch flauer. Ich hatte ihn doch um einen Termin gebeten, nicht umgekehrt.

»Wir müssen über Ihre Stelle sprechen.«

Sofort brach ich innerlich in Panik aus, und meine Handflächen wurden feucht. Das verhieß nichts Gutes. Langatmig führte er aus, wie es zu meinem Teilzeitjob gekommen war, der mit einer Schwangerschaftsvertretung begonnen hatte, und dass er mir leider mitteilen musste, dass die Vertretung nun beendet sei. Hätte ich mehr Engagement und Begeisterung für die Arbeit an den Tag gelegt, wäre es ihm jetzt möglich gewesen, mir die Büroleitung mit einer vollen Stelle anzubieten. Ich konnte nichts erwidern. Ich war damit beschäftigt, meine Hände so an meinen Hosenbeinen abzulegen, dass ich keine feuchten Flecke auf dem schwarzen Leder des Freischwingers hinterlassen würde, auf dem ich saß. Er sah mich fragend an, ob ihn der Eindruck täusche, dass ich mich nicht ausreichend mit der Arbeit identifizierte, um so ein Angebot zu rechtfertigen. Was wollte der Typ denn? Wenn er mir kündigen wollte, sollte er es doch einfach tun und mir keine Vorträge halten. Außerdem, wie sollte man sich denn bitte schön mit der Übersetzung von Betriebsanleitungen und Firmenkorrespondenz identifizieren? Aber das alles spielte sich nur in meinem Kopf ab, ich sagte kein einziges Wort, war befangen, verklemmt.

Ich fragte, ob ich wegen eines familiären Notfalls früher freigestellt werden könnte, und nickte zu all seinen Vorschlägen, die natürlich eher zu seinen Gunsten ausfielen als zu meinen eigenen. Es war mir egal, ich wollte nur noch weg.

Als ich das Bürogebäude verließ, hatte ich gleich das nächste Problem.

Was sollte ich Lukas bloß sagen? Ich wollte ihm keineswegs diese Version von mir präsentieren, eine Versagerin, die gerade entlassen worden war. Was sollte denn aus mir werden, wenn ich noch nicht einmal einen Job behalten konnte, der mich unterforderte? Wie würde ich denn jemals einen Job finden können, der mich ganz normal forderte? In meiner Wohnung lagen die Zettel mit den hochtrabenden, lebensverändernden Plänen, die ich verfasst hatte. In unterschiedlichen Reihenfolgen stand darauf, dass ich meinen Job und meine Wohnung kündigen wollte, aufräumen, ausmisten und neu durchstarten wollte, in einem neuen Zuhause und mit einer neuen Aufgabe, die besser zu mir passte. Dass ich mutig sein wollte. *No minute gone comes ever back again.* Ich heftete alle Zettel an meine Pinnwand. Den Job brauchte ich nun nicht mehr zu kündigen, und der Haken, den ich hinter diesen Punkt setzte, war ein unfreiwilliger. Noch nicht einmal das hatte ich geschafft. Ich packte ein paar Sachen zusammen, warf sie in meinen kleinen alten Corsa und machte mich auf den Weg ins Krankenhaus, um den Muck in der Cafeteria zu treffen.

»In dieser Nacht endete meine Kindheit. Erst zerschlagen sie den Laden, dachte ich, dann zerschlagen sie uns. Wir sind auf den Dachboden geflüchtet und haben die Leiter mit hochgezogen, da wussten wir nicht, dass es andernorts schon brannte, wir wären da oben verbrannt, wenn sie bei uns auch Feuer gelegt hätten. Aber es hat ihnen gereicht, den Laden zu zerstören. Wir haben oben alles gehört. Splitterndes Glas, krachendes Holz, mit blinder Wut haben sie alles zerschlagen. Man denkt vielleicht, es sind doch nur Dinge, es ist doch nur Holz, es ist doch nur Porzellan oder Glas. Aber die Wut galt ja uns. Sie wollten uns damit zerschlagen. Irgendwann war alles still. Ganz still, es war sehr unheimlich, und wir haben lange gewartet, ob es wirklich still bleibt, ich glaube, wir haben auch geschlafen, aber das weiß ich nicht mehr, ich habe wahrscheinlich geschlafen, ich war ja erst acht.«

Er trank einen Schluck Wasser und schwieg. Die Cafeteria war nicht sehr voll. Wir hatten uns einen ruhigen Tisch am hinteren Ende des Raumes ausgesucht. Die meisten, die zum Kaffeetrinken hergekommen waren, saßen in unmittelbarer Nähe der Theke, damit sie ihre Tabletts nicht so weit balancieren mussten.

»Weißt du«, fuhr er nach einer Weile fort. »Als mein Kind acht Jahre alt war, da habe ich zum ersten Mal realisiert, was das alles bedeutet hat. Wenn ein achtjähriges Kind so etwas erleben muss ... so etwas Brutales, dass Menschen so ... das ist schlimmer als Krieg. Ich habe meinen Jungen angeschaut und gedacht, es würde mir das Herz brechen. Es muss auch meinen Eltern das Herz gebrochen haben.«

Ich fragte ihn, ob ich uns noch etwas zu trinken holen sollte, und er nickte dankbar. Froh, kurz aufstehen zu können, lief ich zur Theke, um eine Flasche Mineralwasser zu bestellen. Während ich darauf wartete, überlegte ich, wie alt ich wohl gewesen war, als die Monster, die unter meinem Bett wohnten, mir solche Angst eingejagt hatten, dass ich noch nicht einmal einen Fuß auf den Boden setzen konnte, um zu Paula zu laufen. Unvorstellbar, solch einem Überfall tatsächlich ausgesetzt gewesen zu sein, bei dem tatsächliche Monster durchs Haus tobten.

Nachdem ich uns frisches Wasser eingegossen hatte, trank er einen Schluck und hielt das Glas mit beiden Händen fest.

»Es dämmerte schon, als wir uns endlich hinuntertrauten. Und als wir die Treppe runterkamen, zog es so kalt, als ob eine Tür aufsteht. War auch so. Sozusagen. Der Laden hatte keine Fenster mehr und auch keine Tür, es war alles zersplittert. Das Glas, das Holz. Ich weiß noch, es roch nach Maggi. Es gab einen ganzen See von Maggi, das wurde damals im Fass verkauft, man hat das dann immer abgefüllt, und diesen Behälter, den haben sie umgestoßen. Und in dem dunklen See schwamm alles. Alles war einfach ausgekippt worden, Linsen, Bohnen, Zucker, die Glassplitter. In den Glassplittern fing sich das Licht. Ist das nicht komisch, dass ich mich daran erinnere?«

Er umschloss das Glas mit beiden Händen, als müsse er sich daran festhalten. Seine Finger zitterten.

»Ich konnte nie mehr etwas essen mit Maggi.«

Kopfschüttelnd versuchte er, das Glas zu heben und etwas zu trinken. Er musste sich richtig konzentrieren, das Glas zum Mund zu führen, ich konnte sehen, wie sehr es ihn anstrengte.

»Später haben wir den Rauch gesehen, die Synagoge in Eltville hat gebrannt, niemand hat gelöscht. Das haben sie uns dann erzählt. Die Feuerwehr hat nur zugeschaut und aufgepasst, dass der Brand nicht auf andere Häuser überspringt, auf arische Häuser. Sie haben alle zusammengehalten. Und dann kam auch noch ein Brief, dass wir Wiedergutmachung zahlen müssen, weil alles kaputt ist. Wir wären selber schuld und müssten für den Schaden aufkommen. Da ist allen klar geworden, dass wir wegmüssen. Dass sie uns wirklich vernichten wollen. Aber natürlich hatten wir überhaupt kein Geld, wir hatten ja nichts mehr. Und da hat dann unsere Lotte angefangen, sich für uns einzusetzen. *Heaven knows,* wie sie das gemacht hat. Sie hat Kindervisa für Ann und mich beantragt, für England. Es gab Züge, die fuhren in Frankfurt los, mit jüdischen Kindern, die nach England gebracht wurden. Wir waren auf der Warteliste. Unser Koffer war immer gepackt, damit wir sofort loskonnten, wenn die Nachricht kommt. Meine Eltern haben uns erzählt, dass sie dann nachkommen, Hauptsache war doch, dass wir als Erste schon mal losfahren, und schön Englisch sollten wir lernen, damit wir ihnen dann helfen können, wenn sie nachkommen. Ich weiß nicht, wie die Lotte das gemacht hat, wir hatten ja überhaupt kein Geld mehr. Wir mussten alles reparieren lassen.«

Es war unvorstellbar. Und doch stellte ich es mir vor. In allen Einzelheiten, ich konnte mich dem nicht entziehen. Natürlich wusste ich von den Pogromen in der Novembernacht 1938, aber ich hatte noch niemals mit jemandem gesprochen, der das alles am eigenen Leib erlebt hatte und dem der Schrecken noch in den Augen stand, fast siebzig Jahre danach. Ich wollte schon vom bloßen Zuhören weglaufen, weil allein die Vorstellung genügte, um meinen Körper in Angst zu versetzen. Ich sah das zersplitterte Holz vor meinem inneren Auge, ich sah die Glasscherben, den Maggi-See, ich spürte diese Welle ungebremster Gewalt, als ob sie mich körperlich streifte. Sah die Kinder, die in Angst zusammenkauerten und nicht wussten, was da passierte. Mein Herz klopfte wild, und ich spürte, wie ich Schwierigkeiten bekam, durchzuatmen. Pure blanke Angst. Die kannte ich. Mit Angst kannte ich mich aus, ohne zu wissen, warum. Ich versuchte, mich zu beruhigen und vor Hans zu verbergen, dass ich schon innerlich zitterte. Ich, das Kind der Siebziger, ein Friedenskind, das in absoluter Sicherheit lebte, nie etwas Schreckliches erlebt hatte, niemals. Nie. Warum spürte ich diese Angst? Warum konnte ich sie fühlen, als wäre es meine eigene? Ich versuchte, auszuatmen, lange und ruhig auszuatmen und die Füße fest auf den Boden zu stellen. Atmen, sagte ich mir. Ich bekomme Luft. Und der Boden trägt mich und hält mich. Alles ist stabil, und nichts stürzt ein. Alles wird gut. Und dass ich jetzt nicht sterben werde. Nicht jetzt. Das war das Programm, das ich bei meiner Verhaltenstherapeutin gelernt hatte. Ich konnte alles auswendig, ich konnte es abspulen, wenn es nötig war. Wir hatten das trainiert. Mein Körper, so hatte die Therapeutin es mir erklärt, war wie eine Chemiefabrik, und ich musste nur wissen, wie ich gegensteuern konnte. »Alles, was das Adrenalin neutralisiert, steht Ihnen immer zur Verfügung.« Manchmal half es, manchmal half es auch nicht. Gerade half es nicht. Ich kämpfte mit meinem Atem, es gelang mir nicht, ihn ruhig fließen zu lassen. Seit Omas Sturz hatte ich so gut wie jeden Tag einen Anfall bekommen, das hatte ich alles schon mal besser im Griff gehabt. Die kleinen Kinder, der Maggi-See, das gesplitterte Holz. Ich wollte auf keinen Fall, dass Hans merkte, dass ich eine Panikattacke hatte, es war mir total peinlich, am liebsten wäre ich weggelaufen. Aber ich misstraute meinen Beinen. Er starrte vor sich hin, versunken in der Erinnerung, während ich versuchte, meine innere Chemiefabrik wieder in einen Normalzustand zu versetzen.

»Wie habt ihr das geschafft, dort weiter zu bleiben? Hattet ihr nicht Angst, dass es wieder passiert?«

»Natürlich hatten wir Angst. Jede Nacht, wenn wir ins Bett gegangen sind. Wir sind dann umgezogen. Aber auch da hatten wir Angst.«

»Und dann seid ihr ganz alleine nach England gefahren? Wie alt war Ann?«

Was mit seinen Eltern passiert war, wagte ich gar nicht zu fragen. Ich schaute ihn an und versuchte mir vorzustellen, wie sich zwei verängstigte Kinder alleine auf den Weg machten in ein fremdes Land.

»Wir sind nicht gefahren«, sagte er und schaute mich an. »Kurz bevor wir dran gewesen wären, kam der Krieg und niemand durfte das Land verlassen. Deutschland war zu. Und wir saßen in der Falle. Keiner kam mehr raus. Vielleicht hätte man es wissen können. Lotte hat schon viel früher gesagt, dass wir wegmüssen. Ich weiß, dass meine Eltern auch darüber gesprochen haben, in die Schweiz zu gehen. Oder nach Österreich. Weil es nicht so weit weg ist und weil sie dachten, es ist nicht so fremd. Aber meine Großeltern wollten nicht weggehen, und meine Mutter konnte sich nicht entschließen, ihre Eltern zurückzulassen. Dann haben wir ja zuerst die neuen Vornamen bekommen, in den Kennkarten wurde das eingetragen. Alle Jungen und Männer bekamen den Namen Israel und alle Mädchen und Frauen den Namen Sarah. Das war für später praktisch. Es waren alle erfasst, für die großen Ermordungen. Es war sehr gründlich geplant. Und weil sie dachten, das reicht noch nicht, wurden die Pässe abgestempelt, so ein dickes rotes J mittendrauf. Damit konnte man erst recht nirgendwo mehr hin. Man hätte gefälschte Pässe gebraucht.«

Er hob traurig die Schultern.

»Aber ich dachte immer, die Schweiz hätte alle aufgenommen, die vor Hitler fliehen wollten.«

Er schüttelte den Kopf.

»Die Schweizer! Gerade die nicht! Die haben die Leute an der Grenze sofort zurückgeschickt. Mit einem roten J im Pass kamst du dort nicht rein. Persönlich zurückbegleitet wurde man und dann auf der anderen Seite direkt von den Grenzern oder gleich von der Gestapo in Empfang genommen. Die Reise ging dann weiter, nach Dachau oder Ausschwitz oder noch weiter nach Osten. Es ist einer Tante passiert. Von der hat man nie wieder etwas gehört. Man kam nur heimlich in die Schweiz. Über die grüne Grenze. Das war gefährlich. Ann war traurig, dass wir nicht nach England konnten, das weiß ich noch genau, sie hat schon mehr verstanden damals. Aber ich war froh, ich wollte doch gar nicht weg! Ich wollte nicht weg von meiner Mama und auch nicht weg von Lotte. Lotte war die Einzige, die immer fröhlich war. Wenn Lotte kam, konnte man mal lachen. Und sie hat uns immer etwas mitgebracht, sie war unser *sunshine*. Sie wollte gefälschte Pässe besorgen, aber meine Eltern hatten Angst, mit falschen Papieren zu reisen. Falsche Namen, falsche Adressen, man musste ja alles auswendig lernen, vielleicht hätten wir Kinder uns verplappert. Das hätte ja gleich den Tod bedeutet.«

»*Meine* Oma hat angeboten, gefälschte Pässe zu besorgen?«

Er nickte.

»Lotte hatte Kontakte.«

6

1937

Begeistert hatten sie der Predigt von Pfarrer Niemöller gelauscht, die er wegen des großen Andrangs gleich dreimal hintereinander abwechselnd in der Wiesbadener Bergkirche und Marktkirche gehalten hatte. Als er kurz darauf verhaftet wurde, war Lotte noch einmal bewusst geworden, wie gefährlich es war, für das einzutreten, an was man glaubte. Lange hatte sie mit Paul darüber diskutiert, was richtig war und was falsch. Plötzlich wurde man für das, was doch moralisch richtig war, verfolgt und bestraft. Man konnte doch die Moral nicht plötzlich ausschalten! Sie hatte zwanzig Jahre lang gelernt, dass es eine Moral gab, die der Wegweiser durch das eigene Leben war. Lotte glaubte daran, als ein Weg zum Guten, glaubte an das Gewissen und daran, dass sie als Menschen ein inneres Rechtsempfinden gebildet hatten, auf das sie sich verlassen mussten. Die Zehn Gebote zu befolgen war doch seit zwei Jahrtausenden richtig. Seinen Nächsten zu lieben, nicht zu töten, nicht zu stehlen, das waren Grundsätze, auf denen eine Gesellschaft sich gründen musste. Aber gleichzeitig wollte sie dazugehören und Teil eines starken Deutschlands sein. Das war doch ihr Land, das war doch ihre Heimat, und musste man dann nicht alles dafür tun, was verlangt wurde?

»Aber wenn das Land die Moral verrät«, sagte Paul, »wem folgen wir dann? Dem Land oder dem, an was wir immer geglaubt haben? Wer ist letztendlich unser Richter?«

»Ich wünschte, der Graben zwischen dem, was früher gut und richtig war, und dem, was jetzt alle für gut und richtig halten, wäre nicht so groß.«

»Aber je größer er wird, desto deutlicher muss sich jeder entscheiden, auf welcher Seite des Grabens er stehen will.«

»Oder muss«, ergänzte Lotte, und Paul nickte. Er wusste genau, wo er stand. Lotte dachte an ihren kleinen Muck, an den Pfarrer Niemöller und an alle, denen es jetzt genauso ging, und nickte ebenfalls. Auch sie wusste, wo sie stand.

In zwei Wochen würde die Weinlese beginnen, und Paul und Hilde wollten zum ersten Mal mitkommen und helfen. Hoffentlich würde es keinen Streit geben mit Rosi und Hanne oder den beiden Erichs. Allen voran mit Henri. Die waren alle nicht begeistert von ihren neuen Freundschaften. Lotte fühlte sich oft zerrissen, weil sie sich ja nur allzu gut daran erinnern konnte, wie glücklich sie gewesen war, diesen Freundeskreis endlich gefunden zu haben, nachdem sie sich jahrelang immer fremd und nicht zugehörig gefühlt hatte. Aber nun fühlte sie sich unter den alten Freunden fremd. Fremd war alles, was sie sagten, was sie planten, wofür sie brannten. Und konnte man dann überhaupt noch von Freundschaft reden? Ihren neuen Freunden fühlte sie sich viel verbundener. Manchmal sehnte sie sich nach der Zeit zurück, in der sie noch zu klein, zu jung gewesen war, um Entscheidungen zu treffen, als sie einfach unter ihren Stanniolsternen gelegen und von einer Zukunft geträumt hatte, die so ganz anders ausgesehen hatte.

»Ging dir das auch so?«, fragte sie ihre Mutter. Sie waren zusammen zur Bubenhäuser Höhe spaziert, von wo aus sie den Blick über den Rhein schweifen ließen, der in seinem breiten Bett silbern glitzernd dahinfloss. Wie mit Spielzeughäusern gebaut lagen die Dörfer am breiten Fluss, wie eine Spieleisenbahn schlängelte sich ein Zug durch das Tal. Und doch gab es auch in diesen Spielzeugdörfern die Ortsgruppenleiter, die mit ihren Zellenleitern und Blockwarten bis in jedes Wohnzimmer hinein für das sorgten, was sie Recht und Ordnung nannten.

»Ist es nicht schwer, immer Entscheidungen treffen zu müssen? Die dann anderen wehtun oder die einen von etwas entfernen, was einem immer lieb und teuer war?«

Ihre Mutter schaute sie prüfend an und schwieg so lange, dass Lotte schon dachte, sie hätte die Frage vergessen. Aber irgendwann wandte sie sich ihr zu und gestand, sie habe sich immer gewünscht, dass die Welt für ihre Kinder so sein würde, dass sie keine schweren Entscheidungen treffen müssten.

»Es war sehr bitter, als mein Bruder Wilhelm mich damals aufgespürt hatte und hierherkam, um mich zurückzuholen. Er sagte: *Du gehörst hier nicht hin*. Das weiß ich noch wie heute. Und ich musste ihm antworten: *Doch, ich gehöre hier hin. Das hier, das bin ich. Und die Lisette, die ihr kennt, die bin ich gar nicht.*«

Lotte nickte, genau so ging es ihr auch.

»Ich liebe Henri doch …«, flüsterte Lotte.

»Ich weiß. Ich liebe ihn ja auch.«

»Und wie würdest du heute entscheiden?«

Lotte schaute ihre Mutter fragend an.

»Ich habe genug Entscheidungen getroffen im Leben.«

Ihre Mutter schaute auf den Fluss und schwieg. Nach einer Weile seufzte sie tief.

»Ich will meine Kinder wachsen sehen und die Blumen wachsen sehen, die immer wiederkommen, egal, woher der Wind weht. Und vielleicht gelingt es dir, deinen Garten zu finden, in dem du bleiben kannst, ohne dass es dich zerreißt.«

Mutters Lösung war also, wegzuschauen. Auf die Blumen zu schauen. Als ob die Fülle des Lebens, die sie ihr gewünscht hatte, dort läge. Aber das konnte man nur, wenn man nichts wusste von allem, was außerhalb des schönen Gartens tobte. Nichts wusste von der Ungerechtigkeit und dem fehlgeleiteten Hass. Sobald man davon wusste, musste man sich doch entscheiden. Vielleicht wäre es besser, die Weinlese ausfallen zu lassen. Arbeit vorzuschieben, weshalb Hilde und sie nicht freibekommen würden, Paul zu bitten, nicht mitzukommen. Aber wie würde es dann weitergehen? Nächstes Jahr oder übernächstes Jahr? Die Lese gehörte zum Rhythmus des Lebens in einem Weindorf. Es war ein ungeschriebenes Gebot, dass alle zurückkamen und mithalfen, um an den wenigen Tagen, an denen geherbstet wurde, alle Trauben einzufahren. Der Reichtum des Ortes hing davon ab, alles drehte sich darum. Und wenn ein Weindorf der Ort war, an dem man zuhause war, dann hatte man sich selbst mitzudrehen. Sie würde mit Paul reden.

Als sie zurückkamen, zog sie ihre Mutter vor die beiden Gemälde, die sie mit Paul zusammen betrachtet hatte.

»Mutter, du musst sie wirklich abhängen. Sie könnten uns in Gefahr bringen, wenn sie von den falschen Menschen gesehen werden.«

Lisette schüttelte energisch den Kopf.

»Dass sie nicht mehr in Museen hängen dürfen, ist ja schon schlimm genug. Aber hier, zuhause, ist das doch etwas ganz anderes! Das ist privat.«

»Nimm das bitte nicht auf die leichte Schulter! Ich habe

Angst, dass die Bilder dich in Schwierigkeiten bringen. Oder dir weggenommen werden.«

»Dann hätte doch Henri, unser Sittenwächter, schon längst etwas gesagt, oder?«

Lotte hob die Schultern. »Vielleicht, ja. Vielleicht hat er auch beschlossen wegzuschauen? Aber wenn irgendwann irgendjemand nicht wegschaut …«

»Ich muss die Bilder aber um mich haben. Sie gehören einfach zu mir. Beide.«

»Dann hänge sie wenigstens in dein Schlafzimmer, wo sie keiner sieht außer dir.«

»Wo sollen sie denn da hin? Da sind doch nur Dachschrägen.«

»Mutter, bitte …«

»Ist ja gut. Ich denke mal darüber nach.«

Als Lisette das Zimmer verlassen hatte, nahm Lotte das Bild von Elisabeth Dillmann ab, um zu schauen, wie es befestigt war. Natürlich hinterließ es einen Schatten auf der Wand, genau wie das andere Bild auch. Man bräuchte einen Ersatz, den man hier an die Stellen dieser Bilder hängen könnte. Sie hängte das Bild wieder hin und beschloss, nicht lockerzulassen.

»Schau mal, ich habe etwas für dich gemacht.«

Lotte drehte sich um. Ihre Mutter stand in der Tür und hielt etwas Blaues in der Hand. Sie hob die Arme, und Lotte erkannte, dass sie ihr ein Kleid aus der blauen Seide genäht hatte, die ihr der Seidenhändler vor einigen Jahren kurz vor seinem Tod geschenkt hatte.

»Ich dachte, es wäre schön, wenn du mit Paul tanzen gehst?«

Mutter hatte lange nichts für sie genäht. Als sie in dieses Kleid schlüpfte, fühlte sich sofort alles richtig an. Sie standen zusammen vor dem Spiegel, in dem Lotte sich verwundert betrachtete. Das Blau ließ sie leuchten. Ihre blauen Augen schimmerten plötzlich dunkler, ihre Haut strahlte, und ihr Haar war nicht mehr einfach blond, es war golden. Und dennoch war es ein einfaches blaues Kleid, ohne Schnickschnack, ohne auffällige Details. Der einzige Schmuck war eine Schleife aus dem gleichen Stoff, die man an den kleinen Ausschnitt band. Die Taille saß tief und der angesetzte Rock hatte genau die richtige Länge. Sie fühlte sich sofort wohl. Ihre Blicke trafen sich im Spiegel, und Lotte lächelte.

»Das ist mein schönstes Kleid.«

Ihre Mutter nickte zustimmend, und Lotte konnte sehen, wie froh sie war, dass es ihr gefiel. Lotte konnte sich gar nicht erklären, warum ein Kleid sie so glücklich machte. Vielleicht, weil es ihr zum ersten Mal das Gefühl gab, dass ihre Mutter sie gesehen hatte. Lotte, so wie sie war. Und nicht so, wie ihre Mutter sie gerne gehabt hätte.

Auf dem Winzerfest nach der Weinlese in Pauls Armen über die Tanzfläche gewirbelt zu werden, war das Schönste. Seit sie entdeckt hatten, wie gerne sie beide tanzten, gingen sie zusammen aus, sooft sie konnten. Es gab immer irgendwo einen Tanztee. Manchmal kam Paul mit Lotte am Wochenende nach Rauenthal, dann gingen sie in Schlangenbad im Kurpark spazieren, wo die Tanzkapelle am Nachmittag spielte und Käthe ihrem Heinz sehnsüchtig lauschte. Manchmal tanzten sie in Wiesbadener Tanzcafés, manchmal in Frankfurt. Und manchmal tanzten sie noch auf dem Weg zum Bahnhof, bevor sie sich wieder trennen mussten. Dann summte Paul die Melodien, griff nach ihrer Hand und zog sie an sich, um sie im Kreis um eine Laterne zu wirbeln.

Bei anderen Paaren, die beim Winzerfest um sie herumkreisten, sah Lotte, dass es einigen schwerfiel, ihre Körper in Einklang zu bringen. Sie fanden den gemeinsamen Rhythmus nicht, stolperten übereinander, oder es sah furchtbar angestrengt aus, weil der Größenunterschied zu groß war oder sie sich ungeschickt anstellten.

Käthe und Heinz tanzten lächelnd an ihnen vorbei, und sie mussten lachen, als sie Heinz' entsetztes Gesicht sahen, als Käthe von einem anderen Tänzer abgeklatscht wurde.

»Könnten wir uns bitte, bitte darauf einigen, dass du nicht auf die Idee kommst, mit einem anderen Mann zu tanzen?«

Paul zog sie näher an sich heran, und Lotte spürte, wie das blaue Kleid, das sie heute zum ersten Mal trug, jede Bewegung mitmachte, jeden Schritt, den sie gehen wollte, jede Richtung, in die Paul sie beide lenkte, jede Drehung, in die er sie wirbelte. Alles war leicht, alles floss. Und so geübt sie auch schon immer darin war, das, was in ihrem Innersten vorging, für sich zu behalten, so wunderbar war es, Paul etwas davon zu zeigen. Etwas von sich zu zeigen. Etwas von der Lotte, die schon immer in ihr geschlummert hatte und nur darauf wartete, gesehen zu werden.

Wenn Lotte im Zug nach Frankfurt saß, hatte sie das Gefühl, einen Ausflug in ein neues Leben zu machen, das irgendwann einmal ihres werden könnte. Wenn sie in der großen Halle des Frankfurter Bahnhofs aus dem Zug stieg, fühlte sie sich immer ein bisschen erwachsener als sonst. Man konnte vom Bahnhof entweder die Straßenbahn nehmen oder zu Fuß gehen, um zu der Apotheke zu gelangen, in der Paul arbeitete.

Heute entschloss sie sich, zu Fuß zu gehen und ein Stück am Mainufer entlangzuspazieren. Das Wetter war zu schön, um es nicht auszunutzen. Es war einer dieser klaren strahlenden Herbsttage, an denen der Himmel hoch und blau war.

Über den Eisernen Steg lief sie über den Main auf die Sachsenhäuser Seite, wo sich die Apotheke befand, in der Paul arbeitete. Nicht weit davon war die Städelschule, wo Pauls Mitbewohner Franz studierte, und auch das Mansardenzimmer, das die beiden bewohnten, war in unmittelbarer Nähe. Sobald sie den Main überquert hatte, begann sie sich vorzustellen, dass Paul und sie vielleicht zusammen in Frankfurt leben würden, später, wenn sie einmal verheiratet wären. Irgendwann. Sie würden eine Stadtwohnung haben, natürlich nicht so elegant und überladen wie die Wohnung ihrer Großmutter in Wiesbaden. Viel moderner wäre die Wohnung, vielleicht hätten sie einen Balkon? Sie würden abends zusammen am Main spazieren und an den Wochenenden tanzen gehen. Sie würden niemals damit aufhören, tanzen zu gehen. So tief versunken war sie in diese schönen Gedanken, dass sie gar nicht bemerkte, dass sie schon vor der Apotheke angekommen war. Als sie Paul zum ersten Mal hier besucht hatte, hatte es sie amüsiert, wie seriös er in seinem weißen Kittel hinter der Theke aussah. Inzwischen kannte der Apotheker Lotte und begrüßte sie freundlich, als sie eintrat. Er bat sie, kurz Platz zu nehmen, weil Paul gerade eine Tinktur anrührte, die heute noch ausgeliefert werden musste.

»Das könnten wir ja übernehmen?«

Der Apotheker lächelte. »Das habe ich insgeheim gehofft, dass Sie das anbieten, Fräulein Winter!«

Paul kam aus dem hinteren Raum, in dem die Rezepturen

hergestellt wurden, in den Laden, und Lotte konnte sofort erkennen, dass ihn etwas bedrückte. Kurz darauf liefen sie gemeinsam durch Sachsenhausen, um die Tinktur bei einem Arzt auszuliefern.

»Was ist passiert?«, fragte Lotte, aber Paul schüttelte den Kopf.

»Später«, sagte er knapp, und Lotte nickte. Sie wusste inzwischen, wann sie noch einmal nachfragen konnte und wann nicht. Natürlich waren viel zu viele Menschen unterwegs. Man konnte sich auf der Straße unmöglich über Dinge unterhalten, die nicht gehört werden durften. Vor einer Arztpraxis blieben sie stehen. *Dr. Schmidt, Praktischer Arzt*, las sie auf dem Schild.

»Hier muss ich die Tinktur abgeben. Wartest du auf mich? Es dauert nicht lange.«

Er deutete zu einem Platz hinter der nächsten Straßenkreuzung und schlug vor, dass sie dort auf ihn wartete.

»Kann ich nicht mit hineinkommen?«

Paul wollte schon Nein sagen, aber Lotte schüttelte entschlossen den Kopf und schaute ihn ernst an. »Ich finde, es ist an der Zeit, dass wir alles zusammen machen, wenn wir wirklich zusammengehören wollen.«

Er nickte zögernd und drückte die Klingel neben dem Türschild. Dr. Schmidt bat sie herein und bedankte sich förmlich bei Paul für die Lieferung. Aber Paul platzte gleich mit der Frage heraus, die ihm anscheinend auf der Seele brannte.

»Hast du etwas gehört?«

Der Arzt schaute erst Lotte, dann Paul fragend an und antwortete nicht.

»Das ist Lotte, meine Freundin, meine Retterin«, sagte Paul. »Du erinnerst dich? Sie gehört dazu.«

Der Arzt musterte sie und nickte. Lotte fand es reichlich

unverschämt, so unverblümt angeschaut zu werden, hielt seinem Blick aber stand.

»Ich weiß nur, dass sie außer dem Pfarrer noch zwei weitere Männer aus der Gemeinde mitgenommen haben. Es gibt noch keinerlei Verbindung zu uns. Aber wir brauchen einen neuen Kurier, bis wir mehr wissen. Du darfst jetzt keinesfalls ins Blickfeld geraten.«

Paul dachte kurz nach.

»Wir haben niemanden mehr. Franz ist auch zu nah dran. Außerdem glaubt er, dass sein Atelier überwacht wird«, sagte Paul. Franz war Pauls Mitbewohner, der Maler. Auch er gehörte also dazu.

»Er muss eine Weile in Deckung bleiben.«

Dr. Schmidt nickte nachdenklich. »Hedi ist dafür zu ängstlich, und Frau E. kann nicht für mehrere Stunden von zuhause wegbleiben.«

Lotte verstand nicht, um was es hier genau ging. Das Einzige, was sie wusste, war, dass man lieber zu wenige als zu viele Worte machte, und sie wagte es kaum, den Mund zu öffnen, aus Angst, etwas Falsches zu sagen. Doch dann nahm sie ihren ganzen Mut zusammen.

»Kann ich helfen?«

Dr. Schmidt musterte sie skeptisch, aber Paul nickte.

»Es wäre tatsächlich ein guter Zeitpunkt.«

Der Arzt nickte stumm, öffnete eine Schublade und zog ein in Papier eingeschlagenes Buch heraus.

»Dieses Buch muss nach Wiesbaden, in die Buchhandlung Zimmering. Sind Sie dort bekannt?«

Lotte schüttelte den Kopf.

»Umso besser. Wenn Sie in die Buchhandlung kommen, legen Sie dieses Buch eingepackt in Herrn Zimmerings Hände und sagen: *Meine Freundin besitzt ›Die Feuerzangen-*

bowle‹ leider schon, kann ich es umtauschen? Dann wird Herr Zimmering sagen: *Kann ich Ihnen ein anderes Buch empfehlen, soll es auch etwas Heiteres sein?* Sie sagen daraufhin: *Unbedingt! Meine Freundin mag Spoerl sehr gerne.* Er wird Ihnen ein anderes Buch geben, und das bringen Sie entweder zu Paul oder direkt zu mir.«

»Das klingt machbar«, sagte Lotte. »Und was mache ich, wenn Herr Zimmering nicht selbst im Laden ist?«

»Sie sprechen nur mit ihm. Es kommt sehr selten vor, dass er eine Vertretung hat. Sollte es der Fall sein, dann gehen Sie ein anderes Mal hin.«

»Und wenn mir jemand anderes das Buch aus der Hand nehmen sollte? Was ist in dem Papier?«

»Wollen Sie das wirklich wissen?«

»Natürlich. Ich will wissen, warum ich mich in Gefahr begebe. Ich muss wissen, dass es sich lohnt.«

»›Die Feuerzangenbowle‹ ist in dem Papier. Im hinteren Deckel eingeklebt ist ein Ausweis. Man sieht es nicht auf den ersten Blick. Sollte das Buch aus irgendeinem Grund in andere Hände fallen, verabschieden Sie sich unauffällig und schnell.«

»Und das Buch, das ich erhalte?«

»Auch in dem werden sich Papiere befinden. Die Leben retten.«

Sie nickte ernst. Sie würde also gestohlene und gefälschte Papiere transportieren. Das war eine große Aufgabe.

»Gut«, sagte sie. »Und ich weiß natürlich von nichts.«

Lotte war selbst überrascht, dass sie all das in eine logische Folge bringen konnte, an der sie sich entlangbewegen würde. Sie war auch ein wenig überrascht von der eigenen Courage, die sie hier an den Tag legte.

»Du traust es dir wirklich zu?« Es war mehr eine Feststellung als eine Frage. Paul schaute sie ernst an, und sie nickte. Sie hatte ihre Entscheidung getroffen.

Paul griff in die Innentasche seines Jacketts und legte noch zwei Glasröhrchen auf den Tisch.

»Das ist alles, was heute drin war.«

Der Arzt nickte, nahm die Röhrchen, zog eine Schublade auf und legte sie hinein.

»Ich weiß, dass wir mehr brauchen«, sagte Paul. »Nächste Woche wieder.«

Als sie das Päckchen in ihre Handtasche steckte, fiel ihr auf, dass sich darin ein an sie adressierter Brief befand. Sie nahm den Brief heraus und schob ihn in die Innentasche ihres Mantels. Die Männer sahen ihr dabei zu.

»Falls mir die Tasche aus irgendeinem Grund abhandenkommt, dann gibt es keine Rückschlüsse auf mich.«

»Ich glaube, wir müssen uns keine Sorgen machen, dass Fräulein Lotte unbedacht handeln könnte.« Dr. Schmidt nickte zufrieden und wünschte ihr Glück.

»Was waren das für Medikamente?«, fragte Lotte später, als sie mit Paul auf einer Bank saß, die Tasche auf ihrem Schoß wie ein besonders zu hütender Schatz.

»Ich habe ein starkes Schmerzmittel gemischt für jemanden, den sie sehr schlecht behandelt haben. Er kann nicht ins Krankenhaus. Da würden sie ihn finden.«

»Und wo ist er jetzt?«

»In Sicherheit«, sagte Paul. »Zum Glück.«

»Oh wie gut. Aber eigentlich meinte ich die Medikamente in den beiden Glasröhrchen.«

»Auch eine Art Schmerzmittel.« Paul seufzte. »Eines, von dem man hofft, dass man es nie nehmen muss, das einem aber eine gewisse Sicherheit verschafft, falls es keinen anderen Ausweg mehr gibt. Zyankali.«

Ein Schauder durchlief Lotte. Gift. Paul hatte Gift bei dem Arzt hinterlegt.

»Hast du es auch bei dir?«

»Manchmal.«

»Bekomme ich es auch?«

»Vielleicht. Aber du weißt, dass du auch jetzt in diesem Moment noch Nein sagen kannst. Du kannst immer Nein sagen, Lotte.«

Sie verstummten, weil ein Spaziergänger sich ihrer Bank näherte. Erst als er wieder weit genug weg war, sagte Paul, dass er sie niemals verurteilen würde, wenn sie es nicht könnte. Nicht jeder war dafür gemacht. Sie müsse sehr ehrlich mit sich selbst und mit ihm sein. Lotte nickte und versprach es.

»Aber du legst schon jetzt ein gewisses Talent an den Tag, das muss ich zugeben. Es gibt einige, die bester Absicht sind, die aber ein so ungestümes Naturell haben, dass sie immer in Gefahr sind.«

»Vielleicht bin ich es gewöhnt, vieles alleine zu durchdenken.«

Paul nahm ihre Hand und hielt sie fest in seiner.

»Wenn das alles einmal vorbei ist, bist du nie mehr allein, dann bin ich immer bei dir.«

»Wird es denn einmal vorbei sein?«

Lotte sah ihn fragend an.

»Ich kann mir nichts Schöneres vorstellen. Eine bessere Welt. In der ich für immer in deine Augen schauen kann.«

Das Buch in ihrer Handtasche wurde immer schwerer. Es schien inzwischen etliche Kilos zu wiegen. Aber als Lotte an der Buchhandlung Zimmering vorbeiging, sah sie, dass drei Kunden im Laden waren. Lieber ging sie erst neue Strümpfe kaufen, um es auf dem Rückweg noch einmal zu versuchen. Sie steckte das Päckchen mit den Strümpfen neben das Buch in ihrer Tasche, bezahlte und machte sich wieder auf den Weg zu dem Buchladen und sagte sich immer wieder die Sätze auf, die sie gleich wechseln würden.

Meine Freundin besitzt ›Die Feuerzangenbowle‹ leider schon, kann ich es umtauschen?

Kann ich Ihnen ein anderes Buch empfehlen, soll es auch etwas Heiteres sein?

Unbedingt! Meine Freundin mag Spoerl sehr gerne.

Beim zweiten Versuch hatte sie mehr Glück, der Laden war völlig leer. Der Buchhändler schaute sie freundlich an, als sie die Tür öffnete und das Türglöckchen klingelte.

»Herr Zimmering?«, versuchte sie sich noch einmal zu vergewissern, und erst als er nickte, reichte sie ihm das Buch und fuhr fort.

»Meine Freundin besitzt ›Die Feuerzangenbowle‹ leider schon, kann ich es umtauschen?«

»Soll es denn wieder etwas von Spoerl sein?«

Lotte erschrak. Das war der falsche Satz. Er sollte doch fragen, ob es etwas Heiteres sein sollte. War das am Ende doch nicht Herr Zimmering, der da vor ihr stand?

»Ja«, antwortete sie und beschloss blitzschnell, die Sätze umzudrehen, in der Hoffnung, dass er es bloß verwechselt hatte. »Es soll aber auch etwas Heiteres sein. Meine Freundin mag Spoerl sehr gerne.«

»Natürlich!«, sagte er. »Ich suche Ihnen etwas aus, warten Sie. Etwas Heiteres.«

Das Türglöckchen läutete wieder, und jemand betrat den Laden, Lotte wagte kaum sich umzudrehen. Ihr Herz schlug ihr bis zum Hals. Herr Zimmering sollte doch hinten im Laden verschwinden, das hatte Dr. Schmidt gesagt.

Was suchte er denn bloß in diesem Regal? Da würde ja ganz gewiss kein Buch mit gefälschten Papieren stehen. Sie sollte besser zusehen, dass sie hier wegkam. Der neue Kunde grüßte indessen freundlich, und Lotte riss sich zusammen, sah zur Seite und grüßte ebenfalls freundlich. Oder war das schon zu freundlich, wie sie gegrüßt hatte? Wenn man keinesfalls auffallen wollte, war plötzlich alles, was man tat, ganz fürchterlich auffällig. Zu freundlich grüßen, zu wenig freundlich grüßen. Noch nicht einmal ihren Atem vermochte Lotte zu kontrollieren. Wenn sie nicht sofort ruhiger atmete, würde sie wirklich auffallen. Der Kunde trug eine sehr dicke Brille, hinter der seine Augen sehr klein wirkten.

»Hier vorne ist das Buch leider nicht mehr, aber ich meine, ich hätte hinten noch ein Kistchen mit Büchern von Spoerl. Sehr beliebt, sehr beliebt … einen Moment, bitte.«

Damit verschwand der Buchhändler in seinem Hinterzimmer, und Lotte beruhigte sich ein wenig. Hinterzimmer. Das klang wieder alles so, wie es klingen sollte.

»Sie mögen Spoerl?«

Der Herr, der nach ihr eingetreten war, schaute sie interessiert an, und die kleinen Augen hinter der dicken Brille funkelten freundlich.

»Es ist für eine Freundin. Sie liest sehr gerne.«

»Und es ist heiter, nicht wahr.«

»Ja«, sagte sie. »Heiter.«

Gleichzeitig wunderte sie sich, dass er das Stichwort benutzte, und ihr wurde unwohl. Zum Glück kam der Buchhändler mit einem anderen Päckchen in der Hand zurück, das er ihr reichte.

»Das dürfte Ihrer Freundin gefallen. Der Preis ist der gleiche. Ich wünsche viel Freude damit.«

Lotte nahm das Buch und steckte es ein.

»Vielen Dank.«

Im Gehen hörte sie, dass der neue Kunde sagte, er würde das zurückgegebene Buch gerne direkt übernehmen, ›Die Feuerzangenbowle‹ wollte er schon lange einmal lesen. Während Lotte ihre Schritte beschleunigte, überlegte sie fieberhaft, ob sie den Titel des Buches überhaupt erwähnt hatten, nachdem der Mann den Laden betreten hatte. Entweder war sie nun in eine Falle getapst oder aber der Mann war ebenfalls ein Kurier. Sie lief, so schnell sie konnte, ohne dass es auffiel. Als sie in ihrer Mansarde ankam, schob sie das Buch in der Schublade unter ihre Wäsche und legte die neuen Strümpfe, die sie gerade gekauft hatte, obenauf. Sie sah das Etikett und stutzte. Es war die falsche Größe. Vor lauter Aufregung hatte sie wohl danebengegriffen. Hoffentlich könnte sie die Strümpfe umtauschen, damit diese Geldausgabe nicht vergebens war. Aber selbst wenn nicht, sie hatte eben mit großer Wahrscheinlichkeit ein Leben gerettet, und es sah so aus, als ob sie die Feuerprobe bestanden hätte. Was waren dagegen schon ein Paar zu kleine Strümpfe.

Ein Leben, das nicht gerettet werden konnte, war das Leben von Franz. Den Sachbearbeitern für Kirchenangelegenheiten bei der Gestapo hatte es nicht gefallen, wie offen er seine katholischen Glaubensgruppen leitete, mit denen er sich in seinem Atelier regelmäßig traf. Er ließ es sich nicht verbieten, von seinem wahren geistigen Führer zu sprechen, der doch niemals ein weltlicher Führer sein konnte. Er setzte sich einfach ganz offen darüber hinweg, dass es keine kirchlichen Jugendgruppen mehr geben durfte, war erst verhaftet worden und hatte sich nach endlosen Verhören bald darauf in seiner Zelle erhängt. Franz war nicht mehr da. Der Schock saß bei ihnen allen tief. Über tausend Menschen folgten seinem Sarg zu seiner kirchlichen Beisetzung. Der Pfarrer, der ihn beerdigte, war überzeugt, dass er in den Freitod getrieben worden war und die tausend, die ihm folgten, teilten diese Ansicht. Es regnete in Strömen, als der Sarg in die Erde gelassen wurde. Selbst dem Himmel war schwer zumute. Mit tiefhängenden schwarzen Wolken trug er Trauer und beweinte bitter, was hier geschah.

Stundenlang, tagelang redeten Lotte und Paul über Franz. Wie konnte es sein, dass jemand plötzlich nicht mehr da war? Franz' Tod machte sie jedoch nicht ängstlicher, sondern bestärkte sie darin, noch entschlossener zu handeln. Sie entschieden, niemals öffentlichen Widerstand zu leisten wie Franz, sondern stets heimlich im Hintergrund zu wirken. Unter Deckmänteln der Verschwiegenheit alles dafür zu tun, Menschen zu retten, die Rettung brauchten, und immer zu versuchen, jeden Verdacht von sich abzulenken.

1938

Wollstoffe gab es nur noch wenige, und wenn man überhaupt welche bekam, dann waren es Restbestände aus den Vorjahren in leuchtenden Farben. Die Verkäufer bei Meissner lobten die schönen Farben der Stoffe. Das warme Rot, das besondere Blau, und warum nicht mal ein heller Mantel, ein zartes Crème für die Dame? Irgendwann gingen ihnen jedoch die Argumente aus, und sie mussten den Kunden gegenüber eingestehen, dass es in dieser Saison einfach keine anderen Wollstoffe gab, weil alle direkt dem Heer zugeliefert wurden. Die Mäntel wurden vielleicht bunter, aber die Stimmung zunehmend dunkler. Überall erweiterten die Metallwerke die Produktion, die Aufrüstung war nicht mehr zu übersehen. Es wurde immer offensichtlicher, dass hier ein Krieg vorbereitet wurde. Gleichzeitig verschärfte sich im Reich der Krieg, der gegen die eigene Bevölkerung geführt wurde. Alle jüdischen Frauen mussten seit dem Sommer schon den Zweitnamen Sarah führen und alle Männer den Namen Israel. Auf allen Schildern, die auf Geschäfte oder Praxen hinwiesen, mussten diese Zweitnamen erscheinen. Verstöße gegen diese Regel wurden bestraft. Das Strafmaß war unterschiedlich. Man hörte von Geldstrafen, man hörte aber auch von Haft und von Zwangsverschickungen in Arbeitslager. Man hörte auch vermehrt von Todesfällen. Viele versuchten, das Land zu verlassen, und der Künstler, der die Werke seiner Fälschungskunst in der Buchhandlung Zimmering in Wiesbaden hinterlegte, hatte sehr viel zu tun.

An einem kalten Dezembermorgen fuhr Lotte zusammen mit Hilde zurück nach Wiesbaden. Sie hatten das Wochenende in Rauenthal verbracht. Hilde kam immer gerne mit zu Lotte nach Hause. So gerne, dass sie sogar schon zusammen darüber gewitzelt hatten, dass Hilde auch bei Meissners kündigen könnte, um bei Lisette zu arbeiten.

»Du hast eine tolle Mutter. Ich verstehe eigentlich gar nicht, warum du lieber bei Meissner arbeitest als hier. Ich würde einfach hierbleiben, wenn ich du wäre.«

»Na, weil wir uns sonst nie kennengelernt hätten!«

Das, was für Hilde wie ein Ausflug in eine bunte Welt voller Kunst schien, war für Lotte mit viel mehr Einsamkeit verbunden, als Hilde sich vorstellen konnte. Eine tolle Mutter. Ja, Lisette war sicher eine ungewöhnliche Persönlichkeit, der es gelang, mit wenigen Mitteln zu zaubern. Ob es sich um Mahlzeiten, Kleidung, ihren Garten oder einen schönen Abend handelte, bei Lisette fühlten sich alle Gäste wohl. Doch tagaus, tagein mit ihr zusammenzuleben, das war das Schwierige. Die Stille auszuhalten, die blieb, wenn die Gäste wieder abgereist waren, wenn die Traurigkeit kam, wenn sie in ihren Gedanken versank. Und während Hilde es genoss, im Atelier hier draußen auch einmal ein wenig Ruhe zu haben, weil weder in ihrer kleinen Wohnung zuhause noch bei Meissner jemals Ruhe herrschte, war es für Lotte so viel schöner, in Wiesbaden sein zu können. Hilde erzählte ihr zum ersten Mal, dass sie aus einer ganz traditionellen Arbeiterfamilie kam. Sie lebte mit ihrer Großmutter, Eltern und ihren Schwestern in einer Wohnung in Biebrich, wo fast die ganze Familie in den Zementwerken am Rhein arbeitete. Schon ihre Großeltern von beiden Seiten hatten dort gearbeitet, und Hildes Eltern hatten sich auf einem Werksfest kennengelernt. Eigentlich hatte es immer festgestanden, dass auch Hilde dort anfangen würde. Aber weil ihr Vater als werksbekannter Sozialist seit 1933 unter strenger Beobachtung stand, hatte die Familie es für ratsam befunden, Hilde aus allen Werksangelegenheiten rauszuhalten.

Müde saßen sie im Zug, der morgens sehr voll war. Viele fuhren nach Wiesbaden zur Arbeit in die Biebricher Werke. Lotte war froh, dass sie das Mansardenzimmer in Wiesbaden hatte und nicht jeden Tag hin- und herfahren musste, auch wenn es in ihrer Mansarde im Winter ungemütlich und eisig war. Weil es keinen Ofen gab, verbrachte Lotte die kältesten Nächte meist in der Wohnung ihrer Großmutter, denn auf der Bettdecke in ihrer Mansarde wuchsen Eiskristalle, so kalt war es dort. Wenigstens war es bei Meissners auch im Winter immer gut geheizt. Man wusste dort, dass man zum Nähen warme Hände brauchte. Hilde und sie würden sich nachher aufwärmen können. Fröstelnd lehnten sie sich aneinander und zogen die Füße unter ihren Sitz, weil sich ihnen gegenüber ein schlaksiger Mann hingesetzt hatte, der Mühe hatte, seine langen Beine zwischen den engstehenden Bänken unterzubringen. Er entschuldigte sich bei Lotte dreimal dafür und lächelte nett, bevor er begann, in seiner Zeitung zu lesen, die er kleingefaltet hatte, damit sie nicht so viel Platz beanspruchte wie seine Beine. Lotte zog ihren Mantel enger, um sich warm zu halten. Als der Schaffner kam und sie ihre Fahrkarten vorzeigen mussten, seufzte sie. Sie wollte sich überhaupt nicht bewegen, weil man dann sofort wieder an neuen Stellen spürte, wie kalt es war. Nun müsste sie in ihrer Tasche kramen. Der Schaffner schien ihre Gedanken lesen zu können und zwinkerte ihnen zu.

»Dann lassen Sie die Hände heute mal schön in den warmen Taschen …«

Hilde, der fremde junge Mann und Lotte lächelten sich an.

»Heute ist es aber auch wirklich eisig hier drin«, sagte der Mann, bevor er sich wieder in seine Zeitung vertiefte. Nicht lange, dann kam der Zug ruckelnd zu seinem nächsten Halt, sie waren schon in Walluf. Als sich die Türen öffneten, fuhr ein kalter Luftstoß durch den Wagen. Sie hörte feste Stiefelschritte. Lotte spürte, wie Hilde neben ihr plötzlich ganz steif wurde, und erschrak, als von beiden Seiten Männer in schweren Ledermänteln durch den Wagen gingen und sich genau an ihrer Bank aufbauten.

Der Mann, der ihnen gegenübersaß, wurde blass, und die Zeitung fiel ihm aus der Hand. Dann ging alles so schnell, dass Lotte sich hinterher fragte, ob das wirklich gerade passiert war. War es wirklich gerade passiert, dass der Mann, der eben noch hier gesessen hatte mit seinen langen Beinen, aufstand, die Hände hob und nach draußen geführt wurde? Und war kurz darauf wirklich ein Schuss gefallen? Erst einer und dann noch einer? Oder hatte sie sich das eingebildet? Das musste sie sich doch eingebildet haben. Lotte wagte es kaum, sich zu bewegen. Wie gelähmt saß sie da und starrte auf die heruntergefallene Zeitung. Auf den leeren Platz ihr gegenüber. Im Wagen herrschte Totenstille, als der Zug sich wieder in Bewegung setzte. Lotte wurde schwindelig. Sie konnte plötzlich nicht mehr richtig sehen, und alle Linien begannen zu verschwimmen. Sie versuchte, sich irgendwo festzuhalten, irgendetwas zu greifen, zwischen all diesen verlaufenden Linien, aber da war nichts, an was sie sich halten konnte, und sie hatte Angst zu fallen, von der Bank herunterzufallen in ein tiefes verschwommenes Nichts. Alles drehte sich. Ihr war übel.

Nach einer Weile hörte Lotte ein leises Klirren. Etwas klirrte neben ihr. Ein leises Klirren, das nicht aufhörte. Es kostete Lotte einige Mühe, den Kopf zu drehen und zur Seite zu schauen, ihren verschwommenen Blick wieder scharf zu stellen. Das Klirren kam von ihrer Freundin, die starr geradeaus schaute, während die Schnalle von Hildes Tasche an einen Knopf ihres Mantels stieß. Hilde zitterte wie Espenlaub, und die Tasche in ihren Händen zitterte mit. Lotte stellte sich vor, dass es ein Glöckchen war, das da läutete. Ein Totenglöckchen. Für einen Fremden.

Kurz bevor sie in den Bahnhof kamen, bückte sich Lotte, um die Zeitung aufzuheben, die dem Mann aus der Hand gefallen war. Sie wollte nicht, dass sie auf dem Boden liegen blieb, wollte nicht, dass jemand darauftrat, dass sie schmutzig wurde. Es war doch das Letzte, was der Mann in der Hand gehalten hatte. Als sie die Zeitung aufgehoben hatte, sah sie, dass darunter etwas auf dem Boden lag. Ein dunkler Umschlag, der kaum auffiel. Sie stieß Hilde an, und zusammen schauten sie erst auf den Boden und dann unauffällig ins Abteil, ob es irgendjemand anderem auch aufgefallen war. Doch jeder im Abteil starrte vor sich hin, versuchte, nicht auf den leeren Platz zu schauen, eingeschlossen in seinen eignen Schrecken, seinen eigenen Gedanken, weil es immer besser war, wegzuschauen. Als der Zug bremste, rutschte Hildes Tasche ihr wie zufällig vom Schoß und fiel zu Boden, direkt neben das Kuvert, das nur Zentimeter von Lottes Füßen entfernt lag. Lotte verstand sofort und funktionierte wie immer.

»Ach, Hildchen«, seufzte sie und bückte sich, um die Tasche aufzuheben und dabei das Kuvert in ihren Mantelärmel gleiten zu lassen.

»Danke«, sagte Hilde, nahm die Tasche entgegen und starrte weiter vor sich hin.

Den Rest der Fahrt schwiegen sie, und auch, als sie den Bahnhof verließen, sprachen sie kein Wort. Lotte hatte das Kuvert aus ihrem Ärmel in die Zeitung gleiten lassen, die sie jetzt fest an sich gepresst hielt. Hitze- und Kältewellen schienen von der Zeitung aus durch ihren Körper zu strömen, so dass sie abwechselnd fröstelte und sich daran zu verbrennen schien. Was, wenn es doch jemand gesehen hatte? Wie hatte sie nur so naiv sein können, diesen Umschlag einfach einzustecken? Sie hatte doch keine Ahnung, was sich darin befand. Vielleicht war es das, wofür dieser Mann gestorben war. Vielleicht war es auch eine wichtige

Botschaft, die nicht mehr überbracht werden konnte, vielleicht etwas ganz Persönliches? Hilde hakte sie unter und zog sie im Zickzack durch ein paar kleine Straßen, die sie sonst nie entlangliefen, wenn sie auf dem Weg zu Meissner waren.

»Was machen wir hier?«

»Wir schauen, ob uns auch niemand folgt«, sagte Hilde, bog spontan nach links ab und steuerte auf eine Bäckerei zu. Sobald der warme Duft der Backstube sie umfing, spürte Lotte, wie flau ihr in der Magengegend war. Starr stand sie neben Hilde, die zwei Rosinenwecken bestellte und bezahlte, damit Lotte die Zeitung nicht loslassen musste. Als sie wieder aufs Trottoir hinaustraten, schaute Hilde die Straße auf und ab, als würde sie auf den Verkehr achten, und hakte Lotte wieder unter, um sie weiterzuziehen. Ab da begaben sie sich auf direktem Weg zu Meissners. Als sie an der Garderobe die Mäntel auszogen, nahm Hilde Lotte die Zeitung ab, schob sie sich unter den Pullover und nickte in Richtung der Waschräume.

Der Waschraum war leer. Hilde faltete die Zeitung auf, und Lotte nahm das Kuvert heraus. Gerade als sie es öffnen wollte, hörten sie Schritte vor der Tür. Geschwind ließ sie es unter ihrem Pullover verschwinden und begann, sich die Hände zu waschen. Die Schritte gingen vorbei. Lotte wechselte einen Blick mit Hilde und ging sicherheitshalber in die Kabine, schloss sich ein, um das Kuvert dort zu öffnen, und erschrak. In dem Kuvert steckten vier Pässe und drei Kennkarten. Das waren sieben Leben. Sieben Pässe, die man fälschen lassen konnte, damit Menschen mit ihnen fliehen konnten. Menschen, die mit ihrem eigenen Pass das Land nicht mehr verlassen konnten. Menschen wie die Simons, zum Beispiel. Es waren sieben Leben, die sie hier in der Hand hielt. Und die mit großer Wahrscheinlichkeit schon ein Leben gekostet hatten. Das durfte nicht umsonst gewesen sein. Zitternd verbarg sie das Kuvert wieder unter ihrem Pullover, klemmte es aber so fest unter den Bund der Wollhose, die sie im Winter immer trug, dass es nicht mehr verrutschen konnte. Als sie aus der Toilette kam, flüsterte sie Hilde zu, was sich darin befand. Hilde schien nicht überrascht zu sein. Sie nickte stumm.

Mittags schob Hilde ihr eines der Rosinenbrötchen zu, steckte sich die Tüte mit dem anderen Brötchen ein und war plötzlich verschwunden. Lotte bekam Angst. Wo war Hilde hingegangen? Könnte es sein, dass Hilde sie denunzierte? Sie konnte es nicht glauben, aber wer konnte schon wissen, wem man wirklich vertrauen konnte? War ihre Freundin eine so gute Schauspielerin? Sie wurde unruhig. Eigentlich hatte sie eher das Gefühl gehabt, Hilde würde sich mit Heimlichkeiten ebenfalls ziemlich gut auskennen. Aber was, wenn sie das nur getan hatte, um sie in Sicherheit zu wiegen? Wenn es jetzt zu einer Durchsuchung käme, würde man den Umschlag bei ihr finden. Sie musste ihn unbedingt loswerden. Sie ging in das untere Stockwerk und bog in einem unbeobachteten Moment zu dem Waschraum für Kundinnen ab. Ihr Herz klopfte wild. Sie durfte hier nicht entdeckt werden, die Näherinnen hatten hier nichts zu suchen, die Kundentoilette war nicht für sie bestimmt. Es duftete nach Maiglöckchenseife, der Spiegel hatte einen eleganten Schliff, und der Waschtisch schimmerte in schwarzem Marmor. Lotte schloss die Tür hinter sich ab und suchte nach einem Versteck. Sie stützte sich an der Wand ab, stieg vorsichtig auf die Toilette und streckte sich nach oben, um den Umschlag auf dem hochgelegenen Spülkasten so zu positionieren, dass man ihn von unten nicht sehen konnte. Würde er hier entdeckt, würde der Verdacht zumindest nicht auf die Näherinnen fallen. Es gelang ihr, zurück in die Werkstatt zu kommen, ohne dass sie jemand gesehen hatte. Eine der Näherinnen hatte eine Thermoskanne Lindes mitgebracht und ihr eine Tasse angeboten. Der heiße Malzkaffee tat richtig gut. Doch als sie ihren Rosinenweck dazu essen wollte, war ihr Hals wie zugeschnürt, und sie bekam keinen Bissen davon herunter.

Als Hilde zurückkam, mit von der Kälte geröteten Wangen und ganz außer Atem, schaute Lotte sie fragend an, wo sie denn gewesen sei. Hilde antwortete nicht, schlug Lotte jedoch vor, nach der Arbeit gemeinsam nach Hause zu gehen. Lotte nickte, aber ihre Unruhe blieb bestehen. Warum sagte Hilde nicht, wo sie gewesen war? Hatte sie sich einfach bewegen müssen? Würden sie als Freundinnen gehen, oder würde Hilde sie am Ende in eine Falle führen? Sie beschloss, den Umschlag besser auf dem Spülkasten liegen zu lassen. Es war auf jeden Fall sicherer, als wenn sie ihn am Leib trug.

Kaum hatten sie das Geschäft verlassen, hakte Hilde sich bei ihr unter und fragte, ob sie zu ihr gehen könnten, sie wollte lieber nicht in ein Lokal. Lotte nickte, und sie gingen schweigend durch die Kälte. Hilde drückte ihren Arm fest, während sie quer durch die Stadt zu Lottes Zimmer liefen, aber Lotte war bei jedem Schritt schlecht vor Angst.

Natürlich hatte Anni wieder gelauscht. Inzwischen konnte Anni Lottes Schritte ganz genau von denen der anderen Bewohner unterscheiden und hatte bereits die Wohnungstür geöffnet, kaum dass die beiden den Treppenabsatz erreichten.

»Ihr habt doch bestimmt Hunger«, sagte Anni lächelnd. »Ich hab noch Kartoffelsuppe vom Mittagessen.«

Die beiden konnten dieser Aufforderung nicht widerstehen. Der Krampf, der Lotte den ganzen Tag fest im Griff gehalten hatte, löste sich sofort, als sie Annis rosiges freundliches Gesicht sah, und Hilde schien es genauso zu gehen. Anni hatte nicht nur Kartoffelsuppe, sie kündigte auch noch Beefsteak mit Wirsinggemüse an. Eine Weile saß Anni bei ihnen und freute sich an ihrem Appetit, bevor sie wieder in der Küche verschwand, um das Essen für den nächsten Tag vorzubereiten. Hilde und Lotte blieben zusammen im Esszimmer sitzen und aßen, was Anni ihnen aufgetischt hatte.

»Ich kannte den Mann«, sagte Hilde nach einer Weile, und Lotte ließ die Gabel sinken und schaute Hilde fragend an.

»Also, ich meine, ich kannte ihn vom Sehen. Nicht gut«, verbesserte sie sich leise und schluckte. Sie legte ihre Gabel ebenfalls hin. »Aber ich weiß, dass er zu einer Gruppe von Menschen gehört, die anderen Menschen helfen. Und wir sollten dafür sorgen, dass nicht umsonst war, was er getan hat. Oder?«

Lotte nickte vorsichtig.

»Hilde, wo warst du heute Mittag?«

Hilde überlegte einen Moment. Sie nahm die Gabel und malte ein Muster in die Sauce, während sie offensichtlich nachdachte. Dann holte sie entschlossen Luft und atmete aus.

»Ich war da, wo man Bescheid sagt, wenn einem Genossen etwas zugestoßen ist. Und wenn man etwas über die Umstände weiß.«

»Du warst nicht bei der Polizei?«

»Natürlich nicht!« Hilde griff nach Lottes Hand. »Oh, ist

es nicht wirklich schrecklich? Wir sind Freundinnen, und ich wage es nicht, dir irgendetwas zu erzählen, und deshalb hast du Angst vor mir und ich vor dir … Was machen sie nur aus uns, dass keiner mehr keinem vertraut?«

Pure Erleichterung breitete sich in Lotte aus, und sie hasste den Umschlag plötzlich. Ohne dieses graue Kuvert hätte sie niemals an ihrer Freundin gezweifelt.

»Willst du mir den Umschlag geben? Ich würde ihn weitergeben können. Dahin, wo er ursprünglich hingebracht werden sollte.«

»Ich habe ihn nicht bei mir.«

»Du machst so etwas gar nicht zum ersten Mal«, stellte Hilde überrascht fest und schaute sie an. Lotte schüttelte den Kopf.

»Du aber auch nicht.«

Mehr sagten sie nicht. Kein Wort zu niemandem. Das war das Gebot. Als sich ihre Blicke trafen, mussten sie plötzlich beide lachen, als ob die Anspannung, die sie den ganzen Tag in den Klauen gehabt hatte, sich nun plötzlich löste. Für einen kurzen Moment gelang es ihnen, alles abzuschütteln.

»Lotte, du bist ja noch großartiger, als ich gedacht habe!«

»Und du erst …«, sagte Lotte lächelnd.

Und dann dauerte es nicht lange, bis die ersten Tränen flossen, die sie noch nicht hatten weinen können, weil die Anspannung einfach zu groß gewesen war an diesem schrecklichen Tag.

Sieben Pässe, das war ein unglaublicher Schatz. Es gab so viele Menschen, die sie brauchten. Aber der junge Mann war für diese Papiere und für seine Gruppe gestorben. Sie sollten also zu den Menschen kommen, die zu ihm gehörten.

»Der Umschlag liegt auf dem Wasserspülkasten der Kundentoilette.«

Hilde nickte dankbar.

»Ich bin immer für dich da.«

»Ich auch für dich.«

»Na, erzählt mal, Mädchen, was ihr heute wieder nähen musstet. Bestimmt wollen doch jetzt alle feine Kleider fürs Weihnachtsfest! Hab auch noch Grießflammeri für euch. Passt noch was rein?«

Anni steckte den Kopf ins Esszimmer und schaute die beiden fragend an.

»Und ob«, seufzte Hilde. »Ich bin ja pappsatt, aber Flammeri kann ich immer noch obendrauf löffeln.«

7

1938

Das Hausmädchen öffnete Lotte lächelnd die Tür. Lotte ging inzwischen so regelmäßig bei Gruners ein und aus, dass Gretel und sie sich gut kannten.

»Frau Gruner erwartet Sie schon, und sie hat heute Besuch.«

Leise raunte sie ihr zu, dass ein Damentee stattfand und alle das geschickte Fräulein Winter kennenlernen wollten, von der die Gnädige immer schwärmte.

»Ach, du liebe Zeit«, sagte Lotte, die überhaupt nicht darauf eingestellt war, jetzt einer Gesellschaft beizuwohnen. Sie war davon ausgegangen, dass sie rasch eines der Festkleider, das Frau Gruner in Auftrag gegeben hatte, zur Anprobe ablieferte, um zu schauen, ob noch etwas zu korrigieren war, und es gleich wieder mit in die Werkstatt zu nehmen. Aber Frau Gruner hatte schon oft angekündigt, sie müsse sie »ihren Damen« einmal vorstellen. Dann war heute wohl der Tag dafür. Dabei war sie jetzt schon müde, vor Weihnachten war so viel zu tun, und sie hatte die stille Hoffnung gehegt, heute früher nach Hause zu kommen, um sehr früh schlafen zu gehen. Sie träumte von Annis warmer Suppe und davon, einfach auf dem Sofa einschlafen zu können, wo Anni ihr nun ein dauerhaftes Bett gerichtet hatte. Das frühe Schlafen müsste sie dann wohl auf morgen verschieben, wenn sie nicht unhöflich sein wollte. Sie überreichte Gretel das Kleid, das sie in einer Schutzhülle aus Stoff über ihrem Arm getragen hatte, damit diese es aufhängen konnte.

»Danke für die Vorwarnung«, flüsterte sie und strich sich die Haare aus der Stirn, bevor sie mit einem möglichst strahlenden Heil Hitler den Salon betrat, in dem der Damentee stattfand. Mehrere Augenpaare musterten sie neugierig, während Frau Gruner »ihre Lotte« vorstellte. Die Damen waren allesamt Gattinnen oder Angehörige von Parteiprominenz. Die Namen, die fielen, waren Lotte aus der Zeitung bekannt. Sie wurde herumgereicht wie eine Attraktion, wurde um Rat gefragt, weil sie doch so ein »feines Händchen« habe, und jede der Damen hatte ein Problem mit einer Falte, einem Stoff, einem Saum. Ihr blondes Haar wurde bewundert, ihre Größe, ihre Ruhe. Lotte musste mehrfach Angebote ablehnen, als Hausschneiderin für einzelne Damen zu arbeiten, und betonte immer wieder, dass sie bei Meissner arbeitete, sie alle aber gerne dort als Kundinnen betreuen würde.

»Wenn wir Sie alle beschäftigen, verdienen Sie am Ende mehr als dort. Die halten ihre Mädchen doch alle sehr kurz, wie mir zu Ohren kam.«

Lotte wiederholte lächelnd, dass sie das Angebot ehre, sie aber sehr zufrieden war mit ihrer Anstellung bei Meissners.

»Jetzt lasst mir nur meine Lotte in Ruhe!«, rief Frau Gruner und klingelte nach Gretel, damit sie den Sekt brachte. Lotte lehnte dankend ab. Sie musste sich ja noch um das Kleid kümmern.

Während die Sektschalen herumgereicht wurden, wurden die Stimmen lauter, das Gelächter ausgelassener, die Gespräche hemmungsloser. Eine der Damen gab fröhlich zum Besten, sie hätte dafür gesorgt, dass der Zeitungshändler um die Ecke, bei dem sie stets kauften, verhaftet wurde. Denn als sie in den Laden kam, habe sie gehört, wie er darüber sprach, dass sein Sohn sich besser davonmachen solle, bevor er noch eingezogen werde. »Ist das denn die Möglichkeit? Ohne sich zu schämen, hat er zur Fahnenflucht aufgerufen.«

Die Empörung darüber war so groß wie das Lob für dieses beherzte Anzeigen des Vorfalls, und alle waren zufrieden zu hören, dass der Mann nun wegen Hochverrats in der Paulinenstraße saß und auf seinen Prozess wartete und der Sohn gleich dazu, und es würde ja auch höchste Zeit, dass die alle einen Kopf kürzer gemacht wurden. Lotte verzog keine Miene, aber innerlich tobte ein Sturm in ihr. Wer wollte denn schon einen Krieg? Wer wollte denn kämpfen und sterben müssen oder seine Kinder sterben lassen? Sie wusste, dass sie ihre Gedanken niemals laut aussprechen durfte, das durfte sie ja noch nicht einmal in ihrer eigenen Familie. Henri erwartete den Krieg schon mit Ungeduld, obwohl es doch ein Krieg gewesen war, der das Leben ihrer Mutter und ihres Vaters zerstört hatte. Ein Schicksal, wie es sich tausendfach wiederholt hatte. Wie unterschiedlich man darüber denken konnte.

»Weg mit dem linken Ungeziefer«, rief eine andere und schüttelte theatralisch den Kopf. Alle gaben nun Geschichten zum Besten, was sie selbst mit dem sogenannten Ungeziefer erlebt hatten oder mit dem Unkraut, das man gnadenlos ausrotten müsse, mit Stumpf und Stiel.

Lotte hörte sich die Geschichten an und schwieg. Die eine hatte Juden denunziert, die im Park auf einer Bank saßen, obwohl doch ein Schild daran angebracht war, dass diese Bank nicht für Juden war. Nun könnten sie sich ja in Sachsenhausen auf ihre eigenen Bänke setzen. Alle lachten, als wäre das wirklich lustig. Nur eine der Damen lachte nicht mit. Lotte betrachtete sie heimlich und fragte sich, warum sie wohl so unglücklich aussah, in ihrem schönen dunkelgrünen Nachmittagskleid. Als die anderen ihren traurigen Blick sahen, verstummten sie ebenfalls, und Frau Gruner, die direkt neben ihr saß, streckte ihre Hand aus und berührte ihren Arm. Bedeutungsvolle Blicke, gehobene Augenbrauen, Seufzen. Lotte hatte keine Ahnung, um was es hier ging.

»Ich weiß nicht, was ich machen soll«, brach es nach einer Weile aus der Frau im dunkelgrünen Kleid hervor. »Er kann nicht von ihr lassen. Die Hexe hat ihn ganz und gar in ihrem Bann. Es widert mich an!« Aufgrund der Bemerkungen der anderen begann Lotte allmählich zu verstehen, dass der nicht ganz so ehrenwerte Gatte der Dame in Grün wohl ein Verhältnis hatte.

»Und dann haben sie zusammen überlegt, dass sie die Frau denunzieren. Ohne dass der Ruf des Mannes geschädigt wird, natürlich. Sie waren sich nicht sicher, ob es sich um eine Jüdin handelte, obwohl sie doch *so dunkel* war, und es war wirklich widerlich, wie sie ihr Aussehen auseinandergenommen haben, ob ihre Nase nun eher jüdisch oder eher griechisch sei, arisch sei sie jedenfalls nicht, deshalb haben sie beschlossen, ihr zur Sicherheit noch etwas Kommunistisches anzuhängen. Am besten wäre es doch, sie wäre eine kommunistische Jüdin, damit wären sie sie für immer los.«

Kopfschüttelnd blieb Lotte stehen, und Paul schaute sie traurig an. Sie standen in den winterlich kahlen Weinbergen und schauten zusammen hinunter auf den kalten Rhein, der ungerührt von allem in seinem breiten Tal floss.

»Sie haben sich richtig gefreut und darauf angestoßen, jetzt zusammenzuhalten und gegen sie auszusagen. Stell dir das doch mal vor … Ich meine, es ist ja bestimmt nicht richtig, dass er seine Frau betrügt, aber wenn jeder einfach so beschließen kann, dass ihm jemand nicht in den Kram passt, und ihm deshalb eine Lügengeschichte anhängen kann, wo kommen wir denn da hin?«

»Es passiert öfter, als du denkst«, sagte Paul düster. »Ihren Namen haben sie nicht gesagt?«

Lotte schüttelte den Kopf. »Leider nicht, sonst hätten wir sie warnen können.«

»Aber auch das kann gefährlich werden. Wenn sie es nicht glaubt, kann es sein, dass sie sogar denjenigen denunziert, der es gut mit ihr meint.«

»Du denkst sehr schlecht von den Menschen.«

»Leider nicht ohne Grund. Aber wir müssen das so sehen: Sie weiß ja, wer der Mann ist. Und wer sich mit dem Teufel einlässt … kann keinen Engel erwarten.«

»Vielleicht sah sie sich dazu gezwungen. Wir wissen ja nichts von ihr.«

»Du hast recht«, sagte Paul. »Man wird so misstrauisch. Selbst das machen sie kaputt, den Glauben an das Gute im Menschen … aber du hast dir nichts anmerken lassen?«

»Ich war das brave deutsche Mädel und habe genickt, sie haben auch noch gesagt, wie schön blond und arisch ich aussehe und ob ich nicht bald heirate, um dem Führer viele blonde Kinder zu schenken. Dann haben sie noch darüber gesprochen, dass Deutschland die Judenfrage bald im Griff habe. Was immer das bedeutet. Ich hoffe so sehr, dass wir Hans und Ännchen jetzt endlich in einen Zug nach England setzen können. Hast du etwas gehört?«

»Die nächsten Züge sind alle voll«, sagte Paul. Er hatte

sich erst gestern wieder erkundigt, in der Hoffnung, Lotte eine gute Nachricht mitbringen zu können. »Aber es geht voran. Langsam, aber stetig. Sie sind ja auf der Liste, und bald sind sie an der Reihe. Wir werden deinen kleinen Muck und seine Schwester schon außer Landes bekommen.«

»Es ist ein Segen, dass sie das für die Kinder tun.«

In Frankfurt gab es innerhalb der jüdischen Wohlfahrtspflege eine Abteilung für Kinderverschickung, die sich um die gesamte kaum zu bewältigende Bürokratie kümmerte, die nötig war, um jüdische Kinder nach Großbritannien zu bringen. Zum Glück hatte das Land die ganz großen Hürden für die Einreise von Jugendlichen unter siebzehn Jahren gesenkt, so dass jeden Monat bis zu tausend Kinder Deutschland verlassen konnten. Dennoch waren die Wartelisten lang, und Lotte hoffte inständig, dass Ännchen und ihr Muck bald an der Reihe sein würden.

»Im nächsten Monat wird es sogar drei Züge pro Woche geben, die Frankfurt mit Kindern verlassen. Es wurden neue Begleiter gefunden, die sie ab der Grenze durch Holland bis zur Fähre bringen. Und von dort übernehmen dann die englischen Helfer.«

»Ich kann auch mitfahren, wenn es mal eng wird«, bot Lotte an, und Paul strich ihr liebevoll die Haare aus der Stirn.

»Du arbeitest zu viel, Lotte, du wirst mir ganz blass und dünn, wenn du dir nicht mehr Ruhe gönnst.«

»Wie soll man sich Ruhe gönnen in diesen Zeiten? Es gibt keine Ruhe mehr.«

Paul nickte.

»Trotzdem musst du auf dich aufpassen. Wir brauchen doch eine starke, strahlende Lotte. Ich glaube, du bleibst mal ein paar Wochenenden bei deiner Mutter und lässt dich verwöhnen, damit du dich ein bisschen erholst.«

»Ich glaube, das geht nur, wenn du auch jedes Mal mitkommst. Sonst verzehre ich mich so sehr nach dir, dass ich weder schlafen noch essen kann.«

»Das darf aber nicht sein«, flüsterte er und zog sie fest an sich. Auch wenn sonst fast nichts mehr gut war. In Pauls Umarmung war immer alles gut.

Rosi, ausgerechnet ihre alte Freundin Rosi war im noch verwüsteten Laden aufgetaucht, als die Simons mühevoll versuchten aufzuräumen und alles wieder zu reparieren, und hatte angeboten, Haus und Laden zu kaufen, sobald alles wieder ordentlich instand gesetzt war. Die Summe, die sie geboten hatte, war lächerlich gewesen. Als Dorle stolz den Kopf geschüttelt hatte, hatte Rosi nur die Achseln gezuckt und sich auf dem Absatz umgedreht.

»Dann werdet ihr enteignet und bekommt gar nichts mehr dafür. Verkaufen dürft ihr sowieso nichts mehr. Ich wollte nur behilflich sein.«

Wilhelm Simon war am gleichen Abend den schweren Gang zu Eschbachs angetreten, um Rosi den Laden nochmals anzubieten. Sie hatte sich geziert, und Wilhelm war mit dem Preis ein weiteres Mal runtergegangen, so dass die Summe letztlich gerade für die Entschädigungszahlungen reichte, zu denen das Deutsche Reich die geschädigten Juden zwang. Sie hatten jetzt überhaupt keine Reserven mehr. Sie zogen ins Haus einer anderen jüdischen Familie im Ort, die sie bei sich aufnehmen und laut Anordnung Zimmer zur Verfügung stellen musste. Nur ihre Betten nahmen sie mit, zwei Kommoden, einen Tisch mit Stühlen. Alles andere, was sie besessen hatten, was in das

Leben gehörte, das sie in ihrem Haus geführt hatten, besaß nun Rosi. Das, was sie als Dienstmädchen während ihrer drei Jahre in Stellung für ihre Aussteuer zurückgelegt hatte, hatte gereicht, um ein ganzes Haus samt Mobiliar und einem fertig eingerichteten Ladengeschäft zu kaufen. Sie hatte gewartet, bis die Simons ihren Verpflichtungen nachgekommen waren und alles wieder repariert und herausgeputzt hatten, um dann ein Schild an der Tür anzubringen: *»Ab jetzt wieder in deutscher Hand! Inhaberin: Rosi Eschbach.«*

Alles, was ihr nicht gefiel, stellte sie zum Verkauf auf die Straße, und Lotte sah, wie jemand das Schaukelpferd ihres kleinen Muck mitnahm. Am liebsten hätte sie es selbst gekauft. Es hingen so viele schöne Erinnerungen daran. Wie Wilhelm die von Ännchen abgeschaukelten Kufen für ihn neu lackiert hatte, in einem warmen Rotton, wie er juchzend darauf geschaukelt hatte. Erinnerungen an eine Zeit, in der sie alle so unbefangen gewesen waren. Eine Zeit, in der sie noch dachte, es sei schlimm, wenn ein Kind vom Schaukelpferd fiel und blaue Flecken hatte. Sie schaute dem Schaukelpferd hinterher. Es tat so weh.

Der Winter war eine schwierige Zeit für Liebende. Sie unternahmen lange Spaziergänge, um in Ruhe alleine reden zu können, hielten sich an den Händen, oder Paul umschloss ihre Hand mit seiner und steckte ihre beiden Hände zusammen in seine großen Manteltaschen. Aber weil man sich im Freien in der Kälte nicht lange aufhalten konnte, ohne sich zu bewegen, suchten sie immer wieder warme Zufluchten. Sie kehrten ein, um Kaffee zu trinken oder etwas zu essen. Manchmal kam Paul auch mit in die Wohnung der Großmutter. Anni war immer begeistert, wenn Lotte Hilde oder Paul mitbrachte. Wehmütig erzählte sie dann von den alten Zeiten, wo es kaum einen Tag gegeben hatte, an dem keine Gäste kamen, schwärmte davon, wie sie und Therese gekocht und aufgetischt hatten, dass die Tische sich bogen.

Als Paul und Lotte klingelten, um zu fragen, ob sie sich ein wenig aufwärmen könnten, nachdem sie zwei Stunden herumspaziert waren, verschwand sie sofort in der Küche, um schon Minuten später wieder mit Kaffee und einem duftenden Marmorkuchen aufzutauchen. Den hatte sie für die Gnädige gebacken. Den mochte sie immer so. Und wie streng die Gnädige schon immer gewesen war. Oh, sehr streng, aber *das* habe sie jetzt ja auch nicht verdient. Einfach so zu verschwinden im Nichts und gar nichts mehr zu wissen. *Das* habe sie wirklich nicht verdient. Aber über das gute Essen freute sie sich immer so sehr, das war ja die einzige Freude, die sie noch hatte.

»Und wir haben auch noch etwas davon«, lächelte Paul und bedankte sich.

»Na, ich lass euch Turteltäubchen mal alleine, ihr habt euch bestimmt viel zu erzählen«, sagte sie und verzog sich wieder, um nach Dora zu schauen.

Kaum war sie verschwunden, wurde Paul sehr ernst und nahm Lottes Hand. Lotte wurde sofort unruhig, wenn Paul diesen bestimmten Blick hatte, der nichts Gutes verhieß.

»Was?«

»Lotte, um mich herum werden alle eingezogen. Ich nehme an, es dauert nicht mehr lange und mein Jahrgang ist an der Reihe. Sobald der Brief kommt, muss ich verschwinden.«

»Dann nimm mich mit.«

Der Satz war spontan über ihre Lippen geschlüpft, ohne

dass sie auch nur eine Sekunde darüber nachgedacht hatte. Doch Lotte wusste, dass sie es ernst meinte. Zur Bekräftigung nickte sie.

»Ich will nicht mehr irgendwo sein, wo du nicht bist. Ich finde, Frankfurt ist schon viel zu weit weg, am liebsten wäre ich jeden Tag mit dir zusammen, und der Rest ist mir egal.«

Sein Lächeln war wie ein Sonnenstrahl, und Lotte wollte sich für immer darin wärmen.

Er zog ihre Hand an seine Lippen und küsste sie.

»Vielleicht haben wir ja Glück, und es dauert noch ewig.«

1939

Sie hatten kein Glück. Es dauerte nicht ewig.

Sie waren in Richters Kirschbäumen, die in den Obstwiesen rechts der Chaussee standen, die aus dem Tal hinauf nach Rauenthal führte. Die Sauerkirschen waren gerade reif, und sie hatten Lisette versprochen, beim Pflücken und Einmachen zu helfen. Da die Bäume dieses Jahr besonders reichlich trugen, hatte Henriette ihnen angeboten, so viel zu pflücken, wie sie nur wollten. Zwei große Körbe hatten sie bereits gefüllt, einen für Marmelade und einen zum Einmachen. Nun waren sie daran, den dritten Korb zu füllen, damit auch noch Saft gekocht werden konnte.

Ihre Hände waren schon violett eingefärbt vom Kirschsaft, und Lotte betrachtete sie unglücklich. Nach dem Entkernen würden die Hände noch schlimmer aussehen, und wenn sie am Montag mit lila Händen bei Meissner auftauchte, wäre Fräulein Beckmann wahrscheinlich wenig begeistert. Sie suchten sich einen Baum mit tiefhängenden Zweigen, die leicht abzuernten waren. Gerade als Lotte sich einen Ast vornahm, schaute Paul sie an, und sie wusste, dass er jetzt damit herausrücken würde, was ihn belastete. Den ganzen Tag war er schon so still, und eine dunkle Wolke schien über seinem Kopf zu schweben. Sein Gestellungsbefehl war gekommen. Die zweimonatige Grundausbildung sollte im August beginnen, und innerhalb der nächsten vier Wochen musste Paul an der Meldestelle vorstellig werden. Lottes Beine wurden weich, und sie ließ sich ins Gras unter den Kirschbaum sinken. Dann war es also so weit. Vor Ablauf dieser vier Wochen musste er verschwinden. Einer der nächsten Ausweise, die sie nun in der Buchhandlung Zimmering abholte, würde der Ausweis für Paul sein. Sie würde ihm die Papiere, die sie in Zukunft trennten, selbst überreichen. Etwas in ihrer Brust zog sich schmerzhaft zusammen. Paul setzte sich neben sie ins Gras und zog sie fest an sich. Lotte schloss die Augen. Spürte den Stoff seines Hemdes, die Wärme seiner Haut unter dem Stoff, es gab doch keinen schöneren Ort, an dem man sein konnte. Am liebsten würde sie ihre Augen gar nicht mehr öffnen. Sich einfach für immer mit geschlossenen Augen in Pauls Arme hineinlehnen, sich in seine Umarmung fallen lassen wie in eine Höhle, in der alles gut war. Mehr wollte sie doch gar nicht. War das wirklich schon zu viel?

»Es wird jetzt schnell gehen, mein Lottchen.«

»Und ich kann wirklich nicht mit?«

Er schüttelte den Kopf.

»Und wie lange werden wir uns nicht sehen?«

»Ich kann dir nichts sagen, ich weiß es nicht, ich kann dir nichts versprechen, ich … Lotte, wenn du nicht warten willst … ich würde es verstehen. Es würde mir das Herz brechen, aber ich darf doch nicht hoffen, dass du auf mich wartest. Ich kann dir ja noch nicht einmal sagen, wie lange es dauern wird. Und ob ich es überhaupt überlebe.«

»Natürlich warte ich auf dich. Ich würde ewig auf dich warten, wenn ich nur weiß, dass du wiederkommst.«

Paul drückte sie fest an sich.

»Und ich will nichts anderes, als zu dir zurückzukommen.«

Sie wagte es, die Augen zu öffnen und ihn anzuschauen.

»Können wir nicht einfach heiraten?«

Er lächelte sie an.

»Mein Gott, wäre das schön, mein Lottchen, dich zu heiraten.«

Sie kämpfte mit den Tränen. Natürlich wollte sie überhaupt nicht weinen. Tapfer wollte sie sein. Aber wenn er ›mein Lottchen‹ sagte, war es schwer, tapfer zu sein.

»Sie würden jeden Tag bei dir vor der Tür stehen, sobald sie mitbekommen, dass ich abgehauen bin. Du wärst so gut überwacht, dass wir uns niemals heimlich treffen könnten. Und das ist meine einzige Hoffnung. Dass das vielleicht gelingen kann.«

Sie nickte.

»Irgendwann ist das alles vorbei.«

Vielleicht war es auch Wahnsinn, überhaupt daran zu glauben. Aber es musste doch irgendwann vorbei sein. Irgendwann musste ihr Leben doch beginnen? Sie hatten doch nur diese eine Jugend.

»Und dann heiraten wir. Wir tanzen die ganze Nacht, und dann trage ich dich in unsere Wohnung, und da bleiben wir, und nichts kann uns mehr trennen. Ein rauschendes Fest werden wir feiern.«

»Als Henriette geheiratet hat, haben wir in unserem Garten gefeiert, und damals habe ich immer gedacht, so will ich auch mal heiraten. Im Pfirsichbaum hingen Lampions, und ein Akkordeonspieler hat Tanzmusik gespielt, das war schön.«

»Dann werden wir genauso heiraten.«

Sie lächelten sich an. Dann runzelte Paul die Stirn. »War ihr Toni damals auch schon so ein unangenehmer Zeitgenosse?«

Lotte schüttelte den Kopf. »Nein, wir haben uns damals alle so für sie gefreut. Toni hat sich erst nach und nach verändert. Henri war ja auch mal ganz anders.«

»Man sollte es nicht glauben«, sagte Paul.

»Henri war wie Mutter und Vater zugleich, er war immer für mich da. Er hat mich ins Bett gebracht und meine Zöpfe zugedeckt, damit sie nachts nicht frieren. Es tut mir richtig weh, dass er so fanatisch geworden ist. Manchmal denke ich, er ist irre, und Deutschland ist auch irre geworden. Und dann denk ich manchmal, vielleicht bin ich es ja? Bin ich irre?«

»Du bist ganz bestimmt nicht irre.« Paul küsste sie. »Der ganze Rest, ja. Aber du nicht.«

»Machen wir weiter. Der letzte Korb.«

Sie standen auf, klopften sich tapfer das Gras von den Kleidern und begannen zu pflücken.

»Schau mal hier.«

Lotte hatte ein Astloch im Stamm des alten Kirschbaums gefunden, das eine kleine Höhle bildete.

»Ich wünschte, wir könnten uns verzaubern und uns einfach zusammen in diesem Astloch verstecken, bis alles vorbei ist.«

Sie umarmten sich, hielten sich fest. Aber schon bald

würden sie einander loslassen müssen. Und das auf unbestimmte Zeit.

»Dann lass uns wenigstens so tun, als ob wir heiraten.«

Lotte schaute Paul an.

»Lass uns irgendwohin gehen, wo wir einfach zusammen sein können. Wir fahren weg. Bitte, lass uns zusammen sein, ganz ungestört, lass uns so tun, als seien wir auf Hochzeitsreise.«

Paul vergrub sein Gesicht in ihrem Haar.

»Willst du das wirklich?«

»Ja, du denn nicht?«

»Doch«, flüsterte er und bedeckte ihr Gesicht mit Küssen. »Doch, doch doch. Ich will nichts anderes, aber … Nein«, unterbrach er sich selbst. »Kein Aber. Ich will nichts anderes.«

Plötzlich kam Lotte ein Gedanke. »Ich kenne einen Ort. Das wird unser Ort.«

Es war nicht ganz leicht, die Villa im Wald wiederzufinden. Es war schließlich schon etliche Jahre her, dass sie mit ihrer Mutter dort gewesen war. Aber der Tag war so ein besonderer Tag gewesen, dass die Bilder in ihrem Gedächtnis wie eingebrannt waren und sie den Weg schließlich fand. Sie schoben die Fahrräder um das Haus herum, das zu schlafen schien hinter den grünen Fensterläden, und Lotte kramte in ihrem Rucksack nach den Schlüsseln, die sie im Sekretär ihrer Großmutter gefunden hatte. Sie hatte natürlich ein schlechtes Gewissen gehabt, sie einfach heimlich zu nehmen, aber wem würde es schaden, wenn sie sich die Schlüssel auslieh, die völlig vergessen ganz nach hinten gerutscht waren? Nur die verblichene Beschriftung zeugte noch davon, um welche Schlüssel es sich hier handelte. *Sommerhaus*. Hand in Hand gingen sie um die Villa herum und durch den inzwischen völlig verwilderten Garten, bis sie zu dem Haus des Gärtners kamen, das sich hinter Sträuchern und Hecken verbarg.

»Hier findet uns niemand. Selbst wenn ein einsamer Wanderer den zugewachsenen Weg bis zur Villa entlangkommen würde, hier sind wir gut versteckt.«

Sie öffneten Türen und Fenster und bereiteten alles vor, um drei Tage zusammen zu verbringen. Sie hatten die Satteltaschen voller Essen und Trinken, sie hatten Decken dabei, und Paul packte sogar zwei Kristallgläser aus, die er in Tücher gewickelt im Rucksack hierhertransportiert hatte. Als er sie auf den Tisch stellte, staunte Lotte.

»Nun«, sagte Paul und lächelte sie an. »Es handelt sich hier schließlich um unsere Hochzeitsreise, oder?«

Sie erkundeten die Villa, sie spazierten durch den Wald, sie erzählten sich alles, was sie noch nicht von sich erzählt hatten, sie küssten sich und redeten weiter und weiter, und die Zeit blieb einfach stehen. Sie hatten viel zu viel Essen eingepackt, denn weder Lotte noch Paul bekamen vor Aufregung einen Bissen hinunter, und Lotte verstand plötzlich, was es bedeutete, von Luft und Liebe zu leben. Ja, das könnte sie mit Paul. Von Luft und Liebe leben. Und vielleicht dazu noch etwas Wein, der in den schönen Kristallgläsern im Abendlicht funkelte. Sie tanzten auf der alten Terrasse der Villa zu den Liedern, die Paul sang, während er sie mit Schwung über die Terrasse führte, die dadurch zum schönsten Ballsaal wurde. Jeder Moment war so intensiv und schmerzlich schön, weil sie wussten, dass sich diese Augenblicke nicht wiederholen ließen. In der Leichtigkeit jedes einzelnen Augenblicks schwang bereits die Schwere des Abschieds mit. Bittersüß war jede

Minute, die sie hier erlebten. Ihre Körper tanzten im Einklang, schwebten über die Terrasse, und es war plötzlich gar nicht schwer und auch nicht seltsam, in der Dämmerung zusammen durch den verwilderten Garten zurück zu dem versteckten kleinen Gartenhaus zu laufen und auf die Decke zu sinken, die sie im Gras ausgebreitet hatten, und dort erst ihre Lippen und ihre Hände und dann ihre Körper weitertanzen zu lassen. Sie passten so gut zusammen, sie vertrauten sich blind und ließen sich fallen. Ohne Angst, ohne Rückhalt begannen sie zu schweben, zu fliegen, bis sie ganz eins waren miteinander und mit dem Gras, auf dem sie lagen, mit dem Rauschen der Bäume im Wind und dem hohen Himmel, der sich nun in tiefdunklem Blau über ihnen wölbte.

Später hatten sie Durst. Trotzdem verharrten sie auf der Decke, um diesen Augenblick nicht zu unterbrechen, in dem sie sich so verbunden fühlten wie noch nie zuvor. Haut an Haut, Atem an Atem, Herzschlag an Herzschlag. Irgendwann stand Paul dennoch auf, um Wasser zu holen, und als er mit der Flasche und den schönen Gläsern zurückkam, rief er plötzlich:

»Lotte! Schau mal …«

Lotte setzte sich auf und sah, dass rings um sie herum bis hin zum Waldrand alles voller schwebender Leuchtpunkte war. Sie saßen eng aneinandergelehnt, tranken Wasser und betrachteten die Glühwürmchen, die immer mehr wurden, immer näher kamen, sie lautlos umtanzten, und Lotte fühlte sich verzaubert, als sei sie in einem Märchen gelandet, und das Märchen hieß ›Lotte im Glück‹.

Was für eine magische Nacht. Wenn sie doch nur die Zeit anhalten könnte, um für immer mit Paul in diesem Paradies zu bleiben. Die Tage und Nächte verschmolzen ineinander. Später hätte Lotte nicht mehr genau sagen können, wann sie zusammen den kleinen Waldbach entdeckt hatten, am zweiten oder am dritten Tag? Wann Paul mit einem formvollendeten Kniefall um ihre Hand angehalten und versprochen hatte, ihr bis an sein Lebensende treu zu sein, sie zu ehren und zu lieben, und dass sie heiraten würden, sobald das alles vorbei war, denn es konnte doch nicht mehr lange dauern, es musste doch bald vorbei sein. Sie wusste nicht mehr, wann sie vor Hunger den halben Proviant auf einmal gegessen hatten, wann der Moment gewesen war, in dem sie zusammen zum ersten Mal das Lied *Abendstille* sangen, das Paul so mochte. Nachdem er es ihr oft genug vorgesungen hatte, gelang es ihr, die Stimme alleine zu halten, und sie sangen es im Kanon, immer wieder, während die Vögel im Wald ihre Abendlieder in der Dämmerung dazu flöteten, während sie durchs taunasse Gras liefen, während die Glühwürmchen im Dunkel schwebten.

Abendstille überall.
Nur am Bach die Nachtigall,
singt ihre Weise klagend und leise
durch das Tal.

»Lass uns einfach hierbleiben«, flüsterte Lotte, während sie Paul das Haar aus dem Gesicht strich und mit den Fingerspitzen seine Augenbrauen nachfuhr. Er schlug die Augen auf und sah sie an. Warum konnten sie nicht in einer anderen Zeit oder in einem anderen Land leben? Warum mussten sie genau jetzt, genau hier leben, warum musste diese Zeit sie auseinanderreißen, ausgerechnet sie beide?

»Wir werden uns hier wiedertreffen.« Paul sah sie nachdenklich an. »Ich werde versuchen, zu dir zu kommen, bestimmt gelingt es mir, Nachrichten zu schicken, und dann komme ich hierher. Wie hieß der Gärtner, der hier gewohnt hat?«

»Albert.«

»Dann werden wir uns bei Albert treffen. Das ist unser Geheimnis. Und das Astloch im Kirschbaum wird unser Briefkasten, wenn es zu gefährlich wird, Briefe zu schicken. Schau immer hinein, wenn du nichts von mir hörst.«

Lotte nickte tapfer und versuchte zu lächeln. Morgen schon mussten sie zurückfahren. Sie würden alles einpacken, ihre Tänze, ihre Lieder und die Erinnerung an diese Tage und Nächte innigster Nähe und dem Leuchten der Glühwürmchen. Die Lotte, die sie selbst gerade erst kennengelernt hatte, die mittags frühstückte und nachts sang, die nachmittags unter Bäumen schlief und die so sehr liebte, dass es Momente gab, in denen sie fast befürchtete, sich selbst ganz aufzulösen in dieser Liebe, auch die würde sie wieder einpacken müssen. Sie würden alle Schnallen festzurren, damit nichts verrutschte, ihre Schuhe anziehen, und Paul würde gehen.

Er hatte die Meldestelle in Frankfurt bereits darüber informiert, dass Herr Paul Eckner nach Berlin umziehen würde. Doch jemand anders würde sich in Berlin mit seiner Kennkarte für ihn anmelden, während er schon mit neuem Pass und neuem Namen zunächst auf dem Weg in die Schweiz sein würde. Lotte hatte seine Papiere für ihn abgeholt. Sie waren die schwersten, die sie je in der Tasche getragen hatte. Und die ganze Zeit, in der sie das Gewicht der neuen Papiere für ihn trug, dachte sie daran, dass der neue Name ihn beschützen würde. Ihr Paul war beschützt. Der neue Name würde sich um ihn schmiegen, wie ihr Mantel es einst getan hatte. Sie hatte zum heiligen Christophorus gebetet für den Reisesegen, und sie wusste, dass er niemals ganz und gar alleine sein würde. Überall gab es Menschen, die einander halfen, wenn es nötig war. Sie waren viele. Viele kleine Senfkörner, die daran glaubten, dass man sich für das Gute entscheiden und etwas bewirken konnte.

Sie wusste ja von all den Senfkörnern in den unterschiedlichsten Nischen und Positionen, mit unterschiedlichen Talenten und unterschiedlicher Bereitschaft, für das einzutreten, was sie für richtig hielten. Ohne dass sie irgendwelche Namen kannte, wusste sie, dass sie eine von vielen war. Ein Beamter auf einer Meldebehörde konnte eine Akte verlegen, so dass sie lange unauffindbar blieb, ein Mitglied der Gestapo konnte vor anstehenden Razzien warnen, eine Krankenschwester konnte heimlich Menschen versorgen. Ein Pfarrer konnte überzeugend predigen, eine Nachbarin konnte jemanden warnen. Ein Arzt konnte Atteste ausstellen, ein Personalrat konnte übersehen, dass es jüdische Mitarbeiter gab, eine Arbeiterin konnte jemanden in ihrer Wohnung verstecken, eine Frau Professor konnte genau dort gefüllte Körbe abstellen. Ein Künstler konnte Pässe fälschen, ein Buchhändler konnte gefälschte Papiere ausgeben, eine Näherin konnte jemandem auf der Flucht ihren Mantel leihen, ein Apotheker konnte Medizin verteilen. Sie kannten sich vielleicht nicht, aber sie wussten voneinander, und das gab ihnen jeden Tag aufs Neue die Kraft für ihr heimliches, verborgenes zweites Leben.

»Siehst du den Abendstern?«

Paul deutete auf den hellsten Stern am Himmel über ihnen, und Lotte nickte.

»Kennst du ihn?«

»Ja, ich würde ihn immer finden.«

»Dann findest du auch mich. Wo immer ich auch sein werde, ich schaue jeden Abend auf den Abendstern und du auch, und dann treffen wir uns dort.«

In der Nacht schliefen sie wenig, sie hielten sich fest umschlungen und träumten mit offenen Augen von einer anderen Zeit, die ihre Zeit sein würde, in der sie nicht viele, sondern ein Leben haben würden. Ein Leben, das sie in vollen Zügen leben würden.

Mit dem Morgengrauen begann unerbittlich der nächste Tag, an dem ihre gemeinsame Zeit sich dem Ende näherte. Als sie auf die Fahrräder stiegen, kam Lotte alles noch so unwirklich vor. Sie schoben die Fahrräder aus der Wildnis des Waldes heraus und fuhren noch ein kleines Stück nebeneinanderher. Wenn sie doch einfach immer weiterfahren könnten. Doch die Kreuzung, an der ihre Wege sich trennten, war viel zu schnell erreicht. Links ging es für Paul in ein neues, unbekanntes rastloses Leben auf der Flucht und im Verborgenen. Und rechts ging es in ihr Leben ohne ihn, in dem sie jeden einzelnen Tag auf ihn warten würde.

Sie schaute dem Fahrrad hinterher, auf dem Paul wegfuhr, sah seinen aufrechten Rücken, seine aufgekrempelten Hemdsärmel. Eben gerade hatten sie sich umarmt, hatten zusammen geatmet, Wange an Wange, sie hatte seine Haut gespürt, seine Lippen auf ihren, hatte in seine Augen geschaut. Es war unfassbar, dass sie nicht wusste, wann sie das nächste Mal in seine Augen schauen würde. Sie wollte schreien. Sie wollte ihm hinterherfahren.

Stumm sah sie ihm nach, bis er immer kleiner wurde und hinter einer Biegung verschwand. Bis sie sich nur noch an den Moment erinnern konnte, an dem Paul hinter der Biegung verschwunden war. Lotte musste das Fahrrad an einen Baum lehnen, weil sie so sehr schluchzte, dass sie unmöglich weiterfahren konnte.

Nur wenige Wochen später marschierten die Deutschen in Polen ein, und der Krieg begann. Lottes Leben veränderte sich von einem Tag auf den anderen. Sie wusste, dass es nun sehr lange dauern würde, bis sie Paul wiedersah, denn wann und ob es ihm überhaupt gelingen würde, in Kriegszeiten heimlich zu ihr zu reisen, das wussten allein die Sterne, die sie allabendlich betrachtete. Ein junger Mann, der keine Uniform trug, würde überall sofort Verdacht erregen. Sie musste lernen, ihre Sehnsucht und ihre Angst um Paul in den Griff zu bekommen. Aber wie ging das überhaupt? Sich so sehr zu sehnen und trotzdem mit allem weiterzumachen, als ob nichts sei? Auf Nachrichten zu hoffen, vor allem auf gute, und auch nicht zu verzweifeln, wenn keine Nachrichten kamen? Abends häkelte sie mit einer feinen Nadel aus dünnstem weißem Garn eine Blüte nach der anderen. Jede Blüte voller Sehnsucht. Irgendwann würden es so viele Blüten sein, dass sie ein Hochzeitskleid daraus zusammensetzen könnte. Am Ende jeder Blüte lag ihre Zukunft mit Paul, und vor dem Schlafengehen stand sie an der kleinen Dachluke ihres Mansardenzimmers, schaute auf den Abendstern und bat Maria, immer den schützenden Mantel um Paul zu legen.

Mit dem Ausbruch des Krieges war auch die Hoffnung, ihren kleinen Muck und seine Schwester in einen Zug nach England zu bekommen, umgehend erloschen. Der gesamte Grenzverkehr und mit ihm auch die Kindertransporte wurden eingestellt, und es gab keinen legalen Weg mehr, auf dem sie das Land nun noch verlassen könnten. Doch Lotte hatte sich vorgenommen, alles dafür zu tun, der Familie zu helfen. Es konnte doch nicht angehen, dass sie so vielen Menschen dabei halfen, das Land zu verlassen, sich über grüne Grenzen zu schleichen, auf Züge aufzuspringen oder mit falschen Papieren zu reisen, während ihre Simons hier festsaßen.

Lotte und Hilde taten sich zusammen und unterstützten sich gegenseitig dabei, anderen zu helfen. Denn neben der Organisation von sicheren Verstecken und gefälschten Papieren war eines der größten Probleme, vor das die Helfer gestellt wurden, die Beschaffung von Lebensmitteln für die Versteckten. Seit der Einführung der Lebensmittelkarten waren die Nahrungsrationen für jeden Einzelnen so knapp bemessen, dass man kaum etwas abgeben konnte. Wenn Hilde und Lotte ihre blonden Köpfe zusammensteckten, ahnte niemand, dass sie sich nicht über Kleiderschnitte, Kinofilme oder sehnsüchtiges Verliebtsein unterhielten. Die beiden sprachen vielmehr darüber, wer bei dem Wiesbadener Metzger abends einen Eimer mit Knochen an der Hintertür abholte, für den Hund. In Wahrheit aber befanden sich darunter Fleischstücke, die sie weitergeben konnten. Lotte schmuggelte Kartoffeln und Gemüse aus dem Rheingau vermeintlich zur Großmutter, aber in Wahrheit zu Familien, in deren Kellern oder Dachböden sich jemand versteckt hielt. Es gab so viele Menschen, die aus unterschiedlichen Gründen untertauchen mussten, und täglich wurden es mehr. Denn der Krieg gegen die eigene Bevölkerung wurde ebenso erbittert gekämpft wie der Krieg an den Fronten. Sie waren die hübschen blonden Näherinnen, die ein Doppelleben führten, das ihnen manchmal selbst furchtbare Angst machte.

Wenn Lotte an der steinernen Statue des Rauenthaler Schutzheiligen vorbeiging, strich sie ihm jedes Mal über den schon blank geriebenen Fuß. Denn der heilige Nepomuk, den die Rheingauer vertrauensvoll Pumpezenes nannten und im Herbst mit Trauben und Weinlaub schmückten, war der Heilige der Geheimnisse. Unter Verfolgung und Folter hatte er seine Geheimnisse bewahrt. Gab es einen besseren Schutzheiligen?

Sie nahm Hilde mit zu der kleinen Figur, damit sie dem Pumpezenes auch über den Fuß streichen sollte. Hilde stand kopfschüttelnd vor der Steinfigur.

»Ich glaube doch gar nicht an so was. Ich bin ein Heidenkind, wie es im Buche steht. Du bist mit deinen Heiligen per Du, aber ich weiß ja kaum, wie man ein Vaterunser betet.«

»Das macht überhaupt nichts, Hildchen. Der Nepomuk beschützt dich trotzdem. Dem ist das egal.«

Sie rieben ihm lachend über die Füße. Aber als sie abends vor dem Einschlafen miteinander flüsterten, gestand Hilde, dass sie fürchterliche Angst hatte, nicht dichthalten zu können, wenn man ihr etwas antäte.

»Ich würde lieber sterben, als jemanden zu verraten. Aber man weiß ja nicht, ob man das durchhält. Vielleicht wärst du stärker als ich, weil du deinen lieben Gott hast. Und deine Maria. Und deinen Pumpi.«

»Deine Überzeugung ist doch genauso stark. Wir würden das alles nicht durchhalten, wenn wir nicht glaubten, dass es das einzig Richtige ist, oder? Außerdem passt meine Maria auch auf dich auf, ob du willst oder nicht. Hab ich so mit ihr abgesprochen.«

1940

Als Anni an einem kalten Februarmorgen aufgeregt an Lottes Tür klopfte, ahnte Lotte schon, was passiert war. Ihre Großmutter hatte in den letzten Wochen selten die Augen geöffnet. Anni hatte mit großer Hingabe immer neue kräftigende Brühen gekocht, die sich die alte Dame nur noch löffelweise hatte einflößen lassen, und der Arzt, der immer wieder vorbeikam, hatte seit Längerem angekündigt, dass der Tag nahte, an dem ihre Augen sich für immer schließen würden. Nun war der Tag gekommen.

»Bei der Beerdigung meines Vaters durfte ich nicht dabei sein.«

Lisette bürstete am Vorabend der Bestattung die schwarzen Hüte ab, die sie morgen tragen würden. »Da habe ich aus der Ferne zugeschaut. Und bin erst am nächsten Tag ans Grab. Die verstoßene Tochter, die niemand dabeihaben wollte.«

Sie holte die schwarzen Handschuhe aus der Kommode, legte sie neben die Hüte und schaute Lotte an.

»Ausgerechnet wir beide sind jetzt diejenigen, die übrig sind. Die einzigen Verwandten, die sie noch hatte. Und die den Familiennamen tragen. Dabei hätte sie ihn mir am liebsten weggenommen. Wir sind jetzt die Winters.«

Dem Sarg folgte ein kleiner Trauerzug. Lisette hatte an die letzte Adresse ihres Bruders Wilhelm geschrieben, die sie bei ihrer Mutter gefunden hatte, aber keine Antwort bekommen. Sie wusste nicht, ob der Brief ihn überhaupt erreicht hatte, sie wusste überhaupt nichts mehr von ihm. Ihr anderer Bruder Friedrich und dessen Frau Berta waren schon lange gestorben. Lisette, Henriette und Toni, Anni und Henri, der es kaum erwarten konnte, auch endlich eingezogen zu werden, Hilde, die, ohne Dora zu kennen, so oft an ihrem Esstisch gesessen hatte, und Lotte standen zusammen am Grab.

Als der Sarg in die Erde gesenkt wurde, liefen Lisette Tränen über die Wangen. Sie zog ihr Taschentuch aus dem Mantel und versuchte, die Tränen zu trocknen, die sie um ihre Mutter weinte und wahrscheinlich auch um sich selbst. In diesem Moment war es für Lotte so, als könne sie nach oben schweben wie ein Vogel und von dort auf diese kleine Trauergesellschaft herabschauen. Sie sah ihre trauernde Mutter und verstand plötzlich, wie sie sich fühlte. Vielleicht war sie ihr in diesem Moment, in dem sie ihre Mutter wie aus einer Ferne zu betrachten schien, näher als je zuvor. Sie beide hatten sich immer nach einer Mutter gesehnt, in deren Herzen sie nicht die Stelle bewohnten, die sie gerne eingenommen hätten. Das ein und alles ihrer Mutter, das wäre Lisette gerne gewesen, ihr Glück und ihr Stolz. Aber sie war als die falsche Tochter geboren worden. Die eigensinnige Lisette, die man nicht haben wollte. Auch Lotte wäre so gerne Glück und Stolz ihrer Mutter. Sie machte einen Schritt auf sie zu.

»Mutter …«, sagte Lotte, die ihr ganzes Leben lang noch niemals Mama gesagt hatte, und berührte sie am Arm. Doch ihre Mutter, wie so oft ganz in ihren eigenen Gedanken versunken, schien sie gar nicht wahrzunehmen. Unsicher zog Lotte ihren Arm wieder zurück.

Anni und Henriette griffen Lisette später beherzt von links und rechts am Arm und begleiteten sie vom Friedhof. Die beiden wichen den ganzen Tag nicht mehr von ihrer Seite. Und weil Henri mit Toni politisierte und über nichts anderes sprach als die ungeduldig erwartete Einberufung, war Lotte froh, dass Hilde mitgekommen war. Hilde hakte sie herzlich unter und gab ihr das Gefühl, doch nicht ganz alleine zu sein.

»Ich hätte erwartet«, sagte Hilde im Friedhofscafé, »dass du bei deiner Mutter sitzt und ihre Hand hältst und ich vielleicht mit Anni zusammensitze und sie mir erzählt, was sie nun vorhat.«

»Das hätte ich auch gedacht.«

Lotte schaute ihre Freundin an und versuchte eine Erklärung zu finden. »Wahrscheinlich sind die beiden heute wichtiger, weil sie meine Mutter schon als Mädchen kannten. Ich glaube, sie waren ihr immer näher als ihre eigene Mutter. Vielleicht vererbt sich das ja irgendwie in unserer Familie, dass die Mütter und die Töchter sich nicht sonderlich nahestehen.«

»Da haben es die Söhne anscheinend leichter«, sagte Hilde, und zusammen schauten sie zu, wie Lisette dankbar eine Tasse Tee von Henri entgegennahm. »Aber dafür hast du mich.«

Hilde kniff Lotte in die Seite, dass diese sogar lächeln musste. »Meinst du, ich kann noch ein Stück Butterkuchen essen, ohne als gefräßig zu gelten?«

»Nimm meins«, sagte Lotte. »Ich bekomme sowieso keinen Bissen herunter. Und danach bist du bitte richtig gefräßig und isst einfach noch eins. Darin steckt unsere gesamte Butterration für diese Woche, es wäre mir doch am allerliebsten, wenn du die futterst.«

Doras Tod brachte Veränderung in ihrer aller Leben. Obwohl Henriette Anni angeboten hatte, mit zu ihr aufs Weingut zu kommen und dort zu leben, beschloss Anni, ganz aus der Gegend wegzugehen und zu ihrer Schwester zu ziehen, die gerade ihren Mann verloren hatte. Die Wohnung in Wiesbaden wurde aufgegeben. Kurz wurde überlegt, ob Lotte sich ein neues Zimmer suchen sollte.

Doch dann kam Henris Gestellungsbefehl. Jubelnd und stolz zog Henri in seiner Uniform davon, um voller Tatendrang für Deutschlands Ruhm und Ehre zu kämpfen. Und Lisette schloss sich in ihrem Schlafzimmer ein und kam nicht mehr heraus. Das Ganze noch einmal. Noch eine Generation von jungen Männern, die in die Hölle geschickt wurde, und dieses Mal war ihr Sohn dabei. Sie legte sich ins Bett und stand einfach nicht mehr auf. Lotte war klar, dass ihr Leben in Wiesbaden damit zu Ende ging. Jetzt musste sie sich um ihre Mutter kümmern und um das Atelier. Sie kündigte schweren Herzens bei Meissner, packte ihren Koffer und zog wieder in ihr altes Kinderzimmer, wo die Stanniolsterne noch immer an der Dachschräge schimmerten.

Zusammen mit Henriette gelang es ihr, Lisette in den Garten zu locken, wo die ersten Frühlingsblumen aus dem Boden schossen und wo Lisette immerhin begann, den Garten wieder zu bestellen. Es gelang Lotte auch, ihre Mutter zum Essen und Trinken zu bewegen und sie nach und nach mit Fragen wieder ins Atelier zu locken, so dass sie die Aufträge, die liegen geblieben waren, zumindest gemeinsam abarbeiten konnten.

Aber es gelang ihr nicht, von ihrer Mutter gesehen zu werden. So sehr war Lisette mit ihren eigenen Gespenstern beschäftigt und allem voran mit der Angst um Henri, dass sie Lotte kaum wahrnahm. Lotte fühlte sich plötzlich wieder wie das kleine Mädchen, das sie einmal gewesen war. Natürlich musste sie ihrer Mutter helfen, das war jetzt ihre

Pflicht. Wenn ein Kind Sorgen bereitete, musste das andere Kind doppelt gut funktionieren, und Lotte biss die Zähne zusammen. Sie konnte ja verstehen, warum es ihrer Mutter nicht gutging. Dass sie um ihre eigene Mutter trauerte, dass sie Angst um Henri hatte, dass sie Angst hatte, dass sich das Schicksal wiederholte, und wahrscheinlich vermisste sie ihren Mann noch einmal mehr. Aber Lotte war selbst voller Angst und Sorge um Paul und vermisste das Leben, das sie aufgegeben hatte, um hier zu sein. Sie erwartete nicht, dass ihre Mutter Freude zeigte, weil sie zurückgekommen war. Wenn Mutter zumindest nicht immer durch sie hindurchschauen würde wie durch ein Gespenst, wäre sie schon zufrieden.

Ich bin hier, Mutter, wollte sie manchmal rufen. *Du hast nicht nur einen Sohn, du hast auch eine Tochter, die für dich da ist! Die auch Angst hat und sich sorgt*. Aber sie rief nicht. Sie wusste genau, dass ihre Mutter nicht so reagieren würde, wie sie es erhoffte. Sie würde sie erstaunt anschauen. Sie würde sie nicht in den Arm nehmen und sagen, *ach Kind, wie gut, dass wir beide uns haben. Dann ist alles nur halb so schlimm*. Und dann war es doch weniger aufwühlend, es gar nicht erst darauf ankommen zu lassen.

Seit die Simons ihr Haus verlassen hatten, konnte Lotte die Familie nicht mehr einfach ungesehen besuchen. Das Haus, in dem sie nun lebten, hatte nur einen Vordereingang, der von allen Seiten gut einsehbar war. Vor allem für den neuen zuständigen Blockwart war der Eingang vom Küchenfenster aus zu sehen, und da man nicht wissen konnte, wie streng er seiner Aufgabe nachkommen würde, galt erst einmal Vorsicht. Der vorherige Blockleiter war mit dem Pfarrer gut befreundet gewesen und hätte sich geschämt, jemanden anzuzeigen, der es gut meinte. Er hatte eher weggeschaut, wenn jemand sich hilfsbereiter gezeigt hatte, als erlaubt war. Aber wahrscheinlich war das genau der Grund, weshalb sie im Dorf nun einen anderen Blockwart hatten.

An einer verabredeten Stelle am Waldrand wartete Lotte im Abenddunkel auf Dorle. Sie hatte eine gute Wolldecke aus der Wohnung ihrer Großmutter mitgenommen, in die sie sich eingewickelt hatte, bevor sie den Mantel übergezogen hatte.

»Lottchen, ich hab Angst um dich«, sagte Dorle, als Lotte ihren weiten Mantel öffnete, um die Decke hervorzuholen und sie nun Dorle eng um den Körper zu wickeln, damit sie die Decke unbemerkt nach Hause bringen konnte.

»Nein. Ich habe Angst um dich«, sagte Lotte und steckte ihr, für die Kinder, noch eine Tafel Schokolade zu, die sie von einer Kundin bekommen hatte.

Lotte schluckte alles hinunter. Die Sorge um Paul, die Sorge um Henri, die Sehnsucht nach dem verschwundenen Leben. An einem schönen Frühlingstag, als sie es nicht mehr aushielt, radelte sie zwei Stunden zur Sommervilla, setzte sich an dem Gartenhaus ins Gras, hielt ihr Gesicht in die Sonne und träumte von Paul. Jetzt hatten sie sich schon über ein halbes Jahr nicht gesehen, und in ihrem Handarbeitskörbchen lagen hundertachtundachtzig weiße Blüten. Jeden Tag häkelte sie eine Blüte, webte ihre ganze Sehnsucht in die feine Spitze und legte sie abends vor dem Schlafengehen in ihren Korb. Hundertachtundachtzig Tage ohne Paul. Wenn sie nur wüsste, dass es ihm gutging. Dreimal hatte sie bisher Post von ihm bekommen. Kleine Karten, die sie wie einen Schatz hütete. Die letzte Karte war vor sechs Wochen angekommen.

Verweht von einem Stürmchen
Sitz ich in einem Türmchen
Und träume von Glühwürmchen.

Sie hoffte, dass ihre Nachrichten ihn erreichten, die sie ihm über einen Boten ihres Netzwerkes zukommen ließ. Die Unsicherheiten waren so groß wie die Sehnsucht. Lotte öffnete die Fenster des Gartenhauses, lüftete alle Decken und sammelte am Waldrand einen Korb voll trockenes Holz. Wenn ein Ästchen knackte, fuhr sie erschrocken herum, voller Angst, dass jemand sie hier entdecken würde. Dieses Versteck musste ihr absolutes Geheimnis bleiben. Das Holz lagerte sie neben dem Ofen, und die Blechkiste neben der Kochstelle füllte sie mit ein paar wenigen Vorräten, falls Paul hier einmal unvermittelt Zuflucht suchen müsste. Als die Sonne hinter den Baumwipfeln stand, holte sie die Decken zurück ins Haus, auf denen sie im Sommer im Gras gelegen hatten. Sie faltete sie liebevoll und vergrub ihr Gesicht darin, als ob sie noch eine Spur von Paul daran finden könnte, einen Hauch von Sommer, von Glück. Lotte umarmte die Decke und kämpfte mit den Tränen. Sie vermisste ihn so sehr, dass es wehtat. Am liebsten wäre sie einfach hiergeblieben. Doch bald schon würde die Dämmerung einsetzen, und sie sollte sich beeilen, wenn sie nicht ganz im Dunkeln zurückfahren wollte.

Frau Gruner und einige ihre Freundinnen wurden nun ihre privaten Kundinnen, und Lotte ging plötzlich in Häusern ein und aus, in denen hochrangige Parteifunktionäre lebten, die, natürlich ohne es zu ahnen, allesamt zu wertvollen Informanten wurden. Denn die Damen plauderten in ihren Salons und vor ihren Kleiderschränken. Die ruhige blonde Lotte war eine gute Zuhörerin, die sich jeglicher Kommentare enthielt, niemals über die anderen sprach, für die sie ebenfalls nähte, und jeder Kundin das Gefühl gab, nur für sie da zu sein. Manche tratschten mehr, manche weniger, manche waren missgünstig und gemein, andere unwissend oder völlig naiv. Aber durch diese Gespräche, die sie mithörte, oder Geschichten, die ihr erzählt wurden, war es Lotte erst kürzlich gelungen, jemanden vor einer Verhaftung zu warnen. Für Dr. Schmidt, über den sie den Kontakt zu den Frankfurter Helfern hielt und über den sie gelegentlich von Paul hörte, wurde sie dadurch zu einer wertvollen Informantin, und er bestärkte sie sehr darin, gerade diese Kundinnen besonders zufrieden zu machen.

Lotte kniete vor Frau Gruner auf dem Boden, um den Saum für ihr dunkelgrünes Abendkleid abzustecken. Erst diskutierten sie, ob Grün ihr wohl besser stand oder vielleicht doch auch ein dunkles Violett. Frau Gruner begann von ihren beiden Töchtern zu erzählen, denen ja einfach jede Farbe stand, um dann fortzufahren, dass eine ihrer Töchter eine wahre Leseratte war und sie sich schon Sorgen machte, dass das Kind sich die Augen verdarb. Und vom Lesen kam sie direkt auf einen Buchhändler zu sprechen, der offenbar gefälschte Pässe unter seiner Theke aufbewahrte und sie für schwindelerregende Summen an Kommunisten verkaufte.

»Können Sie sich das vorstellen? Ist das nicht ganz und gar bodenlos? Hier in unserem schönen Wiesbaden? Mein Mann hat es mir gestern erzählt. Ich denke, diese Woche ist er dran. Recht geschieht es dem Pack.«

»Unglaublich«, murmelte Lotte und hoffte, dass ihre Stimme ganz normal klang.

»Ich habe meiner Tochter jetzt verboten, Bücher zu lesen. Stellen Sie sich das doch einmal vor, das unschuldige Kind würde genau dort ein Buch kaufen!«

Lotte bat Frau Gruner, sich ein wenig zu drehen, und hoffte, dass es nicht auffiel, wie sehr ihre Finger zitterten. Es gelang ihr ja kaum, die Nadel in den Stoff zu heften. Aber jetzt musste sie sich besonders beeilen.

»Dass von Büchern so eine Gefahr ausgeht, was diese Menschen sich nicht alles einfallen lassen … trinken Sie noch ein Tässchen Tee mit mir, wenn wir hier fertig sind? Dann rufe ich nach Gretel.«

»Ich fürchte, dass ich heute darauf verzichten muss, liebe Frau Gruner. Meine Mutter hat mir eine ganze Liste von Besorgungen aufgetragen. Wären Sie mir denn sehr böse, wenn ich …«

»Papperlapapp. Wie gut, dass Sie Ihrer Mutter helfen. Sie ist sicher sehr glücklich, Sie bei sich zu haben. Ich habe schon darüber gedacht, Sie einmal im Atelier im Rheingau zu besuchen, es soll sehr charmant sein.«

»Das ist es. Aber ich hoffe, Sie erwarten nichts Falsches. Meine Mutter hat eine sehr spezielle Art, es ist nicht unbedingt elegant bei uns, es ist, man könnte vielleicht sagen, künstlerisch …«

Frau Gruner war entzückt, die Idee gefiel ihr. »Dann werden wir dort einen künstlerischen Tee zusammen trinken! Wie wunderbar.«

Als sie fertig waren und Lotte alles in ihrer großen Tasche verstaut hatte, wollte sie schnell davoneilen. Aber ausgerechnet heute nahm Gretel sie kurz beiseite. Lottes Herz klopfte. Auch das noch, sie musste doch Herrn Zimmering warnen. Die unglückliche Gretel zeigte ihr einen Riss, den sie sich in den Rock ihrer Dienstkluft gerissen hatte. Ob sie ihn sich mal anschauen könnte? Sie würde

Ärger bekommen, und sie selbst würde es nicht so schön nähen können, dass man es nicht sah.

»Ich nehme den Rock mit«, versicherte Lotte und versprach Gretel, ihr Bestes zu versuchen, damit es nicht auffallen würde. Sie tat so, als bemerkte sie nicht, dass es Gretel am liebsten gewesen wäre, sie hätte es sofort gemacht. Unmöglich könnte sie noch länger bleiben. Die Unruhe in ihr wuchs. Wenn Frau Gruner sagte, es würde noch diese Woche passieren, zählte jetzt jede Minute. Sie verabschiedete sich, so schnell sie konnte, und eilte den Hügel hinunter in die Stadt. Als sie sich dem Viertel näherte, in dem sich der Buchladen befand, musste sie sich zwingen, langsamer zu gehen, damit sie nicht auffiel. Kurz bevor sie in die Straße zu Zimmerings einbog, kam ihr der Mann mit der dicken Brille entgegen, dem sie bei ihrem allerersten Büchertausch begegnet war. Er packte ihren Arm und steuerte sie mit festem Griff in eine andere Richtung.

»Gehen Sie nicht hin«, raunte er ihr zu, während er zügig mit ihr weiterging. »Machen Sie einen großen Bogen um die Innenstadt und fahren Sie nach Hause. Hoffen wir, beten wir.«

Er ließ sie los und verschwand in einer Gasse, Wie benommen ging Lotte weiter, sein eindringliches Flüstern hallte noch in ihrem Ohr. Sie lief, ohne nachzudenken, lief einfach weiter, ohne zu wissen, wohin. Sie bemerkte nicht, wie schwer die Tasche war, sie lief und lief und versuchte, ihrem inneren Zittern mit immer schnelleren Schritten beizukommen, versuchte, die Bilder, die von den Zimmerings vor ihrem inneren Auge auftauchten, zu verdrängen, versuchte zu hoffen, dass man nichts gefunden hatte. *Hoffen wir, beten wir.* Sie fühlte sich schuldig. Vielleicht hätte sie sie noch warnen können. Wenn sie nur schneller losgelaufen wäre. Ach, könnte man doch bloß Gedanken verschicken! Unsichtbare Nachrichten, von unsichtbaren Brieftauben übermittelt. Sie fühlte sich so elend. Irgendwann erreichte sie tatsächlich den Bahnhof, irgendwann saß sie wie benommen im Zug. Irgendwann mussten ihr die Augen zugefallen sein, denn plötzlich schreckte sie hoch. Es war laut, und der Wagen war voller dunkler Uniformen. Ein Uniformierter schaute sie direkt an und deutete auf die Tasche, die auf dem Sitz neben ihr lag.

»Ihre Tasche?«

Sie nickte stumm.

»Kontrolle.«

Was für ein Glück, dachte sie, dass sich heute nichts in der Tasche befand, was nicht gesehen werden durfte. Sie hatte Glück, hoffentlich hatten die Zimmerings auch Glück. Sie öffnete die Tasche und ließ den Mann hineinschauen. Die Tasche hatte sie sich extra zum Transport ihrer Näharbeiten genäht. Sie hatte sie in zwei große Fächer unterteilt, die Kleider oder Stoffe lose in Nesselüberzieher eingewickelt hielten. Die Mittelwand, die die beiden Fächer voneinander trennte, hatte sie verstärkt und viele Fächer und Täschchen aufgesetzt, die alles hielten, was sie unterwegs brauchen konnte: ihr Maßband, Papierchen mit Nadeln, eine Schere, auf Papier aufgenähte Knöpfe, Gummiband, Nähkreide, Nähgarne. Diese Tasche war eine wandelnde Schneiderwerkstatt. Sie bemerkte seinen Blick, als er die vielen Fächer sah.

»Ich bin Näherin«, sagte sie und begann, die Inhalte alle Fächer vor seinen Augen auszuleeren und ihm dabei langwierig zu erklären, was sie wofür benutzte, bis er ungeduldig abwinkte und auf die Nesselbeutel zeigte. Lotte öffnete den Beutel und zeigte ihm das Kleid.

»Dieses Kleid ist für Frau Gruner, einer Kusine unseres Gauleiters.« Sie flüsterte, um ihm diese Information scheinbar ganz vertraulich zuzuraunen.

»Kennkarte«, forderte er und notierte sich ihren Namen. Als er ihr die Kennkarte zurückgab, fragte er, ob sie sicher sei, dass Frau Gruner sie kannte.

»Aber natürlich. Wenn Sie sich dort nach mir erkundigen möchten, richten Sie beste Grüße von Lotte aus.«

Die Zimmerings hatte sie nicht mehr rechtzeitig warnen können. Aber sie würde ihre Arbeit fortsetzen. Sie würde alles dafür tun, um all denen zu helfen, die dringend Hilfe brauchten, und ihre Tasche mit den vielen Fächern würde ihr dabei wahrscheinlich bessere Dienste leisten können, als ihr bisher bewusst gewesen war. Sie würde im Atelier genau das fortsetzen können, was die Zimmerings geleistet hatten. Die Papiere würden nicht mehr in Bücher geklebt werden, sie würde sie in Kleider einnähen und in dieser Tasche transportieren.

»Hätten Sie mal ein Fädchen für mich? Ich habe eben Ihre Tasche gesehen, junges Fräulein, und bitte um Verzeihung, aber …«

Lotte erschrak, als ob der Schaffner ihre Gedanken gelesen hätte. Aber das war natürlich Unsinn. Niemand konnte Gedanken lesen, oder doch?

»'tschuldigung, wollte Sie ja nicht erschrecken.«

Er zeigte ihr, dass ein Knopf seiner Uniform lose war, und fragte, ob sie ihn annähen könnte.

»Geben Sie mir die Jacke, ich mach das schnell, ich habe noch drei Stationen.«

»Ich darf doch meine Jacke nicht ausziehen …!«

Lotte musste lächeln. »Stimmt, dann würde man ja gar nicht mehr wissen, wer Sie sind!«

Sie bat ihn, sich neben sie zu setzen, und nähte ihm den Knopf rasch mit doppeltem Faden fest. Beim genauen Hinsehen sah sie, dass es um die anderen Knöpfe auch nicht besser bestellt war.

»Hat meine Gerti immer gemacht«, brummte er unglücklich, als sie ihn darauf aufmerksam machte.

»Und jetzt macht sie es nicht mehr?«

Er schüttelte stumm den Kopf und nickte kaum merklich zu der Truppe, die sich in den nächsten Waggon weitergearbeitet hatte.

»Sitzt in der Paulinenstraße«, sagte er leise. »Hat nie einer Fliege etwas zuleide getan.«

Lotte schaute ihn betroffen an. In der Paulinenstraße befand sich das Gestapogefängnis. Die Zimmerings waren jetzt wahrscheinlich auch genau dort. Der Schaffner seufzte tief.

»Hat den Nachbarn Essen gebracht. Hätte sie nicht machen dürfen. Muss einer gesehen haben. Was der nicht gesehen hat, ist, dass sie es nur gutgemeint hat.«

»Wenn Sie mich im Zug sehen, kommen Sie immer gleich zu mir. Ich nähe Ihnen gerne alle Knöpfe fest. Und erzählen Sie lieber nicht jedem von Ihrer Gerti«, flüsterte sie ihm zu, und er nickte.

Bevor Lotte nach Hause ging, führte ihr erster Weg sie in die Kirche. Sie nahm eine Kerze, um sie für die Zimmerings anzuzünden. Als sie Schritte hinter sich hörte, drehte sie sich erschrocken um. Es war der Pfarrer, der neben sie trat und fragte, ob sie von ihrem Bruder gehört hätten. Er deutete auf die Kerze.

»Ist die für ihn?«

Lotte wollte nicht lügen, nicht hier in der Kirche, aber sie wollte auch nicht sagen, für wen die Kerze brannte.

Wie gerne hätte sie sich ihm anvertraut, hätte bekannt, wie schuldig sie sich fühlte, dass sie nicht rechtzeitig dort gewesen war, um den Buchhändler zu warnen. Aber sie schwieg.

»Für alle in Not.«

Er seufzte.

»Davon haben wir ja einige.«

Er sagte nicht, an wen er dabei dachte, aber er segnete die Kerze, die still und hell brannte.

Am nächsten Tag las Lotte in der Zeitung von der Verhaftung der Zimmerings. Ob es eine Durchsuchung gegeben hatte, bei der illegale Papiere gefunden wurden, wurde nicht erwähnt.

»Willst du nicht Schluss machen für heute?«

Lotte schaute von der Arbeit auf. Ihre Mutter lehnte in der Tür des Ateliers.

»Ich habe uns Kartoffelsuppe gekocht. Zur Abwechslung! Nach dem Kartoffelgemüse und dem Kartoffelkuchen und den Pellkartoffeln und den Bratkartoffeln …«

»Ich mache das hier gerade noch fertig«, sagte Lotte. »Dann komme ich in die Küche. Wie gut, dass wir Kartoffeln mögen, oder?«

»Allerdings!«

Als sie die Suppe löffelten, sagte Lisette, dass sie die Fleischmarken suchte.

»Ich dachte, wir hätten noch welche, und hatte mir einen schönen Sonntagsbraten vorgestellt. Der Metzger hat gerade Fleisch bekommen.«

Bei dem Wort Sonntagsbraten lief Lotte das Wasser im Mund zusammen, und sie gestand zerknirscht, dass sie die Fleischmarken leider verschenkt hatte.

»Na, hoffentlich an jemanden, der sie wirklich braucht?«

»Die Simons müssen so schwer arbeiten in der Metallfabrik, und sie bekommen ja die Zulagen nicht, die werden alle nicht mehr satt, und die Kinder müssen doch noch wachsen.«

Ihre Mutter nickte. Den Sonntagsbraten könnten sie dann ja auch nächsten Monat machen, und Lotte war dankbar, dass sie das verstand.

»Wir haben so viele Änderungen in letzter Zeit, ich habe ein schlechtes Gewissen, dass ich das alles dir überlasse. Wir könnten auch mal etwas ablehnen.«

Lisette hatte große Stoffbahnen zugeschnitten und schaute von ihrem Schneidetisch herüber zu Lotte, die einem Mantel neue Taschen einsetzte.

»Das mache ich schon, Mutter, es stört mich nicht. Wir können doch froh sein, dass wir genug zu tun haben. Und hast du das nicht immer gesagt: Änderungen sind unsere Sicherheit, wenn die Zeiten schlechter werden.«

»Du hast ja recht. Und dass wir so viele Änderungen haben, zeigt auch, dass die Leute wieder sparen müssen. Zum Glück haben wir die Damen aus Wiesbaden, denen geht es immer noch gold.«

Lotte wusste, dass sie froh war über die betuchten Gattinnen der Parteiprominenz, die über Frau Gruner zu Lisette gekommen waren. Änderungsarbeiten waren nicht das, was das Herz ihrer Mutter höherschlagen ließ. Sie entwarf viel lieber. Genau da lag auch ihr großes Talent. Lisette dachte in Stoffen und Schnitten, in Faltenwürfen und schwingenden Säumen und weniger gerne in Abnähen, Kürzen oder Herauslassen. Genau damit hatte Lotte natürlich gerechnet, als sie begonnen hatte, das Atelier als Umschlagbörse für Papiere zu nutzen. Die Zimmerings waren zum Glück wieder frei, weil man ihnen nichts hatte nachweisen können. Über den einzigen Pass, der bei ihnen im Hinterzimmer lag, hatten sie glaubhaft versichert, dass sie ihn im Laden gefunden und auf den Besitzer gewartet hatten, um ihn zurückgeben zu können. Trotzdem fielen sie seitdem aus, denn natürlich wurden sie jetzt streng überwacht. Da war Lottes Idee gerade zur rechten Zeit gekommen. Und hier wunderte sich auch niemand darüber, dass plötzlich mehr Kunden aus Wiesbaden kamen. Kundinnen waren schon von weiter her ins Atelier Winter gekommen, und es war anzunehmen, dass Lotte einen Teil ihrer Kundschaft von Meissner mitgebracht hatte.

Als ihre Mutter das Atelier verließ, schob Lotte den Stoff beiseite, unter dem sie zwei Ausweise verborgen hatte, die sie nun in die Taschen des Mantels einnähte, wo es niemandem jemals auffallen würde. Es wirkte wie eine kleine Verstärkung zur Stabilisierung der Taschen. Und wenn sie, die blonde arische Näherin mit einem Begleitschreiben von Herrn Gruner, diesen Mantel in ihrer großen Schneidertasche zu einer Kundin transportierte, würde es erst recht niemandem auffallen. Denn nachdem Lotte im Zug kontrolliert worden war, hatte die Staatspolizei tatsächlich bei Gruners nachgefragt, ob sie ein blonde Näherin namens Lotte beschäftigten, und Frau Gruner hatte ihren Einfluss genutzt, um ein Papier ausstellen zu lassen, das Lotte als ihre persönliche Schneiderin auswies.

»Was müssen Sie gelitten haben, Sie armes Ding! So etwas sollen Sie nicht noch einmal durchmachen müssen!«

Wir treffen uns manchmal donnerstagnachmittags bei Alberts und singen zusammen ein Lied, mit dem wir dich herzlich grüßen! Könntest du doch nur dabei sein.

Lottes Hände begannen zu zittern. Paul hatte geschrieben. Paul würde kommen, er würde versuchen, sie heimlich zu treffen. Donnerstag. Bestimmt meinte er den kommenden Donnerstag. Es würde kalt sein im Gartenhaus, aber das war egal. Am Donnerstag würde sie Paul sehen! Sie hätte am liebsten gesungen, getanzt, gejubelt vor Freude. Gleichzeitig wurde ihr schlecht vor Angst. Hierherzukommen, das war das Schönste und zugleich Gefährlichste, was er tun konnte. Hoffentlich ging alles gut. Sie betete zu allen, die ihr einfielen. Zum heiligen Christophorus, zum Nepomuk und zur Maria, und zur Sicherheit noch zum heiligen Georg und auch zu allen anderen Nothelfern. Sie wusste nicht, wie lange Paul bleiben würde, ob sie eine Stunde oder einen Tag oder sogar eine Nacht zusammen sein könnten. Aber sie würde den Weg zur Sommervilla auch radeln, um nur einen Blick auf ihn zu erhaschen. Sie würde sogar einen ganzen Tag lang radeln, um nur einmal in seine Arme zu fallen, nur einmal, Paul. Jetzt, da sie wusste, dass sie ihn bald sehen würde, war es, als ob sich ein Schleusentor in ihr öffnete, und all die angestaute, über Monate zurückgehaltene Sehnsucht überflutete sie haltlos.

Lotte wagte nicht, den Ofen anzuheizen, aus Angst, man könnte den Rauch sehen. Als sie mittags ankam, war ihr noch warm gewesen, so schnell war sie auf dem Fahrrad hergefahren. *Nachmittags* hatte Paul geschrieben, und um keine einzige Sekunde zu verpassen, die sie zusammen sein könnten, war Lotte schon um zwölf Uhr mittags hier gewesen. Seitdem wartete sie. Bis drei Uhr sagte sie sich, dass der Nachmittag ja eigentlich jetzt erst anfing. Um fünf Uhr sagte sie sich, dass es noch lange nicht Abend war. Aber mit jeder Minute, die sie wartete, verlor sie die Hoffnung, dass er noch kommen würde. Ihre Aufregung erlosch, die Freude schlug um in Traurigkeit, und ihre unbändige Erwartung wich der Angst. Als es dämmerte, ahnte sie, dass er nicht mehr kommen würde. Aber natürlich hoffte sie noch immer. Sie wusste nicht, warum er nicht da war. Verspätete er sich nur aus Vorsicht? Kam er nicht, weil es generell zu unsicher war, oder kam er nicht, weil man ihn verhaftet hatte? Auf welche Hindernisse war er wohl gestoßen? Je dunkler es wurde, desto größer wurde ihre Angst um ihn und auch um sich selbst. Was, wenn jemand seinen Plan entdeckt hatte, wenn irgendjemand herausbekommen hatte, wohin er wollte? Wenn plötzlich nicht Paul, sondern einer der Verfolger hier auftauchte? Ob sie besser gehen sollte? Aber wenn er doch noch kam, und sie wäre weg? Sie beschloss, tapfer zu sein und zu warten.

Sie wartete eine ganze endlos lange dunkle Nacht, wagte es nicht, sich eine Kerze anzuzünden, wagte kaum, sich zu rühren. Hörte die Geräusche des nahen Waldes, hörte das Pochen ihres eigenen Herzens und verkroch sich unter den Decken, die sie alle aufeinandertürmte, um darunter halbwegs warm zu bleiben. Am Morgen nach dieser schlaflosen Nacht verschloss sie das Haus, legte den Schlüssel wieder unter den verabredeten Stein und fuhr zurück, außer sich vor Sorge.

Als sie durchs Dorf fuhr, stand ausgerechnet Rosi auf der Straße vor dem ehemaligen Laden der Simons und putzte das Fenster.

»Wo kommst du denn so früh schon her?«

Lotte erzählte die gleiche Geschichte, die sie auch gegenüber ihrer Mutter als Vorwand genutzt hatte, dass sie bei Hilde geblieben war, um ihr mit einem schwierigen Kleid zu helfen.

»Seit wann fährst du denn mit dem Fahrrad nach Wiesbaden?«

»Es ist ein guter Ausgleich, wenn man so viel über Näharbeiten sitzt. Du brauchst das natürlich nicht, eine Geschäftsfrau wie du ist ja den ganzen Tag auf den Beinen.«

Lotte seufzte innerlich. Jetzt würde sie die Strecke nach Wiesbaden noch ein paar Mal mit dem Fahrrad fahren müssen. Rosi erinnerte sich einfach immer an alles, und sie würde darauf wetten, dass sie das mindestens noch dreimal erzählen würde.

»Hast du noch Fettmarken? Ich habe ganz frische Butter bekommen heute Morgen.«

»Ich weiß gar nicht«, Lotte tat so, als ob sie nachdenken müsste. »Mutter hat letztens gebacken, wahrscheinlich sind unsere Märkchen weg.«

»Komm mit rein.«

Es versetzte Lotte jedes Mal einen Stich, den Laden zu betreten. Von jedem Regalbrett schrie ihr das Wort ›deutsch‹ entgegen. *Wieder in deutscher Hand. Endlich rein deutsche Ware. Deutsches Mehl.*

Als wäre das Mehl vorher kein deutsches Mehl gewesen. Am liebsten wäre sie direkt nach Hause gefahren, aber sie durfte es sich mit Rosi nicht verderben. Mit verschwörerischer Miene schob Rosi ihr ein kleines Päckchen Butter über die Theke.

»Sag deiner Mutter liebe Grüße. Ihr könnt es gebrauchen, ihr zwei. Du wirst immer dünner.«

»Und wenn wir gar keine Marken mehr haben?«

»Schon in Ordnung. Der Lieferant hat sich heute Morgen verzählt.«

»Aber das musst du ihm doch zurückgeben?«

Sie zuckte die Achseln, fragte, ob sie von Henri gehört hätte oder von Paul, erzählte, dass nun auch Käthes Mann seinen Gestellungsbefehl bekommen hatte und dass es den beiden Erichs in Österreich gut gefiel. Als wären sie dort in Urlaub. Als würde es sich um Reisen handeln, die die Männer zum Vergnügen unternahmen. Sie kündigte an, bald vorbeizukommen, ihre Kleider würden alle etwas knapp sitzen in letzter Zeit.

Ja, dachte Lotte, und schluckte den Satz hinunter, dass Rosi ihre Kleider nicht ändern müsste, wenn sie etwas von ihrer Fettkarte verschenken würde an die, die überhaupt keine Fettkarten bekamen. Aber da man alleine dafür schon verhaftet werden konnte, hielt sie den Mund, bedankte sich artig für das Stück Butter und fuhr weiter nach Hause. Hoffentlich war Rosi das alles nicht zu sonderbar vorgekommen. Zuhause feuerte sie den Badekessel an, und als das Badewasser heiß war, tauchte sie ein in das Bad und versuchte, die Sorgen, die Angst und die Tränen der letzten Nacht im heißen Wasser aufzulösen und zu warten. Warten, warten, warten, bis sie wieder etwas von Paul hören würde. Am liebsten wäre sie jetzt zweimal am Tag zu ihrem Kirschbaum gelaufen, um zu schauen, ob Paul es doch in die Nähe geschafft und ihr dort eine Nachricht hinterlassen hatte. Aber wann immer sie in das Astloch schaute, war es leer.

Lisette kniff Rosi scherzhaft in die weiche Taille.

»Na, sei du mal froh, dass die Zeit der Korsetts vorbei ist!«

Zusammen schauten sie Rosis Kleidung durch und suchten die Stücke heraus, die sich gut ändern lassen würden, weil man Abnäher lockern oder einen Bund erweitern konnte. Rosi war sich sicher, dass es dem Erich gefiel, wenn es etwas mehr zum Anfassen gab.

Als Rosi ging, blieb sie vor den beiden Bildern in der guten Stube stehen, die dort noch immer hingen.

»Dass euch das nicht ganz krank macht, so etwas ständig zu sehen. Der Erich wundert sich auch immer darüber. Letztens habe ich mich mit Henriette und Toni über eure Bilder hier unterhalten. Ich sag's euch nur, nicht dass ihr noch Ärger bekommt wegen so ein bisschen Farbe. Ich meine, ich habe ja keine Ahnung von Kunst, aber wenn alle sagen, dass es undeutsch ist und krank, dann wird wohl etwas dran sein, oder?«

Sobald Rosi weg war, nahm Lotte das erste Bild ab.

»Du wirst doch nicht auf Rosis Geplapper hören!« Lisette schaute ihre Tochter entgeistert an. »Die Rosi hat doch keine Ahnung, von was sie da redet, die plappert einfach irgendetwas nach.«

»Mutter, wenn Rosi sich schon mit Erich darüber unterhält und mit Henriette und Toni, dann weiß ich nicht, wem sie das in ihrem Laden noch alles erzählt, wenn der Tag lang ist. Es ist gefährlich.«

»Unsinn.«

»Für uns beide. Und für das Bild.«

Ihre Mutter sah sie stirnrunzelnd an, schüttelte aber nochmals vehement protestierend den Kopf.

»Und für Henri auch.«

»Wieso sollte es gefährlich für Henri sein?«

Immerhin hatte Lotte jetzt Lisettes volle Aufmerksamkeit.

»Mutter, es gibt eine Welt hinter dem Gartenzaun.«

»Glaub nicht, dass ich das nicht weiß. Wenn es diese Welt hinter dem Zaun nicht gäbe, wäre Henri nämlich hier. Im Wingert. Oder im Weinkeller. Und nicht im Krieg. Wie sein Vater.«

Ja, so wäre es. Und Paul wäre auch hier. Paul wäre hier! Sie könnten heiraten. Sie könnten jeden Tag zusammen sein. Sie müsste nicht alleine eine schreckliche Nacht in einem abgeschiedenen Gartenhaus verbringen, ohne zu wissen, was mit ihm war. Er könnte zuhause sein. Zuhause bei ihr. Ihr kleiner Muck und Ännchen wären sicher, und alles wäre gut. Wie schön das wäre. Lotte verbot sich, daran zu denken. Sie verbot sich auch, an Paul zu denken und vor allem daran, dass sie noch immer nichts von ihm gehört hatte. Das Gesicht ihrer Mutter war traurig, und es tat ihr leid, sie jetzt ausgerechnet an ihren Schmerz erinnern zu müssen. Ihr ganzes Leben schon war das genaue Gegenteil Lottes Ziel. Lotte wollte ihre Mutter vor Schmerz bewahren, sie ablenken, wenn der Kummer kam. Aber jetzt musste sie Mutters Sorge um Henri nutzen, um ihnen allen ernsthaften Ärger zu ersparen.

»In dieser Welt ist diese Art von Kunst verboten, Mutter, und es gibt harte Strafen. Henri könnte deshalb strafversetzt werden. An die gefährlichste Front.«

Lotte streckte sich und nahm mit Entschiedenheit auch das zweite Bild von der Wand. Ihre Mutter widersprach jetzt nicht mehr. Lotte schluckte die Eifersucht herunter, die in ihr aufstieg, während sie nachschaute, wie das Bild gerahmt war. Es war nur gut für sie, dass ihre Mutter sie manchmal fast übersah und ihr nicht ständig ihre volle Aufmerksamkeit zuteilwerden ließ. Niemals sonst würde es Lotte gelingen, so frei über ihre Zeit zu verfügen, Kundinnen zu erfinden und so oft unterwegs zu sein, ohne über alles Rechenschaft ablegen zu müssen. Meist fiel es Lisette gar nicht auf, wenn Lotte länger weg war, als sie angekündigt hatte, oder wenn sie scheinbar unwichtige Näharbeiten den wirklich dringenden vorzog. Nur weil ihre Mutter sich nicht wirklich für sie interessierte, konnte sie überhaupt im Untergrund arbeiten.

»Gut. Ich nehme die Bilder mit hoch ins Schlafzimmer.«

»Ich befürchte, das reicht jetzt nicht mehr …«

Lisette schaute sie fragend an.

»Wenn wir durchsucht werden, wird man sie auch in deinem Schlafzimmer sofort finden. Ich kümmere mich um die Bilder, Mutter.«

»Ist das denn wirklich nötig?«

Lotte nickte.

Als ihre Mutter schon zu Bett gegangen war, löste sie beide Leinwände aus den Rahmen und wickelte sie in eine Stoffbahn im Atelier. So bald als möglich würde sie die Leinwände im Gartenhaus der Sommervilla verstecken, da waren sie sicher. Die Rahmen verbrannte sie am nächsten Tag im Ofen. Sie hasste es, das alles tun zu müssen. Es gab diese Momente, in denen sie dachte, dass sie es nicht mehr durchhielt, dass sie es nicht mehr schaffen würde, all die Heimlichkeiten und die Geheimnisse zu wahren und mit dieser Angst als ständigem Begleiter zu leben. Wann würde das aufhören? Diese Zweiteilung des Lebens, die Zweiteilung ihrer selbst in eine geheime Lotte und in die Lotte, die sie zu sein vorgab? Würde es jemals wieder einen Ort geben, an dem sie alle einfach sein könnten, wie sie waren? Einen Ort, den sie Zuhause nennen könnten?

8

2007

»Aber warum hast du uns das immer verschwiegen? Warum hast du nichts, aber auch gar nichts davon erzählt?«

Paula schaute ihre Mutter fassungslos an. Seit Oma zuhause war, hatte sich etwas verändert. Sie saß auf dem Sofa und erzählte, und Paula und ich hörten gebannt zu, konnten kaum glauben, was wir hörten. Manchmal wechselten Paula und ich einen Blick, und ich wusste genau, dass sie – genau wie ich auch – gerade überlegte, ob es möglich war, dass Oma alles erfand. Ob sie sich da nicht eine Geschichte zusammenspann und ob bei ihrem Sturz nicht doch mehr passiert war. Wie konnte es sein, dass wir von dieser Lotte nie etwas gewusst hatten? Aber meine bodenständige Großmutter war das Gegenteil von wildwuchernder Fantasie. Das Einzige an ihr, was ich schon immer recht fantastisch fand, war ihr Glaube an die Heiligen, die sie umgaben, dass sie quasi mit Geistern sprach, ihre Fingerspitzen in Weihwasser tauchte und am Mai besonders die Marienandachten liebte. Doch nach allem, was sie uns jetzt erzählt hatte, schien es mir gar nicht mehr so fantastisch. Ihr Glaube muss ihr in den schwierigen und gefährlichen Situationen, in die sie sich begeben hat, so oft geholfen haben. Wahrscheinlich konnten wir ihre Geschichte kaum glauben, weil sie ganz einfach im wahrsten Sinn des Wortes unglaublich war.

»Nie? Kein Wort? Mama, wir wären so stolz auf dich gewesen! Also, ich meine, ich *bin* so stolz, ich kann es gar nicht fassen! Oder, Maya?!«

Meine Großmutter zuckte nur die Achseln. Dabei war das, was sie erzählte, eine echte Heldengeschichte. Meine Oma war eine Heldin. Aber was machte eine Heldin aus? Zum einen die Taten, die sie vollbracht hatte, ihr Mut, ihre Konsequenz. Aber von Heldinnen musste auch erzählt werden. Zur Heldin wurde man durch die Lieder, die andere über einen sangen. Doch für meine Großmutter gab es kein Lied. Meine Großmutter hatte geschwiegen und war nie besungen worden. Ich betrachtete sie nachdenklich.

»Du musst doch selber stolz gewesen sein.«

Oma winkte ab und zischte ihr ›Tssss‹ zwischen den Zähnen hervor, um zu zeigen, wie unsinnig sie das fand. Stolz! Tssss. Erst in diesem Moment verstand ich, dass ihr zwischen den Zähnen herausgezischtes ›Tssss‹ immer dann zischte, wenn es um Gefühle ging. Und zwar nicht um unsere, sondern um ihre Gefühle. Verliebtsein? Tssss. Begeisterung. Tssss. Große Freude. Tssss. Stolz. Tssss.

Paula schüttelte den Kopf.

»Also, Mama, ich wäre jeden einzelnen Tag meines Lebens geplatzt vor Stolz. *Meine* Mutter …«

»Ach, man hat halt gemacht, was man machen musste. Darauf muss man nicht stolz sein.«

Oma tat das alles ab, und Paula brauste auf.

»Ja, ich weiß! Stolz ist ja etwas Schlimmes … Man durfte nicht stolz sein. Weder auf sich selbst noch auf mich. Sich immer bescheiden in die Ecke stellen. Mein Gott, dabei warst du … Mama, du wärst meine absolute Heldin gewesen, mein Vorbild.«

»Meins auch«, sagte ich leise und fühlte mich plötzlich beraubt. Ich hätte mit einem Vorbild aufwachsen können, das ich bewunderte, stattdessen spürte ich jetzt diese Leerstelle. Das, was hätte sein können.

»Ach was.«

Paula vergrub ihr Gesicht in den Händen, und wir schwiegen alle drei.

»Doch«, sagte ich, weil ich widersprechen musste. »Du hast etwas getan, was nicht jeder gemacht hat. Und ich weiß nicht, ob ich das geschafft hätte, wir haben doch keine Ahnung, wie wir reagiert hätten. Wenn hier jemand auf sich stolz sein kann, dann du, oder?«

»Aber auf was denn? Dass ich die Zimmerings nicht warnen konnte? Dass ich Fehler gemacht habe? Ihr wisst das doch gar nicht, was ich alles … ihr wisst das nicht, und es ist auch gut so. Nur dass der Muck da ist, das ist gut. Das ist gut, und den Rest will ich vergessen. Und jetzt reden wir nicht mehr davon.«

Oma wischte unseren Stolz vom Tisch, wollte nichts mehr hören, nichts mehr sagen, und Paula sprang auf und verließ das Wohnzimmer. In einem ersten Impuls wollte ich ihr nachlaufen, doch ich blieb sitzen. Ich wollte Großmutter mit ihrer Geschichte nicht alleine lassen.

»Ich wusste schon, warum es immer besser war, nichts zu sagen.«

Sie schaute auf die Tür, durch die Paula verschwunden war.

»Nein, Oma, es ist so gut, dass du uns das erzählst. Es ist schwer zu verstehen, dass du noch nie darüber geredet hast. Dass wir gar nichts von dir wissen, das erschreckt uns auch.«

»Wenn ihr alles wüsstet, dann wärt ihr erst mal erschrocken. Wenn ihr …«

Sie brach ab und betrachtete konzentriert das Muster ihrer Decke.

»Wenn wir … was, Oma?«

»Wir haben halt nicht geredet. Keiner hat geredet. Wenn du überleben wolltest, durftest du nicht reden. Das kriegt man nicht mehr raus. Dass man alles für sich behalten muss.«

»Auch nicht nach so vielen Jahren?«

Oma schüttelte stumm den Kopf.

»Hast du Paul denn wiedergesehen?«

Sie nickte. »Er kam ein paar Tage später und blieb auch eine Weile, es war schon Frühling und …«

Sie lächelte.

»Es war schön?«

Wieder nickte sie, und ihre Augen strahlten wie die eines jungen Mädchens.

»Wenn wir zusammen waren, war alles gut, wir haben von der Zukunft geträumt, dass irgendwann alles vorbei ist, weißt du? Dass wir heiraten und wie wir unsere Wohnung einrichten. Wir wollten ganz modern wohnen, wir wollten nagelneue Sachen, an denen keine Geschichte haftet. Wir wollten alles neu kaufen, damit wir kein einziges Stück in die Hand nehmen müssten, das uns an diese Zeit erinnert. Lieber wollten wir auf dem Boden schlafen, bis wir uns ein neues Bett kaufen könnten, oder im Stehen essen, bis wir genug Geld für Stühle hätten. Das waren unsere Träume … kleine Fluchten. Und wenn er da war, haben wir uns richtig aneinander festgehalten, wir haben uns kaum losgelassen, es gab immer so viel nachzuholen, aber es hat nie gereicht. Die Sehnsucht blieb … Er hat es ein paar Mal geschafft zu kommen, ich hatte immer solche Angst um ihn, und gleichzeitig wollte ich natürlich, dass er kommt. Ich wollte ihn ja sehen. Wir waren immer im Gartenhaus, manchmal waren wir auch in der Villa.«

»Deshalb wusstest du den Weg noch so genau. Weil du oft da gewesen bist.«

Sie nickte.

»Und weil du oft daran gedacht hast.«

Sie antwortete nicht, aber ich glaubte, ein kleines Nicken wahrnehmen zu können.

Dann fragte sie mich, ob ich auch im Garten gewesen war oder weiter hinten am Waldrand. Ich schüttelte den Kopf.

»Mir hat das Haus schon gereicht. Ich hatte viel zu viel Angst, da noch weiter herumzulaufen.«

»Ja, da draußen gab es viel Angst. Viel Glück und viel, viel Angst. Dieses Herzklopfen, und was habe ich gezittert, als …«

Sie verstummte.

Herzklopfen und Zittern und viel, viel Angst. Das kannte ich so gut. Das war es doch, was mich in leeren Häusern heimsuchte, und nicht nur dort, weshalb ich mich auf harten Boden legen musste, weshalb ich mir immer wieder sagen musste, dass ich doch lebte. Woher kannte ich die Angst meiner Großmutter? Ob ein Ort Angst speichern konnte und Jahrzehnte später noch weitergab? Ich dachte an all die leeren Häuser, in denen ich Angst hatte, an alle Albträume, in denen Türen einen Spalt aufstanden, und dahinter wartete immer ein Schrecken, eine entsetzliche, lähmende Leere. Manchmal erinnerte ich mich gar nicht mehr an den Traum, aber wenn ich aufwachte, pochte mein Herz so wild, dass es fast wehtat. Als ich Oma davon erzählte, schaute sie mich mit einem seltsam rätselnden Blick an. Ich fragte, wo genau das Gartenhaus denn gewesen wäre. »Meinst du, das gibt es noch?«

Sie schüttelte den Kopf.

»Alles war ja kaputt. Alles. Ich hätte nicht gedacht, dass ich davon jemals reden würde, das war … Es sind schlimme Sachen passiert. Es waren schlimme Zeiten.«

Das war der Satz, den sie so oft gesagt hatte, und ich spürte fast körperlich, wie sie sich damit entzog. Wie dieser intime Moment zwischen uns sich auflöste und sie das Gespräch beenden wollte. Ich spürte die lauernde Angst und genau wie sie auch wollte ich ihr entgehen. *Es waren schlimme Zeiten.* Dieser Satz war die Tür, hinter der sich etwas Schlimmes verbarg und die sie nun schließen wollte. Aber gleichzeitig wollte ich, dass sie weitererzählte, und versuchte das Gespräch zurückzulenken, zu ihr und Paul und den heimlichen Treffen.

»Wie oft habt ihr euch denn dort getroffen? Paul und du? Wie oft konnte er denn dahin kommen?«

»Na ja, so ein paar Mal war er schon da. Aber ich weiß das nicht mehr genau, es hat immer Monate gedauert, vielleicht ist es ihm ein, zwei Mal im Jahr gelungen, vielleicht auch mal öfter.«

»Das ist nicht viel, wenn man so verliebt ist.«

»Und Monate ohne Nachricht. Und man wusste ja nie, warum keine Nachricht kommt. Deswegen haben wir immer überlegt, wie wir das hinbekommen, mehr zusammen sein zu können. Paul war in der Schweiz und in Frankreich und half den Flüchtlingen weiter, die dort ankamen, die wir mit falschen Pässen hingeschickt hatten oder die ganz ohne Pässe über die grüne Grenze kamen. Aber natürlich war es für ihn alleine viel leichter, sich immer wieder zu verstecken und abzutauchen. Und ich hatte ja auch eine Aufgabe. Es war aber nicht leicht, das zu entscheiden. Was wiegt schon das private Glück in deinem Leben, wenn du Aufgaben zu erfüllen hast, die viele Leben retten können? Dann denkt man, ach, das kann warten, das holen wir nach. Alles andere ist viel wichtiger. Und wer hätte sich dann um Mutter und die Simons gekümmert? Aber trotzdem wollte ich zu ihm, weil ... es war halt immer alles gut, wenn wir zusammen waren. Paul wollte mich holen, sobald er einen Ort für uns gefunden hätte. An dem wir sicher waren. Es war so schwer, Pläne zu machen, damals. Alle Pläne konnten schnell zerplatzen, wie Seifenblasen. Im Sommer ist Hitler dann genau Richtung Westen marschiert, und da war erst mal klar, dass ich gar nicht wegkann. Es wurde noch schwieriger, je weiter die Deutschen überall einmarschierten. Der ganze Westen war ja bald besetzt, und wenn meine Mutter nur schon das Wort *Westfront* hörte, war es aus. Da ist mein Vater gefallen, an der Westfront.«

»Deshalb musstest du auf alles verzichten, wovon du geträumt hast.«

Sie nickte.

»Ja, das mussten wir alle. Alle mussten verzichten. Jeder hatte doch Träume, aber die wurden dann halt unwichtig. Du träumst von deinem Glück zu zweit, aber wenn du weißt, dass es tausende, ach, das reicht ja gar nicht, hunderttausende von Menschen gibt, die nur davon träumen zu überleben … Wir hatten zu essen. Wir hatten es warm. Zumindest damals noch. Das hatte nicht jeder, glaub das nur nicht. Das war nicht selbstverständlich. Nicht so wie heute.«

Wovon träumte ich? Meine Großmutter hatte überhaupt keine Chance gehabt, ihre Träume zu verwirklichen. Und mir fiel es schwer, meine Träume überhaupt zu formulieren. Dabei hatte ich so viele Möglichkeiten. Ich hatte alle Möglichkeiten. Ich konnte träumen. Was hielt mich denn davon ab, zu träumen und zu versuchen, meine Träume zu verwirklichen?

Paula hatte in der Tür gelehnt und zugehört, wie ihre Mutter und ihre Tochter sich unterhielten. *Stell dich nicht so an. Du weißt ja gar nicht, wie gut du es hast. Indianer kennen keinen Schmerz.* Wenn sie die Geschichte ihrer Mutter hörte, konnte sie plötzlich jeden einzelnen dieser verhassten Sätze verstehen, die sie ihre ganze Jugend über gehört hatte. *Davon geht die Welt nicht unter.* Wie oft hatte sie gedacht, doch, Mama, meine Welt geht unter! Natürlich war ihre Welt nicht wirklich untergegangen. Nicht in diesem Ausmaß. Sie setzte sich neben ihre Mutter aufs Sofa.

»Ich verstehe jetzt eine Menge. Mir ging es schon ziemlich gut, im Vergleich zu dir und deinem Muck und deinem Ännchen. Ich verstehe das. Hier.«

Sie deutete auf ihren Kopf.

»Hier oben verstehe ich auch, dass ich überreagiere, dass ich eifersüchtig bin wie ein Kleinkind! Auf diesen alten Herrn. Der taucht hier auf, und ich denke, tja, der war dir wichtiger als ich. Mir ging es ja immer gut! Ich hatte zu essen, ich war nicht verfolgt, musste nicht fliehen. Mir ging es gut. Aber weißt du«, Paula schüttelte den Kopf und deutete auf ihr Herz, »hier drin, da sitzt eine kleine Paula, und die wäre einfach gerne gesehen worden. Von dir. Auch wenn der Kummer ganz klein war im Vergleich zu dem großen Leid, das der Muck erfahren hat, oder wenn es ein aufgeschlagenes Knie war, weswegen ich weinen musste, das waren meine kleinen Tränen, für die sich keiner interessiert hat.«

Es fiel Paula nicht leicht, das alles vor ihrer Mutter laut auszusprechen. Denn sie hatte ja gelernt, dass es besser war, nicht von sich zu sprechen, keine Befindlichkeiten auszubreiten. Sich nicht so wichtig zu nehmen. Vor allem, als sie den traurigen Blick ihrer Mutter sah.

»Klar, wegen eines aufgeschlagenen Knies geht die Welt nicht unter. Wahrhaftig nicht! Und wenn ich höre, was du jetzt erzählst, dann, ja … dann schäme ich mich auch dafür. Dann hattest du einfach recht: Ich wusste nicht, wie gut ich es habe. Ich fand es normal. Aber ich wäre gerne getröstet worden. Für mich waren diese kleinen Schmerzen eben die einzigen, die ich kannte. Und für mich waren sie wichtig. Auch wenn sie für dich bestimmt sehr lächerlich waren. Es waren halt meine.«

Omas Augen füllten sich mit Tränen. Das Wasser stand in ihnen wie in einem blauen See.

»Ach, Kind«, sagte sie, und die erste Träne rollte ihr übers Gesicht. »Ach, Kind.«

So viel Leid war aus dieser Zeit bis in Paulas Kindheit hineingeschwappt. Und bis heute, bis zu diesem Moment, war es zu spüren. Obwohl es so lange her war, lebte die Trauer einfach weiter. Flutete aus einer vergangenen Zeit mitten in Paulas Leben hinein. Und sie alle bauten Dämme um Dämme, um sie von sich fernzuhalten. Um sie nicht heranzulassen. Paula spürte, dass auch ihr Tränen übers Gesicht liefen.

»Bis du heiratest, ist alles vorbei. Das hast du auch immer gesagt.«

Paula schnäuzte sich und strich über die Hand ihrer Mutter.

»Und dann habe ich gar nicht geheiratet. War es denn bei dir so? War es alles vorbei, als du geheiratest hast?«

Ihre Mutter schüttelte stumm den Kopf. Natürlich war es nicht vorbei. Das war ja gar nicht möglich, es war ja selbst heute nicht vorbei.

»Wusste Papa das alles?«

Wieder schüttelte ihre Mutter den Kopf.

»Wir wollten doch alles vergessen. Jeder hatte seine Last zu tragen. Das hat man respektiert. Man hat nicht gefragt.«

»Man hat geschwiegen.«

Charlotte nickte traurig.

»Wir wollten immer nur dein Bestes.«

Ja, das hatte sie oft genug gehört. Paula seufzte und schnäuzte sich noch einmal kräftig. Wie gut, dass Maya diesen ganzen Packen Taschentücher geholt hatte.

»Was wäre das denn eigentlich gewesen, mein Bestes?«

»Ach, das ist schwer zu beschreiben.«

Charlotte runzelte die Stirn und schüttelte den Kopf.

»Ich weiß nicht. Dass du stark bist, damit du etwas aushältst, wenn so etwas noch einmal passiert. Ich hatte Angst um dich, ich wollte, dass du das schaffst, wenn etwas Schlimmeres auf dich zukommt als ein aufgeschlagenes Knie, wenn du hungern musst oder … Na ja, etwas Schlimmes eben.«

Sie brach ab. Sie umkreiste etwas, wovon sie nicht sprechen

wollte. Und ein Teil von Paula hätte ihr am liebsten geholfen, die Tür zur Vergangenheit zu schließen, wäre aufgestanden, hätte von etwas so Harmlosem wie Kaffee und Kuchen gesprochen, oder vom Wetter. Sehr gerne hätte Paula mit ihrer Mutter über das Wetter geredet. Aber natürlich war das genau der Moment, auf den sie immer gewartet hatte.

»Man konnte das damals ja nicht wissen, dass wir so viele Jahre Frieden haben würden. Schau, meine Mutter hat gleich zwei Kriege erlebt, ich bin im ersten großen Krieg geboren, und dann kam der nächste. Es hätte ja sein können, dass es so weitergeht. Man musste hart sein.«

»Stark sein und hart sein, das ist aber nicht das Gleiche.«

»Für uns war es das Gleiche. Wir wussten es nicht anders.«

»Vielleicht wärt ihr nicht so hart gewesen, wenn ihr es anders gewusst hättet?«

Charlotte schaute Paula fragend an und runzelte die Stirn.

»Wenn, ja, wenn. Wenn alles anders gewesen wäre, wären wir auch anders gewesen. Wenn wir gewusst hätten, dass es keinen Krieg mehr gibt, hätten wir bestimmt nicht gedacht, ein Kind müsste viel aushalten können. Vielleicht hätten wir die Kinder mehr verwöhnt. Ja. Vielleicht hätte ich dich mehr verwöhnt. Und hätte nicht so viel Angst um dich gehabt.«

»Du hattest Angst um mich?«

Paula sah ihre Mutter verwundert an.

Charlotte nickte. »Ja, ich hatte oft Angst, dass du dich nicht genug zusammenreißen kannst, zu aufbrausend bist, dich in Schwierigkeiten bringst. Ich wollte doch, dass du es leichter hast als ich.«

»Ich hatte es leichter. Aber ihr hättet es auch leichter haben können, wenn ihr gewusst hättet, dass es keinen Krieg mehr gibt, oder? Ihr hättet nicht so hart sein müssen. Euch selbst gegenüber.«

Charlotte schüttelte stumm den Kopf. Als wäre das absolut keine Option. Als wäre es unmöglich, nicht hart zu sich selbst zu sein.

1941

Eine Träne tropfte auf die gelben Sterne aus Stoff, die Lotte einen nach dem anderen an die Mäntel der Simons nähte. In der Verordnung stand genau beschrieben, dass er ordentlich und mit einem Zentimeter Umschlag zu befestigen sei, und zwar in Brusthöhe, gut sichtbar auf jeder Überbekleidung. Dorle hatte es nicht geschafft, es selbst zu machen. Ihre Hände hatten so sehr gezittert, dass sie Angst bekommen hatte, wegen der unordentlichen Stiche verhaftet zu werden. Man konnte wegen allem verhaftet werden. Wenn man zu leise grüßte, wurde einem schon Landesverrat vorgeworfen, weil man nicht an den Namen des Führers glaubte, und wenn man zu laut grüßte, genauso.

»Irgendwann werfen sie uns noch vor, dass wir zu viel deutsche Luft atmen.«

Dorles Hände waren schwarz und eingerissen von der Arbeit in der Metallfabrik. Seitdem sie dort arbeiten musste, hustete sie fürchterlich und wurde immer dünner, die schwere Arbeit überstieg ihre Kräfte. Ihr schöner Mund war hart und schmal geworden, und unter ihren großen Augen lagen tiefe Schatten. Wilhelm legte Lotte sein Jackett, den Sommer- und den Wintermantel hin, aber Lotte bestand darauf, dass jeder von ihnen ein Stück Oberbekleidung ohne Stern behalten müsse. Das war dann der Mantel, in dem sie fliehen könnten, sollte es nötig sein. Der alte Herr Rosenkrantz brachte Lotte all seine Kleidung.

»Wir beiden Alten gehen nirgends mehr hin. Das schaffen wir nicht mehr. Wir bleiben hier. Und wir fangen auch nicht wieder von vorne an, darüber zu streiten.«

Er warf Dorle und Wilhelm einen festen Blick zu, nahm die Hand seiner Frau, und in ihren Blicken konnte Lotte lesen, dass die beiden sich fest entschieden hatten und nichts mehr diesen Entschluss verändern würde. Auch Dorle und Wilhelm sahen das anscheinend so, denn Dorle widersprach ihrem Vater ausnahmsweise nicht. Das war das Traurigste, was Lotte hier erlebt hatte. Dass Dorle, die ihrem Vater immer widersprach, still schluckte und sich zur Wand drehte, damit man ihr Gesicht nicht sehen konnte.

»Wir sind froh, dass du den Kindern hilfst, Lotte, möge der Himmel es dir danken.«

Den Stern auf Ännchens und Mucks Jacken zu nähen, war am schlimmsten für Lotte, und man konnte an den betretenen Gesichtern der Kinder erkennen, dass sie Angst davor hatten, mit dem Stern am Mantel auf die Straße zu gehen.

»Du musst den Stern mit Stolz tragen, wie einen Orden, weißt du«, sagte Herr Rosenkrantz zu Ännchen. »Wir sind die Sterne am Himmel, wir leuchten. Ganz egal, wie sie uns behandeln, Gott schmückt mit uns das Himmelsfirmament.«

Als Lotte das Haus verließ, nachdem sie bestimmt ein Dutzend Sterne aufgenäht hatte, baute sich innerhalb von Sekunden der Blockleiter vor ihr auf. Was sie denn beim Judenpack zu suchen gehabt hätte? Er musste sie gesehen haben, als sie hineinging, und schon auf sie gewartet haben. Dass sie ordnungsgemäß dem Befehl des Führers nachgekommen sei, antwortete sie, da doch verfügt wurde, die Kleidung von Juden sei ab morgen, dem ersten September, mit Sternen zu kennzeichnen.

»Es ist mein Beruf«, sagte sie. »Ich habe alles in bester Ordnung ausgeführt. Die Sterne sitzen fester als fest.«

Er wusste in diesem Moment nicht wirklich etwas dagegen zu sagen. Sie konnte jedoch sehen, dass er überlegte.

»Ich habe den Erlass natürlich gelesen, bevor ich hierhergekommen bin. Da stand nicht, dass es dem Juden nicht erlaubt ist, eine deutsche Näherin fürs Nähen zu bezahlen. Sonst hätte ich das natürlich niemals gemacht. Heil Hitler! Und grüßen Sie Ihre Frau. Ihr Kleid ist fast fertig. Ich habe mich besonders beeilt, damit sie nicht so lange darauf warten muss.«

Sie ging energischen Schrittes nach Hause und wusste, dass sie für diese Lüge die halbe Nacht an diesem Kleid zubringen musste, damit es morgen dann auch wirklich *fast fertig* war.

Drei Wochen später stand Käthe plötzlich bei ihnen im Garten und redete mit Lisette über ihre Blumen, zwischen denen nun wieder mehr Gemüse wuchs als in den letzten Jahren, um den Speiseplan aufzufüllen. Sobald Lisette im Haus verschwunden war, flüsterte sie Lotte zu, dass sie gehört hatte, dass die Rauenthaler Juden umgesiedelt werden sollten, schon in den nächsten Tagen. Sie hob bedeutungsvoll die Augenbrauen.

»Ich weiß doch, dass du die Simons magst.«

»Aber die Rosi weiß das nicht, oder?«

»Ach, die Rosi«, seufzte Käthe. »Sie hat sich so verändert, die dreht sich nur noch um sich. Hoffentlich heiratet der

Erich sie bald, dann haben wir's vielleicht alle wieder leichter mit ihr. Pass gut auf dich auf.«

Lotte nickte und drückte dankbar Käthes Hand. Käthe hatte keine Ahnung von all dem, was Lotte im Geheimen tat. Aber sie hatte das Herz auf dem rechten Fleck. Käthe wusste einfach, was richtig war und was falsch, während ihre Schwester Rosi, die einmal Lottes beste Freundin gewesen war, das schon lange nicht mehr wusste. Rosis Herz war vom rechten Fleck verrutscht.

Als Käthe weitergegangen war zu ihrer Familie nebenan, atmete Lotte tief durch. Das war das Signal, von dem sie immer gehofft hatte, es würde niemals eintreffen. Aber jetzt war es so weit. Die Simons mussten untertauchen. Sie wusste nicht mehr, wie vielen Menschen sie im letzten Jahr schon zur Flucht verholfen hatte, es waren viele. Sie hatte an dunklen Ecken gewartet und Menschen zu anderen dunklen Ecken begleitet, an denen wieder jemand anders wartete, um sie von dort weiterzuführen. Sie hatte in ihrer Schneidertasche schon viele Kilos an Linsen und Bohnen geschmuggelt, damit die Menschen in ihren Verstecken nicht verhungerten. Sie hatte Fremde auf Zugfahrten begleitet, die es sich nicht zutrauten, alleine mit falschen Papieren zu reisen, hatte Kinder zu vermeintlichen Verwandten aufs Land gebracht, hatte sogar schon zweimal jemanden über Nacht in Bertas leerem Ziegenverschlag hinter dem Atelier versteckt. Es war jedoch etwas völlig anderes, ihre geliebten Simons nun heimlich wegbringen zu müssen.

Aber sie war vorbereitet. Sie hatte alle Schritte durchdacht und mit Dorle und Wilhelm besprochen.

Weil alle Häuser Augen zu haben schienen und man nie wusste, wer hinter welchem Vorhang lauerte, um dann gleich zum nächsten Zellenleiter zu rennen und Bericht zu erstatten, hatten sie in einem Unterstand im Weinberg eine geheime Stelle, an der sie hinter einem losen Stein Nachrichten hinterließen. Sie hatten vereinbart, was zu tun war, wenn Lotte einen Zettel mit dem Wort *Ausflug* dort hinterlegen würde. Die Simons würden getrennt voneinander tagsüber während ihrer Ausgangszeit zu einem Spaziergang aufbrechen und sich an einer bestimmten Stelle am Waldrand verbergen, bis es dunkel genug war, dass sie im Schutz der Nacht zu einem Rheinschiff gerudert werden konnten. Ein Schiffer würde sie auf seinem Schiff versteckt mit in die Pfalz nehmen, wo es Verbindungskontakte gab, die die Familie auf einem abgelegenen Bauernhof als Verwandte aus der Stadt unterbringen würden. Seit die Engländer begonnen hatten, deutsche Städte zu bombardieren, war es leichter geworden, Verwandte aus der Stadt vorzutäuschen, die bei den Bombardierungen alles verloren hatten, auch ihre Kennkarten. Vor kurzem waren Bomben auf Kassel gefallen, die Simons würden also als Verwandte aus Kassel in der Pfalz auftauchen. Das einzige Problem war nun der Schiffer. Wenn der gerade nicht vor Biebrich ankerte, musste eine Zwischenlösung gefunden werden. Lotte hinterließ den Zettel im Unterstand im Weinberg und radelte hinunter ins Tal, um am Rhein entlang Richtung Wiesbaden zu fahren. Die Schönheit des Weges am Fluss, der in der Mittagssonne glitzerte, konnte sie überhaupt nicht wahrnehmen. Sie trat in die Pedale, um die fünfzehn Kilometer möglichst schnell zu schaffen. Als sie atemlos ihr Ziel erreichte, war sie erleichtert. Das Schiff lag vor Anker, und sie konnte alles mit dem Schiffer besprechen. Auf dem Rückweg war sie trotzdem nervös. Sie würde sich nachts aus dem Haus schleichen müssen. Es war alles nicht ungefährlich. Sie versuchte, sich nicht vorzustellen, wie es den Simons jetzt gerade wohl erging, wie schmerzhaft Dorle der Abschied von ihren Eltern in eine ungewisse Zukunft sein würde, versuchte, nicht an die Angst zu denken, die sie im Dunkeln im Wald ausstehen mussten, bis Lotte zu ihnen stoßen könnte. Hoffentlich hielten sie sich genau an die Anweisungen, die sie ihnen gegeben hatte, damit niemand sehen würde, dass sie zusammen in die gleiche Richtung gingen. Hoffentlich warteten sie am vereinbarten Ort im Wald. Hoffentlich ging alles gut. Tief in Gedanken versunken fuhr sie zurück nach Hause.

Als sie die Gartentür öffnete, erstarrte sie vor Schreck. Die Haustür war weit geöffnet, und im Flur stand ein uniformierter Mann, der ihre Mutter festhielt. Alle Kraft schien auf einen Schlag aus Lottes Körper zu weichen. Tausend Gedanken rasten gleichzeitig durch ihren Kopf. Sie war aufgeflogen, jemand hatte sie verraten, es war aus, jetzt war alles vorbei. Nie mehr Paul, nie mehr Glück, keine Rettung. Da war er, der Moment, vor dem sie immer Angst hatte. Jetzt war alles aus. Und sie hatte auch noch ihre Mutter in Gefahr gebracht.

»Mutter …«

Ihre Stimme klang hoch und dünn und fremd. Wenn sie nicht gewusst hätte, dass sie es selbst war, die das Wort gesagt hatte, sie hätte ihre eigene Stimme nicht wiedererkannt. Sie rannte ins Haus, wollte rufen, dass ihre Mutter nichts damit zu tun hatte, da drehte sich der Mann um. Es dauerte einen langen Moment, bis sie begriff: Es war Henri. Und natürlich hielt er ihre Mutter nicht fest, sondern sie hielt ihn, sie umarmte ihn voller Freude.

Lotte brach in Tränen aus.

»Na, na, na, das geht doch nicht, dass ich nach Hause komme, und alle fangen an zu weinen! Ich dachte, ihr freut euch! Komm mal her, Lottchen.«

»Tun wir doch. Wir weinen doch vor Freude …«

Lotte suchte nach ihrem Taschentuch, um ihr Gesicht verbergen zu können und um sich zu beruhigen. Es war nicht aus. Sie musste nicht sterben. Das Leben ging weiter, es war Henri. Es war doch nur Henri, der sie jetzt in den Arm nahm und fest drückte.

»Meine Kleine, du zitterst ja am ganzen Körper …«

»Wir sind keine Überraschungen mehr gewöhnt. Das nächste Mal musst du uns vorwarnen, oder, Mutter? Sonst bekommen wir hier noch einen Herzschlag, wenn du so plötzlich im Haus stehst!«

Sie hatte sich wieder im Griff, sie konnte wieder lachen. Lisette strahlte und wich kaum von Henris Seite. Jetzt konnte sie erkennen, wie groß Mutters Angst um ihn gewesen war. Wie erleichtert sie nun lachte, wie ihre Anwesenheit plötzlich den Raum füllte, im Vergleich zu all den vergangenen Wochen, in denen sie ganz in sich zurückgezogen gelebt hatte, wie in einem Schneckenhaus.

Aber warum musste Henri ausgerechnet heute nach Hause kommen? Einen Tag später, und alles wäre einfacher gewesen. Ob er in der Nacht wohl fest genug schlief, dass sie sich wegschleichen konnte? Sie schämte sich für ihre Gedanken, er war schließlich ihr Bruder, und sie musste froh sein, dass er da war. Wie sehr er sich auch verändert hatte, das würde er doch immer bleiben: ihr Bruder, der ihre Zöpfe unter die Bettdecke gesteckt hatte, um sie zum Lachen zu bringen.

»Endlich, meine Schwester lächelt! Sag, wo ist Paul denn gelandet? Was hörst du von ihm?«

Jetzt musste sie doppelt auf der Hut sein.

»Das Letzte, was ich gehört habe, ist, dass er in Frankreich ist, aber das ist eine Weile her. Und ich weiß nicht, wo er genau ist.«

Das stimmte alles, Lotte musste gar nicht lügen.

»Ja, in Frankreich kommen wir schnell voran, es ist ein leichtes Spiel mit den Franzosen. Kennst du sein Regiment?«

»So etwas kann ich mir nie merken.«

»Und meins kennst du auch nicht?«

Lotte schüttelte den Kopf und hob die Schultern.

»Ich schreibe es für euch auf, dann könnt ihr immer in Erfahrung bringen, wo ich bin.«

Lotte stupste ihn mit dem Fuß an, damit er nicht weitersprach, und zum Glück verstand er sofort und schwieg. Er zwinkerte Lotte zu, und sie dachte, dass er sehr müde aussah. Etwas in seinem Gesicht war härter geworden, seine Lippen schmal. Kerzengrade stand er da in seiner Uniform. Sie fragte, ob sie den Badeofen für ihn heizen solle.

»Ein richtiges Bad, ein richtiges Essen, ein richtiges Bett und eine Flasche von unserem Wein. Davon träume ich seit Wochen. Wie geht es den Weinbergen? Was meinst du, hat Henriette alles im Griff? Habt ihr von Toni gehört?«

Lotte nickte. »Es ist viel Arbeit ohne die Männer, aber wir helfen ja alle mit. Selbst die Kleinsten aus der Jungschar sind jeden Tag im Wingert und helfen, alles für die Weinlese vorzubereiten. Und alle sagen, dass wir Arbeiter zugeteilt bekommen, wenn die Lese beginnt.«

»Fremde in unserem Wein.« Henri verzog das Gesicht. Diese Vorstellung gefiel ihm überhaupt nicht. Lotte nickte ernst.

»Ja, es wäre wahrlich schöner, ihr könntet alle selbst hier

sein, um euren Wein einzuholen. Und den Arbeitern, die sie uns hierherkarren, wäre es wahrscheinlich auch lieber, daheim zu sein, auf ihren eigenen Feldern.«

»Schweig still«, fuhr Henri sie an, und Lotte seufzte.

»Ich habe doch gar nichts gesagt.«

Man durfte so etwas nicht laut sagen, das war Wehrkraftzersetzung und kam Hochverrat gleich.

»Jeder sollte zuhause sein können. Da, wo er hingehört.«

Lisette war aus der Küche gekommen, wo sie den Wasserkessel aufgesetzt hatte, um zur Feier des Tages Kaffee zu kochen. Sie sah ihren Lieblingssohn kopfschüttelnd an. »Ich kann nicht so tun, als wäre der Krieg etwas Gutes.«

»Der Krieg ist wichtig, Mutter. Das Reich wird groß. Das Deutsche Reich wird überall siegen, an der Westfront gibt es nur Erfolge, daran müsst ihr denken. Bald sind alle Weinberge sowieso deutsch, da können sich die Fremden schon mal dran gewöhnen. Also, keine wehrzersetzenden Äußerungen mehr, abgemacht?«

»Keine Angst«, sagte Lotte.

»Ich weiß ja, dass du gescheit bist«, flüsterte er. »Aber um Mutter mache ich mir Sorgen. Ihr müsst mir versprechen, dass ihr so etwas außerhalb des Hauses nie sagt.«

Er zögerte kurz, bevor er weitersprach. »Es kann böse Folgen haben, du weißt das.«

»Ich weiß. Ich passe schon auf sie auf. Und jetzt mache ich erst mal Feuer im Bad.«

Während sie den Ofen im Badezimmer anheizte, überlegte Lotte fieberhaft, wie sie sich in der Nacht bloß unbemerkt aus dem Haus stehlen sollte. Mutter nahm ihr alles ab, was sie ihr erzählte, wenn sie erklärte, warum sie nachts aufgestanden war. Wenn Mutter sie überhaupt hörte. Doch Henri schlief nur hinter dem Vorhang, direkt neben ihr. Er würde ihre Abwesenheit sofort bemerken. Außerdem hatte er bestimmt einen leichten Schlaf. Sie sah, dass die Flammen zündeten, und schloss die Ofenklappe. Das war es. Das war die Lösung. Sein leichter Schlaf! Sie würde anbieten, im Atelier zu schlafen, das würde alles einfacher machen.

Als sie es ihm anbot, sagte er, er habe schon überlegt, ob er im Weingut schlafen solle, weil dort mehr Platz war und er bestimmt sehr unruhig sein würde in der Nacht. Er wollte sie ja nicht aufwecken.

»Nein, du schläfst natürlich zuhause«, widersprach Lotte. »Du sollst doch dein eigenes Bett haben, gerade wenn du dich schon lange drauf freust. Ich schlafe gerne im Atelier, das macht mir gar nichts aus. Dann hast du auch mehr Ruhe und musst dir überhaupt keine Gedanken machen.«

Der Mond stand als feine Sichel am Himmel und spendete nur wenig Licht. Zum Glück hatten sich Lottes Augen während des langen Wartens schon an das Dunkel im Atelier gewöhnt, und die Schatten waren ihr alle vertraut geworden. Sie hatte lange gewartet, bis die Lichter im Haus auf der anderen Seite des Gartens erloschen waren und die Nacht weiter fortgeschritten war. Wie eine Ewigkeit war es ihr erschienen, aber jetzt war es so weit. Jetzt musste sie losgehen. Ihr Herz schlug schnell, als sie lautlos unter der warmen Decke hervorschlüpfte. Nun galt es, besonders leise zu sein. Vorsichtig drückte sie die Klinke hinunter, zog die Tür hinter sich zu und stand im Freien. Sie hatte beschlossen, nicht durch den Garten zu gehen, sondern hinter dem Atelier entlang im Schutz der alten Büsche am Hang einen Umweg über die Felder zu machen, um zum

Wald zu kommen, wo die Simons hoffentlich warteten. Ihr Herz schlug laut, so laut, dass sie dachte, man müsste es bis ins Haus hinein hören können, wo Henri hoffentlich tief und fest schlief.

Die Nacht war so dunkel, dass sie oft stolperte, weil sie den Weg kaum erkannte, aber es war gut, dass es dunkel war. Die Dunkelheit war ihr Freund. Das sagte sie sich immer wieder, als sie sich vorsichtig durch den Wald vortastete, wo es so dunkel war, dass sie die eigene Hand vor Augen kaum mehr sehen konnte, wo Ästchen knackten, wo Laub raschelte, wo ihr pochendes Herz fast schmerzte. *Die Dunkelheit ist mein Freund*. Wie oft hatte sie sich das schon gesagt. Wie oft würde sie es sich noch sagen? Wie oft würde sie im Schutz der Dunkelheit andere Leben schützen können?

Irgendwann hatte sie das Gefühl, sich in der Nähe der Stelle zu befinden, an der die Simons sich verstecken sollten. Doch bei Nacht sah alles anders aus, und sie war sich unsicher, ob sie noch weitergehen müsste oder ob sie schon vorbeigelaufen war. Sie blieb ganz still stehen und lauschte in das Waldesdunkel hinein. Nichts war zu hören. Sie formte mit ihren Händen einen Hohlraum vor dem Mund und ahmte leise drei, vier Käuzchenrufe nach. Dann lauschte sie wieder und war erleichtert, einen Käuzchenruf als Antwort zu hören. Es klang ganz nah. Vorsichtig ging sie ein paar Schritte weiter, bis sie aus dem Gebüsch hörte, wie jemand ihren Namen flüsterte. Sie war erleichtert, als Dorle und ihr Muck neben ihr aus dem Gebüsch auftauchten. Gleich hinter ihnen krochen Wilhelm und Ännchen aus dem Blätterdickicht hervor. Sie umarmten sich stumm und machten sich auf den Weg zum Waldrand, von wo sie durch die Weinberge hinab ins Tal laufen mussten, um den Rhein zu erreichen. Sobald sie aus dem Wald traten, war es weniger dunkel. Man konnte den Rhein im Tal erahnen und auch die Umrisse des Schiffes, das im Fluss vor Anker lag.

Lotte deutete hinunter ins Tal. »Seht ihr das Schiff? Ihr lauft immer auf das Schiff zu, und wenn ihr am Ufer seid, wartet der Schiffer in einem kleinen Boot, um euch zum Schiff zu rudern. Wenn kein Boot da ist, ruft ihr wieder wie ein Käuzchen und haltet euch versteckt, bis er da ist.«

Jetzt war der Zeitpunkt des Abschieds gekommen. Dorle und sie umarmten sich fest, und Lotte spürte, wie sehr Dorle zitterte und wie sehr sie versuchte, sich zusammenzureißen. Sie spürte, wie ein Schluchzen in ihr aufstieg, und versuchte, tief durchzuatmen. Es würde doch keinem helfen, wenn sie jetzt auch noch weinte. Es war doch gut, dass sie sich auf den Weg machten, der sie hoffentlich in Sicherheit bringen würde. Wilhelm drückte ihr fest die Hand, und Ännchen fiel ihr stumm um den Hals. Ihrem kleinen Muck, der nun schon so groß geworden war, flüsterte sie ins Ohr, dass alles gut werden würde. Dass es das Beste war und das Richtige. Sie steckte ihm eine Postkarte zu, die sie an sich selbst geschrieben und frankiert hatte, und bat ihn, sie abzuschicken, sobald sie irgendwo angekommen waren. Sie versprachen sich gegenseitig, durchzuhalten, vorsichtig zu sein und gut auf sich aufzupassen, damit sie sich alle bald wiedersehen könnten.

Mit gemischten Gefühlen schaute Lotte ihnen nach, wie sie zwischen den Reihen von Weinstöcken den Weg ins Tal nahmen.

Neben der Erleichterung, die vier vorerst in Sicherheit zu wissen, war da eine große Angst, ob auch wirklich alles gutgehen würde. Und in all das hinein mischte sich ein großer Abschiedsschmerz. Sich von den Simons zu verabschieden war, wie sich von der eigenen Familie zu verabschieden. Und keiner konnte wissen, wann und ob sie sich jemals wiedersehen würden. Sie war so erschöpft, am liebsten hätte sie sich an einen Baum gelehnt und sich einen Moment ausgeruht. Dieser Tag und diese Nacht hatten ihr viel abverlangt. Meistens bemerkte sie gar nicht, wie erschöpft sie war, weil sie in dieser konstanten Mischung aus Anstrengung und Aufregung gar nicht zur Ruhe kam. Aber der Abschied von den Simons war etwas ganz anderes. Sie fühlte sich müde und leer. Doch am östlichen Horizont begann es bereits heller zu schimmern, und die Konturen begannen sich deutlicher gegen den Himmel abzuzeichnen. Sie musste zusehen, dass sie rechtzeitig zurückkam, bevor es hell wurde und sie womöglich jemand sehen könnte.

Als sie das Atelier ungesehen erreicht hatte, sich hingelegt und zugedeckt hatte, fühlte sie sich einsam wie selten. Die Simons waren weg. Und Paul fehlte ihr so sehr. Gerade jetzt, da Henri überraschend gekommen war, sehnte sie sich besonders nach ihm. Wenn sie eine Weile nichts von ihm hörte, verhärtete sich die Angst um ihn wie zu einem Stein, den sie immer mit sich herumschleppte, der sie pausenlos schmerzte. Hoffentlich konnte Paul bald kommen. Hoffentlich fragte Henri nicht zu viel nach ihm. Und hoffentlich vergaß Henri möglichst schnell seine Idee, sich nach Pauls Regiment erkundigen zu wollen. Hoffentlich.

»Du hast mich angelogen.«

Lotte schreckte hoch. Sie musste eingeschlafen sein. Sofort war sie auf der Hut und ihr Puls schnellte in die Höhe.

Henri stellte eine Tasse Kaffee vor ihr ab. Von was sprach er da?

»Du hast überhaupt nicht gut geschlafen hier im Atelier, du hast es nur gesagt, damit ich mich besser fühle. Du bist hundemüde.«

Erleichtert nahm Lotte die Tasse und trank einen großen Schluck.

»Mutter macht sich Sorgen um dich, sie sagt, du arbeitest zu viel.«

»Wirklich? Das sagt sie?«

Henri nickte. »Und wenn ich dich so anschaue, muss ich ihr zustimmen. Du bist dünner geworden, und du bist nervös. Lottchen, vielleicht musst du langsamer machen. Ihr müsst noch ein bisschen durchhalten hier. Bald ist der Krieg gewonnen, und dann hast du es leichter, das verspreche ich dir. Aber weißt du, ich bin froh, dass du so gut auf Mutter aufpasst.«

Sie versuchte, ihren Bruder anzulächeln.

»Es geht schon. Mach dir keine Sorgen.«

»Sie hat gesagt, du hörst die Flöhe husten. Du weißt schon, wegen der Bilder. Aber zum Glück sind sie weg, das hast du richtig gemacht.«

»Hast du ihr das auch gesagt, dass du das findest? Oder bin nur ich jetzt die Böse, die immer übertreibt?«

»Nein, ich habe es ihr auch gesagt.«

»Rosi hatte angefangen, in ihrem Laden davon zu reden. Es musste sein.«

Henri nickte.

»Für uns sehen die Bilder normal aus, wir sind damit aufgewachsen, aber es stimmt schon, solche Bilder kann kein gesunder Geist gemalt haben. Wo hast du sie denn versteckt?«

Lotte schaute ihn ernst an und flüsterte dann leise.

»Ich hab sie verbrannt. Ich wollte nichts riskieren. Aber um Gottes willen, sag es ihr nicht.«

Natürlich hatte sie die Bilder nicht verbrannt, aber sie würde Henri gegenüber bestimmt niemals erwähnen, dass es die Sommervilla im Wald noch gab. Selbst ihre Mutter schien vergessen zu haben, dass es sie gab. Kein Wort über das Sommerhaus würde je über ihre Lippen kommen. Es war das beste und sicherste Versteck, das sie und Paul nur haben konnten. Und dort im Gartenhaus waren die Bilder in einer Kissenrolle eingenäht.

»Ich sage nichts. Versprochen.«

»Wie lange bleibst du hier?«

»Wenn ich es dir verrate, musst du mir aber auch versprechen, es Mutter noch nicht zu sagen.«

»Versprochen.«

»Morgen muss ich mich schon wieder melden. Übermorgen geht es weiter.«

Er versuchte zu lächeln, richtig gut gelang es ihm nicht.

»Bestimmt ganz gut, bevor ich mich noch daran gewöhne, wie es ist, sauber in frischen Betten zu schlafen und von Geschirr zu essen … Sag mir, was ich machen soll heute, was kann ich helfen?«

»Ruh dich einfach aus, Henri. Geh im Weinberg spazieren. Genieße den Tag, mach etwas, das dir guttut. Das ist dein freier Tag. Wir kommen gut zurecht.«

»Kommt nicht in Frage.«

»Wenn du unbedingt willst, könntest du etwas Holz hacken. Ich nehme nicht an, dass wir plötzlich mehr Kohle bekommen als letzten Winter.«

»Dann leg ich mal los.«

Er stand auf und strich im Vorbeigehen über einen Mantel, in dessen Saum sich zwei Wiesbadener Postausweise befanden. Ihr Herz pochte laut.

»Schöner Stoff«, sagte er.

Als sie ihm antwortete, gab sie sich Mühe, ihre Stimme ganz natürlich klingen zu lassen.

»Ja, nicht wahr?«

Als er draußen war, atmete sie auf, trank noch einen Schluck Kaffee und widmete sich wieder ihrer Arbeit. Bald hörte sie die regelmäßigen Axtschläge und das Poltern der zu Boden fallenden Scheite.

Als Lotte am nächsten Tag Brot kaufen ging, sah sie den Wagen vor dem Judenhaus stehen. Die Simons waren wirklich keinen Tag zu früh geflohen. Jetzt musste sie mit ansehen, wie Herr Rosenkrantz und seine Frau mit einem Köfferchen in der Hand, so aufrecht sie konnten, vor dem Haus darauf warteten, hinter den anderen auf die Ladefläche zu steigen. Auf ihren Mänteln leuchteten die gelben Sterne, die sie ihnen dort aufgenäht hatte.

Eine kalte Hand griff an ihr Herz, und ihr schauderte. Warum hatten sie nicht mitgehen wollen? Warum bloß hatten sie sich geweigert? Ganz still blieb sie stehen und sah mit an, wie der eine Polizist unwillig zur Eile antrieb, während der andere den Menschen höflich hinauf auf den Wagen half, der sie in eine Zukunft brachte, die nichts Gutes für sie bereithalten würde. Die Nachbarn, die zufällig auf der Straße standen, schauten weg oder gingen weiter. Keiner sagte ein Wort. Als der Wagen an ihr vorbeifuhr, traf Lottes Blick den von Herrn Rosenkrantz. Mit einer winzigen, kaum wahrnehmbaren Bewegung des Kopfes nickte er ihr zu. Sie hob die Hand zu einem Gruß, sie konnte nicht anders.

»Auf Wiedersehen«, rief sie, weil sie rufen musste, laut

rufen musste, um diese Stille zu zerreißen, die schwer wie Blei über der Straße lag. Einer musste doch gegen das Unrecht anschreien, das hier vor ihrer aller Augen geschah. »Auf Wiedersehen!«

Als Lotte mit ihrem Brot unterm Arm vom Bäcker zurückkam, stand schon der halbe Hausrat der Familie Rosenkrantz auf der Straße, und die Nachbarn erwarben die Besitztümer der gerade eben deportierten Familie für wenig Geld. Alles, was der Familie einmal wert und heilig gewesen war, wurde für Pfennigbeträge verkauft. Lotte schnürte es den Hals zu, als sie das sah. Doch dann erblickte sie den kleinen perlenverzierten Doppelrahmen, in dem zwei Familienfotos steckten. Dieser Rahmen hatte immer neben anderen auf dem Buffet gestanden. Auf der einen Seite war das Bild der jungen Familie Rosenkrantz mit der kleinen Dorle auf dem Schoß ihrer Mutter. Auf der anderen Seite sah man die junge Familie Simon. Nun war Dorle die Mutter, die den kleinen lachenden Muck auf dem Schoß hielt, während Ännchen etwas misstrauisch in die Kamera schaute. So wurden die Töchter zu Müttern. Sie musste die Bilder mitnehmen, damit Ännchen, wenn sie denn einmal Mutter werden würde, ihrem Kind zeigen könnte, dass sie selbst einmal ein Kind gewesen war. Ein Mädchen, das misstrauisch in die Kamera schaute, als würde es schon ahnen, dass schwere Zeiten drohten.

»Was wollen Sie denn damit?«

Der Schupo, der den Verkauf überwachte, schaute sie stirnrunzelnd an.

»Der Rahmen ist hübsch«, sagte sie rasch, bezahlte ein paar Pfennige und lief schnell nach Hause.

Bei unserem schönen Ausflug zum Vater Rhein war uns das Wetter hold. Wir grüßen herzlich und hoffen auf baldiges Wiedersehen!

Das war die Karte, die Lotte selbst an sich und ihre Mutter geschrieben und dem Muck mitgegeben hatte. Das war das Zeichen, dass die Simons angekommen waren und sich in Sicherheit befanden. Lotte war erleichtert, als sie diese Karte drei Wochen später im Briefkasten fand, und widerstand dem Impuls, sie aufzuheben. Stattdessen verbrannte sie die Nachricht im Ofen des Ateliers, wo sie bereits begonnen hatten, mit dem von Henri gehackten und sorgfältig aufgeschichteten Holz zu heizen. Auch von Henri war die erste Nachricht gekommen. Er war zu seinem Regiment in Frankreich gestoßen, und wieder verkroch sich ihre Mutter in ihrem Schneckenhaus, zu dem Lotte wenig Zugang hatte. Westfront. Das war kein Wort, das man hier gerne hörte.

Als die ersten Frauen kamen, um Trauerkleidung in Auftrag zu geben oder sich ihre in die Jahre gekommene Trauerkleidung ändern zu lassen, wurde Lisette noch stiller. Henriette, die auch viel zu oft alleine war in dem großen Weingut ohne ihren Toni, kam jetzt öfter vorbei und kochte mittags eine Suppe, die sie zusammen in der Küche aßen.

»Wie früher«, sagte Lotte, die sich gut daran erinnern konnte, als Henriette noch bei ihnen gewohnt hatte.

»Mit dem Unterschied, dass du kein kleines Mädchen mehr bist.«

Henriette schnitt drei dicke Scheiben Brot ab und schöpfte für jede von ihnen einen Teller Kartoffelsuppe auf.

»Meine Güte, dass wir wieder so dünne Suppe essen. Man sieht ja das Tellerblümchen durchscheinen.«

Lisette rührte seufzend in der Suppe und brockte ein paar Brotstücke hinein, um sie anzudicken. Jeder hatte seine eigenen Rituale entwickelt, mit dem mager gewordenen Speiseplan umzugehen. Henriette tunkte ihr Brot in die Suppe, damit der Suppengeschmack auf das Brot abfärbte, und Lotte legte ihre Scheibe auf die heiße Herdplatte, damit sie noch etwas anröstete, und aß sie hinterher wie ein Stück Kuchen als Nachtisch. Sie überlegten, ob sie sich wieder eine Ziege zulegen sollten, den Verschlag hatten sie ja schließlich noch, und die Ziegenmilch, die Berta ihnen gegeben hatte, hatte ihren Speiseplan immerhin angereichert während der Hungerszeiten des letzten Krieges und den mageren Zeiten danach.

»Dann hättet ihr aber nichts zusätzlich. Ihr müsstet die Ziege ja melden und würdet weniger Milch zugeteilt bekommen.«

Lisette warf Henriette einen düsteren Blick zu.

»Würdest du uns denn melden?«

Henriette runzelte die Stirn.

»Das käme doch so oder so schnell raus, das willst du doch wohl nicht riskieren! Außerdem ist es nicht gerecht denen gegenüber, die nicht diese Möglichkeit haben. Das ist doch das Schöne, dass jetzt endlich für Gerechtigkeit im Volk gesorgt wird. Und allen das Gleiche zusteht. Ich finde das richtig, dass der Führer dafür sorgt.«

»Vor dem Frühjahr gibt es sowieso keine Ziegen. Also brauchen wir uns auch gar keine Gedanken darüber zu machen.«

Lotte stand auf, um den Tisch abzuräumen, und hoffte, dass das Thema damit beendet sein würde. Henriette hatte sich zu einer sehr überzeugten Nationalsozialistin entwickelt.

»Hast du von Toni gehört?«

Stolz erzählte Henriette von den Fortschritten der Armee im Westen und dass sie hoffte, Toni bekäme bald Fronturlaub. »Vielleicht kommt er ja zusammen mit Henri? Und Paul? Ich verstehe gar nicht, dass sie Paul und die beiden nicht zusammenbringen konnten, das wäre doch schön, dann wüssten wir drei immer, dass es unseren Lieben gutgeht, auch wenn wir nur von einem hören, oder?«

»Das ist sicher wegen dieses Kuddelmuddels, es gab doch das Durcheinander, als Paul wegen der Erbschaftsgeschichte mit dieser Apotheke nach Berlin reisen musste, weißt du noch?«

Lotte konnte sich schnell fassen und die Geschichte erzählen, die Pauls Alibi für sein plötzliches Verschwinden gewesen war.

»Wenn man gewusst hätte, dass gleich danach der Krieg ausbricht, wäre er bestimmt nicht auch noch nach Berlin gefahren. Aber ich hoffe auch, dass er bald kommt. Wir hoffen und beten. Jeden Tag.«

»Bestimmt können Toni und Henri sich dafür einsetzen, dass sie zusammen in ein Regiment kommen. Oder du redest mal mit deinen Kontakten nach oben? Diese Gruners in Wiesbaden. Vielleicht können die was machen?«

»Ich möchte das gar nicht so gerne ausnutzen«, log Lotte und versuchte zu lächeln. Hoffentlich vergaß Henriette diesen Vorsatz schnell. Wenn jemand erst einmal anfangen würde, gezielt nach Paul zu suchen, käme schnell heraus, dass es Paul Eckner gar nicht mehr gab. Und Lotte verstand, warum alle sagten, die Gefahr aufzufliegen ginge selten von Fremden aus. Am gefährlichsten waren die Menschen, die einem am nächsten waren. Sie waren sogar gefährlicher als die Luftangriffe, die allmählich zunahmen. Es war schwer, sich das immer wieder zu vergegenwärtigen. Der wahre Feind sollte eigentlich ihr bester Freund sein: das eigene Land, die Gesetze und die Polizei, die Richter, ihr Dorf und alle, die sie schon lange kannte, ihr Ortsgruppenleiter, ihr Blockwart, ihre Kameradin aus Kindertagen, ihr Bruder. Aber ihre wahren Freunde, das waren jetzt die Illegalen, die Verfolgten, diejenigen, die man den Schmutz der Gesellschaft nannte, das Ungeziefer, das zertreten werden sollte. Paul, Hilde, sie selbst und all die anderen Senfkörner aus dem Gleichnis, die überall im Geheimen wirkten. Aus diesem Dilemma half Lotte nur der Glaube an etwas Höheres, dem man treu bleiben musste. Ob es der Glaube an Gerechtigkeit war, den Hilde verfolgte, oder wie bei Paul der Glaube an eine Moral, die die Menschen letztlich lenkte, oder vielleicht auch all das zusammen, verbunden mit dem Glauben an ihren lieben Gott aus Kindertagen und daran, dass es doch Nächstenliebe war, die die Menschen lenken sollte. Und der Blick auf den Abendstern in klaren Nächten, der half ihr auch. Denn dort traf sie Paul.

1943

Bald ist es so weit. Der September ist ein schöner Monat.

Nichtsahnend hatte Lotte den Briefumschlag geöffnet, den der Briefträger ihr mit der anderen Post übers Gartentor gereicht hatte. Und dann hatte sie diese Nachricht darin gefunden.

Immer wieder las sie diesen Satz, und das Glück leuchtete in ihr wie die Glühwürmchen in ihrer ersten gemeinsamen Nacht. Bald würde es schon so weit sein. Bald, bald, bald. Morgen war Mariä Himmelfahrt, sie würde also nur noch zwei Wochen warten müssen, bis der September begann. Dann konnte es jeden Tag passieren! Sie würde an Pauls Seite sein. Sie konnte es kaum glauben, dass dieser Tag nun wirklich so schnell kommen würde. Nach vier Jahren Trennung, vier Jahren Krieg würde sie endlich mit ihm weggehen und bei ihm sein können.

Ob sie das denn immer noch wirklich wolle, hatte er sie bei ihrem letzten heimlichen Treffen gefragt. Weit weg von zuhause und immer im Versteck leben? Sie würde fast nichts mitnehmen können, weil es immer so aussehen musste, als wäre sie gar nicht auf Reisen, und auch, weil sie zu jeder Zeit bereit sein müsste, lange zu wandern, alles alleine zu tragen, sich durch Gebüsch zu schlagen, um grüne Grenzen zu überwinden, im Freien zu übernachten oder auf anrollende Züge aufzuspringen, bis sie dorthin kamen, wo sie vorerst bleiben könnten. Sie erinnerte sich an das Gespräch, als wäre es gestern gewesen, dabei waren seitdem schon wieder drei Monate vergangen. Sie hatten an einem warmen Maitag auf einer Lichtung im Wald nahe des Gartenhauses gelegen und in den Himmel geschaut. Die Baumwipfel hatten im sanften Wind getanzt. Sie erinnerte sich ganz genau an dieses hoffnungsvolle Gefühl, das sie erfüllt hatte. Endlich, endlich hatte er ganz konkret davon gesprochen, sie nun zu sich holen zu können. Paul hatte sich neben ihr aufgestützt und sie ernst angeschaut.

»Traust du dir das auch wirklich zu?«

»Ja und dreimal Ja. Ich traue es mir eher zu, als noch länger von dir getrennt zu sein. Manchmal habe ich Angst, dass wir uns gar nicht mehr kennen … wir müssen doch endlich zusammen sein! Sonst werden wir noch zu Gespenstern.«

»Und heulen gemeinsam durch die alte Villa …«

»Ich meine es ganz ernst.«

Manchmal hatte Lotte das Gefühl, sich aufzulösen und gar nicht mehr sie selbst zu sein.

»Seit vier Jahren führe ich hier ein Doppelleben, und seit vier Jahren vermisse ich dich, denke an dich und erzähle mir die Momente, die wir geteilt haben, immer wieder, damit ich sie nicht vergesse. Aber manchmal kommt es mir vor, als würde ich das alles erfinden, als gäbe es das doch gar nicht. Dich und uns. Und dann ist plötzlich alles ein einziger Spuk.«

»Dann wird es höchste Zeit, dass du mitkommst.«

Paul hatte noch nach ihrer Mutter gefragt, und genau daran dachte sie auch jetzt. Konnte sie Mutter wirklich alleine lassen? Aber sie wusste, dass ihre Mutter es ihr nicht dauerhaft verübeln würde. Schließlich war sie wegen ihrer großen Liebe selbst von zuhause weggelaufen. Und sie war sicher, dass Henriette immer für Mutter da sein würde. Henriette würde ihre Freundin Lisette nicht hängen lassen. Und außerdem, sagte sich Lotte, war es ja nicht für immer. Dieser Krieg musste doch irgendwann einmal zu Ende gehen.

Lotte begann also, alles vorzubereiten. Wie immer würde ihre Nähtasche ihre Tarnung sein. Sie nähte neue Trageriemen an die Tasche, die sie umknöpfen konnte, um sie auch als Rucksack zu benutzen, und verstärkte die Nähte, damit sie alles überstehen würde. Im September gab es noch warme Tage, aber die Nächte konnten bereits sehr kalt werden. Lotte überlegte genau, was sie anziehen würde, um für jedes Wetter gut gerüstet zu sein, und legte sich die Sachen zurecht.

Wann sie wohl das nächste Mal mit Mutter Pfirsiche einmachen würde? Sie hatten die Früchte vormittags gepflückt und gehäutet und eine Ladung nach der anderen eingekocht. Wochenlang hatten sie dafür Zucker angesammelt, um genug zum Einkochen vorrätig zu haben. Das ganze Haus duftete nach den kleinen weißen Weinbergpfirsichen, mit denen der alte Baum im Garten sie jedes Jahr beschenkte.

Abends saß sie neben ihrer Mutter auf der Bank im Garten und häkelte Blumen. Seit vier Jahren häkelte sie nun schon weiße spinnwebenzarte Spitzenblumen für ihr Brautkleid. Die vielen Schachteln, in denen sie hunderte von Blüten aufbewahrte, waren bis an den Rand gefüllt.

»Du vermisst ihn, hm?«

Lotte nickte.

»Ich weiß genau, wie es dir geht, Lottchen.«

Lotte sah auf. Es kam nicht oft vor, dass ihre Mutter so etwas sagte. Meist verschwand sie in ihrem Blumenbeet, in ihren Stoffkreationen, in ihren eigenen Träumen. Dass sich fünfundzwanzig Jahre nach dem letzten Krieg alles wiederholte, dass sie wieder Angst haben musste, dieses Mal um ihren Sohn, nachdem sie schon ihren Mann in einem sinnlosen Krieg verloren hatte, das alles ließ sie diese Flucht ergreifen. Ja, es gab diese Möglichkeit abzutauchen, vielleicht war es einfacher, das zu tun. Bestimmt war es das. Vielleicht war es auch zu viel verlangt, zu glauben, dass man mit zwei Kriegen direkt hintereinander zurechtkommen konnte. Aber manchmal wollte Lotte ihre Mutter schütteln, wollte, dass sie aufwachte, dass sie da war. Dass sie einen Moment lang sah, dass sie auch noch eine Tochter hatte. Genau so ein Moment schien das gerade zu sein. Ihre Mutter sah sie direkt an.

»Man fühlt sich so zurückgelassen, zum Warten verurteilt, während man doch einfach nur leben will, oder?«

Lotte ließ ihre Häkelei in ihren Schoß sinken und nickte.

»Manchmal wünsche ich mir, wir hätten wieder unser ganz normales Leben. Und dann denke ich, das sind ja dumme Wünsche, ich muss mir doch nur wünschen, dass alle heile wiederkommen. Das ist viel wichtiger.«

Lisette lächelte traurig.

»Es ist völlig normal, dass du das zurückwünschst, dein unbesorgtes Leben.«

»Wäre das schön, ja.« Lotte erlaubte sich, einen Moment lang davon zu träumen. »An den Wochenenden spazieren gehen und tanzen, stundenlang übers Klinger Tanzplätzchen wirbeln, in dem schönen blauen Kleid ... weißt du noch? Das habe ich so lange nicht getragen. Die Jahre vergehen so schnell, ich bin schon gar nicht mehr richtig jung.«

»Es erscheint einem endlos. Ich war nicht so viel älter als du damals, als der Krieg mein ganz normales Leben einfach ... weggeschossen hat. Ich hoffe, dein Leben kommt zurück, ich wünsche es dir.«

Wie gerne hätte sie ihrer Mutter in diesem Moment von sich erzählt. Alles, die Wahrheit. Von Paul, von sich. Von ihrer heimlichen Arbeit. Und dass sie Angst hatte. Dass sie immer Angst hatte. Dass es so schön wäre, einfach zu träumen, keine Verantwortung und keine Geheimnisse zu haben, kein Doppelleben mehr zu führen, dass es auch schön wäre, nicht weglaufen zu müssen, um mit Paul unterzutauchen. Sie nicht schon so bald zu verlassen. Sondern einfach weiter mit ihrer Mutter auf der Bank im Garten zu sitzen, die Spitze für ihr Brautkleid zu häkeln und vom Tanzen zu träumen, von großen bunten Blumensträußen, die das Leben ihr bescheren würde, von Glühwürmchen, von Sternenhimmeln, und all das in Pauls Armen.

In diesem Moment beneidetet sie ihre Mutter darum, dass es ihr immer gelang, ihren Blick auf das Schöne zu richten, auf das Bunte, auf die Hoffnung. Sie wünschte, sie hätte auch diese Kraft zum Träumen, mit der ihre Mutter in eine innere Welt verschwinden und irgendetwas Buntes daraus hervorzaubern konnte. Wenn ich nicht ihre Tochter wäre, dachte Lotte, wenn ich sie greifen könnte und halten, würde ich sie genau dafür bewundern. Wenn sie nicht meine Mutter wäre, würde ich sie genau dafür so sehr lieben.

Wir sind wieder da, wo die Reise begann.

Das war die Schrift vom Muck auf einem winzigen Zettel, den Lotte aus dem Briefkasten am Haus zog. Beinahe hätte sie ihn übersehen, so klein war er zusammengefaltet. Aber was hatte das zu bedeuten? Es war noch gar nicht lange her, dass der Muck ihr zuletzt aus der Pfalz geschrieben hatte, wo sie auf einem abgelegenen Bauernhof Unterschlupf gefunden hatten. Waren die Simons wieder auf dem Rheinschiff? Oder warteten sie etwa im Dickicht im Wald, wo sie sich in der Nacht ihrer Flucht versteckt gehalten hatten? Die Nachricht war auf jeden Fall ein Hilferuf. Irgendetwas musste geschehen sein, dass sie sich auf dem Bauernhof nicht mehr sicher gefühlt hatten. Unruhig wartete Lotte auf einen guten Moment, in dem sie einen unauffälligen Spaziergang in den Wald machen konnte, um nachzuschauen, ob sie sich wirklich wieder in dem tiefen Gebüsch versteckten. Was für ein Glück, dachte Lotte, dass sie noch da war, dass es erst Anfang September war und sie sich noch darum kümmern konnte, den Simons eine neue Bleibe zu vermitteln, bevor sie Paul folgen würde.

Als sie sich dem ehemaligen Versteck am Waldrand näherte, hörte sie einen Pfiff und wusste, die Simons waren zurück. Lotte drehte sich noch einmal prüfend um, ob ihr auch wirklich niemand gefolgt war, bevor sie sich in die Büsche schlug, aus denen sie den Pfiff vernommen hatte. Da waren sie. Dorle und Wilhelm, Ännchen und der Muck. Etwas befangen standen sie voreinander, es waren schließlich gut anderthalb Jahre vergangen, seit sie sich zuletzt gesehen hatten. Doch dann fielen sie sich in die Arme, und die Freude über das Wiedersehen war groß. Sie sahen alle viel gesünder aus als damals, waren nicht mehr so blass, und sie waren viel besser genährt. Ihr kleiner Muck war ordentlich in die Höhe geschossen. Aus ihm und Ännchen waren kleine ernste Erwachsene geworden. Obwohl sie noch viel zu jung dafür waren, war ihre Kindheit vorbei, bevor sie überhaupt richtig begonnen hatte. Wie gerne würde sie ihnen etwas Leichtigkeit bescheren. Aber was könnte das sein? Leichtigkeit in diesen Zeiten? Überleben war das Einzige, was zählte.

»Ich habe gesagt, wir müssen zurück zu Lotte, weil du uns helfen wirst. Du kannst uns doch helfen, oder?«

Der Muck sah sie ernst und erwartungsvoll an. Dorle entschuldigte sich, dass sie Lotte in diese Lage brachten, aber sie hatten solche Angst bekommen, dass sie keinen Tag länger bei der Familie in der Pfalz bleiben wollten, die sie aufgenommen hatte, um niemanden in Gefahr zu bringen. Weder sich noch die Familie. Wilhelm hatte das Haus tagsüber nicht mehr verlassen dürfen, denn ein wehrfähiger Mann in seinem Alter hätte sofort Misstrauen erregt. Er erzählte, wie er darunter gelitten hatte, dass Dorle und die Kinder auf dem Hof und den Feldern arbeiteten, während er den ganzen Tag wie eingesperrt im Haus bleiben musste, um bei verabredeten Signalen sofort in einem eigens zu diesem Zweck umgebauten Wandschrank zu verschwinden. Trotz aller Vorsicht hatten sich Gerüchte verbreitet, und die Bauern hatten ihnen geraten, möglichst schnell zu verschwinden. In einem Heuwagen versteckt waren sie ein ganzes Stück gefahren worden, das größte Stück der Strecke bis hierher hatten sie jedoch zu Fuß zurückgelegt.

»Wir dachten, wenn uns jemand helfen kann, dann du.«

Ihr Muck streckte die Hand nach ihr aus und zog sie verunsichert wieder zurück. Sie legte den Arm um ihn und lächelte. »Das werde ich natürlich versuchen, wir finden schon etwas.«

Das einzige sichere Versteck, das ihr fürs Erste einfiel, war das Sommerhaus. Eine ganze Familie heimlich durchzufüttern, würde schwer sein, und sie würde es alleine nicht bewältigen können. Aber immerhin würden sie dort alles Nötige vorfinden, bis ein besserer Platz gefunden war. Im Gartenhaus gab es immer warme Decken, eine Notration Essen und einen Gaskocher. Lotte schloss die Augen und versuchte, sich den Weg dorthin im Dunklen vorzustellen. Sie beschrieb ihnen jede Abzweigung, so genau sie konnte, riet ihnen, nur im Schutz der Dunkelheit zu laufen, erklärte ihnen, wo der Schlüssel lag, und versprach, so schnell wie möglich dorthin zu kommen, um ihnen das Nötigste zu bringen. Ännchen hatte Angst, sie würden sich verlaufen, aber Wilhelm war zuversichtlich, sich am Sternenhimmel orientieren zu können.

»Es gibt nicht viel, was früher galt und immer noch Bestand hat, aber den Sternenhimmel, den nimmt uns keiner. Und den Norden finde ich dort allemal. Wir werden zurechtkommen.« Wie Lotte hielt er sich an den Sternen fest.

»Lotte …«

Dorle schaute sie fragend an, und Lotte wusste sofort, was sie wissen wollte. Schon bevor Lotte traurig den Kopf schüttelte, nickte Dorle. Sie hatte die Antwort geahnt.

»Ich wusste es. Wenn ich ehrlich bin, wusste ich es die ganze Zeit. Aber ich habe gehofft … auf ein Wunder. Manchmal gibt es doch Wunder.«

Ihre Stimme brach, und Wilhelm hielt seine Frau fest im Arm, während Lotte in knappen Worten erzählte, dass Dorles Eltern, das Ehepaar Rosenkrantz, zunächst in eine ehemalige Bergbausiedlung auf der anderen Rheinseite umquartiert worden waren, zusammen mit anderen Rheingauer und Limburger Juden. Lotte erzählte Dorle nicht, dass die Häuser dort jahrelang leergestanden hatten, weil ein Erdrutsch sie unbewohnbar gemacht hatte. Sie erzählte nicht, dass sie dort schwer arbeiten mussten und wenig zu essen hatten. Das würde sie ihnen irgendwann erzählen, wenn sie überhaupt genauer nachfragten. Dorle mitzuteilen, dass ihre Mutter im Winter dort an einer Lungenentzündung gestorben war, war schon grausam genug. Die schrecklichen Details ihrer letzten Lebensmonate wollte sie ihr lieber ersparen. Genauso gerne hätte sie ihr verschwiegen, dass man seit der erneuten sogenannten Umsiedelung ihres Vaters nach Theresienstadt im letzten Jahr nichts mehr von ihm gehört hatte. Sie wünschte, sie hätte das alles nicht sagen müssen. Sie wünschte, sie hätte einfach stumm bleiben und diese wenigen Worte, in denen sich so viel Ungeheuerliches verbarg, hinunterschlucken können.

Schon bei ihrer ersten Versorgungsfahrt mit dem Fahrrad ins Gartenhaus im Taunus, bei der Lotte den Simons einige, wenn auch viel zu wenige Lebensmittel brachte, wurde ihr klar, dass es ihr auf diese Art unmöglich gelingen würde, die ganze Familie satt zu bekommen. Sie hatte Kartoffeln, einige Eier und ein Brot eingepackt, dazu ein paar Karotten, ein Glas Marmelade. Mehr ließ sich nicht heimlich dorthin schmuggeln. Aber für eine ganze Familie würde es kaum einen Tag reichen. Zum Glück war es jetzt im Spätsommer noch möglich, einiges aus der Natur zu sammeln. Es gab erste Haselnüsse und Bucheckern, Brombeeren und frühe Äpfel, es gab liegen gebliebene Ähren auf den Kornfeldern. Aber lange würden die Simons hier nicht bleiben können. Sie versprach, gleich morgen nach Frankfurt zu fahren, um anzumelden, dass sie einen Platz für vier Menschen brauchte, und beteuerte, dass sie alles tun würde, damit sie nicht allzu viel Hunger leiden müssten, bis es so weit war.

»Wir schaffen das schon.«

Dorle versuchte Zuversicht zu verbreiten, trotz der wenigen Kartoffeln, die vor ihr auf dem Tisch lagen. »Und bring dich bitte nicht in Gefahr, komm nicht zu oft hierher.«

»Ich passe schon gut auf, dass mich niemand sieht und dass mir keiner folgt. Und das hier ist zwar nicht zum Essen, aber ich hoffe …«

Lotte verstummte, griff noch einmal in ihre Tasche und legte ein kleines Päckchen vor Dorle. In rote Seide hatte sie es eingewickelt und eine Schleife aus himmelblauem Samtband drumgebunden. Es sah kostbar aus.

Als sie auf dem Fahrrad wieder bergab ins Taunustal rollte, stellte sie sich vor, wie Dorle die Schleife löste, den Stoff aufschlug und das Bild ihrer Familie in Händen hielt, von denen jetzt nur noch diese vier übrig waren. Und sie schwor sich, alles dafür zu tun, diese vier vor weiterem Unglück zu bewahren.

In Frankfurt meldete sie gleich am nächsten Tag bei Dr. Schmidt an, dass sie einen Platz für eine untergetauchte Familie brauchte. Er versprach, die Pfarrhauskette zu informieren, die schon unzähligen Menschen geholfen hatte, zu fliehen und unterzutauchen. Mehrere Pfarrhäuser bis weit in den Süden des Landes gehörten zu diesem Netzwerk, innerhalb dessen dafür gesorgt wurde, dass niemand lange an einem Ort verweilte. Von Pfarrei zu Pfarrei wurden die Menschen weitergeschickt, versteckt und versorgt, um möglichst wenig Misstrauen bei Nachbarn oder Behörden zu erregen. Es müsste allerdings schnell gehen, weil sie eine ganze Familie draußen im Wald unmöglich alleine versorgen könne.

Dr. Schmidt sagte zu, sich darum zu kümmern und das Pfarrerehepaar zu informieren. Er nahm die Papiere entgegen, die sie wie immer in ihren Nähereien verborgen nach Frankfurt geschmuggelt hatte, und bat sie, gut auf sich aufzupassen. So bald als möglich würde er ihr eine Nachricht zukommen lassen, wohin die Simons gehen könnten.

Jetzt hatte der September schon begonnen, und noch immer hatte sie nichts von Paul gehört. Sie begann sich Sorgen zu machen. Seit dem ersten September war sie bereit zum Aufbruch und ging jeden Tag einmal über die Wiese mit den Kirschbäumen, um nachzuschauen, ob sie vielleicht genauere Anweisungen in ihrem vereinbarten Astloch vorfinden würde. Sie hatte keine Ahnung, ob Pauls Nachricht per Post, per Kurier oder über ihren Kirschbaum zu ihr gelangte. Das Einzige, was sie wusste, war, dass Paul sich melden würde. Einmal begegnete sie Rosi an den Kirschbäumen, die sie gleich fragte, was sie hier eigentlich ständig mache, die Kirschenzeit wäre ja wohl vorbei.

Ach, seufzte Lotte, sie habe daran denken müssen, wie

sie mit Paul hier Kirschen gepflückt hatte. Vor dem Krieg. »Und dann muss ich einfach manchmal hierherkommen. Hast du denn von Erich gehört?«

Der Versuch, Rosi abzulenken, gelang, denn Rosi sprach immer gerne von sich. Seit Erichs letztem Fronturlaub waren die beiden verlobt. Endlich hatte er um ihre Hand angehalten. Seitdem hatte sie deutlich bessere Laune und war auch gegenüber ihrer Schwester Käthe weniger patzig. Da sie keinesfalls eine Kriegshochzeit wollte, bei der man an allem sparen musste, das hatte man ja bei Käthe letztes Jahr gesehen, wie das vor sich ging, würde sie eben warten. Käthes Hochzeit war klein und gemütlich gewesen, aber Rosi hatte kein gutes Haar daran lassen können, so wie sie selten ein gutes Haar an irgendetwas lassen konnte. Lotte würde gut aufpassen müssen, dass gerade Rosi sie hier nicht zu oft sah in der nächsten Zeit. Gerade Rosi sollte besser keinen Verdacht schöpfen.

»Mist!«

Lotte hatte sich schon wieder vernäht. Lisette schaute sie fragend an, und sie versuchte, sich zusammenzureißen. Das Warten machte Lotte ganz fahrig. Sie wartete dringend auf die Nachricht aus Frankfurt, dass die Simons weiterziehen konnten, und sie wartete auf die Nachricht von Paul. Es hing ja alles zusammen. Was sollte sie bloß machen, wenn sie keinen Platz für die Simons hatte, bevor sie mit Paul wegging? Nachts lag sie schlaflos im Bett und zerbrach sich den Kopf darüber, und tagsüber musste sie sich zusammenreißen, dass sie nicht ständig zu den Kirschbäumen lief, dass sie nicht jedes Teil, das sie für Änderungen bekam, wie eine Besessene auftrennte, um nachzuschauen, ob es die Nachricht enthielt, auf die sie so brennend wartete. Ihre Nerven waren dünn, und je schneller sie ihre Arbeit erledigen wollte, desto mehr Fehler unterliefen ihr. Und dann stand Henriette plötzlich fröhlich in der Tür.

»Ich habe eine Überraschung für euch!«

Toni würde übermorgen auf Fronturlaub kommen, und die große Überraschung war, dass Henri mitkommen würde. Lotte musste sich zusammenreißen, um nicht in Tränen auszubrechen. Was zu viel war, war zu viel. Wie sollte sie das alles auch noch unter Henris Beobachtung anstellen? Sie versuchte, ruhig zu bleiben, aber es gelang ihr nicht, die Tränen zu unterdrücken. Sie musste aufstehen, um sich ein Taschentuch zu holen. Henriette sah sie verwundert an.

»Das sieht mir aber nicht nach Freudentränen aus, was ist denn los, Lottchen?«

Sie wusste nicht, was sie sagen sollte, ihr fiel keine einzige Antwort ein, mit der sie ihre Verzweiflung rechtfertigen könnte. Das Unglück musste ihr förmlich im Gesicht geschrieben stehen, und die Tränen sprudelten jetzt hemmungslos. Was würde Henriette bloß von ihr denken? Ausgerechnet ihre Mutter kam zu ihrer Rettung. Sie stand auf und nahm sie in den Arm.

»Er wird sicher auch bald kommen, Lottchen. Dein Paul bekommt bestimmt auch bald wieder Urlaub.«

Lotte seufzte erleichtert. Mutter dachte, sie würde aus Liebeskummer und vor Sehnsucht nach Paul weinen. Dass sie darauf nicht selbst gekommen war.

»Na, siehst du, es geht ja schon wieder.«

Sie strich ihr übers Haar, und Lotte warf ihr einen dankbaren Blick zu. Henriette betrachtete sie aber noch immer stirnrunzelnd.

»Warum kommt Paul eigentlich nie hierher, wenn er Urlaub hat? Früher hatte man immer das Gefühl, es gefällt ihm hier gut, oder?«

Lotte nickte. Die Geschichte, an die sie sich hielten, war die, dass er zu seinen Eltern fuhr und dortblieb und Lotte ihn dann dort besuchte. Denn die Eltern wollten ihn ja auch bei sich haben. Das hatte sie stets als Erklärung benutzt, warum sie über Nacht wegblieb, wenn sie ins Sommerhaus gefahren war, um dort heimlich Zeit mit ihm zu verbringen.

»Die Zeit ist ja immer viel zu kurz«, sagte Lotte und schnäuzte sich.

Henris Verfassung war eine andere als beim letzten Mal. Er war am Oberarm angeschossen worden, ein Streifschuss, nichts Schlimmes. Aber er war nicht mehr gänzlich unversehrt, und das hatte Spuren hinterlassen. Eine Kugel hatte ihn gestreift, und nur wenige Handbreit hatten ihn vor einem schlimmeren Schicksal bewahrt. Er versuchte vor allem vor seiner Mutter zu verbergen, dass sein Arm schmerzte, aber sie bemerkte es natürlich trotzdem. Und natürlich wollte sie ihn überreden, länger zu bleiben, sich krankschreiben zu lassen, einen anderen Arzt zu konsultieren, den Arm ordentlich behandeln zu lassen. Sie wollte es herauszögern, dass er wieder wegfuhr. Sie wollte, dass er blieb. Doch Henri wollte nicht bleiben. Er war nervös, schlaflos, ungeduldig, brauste schnell auf. Lotte spürte, dass er sich in dem kleinen Haus fremd fühlte, dass es ihm kaum gelang, zum Essen am Tisch sitzen zu bleiben, sich auszuschlafen oder sich im Garten auszuruhen. Einige Male gerieten sie beinahe aneinander. Lotte wusste nicht, wer von ihnen beiden gerade dünnhäutiger war und die schwächeren Nerven hatte. Als er zusammen mit Toni durch die Weinberge ging, schrie er die fremden Arbeiter an, die dort das zu dicht wachsende Laub entfernten, damit die Trauben jetzt in den letzten Wochen vor der Lese mehr Luft und Sonne bekamen. Danach weigerte er sich, noch einmal durch die Weinberge zu gehen.

»Geh allein«, bellte er Toni an. »Ich will dieses Pack dort nicht sehen.«

Der Heimaturlaub war für ihn dieses Mal nichts anderes als eine elende Wartestation auf dem Weg zur nächsten Front.

»Hier wird man weich. Ein Soldat muss hart bleiben. Es bringt nichts, wenn man weich wird. Man wird zum Milchbuben, und … ein Milchbub kann den Russen nichts entgegensetzen.«

Er wusste, dass er und Toni in nur wenigen Tagen mit ihrem Regiment zur Verstärkung an die Ostfront geschickt wurden, und über den Stand der Gefechte wollte er jeden Abend die neuesten Nachrichten hören. Also saßen sie vor dem Radio, hörten die *Russlandfanfare*, die immer erklang, bevor von den heldenhaften Taten der großartigen Armee im Osten berichtet wurde, und Lisette schüttelte besorgt den Kopf.

Ostfront, das klang keinen Deut besser als Westfront. Unruhig tigerte Henri umher, Lotte sah, wie er die Zähne zusammenbiss, und ahnte, dass er niemals zugeben würde, dass er Angst hatte vor dem, was ihm bevorstand. Stattdessen schimpfte er, bellte laut und böse wie ein Hund, der sich fürchtete. Lisette wollte ihn verwöhnen, wollte ihm Gutes tun, suchte ihren alten Henri und fand ihn nicht. Lotte sah ihre Verzweiflung, aber sie konnte ihrer Mutter nicht helfen. Und ihrem Bruder auch nicht. Wenn ihre

Blicke sich begegneten, schaute Henri schnell weg, richtete sich auf, und sie sah, wie seine Kiefermuskeln arbeiteten. Wo immer sich Henri befand, verbreitete er eine ungeheure Anspannung, der sich niemand entziehen konnte. Manchmal war Lotte froh, wenn er den Raum verließ und sie einfach einmal wieder kurz durchatmen konnte, bevor er zurückkam und wieder nervös gegen den Tisch klopfte, mit dem Fuß wippte oder auf und ab ging.

Hoffentlich würde jetzt nicht genau in diesen Tagen etwas passieren, was ihre heiklen Pläne gefährden könnte. Der September schritt voran, die Simons litten wahrscheinlich großen Hunger, aber sie bekam keine Nachricht aus Frankfurt, und sie konnte nur selten hinfahren. Henris Augen schienen ihr überallhin zu folgen. Fast war sie froh, noch nichts von Paul zu hören.

Obwohl Henri noch da war, hatte sie wieder heimlich Essen zusammengesammelt und stopfte es in ihre Nähtasche, bevor sie Änderungsarbeiten zur Tarnung drauflegte und sich mit den Worten verabschiedete, dass sie zu Kunden fahren würde. Henri wollte genau wissen, zu wem sie fuhr, und sie erfand rasch eine Wiesbadener Kundin. Warum sie das Fahrrad nahm, wollte er wissen, und sie erklärte, dass es der sicherste Weg war. Bei Fliegeralarm fuhr kein Zug, und sie wollte nicht irgendwo im Dunkeln hängen bleiben. Ob er mitkommen solle, bot er an, damit sie keine Angst haben brauche. Aber sie bat ihn, doch seinen Arm zu schonen und sich einfach auszuruhen. Als sie endlich auf dem Fahrrad saß, war sie seltsam unruhig und drehte sich ständig um, ob Henri ihr nicht am Ende doch folgte. Warum hatte er so viele Fragen gestellt? Ahnte er etwas? Henris Blick war irgendwie misstrauisch gewesen. Sie blieb nur sehr kurz bei den Simons, bat sie, sich das

Essen gut einzuteilen, und tröstete, es könnte nun wirklich nicht mehr lange dauern.

»Hast du von Paul gehört?«

Die Simons waren die Einzigen, die wussten, dass sie auf ihn wartete, jeden Tag mehr wartete. Es könnte ja sein, dass er hier unerwartet auftauchte, nicht, dass sie sich erschraken. Sie schüttelte den Kopf und machte sich auf den Rückweg. Es dämmerte bereits. Die Geräusche des Waldes schienen lauter als sonst, und ihr Herz pochte so fest in ihrer Brust, dass es fast wehtat. Noch nie vorher hatte sie auf diesem Weg so viel Angst verspürt. Ihre Nerven mussten kurz vorm Zerreißen sein, wenn jedes Knacken und jedes Rascheln und jeder Schatten sie so sehr beunruhigten. Als sie nach Hause kam, war sie froh, dass Henri nicht da war und keine Fragen stellen konnte. Ihre Mutter saß alleine im Atelier, und als sie Lotte sah, erzählte sie ihr bekümmert, dass Henri schon übermorgen wieder zur Front fahren würde. Lotte musste aufpassen, ihre Erleichterung darüber zu verbergen. Nun musste sie nur noch wenige Tage überstehen.

Am nächsten Tag klopfte es an die Ateliertür, und Frau Jakob brachte ihr eine Jacke. Frau Jakob, die höchstwahrscheinlich einen anderen Namen hatte, war eine der Kuriere, und Lotte nahm die Jacke hoffnungsvoll entgegen. Vielleicht befand sich darin ja eine Antwort auf wenigstens eine ihrer brennenden Fragen. Gleich hinter Frau Jakob betrat Henri das Atelier.

»Das Futter ist so zerschlissen, können Sie da etwas machen?«, fragte Frau Jakob. »Ohne dass es zu teuer wird?«

»Wenn ich es komplett erneuern muss, ist es natürlich teurer, als wenn ich es nur flicke. Ich schaue es mir gerne an und suche nach einer günstigen Lösung.«

Lotte legte die Jacke vor sich auf den Tisch, und Henri rief ihr zu, dass er zu Richters gehen würde, zum Abendbrot wäre er wieder zurück.

»Bis später«, rief sie und ging zu dem Kleiderständer, an dem ein Rock hing, in dessen breitem Bund sich Passfotos von Menschen verbargen, die auf neue Pässe warteten.

»Der Rock ist auch schon fertig. Ich habe den Bund für Sie erneuert«, sagte Lotte in geschäftigem Ton und überreichte der Frau den Rock.

Frau Jakob bezahlte, bedankte sich und fragte, ob es recht wäre, wenn sie in einer Woche wiederkäme wegen der Jacke. Lotte nickte.

Als Frau Jakob gegangen war, schaute Lotte erst nach ihrer Mutter, die im Garten beschäftigt war. Henri war auf dem Weg zu Toni, sie war also unbeobachtet und hatte etwas Zeit. Sie schlug die Jacke auf und ließ ihre Hände über das Futter gleiten. Hinter der Brusttasche ertastete sie etwas Festes und nahm den Fadentrenner zur Hand, um das Futter an der Stelle vorsichtig zu lösen. Sie öffnete es nur so weit, dass sie den dünnen Umschlag, der hinter dem Futter steckte, leicht herausnehmen konnte. Als sie das Papier gerade durch die Öffnung zog, hörte sie ein Geräusch und schaute auf. In der Tür stand Henri. Sein Blick war starr auf die Jacke gerichtet, auf das aufgetrennte Futter und das Papier in ihrer Hand.

Lotte erstarrte. Seit wann stand er schon da, und was hatte er gesehen? Reglos verharrte sie mitten in der Bewegung, wagte kaum zu atmen, als ob sie dadurch irgendetwas ungeschehen machen könnte. Alles an ihr war wie gelähmt, und sie brachte kein Wort heraus. Henri schien es genauso zu gehen. Es kam ihr vor wie eine Ewigkeit, bis Henri sich räusperte und zu sprechen begann.

»Wir gehen heute Abend zum Wagner, um sechs. Er hat gesagt, er hat Hasen gejagt, er macht uns Dippehas. Zum Abschied.«

Damit wandte Henri sich abrupt ab und verließ das Atelier fluchtartig. Lotte starrte ihm hinterher. Sah, wie er im Garten mit Mutter sprach und ihr winkte, als er weiterging. Was sollte sie bloß tun, um Gottes willen? Heiliger Achatius und heiliger Nepomuk und heilige Katharina und Maria. Sie wusste gar nicht, wen sie zuerst um Hilfe anrufen sollte. Gab es überhaupt einen Nothelfer für diese Art von Not? Musste sie sofort fliehen? Was hatte er überhaupt gesehen? Lotte sank auf einen Stuhl und versuchte, ihre Gedanken zu ordnen.

Hätte er gesagt, dass sie zusammen essen gingen, wenn er vorhatte, sie zu verraten? Zum Abschied. Meinte er, zu seinem Abschied, weil er morgen wieder zu seiner Truppe stoßen würde, oder meinte er damit, zu ihrem Abschied, bevor er sie wegen Hochverrat anzeigen würde? Würde er sie fragen, was das für ein Umschlag gewesen war, und gäbe es eine Rechtfertigung dafür? Würde er sie schützen, weil sie seine Schwester war? War Blut dicker als das Wasser der Nationalsozialisten, in dem er mitschwamm?

Als sie den Umschlag auffaltete, sah sie, dass sich darin die Zugverbindung von Frankfurt nach Tübingen für die Simons befand. Bis dahin waren es nur noch wenige Tage. Ihr fiel ein Stein vom Herzen. Plötzlich war ihr eine große Last genommen. Sie schaute sich die Verbindungszeiten an, bis sie sie auswendig konnte, und verbrannte den Zettel. Dann atmete sie auf. Es war doch ganz einfach. Sie würde den leeren Umschlag einfach neben der Jacke auf dem Tisch liegen lassen und Henri sagen, dass sie sich wundere, dass Leute Papier in Taschen stecken ließen, bevor sie es zum

Ändern brachten. Sie hatte sich viel zu verrückt gemacht. Bestimmt hatte er gar nicht gesehen, wie sie die Jacke auf der Suche nach einem Papier abgetastet hatte, und ärgerte sich vor allem über sich selbst, nicht gleich gelassen reagiert zu haben.

Das Essen war köstlich. Der Wirt hatte alles gegeben, was ihm möglich war, um den beiden Soldaten Henri und Toni einen guten Schmaus zu bereiten, und alle gaben sich Mühe, ihre Sorgen zu verstecken und so zu tun, als würden Henri und Toni morgen nicht gen Russland fahren.

»Wir bringen euch morgen zum Zug«, sagte Lisette. »Lotte kommt auch mit. Dann ist es fast so, als würden wir einen Ausflug machen.«

»Ich weiß nicht ...« Lotte zögerte. Ihr Plan war eigentlich gewesen, den Simons sofort die Zugverbindung weiterzugeben, und außerdem brauchten sie dringend Lebensmittel.

Henri schaute sie ernst an. »Was hast du denn so Wichtiges zu tun, dass du deinen Bruder nicht begleiten willst?«

»Nichts, was wichtiger wäre«, antwortete sie. »Ich dachte, es läge dir vielleicht gar nichts daran, begleitet zu werden.«

»Doch«, sagte er. »Mir liegt viel an meiner Schwester.«

Sie sah die Bitterkeit seiner aufeinandergepressten Lippen, und sie sah auch die Liebe in seinem Blick. Es schnürte Lotte die Kehle zu, dass er das sagte, und sie musste ein paarmal schlucken, bevor sie überhaupt sprechen konnte.

»Dann komme ich natürlich mit«, sagte sie, und er nickte.

Sie hatten kein Wort über den Moment im Atelier verloren, weder während des Abends noch, als sie zu Bett gingen und sich Gute Nacht sagten, noch während des Frühstücks, als sie eine Weile alleine am Tisch saßen. Lotte hatte keine

Ahnung, was in Henris Kopf vor sich ging, aber sie versuchte, sich damit zu beruhigen, dass er nichts gegen sie unternehmen würde. *Mir liegt viel an meiner Schwester*. Das würde er doch bestimmt nicht sagen, wenn er vorhätte, sie zu denunzieren?

Auf dem Bahnsteig in Wiesbaden, auf dem der Sonderzug für die Soldaten bereitstand, herrschte großes Gedränge. Kaum jemand stieg ein, die meisten warteten bis zum letzten Moment, um noch jede einzelne Minute mit ihren Lieben auszukosten, bevor es wieder weiterging, weg von zuhause und hinein in den Krieg, der nicht enden wollte.

Lisette wich nicht von Henris Seite. Sie war überdreht, plauderte viel und lachte lauter als sonst. Sie hatte sie alle schon gutgelaunt von Eltville bis hierher unterhalten, und selbst die Soldaten, die die Runen der SS am Revers trugen und auf der Bank nebenan saßen, hatten gelächelt, als sie die Geschichte erzählt hatte, wie Henri dafür gesorgt hatte, dass seine Schwester Lotte einst zum Rauenthaler Herbstmuck gekürt worden war. Lotte befürchtete, dass Mutters inneres Pendel nach Henris Abreise in die entgegengesetzte Richtung ausschlagen würde. Himmelhoch jauchzend, zu Tode betrübt. Und so müsste sie ihre Mutter dann bald alleine lassen, denn der September war noch weiter vorangeschritten. Es konnte nicht mehr lange dauern, bis die Nachricht von Paul kommen würde.

»Es wäre so schön gewesen, du hättest zur Lese noch bleiben können.«

Lisette hatte sich bei Henri eingehakt und drückte seinen Arm an sich, als ob sie ihn dadurch festhalten könnte. »Weißt du noch, wie schön du damals bei der Lese die Trompete gespielt hast? Du hast Talent dafür, du solltest damit weitermachen, oder, Lotte? Wir hätten dich so gerne bei der Lese dabei.«

»Ja, ich weiß, Mutter, aber jetzt haben wir andere Pflichten. Wenn der Krieg gewonnen ist, dann ist meine Arbeit wieder im Weinberg. Erst das eine, dann das andere.«

»Ich wünschte einfach, du hättest dich noch krankschreiben lassen.«

Lotte sah, dass sich jemand, der hinter Lisette und Henri stand, umdrehte, um zu schauen, wer da sprach. Es war einer der SS-Männer, die mit ihnen im Zug von Eltville gekommen waren. Das war überhaupt nicht gut, dass er so einen Satz hörte. Sie versuchte, Henri zu bedeuten, dass sie sofort von etwas anderem sprechen mussten.

»Bestimmt hätte der Doktor dich …«, redete Lisette ganz unbefangen weiter.

»Mutter, sein Arm ist gut verheilt«, fiel Lotte ihr so laut ins Wort, dass man es auch zwei Meter weiter noch gut verstehen würde. »Du brauchst dir wirklich keine Sorgen zu machen. Die besten Ärzte sind sowieso bei unseren Soldaten an der Front! Die werden sich darum kümmern.«

Henri verstand Lotte sofort. Er legte den Arm um seine Mutter und schaute Lotte unruhig an. Sie wussten beide, was es bedeuten konnte, wenn man in der Öffentlichkeit davon sprach, nicht kämpfen zu wollen, sich durch Krankmeldung vor dem Dienst zu drücken oder einem Soldaten dabei zu helfen, sich zu drücken. Für Henri könnte das zur Folge haben, als Deserteur verdächtigt zu werden, und Mutter könnte der Vorwurf der Wehrkraftzersetzung gemacht werden. Auf beides stand die Todesstrafe. Gefordert waren der bedingungslose Einsatz und die bedingungslose Opferbereitschaft der Verwandten. Gefühle zu äußern war gefährlich. Selbst für eine Mutter, die ihren Sohn ziehen lassen musste, war es gefährlich, Muttergefühle zu haben. Gefühle machten weich, und ein weicher Soldat war kein guter Soldat. Man musste hart sein. Alle mussten hart sein.

»Lotte hat völlig recht, Mutter.«

»Ich hätte dich so gerne noch ein bisschen verwöhnt.«

Nein, das sah nicht nach bedingungsloser Opferbereitschaft aus, und Lotte beobachtete, wie die Männer miteinander sprachen. Sie mussten sofort hier verschwinden und hoffen, dass es Henri gelingen würde, jeden Verdacht von sich abzuwenden.

»Das liegt wohl in der Natur einer Mutter. Aber in der Natur des Soldaten liegt es, zu kämpfen!«

Auch Henri sprach lauter als gewöhnlich, und Lotte beschloss zu handeln.

»Wir gehen jetzt, Mutter.«

Lotte wollte zusehen, dass sie schnell hier wegkamen, bevor ihre Mutter sie alle in noch größere Gefahr brachte. Sie umarmte Henri.

»Mutter muss wegfahren, sorg dafür.« Henri flüsterte ihr eindringlich ins Ohr.

Lotte nickte, dass sie verstanden hatte.

»Ihr müsst beide verschwinden. Du auch.«

Sie sah ihn an. Sah seinen Blick. Seinen schmerzlichen Blick. Und glaubte zu verstehen, was er ihr damit sagen wollte. Er meinte nicht nur die Situation hier auf dem Bahnsteig. Er hatte sie also doch verraten. Und jetzt wollte er sie warnen. Während Henri Mutter umarmte, trafen sich ihre Blicke noch einmal. So hatte es sich wieder bewahrheitet. *Die größte Gefahr ging von denen aus, die einem am nächsten waren.*

Als eine kleine Bewegung im Gedränge um sie herum entstand, griff sie nach dem Arm ihrer Mutter und nutzte die Gelegenheit, sie rasch wegzuziehen. Ihre Mutter zitterte, als Lotte sie auf den Vorplatz des Bahnhofs zog. Es war alles so unwirklich. Henri war nur wenige Tage zuhause gewesen, aber er hatte ihnen jetzt eine ganz eigene Art von Krieg ins Haus gebracht.

»Ich schaffe das nicht noch mal, nicht noch einmal, ich halte das nicht aus …«

Lisette schaute Lotte hilflos an, und Lotte sah, dass die ganze Fröhlichkeit, die sie zur Schau gestellt hatte, verflogen war. Ihre grünen Augen schimmerten fast türkis. Immer wenn sie weinte, veränderte sich das Grün ihrer Augen und vermischte sich mit tiefem Blau. Was Lotte auf dem Grund dieser beiden türkisblauen Seen sah, war Kummer. Viel Kummer. Lotte musste tief Luft holen. Das, was sie ihr nun sagen musste, wollte eigentlich überhaupt nicht über ihre Lippen. Aber es musste jetzt einfach sein.

»Mutter, du wirst jetzt gleich noch mehr aushalten müssen, du musst jetzt wirklich tapfer sein.« Sie griff nach ihrer Hand und drückte sie. »Du hast uns eben alle drei in große Gefahr gebracht.«

Lisette verstummte und sah Lotte fragend an, während sie erklärte, um was es nun ging. Dass sie sofort wegfahren mussten, weil es ein Leichtes sein würde, sie ausfindig zu machen. Sie hatten im Zug von Rauenthal gesprochen, und die Runenträger hatten das gehört.

»Aber es ist doch normal, dass eine Mutter so etwas sagt.« Lisette wollte es einfach nicht wahrhaben.

»Das war es einmal, Mutter, als die Welt noch normal war. Da war es auch normal, dass eine Mutter so etwas sagte. Aber die Welt ist nicht mehr normal.«

Lisette schaute ihre Tochter ernst an, und Lotte konnte sehen, dass ihr dämmerte, was sie getan hatte.

»Und was machen wir jetzt?«

Lotte sammelte sich kurz.

»Hast du Geld dabei? Essensmarken, Kennkarte?«

Lisette schaute in ihre Handtasche und nickte. Lotte leerte fast den gesamten Inhalt ihres Portemonnaies in ihre Hand, behielt nur die Münzen zurück, die sie brauchen würde, um zurückzufahren, und gab alles ihrer Mutter.

»Also, ich gehe davon aus, du fährst jetzt zu Fanny Berghoff nach Berlin, um für sie zwei Kleider zu nähen.«

»Ist Fanny denn noch in Berlin? Ist sie nicht schon wieder in Hofheim? Sie wollte doch nur kurz …«

»Das ist egal, Mutter. Denn wenn ich mich jetzt umdrehe und weggehe, dann steigst du in einen anderen Zug und fährst ganz woanders hin. Irgendwohin.«

»Jetzt? Sofort?«

»Sofort.« Lotte nickte.

»Irgendwohin?«

Lisette schaute sie fragend an, und Lotte nickte.

»Irgendwohin. Nur nicht nach Berlin.«

Lisette nickte stumm, schien aber zu verstehen.

»Gut. Ich könnte …«

»Nein!« Lotte unterbrach sie, bevor sie irgendetwas sagen konnte. »Du sagst mir nicht, wohin du fährst. Was ich nicht weiß, kann ich auch niemandem verraten. Ich denke, du bist in Berlin bei Fanny, wenn mich jemand fragt. Aber genau da wirst du niemals sein.«

Lisette schaute ihre Tochter stirnrunzelnd an.

»Es ist richtig ernst.«

Lotte nickte.

»Und warum fahren wir nicht zusammen?«

Lotte schwieg.

»Wegen Paul?«

Lotte hob hilflos die Schultern und nickte. Mehr konnte sie unmöglich preisgeben. Sie konnte ihr nicht erzählen, dass sie die wenigen Tage, die der September noch hatte, irgendwie auf Paul warten musste, und wenn sie sich so lange im Wald versteckte. Sie konnte ihr nicht sagen, dass doch ihr Lebensglück davon abhing, mit ihm zusammen wegzugehen. Genauso wenig konnte sie ihr von den Simons erzählen. Und auch nicht davon, dass ihr Lieblingssohn Henri wahrscheinlich seine eigene Schwester verraten hatte. Nichts davon konnte sie ihrer Mutter erzählen.

Lisette biss sich auf die Lippen, und Tränen traten ihr in die Augen.

»Ich habe mir nichts Böses dabei gedacht … ich habe überhaupt nicht nachgedacht, einfach nicht nachgedacht!«

Sie schlug die Hände vors Gesicht und erkannte verzweifelt, was sie so unbedarft ausgelöst hatte.

»Und Henri?«

»Henri wird sich herausreden können. Toni wird ihm helfen.«

Lisette nickte.

«Wie lange dauert das, Lotte? Wie lange dauert das noch?«

Sie umarmten sich, klammerten sich aneinander und hielten sich fest, ganz fest.

»Und wie kommen wir wieder zusammen?«

Henriette als Kontakt zu wählen, schien Lotte zu unsicher. Sie hatte sich in letzter Zeit als ziemlich linientreu erwiesen, und Tonis Einfluss wurde immer spürbarer. Lisette prägte sich Hildes Anschrift ein. Sie vereinbarten, beide verdeckt an Hilde zu schreiben und sich durch die Reihenfolge zweiter Buchstaben in den Wörtern mitzuteilen, wo sie waren. Hilde würde dann ihrerseits bestimmt einen sicheren Weg finden, die Informationen irgendwann weiterzugeben.

Ihre Mutter sah sie lange an.

»Ich hätte es wissen können. Stille Wasser sind tief. Und du bist noch tiefer als ein stilles Wasser … Wann sehe ich dich wieder, mein Mädchen? Wann?«

»Ich weiß es nicht«, flüsterte Lotte. »Irgendwann ist alles vorbei. Dann. Dann sehen wir uns wieder.«

Sie vergrub ihr Gesicht im Haar ihrer Mutter, atmete noch einmal tief den leichten Duft von Rosen ein, der sie immer umgab und der zu ihrer Mutter gehörte wie ihr Lachen, wie ihr Einfallsreichtum, ihre Lebendigkeit und auch wie ihr trauriges Schweigen.

Dann trennten sich ihre Wege. Lotte schaute ihrer Mutter nach, wie sie im Bahnhof verschwand, Lottes Strickjacke über den Schultern, das Letzte, was sie ihr hatte mitgeben können.

Lotte stand alleine auf dem Platz vor dem Bahnhof, und nachdem ihr Gehirn bis eben auf Hochtouren gearbeitet hatte, war sie jetzt unfähig, auch nur einen klaren Gedanken zu fassen. Innerhalb einer Stunde waren all ihre Pläne zunichte gemacht, und sie war plötzlich von einer Helferin zu einer Verfolgten geworden, die selbst Hilfe brauchte.

Wenn sie doch nur nicht so alleine wäre, wenn doch nur Paul da wäre. Wenn doch nur genau jetzt eine Nachricht von Paul im Astloch ihres Kirschbaums steckte. Aber es nutzte ja nichts, zu träumen. Davon würde sich ihre Lage nicht ändern. Jetzt musste sie Entscheidungen treffen. Mutter war in Sicherheit. Als Nächstes musste den Simons die Zugverbindung mitgeteilt werden. Hilde musste informiert werden. Und sie selbst würde sich so lange verstecken müssen, bis eine Nachricht von Paul kam.

Erst als es dunkel war, machte sie sich auf den Weg nach Hause, vorbei an den Kirschbäumen, wo wieder keine Nachricht von Paul auf sie wartete. Sie hatte beschlossen, sich in Bertas ehemaligem Verschlag zu verbergen. Niemand erinnerte sich daran, dass sich der kleine Ziegenstall noch immer hinter dem Atelier befand, zugewachsen und verborgen. Niemand würde dort nach ihr suchen, aber sie wäre nahe genug am Briefkasten und ihrem geheimen Astloch. Ohne Licht zu machen, wie ein Einbrecher im eigenen Haus, holte sie sich Decken und Kissen, versorgte sich mit dem Nötigsten und richtete sich dort ein Lager ein. Hier würde sie ausharren, mit ihren Häkelblumen und mit dem dünnen Garn und hoffnungsvollen Gedanken Schlaufe für Schlaufe an einer guten Zukunft wirken. Wenn sie Glück hatte, blieb es so mild. Wenn sie Glück hatte, kam Pauls Nachricht schon morgen. Oder übermorgen. Wenn sie Glück hatte.

Es kam keine Nachricht von Paul. Auch am nächsten Tag war das Astloch leer und am übernächsten auch. Dafür hörte sie, dass Henriette im Garten ihren Namen rief. Hörte einmal auch Nanchen sprechen, die beiden schienen sich im Garten zu unterhalten. Lotte betete, dass sie nicht auf die Idee kommen würden, hinter dem Atelier nachzuschauen, und wagte sich auch Stunden, nachdem die beiden wieder verschwunden waren, kaum zu bewegen. Lotte stellte fest, dass ihr Plan, hier im Ziegenstall auszuharren, bis sie von Paul hörte, unrealistisch war. Sie musste bald zu den Simons, denn der Zug, mit dem die Familie in Tübingen ankommen musste, fuhr in Kürze, und sie mussten dafür etliche Kilometer bis zu einem Bahnhof laufen. Genau wie sie selbst, konnten sie sich nur noch im Dunkeln bewegen. Lotte fasste einen neuen Plan.

Albert schrieb sie in der nächsten Nacht auf einen Zettel, den sie im Astloch des alten Kirschbaums verbarg. Wenn sie schon keinen Zettel von Paul vorfand, dann würde er einen von ihr vorfinden, wenn er danach suchte, und wissen, dass sie im Gartenhaus der Sommervilla im Wald auf ihn warten würde. Im Schutz der Dunkelheit fuhr sie in den Wald, der hinter dem Dorf begann, um sich dort auf dunklen Wegen, fernab der Straße, zum Haus im Taunus vorzuarbeiten. Lotte war so müde. Sie hatte tagelang nicht richtig geschlafen und auf ihrem harten Lager im kleinen Stall immer nur leicht gedöst. Ihr Rücken schmerzte noch immer von dem harten Untergrund. Der Weg durch den Wald war beschwerlich. Sie musste das Fahrrad oft schieben, weil die knorrigen Baumwurzeln den Weg im Dunkeln nahezu unbefahrbar machten. Sie kam nur langsam voran.

Als sie sich der Villa näherte, graute schon der Morgen. Erst war sie richtiggehend erleichtert, es endlich fast geschafft zu haben. Doch je mehr sie sich dem Sommerhaus näherte, desto stärker überkam sie ein ungutes Gefühl. Sie wusste nicht, warum ihr Herz plötzlich zu rasen begann, verstand nicht, warum diese Panik in ihr hochstieg. Irgendetwas war anders. Irgendetwas war ganz und gar anders als sonst. Sie stieg vom Rad ab und schaute sich um. Was war es? Dann bemerkte sie die Spuren auf dem Waldweg, die niedergedrückten Pflanzen, die abgeknickten Zweige. Jemand war hier gewesen. Kurz hoffte sie, dass es vielleicht Paul gewesen war. Aber das hier, das waren Reifenspuren. Würde Paul mit einem Auto hierherkommen? Das wäre viel zu auffällig, noch nie vorher hatte er ein Auto benutzt. Nein, jemand anders war hier entlanggefahren. Jemand, der nicht hierhergehörte.

Lotte zerrte ihr Fahrrad vom Weg in den Wald, verbarg es hinter Bäumen und dichterem Gebüsch und überlegte fieberhaft, wie sie nun am besten vorgehen sollte. Sie musste in die Nähe des Gartenhauses gelangen. Alles in ihr wollte weglaufen, alles wollte fliehen. Sie wollte überall sein, nur nicht hier. Aber sie musste zum Gartenhaus und lief in einem großen Bogen um das ganze Gelände, um sich von der Rückseite her nähern zu können. Sie musste wissen, was hier vorgefallen war.

Als sie es sah, wünschte sie, sie hätte es nie gesehen. Ein Trümmerhaufen, das war alles, was vom Gartenhaus übriggeblieben war. Jetzt erst verstand sie, dass es der Geruch war, der die Angst in ihr ausgelöst hatte. Es roch verbrannt. Wenn sie die Reifenspuren nicht bemerkt hätte, hätte sie vielleicht gedacht, dass eine Bombe genau hier eingeschlagen hatte. Genau auf diesen kleinen Ort der Zuflucht gefallen war, der jetzt zum Ort der Zerstörung und der Gewalt geworden war. Ein Ort des Grauens. Ihr kleines Paradies war tot. Langsam, ganz langsam kroch ein weiterer Gedanke in ihr hoch. Die Simons. Wo waren die Simons? Wo war ihr Muck? Sie sah den kleinen Bilderrahmen zwischen den Trümmern liegen und hob ihn auf. Das Glas war zersplittert, der Rahmen war leer. Sie rang nach Luft.

Lotte war eiskalt. Sie wusste nicht, wie lange sie schon in der Villa zugebracht hatte. Sie wusste gar nicht mehr, wie sie überhaupt hier hereingekommen war. Ihr Mund war trocken, ihre Glieder waren kalt und klamm. Steif lag sie auf dem harten Dielenboden und hörte, dass es in Strömen regnete. Was machte sie hier bloß? Wo war sie? Sie versuchte sich zu bewegen. Allmählich kamen die Bilder zurück, und sie erinnerte sich. Nicht mehr leben, dachte sie, verschwinden. Genauso verschwinden wie ihr Muck. Sich auflösen ins Nichts und vergehen, einfach vergehen. Doch was niemals vergehen würde, war die Schuld. Sie war schuldig. Wenn sie früher hierhergekommen wäre. Wenn sie nicht noch zuhause auf Paul gewartet hätte. Wenn die Simons doch nur schon unterwegs gewesen wären.

Wen hatte sie hierhergeführt? Sie war die Einzige, die diesen Ort kannte. Henri musste sie doch besser überwacht haben, als ihr bewusst gewesen war. Und hatte sie nicht zuletzt das Gefühl gehabt, dass ihr jemand gefolgt war? Sie hätte es nicht auf ihre Anspannung schieben dürfen, sie hätte alles viel ernster nehmen müssen. Ihren eigenen Bruder hätte sie viel ernster nehmen müssen. Und auch seine Warnung. *Ihr müsst beide verschwinden. Du auch.*

Sie stand vor dem Treppengeländer in der Eingangshalle der verlassenen Villa und schrie die ins Holz geschnitzten Gesichter an. Eines davon war das Gesicht ihrer Mutter als Kind. Die kleine Lisette, ihre springenden Locken, ihre Lippen.

»Mutter …«, schrie sie in das hölzerne Gesicht. »Mama!«

Aber es gab keine Mutter, die diese Schuld von ihr nehmen konnte. Sie hatte ihre Liebe und ihre Sehnsucht nach Paul über ihre Aufgabe gestellt, Menschen zu retten. Jetzt konnte ihr niemand mehr helfen. Warum sollte sie überhaupt weiterleben? Sie war schuld.

Sie stand im Regen und schrie den Himmel an. Doch auch der Regen, der unerbittlich auf sie niederprasselte, wusch die Schuld nicht von ihr ab. Diese Schuld würde ewig bleiben.

9

2007

»Ich weiß schon, warum ich nie mehr daran denken wollte …« Charlotte schloss die Augen und lehnte den Kopf zurück in die Kissen. Ihr Mund zuckte, aber sie sagte nichts mehr.

Paula konnte ihre Tränen genauso wenig anhalten wie die Gedanken und die Bilder, die vor ihrem inneren Auge entstanden waren, während ihre Mutter erzählt hatte. Ein ganzer Strom von Trauer und Schmerz flutete durch Paula hindurch. Sie fühlte den Schmerz ihrer Mutter, weinte um sie, weinte um alles, was sie hatte erleben müssen. Alleine. Völlig alleine hatte sie so Schreckliches durchgemacht. Und Paula hatte keine Ahnung davon gehabt. Stattdessen hatte sie ihr Vorwürfe gemacht. Sie hatte ihrer Mutter vorgeworfen, ein zu kleines Leben zu führen, unter ihren Möglichkeiten zu leben. Von der Liebe keine Ahnung zu haben. Und damit hatte sie ihre Mutter letztlich genauso alleine gelassen wie alle anderen. Vielleicht wäre es ihr gelungen, schon früher etwas von ihrer Mutter zu erfahren, wenn sie sich nicht mit verschränkten Armen vor sie hingestellt hätte, bockig, herausfordernd, das Urteil schon gefällt, bevor die Frage überhaupt gestellt war. Sie hätte früher nachfragen können, mit echtem Interesse. Wenn sie nicht ständig mit sich und ihrer eigenen Abwehr beschäftigt gewesen wäre.

Es brach ihr schier das Herz, dass sie all die Jahre nebeneinandergelebt hatten, ohne dass sie auch nur einen Bruchteil dieses Schmerzes erahnte, den ihre Mutter durchlebt hatte.

Wie bitter das war. Die Distanz zu spüren, diese große Distanz, die immer zwischen ihnen geherrscht hatte, und die große Angst vor Liebe.

Das Sofa war eigentlich zu schmal, als dass zwei erwachsene Frauen darauf nebeneinander hätten Platz finden können. Aber Paula legte sich trotzdem auf das schmale freie Stück am Rand, und ihre Mutter rutschte ein wenig zur Seite und schloss sie in die Arme. Paula wusste nicht, ob sie ihre Mutter hielt oder ihre Mutter sie. So nah waren sie sich noch nie gewesen. Sie wusste auch nicht, wer in diesem Moment trauriger war. Sie waren zusammen traurig und weinten zusammen ihre Tränen über alles, was vergangen war, lange vergangen und versäumt, und was sich nicht mehr aufholen ließ. Und gerade dieser Moment der Nähe schmerzte, weil er die Jahre der Distanz so deutlich machte. Es war, als hätte ihre Mutter einen Kreis um sich gezogen, den niemand betreten durfte. Einen Strafraum, in dem besondere Regeln galten, den ein unsichtbares Gitter vor Eindringlingen schützte, und dieses Gitter war nun zum ersten Mal niedergerissen worden. Sie hatte den Raum betreten dürfen. Sie hatten einander erreicht.

»Ich weiß nicht, wie lange ich dann noch in der Villa war. Eigentlich wollte ich im Wald bleiben und sterben. Ich dachte, ich verdiene es doch gar nicht mehr, zu leben. Irgendwann bin ich trotzdem zurückgefahren, ich habe das Fahrrad gesucht und bin nach Hause gefahren, habe Feuer gemacht und immer gedacht, dass ich das gar nicht verdiene, dass mir wieder warm wird, dass ich überhaupt etwas esse … aber man macht es, ganz mechanisch. Der Körper wollte leben, glaube ich, der hat sich dann einfach durchgesetzt. Henriette kam später vorbei, sie hat sich gewundert, dass sie so lange niemanden von uns mehr gesehen hatte. Ich habe ihr erzählt, dass Mutter dummes Zeug geredet hat beim Abschied von Henri und dass sie jetzt erst mal zu Fanny nach Berlin gefahren ist, bis Gras darüber gewachsen ist. Dann hat es aber nicht lange gedauert, ich weiß gar nicht mehr, wie lange, dann standen sie vor der Tür und haben mich abgeholt.«

»Wie, sie haben dich abgeholt? Wer hat dich abgeholt?«

»Die Polizei. Sie haben mich in die Paulinenstraße gebracht, nach Wiesbaden. Da saß ja die Gestapo damals. Und dann haben sie mich verhört. Ich habe immer gedacht, jetzt kommt es gleich, jetzt werfen sie mir Hochverrat vor, und habe mich immer gefragt, was sie über mich wissen. Aber es ging meist nur um Mutter. Es gab eine ganze Akte über Mutter, Sachen, die sie gesagt haben soll, das war richtig absurd. Ausgerechnet meine Mutter, die immer in ihre Farben, ihre Stoffe und ihren Garten abgetaucht ist und die Welt hinter dem Gartenzaun ausgeklammert hat. Ich habe mich immer gefragt, wer das gewesen sein könnte, diese ganzen Vorwürfe, es gab ganze Sammlungen von Sätzen, die sie gesagt haben soll. Vielleicht war es der Postbote oder die Bäckerin? Der Blockwart? Oder sogar Freunde, Kunden? Menschen, bei denen sie nicht aufgepasst hat.«

»Was wurde ihr denn vorgeworfen?«

»Ach, es ging um diese Bilder, da hatte bestimmt Rosi ihre Finger mit im Spiel, und dass sie den Krieg nicht befürwortete, dass sie jüdische Geschäfte nicht boykottiert hatte, dass sie gegen Hitler war, dass sie judenfreundlich war, dass sie wollte, dass ihr Sohn desertiert. Das habe ich natürlich alles abgestritten.«

»Du wurdest wirklich von der Gestapo verhört?«

Paula hielt es jetzt liegend nicht mehr aus. Sie setzte sich auf und half ihrer Mutter, sich ebenfalls aufzurichten.

»Endlos war das«, sagte ihre Mutter. »Immer wieder. Tag und Nacht haben sie mich aus der Zelle geholt und verhört.«

»Du warst da länger?«

Sie zuckte die Achseln und nickte.

»Ich habe ihnen erzählt, wie tapfer meine Mutter uns durchgebracht hat, nachdem mein Vater gefallen war, und dass es doch normal ist, dass eine Frau auch mal trauert. Aber das durfte nicht sein, man musste ja stolz sein auf den Heldentod, auf die Opfer. Dann haben sie mir das Wort noch im Mund umgedreht, weil ich das gesagt habe. Ich wusste nie, was sie wirklich wissen, von mir und von unserer Arbeit. Ich habe immer darauf gewartet, dass sie mich fragen, wo die Papiere sind, die Henri gesehen hat, weil ich dachte, das ist der eigentliche Grund, warum ich hier sitze. Vielleicht hatten sie ja auch noch etwas gefunden im Atelier, in irgendeinem Kleidungsstück … ich dachte, sie fragen mich immer das Gleiche, tun so, als ginge es nur um Mutter, bis ich mürb bin, und dann holen sie aus zum großen Schlag, und dann bin ich dran. Also war ich immer auf der Hut.«

»Und dann?«

»Dann haben sie irgendwann nach Paul gefragt. Und ich habe ihnen erzählt, dass er in Frankreich kämpft. Hab alles abgestritten, was sie ihm vorgeworfen haben, und dachte, so hat Henri das also gemacht. Er hat nicht mich denunziert, er hat Paul denunziert. Was ja noch viel gemeiner war. Na ja, sie haben mich dann dabehalten. Wollten mich wohl weichkochen.«

»Wie lange denn?«

»Ich weiß es nicht mehr.«

Paula und Maya sahen Charlotte fragend an.

»Die Zeit verschwimmt in so einer Zelle, es war immer dunkel, und sie haben mich ja ständig geweckt, das waren die Methoden. Kaum Essen, kaum Schlafen …«

»Das ist ja Folter! Mama das ist Folter gewesen.«

»Es war schlimm. Es war sehr schlimm. Ja.«

Schlimm, dachte Paula. *Es war sehr schlimm.* Das war das pure Grauen, das Wort *schlimm* reichte überhaupt nicht aus. Schlimm waren andere Sachen. Ihr aufgeschlagenes Knie, wenn sie hingefallen war, das hatte sie schlimm gefunden. Und ihrer Mutter vorhin noch vorgeworfen, das nicht beachtet zu haben. Mein Gott, warum hatte Mutter nie geredet? Weil es *schlimm* war, sich zu erinnern. Zu *schlimm*.

Paula schämte sich wie nie. Wenn sie das alles gewusst hätte. Aber ihre Mutter sprach schon weiter.

»Und ich habe nicht rausbekommen, was sie mir eigentlich vorwerfen. Sie wollten, dass ich zugebe, dass Paul ein Landesverräter war und dass ich das immer wusste und sein Versteck kenne. Zugeben sollte ich, dass meine Mutter gegen den Krieg war und gegen Hitler und ich dann ja letztlich auch. Bei dieser Gesellschaft. Ich habe immer alles abgestritten. Irgendwann war ich mir sicher, sie haben keine wirklichen Beweise, sonst hätten sie mich schon längst damit konfrontiert. Das hat mir Kraft gegeben, und ich habe nichts verraten. Kein Wort. Dann kam ich zu einem, der sah aus wie der Chef. Der hat gesagt: Seien Sie doch vernünftig. Wenn Sie uns alles verraten, dann ist das alles ganz schnell vorbei. Arbeiten Sie doch mal ein bisschen mit. Ich habe ihm gesagt, dass ich das alles selbst gerne wüsste, und dann haben sie mich gezwungen, etwas zu unterschreiben. So ein Papier voller Lügen. Ich habe gesagt, das stimmt aber alles nicht, daraufhin haben sie gesagt, das korrigieren wir noch. Dann saß ich im Gefängnis in Wiesbaden, bis zur Verhandlung, das war auch noch mal eine lange Zeit. Und dann ging es irgendwann zur Verhandlung nach Kassel, zusammen mit bestimmt acht oder neun anderen Frauen. Ich weiß noch genau, wie das war, als ich draußen stand, an der frischen Luft, zwischen der Gefängnistür und der Minna, in die wir eingeladen wurden. Da standen wir in Reih und Glied, schwer bewacht, wurden angeschrien: Wenn du einen Schritt zur Seite machst, bist du tot!« Sie schwieg und schüttelte fast lächelnd den Kopf. »Aber du atmest die klare Winterluft. Diese Luft in deiner Lunge, die können sie dir nicht nehmen. Du hast ja keine Zukunft mehr, du hast nur den Moment, und das war ein Moment, in dem ich am Leben war. Der gut war. Besser als die anderen davor, weil die Luft so schön klar war.«

Paula und Maya schwiegen, während sie versuchten, die Bilder zu verarbeiten, die sie plötzlich vor sich sahen, die sie versuchten mit der Frau zusammenzubringen, die hier vor ihnen saß, mit neunzig Jahren und rotgeweinten Augen, die trotzdem so blau und leuchtend in die Welt schauten. Und Paula dachte, dass sie es nur ertrug, diese Geschichte zu hören, weil sie wusste, dass Charlotte sie überlebt hatte. Weil sie vor ihr saß. Weil sie die Hand ihrer Mutter halten konnte. Aber dass Charlotte all das ertragen hatte und jetzt so darüber sprach, nein, das war kaum auszuhalten.

»Die besten Momente sind aber die schlimmsten. Die will man dann nicht mehr loslassen.«

Mutters Stimme brach, und sie musste weinen. Nicht die Erinnerung an die Verhöre, an die Haft. Nein, die Erinnerung an die kalte Winterluft, die sie für einige Sekunden eingeatmet hatte, ließ sie bitterlich weinen. Und Paula verstand plötzlich alles. *Die besten Momente sind die schlimmsten.* Sie verstand die einzelne Blume in der Vase ihrer Mutter, sie verstand, wohin die wilde bunte Fülle verschwunden war, und sie verstand, dass selbst das kleinste Glück wehtat. Nein, sie verstand es nicht nur, sie fühlte es. Sie fühlte ihre Mutter, sie wollte sie überschütten mit Liebe, um alles wiedergutzumachen. Wie gerne hätte sie alles wiedergutgemacht.

»Die Verhandlung war natürlich ein Witz, niemand wollte wirklich Gerechtigkeit, und das Protokoll hatten sie auch nicht geändert. Sie wollten uns einfach verurteilen, sonst gar nichts. Ich habe zwei Jahre Zuchthaus bekommen, damit war ich noch ganz gut weggekommen. Vor allem wenn man bedenkt, dass sie nie herausgefunden haben, was ich wirklich gemacht habe. Den anderen ging es schlechter. Drei von dieser Verhandlung kamen direkt nach Ravensbrück, zwei wurden wegen Hochverrats gleich zum Tode verurteilt, und der Rest, zu denen habe ich gehört, kam nach Ziegenhain. Zu dritt kamen wir dahin. Da war ein Frauengefängnis. Und wisst ihr was, als ich hingefallen bin, als der Muck vor mir stand, da war ich plötzlich wieder dort. Da dachte ich wirklich, ich bin wieder dort, im Gefängnis, und alles geht von vorne los. Damals bin ich auch gefallen. Aus der Zeit. Aus meinem Leben bin ich herausgefallen. Aus mir. Ich wollte mich an irgendetwas festhalten, aber ich bin wie in ein Nichts gefallen, ein bodenloses Nichts, und dann war es so hart und so kalt, entsetzlich kalt, und ich dachte, ich war hier doch schon mal, und hier ich will nicht noch mal hin. Und es war so dunkel, aber dann habe ich den Teppich gefühlt in der Diele, ich habe ihn erkannt, und das Rot, das schöne Kirschrot, das hat mich gewärmt, und ich habe an zuhause gedacht, an die Kirschmarmelade, die wir immer gekocht haben, und an den Kirschbaum an der Chaussee, und da hatte ich keine Angst mehr.«

Bis ihre Mutter das Wort Chaussee erwähnte, war Paula sich sicher, dass sie von ihrem Zuhause hier sprach, von Lerchenrod. Aber die Kirschbäume an der Chaussee, die standen in Rauenthal. Sie sprach vom Kirschbaum in Rauenthal. Von dem Ort, in den sie nie wieder gefahren war, den sie ihr ganzes Leben lang gemieden hatte. Nur einmal war sie noch da gewesen, als sie Lisette beerdigt hatten. Ein einziges Mal. Sie hatte nie wieder dort hingewollt. Und jetzt nannte sie es ihr Zuhause. Paula fragte sicherheitshalber noch einmal nach.

»Du meinst Zuhause in Rauenthal, oder?«

Sie nickte.

»Nicht dieses Zuhause hier?«

»Ach, Kind«, sagte sie und seufzte tief. »Das ist so eine Sache mit dem Zuhause.«

Als es klingelte, stand Paula auf. Sie hatten Hans zum Kaffeetrinken eingeladen. Sie musste sich unbedingt bei ihm entschuldigen, sie hatte sich unglaublich kindisch verhalten. In der guten Stube saßen sie um den Kaffeetisch, den Maya gedeckt hatte, und Paula versuchte ihm diese komplizierte Gefühlslage zu erklären. Er hörte aufmerksam zu.

»Und ihr habt niemals davon geredet? Du hast die Geschichte nie erzählt? *Never?*«

Er sah Charlotte verwundert an, und sie schüttelte den Kopf.

»Wer will denn eine Geschichte von sich erzählen, in der man so große Schuld auf sich geladen hat? Man kann doch nur weiterleben, wenn man so tut, als hätte es das nie gegeben.«

»Hat das denn funktioniert?«

»Natürlich nicht.« Charlotte flüsterte diese Antwort sehr leise und schwieg, und Paula zerriss es fast das Herz, das zu hören. Natürlich hatte es nicht funktioniert.

»Ihr konntet bestimmt davon reden, ihr hattet ja keine Schuld auf euch geladen.«

»Du doch auch nicht.«

»Aber das weiß ich doch erst, seitdem du hier in der Tür standest«, flüsterte Charlotte. »Ich dachte doch, ihr wärt tot, weil ich Henri zu euch geführt hatte und nicht gut genug aufgepasst hatte, ich dachte doch, er hätte ein Kommando in den

Wald geschickt, um euch … Ich dachte, ihr seid alle tot, und ich bin schuld.«

»Es war ein Zufall, Lotte. Es war ein schrecklicher Zufall. Henri hatte bestimmt nichts mit diesem dummen Zufall zu tun! Es war ein *accident*, weißt du?«

Hans begann zu erzählen, und Mutter, Paula und Maya hingen ungläubig an seinen Lippen.

»Es war ein ganz normaler Tag, wir haben die letzten Zwiebackstücke gegessen zum Frühstück und uns gesagt, dass wir hoffen, dass Lotte bald kommt, weil das Essen alle war. Und dann stand plötzlich ein Hund vor uns, dann hörten wir, wie er gerufen wurde, und er bellte. Ganz laut, ganz *crazy*. Wir konnten uns nicht mehr verstecken, das hätte nichts genützt, bei dem lauten Gebell. Und dann stand ein Mann vor uns. Mit einer Flinte. Ein Mann, der Hunger hatte und sich etwas schießen wollte, hatte uns zufällig entdeckt. Ich weiß nicht, ob es ein Wilderer war oder ein normaler Jäger. Er hat komisch geguckt, aber nichts gefragt und ist wieder gegangen. Das war morgens, sehr früh. Wir haben etwas eingepackt und sind sofort losgelaufen. Einfach los. Durch den Wald. Wir wollten nur weg. So schnell es geht.«

»Ein Jäger? Und das war ganz zufällig? Mein Gott … es war nicht Henri? Oh, Gott sei Dank … und dann, was habt ihr denn dann gemacht?«

»Wir waren tagelang im Wald. Und dann haben wir gesehen, wie Bomben auf Frankfurt fielen, wie ein Feuerregen, das hat man von Weitem gesehen. Ein roter Schein, der ganze Himmel war rot. Es war nicht so weit weg von uns. Wir dachten, jetzt zerstören sie die Nazis, und wir sollten uns freuen darüber. Aber wie soll es einen freuen, wenn andere leiden? Das geht nicht. Aber weißt du, dann war es noch schlimmer, daran zu denken, dass sie uns vernichten wollen. Warum?

Aber dann, Lotte, dann haben wir an dich gedacht. Du hast uns nämlich erzählt, dass es nicht schwierig ist, nach Bombenangriffen als Ausgebombte Postausweise zu beantragen. Also sind wir nach Frankfurt gelaufen. In der Feuernacht. Immer dem Feuerschein entgegen. Und als wir morgens ankamen, haben wir mit vielen anderen, die genauso abgerissen aussahen wie wir, an einer Suppenküche etwas zu essen bekommen und Wasser. Und dann standen wir wieder mit vielen anderen an der Post an und haben Postausweise bekommen. Wir haben unsere Vornamen behalten, damit wir uns nicht versprechen, und haben uns als Familiennamen Winter ausgesucht. Weil du uns so oft gerettet hast, und da warst du wieder ein bisschen bei uns. Ich war der Hans Winter. Erst in Amerika haben wir uns wieder Simon genannt.«

Charlotte hatte fassungslos zugehört. Die beiden hielten sich an der Hand, und Paula spürte mehr noch als zuvor, was diese beiden Menschen verband. Es gab das Gewicht einer Vergangenheit, mit der sie selbst nichts zu tun hatte, auch wenn sie stark auf sie und ihrer aller Leben gewirkt hatte. Ihre Mutter hatte im Leben der Simons eine so große Bedeutung, viel größer, als sie es ihr jemals zugetraut hätte.

Neben sich nahm sie eine Bewegung wahr. Maya war mit ihrem Stuhl näher zu ihr herangerutscht und legte den Arm um sie. Sie zog ihre Tochter dankbar zu sich, sie beide waren die Außenstehenden, sie lehnten sich aneinander, hörten gemeinsam zu, wie Hans weitererzählte. Die Simons hatten zum Glück immer wieder jemanden gefunden, der sie unterbrachte. Mit anderen Ausgebombten waren sie durchs Land gezogen, hatten auf verschiedenen Höfen Arbeit bekommen und sich letztlich nach vielen Wochen über Frankreich nach Amerika einschiffen können.

»Es gab überall Menschen, die uns geholfen haben. Es gab

so viel Schlimmes, aber es gab immer wieder diese guten Momente. Wir hatten viel von dir gelernt, Lotte, nur deshalb haben wir das alles überleben können. Durch dich haben wir nie den Glauben verloren.«

Paula betrachtete ihre Mutter, während der Muck das sagte. Obwohl sie schwach und zerbrechlich wirkte, strahlte sie.

»Das ist das schönste Geschenk meines Lebens. Dass du mich gesucht hast. Und gefunden hast. Aus Amerika, meine Güte.«

Sie schaute uns kopfschüttelnd an. »Stellt euch das doch mal vor, aus Amerika ist der Muck gekommen! Was für eine weite Reise.«

Er wünschte, er hätte es früher getan, sagte er ernst. Dann griff er ihre Hand und drückte sie.

»Lotte, du bist unser Mensch.«

Ihr ganzes Leben lang hatte meine Großmutter sich schuldig gefühlt. Wie schwer musste so ein Gefühl von Schuld wiegen? Er wünschte, er wäre früher gekommen, hatte der Muck gesagt. Aber sie hatten selbst lange gebraucht, bis sie überhaupt wieder davon gesprochen hatten. Viele Jahre hatten sie überhaupt nicht an diese Zeit denken wollen. Vielmehr hatten sie lange so getan, als hätte es die Zeit nicht gegeben. Sie hatten vergessen wollen, um neu anzufangen, genau wie meine Großmutter. Ohne Erinnerung an Verfolgung und Hunger und Leid. Er erzählte, sie hätten sich sogar vorgenommen, nie mehr Deutsch zu sprechen, weil es die Sprache der Nazis war, sie wollten Amerikaner sein und einen radikalen Schlussstrich ziehen. Aber sie hatten festgestellt, dass es trotz allem doch auch ihre Sprache war. Auch wenn ihr Gefühl dazu genauso zwiespältig war wie zu ihren Erinnerungen. An Muttersprache und Vaterland, an Ausgrenzung und Zerstörung, an die ermordeten Großeltern, an die brennenden Synagogen und den Maggi-See auf dem Fußboden, an ihre weinende Mutter, an Lotte, an Paul und an alle Menschen, die zu ihnen gehalten haben.

Die Kinder von Hans und Ännchen, die jetzt Ann hieß, hatten die Einwanderungsgeschichten auch nicht hören wollen, auch sie wollten einfach Amerikaner sein und ohne die Last der Vergangenheit aufwachsen. Europa, das war für sie weit weg, Deutschland, das klang irgendwie düster. Erst die Enkel begannen sich dafür zu interessieren, begannen Fragen zu stellen. Dadurch wurde die Vergangenheit wieder lebendig, und sie fingen an, nach Lotte zu suchen.

»Wir wollten lange davor weglaufen. Aber diese Geschichte war die einzige richtige Heimat, die wir hatten. Wir sind nämlich nie richtige Amerikaner geworden. Die Kinder vielleicht, aber wir nicht. Wir hatten unsere eigene Nationalität. Wir waren *survivors*. Wir waren die Überlebenden. Das war unsere *identity*.«

Er zeigte uns Fotos seiner Enkel. Sie waren es, die mit ihm zusammen nach Rauenthal geschrieben hatten. An die Kirche, auch an das Weingut von Henri, sie schrieben an jüdische Gemeinden und baten um Hilfe bei der Suche, aber sie hatten lange keine Antworten erhalten. Vielleicht, versuchte Hans die Schwierigkeiten zu erklären, hatte man befürchtet, dass es um Entschädigungen ging, und deshalb war es so langsam vorangegangen mit den Anfragen? An vieles konnten sie sich auch nicht mehr genau erinnern, und die Eltern, die sie hätten fragen müssen, lebten schon lange nicht mehr. Aber das Internet und die Hartnäckigkeit der Enkel hatten jetzt letztlich dazu geführt, dass er sich auf diese Reise machen konnte.

Diese Geschichte war die einzige Heimat, die wir hatten. Und wir? Was war unsere Heimat? Wenn Lerchenrod nie das richtige Zuhause meiner Großmutter gewesen war, wo war es dann? Wo war das Zuhause für all unsere Geschichten? Ich brach in fremde, leer stehende Häuser ein, um mir Geschichten über Menschen auszudenken, die vielleicht einmal dort gelebt hatten. Dabei war mein eigenes Haus der verlorenste Ort von allen. Meine Familie war mein ganz eigener Lost Place, und unsere Vergangenheit war bis jetzt nie erzählt worden. Unsere Räume hatten wir nicht besetzt. Sie gähnten uns an in ihrer stummen Leere, und erst jetzt, wo ich überhaupt begann, unsere Geschichte zu verstehen, konnte der Schrecken sich verlieren, weil er endlich benannt wurde. Das Schweigen der leeren Räume hatte das Grauen vergrößert, alles Ungesagte war so viel schlimmer als das, wofür sich Worte finden ließen.

Oma, Hans und Paula redeten weiter, und ich hatte das dringende Bedürfnis, Lukas anzurufen. Zum Glück erreichte ich ihn im Büro und erzählte ihm alles. Er hörte einfach zu. Ich hörte ihn atmen und wusste, dass er da war, auch wenn er nichts sagte. Ich spürte, wann er lächelte, und ich wusste, wann er einen Kloß im Hals hatte, und als ich alles erzählt hatte, sagte er, er würde jetzt sofort etwas einpacken und den nächsten Zug nehmen und zu mir kommen, und ich sagte Ja. Ich musste überhaupt nicht nachdenken. Ich sagte einfach Ja. Weil ich Ja sagen konnte.

Auf dem Bahnsteig war es windig. Auf Bahnsteigen war es irgendwie immer windig. Der Zug, mit dem Lukas kommen wollte, hatte etwas Verspätung, und ich setzte mich auf eine der Bänke, um auf ihn zu warten. Es war erst wenige Tage her, dass ich Lukas hier zum Zug gebracht hatte. Da war ich noch froh gewesen, dass er wegfuhr, weil mir alles viel zu viel gewesen war. Inzwischen war ich froh, hier auf ihn warten zu können und mit ziemlicher Sicherheit davon ausgehen zu können, dass der Zug gleich kommen würde und dass er aus ihm aussteigen würde, auf mich zukäme und wir uns in den Arm nehmen konnten.

Meine Urgroßmutter Lisette hatte auf Emile gewartet. Jeden Tag hatte sie gewartet und irgendwie ausgehalten, voller Sehnsucht. Und dann war er nie aus dem Krieg zurückgekommen. Meine Großmutter Charlotte hatte auf Paul gewartet, jahrelang hatte sie auf ihn gewartet, auf Nachrichten, auf Briefe, darauf, dass er endlich kam und sie sich umarmen konnten. Aus irgendeinem Grund hatten sie sich in einem entscheidenden Moment verpasst. War es Schicksal, war es ein dummer Zufall, wie der mit dem Jäger, der die Simons überrascht hatte? Oder hatte ihr Bruder diese Liebe wirklich verhindern wollen? Meine Erinnerungen an Onkel Henri waren vage, wir hatten ihn kaum mehr getroffen, nachdem Paula Lisettes Haus im Rheingau vermietet hatte. Was für ein Schicksal. Wie lange und verzweifelt meine Großmutter hatte warten müssen, wie viel Lisette und Charlotte ausgehalten hatten, um dann einsame Leben zu führen, den Liebsten nie wiederzusehen. Und auch Paula hatte verzweifelt auf Harry gewartet. Wie oft hatte sie am Bahnhof in Whitstable gestanden und gehofft, dass er aus einem Zug aussteigen würde, und wie sehr hatte sie gehofft, dass er ihr schreiben würde, dass er zurückkam zu ihr. So intensiv hatte ich noch nie gewartet. Ich hatte anscheinend sehr gut dafür gesorgt, niemals jemanden so sehr zu ersehnen, dass mein Warten von Verzweiflung durchtränkt werden konnte. Ich hatte mich in schöner stiller und unerschütterlicher Genügsamkeit geübt. Wer hatte mir das wohl beigebracht?

Ich hatte immer gedacht, meine Mutter, mit ihrem sprunghaften Leben, hätte mich so geprägt, dass ich die Beständigkeit suchte, das Mittelmaß, keine hohen Ausschläge, kein Himmelhoch-jauchzend-zu-Tode-betrübt. Hatte vermutet, dass die Tatsache, dass ich ohne Vater aufgewachsen bin, dazu geführt hat, dass ich Männern nicht sonderlich vertraue, mich nicht so schnell öffne, meine Distanz wahre. Das war bestimmt nicht völlig falsch, aber es war eben auch ein Stück zu einfach. Denn es gab diese alte Angst bei uns Winterfrauen. Sie saß tief, und sie schien sich durch die Generationen weiterzuvererben. Es war die Angst, dass nichts blieb, wie es war. Das Wissen um Verlust, um den Verlust der Liebe und den Verlust unseres Selbst.

Es waren nicht allein meine eigenen Erfahrungen, die mich beeinflussten. Die Erfahrungen, die meine Mutter, meine Großmutter und meine Urgroßmutter gemacht hatten, hatten mich genauso geprägt.

Als Lisette ihr Zuhause verließ, hatte sie eine Tasche dabei, in die sie alles gestopft hatte, was sie mitnehmen wollte. Ihr grünes Seidenkleid, ihren Schmuck, gespartes Geld, Proviant und zwei Tassen aus dem Geschirrschrank der Sommervilla, Meißen, indischrot. Angeschlagen stehen sie noch immer in der Küche meiner Großmutter. Doch was in ihrem Gepäck am schwersten wog, war das schlechte Gewissen und das daraus erwachsende Schweigen, das diesen Bruch in ihrem Leben unüberwindbar machte. Die Trauer, die der Erste Weltkrieg zu ihrem Lebensgepäck dazugepackt hatte, wog am allerschwersten. Und die kleine Lotte hatte ihrer Mutter geholfen, dieses Gepäck weiterzutragen, lebte mit der Trauer ihrer Mutter, lebte mit ihrem Schweigen, bis sie selbst eine eigene Tasche packte, um alldem zu entkommen. Doch ihr Gepäck wurde auf dem Weg noch viel schwerer. Durch die vermeintliche Schuld, durch das noch ausdauerndere Schweigen, das für sie als Widerstandskämpferin überlebenswichtig war, durch den Verlust ihrer Liebe. Und auch meine Mutter hatte schließlich eine Tasche gepackt, um aus ihrem Leben auszureißen, hatte alles besser machen wollen, fand selbst, dass sie damit gescheitert war, und machte genau das, was die Mütter vor ihr auch gemacht hatten: Sie schwieg.

Und jetzt wurden alle Taschen geöffnet, wir schauten unser Lebensgepäck an, und unsere Geschichte veränderte sich. Ich fragte mich, ob man den Ausgang einer Geschichte kennen musste, um sie zu erzählen. Ob man alle Fakten kennen musste, um sie in eine passende Reihenfolge zu bringen, um das, was unwichtig scheint, auszulassen und einen Bogen vom Anfang zum Ende zu spannen. Wenn das so war, dann hatten wir Winterfrauen die Geschichten unseres Lebens noch nicht auserzählt. Paulas Geschichte gründete immer auf der Annahme, dass sie die große Liebe gesucht hatte, die ihre Mutter niemals erlebt hatte, war immer eine Geschichte von Rebellion und Abgrenzung gewesen. Es ist so einfach, auf einer vorgefassten Meinung zu beharren: Meine Mutter versteht mich nicht. Nur woanders kann ich glücklich sein. Mein Bruder ist böse. Jemand hat mein Glück zerstört. Wenn ich meinen Vater gekannt hätte, wäre ich weniger ängstlich. Aber, das merkte ich gerade, Geschichten konnten neu erzählt werden. Man konnte die Tasche auspacken, die man mit sich herumschleppte, und schauen, wie viel Gewicht man überhaupt weitertragen wollte, und was man getrost aussortieren konnte. Man konnte versuchen, ohne das schwere Gepäck der anderen weiterzugehen.

Wie schön das war, auf Lukas zu warten. Ich spürte, wie meine Füße auf dem Boden standen, auf festem Boden, ich spürte die harte Lehne der Bank im Rücken, den Wind in meinem Haar. Und dann kam der Zug, Lukas stieg aus und kam auf mich zu, und alles wurde plötzlich ein wenig heller, ein wenig wärmer. Er lächelte, und alles war plötzlich besser. Wir lehnten uns aneinander und hielten uns fest. Wir hielten uns fest, weil wir es konnten. Weil kein Krieg uns trennte. Das Einzige, was uns trennen konnte, waren wir selbst.

1944

Die Zelle war ein schmaler, kalter Raum. Es gab eine Pritsche mit einer strohgefüllten Matratze, in der wahrscheinlich allerlei Getier hauste, Genaueres wollte sie lieber gar nicht wissen. Eine raue Wolldecke, die überhaupt nicht gut roch, war alles, womit sie sich zudecken konnte. Aber wenn man fror, war es egal, wie viele Menschen vor einem unter dieser Decke geschwitzt und geschlottert hatten. Fast fühlte man sich weniger einsam, weil es einen mit anderen Menschen verband. Und es war einsam in dieser Zelle. Sehr einsam. Und dunkel. Selbst am Tag fiel nur wenig Licht durch das Riffelglas, mit dem das kleine Fenster verschlossen war, das zu hoch lag, als dass sie hinausschauen konnte.

Aber hatte sie es anders verdient? Nein, antwortete sie sich selbst. Hatte sie nicht.

Das Fenster hatte einen Sprung, und entlang dieses Sprunges war ein kleines Dreieck herausgebrochen. Lotte bildete sich ein, dass dieses kleine, briefmarkengroße Loch sie mit Licht und Luft versorgte, dass dieses kleine Dreieck sie am Leben hielt. Und immer, wenn sie nachts durch dieses kleine Loch im Glas einen Stern erkennen konnte, dann erinnerte sie sich daran, dass es einmal einen Stern gegeben hatte. Den Abendstern, auf dem Paul und sie sich getroffen hatten. Ob dieser Stern der Abendstern war? Ob es Paul noch gab? Sie verbot sich, an Paul zu denken oder daran, dass sich ihre Blicke auf dem Stern treffen könnten. Sie verbot sich, an alles zu denken, was sehr schön gewesen war. Denn das tat besonders weh.

Doch mit der Zeit verselbstständigten sich die Gedanken und wurden zu Träumen. In ihren Träumen flog sie durch das winzige Dreieck im Fenster, flog hinaus aus der Zelle, in der es nachts unter ihrem Bett raschelte, so dass sie kaum wagte, sich zu bewegen. Weg von dem Hunger, der schmerzend in ihr rumorte, weg von der Kälte, die sich in die Glieder fraß. Sie träumte von den Sternen aus Stanniolpapier, die ihre Mutter ihr ausgeschnitten hatte, und hoffte, dass Mutter sich gut versteckt hielt und niemand sie finden würde, dass es ihr gutging. Vom blauen Mantel der Maria träumte sie, unter dem sie Nacht für Nacht Zuflucht nahm, weil es nichts anderes gab, worunter sie Zuflucht nehmen konnte. Sie fand in den schwersten Stunden in sich einen Ort, an den sie sich zurückziehen konnte, wenn es zu schlimm wurde. Ein Ort zwischen Traum und Wirklichkeit, ein Ort, an dem sie überlebte.

Die Kittel, die sie hier im Zuchthaus trugen, hatten weite Ärmel, in die die Kälte erbarmungslos hineinzog. Sie hatten auch keine Taschen, in die man die Hände stecken konnte, damit es unmöglich war, etwas in die Zellen hineinzuschmuggeln. Keine kleinen Stückchen Brot, die man dann vielleicht jemand anderem zuschieben konnte. Keine Papierschnipsel, auf die man mit irgendetwas schreiben könnte, womit man sich beschäftigen könnte in den einsamen langen Nächten. Ihre Zelle zeigte nach Westen, und an manchen Tagen zeichnete die untergehende Sonne für eine kurze Zeit ein goldenes Muster an die Wand, in das sie sich stellte, um das Gold mit den Augen aufzunehmen, um etwas zu haben, das sie durch die nächste, schier endlose Nacht tragen würde.

Die Schritte auf dem Gang hatte sie bereits zu unterscheiden gelernt. Sie konnte heraushören, welche Wärterin den Gang entlanglief, und wusste dann, ob sie heute ein extra Stückchen Brot bekommen würde oder keines. Die Wärterinnen offenbarten schnell ihre Persönlichkeit. Anscheinend war es ein Beruf, den man auf vielerlei Arten ausüben konnte. Eine der Wärterinnen hatte besonders viel Spaß daran, sie dabei zuschauen zu lassen, wie sie die für Lotte bestimmte Brotration vor ihren Augen aß. Eine besonders freundliche Wärterin schenkte ihr dagegen manchmal sogar eine ihrer eigenen Stullen und unterhielt sich mit ihr, während sie aß.

Lotte rätselte pausenlos, wie alles zusammenhing. Alles, wofür man sie wirklich hart bestrafen könnte, hatte nicht in der Anklageschrift gestanden. Henri schien sie also nicht des Verrats bezichtigt zu haben. Er hatte sie wahrscheinlich gewarnt, weil er Paul verraten hatte. Das Leben seiner Schwester hatte er schützen wollen. Er schien jedoch keine Vorstellung davon zu haben, dass er es dennoch komplett zerstört hatte. Warum war er nur ausgerechnet in dieser einen Woche aufgetaucht? Jeden Tag und jede Nacht stellte sie sich die gleichen Fragen und fand keine Ruhe. Und immer dachte sie an Paul. Sie betete, dass Paul noch lebte und dass der Tag kommen würde, an dem sie sich wiederfanden.

Nach einiger Zeit kam sie in die Schneiderei, wo Tarndecken, Winterschlafsäcke und Wintermäntel für die Wehrmacht im Akkord gefertigt werden mussten. Lotte war froh, Menschen zu sehen, in Gesichter zu schauen, etwas zu tun zu bekommen. Es gab mal hier ein heimliches Lächeln, dort ein winziges Nicken. Dankbar sog Lotte es auf. Der Saal war kalt, auch hier galt die Devise, dass Heizmittel nicht an Strafgefangene verschwendet wurden. Auch hier waren die Fenster aus Riffelglas und gewährten keinen Blick nach außen. Die Plätze am Fenster waren die kältesten, aber auch die hellsten, und in den ersten Tagen schmerzte das Licht regelrecht in ihren Augen. Das war sie aus ihrer Dämmerzelle gar nicht mehr gewöhnt. Jetzt war sie also ein Fenstermädchen. Aber niemand beneidete sie hier darum. Ans Fenster kamen die Neuen, die zur Mitte hin nachrücken konnten, wenn jemand Platz für sie machte. Im Saal durfte den ganzen Tag nicht gesprochen werden, aber die netteren unter den Wärterinnen taten so, als hörten sie es nicht, wenn leise geflüstert wurde. Lotte lernte die anderen Frauen kennen, hörte Geschichten von Sehnsucht, von Schmerz, von bitterem Unrecht und wusste bald, wer in den Zellen links und rechts von ihr wohnte. Sie war jetzt nicht mehr ganz allein, sie teilten das Leid. Und manchmal vergaßen sie, wo sie sich befanden. Manchmal lachten sie miteinander, als wären sie bei einem Kaffeekränzchen. Das half Lotte zunächst darüber hinweg, dass ihre Finger immer wunder wurden von den rauen Wollstoffen und den schlechten Nadeln, die eigentlich nur mit Fingerhüten zu benutzen waren. Natürlich bekamen sie keine Fingerhüte zum Nähen. Lotte hatte den Verdacht, dass die Nadeln sogar aufgeraut wurden, bevor sie sie bekamen. Solche Nadeln waren ihr in all den Jahren als Näherin nie begegnet. Es war fast unmöglich, sie mit der Fingerkuppe durch den festen Stoff zu stechen.

Sie alle mussten vom ersten Morgengrauen bis in die Dämmerung hinein nähen. Wenn eine der Gefangenen ihr Pensum nicht schaffte, bekam sie kein Abendessen. Wenn eine Frau die Arbeit verweigerte, was besonders die »Politischen« gelegentlich taten, weil sie mit ihrer Arbeit die Wehrmacht nicht unterstützen wollten, dann sah man diese Frau oft lange nicht in der Schneiderei. Und wenn man sie irgendwann wiedersah, dann war sie oft eine andere. Bald schon hatte Lotte keinen Finger mehr an der Hand, der nicht blutig und aufgerissen war. Die Nächte waren zu kurz, als dass ihre Finger hätten heilen können.

»Das muss abheilen, und du musst dir Hornhaut zulegen, sonst hört das nie auf.«

Ihre Nachbarin in der Schneiderei schaute auf ihre Finger und sagte ernst, da müsse sie durch. »Wir helfen dir.«

Lotte verstand sofort, was das bedeutete. Sie musste aufhören zu nähen. Aber wenn sie nicht nähte, würde sie zur Strafe kein Essen bekommen. Damit es nicht aussah wie Arbeitsverweigerung, würden die anderen Nähte für sie mitnähen, was wiederum bedeutete, dass diese ihr eigenes Pensum nicht schafften und sich selbst auf Hunger einstellen mussten.

»Das kann ich euch doch nicht antun.«

»Eine Blutvergiftung überstehst du hier nicht. Wir haben es alle so gemacht. Du schaffst das. Und wir auch.«

Lotte schaffte es.

Die Nähte, die die anderen für sie nähten, wenn niemand hinschaute, halfen ihr, die Strafzelle zu umgehen. Die freundliche Wärterin schmuggelte Salbe und kleine Brotstücke in ihre Zelle, wenn sie abends Schicht hatte. Am allermeisten half Lotte der Gedanke, dass sie nicht alleine war. Dass die Frauen sich hier unterstützten, wo es nur möglich war, mit einem verstohlenen Händedruck, einem Lächeln, einer geflüsterten Geschichte.

Und die Frauen behielten recht. Lottes Finger heilten langsam, aber sie heilten. Noch immer schmerzte jede Bewegung an den Narben, wenn sie die Nadeln durch den störrischen Filz führte oder die Fäden straffziehen musste. Doch ab diesem Zeitpunkt konnte sie jeden Tag neu abwägen, was einfacher zu ertragen war. Schmerzen im Bauch vor Hunger oder Schmerzen an den Händen vom Nähen. Sie mussten alle einen Mittelweg finden.

Irgendwann kam Post von Hilde. *Mutter geht es gut*, schrieb sie. Lotte wusste, dass sie Lisette meinte, und es gelang ihr, die Worte »Ostsee« und »sicher« aus Hildes Brief herauszulesen. Ihre Mutter war also in Sicherheit. Das war eine gute Nachricht. Sie hatte also dafür sorgen können, dass es ihrer Mutter gutging. Wenigstens das war ihr gelungen.

Die Zeit verging. Woche um Woche wurde das Leben kälter und grauer. Lotte begann sich zu fragen, ob es überhaupt noch Farben gab auf der Welt. Ob es noch Wärme gab. Ob der Hungerschmerz in ihrer Körpermitte jemals weggehen würde.

Die Luftangriffe häuften sich. Manchmal hörten sie die fernen Bombardierungen in der Nacht, manchmal verbreitete sich erst am Morgen die Nachricht wie ein Lauffeuer in der Schneiderei. Kassel, Hanau, Frankfurt, Darmstadt. Manche mutmaßten, dass der Krieg enden würde, weil die Bombardierungen zunahmen. Andere mutmaßten, dass er nie enden würde. Manche hofften laut auf einen deutschen Sieg, andere flüsterten, dass hoffentlich Hitler besiegt werden würde. Viele schwiegen dazu. Auch Lotte schwieg.

»Winter. Mitkommen.«

Völlig unvermittelt wurde sie eines Tages aus der Schneiderei geholt. Sie hatte keine Ahnung, warum und wohin. Sie hatte Angst vor dem, was nun passieren würde. Wohin würde man sie führen? War sie nun doch aufgeflogen? War jetzt alles vorbei?

Der Rücken der Wärterin, die vor ihr herlief, verriet

nichts. Es war die schlimmste Wärterin, die sie kannte. Die netteren hätten ihr vielleicht ein Zeichen gegeben, was sie am Ende dieses Weges erwartete. Aber während sie der Frau folgte, wusste sie, dass sie auf alles gefasst sein musste. Auf alles. Im Treppenhaus merkte Lotte, dass sie weder zu einem Verhör geführt wurde noch zu ihrer Zelle. Dort, wohin man sie jetzt führte, war sie noch nie gewesen. Das war kein gutes Zeichen. In diesen Gängen hier kannte sie sich nicht aus. Die festen Schritte der Wärterin hallten laut, und Lotte versuchte, ebenfalls festen Schrittes zu gehen. Haltung, sagte sie sich. Was immer auf sie zukam, sie würde Haltung bewahren. Ihre Beine zitterten, aber sie bezwang sie und lief weiter. Vor einer schweren Metalltür wandte sich die Wärterin um.

»Hier geht's jetzt rein.«

Sie öffnete die Tür, posaunte ihren Namen in den Raum und ließ Lotte dort stehen, drehte sich ohne ein weiteres Wort um und ging. Vorsichtig betrat Lotte den Raum.

»Charlotte Winter, ja?«

Eine Wärterin stand auf der anderen Seite eines Tisches und legte ein Bündel vor sie hin. Lotte erkannte Kleider. Ihre Kleider. »Na, mach schon.«

»Was soll ich machen?«

Die Wärterin lachte laut auf.

»Na, deine Sachen anziehen sollst du. Draußen wartet schon das Auto.«

Lotte sah die Wärterin verständnislos an, während die blanke Angst in ihr hochkroch und ihr den Atem nahm. Was für ein Auto wartete auf sie? Wohin würde es nun gehen? Sie wollte nicht weg. Sie wollte hierbleiben, hier kannte sie sich jetzt aus. Hier hatte sie Kameradinnen in der Not gefunden. Sie wollte nicht woandershin.

»Na, guck nicht so, du bist frei. Du kannst gehen. Da hindurch.«

Sie nickte mit dem Kopf zu einer Tür. Lotte verstand nicht, was die Wärterin damit meinte. Sie hörte die Worte, aber sie kamen nicht bei ihr an.

»Da hat sich jemand für dich eingesetzt. Wirst vorzeitig entlassen. Hast wohl Glück gehabt.«

Als Lotte ihre Kleider anzog, merkte sie erst, wie dünn sie geworden war. Die Hose rutschte ihr fast von den Hüften, und in den Pullover hätte sie zweimal hineingepasst. Ihre Hände strichen über die weiche Wolle. Das war Wolle aus einem anderen Leben. Einem Leben, das doch gar nicht mehr ihres war. Durfte sie das überhaupt zurückhaben nach all dem, was geschehen war? Sie stolperte fast nach draußen, denn auch ihre Schuhe waren plötzlich zu groß. Wie konnten denn selbst Füße schrumpfen, dachte sie verwundert, als sie auf die glänzende Limousine zuging, die vor dem Gebäude auf sie wartete. Eine Tür öffnete sich und Herr Lehmann stieg aus. Das war der Chauffeur der Gruners, der sie schon gelegentlich von Wiesbaden nach Hause gefahren hatte, wenn es mal spät geworden war, weil Frau Gruner so viele Sonderwünsche hatte. Frau Gruner, Herr Lehmann. Das waren Menschen aus einem anderen Leben. Unsicher trat sie näher, und er öffnete ihr die Tür zum Fond des Wagens. Mit reglosem Gesicht nickte er ihr zu. Sie stieg ein und konnte das alles nicht fassen. Sie war frei?

Der Chauffeur schwieg, während sie fuhren. Auch Lotte konnte nicht sprechen. Sie war schier überwältigt von der Landschaft, die da draußen neben der Straße an ihr vorbeirauschte. Seit Monaten hatte sie ihre Blicke nicht so weit schweifen lassen können. Hatte sie nichts gesehen außer Wänden und Mauern. Nach einer Weile bemerkte sie, dass der Fahrer sie im Rückspiegel beobachtete. Ihre Blicke begegneten sich.

»Verzeihen Sie«, sagte sie leise, »ich weiß überhaupt nicht, wie ich Ihnen danken soll, was ich sagen soll …«

»Frau Gruner müssen Sie danken, Fräulein Winter, mir nicht. Die hat sich viel Mühe gegeben, Sie da rauszubekommen. Ich soll Sie als Erstes zu ihr bringen.«

Lotte nickte.

»Sie glaubt, dass Ihnen etwas untergeschoben wurde.«

Er schaute sie fragend an. Sie musste vorsichtig sein. Selbst jetzt zu sagen, dass das Gericht sich geirrt hatte, konnte ein Fehler sein, denn sie wusste nicht, ob Herr Lehmann ihr wohlgesonnen war oder ob er die Aufgabe hatte, sie auszuhorchen.

»Ich hatte nie das Gefühl, etwas Unrechtes zu tun.« Dieser Satz entsprach der Wahrheit. »Und ich bin sehr dankbar, dass Frau Gruner daran geglaubt hat.«

Den Rest der Fahrt schwiegen sie.

Gretel war unfähig, den Schrecken zu verbergen, als sie schließlich erkannte, wer vor der Tür stand. Das Hausmädchen brachte kein Wort heraus. Entsetzt starrte sie Lotte an, ließ sie vor der Tür stehen und lief zurück ins Haus. Nach einer Weile kam sie zurück und richtete aus, dass Frau Gruner unpässlich sei. Herr Lehmann würde sie nach Hause fahren, und sie solle bitte wiederkommen, wenn … Sie stockte. Lotte schaute Gretel fragend an, während diese überlegte, wie sie es ausdrücken sollte. »Wenn es dir besser geht«, brachte sie schließlich heraus, und Lotte gelang es gerade noch, sie zu bitten, ihren Dank auszurichten, dann schloss sich die Tür schon vor ihrer Nase.

Das Haus war genau so, wie sie es verlassen hatte. Nur das Leben, das sie vor einem halben Jahr hier zurückgelassen hatte, das fand sie nicht wieder. Sie ging durch alle Räume, es roch muffig, offensichtlich war inzwischen niemand hier gewesen. Als sie die Fenster öffnete, strömte kalte frische Luft herein. Im Flur lag ein ganzer Stapel Post auf dem Boden. Darunter zweimal Feldpost von Henri. Die würde sie bestimmt nicht lesen.

Im Garten atmete sie tief durch. Die Märzluft war noch kühl, aber der Geruch, oh, der Geruch nach Erde und aufbrechendem Grün war berauschend. Sie holte tief Luft. Füllte ihre Lungen mit dieser Luft und hoffte, jedes letzte Quäntchen Gefängnisluft, das noch in ihr steckte, damit aus sich herauszuspülen. Es würde noch eine ganze Weile dauern, bis sie erkannte, dass das unmöglich war. Dass ein Teil davon jetzt in ihr festsaß und immer in ihr festsitzen würde.

Sie zerrieb etwas Thymian zischen den Fingern, sah, dass die Minze neu spross zwischen den vertrockneten Stängeln, die der Winter übrig gelassen hatte. Strich mit den Händen übers Gras. Wie herrlich es war, diese Luft zu atmen und das Grün zu riechen. Es trieb ihr die Tränen in die Augen. Verdiente sie das überhaupt, über Gras streichen zu können? Wenn doch ihr kleiner Muck nicht mehr über Gras streichen konnte. Durfte sie das? Durfte sie sich freuen, am Leben zu sein?

Das Wintergemüse, das ihre Mutter im Sommer noch gesetzt hatte, war nicht mehr da. Alles war abgeerntet. Natürlich. Wer Hunger hatte, ließ über den Winter kein Gemüse in einem Garten verkommen, um den sich sowieso niemand mehr kümmerte. Auf dem Weg zur Bäckerei, wo sie nach einem Brot im Voraus bitten wollte, bevor sie morgen ihre Lebensmittelkarte holen konnte, wechselten die Leute die Straßenseite, als sie sie sahen. Es hatte sich also herumgesprochen, dass sie eine Verbrecherin war. Die Bäckerin schüttelte den Kopf, als sie nach Brot fragte. Sie war mal eine Freundin ihrer Mutter gewesen, aber vielleicht war sie ja auch diejenige, die gerne Bericht erstattet hatte über sie und Mutter und alles, was sie mitbekommen konnte? Lotte schaute sie an, nickte stumm und verließ den Laden. Ihr Magen knurrte. Nach diesen ersten Begegnungen ahnte sie bereits, was sie bei Rosi erleben würde, und versuchte es erst gar nicht, dort nach etwas zu essen zu fragen.

Im Küchenschrank fand sie eine angebrochene Schachtel Zwieback und ein angebrochenes Päckchen Lindes Malzkaffee. Im Feuerkorb lagen noch Holzscheite und Briketts, und in der Kartoffelkiste hatten einige Kartoffeln überwintert. Schrumpelig und weich waren sie, mit langen Keimen. Das kam ihr dennoch alles wie ein unglaublicher Luxus vor. Sie heizte den Badeofen und den Küchenofen gleichzeitig, sie feuerte die Öfen an, als hätte sie einen Berg von Brennmaterial zur Verfügung und nicht nur diesen einen Korb voll. Nach einer guten Stunde war es warm in der Küche, und sie setzte die Kartoffeln auf und gleich noch einen Topf Wasser für den Malzkaffee. Der Geruch des Feuers. Der Geruch kochender Kartoffeln. Malzkaffee mit Zwieback. Die Wärme, die sie langsam erreichte und umhüllte. Das heiße Badewasser. Die Rosenseife ihrer Mutter hatte graue Risse bekommen. Ganz hart war sie geworden, und es dauerte eine Weile, bis sie Schaum bildete. Hauchfein war der Duft und brachte die Erinnerung an die letzte Begegnung mit ihrer Mutter auf dem Bahnhofsvorplatz zurück. Ein halbes Jahr war seitdem vergangen. Es war ein langes halbes Jahr gewesen.

Als sie sich im Spiegel ansah, verstand sie, warum Gretel so entsetzt reagiert hatte, als sie vor der Tür gestanden hatte. Sie war dünn und knochig geworden. Wie ein graues Gespenst sah sie aus. Wie konnte das sein, dass selbst ihre Haut und ihre Augen so grau geworden waren wie die Wände der Mauern des Gefängnisses? Alle Kleider waren viel zu groß, und selbst das engste Loch des Gürtels war noch zu weit.

Sie musste sich zwingen, nur wenige Löffel von den Kartoffeln zu essen und sie lange gut zu kauen. Die Versuchung war groß, zu schnell und zu viel davon zu essen. Aber es würde ihr nicht bekommen, sich satt zu essen. Der Körper musste langsam gefüttert werden. Wie ein scheues Tier musste man den Magen ganz langsam und allmählich wieder an Essen gewöhnen. Sie weinte. Es war alles zu viel.

Nach dem Essen ging sie zu den Kirschbäumen. Das Astloch im Kirschbaum war leer. Lotte wusste auch nicht, was sie erwartet hatte, aber natürlich hatte sie gehofft, hier auf eine Nachricht von Paul zu stoßen. Es gab nirgendwo ein Zeichen von ihm. Was war mit ihm geschehen?

Plötzlich schämte sie sich dafür, warm gebadet und gegessen zu haben. Hätte sie nicht als Allererstes versuchen müssen herauszufinden, ob irgendjemand etwas von Paul wusste? An der Bubenhäuser Höhe setzte sie sich ins Gras und schaute über die noch völlig kahlen Weinberge hinunter zum Rhein. Der Anblick war so schön. Wenn man monatelang nur graue Wände angeschaut hatte und graue Gesichter und graue Kittel, dann war dieser Ausblick nahezu überwältigend. Genau wie die damit verbundenen Gefühle. Hier hatte sie mit ihrer Mutter gesessen, als die Welt noch in Ordnung gewesen war. Mit ihrem Bruder. Mit ihrem kleinen Muck, mit Dorle und Ännchen, mit Hilde.

Und mit Paul. Auch mit Paul hatte sie hier gesessen. Wo war er bloß?

Nanchen brach in Tränen aus, als sie gegen Abend am Zaun auftauchte und Lotte sah.

»Kind, du bist ja nur noch Haut und Knochen …«

Sie reichte ihr einen Topf und ein Stück Brot über den Zaun.

»Du hast ja bestimmt nichts im Haus. Den Topf stellst du einfach wieder hier hin, dann hole ich ihn mir ab.«

Lotte verstand sofort, was Nanchen ihr damit sagen wollte. Komm bloß nicht zu uns nach Hause. Wir wollen nicht, dass jemand sieht, dass wir *dir* die Tür öffnen.

»Danke, Nanchen«, sagte Lotte. »Weißt du was, ich fülle es um, dann kannst du den Topf doch gleich wieder mitnehmen.«

Nanchen nickte, und Lotte verschwand kurz im Haus. Im Topf war Fleischbrühe. Eine kräftige Fleischbrühe mit goldfarbenen Fettaugen, und ein bisschen Gemüse schwamm auch darin. Es roch würzig und nahrhaft und wundervoll. Lotte lief das Wasser im Mund zusammen, und sie passte gut auf, damit sie kein einziges Tröpfchen verschüttete. Als sie wieder zum Zaun kam, um Nanchen ihren leeren Topf zurückzugeben, war sie schon verschwunden. Wahrscheinlich hatte sie zu große Angst, gesehen zu werden, wenn sie länger hier bei ihr am Zaun stand. Auch Nanchen wollte sich nun nicht mehr mit ihr sehen lassen. Trotzdem hatte sie ihr die Suppe gebracht, wie ein Engel. Ihr Engel hatte gehört, dass sie zurück war, und ihr Gutes getan. Auch wenn Nanchen ihr damit klargemacht hatte, dass sie nicht mehr hierhergehörte. Aber, fragte sich Lotte, wohin gehörte sie denn jetzt? Konnte sie überhaupt noch irgendwohin gehören?

Später aß sie die Suppe Löffel für Löffel und kaute langsam das Brot dazu. Dann legte sie sich ins Bett ihrer Mutter und weinte sich dort in den Schlaf wie ein Kind, das schlecht geträumt hatte.

Weil ihr an Hildes Wohnung niemand öffnete, ging Lotte zurück zum Bahnhof, um weiter nach Frankfurt zu fahren. Die Fahrt dauerte lange, wegen beschädigter Gleisstücke musste sie die letzten Kilometer laufen. Frankfurt sah nicht mehr so aus, wie sie es zuletzt gesehen hatte. Das Frankfurt, das sie kannte, gab es nicht mehr. Eine ganze Stadt war im letzten halben Jahr zerstört worden. Sie lief durch Straßenzüge, in denen tote Fenster ohne Glas wie erblindet die Welt nicht mehr zu sehen schienen, die ringsherum in Trümmern lag. Lief vorbei an Häuserskeletten, deren einzelne Wände steil in den Himmel ragten. In manche Wohnungen konnte man hineinschauen wie in absurd große Puppenhäuser, mit denen Riesenkinder spielen könnten. Sie waren eingerichtet und wirkten manchmal seltsam unversehrt. Sie sah ein Sofa mit Kissen, und darüber hing sogar noch ein Bild. Aber ob die Bewohner sich jemals wieder auf ihr Sofa setzen würden, das konnte man nicht erkennen. Es sah fürchterlich aus. Der letzte Angriff war erst wenige Tage her, in der Zeitung hatten sie die Nacht des 18. März die *Nacht der tausend Bomben* genannt.

Es war schon spät, als sie nach Sachsenhausen kam. Sie hatte nicht damit gerechnet, dass es fast den ganzen Tag dauern würde, überhaupt nach Frankfurt zu kommen, aber sie musste unbedingt jemanden finden, der etwas von Paul wissen konnte. Dr. Schmidt oder der Apotheker. Irgendjemanden musste sie doch finden, irgendjemanden musste es doch geben, der etwas von ihm wusste.

Der Apotheker schüttelte nur den Kopf und bat sie, wieder zu gehen, als sie ihn nach Paul fragte. Sie schaute ihn fragend an und wollte nicht glauben, dass er sie einfach so ohne Antwort stehen ließ. Sie waren doch Mitstreiter einer gemeinsamen Sache gewesen? Warum redete er nicht mit ihr, wie er es sonst auch getan hatte? Er wünschte ihr mit verschlossenem Gesicht höflich einen Guten Tag, drehte ihr den Rücken zu und verschwand in seinem Labor hinter dem Ladengeschäft. Irritiert ging sie weiter. Als sie zur Praxis des Arztes kam, war es spät geworden, und sie befürchtete, dort um diese Zeit schon niemanden mehr anzutreffen. Doch dann öffnete sich die Tür, und als er sie erkannte, trat er einen Schritt zurück, um sie hereinzubitten.

»Lotte«, sagte er, »wir hatten befürchtet, dich nie wiederzusehen.«

»Schaut mich deshalb jeder so an wie ein Gespenst?«

Er schüttelte müde den Kopf.

»Weil du aussiehst wie ein Gespenst. Ich brauche dich nicht zu fragen, wie es dir ergangen ist. Ich sehe es. Bist du gekommen, um mich zu warnen?«

Sie schaute ihn verständnislos an.

»Du bist früher entlassen worden. Hast du dich freigekauft?«

Lotte verstand nicht.

»Namen? Hast du Namen genannt?«

»Nein! Keinen einzigen. Bei Gott, keinen einzigen.«

Sie schaute ihn entsetzt an.

»Will mich deshalb niemand sehen? Werde ich deshalb gemieden?«

Er nickte und bedeutete ihr mitzukommen. Sie folgte ihm in die Küche, wo er Teewasser aufsetzte und einige Plätzchen auf einen Teller legte. Auf dem Weg zur Küche sah sie, dass er anscheinend in der Praxis wohnte. Sein Wartezimmer war zum Wohnzimmer geworden, sein Bett stand im kleinen Hinterzimmer, das immer als Lager gedient hatte, neben den Regalen.

»Ausgebombt«, sagte er, als er ihren Blick bemerkte. »Zum Glück konnte ich gleich hier einziehen. Das Glück haben viele nicht.«

Als er ihr Tee einschenkte, schaute er sie ernst an.

»Keiner will jetzt mehr mit dir zu tun haben. Für die einen bist du jetzt für immer die Verbrecherin, die anderen haben Angst vor dir. Entweder weil sie befürchten, dass du sie verpfiffen hast, oder weil sie sich vor dir schämen, weil du es geschafft hast, standhaft zu bleiben.«

Ja, genau das hatte sie in den wenigen Stunden, seit sie zuhause war, deutlich genug bemerkt.

»Nimm dir einen Keks«, sagte er. »Hat eine meiner Patientinnen für mich gebacken. Steckt eine Wochenration Butter drin.«

»Butter«, sagte Lotte leise und roch an dem Keks. Sie brach sich ein kleines Stück ab und legte es sich auf die Zunge. Es war so süß, dass es fast brannte, und wieder stiegen ihr Tränen in die Augen.

»Muss ich jetzt immer weinen, wenn ich etwas esse?«

Unwillig wischte sie die Tränen ab und biss noch ein kleines Stück ab, das sie sorgfältig kaute.

Er beobachtete sie traurig.

»Wo ist Paul?«, fragte sie.

»Du fragst mich, wo Paul ist? Paul hat sich gefragt, wo du bist und warum du nicht da warst.«

»Da, wo ich war, konnte ich ihm nicht antworten.«

»Das muss vorher gewesen sein. Vor deiner Verhaftung.«

»Nein! Ich habe jeden Tag auf seine Nachricht gewartet.

Den ganzen September über. Bis ich verhaftet wurde. Ich habe mich tagelang in unserem früheren Ziegenstall versteckt, damit ich in der Nähe unseres geheimen Briefkastens bleiben kann, und dann habe ich ihm doch geschrieben, wo er mich findet.«

»Er hat lange auf dich gewartet. Obwohl du ihn abgewiesen hast.«

Was sagte er da? Sie schaute Dr. Schmidt entgeistert an, der sich jetzt auch einen Keks nahm und ihn nachdenklich betrachtete.

»Das stimmt nicht! Niemals habe ich ihn abgewiesen!«

Lotte sprang von ihrem Stuhl auf.

»Er hat mir nicht geschrieben. Er hat gesagt, im September wäre es so weit, und dann habe ich einfach nichts mehr von ihm gehört. Nichts! Ich habe doch jeden Tag auf ihn gewartet.«

Dr. Schmidt sah sie fragend an.

»Er hat dir die Nacht genannt, in der er auf dich warten wollte. Und du hast ihm geantwortet. *Ich kann nicht*, das hast du ihm geschrieben. Und er war verzweifelt. Er hat ein paarmal versucht, Kontakt zu dir aufzunehmen. Bis er glaubte, dass ihn jemand gesehen hat. Dann musste er untertauchen.«

»Was? Aber …!« Lotte wurde heiß und kalt. »Nein, ich habe ihm nie geantwortet. Weil ich keine Nachricht von ihm bekommen habe. Und ich habe ihm nicht geschrieben … das stimmt alles nicht. Das ist – nein, was ist da passiert? Wo ist er?«

Sie hatte ihm doch geschrieben, dass er sie bei Albert finden würde. Dieser Zettel war nicht mehr im Astloch gewesen. Wo um alles in der Welt war dieser Zettel hingekommen?

»Aber niemand wusste von unserem Baum.«

»Sicher?«

»Ja. Natürlich.«

»Das glaubst du! Man kann sich niemals sicher sein.«

Rosi fiel ihr plötzlich ein. Rosi, die sie bei den Kirschbäumen getroffen und die sie misstrauisch ausgefragt hatte. Oder Henri? Bestimmt war Henri ihr gefolgt, ohne dass sie es bemerkt hatte. Ihre Beine wurden schwach, und sie sank wieder auf den Stuhl.

»Aber das hätte Paul doch wissen müssen.«

Sie konnte nur noch flüstern.

»Das hätte er doch wissen müssen, dass ich ihm überallhin folgen wollte. Er kennt mich doch, warum hat er es nicht noch einmal versucht, warum ist er nicht zu unserem Ort gekommen, warum …?«

»Er hat lange auf dich gewartet, er hat alles riskiert und einige Male geschrieben. Es kam kein Wort mehr von dir, und er musste zusehen, dass er wegkam, bevor er verhaftet wurde. Bei ihm wäre das schlimmer ausgegangen. Ist es ja vielleicht auch. Ich habe nichts mehr von ihm gehört.«

Lotte hörte Sirenen. Es war ein dünnes Geheul. Dr. Schmidt seufzte.

»Geht das schon wieder los. Da heulen nur noch die Sirenen, die den letzten Angriff überstanden haben … wie wir. Auch unser Geheul wird immer kläglicher werden, bis wir mit den letzten Sirenen verstummen. Mach, dass du in einen Bunker kommst, Lotte. Lauf los, lauf nach links.«

»Und Sie?«

»Ich gehe erst wieder unter die Erde, wenn ich nicht mehr atme. Mich kriegt keiner in einen Keller.«

»Darf ich hierbleiben?«

Er schüttelte den Kopf und packte ihr wortlos die Kekse ein.

»Sieh zu, dass du in Sicherheit kommst. Du hast diese Haft überlebt, dann solltest du auch das hier überleben.«

»Und wenn ich es gar nicht mehr will? Ich will nicht mehr leben.«

Sie schaute ihn flehend an, aber er schob sie unerbittlich nach draußen.

»Du bist jung. Lauf schnell, sie kommen schon.«

Tatsächlich lag schon ein Sirren in der Luft, das immer lauter wurde. Menschen liefen an ihr vorbei, aber Lottes Beine bewegten sich einfach nicht. Doch dann beschloss sie, weiterzugehen. Weitergehen. In ihren eigenen Krieg hinein, den sie schon längst verloren hatte. Lauf nach links, hatte der Arzt gesagt, und sie wandte sich nach rechts. Sie lief zur Mainbrücke, ohne zu wissen, wohin sie eigentlich wollte. Menschen rannten an ihr vorbei, rempelten sie an, jemand rief, sie solle mitkommen, aber am Flussufer blieb sie einfach stehen. Suchschweinwerfer wanderten über den Himmel, von dem gleichzeitig Kaskaden von grünweißen Funken niederschwebten, fast wie Glühwürmchen senkten sich die Funkengebilde herab, und dann schlugen die ersten Bomben mit ohrenbetäubendem Lärm irgendwo ein. Bombe um Bombe fiel pfeifend vom Himmel, die Erde bebte, und die Wucht einer nahen Detonation warf sie zu Boden. Benommen blieb sie liegen. Es toste um sie herum, Donnerschläge krachten, und ihr wurde schwarz vor Augen.

Als sie wieder aufwachte, lag sie auf einem harten Boden. Sie bewegte die Finger und spürte, dass sie auf einer Decke lag. Wo war sie? In ihrer Zelle? Vorsichtig schlug sie die Augen auf und sah eine Kerze in einem Einmachglas und hinter dem Lichtschein der Kerze eine Frau. Sie wollte fragen, wo sie war, aber ihr Mund war so trocken, dass nur ein Ächzen herauskam. Die Frau sah sie an.

»Ah, du bist wieder da.«

Sie reichte ihr eine Blechtasse mit Wasser, und Lotte richtete sich auf, nahm dankbar einen kleinen Schluck und wollte sie ihr zurückgeben.

»Trink ruhig aus.«

Schluck für Schluck trank Lotte die Tasse leer. Ihr Kopf brummte.

»Du hast Glück, dass du so leicht bist. Ich konnte dich hier runtertragen. Wie ein Kind.«

Dann schwieg sie.

»Hast du ein Kind?«

Lotte schaute die Frau fragend an, die sie offenbar hier hereingetragen hatte. Sie trug ein schönes Kleid, und ihre Augen schimmerten im Kerzenlicht. Vielleicht, schätzte Lotte, war sie Mitte vierzig. Ihr Blick war traurig.

»Ich hatte ein Kind. Es ist in einen Krieg gezogen und nicht wiedergekommen.«

Alle hatten verloren. Einen Menschen. Oder viele. Die Liebe. Ihr Glück. Ein Zuhause. Der Krieg zerstörte alles. Lotte stellte die Tasse ab und sah die schöne Frau verzweifelt an.

»Warum überlebt man bloß? Warum muss man das alles überleben?«

Schweigend schauten sie in die Kerze. Auf diese Frage gab es keine Antwort. Irgendwann erinnerte Lotte sich an die Kekse und zog das Papier aus ihrer Manteltasche, in das Dr. Schmidt die Kekse für sie eingeschlagen hatte. Es waren nur noch Krümel. Zusammen pickten sie die Krümel aus dem Papier. Die Einschläge hatten inzwischen aufgehört.

Aber es gab noch keine Entwarnung. Die Frau mutmaßte, dass die Sirenen nun komplett zerstört sein könnten, und sie beschlossen, nachzuschauen und rauszugehen.

Sie traten auf die Straße, und sofort umfing sie große Hitze. Es war heiß und es war hell und es war unglaublich laut. Aus der dämmrigen Stille des Kellers waren sie in ein Inferno getreten. Der Himmel war rot, und auf der anderen Seite des Flusses trieb eine Feuerwolke hoch über der Stadt. Wie glühende Gerippe leuchteten die Dachsparren der Häuser, die nach und nach einstürzten. Fast lautlos schienen sie zusammenzubrechen, denn das ohrenbetäubende Tosen des Feuersturms war so laut, dass es alles übertönte. Wie ein tiefer dunkler Orgelton heulte, pfiff und rasselte die Luft, die sie umgab, und dazwischen ertönten die Paukenschläge von immer weiteren Explosionen.

Lotte lief einfach weiter, immer weiter. Ihr war alles egal. Alles. Wenn es doch nur vorbei wäre, wenn sie nur nicht mehr denken müsste, wenn es doch ein Ende gäbe, wenn es endlich vorbei wäre. Die Schuld. Die Zweifel. Ihr Leben.

Aber warum, fragte sie sich immer wieder, warum überlebe ich? Warum überlebe ich all das? Warum werde ich gerettet? Die Fragen, die sie hatte, schienen ihren Kopf zu sprengen. Warum lag eine Stadt in Trümmern? Warum hatte sie nicht vermocht, ihre Freunde zu schützen? Wer hatte Pauls Nachrichten genommen und ihre gefälscht? Wem könnte sie jemals wieder vertrauen? Wie sollte sie weiterleben? Alles, worauf ihr Sein und ihre Überzeugungen sich gründeten, was sie für unerschütterlich und richtig gehalten hatte, war in sich zusammengestürzt.

Menschen liefen herum, mit und ohne Plan, und sie irrte zwischen ihnen umher, ließ sich mitziehen, auch wenn sie keine Ahnung hatte, wohin. Ihr Ziel hatte sie verloren. Viele Menschen flüchteten Richtung Bahnhof, doch es gab keine Züge mehr. Die zertrümmerte Stadt konnte man nur noch zu Fuß verlassen. Lotte lief einfach hinter Menschen her, die vielleicht wussten, in welche Richtung sie gehen wollten. Ihr eigener innerer Kompass war außer Kraft gesetzt, sie hatte jede Richtung verloren. Die Welt, die sie kannte, war untergegangen, und sie bewegte sich durch die Trümmer dieser Stadt. Irgendwann ließen sie das, was von der Stadt übrig war, hinter sich und liefen übers freie Feld bergauf. Eine zerstörte Stadt konnte man vielleicht hinter sich lassen, aber alles, was in ihr zerstört war, das würde sie von nun an mit sich mitschleppen. Als sie nach ihrem Namen gefragt wurde, antwortete sie, sie hieße Charlotte. Niemand sollte mehr Lotte zu ihr sagen. Lotte gab es jetzt nicht mehr.

Als sie im Morgengrauen eine Anhöhe erreichten, schauten sie herab auf ein Trümmermeer. Nur der Turm des Domes stand noch. Gespenstisch ragte er aus Nebelrauch und Feuer, und ringsherum lag alles in Schutt und Asche.

Sie liefen über Feldwege, schliefen in Scheunen, baten Bauern um etwas zu essen. Manche nahmen sie freundlich auf, manche fluchten und jagten sie vom Hof. Wie viele sie denn hier noch durchfüttern sollten?

Das Grüppchen wurde kleiner. Manche fanden bei Bauern in der Wetterau Unterkunft, weil sie viel Geld bezahlten, manche kannten jemanden, der sie aufnahm, andere boten an, bei der Feldarbeit zu helfen, wieder andere schlugen neue Richtungen ein.

Als sie an einem der letzten Märztage in Lerchenrod ankamen, waren sie noch zu dritt. Eine Mutter mit ihrem vielleicht zwölfjährigen Sohn und Charlotte. Sie fragten im Gasthaus des Ortes, wo sie bleiben könnten, und man schickte sie zu Winters. Da könnten sie fragen, da war eine Witwe alleine auf dem Hof, die brauchte bestimmt Hilfe, und Platz hatte sie auch. Winters. Als Charlotte das Wort hörte, keimte ein Funken Hoffnung in ihr auf. Vielleicht könnte sie dort hingehören. Vielleicht könnte sie dort, wo man Winter hieß, ihren inneren Winter aushalten.

Die Bäuerin, Helene Winter, eine Frau mit einem faltigen, verschlossenen Gesicht, aus dem die Haare streng zurückgekämmt zu einem Knoten gesteckt waren, stand in dunkler Wolltracht vor ihnen und musterte sie alle drei. Der Mutter mit dem Sohn nickte sie zu, dass sie bleiben konnten. Aber Charlotte, dieses dürre Ding aus Haut und Knochen, betrachtete sie skeptisch.

»Ich brauche nicht viel, und ich kann arbeiten. Ich bin zäh.«

Charlotte schaute sie direkt an und bewies ihr mit ihrem Blick, dass es stimmte, dass sie zäh war und dass sie kämpfen würde. Die Bäuerin nickte stumm.

Sie wies ihnen zwei Kammern zu, in denen früher die Mägde und Knechte gewohnt hatten, und nahm sie dann mit in die Küche. Es war eine große Bauernküche, in der der Ofen brannte, so dass es trotz des kalten Abends warm war. Die Bäuerin schnitt für jeden eine Scheibe Brot ab und stellte einen Topf mit Schmalz auf den Tisch. Der Junge wünschte Guten Appetit und schaute seine Mutter fragend an, ob er sich wohl eine Scheibe Brot nehmen könnte. Die Bäuerin faltete die Hände und sah den Jungen auffordernd an, der wieder hilfesuchend zu seiner Mutter blickte. Charlotte sah das Kreuz über dem Küchentisch hängen und verstand, was die Bäuerin wollte.

»Kennst du ein Tischgebet?«

Charlotte wollte ihm auf die Sprünge helfen, und er faltete auch schnell die Hände, doch ihm fiel offensichtlich keines ein. Er und seine Mutter schauten schweigend nach unten.

»Komm Herr Jesu, sei unser Gast und segne, was du uns bescheret hast. Segne auch Frau Winter, die uns aufgenommen hat und ihr Abendbrot mit uns teilt, so wie du dein Brot geteilt hast. Amen.«

»Amen.«

Die Bäuerin nickte zufrieden, und sie aßen schweigend. Charlotte bestrich ihr Brot nur sehr dünn mit dem Schmalz, so wenig Fett hatte sie in den letzten Monaten zu sich genommen, sie befürchtete, dass ihr Magen rebellieren würde. Die Bäuerin sah es und schob den Schmalztopf noch einmal in ihre Richtung, nachdem sich alle genommen hatten, und nickte ihr zu.

»Du brauchst es, wenn du morgen eine Mistgabel halten willst.«

»Es geht nicht von einem Tag auf den anderen.«

So schwer es war, nicht zu essen und den Schmerz in ihrem Bauch weiter zu ertragen, obwohl der Hunger nagte, so wusste sie von den anderen Mitgefangenen, dass man den Hunger nur langsam weglocken konnte, wie ein wildes Tier musste er Schritt für Schritt gezähmt werden, weil er einen sonst verschlang.

Nach dem Essen wurden sie von der Bäuerin ins Bett geschickt.

»Hier geht es früh raus und früh rein. Um fünf wird gemolken und gefüttert, dann Frühstück, und morgen setzen wir Kartoffeln. Kleider sind oben im Schrank«, sagte sie mit einem Blick auf die Kleidung der drei Gestalten, die unter ihrem Dach vorerst Zuflucht gefunden hatten.

»Ach, du liebe Zeit«, sagte die Frau, als sie den Inhalt des Schrankes sah. »Hier halten wir es nicht aus. Ich dachte, die Bauern hätten die Scheunen voll. Ein einziges Schmalzbrot am Abend? Wie soll der Junge denn da wachsen? Vom Beten wird man auch nicht satt.«

Ihr Blick auf Charlottes knochige Hände ließ keinen Zweifel daran, was sie vom Beten hielt. Sie nahm ein langärmeliges Unterhemd in die Hand, legte es wieder zurück und verschwand kopfschüttelnd mit ihrem Jungen in der Kammer, ohne sich etwas zu nehmen.

Charlotte war froh, ein warmes Flanellnachthemd und lange Unterwäsche zu finden. Dann griff sie nach einem schweren dunklen Wollrock, der dem Rock der Bäuerin ähnelte und sich mit einem Stoffband in der Taille so schnüren ließ, dass er jeder Frau passte. Wahrscheinlich hatten schon viele Mägde diesen Rock getragen, dünne wie dicke. Sie würde den Bund sehr eng schnüren müssen, damit der Rock hielt. Alle Kleidungsstücke in diesem Schrank waren von verblichenem Grau oder Blau, oft getragen, oft gewaschen. Wahrscheinlich hatten die Stoffe, fest gewebt und widerstandsfähig, wie sie waren, bereits Jahrzehnte überdauert. Charlotte strich mit der Hand über festes, glattes Leinen, weiches Flanell, warme Wolle. Alle Stoffe, aus denen die Kittel, die Röcke und die Leibchen gemacht waren, waren verlässlich und praktisch, und sie mochte es, wie sie sich anfühlten. Die Kunstseide für die Abendkleider, die Blusen, die feinen Moiré-Stoffe, die durch ihre Hände und über ihren Tisch gewandert waren, waren dagegen fast ein Witz, so unpraktisch waren sie. Die hielten nichts aus. Die gehörten in ein komplett anderes Leben.

Als Charlotte am nächsten Morgen diese Kleider überstreifte, entfernte sie sich noch ein Stück mehr von der alten Lotte, die sie einmal gewesen war. Und es fühlte sich richtig an. Sie band sich ein blaues Kopftuch ums Haar, zog das Wollleibchen über das langärmelige Unterhemd und übernahm mit den verwaschenen Kleidern die Rolle einer Magd.

Noch bevor es am Morgen in den Stall ging, war die Mutter mit ihrem Sohn bereits verschwunden. Charlotte und die Bäuerin arbeiteten ruhig nebeneinanderher. Kühe zu melken war vielleicht anders, als Ziegen zu melken, aber es gelang ihr, den Eimer zu füllen. Neben den großen warmen Tieren zu stehen, war beruhigend. Man konnte sich an sie lehnen, und der Duft der warmen Milch im Eimer verströmte etwas Zuversichtliches.

Zum Frühstück bekam sie eine große Tasse Gerstenkaffee mit der warmen Milch, die sie eben gemolken hatte, und eine große Scheibe Brot mit süßer Marmelade. Charlotte spürte den Blick der Bäuerin auf sich, während sie langsam die ganze Scheibe Brot aufaß und ihren Kaffee in kleinen Schlucken dazu trank. Danach wurde sie losgeschickt, sich anzumelden und eine Lebensmittelkarte zu holen. Mit dem schweren langen Rock Fahrrad zu fahren war gar nicht so einfach. Sie befürchtete, dass es schwierig sein könnte, Lebensmittelkarten zu bekommen. Aber das Wort »Ausgebombt« reichte nach den schrecklichen Bombennächten an Main und Rhein als Erklärung sofort aus. Zurück auf dem Hof legte sie der Bäuerin ihre Marken hin, die diese kommentarlos in eine Küchenschublade steckte. Charlotte tauschte also Marken und Arbeitskraft gegen ein Bett und Verpflegung und ein neues Dasein.

Helene Winter kochte zwei Wochen lang Suppen, die sie ihnen beiden mittags und abends vorsetzte. Zuerst setzte sie einen großen Topf für Fleischbrühe auf, und dann gab es Mehlsuppe, Grießsuppe, Hafersuppe, Graupensuppe und Kartoffelsuppe, und Charlottes Magen beruhigte sich allmählich.

Was sich lange nicht beruhigte, waren die Gedanken in Charlottes Kopf. Während sie arbeitete, ratterten die immer gleichen Gedanken durch ihren Kopf. So viele Fragen, auf die es einfach keine Antwort gab. Tag und Nacht wurde sie von ihnen verfolgt. Wo war Paul? Warum mussten die Simons sterben? Wo lag ihre Schuld? Wer hatte sie verraten? Wer hatte Pauls Nachrichten weggenommen? Warum waren Menschen böse? Warum wurde alles zerstört? Warum ließ Maria das zu und nahm sie nicht alle unter ihren blauen Mantel, so wie früher?

Manchmal wachte sie nachts auf und lag nicht in ihrem Bett, sondern stand im Nachthemd in der Scheune oder mitten im Feld, ohne zu wissen, wie sie dort hingekommen war. Einmal wachte sie im Kuhstall auf, wo sie an eine Kuh gelehnt stand. Einmal holte sie die Bäuerin vom Hof und führte sie zurück in ihre Kammer.

»Mädchen«, sagte sie, »was suchst du bloß?«

Charlotte gab darauf keine Antwort, und die Bäuerin fragte nie wieder.

Tage, Wochen vergingen, und Charlotte lernte wieder zu atmen, zu essen, zu sein. Jeden Tag warteten die Kühe mit ihrem weichen Fell und ihren schönen Augen, es gab den warmen Stall und die weiße Milch im Eimer. Das kühle Feld, die schwere Erde, die Furche, die Saat, das keimende Grün. Der hohe Himmel über der sanft geschwungenen Landschaft, die Lerchen, die sich hinaufschwangen an sonnigen Frühlingsnachmittagen. Das alles half ihr, die Gedanken anzuhalten, das Herz gleichmäßiger schlagen zu lassen, und zumindest am Tag wurde Charlotte ruhiger. Was nicht half, waren der Abendstern, die Abendstille, die Nachtigall am Bach. Was nicht half, waren die Bilder, die sie vor dem Einschlafen heimsuchten. An der Grenze zwischen Wachen und Träumen verirrten sich ihre Gedanken oft an Orte, an die sie sich tagsüber zu denken verbot. Was auch nicht half, waren die Fragen, die die sonst schweigsame Bäuerin irgendwann zu stellen begann. Wo sie herkam. Woher sie wusste, wie man Kartoffeln setzte und melkte, wenn sie doch aus der Stadt kam. Warum sie so krank und dünn gewesen war, als sie herkam. Sie setzte ihr Schweigen dem Misstrauen entgegen. Doch sie ahnte, dass man im Dorf schon über sie sprach. Wenn Helene Winter nach Charlotte gefragt wurde, musste sie besser irgendwelche Antworten geben können. Nicht dass noch jemand anfing, in ihrer Vergangenheit herumzustochern. Wenn man herausfand, dass sie im Zuchthaus gewesen war, würde sie diesen kleinen Halt verlieren, den sie hier mühsam gefunden hatte. Dann, das war so sicher wie das Amen in der Kirche, müsste sie weiterziehen.

Wir hatten einen Garten, sagte sie, der uns durch alle Zeiten geholfen hat. Sie erzählte davon, dass es schwer war, alles zu verlieren, und dass es doch niemandem gutgehen konnte, wenn man nirgendwo mehr hingehörte. Mehr sagte sie nicht, und Helene fragte nicht weiter. Für diesen Moment reichte es.

Sie selbst stellte auch keine Fragen. Sie wusste, dass Helenes Mann im Ersten Weltkrieg gefallen war, wie ihr eigener Vater auch, und dass ihr Sohn an der Ostfront war und Helene Winter sich aus diesem Grund geweigert hatte, Arbeiter aus dem Osten bei sich arbeiten zu lassen. Sie wollte doch keinen Ivan haben auf ihren Feldern, der womöglich vorher gegen ihren Fritz gekämpft hatte. Das fand sie nicht richtig, dass ein Russe in ihrer Erde wühlen sollte und nicht ihr eigener Sohn. Über alles andere schwieg auch sie.

Nur einmal zeigte sie Charlotte den Ortsgruppenleiter des Dorfes, Wilhelm Rost, und sagte, der wäre ein ganz Hundertprozentiger, die ganze Familie. Charlotte meinte herauszuhören, dass sie weder ihn mochte noch die Tatsache, dass er ein »ganz Hundertprozentiger« war. Vielleicht war es auch eine Art von Warnung. Doch erst als sie zufällig ein Gespräch mithörte, das Helene im Hof mit der alten Bäuerin von Lemmers nebenan führte, erfuhr sie, dass der alte Rost denunzierte, wo er konnte, und dass sein Enkel genauso schlimm war, der hatte ja das Klärchen gemeldet. Ohne Not, völlig ohne Not. Als die beiden Frauen sie bemerkten, verstummte die Nachbarin erschrocken, und Helene schaute sie prüfend an. Charlotte fragte, wer das Klärchen war, und Helene beschloss anscheinend, ihr zu vertrauen, und begann zu erzählen. Neben der Kirche hatten zwei ledige Schwestern in einem kleinen Haus zusammengewohnt. Das Mariechen und das Klärchen. Ein paar Hühner hatten sie und einen Gemüsegarten am Dorfrand und sonst nicht viel. Das Mariechen machte dem Pfarrer den Haushalt, das wusste Charlotte, sie kannte Mariechen.

»Sie schmückt den Altar, oder?«

Die beiden nickten. Mariechen war eine kleine, ältere Frau mit besonders hellen Augen, die oft fragend in die Welt schauten. Nur ein Klärchen hatte sie noch nie gesehen. Klärchen, die ein bisschen einfach war im Kopf, die haben sie geholt, weil der kleine Roste Willi sie gemeldet hatte. Dabei hatte sie so ein gutes Wesen. Hat halt nicht gut denken können. Aber den ganzen Garten hat sie in

Ordnung gehalten, während Mariechen beim Pfarrer gewirtschaftet hat. Der Gemüsegarten hat die beiden ernährt und den Pfarrer dazu. Und kaum war sie abgeholt, da kam schon der Brief, dass sie an einem Herzfehler gestorben sei. Dabei war sie gesund gewesen, und die zwei anderen, die sie aus dem Nachbarort am gleichen Tag mitgenommen hatten, mit dem gleichen Wagen, die waren auch am Herzfehler gestorben. Noch nicht einmal ein Grab hatten sie bekommen, und das Mariechen war jetzt alleine. Und kam seitdem mit dem Garten nicht mehr zurecht.

Ob es irgendjemanden gab, der keinen Kummer hatte und keinen Schaden genommen hatte? Ob Menschen wie die Gruners, die in ihren kunstseidenen Blusen Sekt aus feinen Schalen tranken, durch diese Zeit kamen, ohne etwas zu verlieren? Oder Rosi, Henriette oder Hilde? In Charlottes Kopf kreisten mehr Fragen als Antworten. Vielleicht waren Fragen das Einzige, das blieb, wenn Gewissheiten sich auflösten.

Als Helene Winter den Korb mit ihrem Nähzeug auf den Küchentisch stellte und das kleine Holzröhrchen mit den Nadeln daneben ausleerte, damit jede sich die passende Nadel zum Flicken nehmen konnte, krampfte sich etwas in Charlotte zusammen. Aber sie versuchte, sich nichts anmerken zu lassen, und suchte sich einen Wollstrumpf und einen passenden Wollfaden zum Stopfen heraus. Sie würde jetzt Strümpfe stopfen. Wie Helene auch. Doch dann wurde es schwierig. Wie gelähmt starrte sie auf die Nähnadeln und brachte es nicht fertig, eine Nadel in die Hand zu nehmen.

Helene, die schon angefangen hatte, einen Strumpf zu

stopfen, sah verwundert auf. Charlotte erledigte sonst alles emsig, still und zuverlässig. Helene ließ ihre eigene Stopfarbeit sinken, suchte eine passende Nadel für sie heraus und hielt sie ihr hin.

»Nimm die hier.«

Charlotte nahm sie in die Hand. Sie brannte wie Feuer. Wie ein heißer Stich fuhr der Schmerz von ihren Fingerkuppen bis in die Handgelenke, und sie sog die Luft scharf ein, bemüht, die Nadel nicht fallen zu lassen. Stell dich nicht so an, sagte sie sich. Es ist nur eine Nadel. Aber es gelang ihr noch nicht einmal, sie länger zwischen den Fingern zu halten. Sie legte sie zurück auf den Tisch.

»Ich kann keine Handarbeiten«, sagte sie. »Ich mache alles, was gemacht werden muss. Aber das … das kann ich nicht. Das mache ich nicht. Ich kann nicht … nähen.«

Helene schaute sie stirnrunzelnd an und widmete sich dann alleine dem Stopfen der Wollstrümpfe.

In der Nacht schrieb Charlotte einen Brief an Hilde und einen an Henriette. Sie schrieb, dass sie in der Bombennacht in Frankfurt die Orientierung verloren hatte und jetzt auf dem Land danach suchte. Mehr schrieb sie nicht. Weder wollte sie gefunden werden noch wollte sie mit irgendjemandem aus ihrem vorherigen Leben in Verbindung treten. Sie konnte doch nur überleben, wenn sie alles vergaß. Alles musste sie vergessen. Und am besten war es, wenn die anderen auch vergaßen, dass es sie gab. Nur ihre Mutter sollte sich keine Sorgen machen. Nur aus diesem Grund schrieb sie. Sie schickte die beiden Briefe ab, und dann packte sie alle Erinnerungen an ihr altes Zuhause in eine Kiste, die sie fest verschloss. Charlotte hatte nicht vor, sie jemals wieder zu öffnen.

1945

»Die Amerikaner kommen!«

Das Dorf war in Aufruhr. Die Jungs, fünfzehnjährig, wenn überhaupt, die nun zum Volkssturm gehörten, aber kaum eine Waffe halten konnten, trieben alle Bewohner in die Dorfkneipe, damit man sich dort verschanzte. Die älteren Männer, die dem Volkssturm angehörten, waren alle schon abberufen worden, um Rhein und Main zu sichern. Wer noch hier war, waren die Jungs, denen die Angst in den Augen stand, als gemeldet wurde, dass die Panzer schon drei Dörfer weiter standen, die aber wild entschlossen waren, das Dorf zu verteidigen, bis auf den letzten Mann.

»Wir hissen weiße Fahnen«, sagte die Wirtin. »Ein Betttuch, Tischdecken, hier, das hat doch keinen Sinn. Was wollt ihr Jungs denn gegen Panzer ausrichten?«

Sie legte einen Stapel Weißwäsche auf den Tisch.

»Wir kämpfen! Das ist Wehrkraftzersetzung!«

Der Roste Willi schrie die Wirtin an und bedrohte sie mit dem Gewehr, das er in der Hand hielt. Er zitterte vor Angst, aber er hatte beschlossen, der Held des Dorfes zu sein und es vor dem Feind zu verteidigen. Seine Kameraden waren Kinder, Kinder, die die Wirtin hilfesuchend anschauten.

»Darauf steht der Tod!«, schrie er und fuchtelte mit dem Gewehr herum, richtete es wieder auf die Wirtin, die leichenblass hinter ihren weißen Tüchern stand.

»Willi, jetzt lass mal gut sein.«

Seine Mutter versuchte ihn zu beruhigen, aber er wurde immer wilder. Er wollte nicht der kleine Junge sein, den man beruhigte, er wollte jetzt der große Held sein.

»Jetzt heb mal das bisschen Munition auf, das wir haben, schau lieber nach, wie weit die Panzer sind.«

Willi verließ den Raum, drehte sich aber in der Tür noch einmal um und fuhr seine Kameraden an, sie sollten die Weiber hier in Schach halten. Charlotte folgte ihm unbemerkt in die Diele. Als er an der Toilette vorbeikam, schien er ein Bedürfnis zu verspüren und öffnete die Tür. Charlotte nahm blitzschnell ein Stück Feuerholz aus dem Korb, der in der Diele vor ihr stand, und zog es ihm von hinten über den Kopf. Willi ging sofort zu Boden. Charlotte zog den Schlüssel, der von innen im Schloss steckte, ab, nahm ihm das Gewehr weg und schloss ihn ein. Das Gewehr verbarg sie in einer dunklen Ecke hinter der Treppe und schlüpfte unbemerkt zurück in die angespannte Stille des Schankraums.

»Sie sind zu nah, und es sind zu viele.«

Charlotte deutete auf die Tücher, und sie begannen, ohne auch nur einen weiteren Satz darüber zu verlieren, die Tischtücher aus den Fenstern zu hängen. Die Jungen waren zwar verwirrt, aber heilfroh, dass ihnen die Frauen all das einfach aus der Hand nahmen. Angst hatten sie alle. Sie wussten jedoch nicht, vor wem sie mehr Angst hatten. Vor den Amerikanern oder vor dem Zorn ihres Kameraden Willi, der würde sie doch noch alle erschießen, weil sie so einfach aufgegeben hatten. Aber Willi tauchte nicht mehr auf, und keiner schien erpicht darauf, ihn suchen zu gehen. Die amerikanischen Panzer rollten einfach durchs Dorf. Sie hielten noch nicht einmal an. Das Haus bebte, während sie draußen vorbeifuhren. Als sie in einer Staubwolke verschwanden, schauten sich alle ungläubig an, und die Wirtin holte den Schnaps heraus. Der selbstgebrannte Schnaps trieb den Frauen die Tränen in die Augen. Sie zitterten, lachten, weinten. War das nun das Ende? Würden sie zurückkommen? War alles vorbei oder ging es erst los? Auf den ersten Schnaps folgte ein zweiter und dann noch einer. Irgendwann musste jemand aufs stille Örtchen und fand den Roste Willi, der sich mit brummendem Schädel wieder aufsetzte und sich nicht erinnern konnte, was passiert war. Das war das Ende des Krieges in Lerchenrod.

Durch das Dorf zogen in den nächsten Wochen und Monaten die neuen Besatzer, die den Kindern Schokolade schenkten, Truppen von zurückkehrenden Soldaten, die nicht wussten, ob sie noch ein Zuhause hatten, Flüchtlinge aus dem Osten, die ganz sicher wussten, dass sie ihr Zuhause verloren hatten. Niemand wusste mehr, wohin er gehörte oder wohin er eigentlich wollte. So viel war verloren. Am schlimmsten war es für diejenigen, die sich selbst verloren hatten.

Immer wieder kamen am nahen Bahnhof Züge mit Flüchtlingen an. All diejenigen, deren Männer und Söhne noch nicht wieder zurückgekommen waren, fuhren regelmäßig zum Bahnhof, um die Menschen anzuschauen, die dort auf dem Bahnsteig standen und hofften, irgendwo aufgenommen zu werden. Starke Männer wollte jeder gerne bei sich aufnehmen, aber starke Männer waren Mangelware. Es waren meist Frauen und Kinder, die ein Dach über dem Kopf suchten und auf dem Land verteilt wurden. Helene wollte niemanden mehr aufnehmen, sie hatte ja jetzt Charlotte. Das reichte ihrer Meinung nach. Außerdem wollte sie das Zimmer ihres Sohnes für ihn freihalten. Wenn er denn zurückkam. Bald. Aber es interessierte die Behörden nicht, was Helene wollte oder nicht wollte, sie hatte Platz, sie brauchten Hilfe, also wurden ihnen Flüchtlinge zugeteilt. Zwei Schwestern mit ihren drei Kindern zogen in die beiden Mägdekammern unterm Dach, und Charlotte zog ein Stockwerk tiefer in eines der Schlafzimmer im ersten Stock. Damit sie sich nicht in der Küche begegneten, wollte Helene den Flüchtlingen Küchenzeiten zuweisen, aber Charlotte war dafür, zusammen zu essen.

»Wir wohnen unter einem Dach, es ist doch besser, zusammenzuhalten. Wenn wir zusammen arbeiten, können wir auch zusammen essen.«

»Die gehören nicht zu uns.«

Helene war bockig, und Charlotte erinnerte sich, dass sie letztes Jahr auch hart dafür arbeiten musste, ihren Platz hier zu finden.

»Gehöre ich denn dazu?«

»Du gibst dir ja Mühe ...«

Charlotte hatte es sich angewöhnt, immer ruhig zu bleiben. Selten hatte sie Helene bisher widersprochen. Aber jetzt konnte sie nicht schweigen.

»Die werden sich auch Mühe geben. Die haben nichts mehr! Du konntest so vieles behalten. Du hast noch deinen alten Milchtopf und die Kannen für die Sauermilch hier am Fenster, den Eimer für die Kartoffelschalen und den Tontopf in der Waschküche, in dem die Geranien überwintern. Dein Bett und die Maria, die darüberhängt. Das hast du alles behalten können!«

»Was weißt du denn schon davon, was ich verloren habe? Meinen Sohn will ich wiederhaben. Andere Leute gehen mich nichts an.«

Am Abend kochte sie einen Topf Kartoffelsuppe, schnitt Brot ab und rief in die Küche zum Essen, wo sie für sieben Menschen gedeckt hatte. Sie verlor kein Wort mehr darüber. Aber ab da aßen sie jede Mahlzeit zusammen.

1947

Als Fritz Winter aus der russischen Gefangenschaft wiederkam, zerlumpt und verlaust und so dünn wie Charlotte, als sie vor drei Jahren in Lerchenrod angekommen war, sah sie Helene Winter zum ersten Mal weinen. Und dann sah sie sie jeden Tag aufs Neue weinen, als Helene nach und nach erkennen musste, dass es sich bei dem Sohn, der aus Krieg und Gefangenschaft heimkehrte, nicht mehr um den gleichen Sohn handelte, der in den Krieg gezogen war.

Eigentlich hatte Helene Charlotte wegschicken wollen, jetzt, da Fritz wieder da war. Sie sollte doch weiterziehen, so, wie auch die anderen Flüchtlinge, die bei ihr untergekommen waren, weitergezogen waren. Aber sie hatte schnell gemerkt, dass sie die Arbeit auf dem Hof ohne Charlottes Hilfe niemals bewältigen könnten. Und das gefiel Helene Winter nicht. Es veränderte das Gleichgewicht der Kräfte auf dem Hof und ließ sie von Tag zu Tag grimmiger werden. Sie herrschte ihren Sohn an, ob er sich nicht zusammenreißen könne, und sie herrschte Charlotte an, sie solle sich heraushalten, wenn sie versuchte, Fritz zu helfen, wenn er wieder verloren irgendwo stand, als ob er nicht mehr wüsste, warum um Himmels willen er hier war und was das alles sollte.

Wenn Charlotte nachts schlafwandelnd durchs Haus oder nach draußen lief und irgendwann aufwachte und in ihr Bett zurückkehrte, hörte sie ihn oft stöhnen oder schreien. Als sie es zum ersten Mal gehört hatte, hatte sie lange vor seiner Tür gestanden und gezögert, ob sie wirklich in sein Zimmer gehen sollte. Aber dann war sie an sein Bett getreten, hatte ihn an der Schulter gerüttelt und gemerkt, dass er gar nicht richtig aufwachte, sie nicht wahrnahm, aber offensichtlich seine Albträume verlassen konnte. Wann immer sie ihn hörte, ging sie seitdem zu ihm, legte ihre Hand auf seine Schulter und wartete, bis er sich umdrehte und weiterschlief.

Obwohl Charlotte von der Feldarbeit müde war, konnte sie heute nicht schlafen. Der Mond schien hell in ihr Zimmer, aber sie wusste, dass das nicht der Grund war. Der Grund für ihre Schlaflosigkeit war der Brief ihrer Mutter, die sie bat, wieder nach Hause zu kommen. Sie konnte den Brief schon auswendig, sie musste ihn gar nicht mehr in die Hand nehmen oder lesen.

> *Komm nach Hause, Lottchen. Ich drehe durch, wenn ich dich nicht bald in den Arm nehmen kann. Was ist passiert, dass du nicht zurückkommen willst? Was kann ich tun, damit du hierherkommst? Ich will meine Kinder zurück. Es reicht jetzt. Was immer auch geschehen ist, es ist Zeit, neu anzufangen.*

Seit einem Jahr schrieben sie sich Briefe. Oft ließ Charlotte die Briefe lange verschlossen liegen, bevor sie sie öffnete und las. Was sollte sie ihrer Mutter sagen? Dass sie nicht mehr diejenige war, von der sie sich am Wiesbadener Bahnhofsvorplatz getrennt hatte? Dass sie den Schmerz des Wiedersehens nicht aushalten würde, weil alles wieder aufbrechen würde, alles, was notdürftig verheilt war? Es war wie mit ihren schmerzenden Fingern und dem nagenden Hunger in der Zeit der Haft. Man musste zu einer Balance des Schmerzes finden. Und diese Balance hatte sie hier gefunden. Hier auf dem Hof, ohne ihre Vergangenheit, war der Schmerz zu ertragen. Warum ihn neu aufwühlen? Warum in der Wunde bohren? Das konnte eine Mutter doch nicht wollen? Unruhig warf sie sich im Bett umher.

Nebenan begannen die Albträume. Sie war selbst so angespannt, dass sie beinahe gegen die Wand gepocht hätte, beinahe schon schreien wollte, er solle doch ruhig sein, endlich ruhig sein. Doch er konnte ja nichts dafür. Sie atmete einmal tief durch, stand auf und ging in seine Kammer. Der Mond schien hell direkt auf sein Bett. Warum zog er auch den Vorhang nicht zu, kein Wunder, dass er Albträume bekam, wenn er mitten im Mondlicht lag. Sie strich über seinen Rücken, rüttelte ihn leicht.

»Es ist gut«, sagte sie. »Alles ist doch gut. Es ist vorbei.«

Fritz warf sich herum, schlug die Augen auf und sah sie erschrocken an.

»Was machst du hier?«

»Du hast schlimm geträumt.«

»Hast du mich geweckt?«

Sie nickte.

»Ich weiß nicht mehr, was ich geträumt habe.«

»Versuche, dich nicht daran zu erinnern, es klang nicht nach einem Spaziergang.«

»Spaziergang«, wiederholte er leise und schaute sie an. »Machen wir einen Spaziergang? Ich weiß gar nicht mehr, was das ist …«

Wieder nickte sie und wandte sich zum Gehen.

»Gute Nacht. Schlaf gut.«

»Entschuldigung.«

Sie schüttelte den Kopf, weil es keiner Entschuldigung bedurfte, und schloss leise die Tür hinter sich.

Nach dem Abendessen am nächsten Tag, als Charlotte schon sicher war, dass er vergessen hatte, wie sie in der

Nacht vom Spazierengehen gesprochen hatten, schaute er sie an und fragte, ob sie jetzt mit ihm spazieren ginge. Sie nickte und wusste, ohne in Helenes Richtung zu schauen, dass diese das zutiefst missbilligte.

Es gab einen Weg durch die Wiesen und Felder, der zum Waldrand hin leicht anstieg. Charlotte war dem sanft geschwungenen Weg schon oft mit den Blicken gefolgt, aber sie war ihn noch nie gegangen. Die Wege, die Charlotte hier ging, hatten immer einen Sinn und einen Zweck. Zum Einkaufen, zum Feld, zum Holzholen, zum Heumachen. Sie lief nicht, um einfach nur spazieren zu gehen, um die Blicke schweifen zu lassen, um die Vögel singen zu hören. Auch sie hatte vergessen, wie man spazieren ging. Schweigend liefen sie nebeneinanderher, und Charlotte befürchtete, dass er beginnen würde, sie auszufragen. Aber er schwieg. Als sie merkte, dass er gar nicht reden wollte, begann sie ruhiger zu werden. Sie ließen die Blicke schweifen, hörten die Vögel singen und schwiegen. Zurück im Hof nickte er ihr zu und verschwand im Haus.

Es wurde ein Ritual. Jeden Abend nach dem Essen schaute er sie fragend an, und wenn sie nickte, gingen sie schweigend nebeneinander den Weg zum Waldrand hinauf. Charlotte begann seinen Gemütszustand wahrzunehmen, auch wenn er gar nicht sprach. Sie erkannte, ob es ein dunkler oder ein sehr dunkler Tag war, und sie erkannte, dass es auch hellere Tage gab. An einem dieser helleren Tage deutete er auf einen Baumstamm am Wegesrand. Sie setzten sich nebeneinander auf den Stamm und schauten auf die roten Dächer des Dorfes, das friedlich zwischen den Wiesen kauerte. Die Abendsonne tauchte alles in ein warmes Licht. Im trockenen Laub hinter ihnen raschelte es. Eine Biene summte. Fritz' Hand lag auf der rauen Rinde des Stammes, und Charlotte legte ihre Hand ebenfalls auf die Rinde, ein kleines Stück von seiner Hand entfernt. Es fühlte sich gut an. Natur zu fühlen, war immer gut. Die harte Rinde, ein weiches Blatt, das glatte gedroschene Korn, das wie Perlen durch ihre Finger rieselte. Natur tat nicht weh. Ihre Fingerkuppen waren vernarbt, und in den Narben saß die Erinnerung an Schmerz. Es tat gut, zu spüren, dass ein Mensch neben ihr saß, dem es genauso ging wie ihr. Sie hörte ihn jede Nacht mit seinen Erinnerungen kämpfen, mit den Bildern, die ihn verfolgten, sie kannte seine Panik, wenn er nachts nach ihrer Hand griff und sie so fest umklammerte, dass es wehtat, seinen schnellen Atem, seinen pochenden Herzschlag, wenn sie ihm beruhigend ihre Hand auf die Brust legte.

»Es wird besser«, flüsterte sie ihm zu, wenn er nachts aufwachte und sie voller Angst ansah und ihre Hand umklammerte, bis er sich wieder beruhigt hatte. Tagsüber sprachen sie nie, aber die kleinen Sätze, die sie in der Nacht wechselten, wurden für Charlotte immer kostbarer. Es waren Sätze, mit denen sie das Gefühl hatte, wieder sprechen zu lernen, etwas zu sagen, was eine Bedeutung hatte. Mehr zu sagen gab es nicht. Sie sagte es zu ihm, und sie sagte es zu sich selbst. *Es wird besser.*

Vorsichtig legte er seine Hand auf ihre. Nur einen kurzen Moment lag sie da, wie eine leichte warme Decke, ohne Druck, ohne eine Forderung, wie ein kurzer Versuch, und dann hob er seine Hand wieder und stand auf. Es war so ein kurzer Moment, dass Charlotte sich schon fragte, ob sie ihn sich eingebildet hatte.

»Gehen wir?«

Sie nickte. Es lag so etwas wie ein Lächeln in der Luft

1948

Im Winter ging es ihm schlechter. Als der erste Schnee fiel, war Fritz unfähig, Schnee zu schippen. Die Kälte setzte ihm zu, schlotternd hielt er sich an der Schaufel fest, unfähig, sich zu bewegen. Während er den Sommer über immer seltener von seinen Albträumen geplagt worden war, schienen die weiße Schneedecke und die bittere Kälte, die für ein paar Wochen über dem Land lagen, wieder schlimmere Erinnerungen wachzurufen.

Helene schnaubte verärgert, wenn es wieder Charlotte war, die in die Küche kam, nachdem sie den Weg vom Haus zum Stall und zur Scheune freigeschippt und die Treppe gefegt hatte.

»Wie lang geht das denn noch! Das ist doch kein Mannskerl!«

Sie warf ihrem Sohn ihre bittere Enttäuschung vor die Füße, darüber, dass er nicht der Bauer war, den sie gerne auf dem Hof gehabt hätte, als Erben, als Vater der nächsten Generation.

»Das ist genau der Mannskerl, der aus dem Krieg zurückgekommen ist, und es geht noch, solange es eben geht.«

Das war das erste Mal, dass Charlotte etwas dazu sagte, wenn Helene vor sich hin schimpfte, und beide, sowohl Fritz als auch Helene, sahen sie erstaunt an. Sie wandte ihnen den Rücken zu und drehte sich zum Ofen, um sich die Hände zu wärmen.

Nachts wachte sie auf, und wieder hörte sie Fritz, der im Schlaf seine nicht enden wollenden Kämpfe auszufechten hatte. Manchmal wusste sie nicht, ob er sie aufweckte mit den Geräuschen, die durch die Wand zu ihr drangen, oder ob sie aufwachte, um wach zu sein, wenn er sie brauchte. Sie seufzte. Die Kammer war so kalt, dass Charlotte hoffte, sein Albtraum würde von selbst aufhören und sie könnte im warmen Bett liegen bleiben. Einige Minuten lauschte sie, und er schien tatsächlich ruhiger zu werden. Sie schloss die Augen, um zu versuchen, wieder einzuschlafen. Aber dann schrie Fritz auf, und sie schwang die Beine aus dem Bett.

»Pssst, schon gut, alles ist gut, es ist nur ein Traum.«

Sie flüsterte beruhigend auf ihn ein, während er ihre Hand umklammerte und langsam auftauchte aus dem Grauen, das ihn heimsuchte. Als er die Augen öffnete und sie ansah, war etwas anders als sonst. Die feste Klammer um ihre Hand entspannte sich, aber er ließ sie nicht los, und auch sie machte keine Anstalten, ihre Hand zu lösen. Schweigend hielten sie sich an der Hand. Und dann machte Fritz etwas völlig Unerwartetes. Er führte ihre Hand zu seinem Gesicht und berührte mit seinen Lippen sehr vorsichtig ihre vernarbten Fingerspitzen. Charlotte traten Tränen in die Augen. Er hatte sie gesehen. Er hatte ihren stillen Schmerz wahrgenommen, genau wie sie seinen erkannt hatte. Fritz hob das sich hoch auftürmende Federbett und zog sie zu sich unter die warme Decke. Ihre eiskalten Füße klemmte er zwischen seine Waden und schloss sie fest in die Arme.

»Bleibst du bei mir?«, flüsterte er in ihr Haar.

Und Charlotte wusste sofort, dass er nicht meinte, bleibst du *jetzt* bei mir, in diesem Moment, in dieser Nacht. Sie wusste, dass er meinte, bleibst du *immer* bei mir. Und sie sagte Ja und fühlte einen großen Frieden in sich. Denn so, wie sie sich jetzt unter der warmen Decke hielten, so, wie sie einander sahen, so war alles gut.

Sie ging nun jede Nacht in seine Kammer, schon lange bevor die Träume ihn plagten, und sie lagen zusammen in ihrer warmen Höhle unter dem dicken Federbett und fanden aneinander einen neuen Halt. Am Tag begann das Lächeln manchmal in ihre Gesichter zurückzukehren.

Charlotte schrieb ihrer Mutter, dass ihre Hochzeit bevorstand, und bat sie um ein Paket mit Aussteuer. Denn Helene Winter war nicht der Meinung, dass sie diese mittellose Braut unterstützen müsste. Fritz warf seiner Mutter vor, geizig zu sein, bei allem, was Charlotte für sie getan hatte in den letzten Jahren. Aber Charlotte konnte ihre zukünftige Schwiegermutter sogar verstehen. Das war eben Helenes Leid. Helenes Träume waren genauso zerstört wie die von Millionen anderen Menschen auch. Manchmal wollte sie sie rütteln und schreien, sie solle froh sein, dass ihr Sohn überhaupt am Leben war, dass ihr Haus noch stand, dass sie selbst am Leben war. Dass ihr Sohn eine Frau gefunden hatte, auch wenn sie nicht die reiche Bauerntochter war, die sie sich für ihren Jungen gewünscht hatte. Aber natürlich rüttelte sie Helene nicht. Niemand rüttelte irgendjemanden. Man war doch froh, wenn alles ruhig blieb.

Ob sie die Häkelblumen mitschicken solle, fragte Lisette, oder ob sie das Brautkleid daraus nähen solle, ob sie nicht doch in Rauenthal heiraten wolle? Alle würden sich so freuen. Charlotte beantwortete jede Frage mit Nein und bat ihre Mutter zu respektieren, dass ihr altes Leben vorbei war und dass sie hier in Lerchenrod alleine heiraten wollte. Die Antwort kam prompt.

Zieh an, was du willst, aber du wirst keinesfalls ohne deine Mutter heiraten.

Natürlich wusste Charlotte, dass sie ihre Mutter nicht ausladen konnte, das würde sie ertragen müssen, dass sie ihre Mutter wiedersah. Sie würde ertragen müssen, dass diese beiden Hälften ihres Lebens, das sich unwiderruflich in ein Vorher und in ein Nachher geteilt hatte, am Tag ihrer Hochzeit aufeinandertreffen würden. Es wäre ihr lieber, diese beiden Teile würden niemals aufeinanderstoßen, denn es war so viel leichter, die Lotte, die sie einmal gewesen war, einfach zu vergessen. Warum musste sie ausgerechnet an ihrem Hochzeitstag mit diesen Erinnerungen konfrontiert werden? Aber ihre Mutter ließ sich nicht ausladen.

Am Küchentisch öffnete Charlotte unter den neugierigen Blicken von Helene und Fritz das Paket ihrer Mutter. Es enthielt feine weiße Bettwäsche, in die Rosenmuster gewebt waren, bunte weiche Handtücher aus dickem Frottee, ein Tischtuch und Servietten, die mit leuchtend blauen Kornblumen bestickt waren. Charlotte kämpfte mit den Tränen, als sie die Kornblumen sah. Helene und Fritz starrten völlig verwirrt auf die Wäsche. Ihre mittellose Magd, die der Krieg hier angespült hatte, bekam von zuhause, von ihrem Zuhause, von dem alle dachten, es gäbe überhaupt keines mehr, Wäsche geschickt, die feiner war als alles, was sie je im Schrank gehabt hatten. Zwei Nachthemden aus zarter bedruckter Baumwolle waren dabei, Taschentücher und ein kurzes Wolljäckchen in Lottes liebstem Kornblumenblau. Als sie es anzog, liefen ihr Tränen über die Wangen, ohne dass sie es merkte, und Fritz sah sie staunend an.

»Deine Augen. Deine Augen leuchten plötzlich wie der Himmel.«

Charlotte trat aus der Kabine und betrachtete sich im Spiegel. Obwohl sie gesagt hatte, es sei ihr völlig egal, in welchem Kleid sie Fritz heirate, hatte er darauf bestanden, ihr ein Kleid zu kaufen. Sie waren gemeinsam in die nächste Kreisstadt gefahren, wo es ein Bekleidungsgeschäft gab. Fritz hätte ihr jedes Kleid gekauft, was ihr gefiel. Aber sie entschied sich für ein gutes Sonntagskleid. Daran hatte man lange etwas, ein dunkles gutes Kleid. Die Bräute in Lerchenrod trugen traditionell ihre schwarze Hochzeitstracht, üppig bestickt und mit Borten verziert, und statt eines Schleiers wurde den jungen Frauen ein aufwändiger Putz aus Seidenblumen und Perlen ins Haar gesteckt. Es hatte in den letzten zwei Jahren schon die ersten Hochzeiten in Weiß gegeben. In Lerchenrod galt es als sehr modern, in Weiß zu heiraten. Doch Charlotte legte keinen Wert darauf. Sie fühlte sich nicht wie eine junge Braut, die man in helle Spitze hüllte, nicht wie die Braut, als die sie sich früher einmal gesehen hatte, in ihrem anderen Leben. Die Braut, die sie hatte sein wollen, wäre in einem Gewand aus tausenderlei sehnsüchtig gehäkelten Blumenspitzen um den Pfirsichbaum im Garten getanzt. Die Erinnerung tat zu weh, und es kostete sie eine große Anstrengung, sie beiseitezuschieben. Nein, diese Braut gab es nicht mehr. Es gab jetzt nur noch die Braut, die sie aus dem Spiegel ansah. Eine Braut in einem nachtblauen weich fallenden wadenlangen Samtkleid.

Lisette brach in Tränen aus, als sie aus dem Zug ausstieg und Charlotte in die Arme schloss. So hatte Charlotte ihre Mutter noch nie weinen sehen, sie schien sich völlig aufzulösen und bekam kaum Luft, so sehr musste sie schluchzen. Ab und zu brachte sie ein *Warum* heraus, ein *Was*, ein

Lottchen, und Charlotte versuchte, sich in sich zurückzuziehen und hart und stark zu bleiben, sich nicht umwerfen zu lassen von dem gnadenlosen Zusammenstoß der beiden Welten, der sie in diesem Moment überwältigte.

»Schschsch …«

Charlotte versuchte ihre verzweifelte Mutter zu beruhigen wie ein Kind. Weil sie sich aber kaum beruhigen ließ, mussten sie sich auf eine Bank vor dem Bahnhof setzen, bis Lisette wieder halbwegs bei sich war. Charlotte griff nach der Hand ihrer Mutter und sagte mit fester Stimme, was sie zu sagen hatte. »Mutter, wir werden über nichts reden, was einmal war. Wir werden nicht über früher sprechen, es gibt kein Früher mehr für mich, und das ist auch gut so.«

Lisette sah sie aus ihren großen türkisfarbenen und verweinten Augen an.

»Wärst du nur mitgekommen, damals, wärst du nur …«

»Mutter, kein Wort, bitte. Ich meine es sehr ernst, du musst sonst sofort zurückfahren. Ich ertrage das alles nur, wenn du mich in Frieden lässt. Mit allem.«

Ihre Mutter biss sich auf die Lippe und nickte. Ihre Tränen flossen schon wieder, und bis sie in Lerchenrod aus dem Bus stiegen, war ihr Gesicht völlig verweint, ihre Lippen hatte sie blutig gebissen, um zu verhindern, dass all die Worte, die sie sagen wollte, herausströmten, weil Charlotte sie nicht hören wollte. Und Charlotte wusste genau, dass es ein großer Fehler gewesen war, ihre Mutter nach Lerchenrod einzuladen.

Charlotte und Lisette betraten die Küche, wo die erwartungsvollen Blicke von Fritz und Helene sich auf sie richteten. Lisette bot ein Bild des Jammers. Und selbst wenn Helene Winter sich vorgenommen hatte, die Brautmutter und neue Schwiegermutter ihres Sohnes freundlich willkommen zu heißen, so schmolz dieser Vorsatz dahin wie Butter in der Sonne, als sie Lisettes verweintes Gesicht sah.

»Sie können wieder fahren, wenn wir Ihnen nicht gut genug sind. Aber gut genug, die dahergelaufene Tochter aufzunehmen, waren wir anscheinend.«

Damit verließ sie stolz und mit zusammengekniffenen Lippen die Küche. Lisette schaute ihr sprachlos nach. Dann schaute sie fragend zu Charlotte. Das kann doch jetzt nicht wahr sein, sagte ihr Blick. Sag mir, dass das nicht wahr ist. Aber Charlotte schwieg. Es war kein guter Start. Überhaupt kein guter Start. Was hatte sie sich bloß dabei gedacht, die beiden Mütter überhaupt einander vorzustellen?

»Lottchen, komm zurück nach Hause. Was willst du denn bloß hier?«

Fritz schaute voller Panik zwischen der Tür, durch die seine Mutter verschwunden war, und den beiden Frauen hin und her. Charlotte ging zu ihm und nahm seine Hand, spürte, wie seine Hand in ihrer zitterte und drückte sie fest. Dann zog sie ihn mit sich zu Lisette.

»Mutter, hier bin ich jetzt zuhause. Bei meinem Mann. Das ist Fritz. Und das ist meine Mutter.«

Die beiden schüttelten sich die Hand, und Lisette versuchte sich an einem Lächeln.

»Es tut mir leid, Fritz, dass ich hier … wirklich, es tut mir leid. Ich habe meine Tochter so lange nicht gesehen, da reißt es einer Mutter doch am Herzen.« Ihre Augen füllten sich schon wieder mit Tränen, und sie wandte sich schnell ab. »Sollen wir Kaffee kochen? Ich habe Bohnenkaffee mitgebracht. Ich habe für euch meinen ganzen Kaffee aufgespart.«

Sie beschäftigte sich damit, in ihrer Tasche nach dem Kaffee zu suchen, und Charlotte bat Fritz, seine Mutter zurückzuholen.

Das Eis zwischen den beiden Frauen brach nicht. Und bei der Hochzeit saßen zwei weinende Mütter in der Kirche. Immerhin in dieser einen Sache waren sich Helene und Lisette völlig einig: Beide hätten sich andere Eheleute für ihre Kinder gewünscht. Doch Fritz und Charlotte umarmten ihr kleines Glück, das nach allem, was sie durchgestanden hatten, genau die Art von Glück war, das sie zulassen konnten.

»Jetzt bist du eine Frau Winter«, sagte Fritz, als sie alle Urkunden unterschrieben hatten, und Charlotte musste lachen. »Ja, jetzt bin ich eine Frau Winter!«

Er strahlte glücklich, als er seine Braut ins Haus führte, in das sie nun gehörte.

10

2007

»Aber mein Zuhause ist es nie gewesen. Zuflucht habe ich hier gefunden. Eine Bleibe. Aber mein Zuhause ist vielleicht doch eher dort, wo ich noch ans Glück geglaubt habe.«

Charlotte schaute nachdenklich aus dem Fenster in den Hof, auf dem sie mehr als zwei Drittel ihres Lebens verbracht hatte, und Paula folgte ihrem Blick. Ihre Mutter kannte jede einzelne Latte des Scheunentors, weil sie das Tor selbst gestrichen hatte, und nicht nur einmal, nein, immer wieder. Sie kannte jeden Weg durch jedes Feld, jeden Stock und jeden Stein. Sie wusste, wann die Märzenbecher blühten und wann die Äpfel geerntet wurden. Sie kannte alle Wolkenbilder, die über das Land zogen, weil sie seit über sechzig Jahren zuschaute, wie die Wolken herangeweht kamen, sich verdichteten, hochtürmten und sich wieder auflösten. Und trotzdem sagte sie jetzt mit neunzig Jahren, dass Lerchenrod nicht ihr Zuhause war. Sie sagte den Satz sehr klar und ohne Bitterkeit, fast lag so etwas wie ein Staunen darin. Paula schnürte es den Hals zu.

»Hier bist du geblieben. Hast Buße getan, hast dich begnügt.«

»Wenn du es so nennen willst.«

»Ach, Mama, du hast mehr verdient. Du hast doch das Beste verdient.«

Mutter schüttelte den Kopf.

»Was immer auch passiert ist damals, das große Glück

wollte nie zu mir. Es wollte nicht bleiben. Ich habe halt das kleine genommen, das ist das, was geblieben ist. Es war doch gut so.«

Sie versuchte zu lächeln und tätschelte Paula die Hand. »Mach dir keine Gedanken um mich.«

Es tat ihr zu weh, auch nur daran zu denken, wahrscheinlich fiel es ihr schwer, darüber zu sprechen. Vielleicht, dachte Paula, hatte auch sie sich hier deshalb nie richtig zuhause fühlen können, wenn doch schon ihre eigene Mutter sich nie zuhause gefühlt hatte. Dieses seltsame Gefühl von Leere. Plötzlich verstand sie, warum sie immer von hier wegwollte. Alle Winterfrauen hatten immer von zuhause weggewollt. Dora, Lisette, Charlotte, sie selbst. Sie alle waren Ausreißerinnen aus einem Zuhause, in dem sie ihr Glück nicht hatten finden können.

»Warum bist du nie zurück?«

»Ich konnte doch nur hierbleiben, wo man mich nicht kannte. Ich wollte nicht, dass Leute hinter meinem Rücken tuscheln oder die Straßenseite wechseln, wenn sie mich sehen. Ich wollte meine Ruhe.«

»Nach dem Krieg war es doch vorbei!«

»Ach, Kind, das weißt du doch selbst noch, dass es nicht vorbei war, die Menschen waren ja noch die gleichen. Haben sie nicht damals sogar deinen Lehrer entlassen, weil er zu viele Fragen gestellt hat? Wir haben doch alle zwölf Jahre lang gesagt bekommen, was richtig und was falsch ist, und viele haben ihr Gewissen damals abgegeben. Um das überhaupt auszuhalten. Aber weißt du, in so einer langen Zeit, da kann ein Gewissen dann auch mal verlorengehen, nicht jeder findet es wieder. Und das ist dann das Tragische. Wir waren doch die Verbrecher, die sich gegen ihr eigenes Land gestellt haben, und wir sind es geblieben. Wir wurden verachtet. Das habe ich oft genug gehört, um zu wissen, dass es besser ist, das für sich zu behalten.«

Der Mund ihrer Mutter wurde schmal, und Paula spürte, dass die Ungerechtigkeit sie noch immer schmerzte. Charlotte war diejenige, die aus Liebe zu ihrem Land gehandelt hatte, moralisch bleiben wollte, während das Land immer unmoralischer wurde. Auch wenn die Geschichte ihr recht gegeben hatte: Sie war diejenige, die von der Gestapo abgeholt worden war. In Frankreich wurden die Kämpfer der Resistance als Helden gefeiert, weil sie sich gegen das Böse gestellt hatten, das aus der Fremde ihr Land eroberte. Aber diejenigen, die sich in Deutschland gegen genau das gleiche Böse, nur im eigenen Land, gestellt haben, hatten noch jahrzehntelang als Verräter gegolten.

»Und ich wollte sie auch alle nicht mehr sehen. Vielleicht ist das der wahre Grund, warum ich nie mehr nach Hause wollte. Ich weiß doch nicht, wer mein Glück zerstört hat, ich hätte doch jeden verdächtigt. Jedem, dem ich begegne, hätte ich es zugetraut, das hätte mich vergiftet! Was hat Henri gemacht oder Rosi? Vielleicht ja sogar Hilde? Nanchen am Ende? Die Nachbarn? Die Bäckerin, der Blockwart. Diese Liste mit Anklagen war lang, die sie damals im Gericht vorgelesen haben. Wie hätte ich dort denn jemals wieder sein können, zwischen lauter möglichen Denunzianten? Und die Tränen meiner Mutter, ach, die habe ich doch genauso wenig ertragen.«

Sie schüttelte den Kopf.

»Sie war ja nicht allein. Sie hatte ja Henri.«

Die Tränen der Mütter. Paula erinnerte sich an eine Szene aus ihrer Kindheit, da hatte ihre Mutter bitterlich geweint, laut geschluchzt. Es hatte Paula Angst gemacht, und sie konnte sich jetzt noch daran erinnern, dass sie dachte, sie wäre schuld an diesen Tränen und es wäre ihre Aufgabe, alles wiedergutzumachen. Die Tränen der Mütter waren schwer zu ertragen. Sie versuchte sich zu erinnern, ob und wann sie vor Maya geweint hatte. Ob es Maya damit genauso ging? Im gleichen Moment, in dem sie sich diese Frage stellte, beantwortete sie diese auch schon. Natürlich ging es ihrer Tochter genauso. Da hatte sie immer gedacht, ihre Tränen wären ihre ganz eigenen Tränen, weil es doch ihr ganz eigenes Leben war, das sie in einem bestimmten Moment zum Weinen gebracht hatte. Aber die Tränen tropften aus den Augen der Mütter direkt in das Leben der Töchter. Warum auch immer sie geweint hatte, es hatte die Kindheit ihrer Tochter beeinflusst. Wie durch eine unsichtbare Nabelschnur blieb man auf ewig verbunden miteinander und gab auch noch weiter, was man vielleicht gar nicht weitergeben wollte.

Wie klar Charlotte über all das sprach, was sie zeit ihres und Paulas Lebens zurückgehalten hatte und was erst jetzt, da die große Schuld von ihr genommen war, nach und nach auftauchen konnte. Paula strich über die runzlige Hand ihrer Mutter, und als sie ihre Fingerkuppen berührte, wurde der Kloß in ihrem Hals immer größer. Die Finger waren komplett geheilt, man konnte nichts mehr sehen von den Verletzungen, die dort geschmerzt hatten. Ihre Mutter folgte Paulas Blick und nickte. Sie wusste, was sie dachte.

»Manchmal streiche ich noch über die Finger, und dann bin ich richtig überrascht, dass es gar nicht mehr wehtut.«

»Aber es tut immer noch weh, oder? Der Schmerz ist nur gewandert. Er sitzt vielleicht woanders …«

Charlotte sah Paula an und nickte.

Sie schwiegen gemeinsam, und Paula wünschte sich nichts sehnlicher als eine Zauberkraft, mit der sie alles gutmachen könnten. Alles Vergangene. Alles Zukünftige. Das Schweigen hatte zwischen ihnen gelegen wie der Fluss, der die Königskinder trennte. *Sie konnten zusammen nicht kommen, das Wasser war viel zu tief.* Die Gefahr, in der Erinnerung zu ertrinken, war zu groß. Erst die Befreiung von der vermeintlichen Schuld hatte die Stromschnellen beruhigt. Da war sie erst so eifersüchtig auf den Muck gewesen, dabei hatte sein plötzliches Auftauchen ihr jetzt endlich die Mutter geschenkt, nach der sie sich immer gesehnt hatte. Eine Frau, von der sie überhaupt nichts gewusst hatte, die sie so gerne früher kennengelernt hätte.

Plötzlich fiel Paula etwas ein.

»Deshalb durfte ich damals nicht mit Wolfi Musik hören, oder? Weil er beim Roste Willi gewohnt hat.«

»Ich wollte doch nicht, dass du auch nur einen Fuß in das Haus so eines Denunzianten setzt.«

»Ich habe gedacht, du verbietest es mir, weil es mir Spaß machte.«

Charlotte nickte.

»Ich habe bestimmt viel falsch gemacht. Aber das ging nicht anders. Wir hätten alle nicht weiterleben können, wenn wir alles immer besprochen hätten, ich konnte dir das nicht erklären. Und wenn hier im Dorf jeder alles gewusst hätte, wenn es immer wieder neu aufgerührt worden wäre, durch euch, durch eure Kinder, von jeder Generation aufs Neue, wie hätte sich das alles jemals beruhigen können? Und es musste sich doch beruhigen … es musste Ruhe kommen …«

Das war genau das, was Paula immer so aufgeregt hatte früher. Diese Ruhe. Wie eine Betäubung hatte diese Ruhe alles gedämpft. Ohne es zu verstehen, hatte sie es gespürt, hatte dagegen angesungen, angeschrien und angetanzt, weil sie leben wollte, laut sein wollte, diese Stille zerreißen wollte. Jetzt hatte sie den Impuls, eine watteweiche Decke um ihre

Mutter zu hüllen, um sie zu schützen. Plötzlich verstand sie ihre Mutter, verstand mit einem Mal etwas von dieser Generation, die glaubte, Wunden könnten nur heilen, wenn man nicht daran rührte. So wie die Finger ihrer Mutter nur heilen konnten, weil sie nicht daran gerührt hatte. Sie hatte ihr Geheimnis gut gehütet. Aber eigentlich, dachte Paula, war es genau andersherum. Nicht ihre Mutter hatte ein Geheimnis gehütet, nein, das Geheimnis hatte ihre Mutter gehütet. Die Geheimnisse hüteten die Menschen und bewahrten sie davor, ihre kleine Weide zu verlassen, über einen Zaun zu klettern, die Welt zu entdecken. Das Geheimnis hatte ihre Mutter so gut gehütet, geschützt und von ihrer Umgebung abgeschirmt, dass Paula sie erst jetzt erkennen konnte.

»Aber weißt du, als wir das Mariechen beerdigt haben und er am Friedhof aufgetaucht ist, da haben wir ihn weggeschickt, den Willi. Ein paar Leute haben dumm geguckt, natürlich, die wussten ja nicht, warum. Waren auch nicht mehr viele, die davon noch wussten. Aber da brauchte er dann auch nicht mehr so zu tun, als ob es ihm leidtut. Dem hat nämlich nix leidgetan. Nie.«

Ihre Augen funkelten, und Paula erkannte neben allem Schmerz, den sie ertragen hatte, auch den Trotz und die Kraft, die die stille junge Frau damals auf ihren widerständigen Weg geführt hatten.

»Und du hast ihm eins übergebraten und damit wahrscheinlich das Dorf gerettet.«

»So eine Chance bekommst du nur einmal.«

Ihre Mutter schaute so verschmitzt, als hätte sie von einem Jugendstreich erzählt. Dabei hatte Paula keine Ahnung, ob sie selbst derart geistesgegenwärtig gewesen wäre und dann noch mutig genug, den Gedanken in die Tat umzusetzen.

»Kind, ich muss zu Henri. Ich habe ihm Unrecht getan.«

Paula nickte. Das war bestimmt nicht das, was die Ärztin mit »Schonung« gemeint hatte, aber natürlich verstand sie, wie wichtig ihrer Mutter dieser Weg zum Grab ihres Bruders war. Onkel Henri war vor einigen Jahren gestorben, sie hatte damals gerade irgendwo im Ausland gedreht und konnte nicht zur Beerdigung kommen. Natürlich hatte es Paula leidgetan, sie hätte gerne seinen seltsamen Sohn Hubert wiedergesehen, der bestimmt zur Beerdigung seines Vaters gekommen war. Auch Henri hatte nie gesprochen. Und wer wusste schon, warum sein Sohn so weit weggegangen war und Meere und Kontinente zwischen sich und seinen Vater legen musste. Sie merkte, dass sie die Kontaktlosigkeit in der Familie wie selbstverständlich übernommen hatte. Die Fäden, die ihre Mutter durchschnitten hatte, hätte sie aufgreifen können. Aber es hatte sie nie genug interessiert. Familie war für sie immer eher etwas gewesen, vor dem man fliehen musste, um wachsen zu können. Familie war kein Konzept für ihr Leben. Vielleicht, weil es das Vorbild nie gegeben hatte, die Familienbeziehungen nie gepflegt wurden und auch ihre Liebe zu ihrer Großmutter Lisette durch die Beobachtung ihrer Mutter immer unter Spannung gestanden hatte. Vielleicht, weil sie selbst damit gescheitert war. Vielleicht aber auch, weil sie nie in das Regelwerk von Verwandtschaft, Vererbung und Generationen hineingepasst und sich geweigert hatte, die ihr zugedachten Rollen zu übernehmen. Nicht die Enkelin, nicht die Tochter, die Mutter: einfach Paula hatte sie sein wollen. Paula und niemand sonst. Jetzt erst erkannte sie, dass sie nur zum Teil die Paula sein konnte, die sie hatte sein wollen. Denn ihre Familie hatte sie ja doch geprägt. Wer wäre sie geworden, wenn sie von der Vergangenheit ihrer Mutter gewusst hätte?

Maya war da ganz anders. Maya forschte und suchte nach ihrem Platz im familiären Gefüge. Offensichtlich war Paula ihr als Mutter nie genug Familie gewesen, sie suchte mehr Verbindung. Im Gegensatz zu ihr hatte Maya spontan erklärt, bei ihrer Oma zu bleiben, solange sie Hilfe brauchte. Paula hatte dagegen erst die ganze Geschichte ihrer Mutter hören müssen, die ganze, traurige Geschichte, um endlich zu erkennen, wie sehr sie ihre Mutter liebte und dass sie alles für sie tun würde, um diese Zeit, die ihnen jetzt noch blieb, so schön wie möglich miteinander zu verbringen. Wie wohl sie sich plötzlich fühlte. Wie verbunden. Sie war voller Liebe. Ich liebe meine Mutter, dachte sie. Es war, als hätte jemand eine Decke um die kleine, immer und immer suchende Paula gelegt. Als wäre sie mit einem Mal warm und geborgen und zuhause.

Später, als ihre Mutter wieder schlief, lief sie den Weg hinauf zum Waldrand, wo noch immer Baumstämme lagerten. Sie setzte sich auf einen der Stämme und schaute auf das Dorf. Diesen Weg waren ihre Eltern gemeinsam gegangen, um das Leben wieder zu lernen. Hier hatten sie gesessen. Leise, vorsichtig und zart hatten sie Fühlung mit dem Leben aufgenommen und versucht, alles andere zu vergessen. Und letztlich hatte sie auf ihre Art das Gleiche gemacht. Genau wie ihre Mutter hatte sie versucht, Schmerz zu vergessen. Alles zu vergessen, was mit Harry zu tun hatte, und Maya damit die gleiche Bürde dieses Schweigens aufgeladen. Charlotte hatte nie von ihrem Schmerz, aber auch niemals von den Träumen und Hoffnungen gesprochen, die sie gehegt hatte, bevor es Paula gab. Paula hatte Maya nie von sich erzählt. Erst jetzt verbanden sie sich alle durch ihre Geschichten.

Paula streichelte die Rinde des Baumstammes und fühlte sich dem Leben ihrer Mutter verbunden, fühlte diesen Ort, gegen den sie sich selbst so lange gewehrt hatte, an dem ihre Mutter hatte bleiben können, an dem sie hatte überleben können in all ihr inneren Heimatlosigkeit.

Lost Places. Das verlorenste Haus von allen war wohl die Sommervilla, die Lisette verlassen hatte. Wovon das Haus wohl träumte in seinem Dornröschenschlaf, hatte ich mich gefragt, als ich es zum ersten Mal hinter den wuchernden Brombeerhecken entdeckte, und hatte mir Gesellschaften vorgestellt, Damen in Spitzenkleidern, die dort durch den Garten wandelten, Kristallgläser in der Abendsonne und eine lachende, ausgelassene Lisette. Welch romantische Vorstellung ich davon gehegt hatte, wie Lisette barfuß über die Freitreppe durch den Garten in ihr unbeschwertes neues Leben gelaufen war. Zweifelsohne war das dort geschehen. Aber es hatte auch den Tag gegeben, an dem Lisettes Eltern erkennen mussten, dass sie ihre Tochter nicht kannten, und es hatte den Tag gegeben, an dem die Familie den französischen Besatzern nach dem Ersten Weltkrieg den Platz räumen musste, den Tag, an dem Lisette mit ihrer kleinen Tochter einen Ausflug dorthin gemacht hatte. Und es hatte den Tag gegeben, an dem Charlotte mit Paul von einer Zukunft voller Glück geträumt hatte, und den Tag, an dem sie unter der Last vermeintlicher Schuld dort zusammengebrochen war. Die Sommervilla war der Ort großer Liebe, unendlicher Enttäuschung, lähmender Angst und Verzweiflung gewesen. Jetzt stand sie leer, und die Geister der Vergangenheit spukten darin. Es wurde höchste Zeit, unsere Häuser mit Geschichten zu füllen. Es wurde Zeit, mein Leben mit Geschichten zu füllen. Denn was war denn eigentlich mein Problem? Ich war das personifizierte Zögern, ich war meine eigene Barrikade, denn von außen gab es wenig, das mich zurückhielt. Ich hatte es ja noch nicht einmal fertiggebracht, meinen Job selbst zu kündigen. Gut, ich hatte mit meinem Verhalten dazu beigetragen, aber ich war unfassbar passiv und abwartend. Es gab in meinem Leben keine drastischen Verbote, keine Gefahr, keinen Krieg, keine wirklichen Schwierigkeiten, keine Existenznot, keinen Hunger, keinen Tod. Und doch lebte ich so, als sei ich davon umgeben. Ich hatte mir einen Kokon gesponnen, in dem ich ausharrte und abwartete, weil alles, was da draußen außerhalb des Kokons passierte, mir Angst einjagte. Dabei war es der Schrecken der anderen, der mich am Leben hinderte. Als dürfte es mir nicht besser gehen als den Frauen vor mir. Als dürfte ich nicht träumen. Als stünde mir das Glück nicht zu, weil die Frauen meiner Familie auch nicht glücklich gewesen waren.

Wenn ich jetzt ein Bild von mir malen würde, dann würden die Farben der Winterfrauen es dominieren. Das leuchtende Grün von Lisettes Seidenkleid würde darin vorkommen, durchzogen von den dunklen Fäden ihrer Verzweiflung. Charlottes Kornblumenblau und das tiefe Nachtblau ihrer Trauer. Das knallige Orange der aufbegehrenden Paula würde ich unbändig dazwischentupfen. Denn sie gehörten zu mir und machten mich aus. Aber ich war auch mehr als diese Farben. Ich war mehr als ihre Trauer, mehr als ihre Verluste. Ich war meine eigene Farbe, ich musste sie nur noch finden.

»Kannst du dir denn immer noch so lange freinehmen? Bekommst du keinen Ärger mit deinem Chef?«

Oma schaute mich besorgt an, als ich ankündigte, mit nach Rauenthal fahren zu wollen. Kurz zögerte ich, weil ich mich schämte zuzugeben, dass ich keine Arbeit mehr hatte, und überlegte tatsächlich, ob ich so tun sollte, als hätte ich gekündigt, aber dann lächelte Lukas mich an, dem ich schon alles erzählt hatte, und ich holte einmal tief Luft und erzählte von der Begegnung mit meinem Chef.

»Ach, endlich. Gott sei Dank.«

Paula war richtiggehend begeistert, und auch Oma lächelte zufrieden. Die beiden fanden es toll, dass man mich entlassen hatte.

»Das schafft doch Platz für neue Überlegungen. Und mach dir um Geld keine Sorgen, Kind, Hauptsache, du findest etwas, was dich froh macht.«

Ich schaute zu Paula, und sie nickte bekräftigend.

»Ihr findet das gar nicht schlimm?«

Nicht nur Oma und Paula schüttelten den Kopf, auch Lukas. Er legte den Arm um mich und sagte, er finde es wichtig, dass wir immer wieder hinterfragen, womit wir uns beschäftigen. Und ob es auch das Richtige für uns sei.

»Fragst du dich das denn auch?«

Er nickte, und ich schaute ihn verwundert an. Wahrscheinlich ging ich davon aus, dass jeder immer genau wusste, was er tat, nur ich selbst hatte keine Ahnung und keinen Plan.

»Aber du bist doch gern in München, oder?«

Lukas hatte sich gefreut, als Grafikdesigner aus der Schleife der Dauerpraktika herauszukommen und eine Dozentenstelle an der Hochschule in München zu übernehmen.

»Es ist echt okay, aber ich will lieber nicht so viel reden, nicht so viel Theorie. Vielleicht liegt mir das gar nicht. Ich will abends müde sein, weil ich Ideen hatte, Sachen ausprobiert und verworfen habe, neu anfangen musste, nicht weil ich Vorlesungen und Seminare halte.«

»Aber Praktika bei den großen Werbefirmen willst du auch keine mehr machen …«

»Vielleicht suche ich mir kleine Label. Irgendwas, wo man dahinterstehen kann, was mehr mit mir zu tun hat. Auch wenn mein Vater schon meine Professorenkarriere plant … Ich halte so ein bisschen Ausschau.«

»Dann halte ich jetzt auch mal ein bisschen Ausschau.«

»Vielleicht schauen wir ja sogar in eine ähnliche Richtung? Vielleicht sehen wir einen Ort, an dem wir uns beide vorstellen könnten zu sein?«

»Das wäre schön«, sagte ich. Und ich sagte es nicht nur, ich fühlte es durch und durch.

An einem Blumenladen in Eltville hielten Paula und Oma an und stiegen aus. Lukas und ich fuhren hinter ihnen her und hielten ebenfalls an. Die Blumenhändlerin schaute seltsam, als wir von jeder Sorte im Laden einige Blumen kauften, um den buntesten Strauß zu bekommen. Tulpen in allen Farben, Anemonen, Osterglocken, Wachsblümchen und Lilien, Hyazinthen und dazwischen alle Sorten kleiner und großer Rosen, die es in dem Geschäft gab.

»Aber das passt nicht so richtig zusammen«, sagte die Floristin und schaute unglücklich auf das blühende Durcheinander in ihrer Hand.

»Doch. Es passt perfekt.« Oma lächelte den bunten Blumenstrauß an. »Es sind keine Spätsommerblumen, wie damals, aber sie leuchten auch. Das hätte ihr gefallen. Können wir so einen dazukaufen?«

Sie deutete auf einen der hohen Blumenkübel, und die Floristin willigte schweren Herzens ein.

Paula trug den Strauß ins Auto, weil Oma ihn gar nicht alleine tragen konnte. Aber sie bestand darauf, ihn während der Fahrt nach Rauenthal selbst zu halten. Wir halfen ihr, sich anzuschnallen, und die Blumen türmten sich auf ihrem Schoß, Paulas Auto wirkte plötzlich winzig.

Lisettes Grab lag am Rand des Friedhofs unter einer Linde. Eine Schale mit bunten Hornveilchen und Vergissmeinnicht stand darauf, und ich war mir sicher, dass Hanni sie da hingestellt hatte. Käthes Enkelin war vor etwa zwanzig Jahren in Lisettes Haus gezogen. Ich fand es nett, dass die Enkelin eines der Eschbachmädchen nach Lisettes Grab schaute. Und jetzt, nachdem ich die ganze Geschichte gehört hatte, war ich irgendwie erleichtert, dass es Käthes Enkelin war und nicht Rosis, die in Lisettes Haus im Hochweg lebte.

Wir füllten den Kübel mit Wasser und stellten unsere Blumen auf Lisettes Grab. Es war jetzt das schönste und bunteste

Grab des ganzen Friedhofs. Oma stand reglos und stumm an dem Grab ihrer Mutter, und es dauerte lange, bis sie anfing zu sprechen.

»Sie wollte sich immer bei mir entschuldigen. Sie dachte, sie sei schuld, dass ich Paul verloren habe, dass sie mich am Bahnhof damals ins Unglück gestürzt hat. Sie wollte unbedingt alles wiedergutmachen, mich heimholen wollte sie.« Oma schnäuzte sich und tupfte sich die Augen trocken. »Sie hat mir nie geglaubt, dass sie doch gar nicht schuld ist. Sie wusste ja nicht, dass Henri ihn verraten hat.«

»Du hast ihr das nie gesagt? Warum eigentlich nicht?«

Paula sah ihre Mutter fragend an.

»Sie hatte doch schon die Tochter verloren. Da sollte sie doch wenigstens ihren Sohn behalten. Außerdem wusste ich, dass er sich immer um sie kümmern würde. Ich wollte ja, dass es ihr gutgeht.«

Auch das wollten wir Töchter. Wir Töchter wollten unsere Mütter lieben, wir wollten von ihnen geliebt werden, wollten, dass es ihnen gutgeht, und trotzdem wollten wir frei sein.

»Wo war Lisette eigentlich während des Krieges? Hat sie dir das irgendwann einmal erzählt?«

Oma nickte. Lisette hatte diese Jahre in einem Künstlerhaushalt in Ahrenshoop verbracht. In der ehemaligen Künstlerkolonie an der Ostsee hatten etliche verfolgte Künstler während des Krieges Zuflucht gesucht. Einer war dabei, der in den Zwanzigern bei ihnen ein und aus gegangen war, und anscheinend hatte es da so etwas wie eine zweite Liebe gegeben. Paula starrte ihre Mutter entgeistert an, als sie das hörte. Eine zweite Liebe? Davon hatte Lisette nie gesprochen, niemals, für Lisette hatte es doch immer nur Emile gegeben.

»Emile war ihre große Liebe, ihre Seelenverwandtschaft, ihr bester Freund. Jakob war wahrscheinlich für eine Zeit ein guter

Begleiter, aber das muss ich *dir* doch nicht erklären, dass man mehrere Männer lieben kann. Wenn das jemand von uns weiß, dann doch du.«

»Wirfst du mir das jetzt vor?«

Oma schüttelte den Kopf. »Unsinn. Und selber brauchst du es dir auch nicht vorzuwerfen. Sie haben zusammen in einem blauen Haus am Meer gelebt, bei einem Künstlerpaar, das sie aufgenommen hat. Ich glaube, es ging ihr gut mit Jakob in dieser Zeit.«

Den Namen hatte ich doch schon mal gehört.

»Jakob? War das nicht der Maler des Bildes, das du bei euch im Wohnzimmer abhängen musstest? Was ist eigentlich mit den Bildern passiert?«

»Die sind im Gartenhaus verbrannt. Dillmann und Scheerer, die wären heute eine Menge wert. Aber das ist völlig egal. Dass die Simons überlebt haben, das ist das Wichtigste. Und Lisette war letztlich ja auch froh, dass die Bilder uns nicht in noch mehr Schwierigkeiten gebracht haben.«

Da hatte sie gedacht, sie hätte sie im Gartenhaus sicher versteckt, aber der sicherste Ort war dann eben doch sehr unsicher gewesen.

An Henris Grab ließen wir sie eine Weile alleine, traten ein paar Schritte zur Seite, damit sie mit ihm ausmachen konnte, was sie mit ihm auszumachen hatte. Sie zupfte an den Blumen auf seinem Grab herum, sie wischte über den Stein, sie schimpfte und redete auf ihn ein. Sie weinte viel. Am Ende mussten wir ihr hochhelfen, weil sie zu schwach war, alleine aufzustehen. Ihre Knie waren schmutzig, weil sie in der Erde gekniet hatte, aber das war ihr egal.

»Gut«, sagte sie. »Er hat die Simons nicht umbringen lassen. Das hat er nicht getan. Da habe ich mich jetzt entschuldigt, dass ich das immer von ihm gedacht habe. Aber mein Leben mit Paul, das hat er doch zerstört.«

Langsam gingen wir über den Friedhof Richtung Ausgang.

»Na, wer weiß«, sagte sie unvermittelt und verstummte.

Ich schaute sie fragend an. »Wer weiß *was?*«

Sie seufzte.

»Wer weiß denn heute, ob er es war, oder ob ich nicht auch selbst schuld war? Ich habe Henri alles in die Schuhe geschoben, da hatte ich auch immer einen Sündenbock. Aber vielleicht war ich auch einfach zu unvorsichtig? Oder vielleicht war's jemand ganz anderes? Vielleicht hat einer der Kuriere uns betrogen? Es ist so viel Zeit vergangen. Na ja, aber zugetraut hätte ich es ihm. Lassen wir es ruhen.«

Wir gingen stumm vom Friedhof zurück zum Auto, und sie bat Paula, gleich wieder nach Hause zu fahren. Sie war mit ihren Kräften am Ende, und man sah ihr die Erschöpfung an. Diese Reisen in die Vergangenheit strengten an. Sie wollte sich lieber so schnell wie möglich wieder hinlegen. Eigentlich hatten wir noch an Lisettes ehemaligem Haus, dem Haus ihrer Kindheit, vorbeigehen wollen, aber das wollte Oma lieber auf ein nächstes Mal verschieben, das war ihr heute zu viel.

Lukas und ich wechselten nur einen kurzen Blick, um uns zu vergewissern, dass wir beide das Gleiche dachten. Wir beide würden Hanni auf jeden Fall einen Besuch abstatten. Wir hatten ihr letztes Jahr versprochen, wieder vorbeizuschauen, und hatten es noch nicht wieder gemacht. Hanni war ein wahrer Fundus an Geschichten gewesen, es hatte sich angefühlt wie ein Familienbesuch, weil sie viel über uns Winterfrauen wusste, wovon ich vor einem Jahr noch nicht die geringste Ahnung gehabt hatte. Wir winkten Paula und Oma nach und schlenderten dann zu dem Haus, in dem meine Oma aufgewachsen war. Ich wünschte, Hanni und ihre Familie hätten es nie renoviert und ich könnte das Haus so wiedersehen, wie es damals ausgesehen hatte. An vieles konnte ich mich noch sehr genau erinnern und versuchte Lukas zu beschreiben, wie besonders das Haus auch für mich als Kind damals gewesen war. Nachdem Paula es geerbt hatte, hatten wir viele Wochenenden und Sommerferien dort verbracht, inmitten bunter Wände, angemalter Möbel und besonderen alten Stoffen.

»Es war bunt und außergewöhnlich. Paula hat mal einem ihrer Verehrer den Laufpass gegeben, nur weil er es komplett umbauen und modernisieren wollte. Na ja, es war mit den Jahren schon auch etwas muffig geworden, gerade weil wir nicht immer da gelebt haben.«

»Hättest du denn da leben wollen?«

»Unbedingt, es war wie ein Paradies für mich. Und wenn ich mit Paula da war, hatte sie immer Zeit. Es war einfach wunderbar dort.«

Wir hatten Glück, Hanni war zuhause und öffnete auf unser Klingeln.

»Ach, das ist so schön, dass ihr vorbeischaut.«

Wenn wir Bescheid gesagt hätten, hätte sie doch gebacken. Hanni war herzlich, und ihr Redeschwall sprudelte wieder ohne Punkt und Komma, genau wie bei unserem ersten Treffen letztes Jahr. Wie schade, dass die Familien so gar nichts mehr miteinander zu tun hatten, man hatte doch immer gute Nachbarschaft, und sie würden alle so gerne wiedersehen. Das war mein Stichwort. Ich beschloss zu erzählen, dass Hans Simon aufgetaucht war und dass meine Oma und er viel von früher erzählt hatten. Aber eben nicht alles.

»Jetzt fragen wir uns, ob ihr etwas von den Simons wisst? Oder von meiner Oma früher? Was es wohl für einen Grund hatte, dass sie nie zurückgekommen ist, gibt es da irgendeine Geschichte? Weißt du da irgendetwas?«

Hanni runzelte die Stirn. Nein, von den Simons wusste sie gar nichts. Nur, dass Tante Rosi damals den Laden von ihnen gekauft hatte. Ach ja, das war schön, als es den Laden noch hier gegeben hatte und man nicht wegen jeder Milch runter ins Einkaufszentrum fahren musste. Hanni hatte wirklich ein großes Talent für unbekümmertes Geplapper, und es fiel mir schwer, geduldig zuzuhören. Unter welchen Umständen Rosi den Laden »gekauft« hatte, davon hatte Hanni offensichtlich keine Ahnung. Sie wünschte, sie könnte ihre Oma Käthe noch fragen, die wüsste bestimmt noch viel mehr von früher. Sie war die Geschichtenerzählerin der Familie gewesen. Manchmal, plauderte sie einfach weiter, hatte es schon Bemerkungen gegeben, über die arme Lotte, aber dass sie nie wusste, warum ihre Oma das so gesagt hatte. Sie hatte auch mal nachgefragt, aber auf manches bekommt man ja nie eine Antwort. Dann fiel ihr Tante Lore ein, Rosis Tochter, die noch immer nebenan im Haus der Eschbachs wohnte. Und es dauerte keine zehn Minuten, dann stand Tante Lore vor der Tür und erwies sich schnell als jemand, der sich richtig gut auskannte. Lore schien sich alles merken zu können, was irgendjemand ihr irgendwann einmal erzählt hatte.

»Da war doch diese Geschichte mit den Richters, weißt du das denn nicht mehr?«

Lore schaute Hanni fragend an, und Hanni schüttelte den Kopf.

»Die Richters, die hatten das Weingut unten an der alten Chaussee, die hatten doch keine eigenen Kinder, und deshalb haben sie das Henri vererbt.«

»Henriette«, sagte ich. »Das waren Henriette und Toni. Was war mit den Richters?«

Plötzlich war ich wie elektrisiert.

»Da schau, das weiß ja sogar die Maya aus Frankfurt.«

»Ich kann mir doch nicht alles merken«, versuchte Hanni sich zu rechtfertigen, und ich hätte am liebsten Psst gesagt, damit Lore schnell weitersprach.

»Also, ich habe das von meiner Mutter immer so gehört. Lotte hatte damals einen Freund, der war Kommunist oder so was. Jedenfalls hat der sich vor der Armee gedrückt. Und das durfte man ja nicht. Das war ja schlimm damals im Krieg. Und das arme Ding wusste das wohl nicht. Der hat sie an der Nase herumgeführt. Das haben meine Eltern so erzählt. Dem Toni war anscheinend irgendwann mal etwas komisch vorgekommen, der hat Nachforschungen angestellt und hat das alles rausgekriegt. Der hatte gute Beziehungen in die Partei damals. Man musste ja mitmachen. Meine Eltern auch. Die waren auch in der Partei. Alle. Man musste ja.«

Sie sah uns mit großen Augen an, um sich zu vergewissern, dass uns das auch klar war. Weil ich wollte, dass sie weitersprach, nickte ich nur vage.

»Der Toni hatte das Weingut, das ging ja gar nicht anders damals, dem hätte ja keiner mehr Wein abgekauft. Also, meine Mutter hat immer gesagt, dass die Lotte in falsche Kreise gekommen ist, als sie in Wiesbaden gearbeitet hat. Wie ging das dann weiter …? Lasst mich mal überlegen.«

Sie machte eine Pause und dachte nach. Lukas und ich waren so angespannt, ich musste mich beherrschen, um nicht zu ungeduldig nachzubohren.

»Also, der wurde gesucht, der junge Mann, ich weiß jetzt nicht, ob sie ihn gefunden haben, das weiß ich wirklich nicht. Aber eine Sache fällt mir noch ein: Meine Mutter hat mal erzählt, dass Henriette auf dem Sterbebett zu ihr gesagt hat, das habe sie so nie gewollt für die Lotte, sie wollte doch nur ihr Bestes.«

»Was hat sie damit gemeint?«

Als Lukas die Frage stellte, hielt ich die Luft an.

»Die Henriette ist ja früh gestorben, bald nach dem Krieg, und so schnell. Krebs.« Lore ging erst mal nicht auf die Frage ein. »Schlimm. Das war ja damals immer gleich ein Todesurteil, die Arme. So alt war sie da noch nicht, aber der Toni war ja auch nicht mehr heimgekommen. Deshalb hatte der Henri dann bald ein eigenes Weingut. Hat er ja gut gemacht. Muss man ihm lassen.«

Henriette? Mir liefen kalte Schauer über den Rücken.

»Aber was hätte Henriette *so nie gewollt*? Was hat sie damit gemeint?«

Lore runzelte die Stirn.

»Na, ich glaube, sie wusste, dass sie den jungen Mann einkassieren wollten. Wie war das denn noch mal? Irgendwie hat sie verhindert, dass die Lotte auch geschnappt wird. Frag mich nicht, wie. Die wollte sie doch retten. Lotte war wie eine Tochter für sie. Aber dann war Lotte plötzlich im Gefängnis, und deshalb ist sie wahrscheinlich auch nie wiedergekommen. Aber das weiß ich alles nicht genau, man hat uns ja nichts erzählt. Kinder haben doch nichts erzählt bekommen, damals! Da hat man halt mal gelauscht, aber verstanden hat man ja trotzdem nur die Hälfte! Meine Mutter hat immer gesagt, die Lotte sei irgendwann komisch geworden. Schwierig, wenn man so in falsche Gesellschaft gerät …«

»Klingt aber so, als wäre Lotte doch die Einzige, die in richtig guter Gesellschaft war in dieser Zeit, oder?«

Lore und Hanni schauten mich beide einen Moment lang verblüfft an, und dann zuckte Lore die Achseln. Ja, natürlich. Heute würde man das wahrscheinlich so sehen. Aber ihre Mutter hatte das nie so sehen können.

»Vielleicht«, sagte ich langsam, »ist das ja auch der Grund, warum Lotte nie zurückgekommen ist. Weil sie befürchtete, dass sich in den Köpfen nichts geändert hatte. Und sie für immer abgestempelt war.«

Lore und Hanni starrten mich an, und Lore runzelte nachdenklich die Stirn.

»Und ich habe gerade einfach die Worte meiner Mutter wiedergegeben, ohne vorher nachgedacht zu haben. Einfach nachgeplappert. Dabei hast du recht. Das weiß man ja auch nicht so richtig, wie meine Mutter das alles gesehen hat.«

Doch, dachte ich, das wissen wir, und wenn Lore danach fragte, würde ich ihr alles erzählen. Aber sie fragte nicht nach. Vielleicht noch nicht.

Henriette. Alles hätte ich für möglich gehalten. Aber doch nicht Henriette, Lisettes beste Freundin, die die kleine Lotte aufgezogen hatte, immer für sie da gewesen war, ihr die Mutter ersetzt hatte, immer dann, wenn Lisette es selbst nicht vermochte. In allen Erzählungen meiner Oma hatte ich Henriette so liebgewonnen, hatte immer das Gefühl gehabt, sie gehörte eigentlich zu unserer Familie, wie ein guter Geist, der Lisette und Charlotte immer beigestanden hatte. Wie tragisch, dass ausgerechnet Henriette politisch verblendet, gutgemeint und in bester Absicht Charlottes Glück zerstört hatte. Es klang plausibel. Der Kirschbaum mit dem Astloch, das als Briefkasten diente, hatte auf der Obstwiese der Richters gestanden. Wenn Henriette Lotte nur einmal zu oft dort gesehen hatte und sie ihre Kleine beschützen wollte vor allem, was sie für Unheil hielt, dann würde es passen. Dann war es Henriette, die Pauls Nachrichten weggenommen hatte und Lottes Schrift gut genug kannte, um eine Nachricht für Paul zu fälschen. Mehr würden wir nicht herausbekommen. Es würde uns wahrscheinlich nie gelingen, alle Teile dieses Puzzles zusammenzusetzen. Einige Stücke würden immer fehlen, und wir würden nie wirklich sicher sein können, ob es so gewesen ist. Aber es war die einzige Erklärung, die wir hatten.

»Wer weiß«, sagte Lukas, als wir Hand in Hand den Weg zur Bubenhäuser Höhe hinaufliefen. »Vielleicht hat Henriette sie damit wirklich gerettet. Vielleicht wäre sie sonst zusammen mit Paul erwischt worden. Und dann wäre die Strafe härter gewesen als ein halbes Jahr Zuchthaus, wer weiß das schon?«

»Was wohl aus Paul geworden ist? Ich hoffe, er hat es überlebt. Wenn es Hans gelungen ist, Oma wiederzufinden, über den Atlantik hinweg, dann ist es doch bestimmt möglich, etwas über Paul herauszufinden?« Ich blieb stehen und schaute Lukas an. »Ich finde, wir sollten ihn suchen.«

Lukas und ich saßen zusammen an Lisettes Lieblingsplatz und schauten in das Rheintal. Hier hatten sie alle gesessen und ins Tal geschaut, auf den Rhein, in dem sich der Himmel spiegelte. Vor hundert Jahren Lisette und Emile, vor siebzig Jahren Charlotte und Paul, Paula als Mädchen, wenn sie ihre Oma Lisette hier besucht hat, Paula als junge Mutter mit mir auf dem Schoß.

Es war ein wunderbarer Ort. Die Sonne in den Weinbergen schien hier viel wärmer als anderswo, die Blicke flogen weiter. Es fühlte sich gut an, hier zu sitzen. Geborgen. Es fühlte sich an wie ein Ort, an dem ich zuhause sein könnte, weil wir Winterfrauen hier alle unsere Spuren hinterlassen hatten.

»Ich könnte mir vorstellen, hierherzuziehen und abends mit dir hier zu sitzen und Wein zu trinken.«

Lukas nickte.

»Weinberge, Südhänge, der Rhein. Und du neben mir.« Er lächelte. »Sollen wir uns hier etwas suchen? Ist das eine Richtung, in die wir zusammen schauen?«

»Wir? Zusammen? Meinst du das wirklich ernst?«

»Frag nicht mich, frag dich.«

Er lächelte mich wieder an, und ich sah mich in seinen Augen und dachte, dass mir in diesem Blick nichts passieren konnte. Dass ich sicher war. Dass ich es doch einfach mal probieren könnte.

Ich nickte.

Hand in Hand gingen wir zurück ins Dorf, und als wir an Lisettes Haus vorbeikamen, sah uns Hanni durchs Küchenfenster und kam nach draußen gelaufen. Jetzt müsste sie uns doch noch etwas beichten, das hatte sie vorhin ganz vergessen in der Aufregung, nein, was für eine Geschichte, das waren ja vielleicht Zeiten damals! Sie fing damit an, dass die Kinder ja gebaut hatten, mit einer Einliegerwohnung im Haus, und da wollten sie jetzt hinziehen, um mit den Enkelkindern zu helfen.

»Ich weiß, das wird jetzt dumm für Paula, sie will ja keine Arbeit haben mit dem Haus und mit neuen Mietern. Sollen wir uns schon mal umhören, dass sie jemand findet, der gut aufs Haus aufpasst?«

Ich beruhigte sie, sie solle sich überhaupt keine Sorgen machen, wir würden das schon hinbekommen, und innerlich schlug ich Purzelbäume. Das konnte doch nicht wahr sein, das Haus würde frei werden! Lukas fragte, ob wir uns denn alles einmal anschauen dürften, und Hanni führte uns herum. Wir gingen durch das Haus, durch den Garten, in dem der alte Pfirsichbaum noch immer stand, zum Atelier, das momentan eine Mischung aus Werkstatt und Schuppen war. Aber ich sah es vor meinem inneren Auge, das helle Atelier, die Atmosphäre, wenn die Türen zum Garten offenstanden. Ich sah Lisette und Emile, wie sie hier ihre hochfliegenden Träume verwirklichten, sah die schwatzenden Schneiderinnen, sah die stille kleine Lotte, die für ihre Mutter die Bänder sortierte, und die erwachsene junge Frau, die hier Leben rettete, indem sie Pässe in Mantelfutter einnähte. Ich sah Lukas, über seine Entwürfe gebeugt, und ich sah mich über meinen Entwürfen. Denn während wir dort standen, wusste ich plötzlich, was ich machen würde. Hier, an diesem Ort der Stoffe und der Entwürfe und der Gestaltung, würde ich meinen eigenen Stoff weben. Den Stoff meiner Familie. Ich würde sie erzählen, die ganze Geschichte der Winterfrauen. Warum sollte ich überhaupt versuchen, Geschichten zu übersetzen, die jemand anders erzählt hatte, wenn ich doch selbst so viel erzählen konnte über die Frauen meiner Familie? Jetzt waren wir keine einzelnen Perlen mehr, die in einer Schachtel umherkullerten. Die Geschichten, die erzählt wurden, waren die Schnur, auf die wir uns aufreihten, um zu einer Familie zu werden. Jede Perle war für sich besonders, aber zusammen bildeten wir eine kostbare und einzigartige Kette.

»Emile hielt Lisette für ein bisschen größenwahnsinnig, als sie beschloss, ein eigenes Atelier in den Garten zu bauen, wo sie zusammenleben und arbeiten würden. Bin ich jetzt auch ein bisschen größenwahnsinnig, wenn ich glaube, dass wir es uns hier schön machen könnten und dass das unser Ort wird zum Leben und zum Arbeiten?«

»So ein bisschen Größenwahn steht dir ziemlich gut«, sagte Lukas und küsste mich.

»Ach, ihr passt aber auch gut hier rein, ihr zwei!«

Hanni freute sich, als wir ihr erzählten, dass wir hier gerne einziehen würden, wenn Paula einverstanden wäre. Die gesamte Rückfahrt redeten wir über unsere Pläne. Es war, als hätte ich genau auf diesen Moment gewartet, um mein Leben zu verändern, um endlich den Ort zu bewohnen, den es eigentlich schon immer für mich gab. Und Lukas war genauso aufgeregt wie ich. Erst kürzlich hatte er eine Vorlesung über innovative Konzepte des Jugendstils gehalten. Vor hundert Jahren war es eine neue und moderne Idee gewesen, zuhause zu leben und zu arbeiten. Zur gleichen Zeit war die Idee der Gartenzimmer entstanden, durch die die Trennung von drinnen und draußen aufgehoben wurde. Lisette und Emile hatten beide Visionen hier zusammen verwirklicht.

»Und genau so können wir hier leben. Wie deine Urgroßeltern das vorgemacht haben. Und wir sind damit hundert Jahre später wieder genauso innovativ.«

Wir schwärmten, wir träumten von langen Tischen und offenen Türen, von Lampions im Pfirsichbaum und von Spaziergängen in den Weinbergen. Wir träumten uns ein Zuhause.

Kurz bevor wir in Lerchenrod ankamen, hatte ich einen Gedanken, der mich nicht mehr losließ, und ich merkte, dass ich immer nervöser aufs Lenkrad klopfte, so dass Lukas mich schon fragend ansah.

»Könnten wir meine Oma fragen, ob sie mitkommen will? Ich will nicht, dass sie ganz alleine in Lerchenrod bleibt. Ich fände es so schön, wenn sie mitkäme. Oder ist das für dich völlig unvorstellbar?«

Lukas fand den Gedanken gar nicht so ungewöhnlich, wie ich befürchtet hatte. Natürlich, gestand er lächelnd, hatte er bisher nicht direkt davon geträumt, dass er, wenn er zum ersten Mal im Leben mit einer Frau zusammenzog, gleich noch deren Großmutter mit dabeihaben würde. Aber er fand es völlig richtig, sie nicht alleine zu lassen, und war zuversichtlich, dass wir einen Weg finden würden, wie wir das zusammen hinbekämen.

»Und über was amüsierst du dich denn eigentlich gerade?«

»Ich glaube, über mich selbst.« Ich schüttelte den Kopf. »Weißt du, dass ich mich völlig verrückt gemacht habe nach unserer ersten Nacht in Lerchenrod? Ich dachte, das kann doch nichts werden mit uns. Erst verbringen wir einen Tag in der Notaufnahme, und dann liege ich mit einer Panikattacke auf dem Boden, anstatt leidenschaftlichen Sex mit dir zu haben. Das hatte ich mir wirklich anders vorgestellt! Ganz anders! Und jetzt sagst du: *Hey, okay, wir nehmen deine Oma auf*. Also, Lukas, wie verrückt bist du eigentlich?«

Ich setzte den Blinker und fuhr scharf bremsend rechts ran, um ihn zu küssen.

Wir erzählten Paula von unseren Plänen und fragten sie, ob wir in das Haus ziehen könnten. Sie strahlte, sie könne sich nichts Schöneres vorstellen. »Ihr zwei in Lisettes Haus! Ach, du lieber Himmel. Ich hole uns mal Wein hoch.«

»Wir drei«, sagte ich. »Also, Oma, wenn du magst, ziehen wir drei zusammen nach Rauenthal. Wir nehmen dich mit. Also, nur wenn du willst, natürlich.«

»Da ist doch gar kein Platz für mich.«

»Ich glaube, es gäbe Platz genug.«

»Nein, den Platz braucht ihr für euch. Ich werde euch auf keinen Fall zur Last fallen, was wollt ihr jungen Leute denn mit einer alten Frau im Schlepptau?«

Sie winkte lächelnd ab, und ich überlegte, ob das jetzt ihre Art war, höflich abzulehnen, oder ob sie sich nicht traute, einfach Ja zu sagen. Aber als sie nach unseren Händen griff und fest, sehr fest, drückte, spürte ich, wie sehr sie sich insgeheim darüber freute. Irgendwie würden wir es möglich machen.

»Du nimmst uns überhaupt keinen Platz weg. Du kommst einfach in den Ziegenstall.«

Noch nie zuvor habe ich meine Oma so sehr lachen sehen. Nach einer Weile bekamen wir fast Angst, dass sie gar nicht mehr aufhören würde. Aber es dauerte nicht lange, da hatte sie uns alle mit ihrem Lachen angesteckt, und ich war stolz, einen so guten Witz gerissen zu haben.

Als Oma abends schlafen ging, schlüpfte ich in ihr Zimmer und setzte mich an ihr Bett.

»Kannst du überhaupt schlafen nach all dieser Aufregung heute? Was für ein Tag. Ich kann das alles kaum fassen. Wie geht es dir denn jetzt?«

Sie nahm meine Hand und hielt sie sehr liebevoll.

»Ich glaube, dass die Maria jetzt wieder ihren Mantel um uns geschlagen hat, und darunter sind wir geborgen, und alles wird gut. So geht es mir jetzt.«

»Genauso geht's es mir auch, Omilein. Aber ich glaube, wir fühlen uns geborgen und gut, weil wir uns so viel erzählt haben. Weil wir wissen, woher wir kommen und wohin wir gehören.«

Ich ging hinaus, setzte mich in den dunklen Hof und schaute in den Nachthimmel. Die Sterne leuchteten hier so viel heller als in Frankfurt, wo die Lichter der Stadt sie verblassen ließen. Wo der Abendstern war, wusste ich nicht. Aber ich fragte mich, wie meine Oma diesen Stern heute sah, der ihr einst Glück verhießen hatte. Ob sie ihn überhaupt anschaute oder ob er sie noch immer traurig machte.

Und ich fragte die Sterne über mir, ob ich glücklich sein darf.

Darf ich glücklicher sein als meine Mutter, meine Großmutter, meine Urgroßmutter? Darf ich mir das nehmen, was ihr entbehren musstet? Darf ich auf meine Liebe hoffen, auch wenn eure Hoffnungen zerstört wurden? Darf ich glücklich sein, fragte ich die Sterne, und sie funkelten stumm. Ich war mir sicher, dass sie Ja sagten. Warum sonst würden sie funkeln? Ich lächelte in den dunklen Hof. Vielleicht musste ich sogar glücklich sein. Musste ich das Glück nicht doppelt leben? War es nicht meine Pflicht, mit beiden Händen danach zu greifen, um es besonders gut festzuhalten und zurück in unsere Familie zu holen, in der das Unglück zu lange Zeit viel zu viel Platz beansprucht hatte?

Die Sterne funkelten für mich, und ich wusste, dass das Unglück der Winterfrauen nicht mein Unglück war, dass ich die Lasten der anderen nicht tragen musste. Auch wenn die Welt für meine Urgroßmutter und meine Großmutter durch die zerstörerische Kraft der Kriege kein sicherer Ort gewesen war, hatte ich jetzt festen Boden unter den Füßen. Auch wenn Paula verlassen wurde und sich dafür schämte, auch wenn alle Winterfrauen die Liebe ihres Lebens verloren hatten, durfte ich trotzdem glücklich sein.

Drei Geschichten von drei Winterfrauen sind nun erzählt, ich habe die Geschichten gefunden, die zu mir gehören.

Jetzt kann meine eigene Geschichte beginnen. Ich kann mitten in mein Leben hineinspringen und die Heldin meiner eigenen Geschichte werden. Was für eine Geschichte wird es wohl sein?

2021

Wenn ich Kummer habe oder verzagt bin, trinke ich meinen Tee aus der Tasse, die meine Urgroßmutter Lisette vor hundertfünfzehn Jahren mit in ihr neues Leben genommen hat, Meißen, indischrot, mit unzähligen Sprüngen und abgeplatzten Ecken, und schöpfe wieder Mut. Ich versuche, aufrecht durchs Leben zu gehen wie meine Großmutter Charlotte, und meine Tochter Lotta schläft unter einem Himmel voller Sterne, in denen das Licht schimmert. Ich hüpfe, wenn ich Paulas Lieblingslieder im Radio höre, und ich besitze eine große Vase, denn im Garten pflücke ich Sträuße in wilder bunter Fülle, weil sie mich daran erinnern, immer groß und bunt zu träumen. Das letzte Bild meiner Großmutter, auf dem sie Lotta im Arm hält und so glücklich aussieht, steht auf meinem Schreibtisch, an dem ich diese Geschichten über die Winterfrauen aufgeschrieben habe. Denn sie gehören zu mir, ich bin das Ergebnis ihrer Träume, aus ihnen komme ich, und sie wollen, dass ich lebe und meine eigenen Träume erfülle. Lebe, sagen sie, liebe, lache! Lebe und liebe und lache für uns mit. Und das tue ich. Ich schaue zurück und erinnere mich, und dann drehe ich mich wieder um, um nach vorne zu schauen und die zu werden, die ich bin. Ich weiß, was geschehen ist und nicht anders geschehen konnte, und meiner Tochter werde ich von allen Winterfrauen erzählen. Auch von mir werde ich erzählen, von meinen Ängsten. Auch wenn ich sie lieber verschweigen würde. Aber wenn ich von ihnen spreche, können sie nicht mehr im Dunkel lauern und unter dem Bett zu Ungeheuern heranwachsen. Das Licht, das die Erzählungen auf sie wirft, wird sie vertreiben. Ja, es gab Zeiten, in denen es gefährlich war, zu sprechen. Aber diese Zeiten sind vorbei, und je mehr wir sprechen, je mehr Geschichten wir erzählen, desto stärker werden wir.

Hier kann ich bleiben und muss nicht mehr ausreißen, um die zu werden, die ich sein könnte. Ich habe ihn gefunden, den Ort, der sich Zuhause nennt, den Ort, an dem ich bin. Dieser Ort ist in mir.

Nachwort und Dank

Was auch immer passieren würde und welche Themen auch immer durch meinen Kopf wandern sollten, eines – das hatte ich mir geschworen – wollte ich als Schriftstellerin niemals machen: über die Zeit des Nationalsozialismus schreiben.

Und jetzt ist genau das passiert. Denn wenn man über hundert Jahre Frauenleben, über vier Generationen von Müttern und Töchtern vor dem Hintergrund dieses bewegten und auch schrecklichen, unglaublichen 20. Jahrhunderts schreiben will, dann kann man diese Zeit nicht aussparen. Im Gegenteil. Man muss sie sich sogar sehr genau anschauen. Weil sie noch immer in unser heutiges Leben hineinwirkt.

Es ist viel geschrieben worden über den Nationalsozialismus, klüger, wissender, umfassender, als ich es vermag. Aber mir ging es um Charlottes Geschichte. Vom Mut einer ganz normalen jungen Frau wollte ich erzählen, die schwere und weitreichende Entscheidungen trifft, obwohl sie eigentlich auch nur von ihrem Glück träumen wollte, lieben wollte, tanzen wollte. Glück, wie Menschen es sich erhoffen, auf der ganzen Welt, zu allen Zeiten. Wir haben in Deutschland eine Entscheidung getroffen, die man nicht oft genug wiederholen und, wie ein Eheversprechen, nicht oft genug erneuern kann. Das ist mir während der Arbeit an diesem Buch klarer denn je geworden. Unsere Entscheidung muss immer heißen: *Nie wieder*.

Bei der oft schweren Reise in diese Zeit hatte ich kompetente Reiseführerinnen und engagierte Wegbegleiter, die mir sehr geholfen haben und denen mein herzlicher Dank gilt:

- Dr. Axel Ulrich, der mich mit Schriften, Gesprächen und wertvollen Hinweisen unterstützt und mir versichert hat, dass es normal ist, Albträume zu haben, wenn man in der NS-Zeit recherchiert
- Dr. Katherine Lukat und Georg Habs vom Stadtarchiv Wiesbaden, die mir Texte, Bilder und Filme zur Verfügung gestellt haben und denen ich mit speziellen Nachfragen auf die Nerven gehen durfte
- Angela Wagner-Bona vom Aktiven Museum Spiegelgasse für Deutsch-Jüdische Geschichte in Wiesbaden e. V.
- Carl Ludwig Paeschke für seine historische Fachberatung
- den Rheingauer Heimatforschern Dr. Manfred Laufs und Helmut Klein
- der Bundeszentrale für Politische Bildung in Wiesbaden, die ich allen empfehlen kann, die sich für politische und historische Themen interessieren. Dort wartet ein Fundus darauf, gelesen zu werden.
- dem Studienkreis Deutscher Widerstand 1933–1945 e. V. in Frankfurt. Dort wurden mir Bücher empfohlen und Schriften in die Hand gedrückt, die Charlottes Geschichte entscheidend beeinflusst haben. Der Verein bietet neben einer umfassenden Bibliothek auch Wanderausstellungen und Veranstaltungen zu verschiedenen Themen des deutschen Widerstands. Ich wurde nicht nur mit Literatur und Wissen gefüttert, sondern auch mit Mittagessen am Gemeinschaftstisch.

Ich möchte allen Töchtern und Müttern danken, die mir von sich erzählt haben, von allem, was schwierig und schön und besonders ist an dieser speziellen Beziehung, von den familiären Botschaften und allen dazugehörigen Gefühlen, aus denen die Winterfrauen entstanden sind. Meine Oma Käthe, die ganz losgelöst von meiner Familie einige Male durch diese Trilogie hindurchspaziert, hat mir durch alles, was sie mir zeit ihres Lebens erzählt hat, ihre Begeisterung für Geschichten vermittelt. Das hat mich geprägt.

Zu guter Letzt danke ich dem dtv dafür, einen Ort zu bieten, an dem Geschichten zuhause sind.

Astrid Ruppert